COLLECTION « BEST-SELLERS »

KEN FOLLETT

LA MARQUE DE WINDFIELD

roman

Traduit de l'anglais par Jean Rosenthal

LE GRAND LIVRE DU MOIS

Couverture : Photo Pictor International
Graphisme Massin

Titre original : *A Dangerous Fortune*

ISBN 2-87645-230-8
(édition originale :
ISBN 0-385-31121-4 Delacorte Press, New York)

Prologue

1866

1

Le jour de la tragédie, les élèves du collège de Windfield avaient été consignés dans leurs chambres. C'était un chaud samedi de mai : normalement ils auraient passé l'après-midi sur le terrain sud, les uns jouant au cricket et d'autres les regardant à l'ombre, depuis la lisière de Bishop's Wood. Mais un crime avait été commis. On avait volé six souverains d'or dans le bureau de Mr. Offerton, le professeur de latin, et les soupçons pesaient sur tout l'établissement. Aucun élève n'avait le droit de sortir tant qu'on n'aurait pas pris le voleur.

Micky Miranda était assis à un pupitre où des générations de collégiens inattentifs avaient gravé leurs initiales. Il avait devant lui une publication officielle intitulée *Équipement de l'infanterie*. D'ordinaire, les gravures représentant des épées, des mousquets et des fusils le fascinaient, mais il avait trop chaud pour se concentrer. De l'autre côté de la table, son compagnon de chambre, Edward Pilaster, leva le nez d'un livre d'exercices latins. Il recopiait la traduction faite par Micky d'une page de Plutarque. Il braqua sur la page un doigt taché d'encre en disant : « Je n'arrive pas à lire ce mot-là. »

Micky regarda. « Décapité, dit-il. Ça se dit pareil en latin : *decapitare.* » Micky trouvait le latin facile, peut-être parce que de nombreux mots étaient les mêmes qu'en espagnol, sa langue maternelle.

La plume d'Edward continuait à grincer sur le papier. Micky se leva, agacé, et s'approcha de la fenêtre ouverte. Pas de brise dehors. Il jeta un regard nostalgique vers les bois, de l'autre côté de la cour des écuries. Dans une carrière abandonnée, à l'extrémité nord de Bishop's Wood, il y avait un trou d'eau à l'ombre où l'on pouvait se baigner. L'eau était froide et profonde...

« Allons nous baigner, dit-il soudain.

— On ne peut pas, fit Edward.

— On pourrait passer par la synagogue. » La « synagogue » était la chambre voisine, occupée par trois élèves juifs. Au collège de Windfield, l'enseignement religieux n'avait rien de pesant, et l'on se montrait tolérant sur les différences de confession : c'était pour cette raison que l'établissement attirait aussi bien des parents juifs que la famille méthodiste d'Edward et le père catholique de Micky. Mais, malgré l'attitude officielle, les collégiens juifs étaient victimes d'une certaine persécution. Micky reprit : « Nous pouvons sauter par leur fenêtre, sur le toit de la buanderie, descendre par le mur aveugle de l'écurie et nous glisser dans les bois. »

Edward paraissait effrayé. « Si tu te fais prendre, c'est le Zébreur. »

Le Zébreur était la canne de frêne maniée par le principal, le Dr Poleson. Sortir quand on était consigné vous valait douze douloureux coups de canne : Micky avait un jour subi cette punition des mains du Dr Poleson pour avoir joué aux cartes, il frissonnait encore en y pensant. Mais les risques de se faire prendre étaient faibles. L'idée de se déshabiller et de se glisser nu dans la mare était si tentante qu'il pouvait presque sentir sur sa peau moite la fraîcheur de l'eau.

Il regarda son compagnon de chambre. Edward n'était guère populaire au collège : trop paresseux pour être bon élève, trop maladroit pour briller en sport et trop égoïste pour se faire beaucoup d'amis. Micky était en fait le seul ami d'Edward : celui-ci avait horreur de voir Micky passer du temps avec d'autres garçons. « Je vais aller voir si Pilkington veut venir, déclara Micky en se dirigeant vers la porte.

— Non, ne fais pas ça, dit Edward d'un ton suppliant.

— Je ne vois pas pourquoi je m'en priverais, fit Micky. Tu es trop froussard.

— Je ne suis pas froussard, répondit Edward, invoquant une excuse peu plausible. Il faut que je finisse mon latin.

— Alors finis-le pendant que je vais me baigner avec Pilkington. »

Edward garda un moment un air buté puis céda. « Bon, je viens », dit-il sans conviction.

Micky ouvrit la porte. On entendait des rumeurs sourdes venant du reste du pavillon, mais on n'apercevait aucun professeur dans le couloir. Il se précipita dans la chambre voisine. Edward lui emboîta le pas.

« Salut, les Hébreux », lança Micky.

Deux des garçons jouaient aux cartes, autour d'une table. Ils levèrent les yeux vers lui puis reprirent leur partie sans un mot. Le troisième, Fatty Greenbourne, dévorait un gâteau. Sa mère le submergeait de colis. « Bonjour, vous deux, dit-il aimablement. Vous voulez un peu de gâteau ?

— Bon sang, Greenbourne, dit Micky, tu bâfres comme un porc. »

Fatty haussa les épaules et continua de manger son gâteau. Il était en butte à pas mal de moqueries : il était non seulement gros, mais juif, et pourtant rien de tout cela ne semblait le toucher. Son père, disait-on, était l'homme le plus riche du monde et peut-être cela le rendait-il insensible au surnom dont on l'affublait, pensa Micky.

Il s'approcha de la fenêtre, l'ouvrit et regarda dehors. La cour des écuries était déserte. Fatty demanda : « Qu'est-ce que vous faites, les gars ?

— On va se baigner, annonça Micky.

— Ça va vous valoir des coups de canne.

— Je sais », fit Edward d'un ton plaintif.

Micky s'assit sur le rebord de la fenêtre, roula sur le ventre, donna un coup de reins en arrière et se laissa tomber un peu plus bas sur le toit en pente de la buanderie. Il crut entendre une ardoise craquer, mais le toit supporta son poids. Levant les yeux, il vit Edward qui regardait avec angoisse dans sa direction. « Allons ! » fit Micky. Il descendit le toit et utilisa un tuyau de gouttière commodément disposé pour aller jusqu'au sol. Une minute plus tard, Edward atterrit auprès de lui.

Micky jeta un coup d'œil au coin de la buanderie : personne en vue. Sans plus d'hésitation, il passa en courant devant les écuries et s'enfonça dans les bois. Il courut sous les arbres jusqu'au moment où il estima qu'il était hors de vue des bâtiments du collège et s'arrêta pour souffler. Edward le rejoignit bientôt. « On y est arrivés ! dit Micky. Personne ne nous a repérés.

— On va probablement se faire prendre en rentrant », observa Edward d'un ton morose.

Micky le regarda en souriant. Edward avait un air très anglais : cheveux blonds et raides, yeux bleus et nez en lame de couteau. C'était un grand garçon, large d'épaules, costaud mais aux gestes mal coordonnés. Il n'avait aucun sens du style et s'habillait n'importe comment. Micky et lui avaient le même âge, seize ans, mais ils étaient très différents : Micky avait des cheveux noirs et bouclés, des yeux bruns, et il attachait une grande importance à sa toilette : il avait horreur d'être sale ou peu soigné. « Fais-moi confiance, Pilaster, dit Micky. Est-ce que je ne veille pas toujours sur toi ? »

Edward se radoucit et arbora un grand sourire. « Bon, allons-y. »

Ils suivirent dans le bois un sentier qu'on distinguait à peine. Sous les feuilles des hêtres et des ormes, il faisait un peu plus frais, et Micky commença à se sentir mieux. « Qu'est-ce que tu vas faire cet été ? demanda-t-il à Edward.

— En général, nous allons en Écosse au mois d'août.

— Ta famille a un pavillon de chasse là-bas ? » Micky avait attrapé le jargon des Anglais de la haute société, et il savait que « pavillon » était le terme à employer même s'il s'agissait d'un château de cinquante pièces.

« Mes parents louent une maison, répondit Edward. Mais on ne chasse pas : mon père n'est pas un grand sportif, tu sais. »

Micky sentit à la voix d'Edward que celui-ci était sur la défensive et se demanda pourquoi. Il savait que les aristocrates anglais aimaient tirer les oiseaux en août et chasser le renard tout l'hiver. Il savait aussi que les aristocrates n'envoyaient pas leurs fils dans cet établissement. Les pères des élèves de Windfield étaient des hommes d'affaires et des ingénieurs plutôt que des comtes et des évêques anglicans, et ces gens-là n'avaient pas de temps à perdre à tirer des faisans ou à chasser à courre. Les Pilaster étaient des banquiers, et, quand Edward disait : « Mon père n'est pas un grand sportif », il reconnaissait par là que sa famille n'occupait pas le plus haut rang de la société.

Micky trouvait amusant que les Anglais respectent les oisifs plutôt que les gens qui travaillent. Dans son pays, on n'estimait ni les nobles désœuvrés, ni les hommes d'affaires surmenés. Les compatriotes de Micky ne respectaient que le pouvoir. Si un homme était assez puissant pour contrôler les autres — pour les nourrir ou les faire mourir de faim, les faire emprisonner ou les libérer, les tuer ou les laisser vivre —, que lui fallait-il de plus ?

« Et toi ? dit Edward. Où vas-tu passer l'été ? »

Micky avait tout fait pour qu'il lui posât cette question. « Ici, répondit-il. Au collège.

— Tu ne vas pas rester encore une fois à la boîte pendant toutes les vacances ?

— Il le faut bien. Je ne peux pas aller chez moi. La traversée prend six semaines : il faudrait que je reparte avant d'être arrivé là-bas.

— Fichtre, c'est dur. »

En fait, Micky n'avait aucune envie de retourner là-bas. Il ne se plaisait pas du tout chez lui, et c'était ainsi depuis la mort de sa mère. Il n'y avait plus que des hommes là-bas : son père, son frère aîné Paulo, des oncles et des cousins, et quatre cents cow-boys. Papa était un héros pour ces hommes mais pour Micky un étranger : froid, inabordable, dénué de patience. Le vrai problème, pourtant, c'était le frère de Micky. Paulo était stupide mais fort. Il détestait Micky, qui était plus intelligent que lui, et il se plaisait à humilier son petit frère. Il ne manquait jamais une occasion de prouver à tout le monde que Micky était incapable d'attraper des bouvillons au lasso, de dresser des chevaux ou de tuer un serpent d'une balle dans la tête. Sa plaisanterie favorite consistait à effrayer le cheval de Micky pour que l'animal prît le mors aux dents : Micky n'avait plus qu'à fermer les yeux et à se cramponner, mort de peur, tandis que le cheval chargeait follement à travers la pampa jusqu'au moment où il était épuisé. Non, Micky n'avait aucune envie de rentrer chez lui pour les vacances. Mais il ne voulait pas non plus rester au collège. Ce qu'il désirait vraiment, c'était qu'on l'invite à passer l'été avec la famille Pilaster.

Edward, pourtant, ne le proposa pas tout de suite, et Micky n'insista pas. Il était certain que le sujet reviendrait sur le tapis.

Ils escaladèrent une clôture délabrée et se mirent à gravir une petite colline. En haut, ils tombèrent sur la baignade. Les parois de la carrière taillées à coups de pioche étaient abruptes, mais des garçons habiles pouvaient trouver une voie pour descendre. Au fond, une mare profonde à l'eau d'un vert opaque abritait des crapauds, des grenouilles et parfois une couleuvre à collier.

Micky fut surpris de trouver là trois garçons.

Il plissa les yeux pour se protéger des reflets du soleil sur l'eau et inspecta les silhouettes nues : ils étaient tous en quatrième à Windfield.

La crinière de cheveux carotte appartenait à Antonio Silva qui, malgré sa rousseur, était un compatriote de Micky. Le père de

Tonio ne possédait pas autant de terres que celui de Micky, mais les Silva habitaient la capitale et avaient des amis influents. Comme Micky, Tonio ne pouvait pas rentrer chez lui pour les vacances, mais il avait la chance d'avoir des amis à l'ambassade du Cordovay à Londres, si bien qu'il n'était pas obligé de passer tout l'été au collège.

Le second était Hugh Pilaster, un cousin d'Edward. Aucune ressemblance entre eux deux : Hugh était petit, il avait les cheveux noirs, les traits bien dessinés et arborait en général un sourire espiègle. Edward en voulait à Hugh d'être bon élève et de le faire paraître, lui, comme le cancre de la famille.

L'autre était Peter Middleton, un garçon plutôt timide qui s'attachait à Hugh, lequel montrait plus d'assurance. Tous les trois avaient le corps blanc et glabre de garçons de treize ans, avec des bras et des jambes maigres.

Micky, alors, aperçut un quatrième garçon. Il nageait seul tout au bout de la mare. Plus âgé que les trois autres, il n'avait pas l'air d'être avec eux. Micky ne distinguait pas assez bien son visage pour l'identifier.

Edward avait un sourire mauvais : il avait trouvé une occasion de faire une bêtise. Un doigt posé sur ses lèvres pour faire signe de se taire, il descendit jusqu'au bord de la carrière. Micky le suivit.

Ils arrivèrent à l'endroit où les jeunes garçons avaient laissé leurs vêtements. Tonio et Hugh plongeaient, inspectant le fond de la baignade, tandis que Peter nageait tranquillement de son côté. Il fut le premier à repérer les nouveaux arrivants. « Oh non, fit-il.

— Tiens, tiens, fit Edward. On a fait le mur ? »

Hugh Pilaster s'aperçut alors de la présence de son cousin et riposta : « Toi aussi !

— Vous feriez mieux de rentrer avant de vous faire pincer », déclara Edward. Il ramassa par terre un pantalon. « Mais n'allez pas mouiller vos vêtements, sinon tout le monde saura où vous êtes allés. » Là-dessus, il lança le pantalon au milieu de la mare avec un grand rire. « Salaud ! » cria Peter en essayant de rattraper son pantalon qui flottait.

Micky souriait avec amusement.

Edward prit une chaussure et la lança dans l'eau.

Les jeunes garçons commencèrent à s'affoler. Edward s'empara d'un autre pantalon qu'il jeta à l'eau. C'était follement drôle de voir les trois victimes pousser des hurlements et plonger pour rattraper leurs affaires, et Micky se mit à rire à son tour.

Edward continuait à précipiter dans la mare bottines et

vêtements. Hugh Pilaster se hissa hors de l'eau. Micky s'attendait à le voir s'échapper mais, contre toute attente, il se précipita sur Edward. Avant que celui-ci ait pu se retourner, Hugh lui donna une violente poussée. Edward était bien plus grand, mais il fut pris au dépourvu : il vacilla au bord de la corniche, puis bascula et tomba dans la mare avec un plouf terrifiant.

Tout cela s'était passé en un clin d'œil : Hugh s'empara d'une brassée de vêtements et remonta la paroi de la carrière comme un singe. Peter et Tonio poussaient des hurlements de rire.

Micky poursuivit Hugh un moment mais ne pouvait espérer rattraper le garçon plus petit et plus agile. Il se retourna pour voir si Edward n'avait rien. Inutile de s'inquiéter : Edward avait refait surface. Il agrippait Peter Middleton et se mit à lui enfoncer la tête sous l'eau, histoire de le punir de son rire moqueur.

Tonio revint au bord, chargé d'un tas de vêtements trempés. Il se retourna pour regarder derrière lui : « Laisse-le tranquille, espèce de gros gorille ! » cria-t-il à Edward. Tonio avait toujours été intrépide, et Micky se demandait maintenant ce qu'il allait faire. Tonio longea le bord, puis se retourna, une pierre à la main. Micky cria pour prévenir Edward, mais trop tard. Tonio lança la pierre avec une étonnante précision et toucha Edward à la tête. Une tache de sang parut sur son front.

Edward poussa un cri de douleur et, abandonnant Peter, traversa à grandes brassées la mare à la poursuite de Tonio.

2

Hugh courait tout nu à travers le bois en direction du collège. Il serrait sous son bras ce qui restait de ses vêtements et s'efforçait de ne pas penser aux souffrances qu'enduraient ses pieds nus sur le terrain inégal. Arrivé à un endroit où le sentier en croisait un autre, il se jeta sur la gauche, courut encore un peu, puis plongea dans les buissons pour se cacher.

L'oreille aux aguets, il attendit de reprendre son souffle. Son cousin Edward et Micky Miranda, le copain d'Edward, étaient les garçons les plus affreux de tout le collège : flemmards, mauvais joueurs et des brutes. La seule chose à faire, c'était de les éviter. Mais Edward allait certainement le poursuivre : il avait toujours détesté Hugh.

Leurs pères ne s'entendaient pas non plus. Toby, le père de

Hugh, avait retiré ses capitaux de l'affaire familiale pour créer sa propre entreprise : une affaire de teintures dans l'industrie textile. Même à treize ans, Hugh savait que le pire crime, dans la famille Pilaster, c'était de retirer ses capitaux de la banque. Joseph, le père d'Edward, ne l'avait jamais pardonné à son frère Toby.

Hugh se demandait ce qui était arrivé à ses amis. Ils étaient quatre à la baignade avant l'arrivée de Micky et d'Edward : Tonio, Peter et Hugh s'ébrouaient d'un côté de la mare, et un garçon plus âgé, Albert Cammel, nageait tout seul à l'autre extrémité.

D'habitude, Tonio était brave jusqu'à la témérité, mais Micky Miranda le terrifiait. Ils étaient originaires du même endroit, un pays d'Amérique du Sud appelé Cordovay, et Tonio disait toujours que la famille de Micky était puissante et cruelle. Hugh ne comprenait pas vraiment ce que ça voulait dire, mais le résultat était là : Tonio pouvait crâner avec les autres élèves de seconde, mais il était toujours poli, voire servile, avec Micky.

Peter devait être complètement affolé : c'était un garçon qui avait peur de son ombre. Hugh espérait qu'il avait pu échapper aux deux brutes.

Albert Cammel, surnommé la Bosse, n'était pas avec Hugh et ses amis : il avait laissé ses affaires à un autre endroit et avait donc sans doute réussi à s'échapper.

Hugh y était parvenu aussi, mais il n'était pas encore tiré d'affaire. Il avait perdu son caleçon, ses chaussettes et ses bottines. Il allait devoir se glisser dans le collège avec son pantalon et sa chemise trempés, en espérant ne pas se faire voir par un professeur ou par un des élèves plus âgés. Cette idée lui fit pousser un petit gémissement. Pourquoi est-ce qu'il m'arrive toujours des choses comme ça ? se demanda-t-il, consterné.

Depuis son arrivée à Windfield, dix-huit mois auparavant, il n'avait pas cessé d'avoir des ennuis. Il n'avait pas de problèmes scolaires : il était travailleur et, à chaque composition, il se plaçait dans les premiers. Mais les mesquineries du règlement l'exaspéraient. La consigne était d'aller au lit chaque soir à dix heures moins le quart, et il avait toujours une raison impérieuse de veiller jusqu'à dix heures et quart. Il trouvait fascinants les endroits interdits et se sentait une irrésistible envie d'aller explorer le jardin du presbytère, le verger du principal, la cave à charbon et le cellier à bière. Il courait quand il aurait dû marcher, lisait quand il était censé dormir et parlait pendant la prière. Et il se retrouvait toujours ainsi : coupable et affolé, se demandant pourquoi il se mettait constamment dans des situations pareilles.

Dans le silence du petit bois, il nourrissait de sombres pensées sur son destin : il se demandait s'il finirait au ban de la société, voire en criminel, jeté en prison, déporté enchaîné jusqu'en Australie, ou pendu.

Il conclut enfin qu'Edward ne le poursuivait pas. Il se redressa et enfila son pantalon et sa chemise tout mouillés. Puis il entendit quelqu'un pleurer.

Prudemment, il regarda à travers les buissons : il aperçut les cheveux carotte de Tonio. Son ami avançait lentement sur le sentier, tout nu, trempé, ses vêtements sous le bras et agité de sanglots.

« Qu'est-ce qui s'est passé ? demanda Hugh. Où est Peter ? »

Tonio se referma soudain. « Je ne le dirai jamais, jamais ! répondit-il. Ils me tueraient.

— Bon, ne me le dis pas », fit Hugh. Comme toujours, Tonio était terrifié par Micky : quoi qu'il fût arrivé, Tonio n'en parlerait pas. « Tu ferais mieux de t'habiller », ajouta Hugh, qui avait l'esprit pratique.

Tonio jeta un regard absent au tas de vêtements dégoulinants qu'il tenait dans ses bras. Il paraissait trop secoué pour les trier. Hugh les lui prit des mains. Il avait des bottines, un pantalon et une seule chaussette, mais pas de chemise. Hugh l'aida à passer ce qui lui restait puis ils repartirent vers le collège.

Tonio ne pleurait plus, mais il semblait encore vilainement secoué. Hugh espérait que ces petites brutes n'avaient pas fait quelque chose de vraiment moche à Peter. Mais maintenant il devait songer à sauver sa propre peau. « Si nous pouvons arriver jusqu'au dortoir, nous pourrons nous changer, dit-il, échafaudant des plans. Ensuite, dès que nous ne serons plus consignés, nous n'aurons qu'à aller en ville acheter de nouveaux vêtements à crédit chez Baxted. »

Tonio acquiesça. « D'accord », fit-il d'un ton morne.

Ils continuèrent leur chemin parmi les arbres. Hugh se demandait de nouveau pourquoi Tonio était si perturbé. Après tout, les brimades, à Windfield, ça n'avait rien de nouveau. Que s'était-il passé dans la mare après le départ de Hugh ? Mais, pendant tout le trajet du retour, Tonio n'en dit pas davantage.

Le collège était un groupement de six bâtiments qui avaient constitué jadis la partie centrale d'une grande ferme, et leur dortoir occupait l'ancienne laiterie près de la chapelle. Pour y parvenir, il leur fallait franchir un mur et traverser la cour des secondes. Ils escaladèrent le mur et inspectèrent les lieux. Comme s'y attendait Hugh, la cour était déserte, mais il hésita tout de même. La perspective du Zébreur lui cinglant le derrière lui donnait la chair de poule. Mais il n'y avait pas d'autre solution. Il fallait retourner au collège et mettre des vêtements secs.

« La voie est libre, chuchota-t-il. On y va ! »

Ils sautèrent ensemble par-dessus le mur, traversèrent précipitamment la cour pour gagner l'ombre fraîche de la petite chapelle. Jusque-là, pas de problème. Ils se glissèrent du côté est en se collant au mur. Il n'y avait plus ensuite qu'à foncer pour traverser l'allée et s'engouffrer dans leur bâtiment. Hugh s'arrêta. Personne en vue. « Maintenant ! » dit-il.

Les deux garçons traversèrent la route en courant. Et puis, au moment où ils atteignaient la porte, le désastre. Une voix familière et autoritaire retentit : « Pilaster junior ! C'est vous ? », et Hugh comprit que la partie était perdue.

Son cœur se serra. Il s'arrêta et se retourna. Mr. Offerton avait choisi précisément cet instant pour sortir de la chapelle : il était maintenant planté dans l'ombre du porche, haute silhouette mélancolique en robe de professeur et toque carrée. Hugh étouffa un gémissement. Mr. Offerton, dont on avait volé l'argent, était, de tous les maîtres, le moins susceptible de se montrer miséricordieux : ce serait le Zébreur. Les muscles de ses fesses se crispèrent machinalement.

« Venez ici, Pilaster », dit Mr. Offerton.

Hugh s'avança d'un pas traînant, Tonio sur ses talons. Quelle idée j'ai eue de prendre de tels risques ? se dit Hugh, désespéré.

« Dans le bureau du principal, tout de suite, dit Mr. Offerton.

— Bien, monsieur », fit Hugh, tout penaud. Les choses se gâtaient de plus en plus. Quand le principal verrait sa tenue, Hugh allait sans doute se faire expulser du collège. Et comment expliquerait-il ça à sa mère ?

« Allons, vite ! » s'exclama le maître avec impatience.

Les deux garçons tournèrent les talons, mais Mr. Offerton dit : « Pas vous, Silva. »

Hugh et Tonio échangèrent un bref regard intrigué. Pourquoi Hugh devait-il être puni et pas Tonio ? Mais la contestation n'était pas de mise, et Tonio s'éclipsa dans le dortoir tandis que Hugh se dirigeait vers le pavillon du principal.

Il croyait déjà sentir le Zébreur. Il savait qu'il allait pleurer, et c'était encore pire que la douleur : à treize ans, il s'estimait trop vieux pour pleurer.

La maison du principal était tout au bout du collège. Hugh marchait très lentement, mais il arriva là-bas encore trop tôt, et la femme de chambre lui ouvrit la porte une seconde après qu'il eut sonné.

Il rencontra le Dr Poleson dans le vestibule. Le principal était un homme chauve avec une tête de bouledogue mais, pour on ne sait quelle raison, il ne paraissait pas aussi formidablement en colère qu'il aurait dû. Au lieu de demander pourquoi Hugh était sorti de sa chambre et ruisselait d'eau, il se contenta d'ouvrir la porte de son bureau en disant doucement : « Par ici, jeune Pilaster. » A n'en pas douter, il gardait sa rage pour la correction. Hugh entra, le cœur battant.

Il fut stupéfait de voir sa mère assise là.

Pis encore, elle sanglotait.

« Je suis seulement allé me baigner ! » balbutia Hugh.

La porte se referma derrière lui, et il s'aperçut que le principal ne l'avait pas suivi.

Il commença alors à comprendre que tout cela n'avait rien à voir avec son escapade et sa baignade, pas plus qu'avec le fait d'avoir perdu ses vêtements et de se retrouver à demi nu.

Il avait l'horrible pressentiment que c'était bien plus grave.

« Mère, qu'est-ce qu'il y a ? fit-il. Pourquoi es-tu venue ?

— Oh, Hugh, sanglota-t-elle, ton père est mort. »

3

Pour Maisie Robinson, le samedi était le plus beau jour de la semaine. Le samedi, c'était jour de paie pour papa. Ce soir, il y aurait de la viande au dîner et du pain frais.

Assise sur le pas de la porte avec son frère, Danny, elle attendait que papa rentre du travail. Danny avait deux ans de plus que Maisie : elle le trouvait merveilleux, même s'il n'était pas toujours gentil avec elle.

La maison faisait partie d'une rangée d'habitations humides et sans air, dans le quartier des docks d'une petite ville de la côte nord-est de l'Angleterre. Elle appartenait à une veuve, Mrs. MacNeil. Celle-ci occupait la pièce de devant, au rez-de-chaussée. Les Robinson habitaient au fond, et une autre famille vivait au premier étage. Quand papa arriverait, Mrs. MacNeil serait sur le perron, attendant de toucher le loyer.

Maisie avait faim. La veille, elle avait mendié au boucher quelques déchets, et papa avait acheté un navet pour faire un ragoût. Elle n'avait rien mangé depuis. Mais, aujourd'hui, c'était samedi !

Elle essaya de ne pas penser au dîner, car cela ravivait ses crampes d'estomac. Pour oublier la nourriture, elle dit à Danny : « Ce matin, papa a juré.

— Qu'est-ce qu'il a dit ?

— Il a dit que Mrs. MacNeil était une *paskudniak.* »

Danny pouffa. Le mot signifiait « sac à merde ». Au bout d'un an dans le pays, les deux enfants parlaient couramment anglais, mais ils n'avaient pas oublié leur yiddish.

Leur vrai nom n'était pas Robinson : c'était Rabinowicz. Mrs. MacNeil les détestait depuis qu'elle avait découvert qu'ils étaient juifs. Elle n'avait encore jamais rencontré de juifs et, quand elle leur avait loué la chambre, elle croyait qu'ils étaient français. Il n'y avait pas d'autre juif dans la ville. Les Robinson n'avaient jamais eu l'intention de venir ici : ils avaient payé leur passage pour un endroit qui s'appelait Manchester, où il y avait plein de juifs, et le capitaine du bateau leur avait dit que c'était Manchester, mais il les avait roulés. Quand ils découvrirent qu'ils n'étaient pas au bon endroit, papa déclara qu'ils allaient économiser assez d'argent pour faire le voyage jusqu'à Manchester ; mais alors, maman était tombée malade. Elle n'était toujours pas rétablie et eux étaient toujours ici.

Papa travaillait sur le port, dans un grand entrepôt avec les mots « Tobias Pilaster & Co. » en grosses lettres au-dessus de la grille. Maisie se demandait souvent qui était Co. Papa travaillait comme employé aux écritures : il tenait le registre des barils de teintures qui entraient et qui sortaient. C'était un homme soigneux : il excellait à prendre des notes et à dresser des listes. Maman, c'était tout le contraire. Elle avait toujours eu un caractère audacieux. C'était maman qui avait voulu venir en Angleterre. Elle adorait donner des fêtes, faire des voyages, rencontrer des gens nouveaux, s'habiller et jouer à des jeux. C'était pour ça que papa l'aimait tant, songea Maisie, parce qu'elle était tout ce qu'il ne pourrait jamais être.

Mais elle avait perdu son entrain. Toute la journée elle restait couchée sur le vieux matelas, à sommeiller, son pâle visage brillant de sueur, le souffle brûlant et malodorant. Le docteur avait dit qu'elle avait besoin de se refaire, avec beaucoup d'œufs frais, de la crème et du bœuf tous les jours ; papa l'avait payé avec l'argent du souper de ce soir. Maintenant, Maisie se sentait coupable chaque fois qu'elle mangeait, sachant qu'elle prenait la nourriture qui pourrait sauver la vie de sa mère.

Maisie et Danny avaient appris à voler. Le jour du marché, ils allaient dans le centre et piquaient des patates et des pommes aux éventaires. Les commerçants avaient l'œil vif, mais, de temps en temps, quelque chose venait les distraire — une discussion sur la monnaie rendue, un combat de chiens, le passage d'un ivrogne —, et les enfants grappillaient ce qu'ils pouvaient. Quand ils avaient de la chance, ils rencontraient un gosse riche de leur âge ; dans ces cas-là, ils lui sautaient dessus et le dépouillaient. Ces enfants-là avaient souvent dans leur poche une orange ou un sac de bonbons en même temps que quelques pennies. Maisie avait toujours peur de se faire prendre parce qu'elle savait que maman aurait terriblement honte, mais elle avait faim aussi.

En levant les yeux, elle vit des hommes qui débouchaient dans la rue en groupe. Elle se demanda qui ils étaient. Il était encore un peu trop tôt pour que ceux qui travaillaient sur les docks rentrent. Ils discutaient avec animation, agitant les bras et brandissant le poing. Ils approchaient, et elle reconnut Mr. Ross, qui habitait au premier et travaillait avec papa chez Pilaster. Pourquoi n'était-il pas au travail ? Avaient-ils été virés ? Il avait l'air assez furieux pour ça. Il avait le visage tout rouge, il jurait, il parlait de salopard, d'exploiteur et de sale menteur. Quand le groupe arriva à la hauteur de la maison, Mr. Ross quitta les autres brusquement et s'engouffra à l'intérieur : Maisie et Danny durent plonger pour éviter ses gros souliers ferrés.

Quand Maisie releva la tête, elle aperçut papa. Maigre, avec une barbe noire et de doux yeux bruns, il suivait les autres à quelque distance, la tête basse ; il avait l'air si abattu, si désespéré que Maisie en aurait pleuré. « Papa, dit-elle, qu'est-ce qui s'est passé ? Pourquoi rentres-tu si tôt ?

— Entre », fit-il, d'une voix si basse que c'était tout juste si Maisie pouvait l'entendre.

Les deux enfants le suivirent au fond de la maison. Il s'agenouilla auprès du matelas et posa un baiser sur les lèvres de maman. Elle s'éveilla et lui sourit. Il ne lui rendit pas son sourire. « La boîte a sauté, annonça-t-il en yiddish. Toby Pilaster a fait faillite. »

Maisie ne savait pas très bien ce que ça voulait dire, mais, à entendre le ton de papa, ça avait l'air d'une catastrophe. Elle lança un coup d'œil à Danny : il haussa les épaules. Il ne comprenait pas non plus.

« Mais pourquoi ? demanda maman.

— Il y a eu un krach financier, expliqua papa. Hier, une grosse banque de Londres a fait faillite. »

Maman fronça les sourcils, faisant un effort pour se concentrer. « Mais on n'est pas à Londres, dit-elle. Qu'est-ce que Londres a à voir avec nous ?

— Je ne connais pas les détails.

— Alors, tu n'as plus de travail ?

— Plus de travail et pas de paie.

— Mais aujourd'hui, on t'a payé. »

Papa baissa la tête. « Non, on ne nous a pas payés. »

Maisie se tourna de nouveau vers Danny. Ça, ils comprenaient. Pas d'argent, ça voulait dire rien à manger pour aucun d'eux. Danny avait l'air effrayé. Maisie avait envie de pleurer.

« Ils doivent te payer, murmura maman. Tu as travaillé toute la semaine, il faut qu'ils te paient.

— Ils n'ont pas d'argent, répondit papa. Voilà ce que ça veut dire d'être en faillite : ça veut dire qu'on doit de l'argent aux gens et qu'on ne peut pas les payer.

— Mais Mr. Pilaster est un brave homme, tu l'as toujours dit.

— Toby Pilaster est mort. Il s'est pendu hier soir dans son bureau de Londres. Il avait un fils de l'âge de Danny.

— Mais comment allons-nous nourrir nos enfants ?

— Je ne sais pas », avoua papa. Devant Maisie, horrifiée, il éclata en sanglots. « Je te demande pardon, Sarah », continua-t-il. Les larmes ruisselaient dans sa barbe. « Je t'ai fait venir dans cet horrible endroit où il n'y a pas de juifs et personne pour nous aider. Je ne peux pas payer le docteur, je ne peux pas acheter de médicaments, je ne peux pas nourrir nos enfants. Tu ne peux pas compter sur moi. Je te demande pardon. » Il se pencha pour enfouir son visage trempé de larmes contre la poitrine de maman. D'une main tremblante, elle lui caressa les cheveux.

Maisie était horrifiée. Papa ne pleurait jamais. Ça semblait signifier la fin de tout espoir. Peut-être que maintenant ils allaient tous mourir.

Danny se releva, regarda Maisie et de la tête désigna la porte. Elle se leva et ensemble ils sortirent de la pièce à pas de loup. Maisie alla s'asseoir sur les marches de la rue et se mit à pleurer.

« Qu'est-ce qu'on va faire ? fit-elle.

— Il va falloir qu'on s'en aille », répondit Danny.

Les paroles de Danny lui glacèrent le cœur. « On ne peut pas, murmura-t-elle.

— Il le faut. Il n'y a rien à manger. Si on reste, on va mourir. »

Peu importait à Maisie de mourir, mais une autre idée lui vint : maman allait sûrement se priver pour nourrir les enfants. S'ils restaient, elle mourrait. Ils devaient partir pour la sauver. « Tu as raison, déclara Maisie à Danny. Si on part, peut-être que papa arrivera à trouver de quoi nourrir maman. Il faut qu'on s'en aille — pour elle. »

En s'entendant dire ces mots, elle fut consternée de ce qui arrivait à sa famille. C'était pire encore que le jour où ils avaient quitté Viskis, avec les maisons du village qui brûlaient derrière eux : ils s'étaient embarqués dans un train glacé avec toutes leurs affaires dans deux sacs marins ; car alors Maisie savait que papa veillerait toujours sur elle, malgré tout ce qui pourrait arriver. Et, aujourd'hui, c'était à elle de s'assumer toute seule.

« Où va-t-on aller ? s'enquit-elle dans un murmure.

— J'irai en Amérique.

— En Amérique ! Mais comment ?

— Il y au port un bateau qui part pour Boston à la marée de demain matin : je vais grimper à un cordage ce soir et me cacher sur le pont dans un des canots de sauvetage.

— Tu vas être passager clandestin, dit Maisie, la peur et l'admiration se mêlant dans sa voix.

— Parfaitement. »

Elle regarda son frère et vit pour la première fois que l'ombre d'une moustache commençait à apparaître sur sa lèvre supérieure. Il devenait un homme, et un jour il aurait une grande barbe noire, comme celle de papa. « Combien de temps ça prend pour aller en Amérique ? » lui demanda-t-elle.

Il hésita, prit un air un peu penaud et dit : « Je ne sais pas. »

Elle comprit qu'il n'y avait pas de place pour elle dans ses plans et elle se sentit malheureuse et effrayée. « Alors, dit-elle d'un ton triste, nous ne partons pas ensemble. »

Il avait un air coupable, mais il ne dit pas le contraire. « Je vais te dire ce que tu devrais faire, déclara-t-il. Va à Newcastle. Tu peux y aller à pied en quatre jours à peu près. C'est une grande ville, plus grande que Gdansk : personne là-bas ne te remarquera. Coupe-toi les cheveux, vole une paire de pantalons et fais semblant d'être un garçon. Va dans une grande écurie et propose ton aide pour soigner les chevaux : tu as toujours su t'y prendre avec les chevaux. S'ils t'aiment bien, tu auras des pourboires et, au bout d'un moment, peut-être qu'on te donnera un vrai travail. »

Maisie n'arrivait pas à imaginer qu'elle allait se retrouver complètement seule. « J'aimerais mieux partir avec toi, dit-elle.

— Tu ne peux pas. Ça va déjà être assez dur de me cacher sur le bateau, de voler de la nourriture et tout ça. Je ne pourrais pas m'occuper de toi en plus.

— Tu n'aurais pas à t'occuper de moi. Je serais discrète comme une souris.

— Je me ferais du mauvais sang pour toi.

— Tu ne t'en fais pas à l'idée de me laisser toute seule ?

— Il faut qu'on se débrouille nous-mêmes ! » fit-il avec colère.

Elle comprit que sa décision était prise. Quand il avait décidé quelque chose, elle n'avait jamais réussi à le faire changer d'avis. Le cœur serré, elle dit : « Quand est-ce qu'on doit partir ? Demain matin ? »

Il secoua la tête. « Maintenant. Il faut que je monte à bord du bateau dès qu'il fera nuit.

— Tu comptes vraiment faire ça ?

— Oui. » Et, comme pour en donner la preuve, il se leva.

Elle en fit autant. « Est-ce qu'il faut qu'on prenne quelque chose ?

— Quoi ? »

Elle haussa les épaules. Elle n'avait pas de vêtements de rechange, pas de souvenirs, pas la moindre affaire personnelle. Il n'y avait pas de nourriture ni d'argent à emporter. « Je veux aller dire au revoir à maman, annonça-t-elle.

— Non, répliqua Danny. Si tu fais ça, tu vas rester. »

C'était vrai. Si elle voyait maman maintenant, elle allait s'effondrer et tout raconter. Elle avala sa salive.

« Bon, fit-elle en refoulant ses larmes. Je suis prête. »

Ils s'éloignèrent côte à côte.

Arrivée au bout de la rue, elle aurait voulu se retourner pour jeter un dernier coup d'œil à la maison ; mais, si elle le faisait, elle avait peur de faiblir. Elle continua donc sans jamais regarder derrière elle.

4

Extrait du *Times*.

LE COURAGE DU COLLÉGIEN ANGLAIS

Le coroner adjoint d'Ashton, Mr. H.S. Wasbrough, a ouvert une enquête à Windfield sur la mort de Peter James Saint John Middleton, un collégien de treize ans. Le jeune garçon se baignait dans la mare d'une carrière désaffectée non loin du collège de Windfield quand deux de ses camarades plus âgés l'ont vu apparemment en difficulté, expliqua-t-on à la cour. L'un de ceux-ci, Miguel Miranda, originaire du Cordovay, a précisé dans sa déposition que son compagnon, Edward Pilaster, seize ans, s'est déshabillé et a plongé aussitôt pour tenter de sauver leur jeune camarade, mais en vain. Le principal de Windfield, le Dr Herbert Poleson, a déclaré que l'accès de la carrière était interdit aux élèves, même s'il savait que cette interdiction n'était pas toujours respectée. Le jury a rendu un verdict de mort accidentelle par noyade. Le coroner adjoint a souligné alors l'acte de courage d'Edward Pilaster qui avait cherché à sauver la vie de son ami. Il a déclaré que le caractère du collégien anglais, formé dans des établissements comme Windfield, était un idéal dont nous pouvions à juste titre nous montrer fiers.

5

Micky Miranda était fasciné par la mère d'Edward.

Augusta Pilaster était une grande femme sculpturale d'une trentaine d'années. Cheveux noirs et sourcils noirs, visage hautain aux pommettes saillantes avec un petit nez droit et un menton énergique. Elle n'était pas belle à proprement parler et assurément pas jolie, mais il y avait dans ce visage orgueilleux quelque chose qui vous frappait. Au tribunal, elle portait un manteau noir et un chapeau noir, ce qui lui donnait un air encore plus spectaculaire. Et, pourtant, ce qui était si ensorcelant, c'était l'impression qu'elle donnait à Micky que cette toilette sévère recouvrait un corps voluptueux et que ses allures arrogantes et impérieuses dissimulaient une nature passionnée. Il avait du mal à détourner d'elle son regard.

Auprès d'elle était assis son mari, Joseph, le père d'Edward, un homme laid, au visage déplaisant, d'une quarantaine d'années. Il avait le même nez en lame de couteau qu'Edward et les mêmes cheveux blonds, mais il commençait à les perdre et portait des favoris broussailleux comme pour compenser sa calvitie naissante. Micky se demandait ce qui avait amené une femme aussi superbe à l'épouser. Il était très riche : c'était peut-être ça.

Ils rentraient au collège dans une voiture prêtée par l'hôtel de la Gare : Mr. et Mrs. Pilaster, Edward et Micky, ainsi que le principal, le Dr Poleson. Micky s'amusait de voir que ce dernier, lui aussi, était fortement impressionné par Augusta Pilaster. Le vieux Poleson lui demanda si l'enquête l'avait fatiguée, si elle était bien installée dans la voiture. Il ordonna au cocher de ralentir l'allure et sauta à terre au terme du voyage pour avoir le bonheur de lui tenir la main quand elle descendit de voiture. Jamais sa tête de bouledogue n'avait eu une expression aussi animée.

L'enquête s'était bien passée. Micky avait arboré son air le plus ouvert et le plus sincère pour raconter l'histoire qu'Edward et lui avaient concoctée, mais, intérieurement, il était terrifié. Les Anglais pouvaient se montrer très tatillons quand il s'agissait de dire la vérité, et, si on le démasquait, il aurait de graves ennuis. Mais le tribunal était si enchanté par l'histoire de cet héroïque collégien que personne ne la mit en doute. Edward était nerveux : il déposa en balbutiant, mais le coroner l'excusa. Il expliqua que le jeune homme était désemparé de n'avoir pu sauver la vie de Peter et lui assura qu'il ne devrait pas se le reprocher.

Aucun des autres élèves ne fut convoqué à l'enquête. En raison de la mort de son père, Hugh avait quitté le collège le jour de la noyade. On ne demanda pas à Tonio de témoigner, car personne ne savait qu'il avait assisté à la noyade : Micky l'avait contraint au silence en lui faisant peur. L'autre témoin, le garçon inconnu qui nageait au bout de la mare, ne s'était pas présenté. Les parents de Peter Middleton étaient trop accablés de chagrin pour assister à l'audience. Ils envoyèrent leur avocat, un vieil homme au regard assoupi qui tenait avant tout à régler toute l'affaire avec un minimum d'histoires. David, le frère aîné de Peter, était là et manifesta une vive agitation quand l'avocat s'abstint de poser la moindre question à Micky et à Edward : au grand soulagement de Micky, le vieil homme écarta d'un geste ses protestations. Micky remerciait le ciel qu'il fût aussi paresseux. Lui s'était préparé à un contre-interrogatoire, mais Edward aurait pu craquer.

Dans le salon poussiéreux du principal, Mrs. Pilaster serra Edward dans ses bras et lui posa un baiser sur le front là où la pierre de Tonio l'avait frappé. « Mon pauvre cher enfant », dit-elle. Micky et Edward n'avaient raconté à personne que Tonio avait lancé une pierre sur Edward : ils auraient dû alors expliquer pourquoi ils l'avaient fait. Ils se contentèrent de dire qu'Edward s'était cogné la tête en plongeant pour aller au secours de Peter.

Tout en prenant le thé, Micky découvrait un nouvel aspect d'Edward. Sa mère, assise auprès de lui sur le canapé, ne cessait de le cajoler en l'appelant Teddy. Au lieu d'être embarrassé, comme l'auraient été la plupart des garçons, il avait l'air d'aimer ça et envoyait à sa mère un petit sourire vainqueur que Micky ne lui avait encore jamais vu. Elle est folle de son fils, songea Micky, et il en redemande.

Après quelques minutes passées à parler de choses et d'autres, Mrs. Pilaster se leva brusquement, à la grande surprise des hommes, qui se mirent précipitamment debout. « Je suis certaine que vous avez envie de fumer un cigare, docteur Poleson », dit-elle. Sans attendre de réponse, elle poursuivit :

« Mr. Pilaster va faire le tour du jardin avec vous. Teddy, mon chéri, va avec ton père. J'aimerais me recueillir quelques minutes dans la chapelle. Peut-être Micky voudra-t-il bien me montrer le chemin.

— Mais tout à fait, tout à fait, tout à fait, bredouilla le principal, s'empressant d'obéir à cette succession d'ordres. Allez, Miranda. »

Micky était impressionné. Comme elle réussissait sans effort à les faire tous marcher à la baguette ! Il lui ouvrit la porte et la suivit dehors.

Dans le couloir, il demanda poliment : « Voulez-vous une ombrelle, Mrs. Pilaster ? Le soleil est très fort.

— Non, merci. »

Ils sortirent. Une foule d'élèves traînaient dehors autour de la maison du principal. Micky se dit que la nouvelle avait dû se répandre que Pilaster avait une mère superbe, et ils étaient tous venus pour l'apercevoir. Ravi de l'escorter, il l'entraîna par une série de cours et de préaux jusqu'à la chapelle du collège. « Dois-je vous attendre ? proposa-t-il.

— Entrez. Je veux vous parler. »

Il commençait à se sentir nerveux. Le plaisir qu'il éprouvait à accompagner une femme mûre et belle à travers le collège se dissipait, et il se demandait pourquoi elle voulait lui parler en tête à tête.

La chapelle était déserte. Elle s'installa à un banc du fond et l'invita à s'asseoir auprès d'elle. Le regardant droit dans les yeux, elle dit : « Maintenant, dites-moi la vérité. »

Augusta vit un éclair de surprise et de frayeur passer sur le visage du jeune garçon et elle comprit qu'elle ne s'était pas trompée.

Au bout d'un instant, toutefois, il avait recouvré ses esprits. « Je vous ai déjà dit la vérité », affirma-t-il.

Elle secoua la tête. « Absolument pas. »

Il sourit.

Ce sourire étonna Augusta. Elle l'avait pris au dépourvu. Elle savait qu'il était sur la défensive, et pourtant il parvenait à sourire. Rares étaient les hommes capables de résister à la force de sa volonté, et elle avait l'impression que, malgré sa jeunesse, Micky faisait partie des exceptions. « Quel âge avez-vous ? demanda-t-elle.

— Seize ans. »

Elle l'inspecta. Il était scandaleusement beau, avec ses cheveux brun foncé bouclés et sa peau lisse, même s'il y avait un soupçon de décadence dans les yeux aux paupières lourdes et dans les lèvres charnues. Il lui rappelait un peu le comte de Strang dans son aplomb et sa fière allure... Elle chassa cette pensée avec une pointe de remords. « Peter Middleton n'était pas en difficulté quand vous êtes arrivés à la baignade, affirma-t-elle. Il nageait sans problème.

— Qu'est-ce qui vous fait dire ça ? » dit-il sans se démonter.

Il avait peur, elle le sentait, mais il gardait son calme. Il était vraiment d'une remarquable maturité. Malgré elle, elle se prit à lui dévoiler davantage son jeu. « Vous oubliez que Hugh Pilaster était là, reprit-elle. C'est mon neveu. Son père s'est suicidé la semaine dernière, comme vous l'avez sans doute appris, et c'est pourquoi il n'est pas ici. Mais il a parlé à sa mère, qui est ma belle-sœur.

— Qu'a-t-il dit ? »

Augusta se rembrunit. « Il a dit qu'Edward avait jeté à l'eau les vêtements de Peter », précisa-t-elle à regret. Elle ne comprenait vraiment pas pourquoi Teddy avait fait une chose pareille.

« Et alors ? »

Augusta sourit. Ce garçon dirigeait maintenant la conversation. Elle était censée l'interroger, et voilà que c'était lui qui posait des questions. « Dites-moi simplement ce qui s'est vraiment passé », déclara-t-elle.

Il acquiesça. « Très bien. »

Quand il eut dit cela, Augusta se trouva soulagée en même temps qu'inquiète. Elle voulait connaître la vérité mais redoutait de la découvrir. Pauvre Teddy : bébé, il avait passé quelques jours entre la vie et la mort, parce que quelque chose n'allait pas dans le lait d'Augusta, jusqu'à ce que les docteurs comprennent la nature du problème et proposent de faire appel à une nourrice. Depuis lors, il avait toujours été vulnérable : il avait besoin d'être spécialement protégé par sa mère. Si elle s'était écoutée, il ne serait pas allé en pension, mais son père s'était montré intransigeant à ce sujet...

Son attention revint à Micky. « Edward ne lui voulait aucun mal, reprit celui-ci. Il voulait juste chahuter. Il a jeté à l'eau les vêtements des autres garçons pour faire une blague. »

Augusta hocha la tête. Ça lui paraissait normal : des garçons qui se taquinaient. Le pauvre Teddy avait dû être en butte à ce genre de brimades lui aussi.

« Alors Hugh a poussé Edward dans l'eau.

— Ce petit Hugh a toujours été un fauteur de troubles, déclara Augusta. Tout comme l'était son malheureux père. » Et comme celui-ci, sans doute finirait-il mal aussi, se dit-elle.

« Les autres garçons se sont tous mis à rire et Edward a poussé la tête de Peter sous l'eau pour lui donner une leçon. Hugh s'est enfui. Alors Tonio a lancé une pierre sur Edward. »

Augusta était horrifiée. « Mais il aurait pu être assommé et se noyer !

— Ça n'a pas été le cas : il s'est jeté à la poursuite de Tonio. Je les observais : personne ne regardait Peter Middleton. Tonio a fini par échapper à Edward. C'est alors que nous nous sommes aperçus que Peter ne bougeait plus. Nous ne savons pas vraiment ce qui lui est arrivé : peut-être qu'en lui faisant boire la tasse Edward l'a épuisé, si bien qu'il était trop fatigué ou trop essoufflé pour sortir de la mare. Quoi qu'il en soit, il flottait, le visage dans l'eau. Nous l'avons tout de suite hissé sur la rive, mais il était mort. » Ce n'était guère la faute d'Edward, songea Augusta. Les garçons étaient toujours brutaux entre eux. Tout de même, elle était rudement contente que cette histoire ne fût pas dévoilée au cours de l'enquête. Dieu soit loué, Micky avait protégé Edward. « Et les autres garçons ? fit-elle. Ils doivent savoir ce qui s'est passé.

— Ç'a été un coup de chance que Hugh ait quitté le collège ce jour-là.

— Et l'autre... celui que vous appeliez Tony, c'est cela ?

— Antonio Silva. Son diminutif, c'est Tonio. Ne vous inquiétez pas pour lui. Il est de mon pays. Il fera ce que je lui dis.

— Comment pouvez-vous en être sûr ?

— Il sait que s'il m'attire des ennuis sa famille là-bas en pâtira. »

Le garçon avait dit cela d'un ton qui faisait froid dans le dos, et Augusta frissonna.

« Puis-je aller vous chercher un châle ? » demanda Micky, plein d'attention.

Augusta secoua la tête. « Aucun des autres garçons n'a vu ce qui s'était passé ? »

Micky fronça les sourcils. « Il y avait un autre élève à la baignade quand nous sommes arrivés.

— Qui ça ? »

Il secoua la tête. « Je n'ai pas pu voir son visage, je ne pensais pas que ça allait prendre tant d'importance.

— A-t-il vu ce qui est arrivé ?

— Je n'en sais rien. Je ne sais même pas exactement à quel moment il est parti.

— Mais il n'était plus là quand vous avez tiré le corps hors de l'eau.

— Non.

— Je voudrais bien savoir qui c'était, dit Augusta d'un ton anxieux.

— Ce n'était peut-être même pas un élève, fit observer Micky. Il pourrait être de la ville. D'ailleurs, il ne s'est pas proposé pour témoigner, alors j'imagine qu'il ne présente pas de danger pour nous. »

Pas de danger pour nous. Augusta se rendit compte soudain qu'elle était impliquée avec ce jeune garçon dans une histoire malhonnête et peut-être illégale. Cette situation ne lui plaisait pas. Elle s'y était lancée sans réfléchir et maintenant elle était prise au piège. Elle lui jeta un regard sévère et dit : « Qu'est-ce que vous voulez ? »

Pour la première fois, il n'était pas sur ses gardes. Abasourdi, il demanda : « Que voulez-vous dire ?

— Vous avez protégé mon fils. Vous vous êtes parjuré aujourd'hui. » Il était déconcerté par sa franchise, elle le constata. Elle en fut ravie : elle avait repris la situation en main. « Je ne crois pas que vous ayez pris un tel risque par pure bonté d'âme. Je pense que vous voulez quelque chose en retour. Pourquoi ne me le dites-vous donc pas simplement ? »

Elle vit les yeux du jeune garçon se baisser un instant vers son corsage, et elle crut dans un moment d'égarement qu'il allait lui faire une proposition inconvenante. Puis il dit :

« Je voudrais passer l'été avec vous. »

Elle ne s'attendait pas à ça. « Pourquoi ?

— Chez moi, c'est à six semaines de voyage. Il faut que je reste au collège pendant les vacances. J'ai horreur de ça : on y est seul et c'est assommant. J'aimerais qu'on m'invite à passer l'été avec Edward. »

Voilà tout d'un coup qu'il redevenait un collégien. Elle avait cru qu'il demanderait de l'argent ou peut-être une place à la banque Pilaster. Mais cela paraissait une si modeste requête, presque enfantine. Pourtant, de toute évidence, cela comptait pour lui. Après tout, songea-t-elle, il n'a que seize ans.

« Vous allez passer l'été avec nous et vous serez le bienvenu », dit-elle. L'idée ne déplaisait pas à Augusta. A certains égards, c'était un jeune homme plutôt redoutable, mais il avait des manières parfaites et il était beau garçon : ce ne serait pas une épreuve de l'avoir comme invité. Et peut-être aurait-il une bonne influence sur Edward. Si Teddy avait un défaut, c'était de ne pas savoir très bien ce qu'il voulait. Micky était tout le contraire. Peut-être un peu de sa volonté allait-elle déteindre sur son Teddy.

Micky sourit, découvrant des dents éblouissantes. « Merci », dit-il. Il avait l'air sincèrement ravi.

Elle avait envie d'être seule un moment pour réfléchir à ce qu'elle avait entendu. « Laissez-moi, maintenant. Je pourrai retrouver mon chemin jusqu'à la maison du principal. »

Il se leva. « Je vous suis très reconnaissant », dit-il en lui tendant la main.

Elle la prit. « Je vous suis reconnaissante d'avoir protégé Teddy. »

Il se pencha, comme s'il allait lui baiser la main. Puis, à la stupéfaction d'Augusta, il l'embrassa sur les lèvres. Un baiser si rapide qu'elle n'eut pas le temps de détourner la tête. Elle cherchait les mots pour protester quand il se redressa, mais elle ne trouva rien à dire. Un instant plus tard, il avait disparu.

C'était scandaleux ! Il n'aurait pas dû l'embrasser, encore moins sur les lèvres. Pour qui se prenait-il ? Son premier réflexe fut de se dire qu'elle allait annuler l'invitation. Mais impossible.

Pourquoi ? se demanda-t-elle. Pourquoi ne pouvait-elle pas annuler une invitation faite à un simple collégien ? Il s'était montré bien présomptueux : il ne devait donc pas venir chez eux.

Mais l'idée de revenir sur sa promesse la mettait mal à l'aise. Ce n'était pas seulement que Micky avait sauvé Teddy du déshonneur, elle s'en rendait bien compte. C'était pire que cela. Elle était complice d'un crime. Cela la mettait vis-à-vis de lui dans une position désagréablement vulnérable.

Elle resta un long moment assise dans la fraîcheur de la chapelle. Elle contemplait les murs nus en se demandant, avec un clair sentiment d'appréhension, comment ce garçon beau et rusé allait utiliser son pouvoir.

Première partie

1873

Chapitre un

Mai

1

Micky Miranda avait vingt-trois ans quand son père vint à Londres acheter des fusils.

Le señor Carlos Raul Xavier Miranda, qu'on appelait toujours Papa, était un petit homme aux épaules massives. Son visage boucané était creusé de rides trahissant un caractère agressif et brutal. En pantalon de cuir de cow-boy et chapeau à large bord, juché sur un étalon alezan, il pouvait impressionner et paraître élégant : mais ici, à Hyde Park, en redingote et haut-de-forme, il se sentait ridicule, et cela le rendait dangereusement irritable.

Lui et son fils ne se ressemblaient pas. Micky était grand et mince, avec des traits réguliers, et il obtenait ce qu'il voulait en souriant plutôt qu'en fronçant les sourcils. Il était profondément attaché aux raffinements de la vie londonienne : belles toilettes, manières courtoises, draps de fil et installations sanitaires à l'intérieur. Sa grande crainte était que Papa voulût le ramener au Cordovay. Il ne supportait pas l'idée de retrouver les jours passés en selle et les nuits à dormir à la dure. Pis encore était la perspective d'être sous la coupe de son frère aîné Paulo, qui était une réplique de Papa. Peut-être Micky rentrerait-il au pays un jour, mais ce serait en personnage important et non pas comme le fils cadet de Papa Miranda. En attendant, il devrait persuader son père qu'il était plus utile ici à Londres qu'il ne le serait chez lui au Cordovay.

Ils marchaient le long de l'allée sud par un samedi après-midi ensoleillé. Le parc grouillait de Londoniens élégants, à pied, à cheval ou en calèche, qui profitaient de la douceur du temps. Mais Papa n'était pas content. « Il me faut ces fusils ! » marmonnait-il en espagnol. Il le répéta à deux reprises.

Micky lui répondit dans la même langue. « Tu pourrais les acheter là-bas, dit-il d'un ton hésitant.

— Deux mille fusils ? fit Papa. Peut-être. Mais ce serait un si gros achat que tout le monde serait au courant. »

Il voulait donc garder l'affaire secrète. Micky n'avait pas la moindre idée de ce que Papa mijotait. Payer deux mille fusils et les munitions correspondantes, voilà qui engloutirait sans doute toutes les réserves d'argent liquide de la famille. Pourquoi Papa avait-il soudain besoin d'une telle artillerie ? Il n'y avait pas eu de guerre au Cordovay depuis la marche aujourd'hui légendaire des cow-boys, quand Papa avait fait traverser les Andes à ses hommes pour libérer la province de Santamaria de ses maîtres espagnols. Pour qui étaient les fusils ? Si l'on faisait le total des cow-boys de Papa, des parents, des hommes en place et des parasites, on arrivait à moins d'un millier d'hommes. Papa devait prévoir d'en recruter d'autres. Contre qui se battraient-ils ? Papa n'avait pas jugé bon de le dire et Micky n'osait pas le lui demander.

Il se contenta de déclarer : « De toute façon, tu ne pourrais sans doute pas trouver au pays des armes d'aussi bonne qualité.

— C'est vrai, dit Papa. Le Westley-Richards est le plus beau fusil que j'aie jamais vu. »

Micky avait pu aider Papa à choisir des fusils : il avait toujours été fasciné par les armes de toutes sortes et il se tenait au courant des derniers progrès techniques. Papa avait besoin de fusils à canon court qui ne seraient pas trop encombrants pour des hommes à cheval. Micky avait emmené Papa dans une usine de Birmingham et lui avait montré la carabine Westley-Richards qui se chargeait par la culasse et surnommée la « queue de singe » en raison de son levier d'armement incurvé.

« Et ils les fabriquent si vite, ajouta Micky.

— Je comptais attendre six mois pour que les fusils soient prêts. Mais ils peuvent les fournir en quelques jours.

— Ce sont les machines américaines qu'ils utilisent. »

Autrefois, quand les fusils étaient fabriqués par des forgerons qui assemblaient les pièces de façon artisanale, il aurait en effet fallu six mois pour produire deux mille fusils. Mais les machines modernes étaient si précises que les pièces de n'importe quelle arme convenaient à tout autre spécimen du même modèle et qu'une usine bien équipée pouvait sortir des centaines de fusils identiques par jour, comme des épingles.

« Et cette machine qui fabrique deux cent mille cartouches par jour ! » dit Papa en secouant la tête d'un air émerveillé. Puis son humeur changea de nouveau et il reprit d'un ton sombre : « Mais comment peuvent-ils demander de l'argent avant la livraison des armes ? »

Papa ne connaissait rien au commerce international : il avait supposé que le fabricant livrerait les fusils au Cordovay et accepterait d'être payé là-bas. Tout au contraire, on exigeait le paiement avant que les armes quittent l'usine de Birmingham.

Mais Papa répugnait à expédier des pièces d'argent dans des tonneaux à travers l'océan Atlantique. Surtout, il ne pouvait pas céder toute la fortune de la famille avant la livraison sans encombre des armes.

« Nous réglerons ce problème, Papa, affirma Micky d'un ton apaisant. C'est à ça que servent les banques d'affaires.

— Répète-moi ça, dit Papa. Je veux être bien sûr de comprendre. »

Micky était ravi de pouvoir expliquer quelque chose à Papa. « La banque paiera le fabricant à Birmingham. Elle s'arrangera pour que les fusils soient expédiés au Cordovay et elle les assurera pour le voyage. A leur arrivée là-bas, la banque acceptera ton règlement à son siège au Cordovay.

— Mais alors il faudra qu'ils expédient les pièces d'argent en Angleterre.

— Pas nécessairement. La banque les utilisera peut-être pour régler une cargaison de bœuf salé expédiée du Cordovay à Londres.

— Comment ces gens-là gagnent-ils leur vie ?

— Ils prennent une commission sur tout. Ils paieront le fabricant de fusils avec une réduction sur le prix, ils prélèveront une commission sur l'expédition et l'assurance et te feront payer les fusils plus cher. »

Papa hocha la tête. Il essayait de n'en rien montrer, mais il était impressionné, et cela fit plaisir à Micky.

Ils quittèrent le parc et prirent Kensington Gore jusqu'à la maison de Joseph et d'Augusta Pilaster.

Cela faisait sept ans que Peter Middleton s'était noyé : depuis lors, Micky passait toutes ses vacances avec les Pilaster. Après le collège, il avait fait le tour de l'Europe avec Edward pendant un an, et il avait partagé une chambre avec lui au cours des trois années qu'ils avaient passées à l'université d'Oxford, à boire, à jouer et à faire des frasques, ne déployant que le minimum d'efforts pour prétendre au statut d'étudiant.

Micky n'avait jamais de nouveau embrassé Augusta. Il aurait bien aimé. Il voulait d'ailleurs plus que cela. Et il avait le sentiment qu'elle pourrait se laisser faire. Sous ce vernis d'arrogance figée battait le cœur ardent d'une femme sensuelle et passionnée ; il en était sûr. Mais, par prudence, il s'était retenu. Il avait obtenu quelque chose d'inappréciable en se faisant accepter presque comme un fils dans une des plus riches familles d'Angleterre : et cela aurait été de la folie de compromettre cette enviable position en séduisant l'épouse de Joseph Pilaster. Malgré tout, il ne pouvait s'empêcher d'en rêver.

Les parents d'Edward avaient récemment emménagé dans une nouvelle maison. Kensington Gore, qui, voilà peu de temps encore, était une route de campagne menant à travers champs de Mayfair jusqu'au village de Kensington, alignait maintenant de superbes demeures tout le long de son côté sud. Du côté nord de la rue, il y avait Hyde Park et les jardins de Kensington Palace. C'était l'emplacement idéal pour la résidence d'une riche famille de financiers.

Micky n'était pas convaincu, en revanche, par le style de l'architecture.

Oh, certes, il était impressionnant : briques rouges et pierres blanches, avec de grandes fenêtres à meneaux au rez-de-chaussée et au premier étage. Dominant le rez-de-chaussée, un énorme pignon dont la forme triangulaire encadrait trois rangées de fenêtres — six, puis quatre, puis deux tout en haut : des chambres sans doute pour les innombrables parents, invités et domestiques. On avait aménagé des marches sur les côtés du pignon et on avait juché dessus des animaux de pierre : lions, dragons et singes. Tout en haut, un vaisseau toutes voiles dehors. Peut-être représentait-il le transport d'esclaves sur lequel, à en croire la légende familiale, s'était fondée la fortune des Pilaster.

« Je suis sûr qu'il n'y a pas une autre maison comme celle-ci à Londres », affirma Micky tandis que son père et lui étaient plantés devant à l'examiner.

Papa répondit en espagnol : « C'est sans doute ce que voulait la dame. »

Micky acquiesça. Papa n'avait pas encore rencontré Augusta, mais il avait déjà pris sa mesure.

La maison avait également un vaste sous-sol. Une passerelle le traversait pour donner accès au porche d'entrée. La porte était ouverte, et ils entrèrent.

Augusta donnait un thé pour montrer sa maison. Le vestibule lambrissé de chêne était empli de visiteurs et de domestiques. Micky et son père tendirent leurs chapeaux à un valet de pied puis se frayèrent un chemin jusqu'à un immense salon au fond de la maison. Les portes-fenêtres étaient ouvertes, et les invités se répandaient sur une terrasse dallée qui donnait sur un grand jardin.

Micky avait délibérément choisi de présenter son père au milieu d'une foule : les manières de Papa n'étaient pas toujours à la hauteur des mœurs londoniennes, et il était préférable de laisser les Pilaster s'habituer peu à peu à lui. Même pour un habitant du Cordovay, il ne se souciait guère des raffinements mondains, et l'escorter dans Londres, c'était un peu comme tenir un lion en laisse. Il insistait pour garder à tout moment son pistolet sous sa redingote.

Papa n'eut pas besoin de Micky pour lui désigner Augusta.

Elle se dressait au milieu de la pièce, drapée dans une robe de soie bleu roi avec un généreux décolleté carré qui révélait la naissance des seins. Comme Papa lui serrait la main, elle fixa sur lui le regard hypnotique de ses yeux bruns et dit d'une voix basse et veloutée : « Señor Miranda... Quel plaisir de vous rencontrer enfin ! » Papa fut aussitôt sous le charme. Il s'inclina bien bas sur sa main. « Jamais je ne pourrai vous rendre tout ce que vous avez eu la bonté de faire pour Miguel », déclara-t-il dans un anglais un peu hésitant.

Micky la regardait envoûter son père. Elle avait très peu changé depuis le jour où il l'avait embrassée dans la chapelle du collège de Windfield. Une ride ou deux de plus autour de ses yeux ne les rendaient que plus fascinants ; quelques fils d'argent dans ses cheveux rehaussaient le noir du reste ; et, si elle s'était un peu étoffée, cela ne rendait son corps que plus voluptueux.

« Micky m'a souvent parlé de votre magnifique ranch », disait-elle à Papa.

Celui-ci baissa la voix. « Il faudra qu'un jour vous veniez nous rendre visite. »

Dieu nous en préserve, songea Micky. Augusta au Cordovay serait aussi déplacée qu'un flamant rose dans une mine de charbon.

— Peut-être que je viendrai, fit Augusta. Est-ce loin ?

— Avec les nouveaux navires rapides, il ne faut qu'un mois. »

Il lui tenait toujours la main, observa Micky. Et il avait pris un ton plus doux. Déjà, il était sous le charme. Micky ressentit un élan de jalousie. Si quelqu'un était destiné à flirter avec Augusta, ce devrait être lui et non Papa.

« Il paraît que le Cordovay est un pays superbe », dit Augusta.

Micky priait le ciel que Papa ne fasse rien d'embarrassant. Mais il pouvait être charmant quand l'envie l'en prenait et, pour Augusta, il jouait maintenant le rôle d'un grand seigneur d'Amérique du Sud, superbe et romantique. « Je peux vous promettre que nous vous accueillerions comme la reine que vous êtes », déclara-t-il d'une voix un peu rauque. A présent, on sentait bien qu'il lui faisait la cour.

Mais Augusta était de taille à lui tenir tête. « Quelle perspective extraordinairement tentante », dit-elle avec un manque de sincérité éhonté qui échappa complètement à Papa. D'un seul geste, elle retira sa main de celle de Papa, jeta un coup d'œil par-dessus son épaule et cria : « Oh, capitaine Tillotson, comme c'est aimable à vous d'être venu ! » Puis elle pivota sur ses talons pour accueillir le nouvel arrivant.

Papa était consterné. Il lui fallut un moment pour retrouver ses esprits. Puis il ordonna brusquement : « Conduis-moi au président de la banque.

— Certainement », dit Micky, un peu nerveux. Il chercha du regard le vieux Seth. Tout le clan Pilaster était là, y compris les vieilles tantes, les neveux et nièces, la belle-famille et les cousins par alliance. Il reconnut deux ou trois membres du Parlement et un échantillonnage de hobereaux. La plupart des autres invités étaient des relations d'affaires, estima Micky — et des concurrents aussi, se dit-il en apercevant la haute et maigre silhouette de Ben Greenbourne, président de la banque Greenbourne, dont on disait que c'était l'homme le plus riche du monde. Ben était le père de Solomon, le garçon que Micky avait toujours connu sous le sobriquet de Fatty Greenbourne. Ils s'étaient perdus de vue depuis le collège : Fatty, au lieu de poursuivre ses études à l'université ou de faire un tour d'Europe, était tout de suite entré dans les affaires avec son père.

En général l'aristocratie trouvait vulgaire de parler d'argent, mais, dans ce groupe-là, on n'avait pas de telles inhibitions, et Micky ne cessait d'entendre parler de « krach ». L'orthographe bizarre de ce mot tenait au fait que tout avait commencé en Autriche. Les cours des actions avaient baissé, les taux bancaires avaient monté, à en croire Edward qui depuis peu commençait à travailler à la banque familiale. Certains s'en inquiétaient, mais les Pilaster étaient convaincus que Londres n'allait pas se laisser entraîner par Vienne.

Micky fit franchir à Papa les portes-fenêtres pour déboucher sur la terrasse pavée où l'on avait disposé des bancs de bois à l'ombre de vélums à rayures. Ils trouvèrent là le vieux Seth, assis avec une couverture sur les genoux malgré la douceur du temps printanier. On ne sait quelle vague maladie l'affaiblissait : il avait l'air aussi fragile qu'une coquille d'œuf mais il avait le nez des Pilaster, un grand nez en lame de couteau qui lui donnait encore un aspect formidable.

Une autre invitée faisait la roue devant le vieil homme en disant : « Quel dommage que vous ne soyez pas assez bien pour aller à la réception de Buckingham, Mr. Pilaster ! »

Micky aurait pu dire à cette femme que ce n'était pas la chose à dire à un Pilaster.

« Tout au contraire, je suis ravi d'avoir cette excuse, répliqua Seth en se raclant la gorge. Je ne vois pas pourquoi je devrais plier le genou devant des gens qui n'ont jamais gagné un penny de leur vie.

— Mais le prince de Galles... Quel honneur ! »

Seth n'était pas d'humeur à discuter ; d'ailleurs, cela lui arrivait rarement. Il reprit donc : « Jeune personne, le nom de Pilaster est une garantie reconnue d'affaires honnêtes dans des coins de la planète où l'on n'a jamais entendu parler du prince de Galles.

— Mais, Mr. Pilaster, on dirait presque, à vous entendre, que vous n'approuvez pas la famille royale ! » insista la femme en s'efforçant péniblement de prendre un ton enjoué.

Cela faisait soixante-dix ans que Seth n'était pas enjoué. « La Bible dit : " Si quelqu'un ne veut pas travailler, qu'il ne mange pas non plus. " C'est saint Paul qui a écrit cela dans la seconde épître aux Thessaloniciens, chapitre trois, verset dix. Il a manifestement omis de préciser que les personnages royaux faisaient exception à la règle. »

La jeune femme se retira, toute confuse. Réprimant un sourire, Micky dit : « Mr. Pilaster, puis-je vous présenter mon père, le señor Carlos Miranda, qui arrive du Cordovay pour une visite en Angleterre. »

Seth serra la main de Papa. « Le Cordovay, hein ? Ma banque a une agence dans votre capitale, Palma.

— Je vais très peu à la capitale, déclara Papa. J'ai un ranch dans la province de Santamaria.

— Alors, vous êtes dans l'élevage du bœuf.
— Oui.
— Intéressez-vous donc à la réfrigération. »

Papa était déconcerté. Micky expliqua : « Quelqu'un a inventé une machine pour garder la viande froide. Si on peut trouver un moyen d'en installer sur les bateaux, nous pourrons envoyer de la viande fraîche à travers le monde entier sans la saler. »

Papa fronça les sourcils. « Ce pourrait être mauvais pour nous. J'ai un grand atelier de salage.

— Démolissez-le, dit Seth. Lancez-vous dans la réfrigération. »

Papa n'aimait pas beaucoup entendre des gens lui dire ce qu'il devait faire, et Micky était un peu inquiet. Du coin de l'œil, il repéra Edward. « Papa, je voudrais te présenter mon meilleur ami », annonça-t-il. Il parvint à éloigner son père de Seth. « Permets-moi de te présenter Edward Pilaster. »

Papa toisa Edward d'un regard froid et lucide. Edward n'était pas beau — il tenait de son père et non de sa mère —, mais il avait l'aspect d'un garçon de ferme en pleine santé, musclé, et clair de peau. Les soirées prolongés et le vin en abondance ne l'avaient pas marqué — en tout cas, pas encore. Papa lui serra la main en disant : « Vous deux êtes amis depuis bien des années.

— Des âmes sœurs », dit Edward.

Papa se rembrunit : il n'avait pas compris.

Micky reprit : « Pouvons-nous parler affaires un moment ? »

Ils descendirent de la terrasse sur la pelouse nouvellement aménagée. Les bordures étaient fraîchement plantées, terre meuble et tout petits buissons. « Papa a fait quelques gros achats ici et il a besoin d'en organiser l'expédition et le financement, poursuivit Micky. Ce pourrait être la première petite affaire que tu apporterais à la banque de ta famille. »

Edward avait l'air intéressé. « Je serais enchanté de m'occuper de cela pour vous, affirma-t-il à Papa. Voudriez-vous passer à la banque demain matin pour que nous puissions prendre tous les arrangements nécessaires ?

— Je n'y manquerai pas, dit Papa.

— Dis-moi une chose, reprit Micky. Et si le navire coule ? Qui perd : nous ou la banque ?

— Ni l'un ni l'autre, fit Edward d'un ton suffisant. La cargaison sera assurée auprès de la Lloyd's. Nous toucherions tout simplement l'argent de l'assurance et nous vous expédierions un nouveau lot de marchandises. Vous ne payez que quand on vous a livré votre commande. De quelle cargaison s'agit-il, au fait ?

— De fusils. »

Le visage d'Edward se décomposa. « Oh, alors, nous ne pouvons rien faire pour vous. »

Micky était intrigué. « Pourquoi ?

— A cause du vieux Seth. C'est un méthodiste, tu sais. C'est le cas de toute la famille, mais il est nettement plus dévot que la plupart d'entre nous. Dans tous les cas, il refuse de financer les ventes d'armes et, comme il en est le président, c'est la politique de la banque.

— Du diable... » jura Micky. Il lança à son père un regard craintif. Heureusement, Papa n'avait pas compris la conversation. Micky sentit son estomac se serrer. Son projet n'allait tout de même pas tomber à l'eau à cause de quelque chose d'aussi stupide que la religion de Seth. « Le sale vieil hypocrite est pratiquement mort : pourquoi interviendrait-il ?

— Il est sur le point de prendre sa retraite, observa Edward. Mais je crois que c'est oncle Samuel qui va lui succéder et il est pareil, tu sais. »

De mal en pis. Samuel était le fils célibataire de Seth, cinquante-trois ans et en parfaite santé. « Nous allons tout simplement devoir nous adresser à une autre banque d'affaires, dit Micky.

— Ça ne devrait pas poser de problèmes, répliqua Edward, à condition que vous puissiez leur fournir quelques bonnes références commerciales.

— Des références ? Pourquoi ?

— Eh bien, une banque prend toujours le risque de voir l'acheteur renoncer à l'affaire en lui laissant sur les bras une cargaison de marchandises à l'autre bout du monde qui n'intéressent personne. Il faut donc simplement à la banque l'assurance qu'elle traite avec un homme d'affaires respectable. »

Edward ne se rendait pas compte que la notion d'homme d'affaires respectable n'existait pas encore en Amérique du Sud. Papa était un caudillo, un propriétaire foncier de province possédant quarante ou cinquante mille hectares de pampa et une équipe de cow-boys qui faisait en même temps office d'armée privée. Il exerçait le pouvoir d'une façon que les Britanniques ne connaissaient plus depuis le Moyen Age. Autant demander des références à Guillaume le Conquérant.

Micky fit semblant de rester impassible. « Je suis certain que nous pouvons fournir ça », déclara-t-il. En fait, il était désarçonné. Mais, s'il comptait rester à Londres, il fallait faire aboutir cette affaire.

Ils tournèrent les talons et revinrent à pas lents vers la terrasse, Micky dissimulant son anxiété. Papa n'avait pas encore compris qu'ils s'étaient heurtés à une grave difficulté, mais il faudrait bien que Micky le lui explique plus tard ; alors, les choses se passeraient mal. Papa ne supportait pas l'échec, et sa colère était redoutable.

Augusta apparut sur la terrasse et s'adressa à Edward. « Teddy chéri, dit-elle, trouve-moi Hastead. » Hastead était son obséquieux maître d'hôtel gallois. « Il ne reste plus de cordial et le misérable a disparu. » Edward partit à sa recherche. Elle gratifia Papa d'un sourire chaleureux et complice. « Aimez-vous notre petite réunion, señor Miranda ?

— Beaucoup, je vous remercie, dit Papa.

— Il faut que vous preniez du thé ou un verre de cordial. »

Papa aurait préféré de la tequila, Micky le savait, mais on ne servait pas d'alcool aux thés méthodistes.

Augusta regarda Micky. Toujours prompte à sentir l'humeur des autres, elle dit : « Je vois bien que vous ne vous amusez pas. Que se passe-t-il ? »

Il n'hésita pas à se confier à elle. « J'espérais que Papa pourrait aider Edward en apportant une nouvelle affaire à la banque, mais il s'agit de fusils et de munitions, et Edward vient de m'expliquer qu'oncle Seth refuse de financer des achats d'armes.

— Seth ne va pas rester encore bien longtemps président, assura Augusta.

— Apparemment, Samuel voit les choses de la même façon que son père.

— Vraiment ? fit Augusta d'un ton malicieux. Et qui vous dit que Samuel va être le nouveau président ? »

2

Hugh Pilaster arborait une nouvelle cravate de style Ascot, un peu bouffante à l'encolure et maintenue par une épingle. Il aurait vraiment dû porter un nouveau costume, mais il ne gagnait que soixante-huit livres par an : il devait donc égayer ses vieux vêtements avec une nouvelle cravate. L'Ascot était la dernière mode, et le bleu ciel était un choix de couleur audacieux. Mais, en épiant son reflet dans la grande glace au-dessus de la cheminée du salon de tante Augusta, il constata que la cravate bleue et le costume noir ne manquaient pas d'élégance, avec ses yeux bleus et ses cheveux noirs ; il espérait que la cravate lui donnait un air cavalier et séduisant. Peut-être Florence Stalworthy le penserait-elle, en tout cas. Depuis qu'il l'avait rencontrée, il commençait à s'intéresser à la toilette.

C'était un peu embarrassant d'habiter chez Augusta et d'être si pauvre ; mais une tradition de la banque Pilaster voulait que les hommes fussent payés ce qu'ils valaient, qu'ils fussent ou non membres de la famille. Une autre tradition était qu'on commençât toujours en bas de l'échelle. Hugh avait été un élève modèle au collège et il aurait été chef de classe s'il n'avait pas eu autant d'histoires. Mais, à la banque, son éducation ne comptait pas pour grand-chose : il faisait le travail d'un apprenti employé — et recevait un salaire en conséquence. Sa tante et son oncle ne lui avaient jamais proposé de l'aider financièrement : force leur était donc de s'accommoder de son apparence un peu minable.

Peu lui importait ce qu'ils en pensaient, bien sûr. C'était Florence Stalworthy qui le préoccupait : une jolie jeune fille au teint pâle, fille du comte de Stalworthy. Mais ce qu'il y avait de plus important chez elle, c'était son intérêt pour Hugh Pilaster. En vérité, Hugh était fasciné par toute fille lui adressant la parole. Cela le tracassait un peu, car, certainement, cela voulait dire que ses sentiments manquaient de profondeur. Mais c'était plus fort que lui. Si une jeune fille l'effleurait accidentellement, il ne lui en fallait pas plus pour avoir la bouche sèche. Il était dévoré de curiosité en se demandant à quoi ressemblaient leurs jambes sous toutes ces couches de jupes et de jupons. Il y avait des moments où son désir lui faisait mal comme une blessure. Il avait vingt ans. Il était ainsi depuis l'âge de quinze ans et, au cours de ces cinq années-là, il n'avait jamais embrassé personne sauf sa mère.

Une réception comme ce thé chez Augusta était une exquise torture. Comme c'était une réception, les gens se donnaient du mal pour être agréables, pour trouver des sujets de conversation et s'intéresser les uns aux autres. Les jeunes filles avaient l'air ravissantes, elles souriaient et parfois, avec discrétion, flirtaient. Tant d'invités se pressaient dans la maison qu'inévitablement certaines des jeunes filles effleuraient Hugh au passage, le bousculaient en se retournant, lui touchaient le bras ou même pressaient leur poitrine contre son dos en se frayant un passage. Après cela, il aurait toute une semaine de nuits sans sommeil.

Bien entendu, il était apparenté à la plupart des gens qui se trouvaient là. Son père, Tobias, et le père d'Edward, Joseph, étaient frères. Mais le père de Hugh avait retiré ses capitaux de l'affaire familiale pour fonder sa propre entreprise. Il avait fait faillite et s'était suicidé. C'était pour cela que Hugh avait quitté le ruineux pensionnat de Windfield pour se retrouver externe à l'académie de Folkstone pour les « fils de gentlemen ». C'était pour cela qu'il avait commencé à travailler à dix-neuf ans au lieu de faire un tour d'Europe et de perdre quelques années dans une université. C'était pour cela qu'il habitait chez sa tante. Et c'était pour cela qu'il n'avait pas de costume neuf à porter à la réception. Il était un parent, mais un parent pauvre : une source de gêne pour une famille dont l'orgueil, l'assurance et la position sociale étaient fondés sur sa richesse.

L'idée ne serait jamais venue à aucun d'eux de résoudre le problème en lui donnant de l'argent. La pauvreté était le châtiment infligé à ceux qui faisaient de mauvaises affaires et, si l'on commençait à adoucir le sort des gens qui ne réussissaient pas, rien ne les inciterait à bien faire. « Autant mettre des lits de plume dans les cellules de prison », disaient-ils chaque fois que quelqu'un suggérait qu'on aide les perdants.

Son père avait été victime d'une crise financière, mais cela ne changeait rien. Il avait fait faillite le 11 mai 1866, une date connue des banquiers sous le nom de Vendredi noir. Ce jour-là, un courtier de change du nom d'Overend & Gurney avait fait une banqueroute de cinq millions de livres, entraînant de nombreuses firmes dont la Société de dépôt de Londres et l'entreprise de travaux publics de sir Samuel Peto, aussi bien que Tobias Pilaster & Co. Mais, selon la philosophie Pilaster, on n'avait pas d'excuse dans les affaires. Il y avait actuellement une crise financière et, à n'en pas douter, une ou deux firmes feraient faillite avant qu'on en vît la fin. Mais les Pilaster se protégeaient avec énergie : ils se débarrassaient de leurs clients plus fragiles, resserraient le crédit et refusaient impitoyablement toutes les nouvelles affaires qui ne présentaient pas les plus incontestables garanties. L'instinct de conservation, estimaient-ils, était le premier devoir du banquier. Eh bien, songea Hugh, je suis un Pilaster aussi. Je n'ai peut-être pas le nez Pilaster, mais je sais ce que c'est que l'instinct de conservation. Il sentait parfois son cœur bouillir de rage quand il évoquait ce qui était arrivé à son père. Cela le rendait d'autant plus déterminé à devenir le plus riche et le plus respecté de toute cette satanée famille. Son passage comme externe dans un établissement modeste lui avait enseigné d'utiles principes et une solide connaissance de l'arithmétique, tandis qu'Edward, son cousin mieux loti, se débattait avec le latin et le grec. Ne pas aller à l'université lui avait permis de commencer tôt dans les affaires. Jamais il n'avait eu la tentation de suivre une voie différente, de devenir peintre, membre du Parlement ou ecclésiastique. Il avait la finance dans le sang. Il pouvait donner plus rapidement le taux bancaire du jour qu'il ne pouvait dire s'il pleuvait. Il était bien décidé à ne jamais devenir aussi content de lui ni aussi hypocrite que les membres plus âgés de sa famille, mais il allait quand même être banquier.

Pourtant, il n'y pensait pas beaucoup. La plupart du temps, il pensait aux filles.

Il traversa le salon pour déboucher sur la terrasse et aperçut Augusta qui piquait droit sur lui avec une jeune fille à la remorque.

« Cher Hugh, dit-elle, voici votre amie miss Bodwin. »

Hugh retint un grognement. Rachel Bodwin était une grande fille intellectuelle aux opinions radicales. Elle n'était pas jolie : elle avait des cheveux bruns ternes et des yeux clairs un peu trop rapprochés. Pourtant elle était vive et intéressante, débordante d'idées subversives, et Hugh l'avait trouvée très sympathique quand il était arrivé à Londres pour travailler à la banque. Mais Augusta avait décidé qu'il devrait épouser Rachel, et cela avait gâché leur relation. Avant cela, ils avaient des discussions enflammées à propos du divorce, de la religion, de la pauvreté et du vote des femmes. Depuis qu'Augusta avait entamé sa campagne pour les réunir, ils se contentaient de rester plantés l'un devant l'autre en échangeant des propos embarrassés.

« Comme vous êtes ravissante, miss Bodwin, fit-il machinalement.

— Vous êtes bien aimable », répondit-elle d'un ton ennuyé.

Augusta allait repartir quand elle aperçut la cravate de Hugh. « Dieu du ciel ! s'exclama-t-elle. Qu'est-ce que c'est que ça ? Tu as l'air d'un aubergiste ! »

Hugh devint cramoisi. S'il avait pu trouver une réplique mordante, il en aurait pris le risque, mais rien ne lui vint à l'esprit, et il se contenta de marmonner : « C'est juste une nouvelle cravate. Ça s'appelle une Ascot.

— Tu la donneras au cireur demain », lança-t-elle en tournant les talons.

Hugh était furieux contre le destin qui l'obligeait à vivre avec une tante aussi autoritaire.

« Les femmes devraient s'abstenir de commenter les toilettes d'un homme, dit-il d'un ton maussade. Ça n'est pas digne d'une dame.

— Je trouve, répliqua Rachel, que les femmes devraient faire des commentaires sur tout ce qui les intéresse : je dirai donc que j'aime votre cravate et qu'elle est assortie à vos yeux. »

Hugh lui sourit : il se sentait mieux. Au fond, elle était très gentille. Toutefois, ce n'était pas sa gentillesse qui faisait qu'Augusta voulait le voir l'épouser. Rachel était la fille d'un avocat spécialisé dans les contrats commerciaux. Sa famille n'avait d'autre fortune que les revenus professionnels de son père et, sur l'échelle sociale, ils étaient loin en dessous des Pilaster. A vrai dire, ils n'auraient pas dû être à cette réception, mais Mr. Bodwin avait rendu des services à la banque. Rachel était une jeune fille de situation modeste et, en l'épousant, Hugh confirmerait son statut de membre de la branche pauvre des Pilaster ; et c'était cela que voulait Augusta.

Il n'était pas totalement opposé à l'idée de demander Rachel en mariage. Augusta avait laissé entendre qu'elle ferait à son neveu un généreux cadeau s'il épousait la jeune fille qu'elle aurait choisie. Mais ce n'était pas le cadeau de mariage qui le tentait, c'était l'idée que chaque soir il pourrait se mettre au lit avec une femme, retrousser sa chemise de nuit sur ses chevilles, ses genoux, ses cuisses...

« Ne me regardez pas de cette façon, dit Rachel d'un ton moqueur. J'ai simplement dit que j'aimais bien votre cravate. »

Hugh s'empourpra de nouveau. Elle ne pouvait tout de même pas deviner les idées qui lui passaient par la tête ? Ses pensées sur les femmes avaient un caractère si trivial que la plupart du temps il en avait honte lui-même.

« Pardonnez-moi, murmura-t-il.

— Ce qu'ils sont nombreux, ces Pilaster, remarqua-t-elle soudain en regardant autour d'elle. Comment pouvez-vous en supporter autant ? »

Hugh regarda à son tour autour de lui et vit entrer Florence Stalworthy. Elle était extraordinairement jolie, avec ses boucles blondes tombant sur ses épaules délicates, une robe rose bordée de dentelles et de rubans de soie, et des plumes d'autruche à son chapeau. Elle croisa le regard de Hugh et lui sourit à travers la salle.

« Je vois que j'ai perdu votre attention, lança Rachel avec sa brutalité habituelle.

— Je vous demande infiniment pardon », dit Hugh.

Rachel lui toucha le bras. « Hugh, mon cher, écoutez-moi un instant. Je vous aime bien. Vous êtes une des rares personnes dans la société londonienne qui ne soient pas d'un indicible ennui. Mais je ne vous aime pas et je ne vous épouserai jamais, malgré tous les efforts de votre tante pour nous jeter dans les bras l'un de l'autre. »

Hugh resta bouche bée. « Dites-moi... » commença-t-il.

Mais elle n'en avait pas terminé. « Et je sais que vous avez à peu près les mêmes sentiments à mon égard, alors, je vous en prie, ne faites pas semblant d'avoir le cœur brisé. »

Après un moment de stupéfaction, Hugh eut un grand sourire Ce côté direct, c'était ce qu'il aimait chez elle. Mais sans doute avait-elle raison : bien aimer quelqu'un, ce n'était pas en être amoureux. Il n'était pas certain de ce qu'était l'amour, mais elle avait l'air de le savoir. « Est-ce que ça veut dire que nous pouvons recommencer à nous quereller à propos du vote des femmes ? dit-il, tout joyeux.

— Oui, mais pas aujourd'hui. Je m'en vais aller bavarder avec votre vieux camarade de collège, le señor Miranda. »

Hugh se rembrunit. « Micky est incapable d'épeler " suffragette " et encore moins de vous dire ce que ça signifie.

— Malgré tout, la moitié des débutantes de Londres se pâment devant lui.

— Je n'arrive pas à comprendre pourquoi.

— C'est Florence Stalworthy en homme », lança Rachel. Et elle le planta là.

Hugh resta songeur. Micky savait que Hugh était un parent pauvre et il le traitait en conséquence : Hugh avait donc du mal à se montrer objectif à son égard. Micky était fort bien de sa personne et toujours superbement habillé. Il évoquait pour Hugh l'image d'un chat, lisse et sensuel, avec son pelage luisant. Cela ne se faisait pas tout à fait d'être soigné à ce point-là, et les hommes disaient qu'il n'était pas très viril. Mais les femmes ne semblaient pas s'en soucier. Hugh suivit Rachel des yeux tandis qu'elle traversait le salon jusqu'à l'endroit où Micky, debout auprès de son père, parlait à Clémentine, la sœur d'Edward, à tante Madeleine et à sa jeune tante Béatrice. Puis Micky se tourna vers

Rachel : il lui accorda toute son attention en lui serrant la main et en lui disant quelque chose qui la fit rire. Micky parlait toujours à trois ou quatre femmes à la fois. Malgré tout Hugh n'aimait pas cette idée que Florence ressemblât un peu à Micky. Elle était séduisante et populaire comme lui, mais, estimait Hugh, Micky avait un côté un peu faisan.

Il se dirigea du côté de Florence, tout excité mais un peu nerveux. « Lady Florence, comment allez-vous ? »

Elle lui fit un sourire éblouissant. « Quelle maison extraordinaire !

— Elle vous plaît ?

— Je n'en suis pas sûre.

— C'est ce que disent la plupart des gens. »

Elle se mit à rire comme s'il avait dit quelque chose de spirituel, et il en éprouva un ravissement immodéré.

Il poursuivit : « C'est très moderne, vous savez. Il y a cinq salles de bains ! Et une énorme chaudière au sous-sol qui chauffe toute la maison avec des tuyaux d'eau chaude.

— Peut-être que le navire de pierre en haut du pignon est en trop. »

Hugh baissa la voix. « Je le pense aussi. Ça me rappelle la tête de bœuf au-dessus d'une boucherie. »

Elle pouffa de nouveau. Hugh était enchanté de pouvoir la faire rire. Il se dit que ce serait agréable de l'entraîner loin de la foule. « Venez voir le jardin, proposa-t-il.

— Comme c'est ravissant. »

Ce n'était pas ravissant du tout, puisqu'on venait de le planter, mais peu importait. Il l'entraîna sur la terrasse. Alors, il fut harponné au passage par Augusta qui lui lança un regard réprobateur en disant : « Lady Florence, comme c'est aimable à vous d'être venue. Edward va vous montrer le jardin. »

Elle empoigna par le bras Edward qui était auprès d'elle et les poussa tous les deux avant que Hugh ait pu dire un mot. Il serra les dents de déception et se jura de lui faire payer cela. « Hugh, mon chéri, je sais que tu as envie de bavarder avec Rachel », reprit-elle. Elle prit Hugh par le bras, le ramena dans le salon ; pas moyen de lui résister autrement qu'en se libérant brutalement le bras et en lui faisant une scène. Rachel était avec Micky Miranda et son père. « Micky, je voudrais que votre père fasse la connaissance du cousin de mon mari, Mr. Samuel Pilaster. » Elle s'empara de Micky et de son père en les entraînant, laissant de nouveau Hugh avec Rachel.

« On ne peut pas discuter avec elle.

— Autant discuter avec une locomotive », bougonna Hugh. Par la fenêtre, il apercevait la tournure de la robe de Florence qui se balançait dans le jardin tandis qu'elle suivait Edward.

Rachel surprit son regard et dit : « Allez la chercher. »

Il eut un grand sourire. « Merci. »

Il se précipita dans le jardin. Comme il allait les rattraper, une idée perverse lui vint. Pourquoi ne pas jouer le jeu de sa tante et détacher Edward de Florence ? Augusta serait folle furieuse quand elle s'en apercevrait, mais passer quelques minutes seul dans le jardin avec Florence en vaudrait la peine. Bah, se dit-il, allons-y. « Oh, Edward, fit-il. Ta mère m'a envoyé te chercher. Elle est dans le vestibule. »

Edward ne posa aucune question : il était habitué aux brusques changements d'humeur de sa mère. « Je vous en prie, excusez-moi, lady Florence », dit-il. Il les abandonna et entra dans la maison.

« Elle vous a vraiment envoyé le chercher ? s'enquit Florence.

— Pas du tout.

— Quel garnement vous êtes ! » dit-elle, mais elle souriait.

Il la regarda dans les yeux, s'épanouissant au soleil de son approbation. Cela lui coûterait cher par la suite, mais il en aurait souffert bien davantage pour un sourire comme celui-là. « Venez voir le verger », suggéra-t-il.

3

Augusta était amusée par Papa Miranda. Quel péquenot ! Il était si différent de son svelte et élégant fils. Augusta aimait beaucoup Micky Miranda. Elle se sentait toujours plus féminine quand elle était avec lui, même s'il était très jeune. Il avait une façon de la regarder comme si elle était la créature la plus désirable qu'il eût jamais vue. Il y avait des moments où elle aurait voulu qu'il fasse davantage que simplement la regarder. C'était un souhait stupide, bien sûr, mais, malgré tout, c'était une idée qui lui venait de temps en temps.

Leur conversation à propos de Seth l'avait inquiétée. Micky estimait que, quand le vieux Seth mourrait ou prendrait sa retraite, ce serait son fils Samuel qui lui succéderait comme chef de la maison Pilaster. Micky n'aurait pas fait cette supposition-là tout seul : il avait dû en entendre parler dans la famille. Augusta ne voulait pas voir Samuel président de la banque. Elle voulait le poste pour son mari Joseph, neveu de Seth.

Jetant un coup d'œil par la fenêtre du salon, elle vit réunis sur la terrasse les quatre associés de la banque Pilaster. Trois étaient des Pilaster : Seth, Samuel et Joseph — les méthodistes du début du XIXe siècle avaient un faible pour les prénoms bibliques. Le vieux Seth avait l'air de l'invalide qu'il était, assis avec une couverture sur ses genoux, ayant passé l'âge où il pouvait être utile. Près de lui, son fils. Samuel n'avait pas l'air aussi distingué que son père. Il avait le même nez aquilin, mais surmontant une bouche plutôt molle avec de vilaines dents. Selon la tradition, il serait le candidat désigné à sa succession car il était l'aîné des associés après Seth. Joseph était en train de parler : il expliquait quelque chose à son oncle et à son cousin avec de petits gestes saccadés de la main, des gestes qui trahissaient son impatience. Lui aussi avait le nez Pilaster, mais il avait les traits plutôt irréguliers et il perdait ses cheveux. Le quatrième associé était un peu en retrait, il écoutait, les bras croisés. C'était le major George Hartshorn, le mari de Madeleine, la sœur de Joseph. Ancien officier de carrière, il avait sur le front une cicatrice bien visible : une blessure reçue voilà vingt ans pendant la guerre de Crimée. Ce n'était pourtant pas un héros : une locomotive à vapeur avait effrayé son cheval, et, en tombant, il s'était cogné la tête sur la roue d'un wagon-cuisine. Il avait démissionné de l'armée pour entrer à la banque quand il avait épousé Madeleine. Homme affable, toujours à suivre les autres, il n'était pas assez malin pour diriger la banque, et, de toute façon, on n'avait jamais eu de président qui ne s'appelât pas Pilaster. Les seuls candidats sérieux étaient Samuel et Joseph.

En théorie, la décision devait être prise à la suite d'un vote des associés. Mais, par tradition, la famille parvenait en général à un consensus. Augusta, en fait, était bien décidée à ce que les choses se passent comme elle l'entendait. Mais ça n'allait pas être facile.

Le président de la banque Pilaster était un des personnages les plus importants au monde. Sa décision d'accorder un prêt pouvait sauver un monarque. Son refus pouvait déclencher une révolution. Avec une poignée d'autres — J. P. Morgan, les Rothschild, Ben Greenbourne —, il tenait entre ses mains la prospérité des nations. Les chefs d'État le flattaient, les Premiers ministres le consultaient et les diplomates le courtisaient. Quant à sa femme, ils étaient tous pleins d'attentions pour elle.

Joseph avait envie du poste, mais il n'avait aucune subtilité. Augusta était terrifiée à l'idée qu'il allait laisser l'occasion lui filer entre les doigts. Abandonné à lui-même, il pourrait fort bien dire carrément qu'il aimerait qu'on envisageât sa candidature et laisser tout simplement la famille en décider. L'idée ne lui viendrait peut-être pas qu'il devrait prendre d'autres mesures pour s'assurer de remporter la compétition. Par exemple, il n'était pas homme à faire quoi que ce soit pour discréditer un rival.

Augusta devrait trouver des moyens de s'en charger à sa place.

Elle n'eut aucun mal à repérer le point faible de Samuel. Célibataire à cinquante-trois ans, il vivait avec un jeune homme qu'il appelait allègrement son « secrétaire ». Jusqu'à maintenant, la famille n'avait accordé aucune attention à la situation domestique de Samuel, mais Augusta se demandait si elle ne pourrait pas changer tout cela.

Il fallait manier Samuel avec précaution. C'était un personnage tatillon et méticuleux : le genre d'homme à se changer entièrement parce qu'une goutte de vin était tombée sur son pantalon. Mais ce n'était pas un caractère faible et on ne pouvait pas l'intimider. Attaquer de front n'était pas la façon de s'y prendre avec lui.

Elle n'éprouverait aucun regret à lui faire du tort. Elle ne l'avait jamais aimé. Il se conduisait parfois comme s'il la trouvait amusante et il avait une façon de refuser de la juger sur les apparences qu'elle trouvait profondément agaçante.

Tout en circulant parmi ses invités, elle essaya de ne plus penser à l'irritation qu'elle éprouvait à voir son neveu Hugh s'entêter à refuser sa cour à une jeune fille qui lui conviendrait parfaitement. Cette branche-là de la famille avait toujours été une source d'ennuis et elle n'allait pas se laisser distraire par cela du problème autrement plus important que Micky lui avait signalé : la menace que représentait Samuel.

Elle aperçut dans le vestibule sa belle-sœur, Madeleine Hartshorn. Pauvre Madeleine, on devinait qu'elle était la sœur de Joseph, car elle avait le nez Pilaster. Sur certains des hommes de la famille, cela avait quelque chose de distingué, mais une femme ne pouvait être que laide avec un grand bec pareil.

Madeleine et Augusta avaient jadis été rivales. Voilà des années, quand Augusta avait épousé Joseph, Madeleine n'avait pas aimé la façon dont la famille avait fait cercle autour d'Augusta — même si Madeleine ne posédait pas le magnétisme ni l'énergie nécessaires pour accomplir ce qu'accomplissait Augusta : organiser mariages et enterrements, jouer les marieuses, apaiser les querelles, soutenir les malades, les femmes enceintes et les éplorés. L'attitude de Madeleine avait bien failli provoquer une rupture au sein de la famille. Et puis elle avait donné elle-même une arme à Augusta. Un après-midi, Augusta était entrée dans un élégant magasin d'argenterie de Bond Street juste à temps pour voir Madeleine s'éclipser au fond de la joaillerie. Augusta s'était attardée un moment, en faisant semblant d'hésiter sur un toaster, jusqu'au moment où elle avait vu un beau jeune homme suivre le même chemin. Elle avait entendu dire que des pièces aménagées au-dessus de ce genre de magasin servaient parfois à des rendez-vous galants, et elle était maintenant presque certaine que Madeleine avait une aventure. Un billet de cinq livres avait persuadé la propriétaire du magasin, une certaine Mrs. Baxter, de lui livrer le nom du jeune homme, le vicomte Tremain.

Augusta avait été sincèrement choquée, mais sa première idée avait été que, si Madeleine pouvait se commettre avec le vicomte Tremain, elle, Augusta, pourrait en faire autant avec Micky Miranda. Mais, bien sûr, c'était hors de question. D'ailleurs, si l'on pouvait démasquer Madeleine, la même chose pourrait arriver à Augusta.

Cela aurait pu causer la perte de Madeleine sur le plan social. Un homme qui avait une liaison, on trouvait que ce n'était pas bien, mais c'était quand même romanesque. Une femme qui en faisait autant était une putain. Si l'on découvrait le secret de Madeleine, elle serait mise au ban de la société et deviendrait la honte de sa famille. Augusta songea à utiliser ce secret pour la contrôler en faisant planer sur sa tête la menace de dévoiler son imprudence. Mais cela aurait déclenché à jamais contre elle l'hostilité de Madeleine. Il était stupide de multiplier inutilement les ennemis. Il devait bien y avoir un moyen qui lui permettrait de désarmer Madeleine tout en s'en faisant une alliée. Après de mûres réflexions, elle avait mis au point une stratégie. Au lieu de menacer Madeleine, elle allait faire semblant d'être de son côté. « Un bon conseil, ma chère Madeleine, lui avait-elle chuchoté. On ne peut pas faire confiance à Mrs. Baxter. Dites à votre vicomte de trouver un lieu de rendez-vous plus discret. » Madeleine l'avait suppliée de garder le secret et s'était montrée pitoyablement reconnaissante quand Augusta lui avait bien volontiers promis le silence éternel. Depuis lors, il n'y avait plus entre elles de rivalité.

Augusta prit donc le bras de Madeleine en disant : « Venez voir ma chambre : je crois qu'elle vous plaira. »

Au premier étage de la maison se trouvaient sa chambre à coucher et son vestiaire, la chambre de Joseph et son vestiaire ainsi qu'un bureau. Elle emmena Madeleine dans sa chambre, referma la porte et attendit sa réaction.

Elle avait meublé la pièce dans le plus récent style japonais : fauteuils en bois découpé, papier peint à motifs de plumes de paon et étalage de porcelaine sur la tablette de cheminée. Il y avait une immense penderie décorée de motifs japonais, et la banquette installée dans le renfoncement de la fenêtre était en partie dissimulée par des rideaux décorés de libellules.

« Augusta, quelle audace ! fit Madeleine.

— Merci. » Augusta était presque totalement satisfaite du résultat. « Il y avait un plus beau tissu de rideaux chez Liberty, mais ils avaient tout vendu. Venez voir la chambre de Joseph. »

Elle fit passer Madeleine par la porte de communication. La chambre de Joseph était décorée dans une version plus discrète du même style avec les murs tendus de papier ciré sombre et des rideaux de brocart. Augusta était particulièrement fière d'une vitrine laquée abritant la collection de tabatières de Joseph.

« Joseph est si excentrique », commenta Madeleine en regardant les bibelots.

Augusta sourit. Son mari, en général, n'était pas le moins du monde excentrique mais, pour un homme d'affaires méthodiste si réaliste, il était bizarre de collectionner des objets aussi frivoles et aussi exquis, et toute la famille trouvait cela amusant. « Il affirme que c'est un placement », dit-elle. Un collier de diamants pour elle aurait été un aussi bon investissement, mais il n'achetait jamais ce genre d'objet, car les méthodistes tenaient la joaillerie pour une inutile extravagance.

« Il vaux mieux qu'un homme ait un violon d'Ingres, déclara Madeleine. Ça lui évite des ennuis. »

Ça lui évite d'aller au bordel, voilà ce qu'elle voulait dire. Cette référence implicite aux peccadilles des hommes rappela à Augusta l'objet de cette rencontre. Doucement, très doucement, elle murmura : « Madeleine, ma chère, mais qu'est-ce que nous allons faire à propos du cousin Samuel et de son " secrétaire " ? »

Madeleine eut un air surpris. « Nous devrions faire quelque chose ?

— Si Samuel doit devenir président, il le faudra bien.

— Pourquoi ?

— Ma chère, le président de Pilaster doit rencontrer des ambassadeurs, des chefs d'État, voire des personnages royaux : il doit être tout à fait, tout à fait *irréprochable* dans sa vie privée. »

La compréhension se fit jour dans l'esprit de Madeleine, et elle rougit. « Vous ne voulez tout de même pas insinuer que Samuel est dans une certaine mesure... dépravé ? »

C'était exactement ce qu'Augusta insinuait, mais elle ne voulait pas le dire carrément, craignant d'amener Madeleine à défendre son cousin. « Je suis persuadée que je n'en aurai jamais la preuve formelle, dit-elle d'un ton évasif. L'important, c'est ce que pensent les gens. »

Madeleine n'était pas convaincue. « Vous imaginez vraiment que les gens croient... ça ? »

Augusta se força à supporter avec patience la délicatesse de Madeleine. « Ma chère, nous sommes toutes les deux des femmes mariées et nous savons comment sont les hommes. Ils ont des appétits bestiaux. Tout le monde s'imagine qu'un célibataire de cinquante-trois ans vivant avec un joli garçon est quelqu'un de vicieux, et Dieu sait que, dans la plupart des cas, on ne se trompe pas. »

Madeleine se rembrunit, l'air soucieux. Elle n'eut pas le temps d'en dire plus : on frappa à la porte, et Edward entra. « Qu'y a-t-il, mère ? » demanda-t-il.

Augusta, agacée par cette interruption, ne savait absolument pas de quoi parlait son fils. « Que veux-tu dire ?

— Tu m'as envoyé chercher.

— Absolument pas. Je t'ai dit de montrer le jardin à lady Florence. »

Edward prit un air peiné. « Hugh m'a dit que vous vouliez me voir ! »

Augusta comprit. « Vraiment ? Et je suppose que c'est lui, maintenant, qui fait visiter le jardin à lady Florence ? »

Edward vit où elle voulait en venir. « Je crois, en effet, concéda-t-il, l'air blessé. Ne m'en veuillez pas, mère, je vous en prie. »

Augusta fondit aussitôt. « Ne t'inquiète pas, Teddy chéri, le rassura-t-elle. Hugh est un garçon si sournois. » Mais, s'il croyait pouvoir jouer au plus fort avec sa tante Augusta, il était également stupide.

Cette interruption l'avait irritée, mais, à la réflexion, elle estimait en avoir assez dit à Madeleine à propos du cousin Samuel. Ce qu'elle voulait à ce stade, c'était semer la graine du doute. Il aurait été maladroit d'aller plus loin. Elle décida d'en rester là. Elle fit sortir de la pièce sa belle-sœur et son fils en déclarant : « Maintenant, il faut que je retourne à mes invités. »

Ils descendirent. La réception battait son plein, à en juger par la cacophonie de conversations, de rires, et par le bruit d'une centaine de cuillers à café en argent qui tintaient sur des soucoupes de porcelaine. Augusta jeta un bref coup d'œil à la salle à manger où les domestiques distribuaient la salade de homard, les tranches de cake et les boissons glacées. Elle traversa le vestibule, disant un mot ou deux à chaque invité qui surprenait son regard, mais elle cherchait une personne en particulier : la mère de Florence, lady Stalworthy.

Elle était préoccupée à l'idée que Hugh pourrait épouser Florence. Hugh se débrouillait déjà beaucoup trop bien à la banque. Il avait la vivacité et l'esprit commercial d'un marchand de quatre-saisons et les manières engageantes d'un joueur professionnel. Même Joseph se répandait en compliments sur son compte, oubliant la menace qu'il représentait pour leur propre fils. Un mariage avec la fille d'un comte donnerait à Hugh un statut social qui s'ajouterait à ses talents innés : il serait alors un dangereux rival pour Edward. Ce cher Teddy n'avait pas le charme superficiel de Hugh ni son don des chiffres : il avait donc besoin de toute l'assistance qu'Augusta pouvait lui apporter.

Elle trouva lady Stalworthy debout devant la grande fenêtre du salon. C'était une jolie femme entre deux âges, avec une robe rose et un petit chapeau de paille parsemé de fleurs de soie. Augusta se demandait avec angoisse ce qu'elle pouvait penser de Hugh et de Florence. Hugh n'était pas un parti extraordinaire mais, du point de vue de lady Stalworthy, ce n'était pas non plus un désastre. Florence était la plus jeune des trois filles, et les deux autres avaient fait de beaux mariages ; lady Stalworthy pouvait donc se montrer indulgente. Augusta devait prévenir cela. Mais comment ?

Elle se planta auprès de lady Stalworthy et constata que celle-ci regardait Hugh et Florence dans le jardin. Hugh lui expliquait quelque chose, et les yeux de Florence étincelaient de plaisir tandis qu'elle le regardait en l'écoutant.

« L'insouciant bonheur de la jeunesse, dit Augusta.

— Hugh me paraît un charmant garçon », dit lady Stalworthy.

Augusta fixa un moment sur elle un regard sans pitié. Lady Stalworthy arborait un sourire rêveur. Elle avait autrefois été aussi jolie que sa fille, songea Augusta. Maintenant, elle se rappelait sa propre adolescence. Il fallait la ramener sur terre, brutalement.

« Comme ils passent vite, ces jours sans souci.

— Mais comme ils sont idylliques tant qu'ils durent. »

C'était l'heure de la flèche empoisonnée. « Comme vous le savez, le père de Hugh est mort, commença Augusta. Et sa mère vit très discrètement à Folkestone, Joseph et moi nous sentons donc obligés de nous occuper de lui comme des parents. » Elle marqua un temps. « Je n'ai pas besoin de vous préciser qu'une alliance avec votre famille serait pour Hugh un remarquable triomphe.

— Comme c'est aimable à vous de dire cela, dit lady Stalworthy, comme si on lui avait fait un grand compliment. Les Pilaster eux-mêmes sont une famille fort distinguée.

— Merci. Si Hugh travaille dur, il gagnera un jour de quoi mener une existence confortable. »

Lady Stalworthy parut un peu déconcertée. « Alors, son père n'a rien laissé du tout ?

— Mais non. » Augusta devait lui faire comprendre que Hugh n'aurait pas un sou de ses oncles quand il se marierait. Elle reprit : « Il devra faire son chemin dans la banque, vivre de son salaire.

— Ah oui. » Le visage de lady Stalworthy exprimait un rien de déception. « Heureusement, Florence a une certaine indépendance. »

Augusta sentit son cœur se serrer. Florence avait donc de l'argent à elle. Voilà qui était une mauvaise nouvelle. Augusta se demandait à combien cette somme se montait. Les Stalworthy n'étaient pas aussi riches que les Pilaster — c'était le cas de peu de gens —, mais ils devaient être à l'aise, estimait Augusta. Quoi qu'il en fût, la pauvreté de Hugh ne suffisait pas à tourner contre lui lady Stalworthy. Augusta devrait avoir recours à des mesures plus énergiques. « Cette chère Florence serait d'une telle aide pour Hugh..., une influence stabilisante, j'en suis certaine.

— Oui », dit vaguement lady Stalworthy. Puis elle fronça les sourcils. « Stabilisante ? »

Augusta hésita. Ce genre de propos était dangereux, mais il fallait bien prendre le risque. « Je n'écoute jamais les cancans, et je suis certaine que vous ne le faites pas non plus, dit-elle. Tobias, en effet, a eu beaucoup de malchance, il n'y a aucun doute là-dessus, mais Hugh ne donne pratiquement aucun signe d'avoir hérité de cette faiblesse.

— Bon », dit lady Stalworthy. Mais son visage trahissait une profonde inquiétude.

« Malgré tout, Joseph et moi serions ravis de le voir marié à une fille aussi raisonnable que Florence. On a l'impression qu'elle serait ferme avec lui, si... » Augusta ne termina pas sa phrase.

« Je... » Lady Stalworthy avala sa salive. « Je ne me rappelle pas au juste quel était le point faible de son père.

— Oh, ça n'était pas vrai, en fait.

— Strictement de vous à moi, bien sûr.

— Je n'aurais pas dû aborder ce sujet.

— Mais il faut que je sache tout, pour ma fille. Je suis sûre que vous me comprenez.

— Le jeu », dit Augusta en baissant la voix. Elle ne voulait pas qu'on pût l'entendre : il y avait des gens ici qui sauraient qu'elle mentait. « C'est ce qui l'a acculé au suicide. La honte, vous savez. » Fasse le ciel que les Stalworthy ne se donnent pas la peine de vérifier tout cela, se dit-elle avec ferveur.

« Je croyais qu'il avait fait faillite.

— Il y a eu cela aussi.

— Quelle tragédie !

— Il faut reconnaître que Joseph a dû payer une ou deux fois les dettes de Hugh, mais il a parlé très fermement à ce garçon, et nous sommes tout à fait certains que ça ne se reproduira pas.

— Voilà qui est rassurant », dit lady Stalworthy. Mais son visage exprimait d'autres sentiments.

Augusta estima qu'elle en avait sans doute dit assez. Elle avait de plus en plus de mal à faire semblant d'être favorable à cette union. Elle jeta un coup d'œil par la fenêtre : Florence riait d'un propos de Hugh, renversant la tête en arrière et découvrant ses dents d'une façon presque... inconvenante. Il la dévorait pratiquement des yeux. Tout le monde pouvait voir qu'ils étaient attirés l'un par l'autre. « A mon avis, conclut Augusta, il ne faudra pas longtemps avant que les choses ne se précisent.

— Peut-être ont-ils bavardé assez longtemps pour aujourd'hui, suggéra lady Stalworthy, l'air un peu inquiet. Je ferais mieux d'intervenir. Excusez-moi.

— Je vous en prie. »

Lady Stalworthy se dirigea rapidement vers le jardin.

Augusta se sentit soulagée. Elle venait de mener à bien une autre conversation délicate. Lady Stalworthy, maintenant, se méfiait de Hugh et, dès l'instant où une mère commençait à avoir des doutes à propos d'un prétendant, il était rare de la voir finir par se décider en sa faveur.

Elle regarda autour d'elle et aperçut Béatrice Pilaster, une autre belle-sœur. Joseph avait eu deux frères : l'un était Tobias, le père de Hugh, et l'autre William, qu'on appelait toujours le jeune William car il était né vingt-trois ans après Joseph. William avait aujourd'hui vingt-cinq ans et n'était pas encore un associé de la banque. Béatrice était sa femme. Elle avait l'air d'un jeune chien, heureuse et maladroite, tenant à être l'amie de tout le monde. Augusta décida de lui parler de Samuel et de son secrétaire. Elle s'approcha d'elle et dit : « Béatrice, ma chère, voudriez-vous voir ma chambre ? »

4

Micky et son père quittèrent la soirée et décidèrent de rentrer à pied chez eux. Leur chemin tout entier passait par des parcs — d'abord Hyde Park, puis Green Park et Saint James's Park — jusqu'au moment où ils arrivèrent au fleuve. Ils s'arrêtèrent au milieu du pont de Westminster pour se reposer un moment et admirer la vue.

Sur la rive nord de la Tamise se trouvait la plus grande ville du monde. En amont, le Parlement, une imitation moderne de l'abbaye de Westminster voisine qui datait du XIIIe siècle. En aval, on apercevait les jardins de Whitehall, le palais du duc de Buccleuch et le vaste édifice en brique de la nouvelle gare de chemin de fer de Charing Cross.

On n'apercevait pas les docks, et aucun gros navire ne remontait aussi haut, mais le fleuve était sillonné de petites embarcations, de péniches, de bateaux de plaisance : un joli spectacle sous le soleil du soir.

Quant à la rive sud, on aurait cru un pays différent. C'était là que se trouvaient les poteries de Lambeth : dans les champs de boue parsemés d'ateliers improvisés, des foules d'hommes aux visages grisâtres et de femmes en haillons travaillaient encore à faire bouillir des os, à trier des ordures, à allumer des fours à chaux et à verser la pâte dans des moules pour confectionner les tuyaux d'écoulement et les pots de cheminées dont la ville en pleine expansion avait sans cesse besoin. L'odeur était forte, même ici, sur le pont, à quatre cents mètres de là. Les taudis dans lesquels vivaient ces gens s'entassaient autour du mur du palais de Lambeth, résidence londonienne de l'archevêque de Canterbury, comme les débris abandonnés par la marée sur la plage boueuse. Malgré la proximité du palais de l'archevêque, on désignait le quartier sous le nom d'Arpent du Diable, sans doute parce que les feux et la fumée, le piétinement des ouvriers et l'abominable odeur évoquaient pour tout le monde l'enfer.

Micky logeait à Camberwell, un respectable faubourg par-delà les poteries. Mais son père et lui hésitaient sur le pont, répugnant à plonger dans l'Arpent du Diable. Micky maudissait toujours la scrupuleuse conscience méthodiste du vieux Seth Pilaster qui avait mis à mal ses projets. « Papa, dit-il, nous allons résoudre ce problème de l'expédition des fusils. Ne t'inquiète pas pour ça. »

Papa haussa les épaules. « Qui se dresse sur notre chemin ? » demanda-t-il.

C'était une simple question, mais, dans la famille Miranda, elle avait une signification profonde. Quand on se trouvait devant un problème insoluble, on demandait : *Qui se dresse sur notre chemin ?* En réalité, cela signifiait : *Qui faut-il tuer pour obtenir ce que nous voulons ?* Cela ramena Micky à toute la barbarie de la vie dans la province de Santamaria, à toutes les sinistres légendes qu'il préférait oublier : comment Papa avait puni sa maîtresse de lui avoir été infidèle en lui enfonçant le canon d'un fusil au bon endroit et en pressant la détente ; ou bien le jour où une famille juive avait ouvert un magasin auprès du sien dans la capitale de la province et où il y avait mis le feu, faisant brûler vifs l'homme et sa femme ainsi que leurs enfants ; l'histoire, aussi, du nain qui s'était déguisé pour ressembler à Papa lors du carnaval et qui avait fait rire tout le monde en imitant à merveille la démarche de Papa — jusqu'au moment où Papa s'était calmement approché du nain, avait dégainé un pistolet et lui avait fait sauter la cervelle.

Même au Cordovay, ces choses-là ne se faisaient pas, mais là-bas l'impitoyable brutalité de Papa en avait fait un homme que l'on redoutait. Ici, en Angleterre, ce genre de geste l'aurait expédié en prison. « Je ne prévois pas la nécessité d'une action radicale », affirma Micky. Il s'efforçait de dissimuler sa nervosité sous un air insouciant.

« Pour l'instant, nous ne sommes pas pressés, dit Papa. L'hiver commence, là-bas. Il n'y aura pas de combat avant l'été. » Il lança à Micky un regard sans pitié. « Mais il me faut les fusils à la fin d'octobre. » Sous ce regard, Micky sentit ses genoux se dérober sous lui. Il s'adossa au parapet de pierre du pont. « Je vais m'en occuper, Papa, ne t'inquiète pas », s'empressa-t-il d'ajouter.

Papa acquiesça, comme s'il ne pouvait pas y avoir de doute là-dessus. Ils restèrent silencieux une minute. Puis, soudain, Papa dit : « Je veux que tu restes à Londres. »

Micky sentit une vague de soulagement le traverser. C'était ce qu'il espérait. Il avait dû faire quelque chose de bien. « Je pense que ce serait une bonne idée, Papa », dit-il en s'efforçant de cacher sa joie.

Là-dessus, Papa lâcha sa bombe. « Mais je vais supprimer tes mensualités.

— Quoi ?

— La famille ne peut pas t'entretenir. Tu dois subvenir à tes besoins toi-même. »

Micky était consterné. La mesquinerie de Papa était aussi légendaire que sa violence, mais c'était quand même inattendu. Les Miranda étaient riches. Papa possédait des milliers de têtes de bétail, monopolisait tout le commerce des chevaux sur un immense territoire, louait des terres à de petits fermiers et possédait la plupart des magasins de la province de Santamaria.

Certes, leur argent ne valait pas grand-chose en Angleterre. Là-bas, un dollar d'argent cordovayen vous payait un festin somptueux, une bouteille de rhum et une putain pour la nuit ; ici, cela aurait tout juste suffi pour un méchant casse-croûte avec un verre de mauvaise bière. Ç'avait été un choc pour Micky, quand il était allé au collège de Windfield. Il était parvenu à compléter ses mensualités en jouant aux cartes, mais il avait eu du mal à joindre les deux bouts jusqu'au jour où il s'était gagné l'amitié d'Edward. Aujourd'hui encore, c'était Edward qui payait pour toutes les distractions coûteuses qu'ils partageaient : l'opéra, les courses, la chasse et les prostituées. Micky avait quand même besoin d'un revenu de base pour régler son loyer, ses notes de tailleur, sa cotisation aux clubs de gentlemen — qui étaient un élément essentiel de la vie londonienne — et les pourboires aux domestiques. Comment Papa imaginait-il qu'il allait trouver tout cet argent ? En prenant un travail ? L'idée l'horrifiait. Aucun membre de la famille Miranda ne travaillait pour un salaire.

Il allait demander comment on comptait qu'il vive sans argent quand Papa changea brusquement de sujet :

« Je vais te dire maintenant pourquoi j'ai besoin de fusils. Nous allons nous emparer du désert. »

Micky ne comprenait pas. Le domaine des Miranda couvrait une grande partie de la province de Santamaria. Jouxtant leurs terres se trouvait une propriété plus modeste appartenant à la famille Delabarca. Au nord de ces deux domaines s'étendait une terre si aride que ni Papa ni son voisin n'avaient jamais pris la peine d'en revendiquer la possession. « Qu'est-ce que vous voulez faire du désert ? dit Micky.

— Sous la poussière, il y a un minerai qui s'appelle le nitrate. On l'utilise comme engrais : c'est bien mieux que le fumier. On peut l'expédier dans le monde entier et le vendre cher. La raison pour laquelle je veux que tu restes à Londres, c'est pour t'occuper de le commercialiser.

— Comment savez-vous que ce minerai est là ?

— Delabarca a commencé à l'exploiter. Ça a rendu sa famille riche. »

Micky se sentit tout excité. Voilà qui pourrait transformer l'avenir de la famille. Pas immédiatement, bien sûr ; pas assez tôt pour résoudre le problème de ses mensualités. Mais à la longue...

« Nous devons agir vite, dit Papa. La richesse, c'est le pouvoir, et la famille Delabarca sera bientôt plus puissante que nous. Avant qu'on en arrive là, il faut les détruire. »

Chapitre deux

Juin

1

Whitehaven House
Kensington Gore
London, S.W.
2 juin 1873

Ma chère Florence,

Où êtes-vous ? J'espérais vous voir au bal de Mrs. Bridewell, puis à Richmond, puis samedi, chez les Muncaster... Mais vous n'étiez jamais là ! Écrivez-moi un mot pour me dire que vous êtes toujours en vie.

Affectueusement vôtre,

Hugh Pilaster.

23, Park Lane
London W.
3 juin 1873

A Hugh Pilaster, Esq.

Monsieur,

Vous m'obligeriez en cessant à compter de ce jour d'avoir la moindre communication avec ma fille.

Stalworthy.

Whitehaven House
Kensington Gore
London S.W.
6 juin 1873

Très chère Florence,

Enfin, j'ai trouvé un messager de confiance pour vous faire parvenir discrètement un billet. Pourquoi vous êtes-vous cachée de moi ? Ai-je offensé vos parents ? Ou bien — Dieu m'en garde — vous ? Votre cousine Jane m'apportera votre réponse. Écrivez-moi vite !

Avec mes affectueuses pensées,

Hugh.

Stalworthy Manor
Stalworthy
Buckhinghamshire
7 juin 1873

Cher Hugh,

On m'interdit de vous voir parce que vous êtes un joueur comme votre père. Je suis sincèrement désolée, mais il me faut bien croire que mes parents savent ce qui est le mieux pour moi.

Tristement,

Florence.

Whitehaven House
Kensington Gore
Londres S.W.
8 juin 1873

Chère mère,

Une jeune dame vient de repousser mes avances parce que mon père était un joueur. Est-ce vrai ? Je vous en prie, répondez-moi tout de suite. Il faut que je sache !

Votre fils qui vous aime.

Hugh.

2, Wellington Villas
Folkestone
Kent
9 juin 1873

Mon cher fils,

Ton père, que je sache, n'a jamais joué. Je ne peux imaginer qu'on puisse raconter à son propos une chose aussi vile. Comme on te l'a toujours dit, il a perdu son argent dans une débâcle financière. Il n'y avait pas d'autre cause à ce malheur.

J'espère que tu es heureux et en bonne santé, mon cher enfant, et que ta bien-aimée va t'accepter. Pour moi, les choses sont toujours à peu près les mêmes. Ta sœur Dorothy t'envoie ses plus tendres pensées, comme le fait

ta mère.

Whitehaven House
Kensington Gore
London S.W.
10 juin 1873

Chère Florence,

Je crois bien que quelqu'un vous a mal renseignée sur mon père. Son affaire a été mise en faillite, c'est vrai. Ce n'était absolument pas sa faute : une grosse entreprise du nom d'Overend & Gurney a fait une banqueroute de cinq millions de livres, et un grand nombre de ses créanciers ont été engloutis dans le naufrage. Mon père s'est donné la mort le même jour. Mais jamais il n'a joué ; et moi non plus.

Si vous expliquez cela au noble comte, votre père, je suis persuadé que tout ira bien.

Tendrement vôtre,

Hugh.

Stalworthy Manor
Stalworthy
Buckinghamshire
11 juin 1873

Hugh,

Cela n'arrangera rien de m'écrire des mensonges. Je suis maintenant convaincue que les conseils de mes parents sont bons, et que je dois vous oublier.

Florence.

Whitehaven House
Kensington Gore
London S.W.
12 juin 1873

Chère Florence,

Il faut me croire ! Il est possible qu'on ne m'ait pas dit la vérité à propos de mon père — encore que je ne puisse sincèrement mettre en doute la parole de ma mère — mais, en ce qui me concerne, je sais *la vérité ! A seize ans, j'ai misé un shilling sur le Derby et je l'ai perdu. Depuis lors, je n'ai jamais vu l'intérêt qu'il peut y avoir à jouer. Quand je vous verrai, j'en ferai le serment devant vous.*

En espérant..

Hugh.

Cabinet Foljambe & Merriweather
Gray's Inn
London W.C.
13 juin 1873

A Hugh Pilaster, Esq.

Monsieur,

Nous avons instruction de notre client, le comte de Stalworthy, d'exiger de vous que vous vous absteniez de toute communication avec sa fille.

Veuillez noter que le noble comte prendra toute mesure nécessaire, y compris une injonction de la Haute Cour, pour faire exécuter ses volontés dans cette affaire, à moins que vous ne renonciez dans l'instant à votre insistance.

P.o. Maîtres Foljambe & Merriweather,

Albert Merriweather.

Hugh,

Florence a montré votre lettre à sa mère. Ils l'ont emmenée à Paris jusqu'à la fin de la saison de Londres. Ils partiront ensuite pour le Yorkshire. Tout est inutile : elle ne vous aime plus. Désolée...

Jane.

2

L'Argyll's était le lieu de distraction le plus populaire de Londres, mais Hugh n'y était jamais allé. L'idée ne lui serait jamais venue de se rendre dans un endroit pareil : sans être à proprement parler un bordel, il n'avait pas bonne réputation. Toutefois, quelques jours après que Florence Stalworthy l'eut définitivement repoussé, Edward l'invita sans façon à se joindre à lui et à Micky pour une soirée de débauche qu'il accepta.

Hugh ne passait pas beaucoup de temps avec son cousin. Edward avait toujours été un enfant gâté, une brute et un fainéant qui comptait sur les autres pour faire son travail. Hugh était depuis longtemps considéré comme la brebis galeuse de la famille, suivant en cela les traces de son père. Edward et lui avaient peu de choses en commun. Mais, malgré cela, Hugh décida d'essayer les plaisirs de la dissipation. Les endroits louches et les femmes faciles faisaient partie de la vie de milliers d'Anglais de la haute société. Peut-être savaient-ils ce qu'ils faisaient : peut-être était-ce cela, plutôt que le véritable amour, le chemin du bonheur.

A vrai dire, il ne savait pas s'il avait été vraiment amoureux de Florence. Il était furieux que ses parents l'eussent montée contre lui, et plus encore à cause d'un affreux mensonge concernant son père. Mais il découvrit, non sans quelque honte, qu'il n'avait pas le cœur brisé. Il pensait souvent à Florence, mais il continuait néanmoins à bien dormir, à manger de bon appétit et à se concentrer sans difficulté sur son travail. Était-ce à dire qu'il n'avait jamais été amoureux d'elle ? La fille qu'il aimait le mieux au monde, à part sa sœur Dotty âgée de six ans, c'était Rachel Bodwin, et il avait songé un moment à l'épouser. Était-cela l'amour ? Il n'en savait rien. Peut-être était-il trop jeune pour comprendre ces choses-là. Ou peut-être n'avait-il pas encore rencontré l'amour.

L'Argyll's était tout à côté d'une église de Great Windmill

Street, à deux pas de Piccadilly Circus. Edward paya pour chacun d'eux un shilling d'entrée et ils pénétrèrent à l'intérieur. Ils étaient en tenue de soirée : habit à revers de soie, pantalon noir avec un galon de soie, gilet blanc coupé très bas, chemise blanche et nœud papillon blanc. Edward avait un habit neuf et coûteux ; celui de Micky était moins somptueux mais de bonne coupe ; Hugh portait celui qui avait appartenu à son père.

La salle de bal était une arène éclairée au gaz de façon extravagante, avec d'énormes miroirs aux cadres dorés qui intensifiaient la violence de la lumière. La piste de danse était encombrée de couples et, derrière un treillis de métal doré, un orchestre à demi dissimulé jouait une entraînante polka. Certains des hommes portaient une tenue de soirée, signe que c'étaient des gens de la haute venus s'encanailler ; mais la plupart avaient de respectables costumes de ville noirs : c'étaient des employés et de petits commerçants.

Au-dessus de la salle de bal, une tribune noyée d'ombre. Edward la montra en disant à Hugh : « Si tu fais ami-ami avec une petite, pour un shilling de plus tu peux l'emmener là-haut : des sièges capitonnés, un éclairage tamisé et des serveurs aveugles. »

Hugh se sentait ébloui, pas seulement par les lumières mais par les possibilités du lieu. Tout autour de lui se trouvaient des filles venues ici dans le seul but de flirter ! Certaines accompagnaient leur petit ami, mais d'autres étaient venues seules, comptant bien danser avec de parfaits étrangers. Toutes étaient sur leur trente et un : robes du soir avec tournure, souvent très décolletées, et chapeaux les plus étonnants. Mais il remarqua que, sur la piste, elles gardaient toutes modestement leurs manteaux. Micky et Edward lui avaient assuré que ce n'étaient pas des prostituées mais des filles ordinaires : vendeuses de magasins, bonnes et couturières.

« Comment fais-tu connaissance ? interrogea Hugh. Tu ne les accostes tout de même pas comme des péripatéticiennes ? »

Edward lui répondit en lui désignant un grand homme à l'air distingué en habit et cravate blanche qui portait une sorte d'insigne et qui semblait surveiller l'établissement.

« C'est le maître de cérémonie. Si tu lui donnes un pourboire, il fera les présentations. »

Il régnait là, se dit Hugh, un mélange étrange mais excitant de respectabilité et de folle licence.

La polka se termina, et certains des danseurs regagnèrent leurs tables. Edward tendit la main et cria : « Ça alors ! Voilà Fatty Greenbourne ! »

Hugh suivit la direction qu'il indiquait et aperçut leur vieux camarade de classe, plus gros que jamais et ballonné dans son gilet blanc. Il avait à son bras une fille d'une stupéfiante beauté. Fatty et la fille s'assirent à une table, et Micky souffla : « Si on se joignait à eux un moment ? »

Hugh ne demandait qu'à voir la fille de plus près et il s'empressa d'accepter. Les trois jeunes gens se frayèrent un chemin parmi les tables. « Bonsoir, Fatty ! lança joyeusement Edward.

— Bonjour, vous autres, répondit-il. Aujourd'hui, les gens m'appellent Solly », ajouta-t-il gentiment.

Hugh avait de temps en temps rencontré Solly dans la City, le quartier financier de Londres. Depuis quelques années, Solly travaillait à la direction de sa banque familiale, à deux pas de celle des Pilaster. Contrairement à Hugh, Edward ne travaillait à la City que depuis quelques semaines : c'était pourquoi il n'était pas encore tombé sur Solly.

« On s'est dit qu'on allait se joindre à vous », dit Edward d'un ton désinvolte, et il tourna vers la fille un regard interrogateur.

Solly s'adressa à sa compagne. « Miss Robinson, puis-je vous présenter quelques vieux camarades de collège : Edward Pilaster, Hugh Pilaster et Micky Miranda. »

La réaction de miss Robinson fut stupéfiante. Elle pâlit sous son maquillage et dit : « Pilaster ? Ce n'est pas la même famille que Tobias Pilaster ?

— Tobias Pilaster était mon père, dit Hugh. Comment connaissez-vous son nom ? »

Elle retrouva vite son sang-froid. « Mon père travaillait autrefois pour Tobias Pilaster & Co. Quand j'étais enfant, je me demandais toujours qui était Co. » Ils se mirent à rire, et le moment de tension se dissipa. Elle ajouta : « Vous ne voulez pas vous asseoir ? »

Il y avait une bouteille de champagne sur la table. Solly en versa à miss Robinson et réclama d'autres coupes. « Eh bien, dit-il, c'est une vraie réunion des vieux copains de Windfield. Devinez qui d'autre est ici : Tonio Silva.

— Où ça ? » demanda aussitôt Micky. Il parut mécontent d'apprendre que Tonio était dans les parages, et Hugh se demanda pourquoi. Au collège, il s'en souvenait, Tonio avait toujours eu peur de Micky.

« Il est sur la piste de danse, déclara Solly. Il est avec l'amie de miss Robinson, miss April Tilsley. »

Miss Robinson dit : « Vous pourriez m'appeler Maisie. Je ne suis pas formaliste. » Et elle lança à Solly un clin d'œil.

Un serveur apporta une assiette de homard et la déposa devant Solly. Celui-ci glissa une serviette dans son col de chemise et se mit à manger.

« Je croyais que chez les juifs on n'était pas censé manger de crustacés », lança Micky avec une nonchalante insolence.

Solly était toujours aussi insensible à ce genre de remarque. « Je ne mange kasher qu'à la maison », dit-il.

Maisie Robinson décocha à Micky un regard hostile. « Nous autres juives, on mange ce qui nous plaît », dit-elle en prenant une bouchée dans l'assiette de Solly.

Hugh fut surpris d'apprendre qu'elle était juive : il avait toujours cru que les juifs avaient le teint brun. Il l'examina. Elle était assez petite, mais gagnait une bonne trentaine de centimètres en remontant ses cheveux roux en un énorme chignon couronné d'un grand chapeau orné de feuilles et de fruits artificiels. Sous le chapeau, un petit visage impudent avec des yeux verts au pétillement malicieux. Le décolleté de sa robe couleur châtaigne révélait une généreuse poitrine couverte de taches de rousseur. On ne considérait généralement pas les taches de rousseur comme séduisantes, mais Hugh avait du mal à en détacher ses yeux. Au bout d'un moment, Maisie sentit son regard et l'observa à son tour. Il détourna la tête.

Il reporta son attention sur leur groupe : il remarqua combien ses anciens camarades de collège avaient changé au cours des sept dernières années. Solly Greenbourne avait mûri. Il était toujours gros, il avait le même sourire de garçon facile à vivre mais, avec les années, il avait acquis un certain air d'autorité. Peut-être cela venait-il de ce qu'il était si riche — mais Edward était riche aussi et n'avait pas une telle aura. Solly était déjà respecté dans la City ; c'était sans doute facile de gagner le respect quand on était l'héritier de la banque Greenbourne, mais un jeune homme stupide occupant ce poste pouvait rapidement devenir la risée de son entourage.

Edward avait vieilli, pourtant, contrairement à Solly, il n'avait pas mûri. Pour lui, comme pour un enfant, l'essentiel était de s'amuser. Il n'était pas imbécile, mais il avait du mal à se concentrer sur son travail à la banque parce qu'il aurait préféré être ailleurs, à danser, à boire et à jouer.

Micky était devenu diablement beau garçon, avec ses yeux bruns, ses sourcils noirs et ses cheveux bouclés qu'il portait un peu trop longs. Son habit était correct mais assez audacieux : la veste avait un col et des manchettes de velours et il avait une chemise à jabot. Il avait déjà attiré des coups d'œil admirateurs et des regards d'invite de plusieurs filles assises à des tables voisines : Hugh s'en était aperçu. En revanche, Maisie Robinson l'avait tout de suite pris en grippe, et Hugh pensait que ce n'était pas seulement à cause de sa remarque à propos des juifs. Il y avait chez Micky quelque chose de sinistre. Il était d'un calme déroutant, réservé et toujours sur ses gardes. Il manquait de sincérité, manifestait rarement de l'hésitation, de l'incertitude, ne semblait jamais vulnérable et il ne révélait rien de son âme — s'il en avait une. Hugh ne lui faisait pas confiance.

La danse suivante s'acheva, et Tonio Silva revint à leur table avec miss April Tilsley. Hugh était tombé sur Tonio à plusieurs reprises depuis le collège mais, même s'il ne l'avait pas vu depuis des années, il l'aurait aussitôt reconnu à sa tignasse carotte. Ils avaient été les meilleurs amis du monde jusqu'à cet affreux jour de 1866 où la mère de Hugh était venue lui annoncer que son père était mort et l'avait retiré du collège. Ils avaient été les garnements de la quatrième, toujours à s'attirer des ennuis, mais, malgré les coups de canne, ils avaient bien profité de cette époque.

Hugh s'était souvent demandé au long des années ce qui s'était vraiment passé ce jour-là à la baignade. Il n'avait jamais cru à la version des journaux racontant qu'Edward avait essayé de sauver Peter Middleton : Edward n'en aurait jamais eu le courage. Mais Tonio ne voulait toujours pas en parler, et le seul autre témoin, Albert Cammel, dit la Bosse, s'en était allé vivre à la colonie du Cap.

Hugh scruta le visage de Tonio quand il serra la main de Micky. Tonio semblait encore quelque peu impressionné par celui-ci. « Comment vas-tu, Miranda ? » dit-il d'une voix normale, mais on lisait sur son visage un mélange de crainte et d'admiration. C'était l'attitude d'un homme qu'on jetterait dans les bras d'un champion de boxe célèbre pour son caractère irascible.

April, la compagne de Tonio, était un peu plus âgée que son amie Maisie, estima Hugh. Elle avait un air dur et pincé qui la rendait moins séduisante. Mais Tonio semblait ravi de sa compagnie : il lui touchait le bras, lui chuchotait des mots à l'oreille et la faisait rire.

Hugh se retourna vers Maisie. Elle était vive et bavarde, avec une voix chantante laissant percevoir une trace d'accent de l'Angleterre du Nord-Est où se trouvaient les entrepôts de Tobias Pilaster. Elle avait une expression toujours fascinante : qu'elle sourît, fronçât les sourcils, fît la moue, plissât son nez retroussé ou roulât des yeux. Elle avait des cils blonds, observa-t-il, et le nez constellé de taches de rousseur. Elle n'avait pas une beauté conventionnelle, mais personne n'aurait pu nier qu'elle était la plus jolie femme de l'assemblée.

Hugh était obsédé à l'idée que, puisqu'elle venait ici, à l'Argyll's, elle était sans doute disposée à se laisser embrasser, peloter et peut-être même à aller ce soir jusqu'au bout avec un des hommes de la table. Hugh rêvait d'avoir des relations sexuelles avec presque toutes les filles qu'il rencontrait — il était honteux d'être obsédé à ce point — mais, normalement, cela ne pouvait arriver qu'après avoir fait la cour, s'être fiancé et marié. Alors qu'avec Maisie ça pourrait peut-être se passer ce soir même !

Il surprit de nouveau son regard et il éprouva ce sentiment embarrassant que lui inspirait parfois Rachel Bodwin : elle devinait ce qu'il pensait. Il chercha désespérément quelque chose à dire et finit par balbutier :

« Vous avez toujours vécu à Londres, miss Robinson ?

— Ça ne fait que trois jours », répondit-elle.

C'étaient peut-être des banalités, mais au moins ils avaient un échange. « Si récemment ! fit-il. Où étiez-vous avant ?

— En voyage », dit-elle. Et elle se détourna pour parler à Solly.

« Ah », fit Hugh. Voilà qui semblait mettre un terme à la conversation, et il se sentit déçu. Maisie se comportait presque comme si elle lui en voulait.

Mais April eut pitié de lui et expliqua : « Maisie a passé quatre ans dans un cirque.

— Dieu du ciel ! A faire quoi ? »

Maisie se retourna vers lui. « Un numéro d'écuyère, dit-elle. Debout sur les chevaux, sauter de l'un à l'autre, tous ces trucs-là. »

April ajouta : « En collant, bien sûr. »

La pensée de Maisie en collant était un supplice de Tantale. Hugh demanda : « Comment en êtes-vous arrivée à faire ce genre de travail ? »

Elle hésita, puis parut avoir pris une décision. Elle pivota sur son siège pour faire face à Hugh, et une flamme dangereuse apparut dans ses yeux. « Eh bien voilà, dit-elle. Mon père travaillait pour Tobias Pilaster & Co. Votre père a roulé le mien d'une semaine de salaire. A cette époque-là, ma mère était malade. Sans cet argent, ou bien j'allais crever de faim ou bien elle allait mourir. Alors je me suis enfuie de la maison. J'avais onze ans à l'époque. »

Hugh se sentit rougir. « Je ne crois pas que mon père ait jamais roulé personne, dit-il. Et, si vous aviez onze ans, vous n'avez pas pu comprendre ce qui se passait.

— Je comprenais la faim et le froid !

— Peut-être votre père avait-il tort, insista Hugh tout en sachant que sa remarque était peu judicieuse. Il n'aurait pas dû avoir d'enfants s'il n'avait pas les moyens de les nourrir.

— Il en avait les moyens ! s'écria Maisie, les yeux flamboyants. Il trimait comme un esclave..., et puis vous lui avez volé son argent !

— Mon père a fait faillite, mais il n'a jamais volé.

— C'est la même chose quand on est le perdant.

— Ça n'est pas la même chose, et vous êtes stupide et insolente de le prétendre. »

Les autres, manifestement, trouvaient qu'il était allé trop loin et plusieurs se mirent à parler en même temps. Tonio dit : « Nous n'allons pas nous disputer pour quelque chose qui s'est passé il y a si longtemps. »

Hugh savait qu'il aurait dû s'arrêter mais il était toujours en colère. « Depuis que j'ai treize ans, je dois écouter la famille Pilaster démolir mon père, mais je ne vais pas l'accepter d'une écuyère de cirque. »

Maisie se leva, le regard étincelant comme des émeraudes taillées. Un instant, Hugh crut qu'elle allait le gifler. Puis elle dit : « Faites-moi danser, Solly. Peut-être que votre grossier ami sera parti quand le morceau sera fini. »

3

La querelle de Hugh avec Maisie les dispersa. Solly et Maisie partirent de leur côté, et les autres décidèrent d'aller voir les rats. Les combats de rats étaient interdits mais il y avait une demi-douzaine d'arènes à cinq minutes de Piccadilly Circus, et Micky Miranda les connaissait toutes.

Il faisait nuit quand ils sortirent de l'Argyll's pour s'enfoncer dans le quartier de Londres qu'on appelait Babylone. Là, hors de vue des palaces de Mayfair, mais commodément proche des clubs de gentlemen de Saint James, se trouvait un labyrinthe de petites rues consacrées au jeu, aux sports violents, aux fumeries d'opium, à la pornographie et — surtout — à la prostitution. La nuit était chaude et moite, l'air chargé de relents de cuisine, de bière et d'égout. Micky et ses amis avançaient lentement au milieu de la foule. Ils marchaient depuis moins d'une minute quand un vieil homme en haut-de-forme cabossé proposa de leur vendre un recueil de poèmes paillards, un jeune homme avec du rouge aux joues lui adressa un clin d'œil prometteur, une femme bien habillée qui devait avoir son âge entrouvrit sa veste pour lui faire apercevoir deux superbes seins nus, et une femme plus âgée et dépenaillée lui proposa de faire l'amour avec une fille d'une dizaine d'années au visage d'ange. Les bâtiments, pour la plupart des pubs, des bals, des bordels et de minables pensions, avaient des murs crasseux et de petites fenêtres mal lavées par lesquelles on pouvait parfois apercevoir une bacchanale éclairée au gaz. On rencontrait aussi des élégants en gilet blanc, comme Micky, des employés coiffés d'un chapeau melon et des boutiquiers, des cultivateurs qui ouvraient de grands yeux, des soldats à l'uniforme déboutonné, des marins aux poches provisoirement pleines d'argent et un nombre étonnant de couples de bourgeois à l'air respectable qui se promenaient bras dessus, bras dessous.

Micky était ravi. C'était la première fois depuis plusieurs semaines qu'il réussissait à échapper pour un soir à Papa. Ils attendaient la mort de Seth Pilaster afin de pouvoir conclure le marché concernant les fusils, mais le vieil homme se cramponnait à la vie comme une bernique à un rocher. Aller dans les music-halls et les bordels avec son père n'avait rien d'amusant ; d'ailleurs, Papa le traitait plutôt comme un domestique, lui demandant parfois d'attendre dehors pendant qu'il partait avec une putain. Cette soirée était donc un soulagement béni.

Il était content d'avoir retrouvé Solly Greenbourne. Les Greenbourne étaient encore plus riches que les Pilaster, et Solly pourrait un jour être utile.

Il n'était pas aussi content d'avoir revu Tonio Silva. Tonio en savait trop sur la mort de Peter Middleton survenue sept ans plus tôt. En ce temps-là, Tonio vivait dans la terreur de Micky. Il restait encore méfiant, et Micky lui inspirait toujours du respect, mais ce n'était pas la même chose que la crainte.

Micky s'inquiétait à son sujet, mais pour le moment il ne savait pas ce qu'il pouvait faire.

Il quitta Windmill Street pour s'engager dans une petite ruelle. Les yeux des chats brillaient sur les tas d'ordures. S'assurant que les autres le suivaient, il entra dans un pub peu engageant, traversa le bar pour ressortir par la porte de derrière, franchit une cour où une prostituée était agenouillée au clair de lune devant un client et ouvrit la porte d'un bâtiment de bois délabré qui ressemblait à une écurie.

Un homme au visage mal lavé, drapé dans un long manteau graisseux, réclama quatre pence pour le prix d'entrée. Ce fut Edward qui paya.

L'endroit était brillamment éclairé et empli de fumée de tabac ; cela empestait aussi le sang et les excréments. Quarante ou cinquante hommes et quelques rares femmes se tenaient autour d'une petite arène. Les hommes appartenaient à toutes les classes de la société : les uns vêtus du costume d'épais lainage et du foulard à pois des ouvriers bien nantis, d'autres en redingote ou en tenue de soirée. Mais les femmes étaient toutes des créatures plus ou moins peu recommandables à l'image d'April. Quelques-uns des hommes étaient accompagnés de chiens qu'ils portaient dans leurs bras ou qu'ils tenaient attachés par une laisse à leurs pieds de chaise.

Micky désigna un homme barbu en casquette de tweed qui tenait un chien muselé au bout d'une lourde chaîne. Quelques spectateurs examinaient attentivement la bête. C'était un animal trapu et musclé avec une grosse tête et une mâchoire puissante : il avait l'air nerveux et pas commode. « Ce sera lui le prochain », dit Micky.

Edward alla acheter des verres que vendait une femme qui circulait avec un plateau. Micky se tourna vers Tonio et s'adressa à lui en espagnol. C'était mal élevé de se comporter ainsi devant Hugh et April qui ne comprenaient rien, mais Hugh était quantité négligeable et April ne valait pas mieux : c'était donc sans importance. « Qu'est-ce que tu fais maintenant ? demanda-t-il.

— Je suis attaché au ministre du Cordovay à Londres, répondit Tonio.

— Vraiment ? » fit Micky, intrigué. La plupart des pays d'Amérique du Sud ne voyaient pas l'intérêt d'avoir un ambassadeur à Londres, mais le Cordovay y possédait un représentant depuis dix ans. Tonio avait dû obtenir le poste d'attaché parce que sa famille, les Silva, avait de nombreuses relations dans la capitale cordovayenne, Palma. En revanche, le père de Micky n'était qu'un baron provincial sans piston à faire jouer. « Ça consiste en quoi, ton travail ?

— Je réponds à des lettres de firmes britanniques qui veulent faire des affaires au Cordovay. On me pose des questions sur le climat, la monnaie, les transports intérieurs, les hôtels, ce genre de choses.

— Tu travailles toute la journée ?

— Pas souvent. » Tonio baissa la voix. « Ne le dis à personne, mais presque tous les jours je n'ai que deux ou trois lettres à écrire.

— Est-ce qu'on te paie ? » De nombreux diplomates avaient des moyens d'existence et travaillaient pour rien.

« Non, mais j'ai une chambre à la résidence de l'ambassadeur, tous mes repas plus une allocation pour m'habiller. On paie aussi ma cotisation à des clubs. »

Micky était fasciné. C'était exactement le genre de travail qui lui aurait convenu, et il se sentit envieux. Le gîte et le couvert gratuits, les dépenses de base d'un jeune homme mondain payées, tout cela pour une heure de travail chaque matin, Micky se demandait s'il ne pourrait pas y avoir un moyen de faire évincer Tonio.

Edward revint avec cinq petits verres de cognac et les distribua à la ronde. Micky avala le sien d'un trait. C'était de l'alcool bon marché qui vous mettait la gorge en feu.

Soudain, le chien grogna et se mit à décrire des cercles frénétiques en tirant sur sa chaîne, le poil de son cou hérissé. Micky se retourna pour voir deux hommes arriver, portant une cage où se trouvaient d'énormes rats. Ceux-ci étaient encore plus affolés que le chien : ils couraient en rond ou les uns par-dessus les autres en poussant de petits cris de terreur. Tous les chiens dans la salle commencèrent à aboyer et, pendant un moment, il y eut une épouvantable cacophonie, car les maîtres essayaient de faire taire leurs bêtes. On verrouilla l'entrée de l'intérieur, et l'homme au manteau graisseux se mit à prendre les paris. Hugh Pilaster dit : « Bon sang, je n'ai jamais vu des rats aussi gros. Où est-ce qu'ils les trouvent ? »

Ce fut Edward qui lui répondit. « Ils sont spécialement élevés pour ça », dit-il. Puis il se tourna pour parler à un des dresseurs. « Il y en a combien dans cette épreuve ?

— Six douzaines », répondit l'homme.

Edward expliqua : « Ça veut dire qu'ils vont mettre soixante-douze rats dans l'arène.

— Comment se font les paris ? demanda Tonio.

— Tu peux parier sur le chien ou sur les rats. Et si tu crois que les rats vont l'emporter, tu peux parier sur le nombre qui restera quand le chien sera mort. »

L'homme mal lavé criait les cotes et empochait de l'argent en échange de bouts de papier sur lesquels il griffonnait des chiffres avec un gros crayon.

Edward misa un souverain sur le chien. Micky paria un shilling sur six rats survivants à la cote de cinq contre un. Hugh s'abstint de parier, comme le rabat-joie qu'il était, observa Micky.

L'arène avait plus d'un mètre de profondeur et était entourée d'une clôture de bois de la même hauteur. Les candélabres rudimentaires disposés à intervalles réguliers autour de la clôture projetaient une vive lumière dans la fosse. On ôta sa muselière au chien. On le fit entrer dans l'arène par une porte en bois qu'on referma soigneusement derrière lui. Il était planté là, les pattes raides, le poil hérissé, le regard fixe, attendant les rats. Les dresseurs de rats prirent la cage. Le silence se fit dans l'assistance.

Soudain Tonio lança : « Dix guinées sur le chien. »

Micky était étonné. Tonio avait parlé de son travail et de ses avantages en nature comme s'il devait faire attention à la façon dont il dépensait son argent. Était-ce de la frime ? Ou bien faisait-il des paris qu'il ne pouvait pas se permettre ? Le bookmaker hésita. Pour lui aussi, c'était un gros pari. Néanmoins, au bout d'un moment, il griffonna quelque chose sur un morceau de papier, le tendit à Tonio et empocha son argent.

Les dresseurs balancèrent la cage en arrière, puis en avant, comme s'ils allaient lancer le tout dans l'arène. A la dernière minute, un panneau à charnière s'ouvrit à une extrémité, et les rats furent précipités hors de la cage couinant de terreur. April, surprise, poussa un hurlement et Micky éclata de rire.

Le chien se mit au travail avec un redoutable acharnement. Au fur et à mesure que les rats pleuvaient sur lui, ses mâchoires se refermaient suivant un rythme régulier. Il en prenait un, lui brisait le dos d'une violente secousse de son énorme tête et le laissait tomber pour s'occuper d'un autre.

L'odeur du sang devint écœurante. Tous les chiens se mirent à aboyer comme des fous. Les spectateurs ajoutaient au vacarme :

les femmes poussant des cris aigus pour assister au carnage, et les hommes lançant des encouragements au chien ou aux rats. Micky ne cessait pas de rire.

Il fallut un moment aux rats pour découvrir qu'ils étaient prisonniers dans l'arène. Les uns se mirent à courir le long du bord en cherchant une issue. Certains sautèrent en l'air, essayant sans succès de trouver une prise sur les parois abruptes. D'autres se groupèrent en tas. Pendant quelques secondes, le chien, parfaitement maître de la situation, en tua une douzaine au moins.

Puis les rats se retournèrent, tous à la fois, comme s'ils avaient entendu un signal. Ils se mirent à sauter sur le chien, lui mordant les pattes, les flancs et sa courte queue. Certains grimpèrent sur son dos pour lui mordre le cou et les oreilles. L'un d'eux planta ses petites dents aiguës dans sa babine inférieure et resta cramponné là, se balançant hors d'atteinte des mâchoires mortelles jusqu'au moment où le chien, avec un hurlement de rage, le projeta contre le sol. Le rat, enfin, lâcha prise, laissant son adversaire la gueule ensanglantée.

Le chien ne cessait de tourner en cercles vertigineux et d'attraper un rat après l'autre en les tuant tous. Mais il y en avait toujours d'autres derrière lui. La moitié des rats étaient morts quand il commença à se fatiguer. Les gens qui avaient parié sur trente-six avec une grosse cote se mirent à déchirer leur bout de papier. Mais ceux qui avaient parié sur des nombres plus bas redoublèrent leurs acclamations.

Le chien saignait de vingt ou trente morsures. Son sang et les corps humides des rats morts rendaient le sol glissant. Il continuait pourtant à secouer sa grosse tête. Il continuait à briser leurs fragiles épines dorsales dans sa redoutable gueule. Mais ses mouvements étaient un peu plus lents, il n'avait plus les pattes aussi solidement plantées sur la terre gluante de sang. C'est maintenant, se dit Micky, que ça commence à devenir intéressant.

Sentant l'épuisement du chien, les rats s'enhardirent. Quand il en tenait un entre ses dents, un autre lui sautait à la gorge. Ils couraient entre ses pattes et sous son ventre et s'attaquaient aux parties les moins protégées par le pelage. Un rat particulièrement gros planta ses dents dans la patte arrière du chien et refusa de lâcher prise. L'animal se tourna pour lui donner un coup de dents, mais un autre rat détourna son attention en lui sautant au museau. La patte, alors, parut s'affaisser — le rat avait dû sectionner un tendon, se dit Micky — et le chien se mit à boiter.

Il se retournait beaucoup plus lentement maintenant. Comme s'ils s'en rendaient compte, la douzaine de rats qui restaient s'attaquèrent tous à son arrière-train. Avec lassitude, il continuait à les attraper dans ses mâchoires. A leur briser les reins. A les laisser tomber sur le sol ensanglanté. Mais il avait le ventre à vif et il ne pourrait pas tenir encore bien longtemps. Micky songea qu'il avait peut-être parié judicieusement et qu'il resterait six rats quand le chien serait mort.

Puis l'animal retrouva soudain ses réserves d'énergie. Pivotant sur trois pattes, il tua quatre autres rats en quelques secondes. Mais ce fut son dernier sursaut. Il laissa tomber un rat, puis ses pattes se dérobèrent sous lui. Une fois encore il tourna la tête pour mordre ses adversaires mais il n'en attrapa aucun, et sa tête retomba.

Les rats commencèrent leur festin.

Micky compta : il en restait six.

Il regarda ses compagnons. Hugh avait l'air malade. Edward lui dit : « Un peu dur pour ton estomac, hein ?

— Le chien et les rats se comportent simplement comme la nature l'a prévu, dit Hugh. Ce sont les humains qui me dégoûtent. »

Edward grommela et alla acheter d'autres cognacs.

April regarda Tonio avec des yeux étincelants : un homme, songea-t-elle, qui pouvait se permettre de perdre dix guinées sur un pari. Micky examina plus attentivement Tonio et vit sur son visage un soupçon de panique. Je ne crois pas qu'il puisse se permettre de perdre dix guinées, se dit Micky.

Il alla chercher ses gains chez le bookmaker : cinq shillings. La soirée était déjà profitable. Mais il avait l'impression que ce qu'il avait découvert sur Tonio pourrait en fin de compte valoir beaucoup plus.

4

C'était Micky qui avait le plus écœuré Hugh. Tout au long du combat, Micky n'avait cessé de rire comme un fou. Hugh, tout d'abord, n'arrivait pas à comprendre pourquoi ce rire avait une résonance si familière et lui donnait la chair de poule. Puis il se rappela que Micky riait exactement comme ça quand Edward avait jeté les vêtements de Peter Middleton dans l'eau de la baignade. C'était le déplaisant rappel d'un sinistre souvenir.

Edward revint avec les verres et proposa : « Allons chez Nellie. »

Ils avalèrent leurs godets de cognac et partirent. Dans la rue, Tonio et April prirent congé pour s'engouffrer dans un bâtiment qui avait l'air d'un hôtel miteux. Sans doute, se dit Hugh, allaient-ils prendre une chambre pour une heure ou peut-être pour la nuit. Il se demanda s'il allait accompagner Edward et Micky. Il ne s'amusait pas beaucoup, mais il était curieux de découvrir ce qui se passait chez Nellie. Il avait décidé d'essayer la débauche : il devait donc pousser la soirée jusqu'au bout et ne pas abandonner à mi-chemin, finit-il par se dire.

Chez Nellie, c'était dans Prince Street, à côté de Leicester Square. Il y avait deux chasseurs en livrée devant la porte. Au moment où les trois jeunes gens arrivèrent, ils étaient en train d'éconduire un homme entre deux âges coiffé d'un chapeau melon. « Tenue de soirée seulement », dit un des chasseurs malgré les protestations de l'homme.

Ils avaient l'air de connaître Edward et Micky, car l'un d'eux porta la main à sa casquette et l'autre leur ouvrit la porte. Ils suivirent un long couloir jusqu'à une autre porte. On les inspecta par un judas, puis la porte s'ouvrit.

On avait un peu l'impression d'entrer dans le salon d'une grande maison londonienne. Des feux flamboyaient dans deux grandes cheminées, il y avait des canapés, des fauteuils et des petites tables partout, et la pièce était pleine d'hommes et de femmes en tenue de soirée.

Il suffisait toutefois d'un moment de plus pour constater qu'il ne s'agissait pas d'un salon ordinaire. Environ la moitié des hommes fumaient, ce qu'on ne tolérait pas dans les salons raffinés. Certains avaient enlevé leur habit et dénoué leur cravate. La plupart des femmes étaient habillées, mais quelques-unes semblaient en sous-vêtements. Certaines étaient assises sur les genoux des hommes, d'autres les embrassaient et une ou deux laissaient leur partenaire leur prodiguer des caresses intimes.

Pour la première fois de sa vie, Hugh se trouvait dans un bordel.

L'endroit était bruyant ; les hommes criaient des plaisanteries, les femmes riaient et quelque part un violoniste jouait une valse. Hugh suivit Micky et Edward qui traversèrent la longueur de la pièce. Aux murs, des tableaux représentant des femmes nues et des couples en pleine copulation : Hugh commença à se sentir excité. Tout au fond, sous une grande toile dépeignant une orgie complexe en extérieur, trônait la personne la plus grosse que Hugh eût jamais vue : une femme à l'ample poitrine, fortement maquillée et enveloppée dans une robe de soie vaste comme une tente pourpre. Elle était assise dans un énorme fauteuil et entourée de filles. Derrière elle, un grand escalier au tapis rouge conduisait sans doute aux chambres.

Edward et Micky s'approchèrent du trône et s'inclinèrent. Hugh les imita.

« Nell, mon chou, fit Edward, permettez-moi de vous présenter mon cousin, Mr. Hugh Pilaster.

— Bienvenue, les garçons, fit Nell. Venez donc distraire un peu ces belles filles.

— Plus tard, Nell. Il y a une partie ce soir ?

— Il y a toujours une partie chez Nellie », dit-elle en désignant une porte sur un côté de la pièce.

Edward s'inclina de nouveau et dit : « Nous allons revenir.

— Ne me faites pas faux bond, les garçons ! »

Ils s'éloignèrent. « On dirait un personnage royal ! » murmura Hugh.

Edward se mit à rire. « C'est une des reines de Londres. Il y a des gens qui ce soir s'inclinent devant elle et qui demain matin s'inclineront devant la reine. »

Ils passèrent dans la pièce voisine où plusieurs hommes étaient assis autour de deux tables de baccara. Sur chaque table, une ligne blanche tracée à la craie à environ trente centimètres du bord : les joueurs poussaient des plaques de couleur de l'autre côté de la ligne pour poser leur mise. La plupart avaient un verre auprès d'eux, et l'air était lourd de fumée de cigares.

Il y avait quelques fauteuils vides à l'une des tables : Edward et Micky s'assirent aussitôt. Un valet leur apporta quelques plaques, et chacun signa un reçu. Hugh demanda doucement à Edward : « Quels sont les enjeux ?

— Une livre minimum. »

L'idée vint à Hugh que, s'il jouait et gagnait, il pourrait s'offrir l'une des femmes dans le salon d'à côté. Il n'avait pas vraiment une livre dans ses poches mais, de toute évidence, Edward possédait un crédit dans l'établissement... Puis il se rappela que Tonio avait perdu dix guinées au combat de rats. « Je ne vais pas jouer », annonça-t-il.

Micky dit d'un ton languissant : « Nous n'en doutions pas. »

Hugh se sentait mal à l'aise. Il hésita à demander à un serveur de lui apporter un verre, puis il réfléchit que ça lui coûterait sans doute une semaine de salaire. Le banquier distribua des cartes qu'il prenait dans un sabot. Micky et Edward déposèrent leur mise. Hugh décida de s'éclipser.

Il regagna le grand salon. En regardant de plus près l'ameublement, il constata que tout était du tape-à-l'œil : il y avait des taches sur le velours des capitonnages, des traces de brûlures sur le bois bien ciré, les tapis paraissaient usés et effrangés. Près de lui, un homme ivre était à genoux, en train de chanter devant une putain tandis que deux de ses amis riaient aux éclats. Sur le canapé voisin, un couple s'embrassait la bouche ouverte. Hugh avait entendu dire qu'il y avait des gens qui faisaient ça, mais il ne l'avait jamais vu. Fasciné, il regarda l'homme déboutonner le corsage de la femme et entreprendre de lui caresser les seins. Ils étaient blancs et flasques, avec de gros tétons rouge foncé. Ce spectacle l'excitait et le révoltait à la fois. L'homme sur le canapé plongea la tête entre les seins de la femme et se mit à les couvrir de baisers. Hugh n'en croyait pas ses yeux. La femme regarda par-dessus la tête de l'homme, surprit le regard de Hugh et lui fit un clin d'œil.

Une voix souffla à l'oreille de Hugh : « Tu pourrais m'en faire autant si ça te tente. »

Il pivota sur les talons, se sentant aussi coupable que si on l'avait surpris à commettre un acte honteux. Auprès de lui se trouvait une fille aux cheveux bruns de son âge environ et violemment maquillée. Il ne put s'empêcher de jeter un coup d'œil à sa poitrine. Il détourna précipitamment les yeux, extrêmement gêné.

« Sois pas timide, fit-elle. Regarde aussi longtemps que tu veux. Ils sont à ta disposition. » Horrifié, il sentit la main de la fille se poser sur son entrejambe. « Bon sang, tu es tout excité », dit-elle. Hugh était en proie à une angoisse exquise. Il se sentait sur le point d'exploser. La fille leva la tête et l'embrassa sur les lèvres tout en le caressant.

C'en était trop. Incapable de se contenir plus longtemps, Hugh éjacula dans son caleçon.

La fille le sentit. Un moment, elle eut simplement l'air surpris, puis elle éclata de rire. « Mon Dieu, un puceau ! » dit-elle d'une voix forte. Hugh se sentait humilié. La fille regarda autour d'elle et dit à sa plus proche voisine : « Je n'ai fait que le toucher et le voilà qui gicle ! » Il y eut des rires.

Hugh tourna les talons et se dirigea vers la sortie. Les rires semblaient le suivre tout le long du salon. Il dut faire un effort pour ne pas s'enfuir en courant. Il atteignit enfin la porte. Un moment plus tard, il était dans la rue.

La nuit avait un peu fraîchi. Il prit une profonde inspiration et s'arrêta pour se calmer. Si c'était cela la dissipation, cela ne lui plaisait pas. La petite Maisie avait été grossière à propos de son père ; le combat de rats était répugnant ; les putains s'étaient moquées de lui. Qu'ils aillent au diable, tous autant qu'ils étaient.

Un chasseur lui lança un regard compatissant. « On a décidé de rentrer de bonne heure, monsieur ?

— Quelle bonne idée », dit Hugh, et il s'éloigna.

Micky perdait de l'argent. Il savait tricher au baccara s'il avait la banque, mais ce soir il n'arrivait pas à la prendre. Il fut secrètement soulagé quand Edward proposa :

« Trouvons-nous deux filles.

— Vas-y, dit-il, feignant l'indifférence. Je vais jouer encore un peu. »

Une lueur d'affolement brilla dans les yeux d'Edward. « Il se fait tard.

— J'essaie de me refaire », dit Micky, obstiné.

Edward baissa la voix. « Je paierai tes jetons. »

Micky fit semblant d'hésiter, puis de céder. « Oh, très bien. »

Edward sourit.

Il régla les comptes et ils regagnèrent le salon. Presque aussitôt, une blonde s'approcha d'Edward. Il passa un bras autour de ses épaules nues et elle pressa sa poitrine contre son torse.

Micky inspectait les filles. Une femme un peu plus âgée, à l'air plaisamment débauché, attira son regard. Il lui sourit et elle arriva. Elle posa une main sur le jabot de sa chemise, enfonça ses ongles dans la poitrine du jeune homme, se mit sur la pointe des pieds et lui mordilla la lèvre inférieure.

Il vit Edward qui l'observait, tout rouge d'excitation. Micky commençait à se sentir plein d'ardeur. Il regarda sa partenaire. « Comment t'appelles-tu ? demanda-t-il.

— Alice.

— Eh bien, Alice, dit-il, montons. »

Ils gravirent tous l'escalier. Sur le palier, Alice frotta au passage l'énorme pénis en érection d'une statue de marbre représentant un centaure. Un peu plus loin, un couple faisait l'amour debout, sans se soucier d'un ivrogne assis par terre qui les observait.

Les femmes se dirigèrent vers des chambres séparées, mais

Edward les entraîna dans la même pièce. « Tous ensemble ce soir, les gars ? fit Alice.

— On fait des économies », dit Micky. Et Edward éclata de rire.

« Vous étiez au collège ensemble, vous deux ? » lança-t-elle d'un air entendu. Elle referma la porte derrière eux. « On se faisait des branlettes ?

— Tais-toi », dit Micky en l'étreignant.

Tandis que Micky embrassait Alice, Edward s'approcha d'elle par-derrière, lui passa les bras autour du corps et lui prit les seins dans le creux de ses mains. Elle eut l'air un peu surprise mais ne protesta pas. Micky sentit les mains d'Edward se glisser entre son corps et celui de la femme : il comprit qu'Edward se frottait contre la croupe de sa partenaire.

Au bout d'un moment, l'autre fille dit : « Qu'est-ce que je dois faire ? Je me sens un peu abandonnée.

— Ôte ton pantalon, lui dit Edward. Ce sera ton tour après. »

Chapitre trois

Juillet

1

Quand il était petit garçon, Hugh croyait que la banque Pilaster appartenait aux huissiers. Ces personnages n'étaient en fait que de modestes employés, mais ils étaient tous plutôt corpulents, ils portaient des jaquettes immaculées avec des chaînes d'argent en travers de leur ample gilet, et ils évoluaient dans la banque avec une si pesante dignité qu'aux yeux d'un enfant ils semblaient les individus les plus importants de l'établissement.

Hugh avait été amené là à l'âge de dix ans par son grand-père, le frère du vieux Seth. Le grand hall aux parois de marbre du rez-de-chaussée de la banque lui avait paru comme une église. Immense, élégant, silencieux, c'était un endroit où l'on pratiquait des rites incompréhensibles célébrés par des prélats d'élite au service d'une divinité nommée Argent. Grand-père lui avait fait tout visiter : le calme moquetté du deuxième étage, occupé par les associés et leurs correspondanciers. Dans la salle des associés, on avait offert au petit Hugh un verre de sherry et une assiette de biscuits. Le troisième étage, où les chefs de service, assis à leurs tables, l'air anxieux derrière leurs lorgnons, étaient entourés de monceaux de papiers noués avec des rubans comme des paquets-cadeaux. Et le dernier étage, où des employés subalternes, alignés derrière leurs hauts bureaux comme les soldats de plomb de Hugh, griffonnaient sur de gros registres avec des doigts tachés d'encre. Mais le plus beau, pour Hugh, c'était le sous-sol : on y conservait dans des coffres des contrats encore plus vieux que grand-père. Des milliers de timbres-poste attendaient qu'on vienne les lécher. Et il y avait une pièce entière pleine d'encre dans d'énormes flacons de verre. Il avait été stupéfait en réfléchissant à tout le processus : l'encre arrivait à la banque. Des employés l'étalaient sur le papier. Puis les documents revenaient au sous-sol pour y être entreposés à jamais : et, on ne sait comment, cela produisait de l'argent.

Le mystère aujourd'hui s'était dissipé. Il savait que les énormes livres reliés en cuir n'étaient pas d'obscurs grimoires mais de simples listes de transactions financières laborieusement compilées et scrupuleusement tenues à jour. Et lui aussi souffrait de crampes aux doigts et se tachait d'encre après des jours passés à rédiger les états. Une traite n'était plus une formule magique mais simplement une promesse de payer de l'argent au bout d'un certain temps, promesse rédigée sur un morceau de papier et garantie par une banque. L'escompte dont il croyait, étant enfant, qu'il s'agissait de l'opération de compter à l'envers, de cent jusqu'à un, se révéla être une pratique consistant à acheter des prêts pour une somme inférieure à leur valeur nominale, à les conserver jusqu'à leur date d'échéance puis à les encaisser avec un petit bénéfice.

Hugh était le principal assistant de Jonas Mulberry, le fondé de pouvoir. Chauve, la quarantaine, Mulberry avait bon cœur mais il était un peu revêche. Il prenait toujours le temps d'expliquer les choses à Hugh, mais il ne manquait pas de le prendre en défaut si jamais son travail se révélait le moins du monde hâtif ou négligent. Hugh était sous ses ordres depuis l'année dernière et la veille il avait commis une faute sérieuse. Il avait perdu le connaissement d'une cargaison de tissus de Bradford qui devait être expédiée à New York. Le fabricant de Bradford était venu réclamer son argent et attendait en bas dans le grand hall, mais Mulberry faisait toujours vérifier le connaissement avant d'autoriser le paiement, et Hugh n'arrivait pas à retrouver le document. Il avait fallu demander à l'homme de revenir le lendemain matin.

Hugh avait fini par le trouver, mais il avait passé presque toute la nuit à s'inquiéter à ce propos, et ce matin-là il avait conçu un nouveau système de classement pour Mulberry.

Sur la table devant lui, il avait disposé deux méchantes corbeilles à courrier, deux fiches oblongues, une plume d'oie et un encrier. Sur un des cartons, il écrivit lentement et en s'appliquant :

A l'attention du fondé de pouvoir

Sur la seconde fiche il écrivit :

Visé par le fondé de pouvoir

Il donna soigneusement un coup de buvard puis, avec des punaises, fixa une carte sur chacune des corbeilles. Il les déposa sur la table de John Mulberry et recula pour inspecter son œuvre. Mr. Mulberry entra sur ces entrefaites. « Bonjour, Mr. Hugh », dit-il. C'était ainsi que dans la banque on s'adressait à tous les membres de la famille, car sinon il y aurait eu confusion entre les différents Mr. Pilaster.

« Bonjour, Mr. Mulberry.

— Qu'est-ce que c'est que ça ? fit Mulberry d'un ton maussade en regardant les corbeilles.

— Eh bien, commença Hugh, j'ai retrouvé ce connaissement.

— Où était-il ?

— Mélangé avec des lettres que vous aviez signées. »

Mulberry fronça les sourcils. « Êtes-vous en train d'essayer de me dire que c'était ma faute ?

— Non, s'empressa de répondre Hugh. C'est ma responsabilité de garder vos papiers en ordre. C'est pourquoi j'ai institué ce système de corbeilles : pour séparer les documents dont vous vous êtes déjà occupé de ceux que vous n'avez pas encore regardés. »

Mulberry poussa un vague grognement. Il accrocha son melon à la patère derrière la porte et s'assit à sa table. Il dit enfin : « Nous allons l'essayer : ça pourrait être tout à fait efficace. Mais la prochaine fois, ayez la courtoisie de me consulter avant de mettre en application vos ingénieuses idées. C'est mon bureau, après tout, et je suis le fondé de pouvoir.

— Certainement, dit Hugh. Pardonnez-moi. » Il savait qu'il aurait dû demander la permission à Mulberry, mais il était si content de sa nouvelle idée qu'il n'avait pas eu la patience d'attendre.

« L'émission de l'emprunt russe s'est terminée hier, reprit Mulberry. Je veux que vous descendiez à la salle du courrier pour organiser le décompte des bulletins de souscription.

— Très bien. » La banque émettait un emprunt de deux millions de livres pour le compte du gouvernement russe. Elle avait émis des bons de cent livres qui rapportaient cinq livres d'intérêt par an. Mais on vendait les bons quatre-vingt-treize livres, si bien que le véritable taux d'intérêt était supérieur. La plupart des bons avaient été souscrits par d'autres banques de

Londres et de Paris, mais on en avait offert un certain nombre au public, et il fallait maintenant faire le compte des bulletins de souscription.

« Espérons que nous aurons plus de demandes que nous ne pourrons en satisfaire, dit Mulberry.

— Pourquoi ?

— De cette façon, les candidats malchanceux essaieront d'acheter demain les bons sur le marché et cela fera monter le cours à quatre-vingt-quinze livres peut-être : tous nos clients auront l'impression d'avoir fait une bonne affaire. »

Hugh hocha la tête. « Et si nous avons trop peu de demandes ?

— Alors, la banque qui garantit l'émission doit acheter le solde à quatre-vingt-treize livres, et demain le cours peut descendre à quatre-vingt-douze ou quatre-vingt-onze livres, et nous aurons perdu de l'argent.

— Je vois.

— Allez. »

Hugh sortit du bureau de Mulberry qui était au troisième étage et dévala l'escalier. Il était ravi que Mulberry eût accepté son idée de corbeilles et soulagé de ne pas avoir eu plus de problèmes à propos du connaissement égaré. En arrivant au second étage où se trouvait la salle des associés, il rencontra Samuel Pilaster, fort élégant dans une redingote gris argent avec une cravate de satin bleu marine. « Bonjour, oncle Samuel, dit Hugh.

— Bonjour, Hugh. Qu'est-ce que tu fais ? » Il témoignait plus d'intérêt à Hugh que les autres associés.

« Je vais compter les souscriptions pour l'emprunt russe. »

Samuel eut un sourire qui découvrit ses dents mal alignées. « Je ne sais pas si tu as raison d'être si joyeux avec une journée comme celle-là devant toi ! »

Hugh continua à descendre l'escalier. Dans la famille on commençait à parler à voix basse d'oncle Samuel et de son secrétaire. Hugh ne trouvait pas choquant que Samuel fût ce que les gens appelait « efféminé ». Les femmes et les prêtres pouvaient bien dire que les relations sexuelles entre hommes, c'était de la perversion : on les pratiquait tout le temps dans des collèges comme Windfield, et ça n'avait jamais fait de mal à personne.

Il arriva au rez-de-chaussée et pénétra dans l'imposant hall de la banque. Il n'était que neuf heures et demie et les douzaines d'employés qui travaillaient chez Pilaster s'engouffraient encore par la grande porte de la rue, apportant avec eux des relents de petits déjeuners au bacon et de rames de métro. Hugh salua au passage miss Greengrass, la seule employée femme. Quand on l'avait engagée, voici un an, on avait vivement discuté dans la banque du fait de savoir si une femme serait capable de faire le travail. En l'occurrence, elle avait réglé le problème en se révélant remarquablement compétente. Sans doute, se dit Hugh, y aurait-il davantage d'employées femmes à l'avenir.

Il prit l'escalier du fond qui conduisait au sous-sol et se dirigea vers la salle du courrier. Deux coursiers faisaient le tri et les demandes de souscription à l'emprunt russe emplissaient déjà un grand sac. Hugh décida de prendre deux employés subalternes pour faire le total des demandes et de vérifier ainsi leurs connaissances en arithmétique.

Le travail prit quasiment toute la journée. Il était presque quatre heures quand il contrôla la dernière liasse et vérifia le total de la dernière colonne de chiffres. L'émission n'avait pas été totalement souscrite : plus de cent mille livres de bons restaient invendus. Ce n'était pas un gros manque par rapport à une émission de deux millions de livres, mais, d'un point de vue psychologique, il y avait une grande différence entre une émission sur-souscrite et une émission non pleinement souscrite, et les associés allaient être déçus.

Il inscrivit le compte sur une autre feuille de papier et se mit en quête de Mulberry. Le calme régnait maintenant dans le hall de la banque. Quelques clients attendaient devant le long comptoir bien astiqué. Derrière, des employés prenaient et reposaient sur les rayons les gros registres. La banque Pilaster n'avait pas beaucoup de comptes privés. C'était une banque d'affaires, qui prêtait de l'argent aux négociants pour financer leurs opérations commerciales. Comme l'aurait dit le vieux Seth, ce qui intéressait les Pilaster, ce n'était pas de compter les pennies graisseux de la recette d'un épicier ni les billets crasseux d'un tailleur : il n'y avait pas assez à gagner là-dessus. Mais tous les membres de la famille avaient un compte à la banque, et l'on étendait ce privilège à un petit nombre de très riches clients. Hugh aperçut justement l'un d'eux : sir John Cammel. Hugh avait connu son fils à Windfield. Mince, le crâne chauve, sir John tirait de vastes revenus de mines de charbon et de docks aménagés sur ses terres du Yorkshire. Il arpentait maintenant le sol de marbre, l'air impatient et de mauvaise humeur. Hugh lui dit : « Bonjour, sir John, j'espère qu'on s'occupe de vous.

— Justement pas. Personne ne travaille donc dans cet établissement ? »

Hugh jeta un rapide coup d'œil à la ronde. Aucun des associés ni des chefs de service n'était en vue. Il décida de faire montre d'esprit d'initiative. « Voulez-vous monter dans la salle des associés, monsieur ? Je sais qu'ils seront enchantés de vous voir.

— Très bien. »

Hugh le précéda dans l'escalier. Les associés travaillaient ensemble dans la même pièce pour pouvoir se surveiller l'un l'autre, s'il fallait en croire la tradition. La salle était meublée, comme la bibliothèque d'un club de gentlemen, avec des canapés de cuir, des rayonnages et, au milieu, une table couverte de journaux. De leurs portraits encadrés accrochés au mur, les ancêtres Pilaster regardaient leurs descendants du haut de leurs nez crochus.

La pièce était vide. « Je suis sûr qu'un de ces messieurs va être de retour dans un moment, dit Hugh. Puis-je vous offrir un verre de madère ? » Il s'approcha du buffet et en servit une généreuse rasade tandis que sir John s'installait dans un fauteuil de cuir. « Au fait, je suis Hugh Pilaster.

— Ah oui ? » Sir John se radoucit quelque peu en constatant qu'il s'adressait à un Pilaster et non pas à un simple employé de bureau. « Vous n'étiez pas à Windfield ?

— Si, monsieur. J'y étais avec votre fils Albert. On l'appelait la Bosse.

— On surnomme tous les Cammel la Bosse.

— Je ne l'ai pas vu depuis..., depuis ce temps-là.

— Il est parti pour la colonie du Cap et il s'est tant plu là-bas qu'il n'est jamais revenu. Aujourd'hui, il élève des chevaux. »

Albert Cammel était à la baignade en ce jour fatal de 1866. Hugh n'avait jamais entendu sa version de la noyade de Peter Middleton. « J'aimerais lui écrire, dit Hugh.

— Je pense qu'il sera ravi d'avoir une lettre d'un vieil ami de collège. Je vais vous donner son adresse. » Sir John s'installa à la table, trempa dans l'encrier une plume d'oie et griffonna quelque chose sur une feuille de papier. « Tenez.

— Je vous remercie. » Sir John était maintenant tout à fait radouci, remarqua Hugh non sans satisfaction. « Ma foi, vous pouvez peut-être vous occuper de ceci. » Il tira un chèque de sa poche. Hugh l'examina. C'était pour un montant de cent dix mille livres : le plus gros chèque personnel qui fût jamais passé entre ses mains. « Je viens de vendre une mine de charbon à mon voisin, expliqua sir John.

— Je peux certainement le déposer à votre compte.

— Quel intérêt est-ce que je toucherai ?
— Quatre pour cent, pour l'instant.
— Je pense que ça ira. »
Hugh hésita. L'idée lui vint que, si l'on pouvait persuader sir John d'acheter des bons russes, l'émission, non pleinement souscrite de l'emprunt, pourrait devenir légèrement sur-souscrite. Devait-il en parler ? Il avait déjà outrepassé son autorité en invitant un client dans la salle des associés. Il décida de prendre le risque. « Vous pourriez avoir un intérêt supérieur en achetant des bons russes. »
Sir John plissa les yeux. « Ah oui ?
— Parfaitement. L'emprunt a été clos hier, mais pour vous...
— Est-ce un placement sûr ?
— Aussi sûr que le gouvernement russe.
— Je vais y réfléchir. »
L'enthousiasme de Hugh s'était maintenant éveillé et il voulait conclure la vente. « Le cours ne sera peut-être pas le même demain, comme vous le savez. Quand les bons vont arriver sur le marché, le cours est susceptible de monter ou de descendre. » Il décida qu'il insistait trop, alors il fit machine arrière. « Je vais déposer immédiatement ce chèque sur votre compte et, si vous le souhaitez, vous pourrez discuter des bons avec un de mes oncles.
— Très bien, jeune Pilaster... Allez-y maintenant. »
Hugh sortit et rencontra l'oncle Samuel dans le vestibule. « Mon oncle, dit-il, sir John Cammel est là. Je l'ai trouvé dans le hall l'air de mauvaise humeur, alors je lui ai offert un verre de madère... J'espère que j'ai bien fait.
— J'en suis sûr, dit Samuel. Je vais m'occuper de lui.
— Il apportait un chèque de cent dix mille livres. Je lui ai parlé de l'emprunt russe : il manque cent mille livres pour compléter la souscription. »
Samuel haussa les sourcils. « Tu es bien précoce.
— Je lui ai seulement dit qu'il pourrait en parler à l'un des associés s'il voulait un taux d'intérêt plus élevé.
— Très bien. Ça n'est pas une mauvaise idée. »
Hugh regagna le hall, prit le registre de sir John, y inscrivit le dépôt puis porta le chèque à l'employé chargé des compensations. Il remonta ensuite au troisième étage, au bureau de Mulberry. Il lui remit le compte de la souscription des bons russes, évoqua la possibilité que sir John Cammel achète le solde et se remit à sa table.
Un huissier arriva avec du thé, du pain et du beurre sur un

plateau. On servait cette légère collation à tous les employés qui restaient au bureau après quatre heures et demie. Quand il n'y avait pas beaucoup de travail, la plupart des gens partaient à quatre heures. Le personnel des banques constituait une élite parmi les employés : il faisait l'envie de ceux qui travaillaient chez des négociants et des armateurs, et qui restaient souvent tard au bureau et parfois toute la nuit.

Samuel entra un peu plus tard pour remettre des documents à Mulberry. « Sir John a acheté les bons, annonça-t-il à Hugh. Bon travail : voilà une occasion bien saisie.

— Merci. »

Samuel aperçut les corbeilles étiquetées sur le bureau de Mulberry. « Qu'est-ce que c'est que ça ? demanda-t-il d'un ton amusé. *A l'attention du fondé de pouvoir... Visé par le fondé de pouvoir.* » Mulberry lui répondit : « Le but est de séparer les documents qui arrivent de ceux qui repartent. Ça évite la confusion.

— Quelle bonne organisation ! Je crois que je pourrais en faire autant.

— En fait, Mr. Samuel, c'est une idée du jeune Mr. Hugh. »

Samuel tourna vers Hugh un regard amusé. « Dis-moi, mon cher garçon, tu es plein d'initiatives. »

On disait parfois à Hugh qu'il avait trop de toupet : il feignit donc l'humilité. « Je sais que j'ai encore un tas de choses à apprendre.

— Allons, allons, pas de fausse modestie. Dis-moi une chose : si tu ne travaillais plus pour Mr. Mulberry, qu'est-ce que tu aimerais faire ? »

Hugh n'avait pas besoin de réfléchir à ce qu'il allait répondre. Le poste le plus convoité était celui de correspondancier. La plupart des employés ne voyaient qu'une partie de la transaction — celle qu'ils enregistraient —, mais le correspondancier, qui rédigeait les lettres aux clients, voyait l'ensemble de l'affaire. C'était la meilleure place pour apprendre et la meilleure pour avoir de l'avancement. Et le correspondancier d'oncle Samuel, Bill Rose, allait bientôt prendre sa retraite.

Sans hésitation, Hugh déclara : « J'aimerais être votre correspondancier.

— Tiens, vraiment ? Après un an seulement à la banque ?

— Le temps que Mr. Rose parte, ça fera dix-huit mois.

— C'est vrai. » Samuel avait toujours l'air amusé, mais il n'avait pas dit non. « Nous verrons, nous verrons », dit-il, et il sortit.

Mulberry demanda à Hugh : « C'est vous qui avez conseillé à sir John Cammel d'acheter le solde des bons russes ?
— Je lui en ai simplement parlé, répondit Hugh.
— Eh bien, eh bien, fit Mulberry, eh bien, eh bien. » Et il resta plusieurs minutes à contempler Hugh d'un air méditatif.

2

C'était un dimanche après-midi ensoleillé, et tout Londres était dehors pour une balade, les gens arborant leurs plus belles tenues du dimanche. Il n'y avait aucune circulation sur la large avenue de Piccadilly, car seul un invalide aurait eu l'idée de conduire le jour du Seigneur. Maisie Robinson et April Tilsley déambulaient sur Piccadilly, en admirant les palais des riches et en essayant de lever des hommes.

Elles habitaient Soho : elles partageaient une chambre dans un taudis de Carnaby Street, près de l'hospice Saint James. Elles se levaient vers midi, s'habillaient avec soin et sortaient dans les rues. Le soir venu, elles avaient en général trouvé deux hommes pour leur payer à dîner ; sinon, elles restaient sur leur faim. Elles n'avaient presque pas d'argent, mais il ne leur en fallait pas beaucoup. Quand venait le moment de payer le loyer, April demandait un « prêt » à un petit ami. Maisie portait toujours les mêmes toilettes et lavait chaque soir ses dessous. Un de ces jours, quelqu'un lui achèterait bien une nouvelle robe. Tôt ou tard, espérait-elle, l'un des hommes qui lui payaient à dîner voudrait soit l'épouser, soit faire d'elle sa maîtresse et l'installer dans ses meubles.

April était encore excitée par le Sud-Américain qu'elle avait rencontré, Tonio Silva. « Tu te rends compte, dit-elle, il peut se permettre de perdre dix guinées sur un pari ! En plus, j'ai toujours aimé les roux !
— L'autre Sud-Américain, le brun, dit Maisie, il ne m'a pas plu.
— Micky ? Il est superbe.
— Oui, mais je trouve qu'il a quelque chose de sournois. »

April montra du doigt l'énorme demeure. « C'est la maison du père de Solly. »

Elle était construite en retrait de l'avenue, une allée en demi-cercle y menait. On aurait dit un temple grec avec, sur le devant, une colonnade qui allait jusqu'au toit. Du cuivre étincelait sur la grande porte, et l'on apercevait des rideaux de velours rouge aux fenêtres.

« Tu te rends compte, fit April, tu pourrais habiter là un jour. »

Maisie secoua la tête. « Pas moi.

— Ça s'est déjà vu, répliqua April. Tu n'as qu'à être plus allumeuse que les filles de la haute, et ça n'est pas difficile. Une fois que tu es mariée, tu peux apprendre à imiter leur accent, et tout ça en un rien de temps. Tu parles déjà pas mal, sauf quand tu te fiches en colère. Et Solly est un gentil garçon.

— Un gentil gros garçon, dit Maisie avec une grimace.

— Mais si riche ! On dit que son père entretient un orchestre symphonique dans sa maison de campagne juste au cas où il voudrait entendre de la musique après le dîner ! »

Maisie soupira. Elle n'avait pas envie de penser à Solly.

« Où êtes-vous allés tous, une fois que je me suis engueulée avec ce garçon, Hugh ?

— Au combat de rats. Ensuite, moi et Tonio, on est allés à l'hôtel Batt.

— Tu l'as fait avec lui ?

— Bien sûr ! Pourquoi crois-tu qu'on est allés au Batt ?

— Pour jouer au whist ! » Elles pouffèrent. April avait un air méfiant. « Alors, tu l'as fait avec Solly, n'est-ce pas ?

— Je l'ai rendu heureux, dit Maisie.

— Qu'est-ce que ça veut dire ? »

Maisie eut un geste de la main, et toutes deux se remirent à pouffer.

April dit : « Tu lui as juste fait une branlette ? Pourquoi ? »

Maisie haussa les épaules.

« Bah, t'as peut-être raison, dit April. Quelquefois, il vaut mieux ne pas les laisser faire la première fois. Si tu les mènes un peu en bateau, ça ne les rend que plus empressés. »

Maisie changea de sujet. « Ça m'a rappelé de sales souvenirs, de rencontrer des gens qui s'appellent Pilaster », dit-elle.

April acquiesça. « Les patrons, je ne peux pas les blairer », dit-elle avec une soudaine violence. Le langage d'April était encore plus cru que celui que Maisie avait coutume d'entendre au cirque. « Je ne travaillerai jamais pour un patron. C'est pour ça que je fais ce métier. Je fixe mon prix et je suis payée d'avance.

— Mon frère et moi, on a quitté la maison le jour où Tobias

Pilaster a fait faillite », dit Maisie. Elle eut un sourire un peu triste. « On pourrait dire que c'est à cause des Pilaster que je suis ici aujourd'hui.

— Qu'est-ce que tu as fait après être partie ? Tu es tout de suite entrée au cirque ?

— Non. » Maisie avait un pincement au cœur en se souvenant comme elle s'était sentie effrayée et esseulée. « Mon frère s'est embarqué comme passager clandestin sur un bateau qui partait pour Boston. Je ne l'ai pas vu depuis, je n'ai pas eu de ses nouvelles. Pendant une semaine, j'ai dormi sur un tas d'ordures. Dieu merci, le temps était doux : on était en mai. Il n'a plu qu'une seule nuit ; je me suis protégée avec des chiffons et après ça j'ai eu des puces pendant des années... Je me souviens de l'enterrement.

— De qui ?

— De Tobias Pilaster. Le cortège a traversé les rues. C'était un homme important dans la ville. Je me souviens d'un petit gars, guère plus vieux que moi, avec un manteau noir et un haut-de-forme, qui tenait la main de sa maman. Ça devait être Hugh.

— Tu te rends compte, fit April.

— Après ça, je suis allée à pied jusqu'à Newcastle. Je me suis habillée en garçon et j'ai travaillé aux écuries, à donner un coup de main. On me laissait dormir dans la paille la nuit, au milieu des chevaux. Je suis restée là trois ans.

— Pourquoi es-tu partie ?

— Il m'est poussé ça », dit Maisie en agitant ses seins. Un homme entre deux âges qui passait la vit, et ses yeux faillirent sortir de leurs orbites. « Quand le chef palefrenier a découvert que j'étais une fille, il a essayé de me violer. Je lui ai flanqué un coup de cravache en pleine figure et ç'a été la fin de mon boulot.

— J'espère que tu lui as fait mal, dit April.

— J'ai certainement refroidi son ardeur.

— Tu aurais dû frapper plus bas.

— Ça lui aurait peut-être plu.

— Où es-tu allée quand tu as quitté les écuries ?

— C'est à ce moment-là que je suis entrée au cirque. J'ai commencé à aider les palefreniers et j'ai fini par devenir une des écuyères. » Elle eut un soupir nostalgique. « J'aimais bien le cirque. Les gens sont chaleureux.

— Trop, j'imagine. »

Maisie acquiesça. « Je ne me suis jamais entendue avec le chef de piste, et, quand il m'a demandé de lui faire des trucs, ç'a été le moment de partir. J'ai décidé que, si je devais sucer des hommes pour vivre, je voulais être mieux payée. Et voilà. » Elle attrapait toujours les façons des gens avec qui elle vivait et elle avait adopté le vocabulaire sans contrainte d'April.

Celle-ci lui lança un regard soupçonneux. « T'en as sucé beaucoup depuis ?

— A dire vrai, pas un. » Maisie était gênée. « Je ne peux pas te mentir, April : je ne suis pas sûre d'être faite pour ce métier.

— Tu es parfaite, au contraire ! protesta April. Tu as ce pétillement dans l'œil auquel les hommes ne résistent pas. Écoute. Tiens bon avec Solly Greenbourne. Donne-lui-en un petit peu plus à chaque fois. Laisse-le te peloter un jour, laisse-le te voir toute nue une autre fois... D'ici trois semaines, il bavera devant toi. Un soir où tu lui auras fait baisser son pantalon et où tu auras son truc dans la bouche, dis-lui : “ Si tu m'achetais une petite maison à Chelsea, on pourrait faire ça chaque fois que tu en aurais envie. ” Je te jure, Maisie, si Solly dit non à ça, j'entre au couvent. »

Maisie savait qu'elle avait raison, mais son âme se révoltait à cette idée. Elle ne savait pas très bien pourquoi. En partie parce que Solly ne l'attirait pas. Paradoxalement, une autre raison était la gentillesse de Solly. Elle ne pouvait se résoudre à froidement le manipuler. Mais, ce qui était pire, elle avait l'impression qu'elle renoncerait avec lui à tout espoir de rencontrer le véritable amour — de se marier avec un homme dont elle serait vraiment amoureuse. D'un autre côté, il fallait bien vivre, et elle était déterminée à ne pas attendre toute la semaine, comme l'avaient fait ses parents, un salaire dérisoire avec toujours le risque de se retrouver sans travail à cause d'une crise financière se produisant à des centaines de kilomètres de chez elle.

« Qu'est-ce que tu penses des autres ? suggéra April. Tu n'avais que l'embarras du choix.

— J'aime bien Hugh, mais je l'ai vexé.

— De toute façon, il n'a pas d'argent.

— Edward est un porc, Micky me fait peur et Tonio est à toi.

— Alors, Solly est ton homme.

— Je ne sais pas.

— Moi, si. Si tu le laisses te filer entre les doigts, tu passeras le restant de tes jours à arpenter Piccadilly en pensant : Dire qu'aujourd'hui je pourrais habiter cette maison.

— Oui, probablement.

— Et si ça n'est pas Solly, alors qui ? Tu risques de te retrouver avec un sale petit épicier entre deux âges qui te donnera de l'argent au compte-gouttes et te demandera de laver toi-même tes draps. »

Maisie songeait à ces tristes perspectives lorsqu'elles arrivèrent au bout de Piccadilly et tournèrent à droite dans Mayfair. Elle pourrait sans doute amener Solly à l'épouser si elle s'en donnait la peine. Et elle parviendrait sans trop de mal à jouer le rôle d'une grande dame. S'exprimer convenablement, c'était avoir fait la moitié du chemin, et elle avait toujours été bonne imitatrice. Mais l'idée de prendre le brave Solly au piège d'un mariage sans amour l'écœurait.

Coupant par une ruelle, elles passèrent devant une grande écurie de louage. Maisie eut la nostalgie du cirque et s'arrêta pour caresser un grand étalon alezan. Le cheval, aussitôt, lui renifla la main. Une voix d'homme dit : « Tiens, Red Boy, il se laisse généralement pas toucher par des étrangers. »

Maisie se retourna : elle aperçut un homme entre deux âges en redingote avec un gilet jaune. Sa tenue élégante contrastait avec son visage boucané et la vulgarité de sa voix. Elle se dit que ce devait être un ancien palefrenier qui avait monté sa propre affaire et bien réussi. Elle sourit et dit : « Ça ne le gêne pas, n'est-ce pas, Red Boy ?

— Je ne pense pas que vous pourriez le monter, là, tout de suite, hein ?

— Le monter ? Bien sûr que si : sans selle et même debout sur son dos. Il est à vous ? »

L'homme fit un petit salut et dit : « George Sammles, pour vous servir, mesdames ; propriétaire, comme vous pouvez le voir. » Il montra son nom peint au-dessus de la porte.

« Je ne voudrais pas me vanter, Mr. Sammles, dit Maisie, mais j'ai passé ces quatre dernières années dans un cirque. Alors je peux sans doute monter à peu près tout ce que vous avez dans vos écuries.

— Vraiment ? dit-il d'un ton songeur. Tiens, tiens.

— A quoi pensez-vous, Mr. Sammles ? » intervint April.

Il hésita. « Ça peut vous paraître un rien brusqué, mais je me demandais si cette petite dame serait intéressée par une proposition commerciale. »

Maisie se demandait ce qui allait suivre. Jusqu'alors, la conversation ne lui avait semblé qu'un anodin badinage. « Continuez. »

April dit d'un ton lourd de sous-entendus : « Nous sommes toujours intéressées par les propositions commerciales. » Mais

Maisie avait l'impression que Sammles ne recherchait pas ce à quoi April pensait.

« Voyez-vous, Red Boy est à vendre, commença l'homme. Mais on ne vend pas des chevaux en les gardant à l'écurie. Tandis que, si vous le montiez dans le parc une heure par-ci par-là, une dame comme vous, jolie comme un cœur, si je peux me permettre, vous attireriez pas mal l'attention et sans doute que tôt ou tard quelqu'un vous demanderait combien vous voulez pour le cheval. »

Y a-t-il de l'argent là-dedans? se demanda Maisie. Lui offrait-on un moyen de payer son loyer sans vendre son corps ni son âme? Mais elle ne posa pas la question qui lui était venue à l'esprit. Elle se contenta de dire : « Et alors je dirais à la personne : " Allez-vous-en voir Mr. Sammles aux écuries Curzon car ce bourrin est à lui. " C'est ça que vous voulez dire?

— Tout juste, sauf que plutôt que de traiter Red Boy de bourrin, vous pourriez dire : " Cette bête magnifique ", ou bien : " Ce superbe spécimen de la race chevaline ", ou quelque chose comme ça.

— Peut-être, dit Maisie, pensant qu'elle utiliserait le mot de son choix et pas ceux que lui soufflerait Sammles. Maintenant, passons aux affaires. » Elle ne pouvait plus faire semblant de traiter l'argent par-dessous la jambe.

« Combien paieriez-vous?

— A votre avis, qu'est-ce que ça vaut? »

Maisie choisit une somme extravagante. « Une livre par jour.

— C'est trop, dit-il aussitôt. Je vous en donnerai la moitié. »

Elle n'en croyait pas sa chance. Dix shillings par jour, c'était un salaire énorme. Les filles de son âge qui travaillaient comme femmes de chambre avaient de la chance quand elles obtenaient un shilling par jour. Son cœur se mit à battre plus vite. « Marché conclu, s'empressa-t-elle de dire, craignant de le voir changer d'avis. Quand est-ce que je commence?

— Venez demain à dix heures et demie.

— J'y serai. »

Ils échangèrent une poignée de main, et les filles s'éloignèrent. Sammles lui cria : « Surtout, portez la robe que vous avez aujourd'hui : elle est ravissante.

— Ne craignez rien », dit Maisie. C'était la seule qu'elle avait. Mais elle ne le dit pas à Sammles.

3

LA CIRCULATION DANS LE PARK
AU RÉDACTEUR EN CHEF DU TIMES

Monsieur,

On a noté ces derniers jours à Hyde Park chaque matin vers onze heures et demie un si vaste encombrement d'attelages que pendant près d'une heure il n'y avait pas moyen d'avancer. On a suggéré de nombreuses explications ; par exemple, qu'il vient trop de provinciaux en ville pour la saison ; ou bien que la prospérité de Londres est maintenant telle que même les femmes des commerçants ont leur voiture et qu'elles roulent dans le parc ; mais on n'a jamais mentionné nulle part la vérité. La responsabilité de cet encombrement incombe à une dame dont on ignore le nom, mais que les hommes ont baptisée « la Lionne », à n'en pas douter à cause de la couleur fauve de sa chevelure ; une charmante créature, superbement vêtue, qui monte avec aisance et entrain des chevaux qui intimideraient bien des hommes ; qui conduit, avec la même facilité, un attelage tiré par des couples admirablement assortis. Si grande est la renommée de sa beauté et de son audace équestre que tout Londres émigre vers le parc à l'heure où l'on attend sa venue ; et, une fois là, plus personne ne peut bouger. Ne pourriez-vous pas, monsieur, vous dont c'est le métier de connaître tout et tout le monde et qui peut-être, donc, connaissez la véritable identité de la Lionne, insister pour qu'elle renonce à ses promenades de façon que le parc puisse retrouver son état normal de calme bienséance et de facilité de circulation ?

Je suis, monsieur, votre humble serviteur.

Un observateur.

Cette lettre doit être une blague, se dit Hugh en reposant le journal. La Lionne existait bien — il avait entendu les employés de la banque parler d'elle —, mais elle n'était pas la cause de cet encombrement de voitures. Tout de même, il était intrigué. Par les fenêtres à meneaux de Whitehaven House, son regard se tourna vers le parc. C'était un jour de congé. Le soleil brillait et il y avait déjà une foule de gens, à pied, à cheval ou en équipage. Hugh se dit qu'il pourrait aller jusqu'au parc dans l'espoir de voir de quoi il retournait.

Tante Augusta projetait aussi d'aller au parc. Sa calèche l'attendait devant la maison. Le cocher arborait sa perruque et le valet en livrée était prêt à monter derrière. Presque tous les matins, elle allait se promener au parc à cette heure-là, comme le faisaient toutes les femmes de la bonne société et les oisifs. Ils affirmaient vouloir prendre l'air et faire un peu d'exercice, mais le parc était avant tout un endroit pour voir et être vu. La véritable cause des encombrements, c'étaient les gens qui arrêtaient leurs voitures pour bavarder et bloquaient la chaussée.

Hugh entendit la voix de sa tante. Il se leva de la table où il prenait le petit déjeuner et passa dans le vestibule. Comme toujours, tante Augusta était magnifiquement habillée. Elle portait aujourd'hui une robe pourpre avec un corsage à jabot ajusté à la taille. Le chapeau toutefois était une erreur : un canotier miniature, qui n'avait pas huit centimètres de large, juché sur le devant tout en haut de sa coiffure. A la dernière mode, il était charmant pour les jeunes filles ; mais Augusta n'avait plus rien d'une jeune fille, et cela lui donnait un air ridicule. Elle commettait rarement de telles erreurs mais, quand elle le faisait, c'était en général parce qu'elle suivait trop fidèlement la mode.

Elle parlait à oncle Joseph. Il avait l'air harassé qu'il affichait souvent quand Augusta s'adressait à lui. Planté devant elle, il tournait légèrement la tête de côté et caressait d'une main impatiente ses favoris broussailleux. Hugh se demandait s'il existait entre eux la moindre affection. Elle avait bien dû exister à un moment, supposait-il, puisqu'ils avaient conçu Edward et Clémentine. Ils se manifestaient rarement de la tendresse mais de temps en temps, songea Hugh, Augusta témoignait une attention pour Joseph. Oui, se dit-il, ils s'aimaient probablement encore.

Augusta continuait à parler comme si Hugh n'était pas là, ce qui était son habitude. « La famille tout entière est préoccupée, disait-elle avec insistance, comme si oncle Joseph avait suggéré le contraire. Il pourrait y avoir un scandale.

— Mais la situation — quelle qu'elle puisse être — dure depuis des années et personne n'a jamais trouvé ça scandaleux.

— Parce que Samuel n'est pas le président. Une personne ordinaire peut faire beaucoup de choses sans attirer l'attention. Mais le président de la banque Pilaster est un personnage public.

— Bah, il n'y a peut-être pas d'urgence. Oncle Seth est toujours en vie et donne tous les signes de vouloir tenir indéfiniment.

— Je sais », dit Augusta. Et il y avait dans sa voix une note de déception révélatrice. « Je le regrette, parfois... » Elle s'arrêta avant de trop découvrir son jeu. « Tôt ou tard, il va passer la main. Ça pourrait arriver demain. Le cousin Samuel ne peut prétendre qu'il n'y ait aucune raison de s'inquiéter.

— Peut-être, dit Joseph. Mais s'il le prétendait quand même, je ne vois pas très bien ce qu'on pourrait faire.

— Il faut peut-être aborder le problème avec Seth. »

Hugh se demanda ce que le vieux Seth savait de la vie de son fils. Au fond de lui-même, sans doute connaissait-il la vérité, mais peut-être ne se l'avouait-il jamais, même dans le secret de son cœur.

Joseph avait l'air mal à l'aise. « Dieu nous en garde.

— Ce serait certainement regrettable, dit Augusta avec une délicieuse hypocrisie. Mais vous devez faire comprendre à Samuel qu'à moins qu'il ne cède la place il faudra mettre son père au courant et, si nous en arrivons là, Seth devra connaître l'ensemble des faits. »

Hugh ne pouvait s'empêcher d'admirer son impitoyable astuce. Elle envoyait un message à Samuel : renoncez à votre secrétaire ou bien nous devrons mettre votre père en face de la réalité en lui révélant que son fils est plus ou moins marié à un homme.

En vérité, elle se moquait comme d'une guigne de Samuel et de son secrétaire. Elle voulait simplement le mettre dans l'impossibilité de devenir président — de sorte que la charge reviendrait à son mari. C'était un coup bas, et Hugh se demandait si Joseph comprenait pleinement ce qu'Augusta était en train de faire.

Joseph dit d'un ton embarrassé : « J'aimerais résoudre le problème sans prendre des mesures aussi radicales. »

Augusta baissa la voix jusqu'à murmurer tout bas. Quand elle faisait cela, pensait Hugh, son manque de sincérité était transparent, comme un dragon qui essaierait de ronronner. « Je suis absolument certaine que vous trouverez un moyen d'y parvenir », dit-elle. Elle eut un sourire suppliant. « Viendrez-vous en voiture avec moi aujourd'hui ? J'aimerais tant jouir de votre compagnie. »

Il secoua la tête. « Il faut que j'aille à la banque.

— Quel dommage, être enfermé dans un bureau poussiéreux par une belle journée comme celle-ci !

— Il y a eu une panique à Bologne. »

Hugh était intrigué. Depuis le krach de Vienne, plusieurs banques avaient fait faillite et des sociétés avaient été liquidées dans diverses parties de l'Europe, mais c'était la première « panique ». Londres, jusqu'à maintenant, avait échappé aux dégâts. En juin, le taux bancaire, le thermomètre du monde des finances, avait monté à sept pour cent — ce qui n'était pas tout à fait le niveau de fièvre — et il était déjà retombé à six pour cent. Toutefois, peut-être y aurait-il un peu d'excitation aujourd'hui.

« J'espère, dit Augusta, que la panique ne va pas nous affecter.

— Dès l'instant que nous sommes vigilants, non, répondit Joseph.

— Mais c'est jour de congé aujourd'hui : il n'y aura personne à la banque pour préparer votre thé ?

— Je pense que je survivrai une demi-journée sans thé !

— Je vous enverrai Sara dans une heure. Elle a préparé un gâteau aux cerises, votre préféré : elle vous en apportera un peu et vous fera votre thé. »

Hugh vit là une occasion. « Voulez-vous que je vienne avec vous, mon oncle ? Vous aurez peut-être besoin d'un secrétaire.

Joseph secoua la tête. « Je n'aurai pas besoin de toi.

— Vous pouvez avoir besoin de lui pour faire des courses, mon cher », dit Augusta. Hugh dit avec un grand sourire : « Ou il pourrait vouloir me demander mon avis. »

Joseph n'apprécia pas la plaisanterie. « Je vais me contenter de lire les messages télégraphiques et décider des mesures à prendre quand les marchés rouvriront demain matin. »

Stupidement, Hugh insista. « J'aimerais quand même venir..., simplement par intérêt. »

C'était toujours une erreur de harceler Joseph. « Je te dis que je n'ai pas besoin de toi, lança-t-il d'un ton agacé. Va te promener dans le parc avec ta tante : elle a besoin d'un cavalier. » Il coiffa son chapeau et sortit.

Augusta reprit : « Hugh, tu as vraiment le don d'agacer inutilement les gens. Prends ton chapeau, je suis prête à partir. »

Hugh n'avait vraiment pas envie d'aller se promener avec Augusta, mais son oncle le lui avait ordonné, et il était curieux de voir la Lionne : il ne discuta donc pas.

Clémentine, la fille d'Augusta, apparut, habillée pour sortir. Hugh avait joué avec sa cousine quand ils étaient enfants, et elle avait toujours été une rapporteuse. A sept ans, elle avait demandé à Hugh de lui montrer son zizi. Ensuite, elle avait raconté à sa mère ce qu'il avait fait, et Hugh avait eu une fessée. Maintenant, à vingt ans, Clémentine ressemblait à sa mère, mais, alors qu'Augusta était autoritaire, Clémentine était sournoise.

Ils sortirent donc tous les trois. Le valet de pied les aida à monter dans la calèche. C'était une nouvelle voiture, peinte en bleu clair et tirée par une superbe paire de hongres gris : l'équipage qui convenait à l'épouse d'un grand banquier. Augusta et Clémentine s'assirent dans le sens de la marche, et Hugh s'installa en face d'elles. On avait rabattu la capote à cause du soleil brillant, mais les dames déployèrent leurs ombrelles. Le cocher fit claquer son fouet, et ils partirent.

Quelques instants plus tard, ils étaient sur l'allée sud. Elle était aussi encombrée que le prétendait l'auteur de la lettre au *Times*. Il y avait là des centaines de chevaux montés par des hommes en haut-de-forme et des femmes qui chevauchaient en amazone ; des douzaines de voitures de tous les genres — découvertes et fermées, à deux et à quatre roues ; sans compter des enfants sur des poneys, des couples à pied, des nurses avec des voitures d'enfant et des gens avec des chiens. La peinture neuve faisait étinceler les voitures, les chevaux étaient pansés et brossés, les hommes étaient en redingote et les femmes arboraient toutes les couleurs vives que les nouvelles teintures chimiques pouvaient produire. Chacun avançait lentement, pour mieux examiner chevaux et attelages, robes et chapeaux. Augusta bavardait avec sa fille, et la conversation n'exigeait de Hugh d'autre contribution que de manifester de temps en temps son approbation.

« Voilà lady Saint Ann avec un chapeau de Dolly Varden ! s'exclama Clémentine.

— Ils sont passés de mode depuis un an, dit Augusta.

— Tiens, tiens », fit Hugh.

Une autre voiture arriva à leur hauteur, et Hugh aperçut sa tante Madeleine Hartshorn. Si elle portait des favoris, se dit-il, elle serait tout le portrait de son frère Joseph. De toute la famille, c'était la plus proche amie d'Augusta. A elles deux, elles contrôlaient la vie mondaine de leurs proches. Augusta était la force motrice, et Madeleine était sa fidèle complice.

Les deux attelages s'arrêtèrent, et les dames échangèrent des salutations. Elles obstruaient la chaussée, et deux ou trois autres voitures s'immobilisèrent derrière elles. « Faites donc un tour avec nous, Madeleine, dit Augusta. Il faut que je vous parle. » Le valet de Madeleine l'aida à descendre de sa voiture pour monter dans celle d'Augusta, et l'on repartit.

« Ils menacent de tout dire au vieux Seth à propos du secrétaire de Samuel, annonça Augusta.

— Oh non ! fit Madeleine. Il ne faut pas !

— J'ai parlé à Joseph, mais rien ne les arrêtera », poursuivit Augusta. Son air sincèrement préoccupé coupa le souffle à Hugh.

Comment réussissait-elle cela ? Peut-être se persuadait-elle que la vérité était ce qu'il lui convenait de dire à chaque instant.

« Il faut que j'en parle à George, dit Madeleine. Le choc pourrait tuer le cher oncle Seth. »

Hugh songea un instant à rapporter cette conversation à son oncle Joseph. Assurément, pensa-t-il, Joseph serait horrifié d'apprendre comment lui et les autres associés se faisaient manipuler par leurs épouses. Mais ils ne croiraient pas Hugh. Il comptait comme quantité négligeable — et c'était pourquoi Augusta parlait librement devant lui.

Leur voiture ralentit jusqu'à presque s'arrêter. Il y avait, un peu plus loin devant eux, un enchevêtrement de chevaux et de véhicules. Augusta dit d'un ton agacé : « Pourquoi ralentissons-nous ?

— Ce doit être la Lionne », dit Clémentine, tout excitée.

Hugh inspecta avidement la foule mais n'arriva pas à voir ce qui causait cet encombrement. Il y avait plusieurs voitures de différentes sortes, neuf ou dix chevaux et quelques piétons.

« Qu'est-ce que c'est que cette histoire de Lionne ? dit Augusta.

— Oh, mère, elle est célèbre ! »

Comme la voiture d'Augusta approchait, une élégante petite victoria émergea de la cohue, attelée d'une paire de fringants poneys et conduite par une femme.

« C'est elle, la Lionne ! » s'écria Clémentine.

Hugh regarda la femme qui conduisait la victoria et fut stupéfait de la reconnaître.

C'était Maisie Robinson.

Elle fit claquer son fouet, et les poneys prirent de la vitesse. Elle portait un costume de lainage brun avec des volants de soie et une cravate couleur champignon nouée autour de sa gorge. Elle était coiffée d'un insolent petit haut-de-forme au bord recourbé.

Hugh sentit de nouveau la colère monter en lui à cause de ce qu'elle avait dit de son père. Elle ne connaissait rien aux finances et n'avait aucun droit d'accuser les gens de malhonnêteté avec une telle désinvolture. Mais, tout de même, il ne pouvait s'empêcher de penser qu'elle était absolument ravissante. Il y avait un charme irrésistible dans le port de ce petit corps bien tourné et juché sur la banquette, dans l'inclinaison du chapeau, dans la façon même dont elle tenait le fouet et tirait sur les rênes.

Ainsi, la Lionne était Maisie Robinson ! Comment se faisait-il qu'elle eût soudain des chevaux et des attelages ? Était-elle devenue riche ?

Pendant que Hugh continuait à se poser des questions, un accident survint.

Un pur-sang nerveux dépassa au trot la voiture d'Augusta et fut effrayé par un petit fox-terrier bruyant. Il se cabra, et le cavalier tomba sur la chaussée — juste devant la victoria de Maisie.

Elle changea aussitôt de direction, manifestant un impressionnant contrôle de son attelage, et traversa la route. Sa manœuvre l'amena juste devant les chevaux d'Augusta : le cocher dut tirer sur les rênes et lâcha un juron.

Elle stoppa brusquement sa voiture sur le côté. Tout le monde regardait le cavalier désarçonné. Il avait l'air indemne. Il se remit debout sans aide, s'épousseta et s'éloigna à pied en jurant pour rattraper sa monture.

Maisie reconnut Hugh. « Tiens ! cria-t-elle, Hugh Pilaster. »

Hugh rougit. « Bonjour », dit-il. Il n'avait pas la moindre idée de ce qu'il devait faire ensuite.

Il avait commis un sérieux manquement à l'étiquette. Il n'aurait pas dû reconnaître Maisie alors qu'il était avec ses tantes, car il ne pouvait absolument pas leur présenter une personne comme elle. Il aurait dû la snober.

Maisie, toutefois, ne fit aucun effort pour s'adresser aux dames. « Que dites-vous de ces poneys ? » fit-elle. Elle semblait avoir oublié leur dispute.

Hugh était complètement désarçonné par cette femme étonnante et superbe, par l'habileté avec laquelle elle menait ses chevaux, l'insouciance de ses manières. « Ils sont très beaux, répondit-il sans les regarder.

— Ils sont à vendre. »

Tante Augusta déclara d'un ton glacial : « Hugh, veux-tu dire à cette *personne* de nous laisser passer ! »

Maisie regarda pour la première fois Augusta. « Bouclez-la, vieille peau », fit-elle d'un ton nonchalant.

Clémentine eut un haut-le-cœur, et tante Madeleine poussa un petit cri horrifié. Hugh resta bouche bée. La somptueuse toilette de Maisie et son magnifique équipage lui avaient fait facilement oublier qu'elle était une enfant des faubourgs. Son vocabulaire était d'une si superbe vulgarité qu'un moment Augusta resta trop abasourdie pour répondre. Personne, jamais, n'avait osé lui parler de cette façon.

Maisie ne lui laissa pas le temps de recouvrer ses esprits. Se retournant vers Hugh, elle lança : « Dites à votre cousin Edward qu'il devrait acheter mes poneys ! » Puis, sur un claquement de fouet, elle s'en alla.

Augusta explosa : « Comment oses-tu m'exposer aux insultes d'une personne pareille ! » Elle bouillait de rage. « Comment oses-tu lever ton chapeau devant elle ! »

Hugh suivait Maisie des yeux, regardant son dos bien droit et son impertinent petit haut-de-forme disparaître au bout de l'allée.

Tante Madeleine fit chorus. « Comment peux-tu la connaître, Hugh ? demanda-t-elle. Aucun jeune homme de bonne famille ne fréquenterait ce genre de femme ! Et on dirait que tu l'as même présentée à Edward ! » C'était Edward qui avait présenté Maisie à Hugh, mais Hugh n'allait pas chercher à rejeter la responsabilité sur son cousin. De toute façon, elles ne l'auraient pas cru. « En fait, je ne la connais pas très bien », dit-il.

Clémentine était intriguée. « Où diable l'as-tu rencontrée ?

— Dans un endroit qui s'appelle l'Argyll's. »

Augusta lança un regard sévère à Clémentine et s'exclama : « Je n'ai pas envie d'entendre de telles horreurs. Hugh, dis à Baxter de nous ramener à la maison.

— Je vais marcher un moment », dit Hugh. Il ouvrit la porte de la voiture.

« Tu vas à la poursuite de cette femme ! déclara Augusta. Je te l'interdis !

— Allez, Baxter », cria Hugh en mettant pied à terre. Le cocher secoua les rênes, les roues s'ébranlèrent, et Hugh souleva poliment son chapeau tandis que l'attelage entraînait ses tantes furibondes.

L'affaire ne s'arrêterait sûrement pas là. Il y aurait d'autres problèmes plus tard. Oncle Joseph serait prévenu, et bientôt tous les associés sauraient que Hugh frayait avec des créatures de bas étage.

Mais c'était jour de congé, le soleil brillait et le parc était plein de gens qui s'amusaient : Hugh n'allait pas se laisser démoraliser par la fureur de sa tante.

Il suivit le sentier, le cœur léger. Il se dirigeait dans la direction opposée à celle que Maisie avait prise. En promenade, les gens tournaient en rond ; peut-être allait-il donc tomber de nouveau sur elle.

Il avait très envie de lui parler plus longtemps. Il voulait lui faire connaître la vérité à propos de son père. Bizarrement, il ne lui en voulait plus de ce qu'elle avait dit. Elle était simplement mal renseignée, pensa-t-il, et elle comprendrait si on lui expliquait les choses. De toute façon, la seule idée de lui parler l'excitait.

Il atteignit Hyde Park Corner et prit à droite sur Park Lane. Il salua au passage de nombreux parents et amis : le jeune William et Béatrice dans un cabriolet, oncle Samuel sur une jument alezane, Mr. Mulberry avec sa femme et ses enfants. Peut-être Maisie s'était-elle arrêtée de l'autre côté ou était-elle maintenant partie. Il commença à se convaincre qu'il ne la reverrait jamais.

Mais il se trompait.

Elle partait tout juste et traversait Park Lane. C'était elle, à n'en pas douter, avec ce foulard de soie couleur champignon autour de la gorge. Elle ne le voyait pas.

Sur une soudaine impulsion, il la suivit dans Mayfair et par de petites ruelles, courant pour ne pas la perdre de vue. Elle arrêta la victoria devant une écurie et sauta à terre. Un palefrenier sortit et l'aida à dételer les chevaux.

Hugh arriva auprès d'elle, hors d'haleine. Il se demandait pourquoi il avait agi ainsi. « Bonjour, miss Robinson, dit-il.

— Encore bonjour !

— Je vous ai suivie », précisa-t-il inutilement.

Elle le regarda franchement. « Pourquoi ? »

Sans réfléchir, il balbutia : « Je me demandais si vous voudriez sortir avec moi un soir. » Elle pencha la tête de côté et d'un air songeur envisagea sa proposition. Elle avait une expression amicale, comme si l'idée lui plaisait, et il pensait qu'elle allait accepter. Mais, semblait-il, des considérations pratiques entraient en conflit avec ses inclinations. Elle détourna la tête, un pli apparut sur son front ; manifestement, elle avait pris sa décision. « Vous n'avez pas les moyens de me sortir », dit-elle d'un ton résolu. Là-dessus, elle lui tourna le dos et entra dans l'écurie.

4

Ferme Cammel
Cape Colony
Afrique du Sud
14 juillet 1873

Cher Hugh,

Quelle joie d'avoir de tes nouvelles ! On est plutôt isolé par ici et tu ne peux pas imaginer le plaisir que nous procure une longue lettre pleine de nouvelles du pays. Mrs. Cammel s'est beaucoup amusée de ton récit concernant la Lionne...

C'est un peu tard pour dire ça, je sais, mais j'ai été profondément bouleversé par la mort de ton père. Les collégiens n'écrivent pas de lettre de condoléances. Et ta tragédie personnelle s'est trouvée quelque peu éclipsée par la noyade le même jour de Peter Middleton. Mais, crois-moi, nombre d'entre nous avons pensé à toi et parlé de toi après ton départ si précipité du collège...

Je suis content que tu m'aies posé des questions sur Peter. Depuis ce jour-là je me sens coupable. Je n'ai pas à proprement parler vu le pauvre diable se noyer, mais j'en ai vu suffisamment pour deviner le reste.

Ton cousin Edward était, comme tu l'écris de façon si pittoresque, plus pourri qu'un chat mort. Tu as réussi à retirer de l'eau la plupart de tes vêtements et à décamper, mais Peter et Tonio n'ont pas été si rapides.

J'étais de l'autre côté et je ne pense pas qu'Edward et Micky m'aient même remarqué. Peut-être ne m'ont-ils pas reconnu. Quoi qu'il en soit, ils ne m'ont jamais parlé de l'incident.

Bref, après ton départ, Edward s'est remis à tourmenter Peter avec encore plus d'acharnement : il lui poussait la tête sous l'eau et lui éclaboussait le visage tandis que le pauvre garçon se débattait pour récupérer ses affaires.

Je voyais bien que les choses allaient un peu loin mais j'ai été malheureusement d'une totale lâcheté. J'aurais dû me porter au secours de Peter, mais je n'étais guère plus fort moi-même, certainement pas de taille à affronter Edward et Micky Miranda, et je ne tenais pas non plus à me retrouver avec des vêtements trempés. Tu te rappelles la punition pour être sorti des limites du collège? Douze coups de Zébreur, et je dois bien reconnaître que cela me faisait plus peur que tout. En tout cas, j'ai empoigné mes affaires et je me suis éclipsé sans attirer l'attention.

Je me suis retourné une fois, arrivé au bord de la carrière. Je ne sais pas ce qui s'était passé entre-temps, mais Tonio remontait la paroi, tout nu et serrant contre lui un tas de vêtements mouillés. Edward traversait la mare à la nage derrière lui, laissant Peter haletant et crachant au beau milieu.

J'ai cru que Peter allait s'en tirer mais de toute évidence je me trompais. Il devait être au bout du rouleau. Pendant qu'Edward poursuivait Tonio et que Micky les regardait, Peter s'est noyé sans que personne s'en aperçoive.

Cela, bien sûr, je ne l'ai su que plus tard. Je suis rentré au collège et je me suis glissé dans mon dortoir. Quand les maîtres ont commencé à poser des questions, j'ai juré que j'avais passé tout l'après-midi là. Lorsque l'affreuse histoire s'est sue, je n'ai jamais eu le cran d'avouer que j'avais vu ce qui s'était passé.

Il n'y a pas de quoi en être fier, Hugh. Mais en tout cas ça m'a fait un peu de bien de dire enfin la vérité...

Hugh reposa la missive d'Albert Cammel et regarda par la fenêtre de sa chambre. La lettre expliquait tout à la fois plus et moins que Cammel ne l'imaginait.

Elle expliquait comment Micky Miranda s'était acquis les bonnes grâces de la famille Pilaster à tel point qu'il passait toutes ses vacances avec Edward et que les parents de celui-ci payaient tous ses frais. Micky, à n'en pas douter, avait raconté à Augusta qu'Edward avait pratiquement tué Peter. Mais, devant le tribunal, Micky avait prétendu qu'Edward avait essayé de sauver le garçon en train de se noyer. En racontant ce mensonge, Micky avait sauvé les Pilaster du déshonneur public. Augusta avait dû lui en être éperdument reconnaissante — et craindre peut-être aussi que Micky ne risque un jour de se retourner contre eux et de révéler la vérité. Hugh sentit son cœur se glacer. Albert Cammel, sans s'en douter, lui avait appris qu'Augusta entretenait avec Micky une relation solide, sombre et corrompue.

Mais une autre énigme demeurait. Hugh, en effet, savait à propos de Peter Middleton quelque chose dont presque personne d'autre n'avait connaissance. Peter était plutôt chétif, et tous les garçons le traitaient de mauviette. Gêné de sa faiblesse, il s'était lancé dans un programme d'entraînement — et son principal exercice était la natation. Il traversait cette mare à la nage heure après heure, en essayant de développer son physique. Ça n'avait pas marché : un garçon de treize ans ne pouvait pas acquérir des épaules larges et un torse puissant sauf en devenant un homme : et c'était un processus qu'on ne pouvait pas accélérer.

Le seul résultat de tous ses efforts fut de lui donner l'aisance d'un poisson dans l'eau. Il pouvait plonger jusqu'au fond, retenir son souffle plusieurs minutes, faire la planche et garder les yeux ouverts sous l'eau. Il avait fallu plus qu'Edward Pilaster pour le noyer.

Alors pourquoi était-il mort ?

Albert Cammel lui avait dit la vérité, dans la mesure où il la connaissait, Hugh en était certain. Mais ce ne devait pas être tout. Il s'était passé autre chose par ce chaud après-midi, dans Bishop's Wood. Un mauvais nageur aurait pu mourir accidentellement, noyé parce que Edward l'aurait un peu trop malmené. Mais quelques brutalités n'auraient pas suffi à tuer Peter. Et, si sa mort n'était pas accidentelle, elle était délibérée. C'était donc un meurtre.

Hugh frissonna.

Il n'y avait que trois personnes là-bas : Edward, Micky et Peter. Peter avait dû être tué par Edward ou par Micky.

Ou les deux à la fois.

5

Augusta était déjà mécontente de son décor japonais. Le salon était plein de paravents orientaux, de meubles à angles droits reposant sur des pieds fragiles, avec des éventails et des vases japonais dans des vitrines laquées de noir. Tout cela coûtait très cher, mais on en trouvait déjà des copies bon marché dans les magasins d'Oxford Street et on commençait à en voir ailleurs que dans les plus belles maisons. Joseph, hélas, ne permettrait pas qu'on refasse de sitôt la décoration, et Augusta devrait vivre pendant plusieurs années avec un ameublement de plus en plus commun.

Le salon était l'endroit où Augusta tenait sa cour tous les jours de la semaine à l'heure du thé. Les femmes en général arrivaient les premières : ses belles-sœurs, Madeleine et Béatrice, et sa fille Clémentine. Les associés arrivaient de la banque vers cinq heures : Joseph, le vieux Seth, George Hartshorn, le mari de Madeleine et de temps en temps Samuel. S'il n'y avait pas trop de travail, les garçons venaient aussi : Edward, Hugh et le jeune William. Le seul habitué qui n'appartenait pas à la famille était Micky Miranda, et de temps en temps se montrait un pasteur méthodiste, peut-être un missionnaire en quête de fonds pour convertir les païens des mers du Sud, de Malaisie, ou du Japon, qui venait de s'ouvrir à l'étranger.

Augusta se donnait du mal pour attirer ses hôtes. Tous les Pilaster aimaient les douceurs, et elle se procurait des pains au lait et des gâteaux délicieux ainsi que les meilleurs thés d'Assam et de Ceylan. C'était au cours de ces réunions qu'on préparait les grands événements tels que vacances familiales et mariages : quiconque cessait de venir ne tardait donc pas à ne plus être au courant de ce qui se passait.

Malgré tout cela, de temps en temps l'un d'eux passait par une phase d'indépendance. Le plus récent exemple en avait été Béatrice, la femme du jeune William : cela s'était passé environ un an plus tôt, quand Augusta avait répété avec une certaine insistance que le tissu d'une robe que Béatrice avait choisi ne lui allait pas. Quand pareil événement se produisait, Augusta, pendant quelque temps, ne s'occupait pas des gens puis se gagnait de nouveau leurs faveurs par un geste d'une extravagante générosité. Dans le cas de Béatrice, Augusta avait donné une somptueuse réception d'anniversaire pour la vieille mère de celle-ci qui était pratiquement sénile et tout juste présentable en public. Béatrice en avait été si reconnaissante qu'elle avait oublié toute cette histoire de tissu — comme Augusta l'avait escompté.

Lors de ces thés, Augusta apprenait ce qui se passait dans la famille et à la banque. Pour l'instant, c'était le vieux Seth qui l'inquiétait. Elle travaillait habilement la famille pour lui faire accepter l'idée que Samuel ne pouvait pas être le prochain président. Mais Seth ne manifestait aucune envie de prendre sa retraite, malgré sa santé déclinante. Elle trouvait exaspérant de voir ses plans minutieux tenus en échec par l'entêtement obstiné d'un vieillard.

On était à la fin juillet, et Londres devenait plus calme : à cette époque de l'année, l'aristocratie quittait la ville pour gagner les yachts de Cowes ou les pavillons de chasse d'Écosse. On restait à la campagne à massacrer les oiseaux, à chasser le renard et à traquer le cerf jusqu'après Noël. Entre février et Pâques, on commençait à rentrer et en mai la saison londonienne battait son plein.

La famille Pilaster ne suivait pas cette routine. Même s'ils étaient de loin plus riches que la plupart des membres de l'aristocratie, c'étaient des hommes d'affaires, et l'idée ne leur venait pas de passer la moitié de l'année à persécuter inutilement de malheureux animaux à la campagne. Pourtant, on arrivait en général à persuader les associés de prendre leurs vacances pendant presque tout le mois d'août, à condition qu'il ne se produisît pas d'événement exceptionnel dans le monde des finances.

Cette année-là, tout l'été, les vacances avaient été incertaines, car les échos d'une tempête lointaine grondaient de façon menaçante sur toutes les grandes places financières d'Europe. Mais le pire semblait passé, le taux bancaire était tombé à trois pour cent, et Augusta avait loué un petit château en Écosse. Madeleine et elle comptaient partir dans une semaine environ, et les hommes suivraient un jour ou deux plus tard.

Quelques minutes avant quatre heures, plantée au milieu du salon, Augusta songeait à son ameublement et à l'obstination du vieux Seth quand Samuel entra.

Tous les Pilaster étaient laids, mais Samuel, se dit-elle, remportait la palme. Il avait le grand nez de la famille, mais il avait aussi une bouche molle et féminine et de vilaines dents. Méticuleux, il était toujours impeccablement habillé, tatillon pour ce qui concernait sa nourriture, il adorait les chats et détestait les chiens.

Mais, chez lui, une chose en particulier déplaisait à Augusta : de tous les hommes de la famille il était le plus difficile à persuader. Elle pouvait charmer le vieux Seth qui, même à son âge avancé, se montrait sensible aux charmes d'une jolie femme. Elle parvenait en général à circonvenir Joseph en mettant sa patience à bout. George Hartshorn était sous la coupe de Madeleine, donc facile à manipuler indirectement. Les autres, plus jeunes, se laissaient intimider, même si Hugh, parfois, lui donnait du mal.

Avec Samuel, rien ne marchait — et moins que tout ses charmes féminins. Il avait une façon exaspérante de lui rire au nez quand elle se croyait subtile et rusée. Il donnait l'impression qu'il ne fallait pas la prendre au sérieux : et cela la vexait mortellement. Elle était bien plus blessée par les railleries silencieuses de Samuel que quand une traînée dans le parc la traitait de vieille peau.

Ce jour-là, Samuel n'arborait pas son habituel sourire amusé et sceptique. Il avait l'air furieux, si furieux qu'un instant Augusta s'en inquiéta. De toute évidence, il était arrivé tôt pour la trouver seule. L'idée la frappa soudain que depuis deux mois elle conspirait à sa ruine et qu'on avait assassiné des gens pour moins que cela. Sans lui serrer la main, il se planta devant elle, avec sa redingote gris perle et sa cravate lie-de-vin, répandant autour de lui un léger parfum d'eau de Cologne. Augusta leva les mains dans un geste défensif.

Samuel eut un rire sans gaieté et s'éloigna. « Je ne vais pas vous frapper, Augusta. Dieu sait pourtant que vous méritez une fessée. »

Bien sûr, il ne la toucherait pas. C'était une âme sensible qui refusait de financer les exportations de fusils. Augusta retrouva aussitôt sa confiance et lança d'un ton dédaigneux : « Comment osez-vous me critiquer !

— Vous critiquer ? » dit-il. La rage flamboyait de nouveau dans ses yeux. « Je ne m'abaisse pas à vous critiquer. » Il marqua un temps puis reprit d'une voix vibrante de colère rentrée : « Je vous méprise. »

Augusta n'allait pas se laisser intimider une seconde fois.

« Êtes-vous venu ici pour m'annoncer que vous étiez disposé à renoncer à vos mœurs vicieuses ? lança-t-elle d'une voix sonore.

— Mes mœurs vicieuses, répéta-t-il. Vous êtes prête à détruire le bonheur de mon père et à me rendre la vie impossible, tout cela pour satisfaire votre ambition, et c'est vous qui parlez de *mes* mœurs vicieuses ! Je crois que vous baignez à tel point dans le mal que vous avez oublié ce que c'est. »

Il était tellement convaincu et passionné qu'Augusta se demanda si ce n'était pas en effet méchant de sa part de le menacer. Puis elle comprit qu'il s'efforçait d'affaiblir sa détermination en jouant sur sa compassion. « Seule la banque me préoccupe, dit-elle froidement.

— C'est cela, votre excuse ? C'est ce que vous direz au Tout-Puissant le jour du jugement dernier, quand il vous demandera pourquoi vous m'avez fait chanter ?

— Je ne fais que mon devoir. » Maintenant qu'elle se sentait de nouveau maîtresse de la situation, elle commença à se demander pourquoi il était venu ici. Était-ce pour s'avouer vaincu, ou pour la mettre au défi ? S'il cédait, elle pouvait être certaine que bientôt elle serait l'épouse du président de la banque. Mais envisager le cas contraire lui donnait une envie impérieuse de se ronger les ongles. S'il la mettait au défi, c'était une longue lutte difficile qui s'annonçait, sans qu'on pût être certain de l'issue.

Samuel se dirigea vers la fenêtre et regarda dans le jardin. « Je me souviens de vous comme d'une jolie petite fille », dit-il d'un ton songeur. Augusta poussa un grognement d'impatience. « Vous veniez à l'église dans une robe blanche avec des rubans blancs dans les cheveux, poursuivit-il. Les rubans ne trompaient personne. Même alors, vous étiez un tyran. Tout le monde allait se promener dans le parc après le service, et les autres enfants avaient peur de vous, mais ils jouaient avec vous parce que vous organisiez les jeux. Vous terrorisiez même vos parents. Si vous n'obteniez pas ce que vous vouliez, vous étiez capable de piquer une crise de colère si tapageuse que les gens en arrêtaient leurs voitures pour voir ce qui se passait. Votre père, que Dieu ait son âme, avait l'air égaré d'un homme qui n'arrive pas à comprendre comment il a pu mettre au monde un tel monstre. »

Ce qu'il disait n'était pas loin de la vérité, et cela la mettait mal à l'aise. « Tout cela s'est passé il y a des années », dit-elle en détournant les yeux.

Il continua comme si elle n'avait rien dit. « Ce n'est pas pour moi que je m'inquiète. J'aimerais être président, mais je peux vivre sans cela. Je serais bon à ce poste : peut-être pas aussi dynamique que mon père ; peut-être plus partisan du travail en équipe. Mais Joseph n'est pas à la hauteur. Il a un caractère emporté, il est impulsif et il prend de mauvaises décisions. Et vous aggravez encore les choses en attisant son ambition et en brouillant sa vision des choses. Il remplit très bien son rôle dans un groupe, où d'autres peuvent le guider et le retenir. Mais il ne peut pas être le chef, il n'a pas un assez bon jugement. A la longue, il fera du tort à la banque. Ça ne vous ennuie pas ? »

Un moment, Augusta se demanda s'il n'avait pas raison. Ne risquait-elle pas de tuer la poule aux œufs d'or ? Mais il y avait tant d'argent à la banque que les Pilaster ne pourraient jamais tout dépenser, même si chacun d'eux ne travaillait plus de sa vie. D'ailleurs, il était ridicule de dire que Joseph nuirait à la banque. Ce que les associés faisaient n'avait rien de très difficile : ils allaient au bureau, lisaient les pages financières des quotidiens, prêtaient de l'argent et percevaient des intérêts. Joseph était capable de le faire aussi bien que n'importe lequel d'entre eux. « Vous, les hommes, vous prétendez toujours que la banque est une activité complexe et mystérieuse, dit-elle. Mais ce n'est pas moi que vous tromperez. » Elle se rendit compte qu'elle était sur la défensive. « C'est devant Dieu que je me justifierai, pas devant vous, dit-elle.

— Iriez-vous vraiment trouver mon père comme vous avez menacé de le faire ? demanda Samuel. Vous savez que ça pourrait le tuer. »

Elle n'hésita qu'un instant. « Il n'y a pas d'autre solution », affirma-t-elle d'un ton ferme.

Il la dévisagea un long moment. « Diablesse, dit-il. Je vous crois. »

Augusta retint son souffle. Allait-il céder ? Elle sentait la victoire presque à portée de sa main et, en esprit, elle entendait quelqu'un dire d'un ton respectueux : *Permettez-moi de vous présenter Mrs. Joseph Pilaster — la femme du président de la banque Pilaster...*

Il hésita puis reprit, avec un dégoût manifeste : « Très bien. Je vais annoncer aux autres que je ne souhaite pas devenir président quand mon père prendra sa retraite. »

Augusta réprima un sourire de triomphe. Elle l'avait emporté. Elle tourna la tête pour dissimuler sa joie.

« Savourez votre victoire, dit Samuel d'un ton amer. Mais souvenez-vous, Augusta, que nous avons tous des secrets — même vous. Un jour quelqu'un utilisera vos secrets contre vous de cette manière et vous vous rappellerez ce que vous m'avez fait. »

Augusta était intriguée. A quoi faisait-il allusion ? Sans aucune raison, la pensée de Micky Miranda lui traversa l'esprit, mais elle écarta cette idée. « Je n'ai pas de secrets dont je puisse avoir honte, déclara-t-elle.

— Vraiment ?

— Non ! » dit-elle. Mais l'assurance de Samuel l'inquiétait.

Il lui lança un regard bizarre. « Un jeune avocat du nom de David Middleton est venu me voir hier. »

Sur le moment, elle ne comprit pas. « Je devrais le connaître ? » Le nom était désagréablement familier.

« Vous l'avez rencontré une fois, voilà sept ans, lors d'une enquête. »

Augusta eut soudain froid dans le dos. Middleton : c'était le nom du garçon qui s'était noyé.

Samuel reprit : « David Middleton est persuadé que son frère Peter a été tué... par Edward. »

Augusta aurait désespérément voulu s'asseoir, mais elle ne voulut pas donner à Samuel la satisfaction de la voir ébranlée. « Pourquoi diable essaie-t-il de faire des histoires maintenant, sept ans après ?

— Il m'a dit qu'il n'avait jamais été satisfait de l'enquête, mais qu'il avait gardé le silence de crainte d'accroître encore le désarroi de ses parents. Mais sa mère est morte peu après Peter et son père est décédé cette année.

— Pourquoi est-ce vous qu'il a contacté..., et pas moi ?

— Il est membre de mon club. Quoi qu'il en soit, il a relu les comptes rendus de l'enquête et affirme qu'il y avait plusieurs témoins oculaires à qui l'on n'a jamais demandé de témoigner. »

Il y en avait certainement, se dit Augusta avec angoisse : ce garnement de Hugh Pilaster ; un garçon sud-américain du nom de Tony ou quelque chose comme ça ; et un troisième personnage qui n'avait jamais été identifié. Si David Middleton mettait la main sur l'un d'eux, toute l'histoire pourrait éclater au grand jour.

Samuel avait l'air songeur. « De votre point de vue, il est dommage que le coroner ait fait ces remarques sur l'héroïsme d'Edward. Ça a rendu les gens méfiants. Ils auraient cru volontiers qu'Edward était resté sur le bord à tergiverser pendant qu'un garçon se noyait. Mais tous ceux qui l'ont rencontré savent qu'il ne serait pas homme à traverser la rue pour aider quelqu'un, à plus forte raison plonger dans une mare pour sauver un garçon en train de se noyer. »

Ce genre de propos était parfaitement gratuit et insultant aussi.

« Comment osez-vous ? » dit Augusta. Mais elle ne parvint pas à retrouver son ton autoritaire habituel.

Samuel l'ignora. « Les garçons du collège n'y ont jamais cru. David avait fréquenté le même établissement quelques années plus tôt et il connaissait un certain nombre d'élèves plus âgés. Leur parler n'a fait que confirmer ses soupçons.

— Tout cela est absurde.

— Middleton est quelqu'un d'agressif, comme tous les avocats, dit Samuel sans se soucier de ses protestations. Il ne va pas en rester là.

— Il ne m'effraie pas le moins du monde.

— Tant mieux, parce que je suis certain que vous allez bientôt recevoir sa visite. » Il se dirigea vers la porte. « Je ne vais pas rester pour le thé. Bon après-midi, Augusta. »

Augusta s'assit pesamment sur un canapé. Elle n'avait pas prévu cela — comment aurait-elle pu ? Son triomphe sur Samuel en était flétri. Cette vieille histoire remontait à la surface, sept ans plus tard, quand on aurait dû complètement l'oublier ! Elle était terriblement inquiète pour Edward. Elle ne pourrait pas supporter qu'il lui arrive quoi que ce soit. Elle se prit la tête à deux mains pour tenter de calmer sa migraine. Que pouvait-elle faire ?

Hastead, son maître d'hôtel, entra, suivi de deux femmes de chambre avec des plateaux de thé et des gâteaux. « Avec votre permission, Madame », dit-il avec son accent gallois. Hastead avait des yeux qui semblaient regarder dans des directions différentes et les gens ne savaient jamais très bien sur lequel des deux concentrer leur attention. Au début, c'était déconcertant, mais Augusta y était habituée. Elle acquiesça de la tête. « Merci, Madame », dit-il, et les domestiques se mirent à disposer la porcelaine. Parfois, les manières obséquieuses de Hastead et le spectacle des servantes obéissant à ses ordres parvenaient à calmer Augusta, mais aujourd'hui rien n'y faisait. Elle se leva pour aller ouvrir les portes-fenêtres. Le jardin ensoleillé ne lui fit pas d'effet non plus. Comment allait-elle arrêter David Middleton ?

Le problème la tenaillait encore quand Micky Miranda arriva.

Elle fut contente de le voir. Il était aussi séduisant que jamais avec sa redingote noire et son pantalon rayé, un col d'une blancheur immaculée, une cravate de satin noir nouée autour de la gorge. Il constata qu'elle était désemparée et se montra aussitôt compatissant. Il traversa la pièce avec la grâce et la rapidité d'un félin, et sa voix était comme une caresse. « Mrs. Pilaster, au nom du ciel, qu'est-ce qui vous a bouleversée ainsi ? »

Elle lui était reconnaissante d'être arrivé le premier. Elle lui saisit les bras. « Il s'est passé quelque chose d'épouvantable. » Il avait posé les mains sur sa taille comme s'ils dansaient et elle ressentit un frisson de plaisir quand les doigts de Micky pressèrent ses hanches. « Ne vous alarmez pas, dit-il d'un ton apaisant. Racontez-moi. »

Elle commença à se calmer. Dans des moments comme ceux-là, elle avait beaucoup d'affection pour Micky. Il ressuscitait les sentiments qu'elle avait éprouvés pour le jeune comte de Strang quand elle était jeune fille. Il le lui rappelait étrangement : ses manières gracieuses, sa magnifique garde-robe et surtout sa façon de se déplacer, la souplesse de ses membres et la machinerie bien huilée de son corps. Strang était blond, anglais. Micky était brun, latin. Mais tous deux avaient ce don de la faire se sentir si féminine. Elle avait envie d'attirer le corps de Micky contre le sien et de poser la joue sur son épaule...

Elle vit les femmes de chambre qui la regardaient avec insistance, et elle se rendit compte qu'il était un peu indécent que Micky fût planté là en la tenant à deux mains par les hanches. Elle se dégagea, lui saisit le bras et l'entraîna par la porte-fenêtre dans le jardin où les domestiques ne pourraient plus les entendre. L'air était tiède et embaumé. Ils s'assirent tous les deux sur un banc de bois à l'ombre, et Augusta se tourna de côté pour le regarder. Elle mourait d'envie de lui prendre la main, mais ce n'aurait pas été convenable.

Micky dit : « J'ai vu Samuel s'en aller : il est pour quelque chose là-dedans ? »

Augusta lui répondit en baissant la voix. Micky se pencha pour l'entendre, si près qu'elle aurait presque pu l'embrasser sans bouger. « Il est venu me dire qu'il ne sollicitera pas le poste de président.

— Bonne nouvelle !

— En effet. Cela signifie que le poste ira certainement à mon mari.

— Et que papa pourra avoir ses fusils.

— Dès que Seth aura pris sa retraite.

— C'est exaspérant, la façon dont le vieux Seth se cramponne ! s'exclama Micky. Papa n'arrête pas de me demander quand ça va se faire. »

Augusta savait pourquoi Micky était si préoccupé : il craignait de voir son père le renvoyer au Cordovay. « Je ne peux pas imaginer que Seth vivra encore bien longtemps », assura-t-elle pour le réconforter.

Il la regarda droit dans les yeux. « Mais ce n'est pas cela qui vous a bouleversée.

— Non. C'est l'histoire de ce malheureux garçon qui s'est noyé à votre collège : Peter Middleton. Samuel m'a dit que le frère de Peter, un avocat, s'est mis à poser des questions. »

Le beau visage de Micky s'assombrit. « Après toutes ces années ?

— Apparemment il a gardé le silence à cause de ses parents, mais maintenant ils sont morts. »

Micky fronça les sourcils. « En quoi est-ce un problème ?

— Vous le savez peut-être mieux que moi. » Augusta hésita. Il y avait une question qu'elle devait poser, mais elle redoutait la réponse. Elle rassembla son courage. « Micky... Pensez-vous que c'est par la faute d'Edward que ce garçon est mort ?

— Eh bien...

— Dites oui ou non ! » ordonna-t-elle.

Micky marqua un temps puis finit par répondre : « Oui. »

Augusta ferma les yeux. Teddy chéri, se dit-elle, pourquoi as-tu fait cela ?

Micky reprit à voix basse : « Peter était mauvais nageur. Edward ne l'a pas noyé, mais il l'a bel et bien épuisé. Peter était vivant quand Edward l'a laissé pour se lancer à la poursuite de Tonio. Mais je suis persuadé qu'il était trop faible pour regagner le bord à la nage et qu'il s'est noyé alors que personne ne le regardait.

— Teddy ne voulait pas le tuer.

— Bien sûr que non.

— C'étaient juste des jeux un peu brutaux de collégiens.

— Edward ne lui voulait aucun mal.

— Ce n'est donc pas un meurtre.

— J'ai bien peur que si », dit Micky gravement. Augusta sentit son cœur s'arrêter. « Si un voleur jette quelqu'un à terre avec l'intention seulement de le dépouiller, mais que l'homme a une crise cardiaque et meurt, le voleur est coupable de meurtre même s'il n'avait pas l'intention de tuer.

— Comment savez-vous cela ?

— Je me suis renseigné auprès d'un avocat voilà des années.

— Pourquoi ?

— Je voulais connaître la position d'Edward. »

Augusta s'enfouit le visage dans ses mains. C'était pire qu'elle ne l'avait imaginé.

Micky lui saisit les mains et les embrassa chacune tour à tour. Le geste était si tendre qu'il donna à Augusta envie de pleurer. Il continuait à lui tenir les mains en disant : « Personne de raisonnable n'irait persécuter Edward pour quelque chose qui est arrivé quand il était enfant.

— Mais David Middleton est-il quelqu'un de raisonnable ? s'écria Augusta.

— Peut-être pas. Il semble avoir cultivé cette obsession au long des années. Fasse le ciel que sa persistance ne l'amène à découvrir la vérité. »

Augusta frémit en imaginant les conséquences. Ce serait un scandale : la presse à sensation proclamerait LE HONTEUX SECRET DE L'HÉRITIER DE LA BANQUE. La police s'en mêlerait. Le pauvre cher Teddy devrait peut-être passer en justice. Et s'il était reconnu coupable...

« Micky, c'est trop horrible à imaginer ! murmura-t-elle.

— Alors nous devons faire quelque chose. »

Augusta lui étreignit les mains, puis les lâcha et fit l'inventaire de la situation. Elle avait envisagé l'ampleur du problème. Elle avait vu l'ombre de la potence planer sur son fils unique. Il était temps de cesser de se tourmenter : il fallait agir. Dieu merci, en Micky, Edward avait un véritable ami. « Il faut nous assurer que les investigations de David Middleton ne le mènent nulle part. Combien de gens connaissent la vérité ?

— Six, répondit aussitôt Micky. Edward, vous et moi, ça fait trois : mais ça n'est pas nous qui allons lui dire quoi que ce soit. Ensuite il y a Hugh.

— Il n'était pas là quand le garçon est mort.

— Non, mais il en a vu assez pour savoir que l'histoire que nous avons racontée au coroner était fausse. Et le fait que nous ayons menti nous fait paraître coupables.

— Hugh est donc un problème. Et les autres ?

— Tonio Silva a tout vu.

— A l'époque, il n'a jamais rien dit.

— Il avait trop peur de moi en ce temps-là. Mais je ne suis pas sûr que ce soit le cas aujourd'hui.

— Et le sixième ?

— Nous n'avons jamais pu savoir qui c'était. Sur le moment je n'ai pas vu son visage et il ne s'est jamais montré. Je crains que nous ne puissions rien faire en ce qui le concerne. Toutefois, si personne ne sait qui c'est, je n'imagine pas qu'il présente un danger pour nous. »

Augusta sentit un nouveau frisson d'appréhension la traverser : elle n'en était pas si sûre. Il y avait toujours un risque à voir le témoin inconnu se révéler. Mais Micky avait raison de dire qu'ils n'y pouvaient rien. « Il y en a deux dont nous pouvons nous charger, alors : Hugh et Tonio. »

Silence songeur.

On ne pouvait plus considérer Hugh comme un risque mineur, songea Augusta. Ses manières d'arriviste amélioraient sans cesse sa situation à la banque, et Teddy, en comparaison, donnait l'impression de piétiner. Augusta avait réussi à saboter l'idylle entre Hugh et lady Florence Stalworthy. Mais voilà maintenant que Hugh représentait pour Teddy une menace autrement plus dangereuse. Il fallait faire quelque chose. Mais quoi ? C'était un Pilaster, même s'il n'était qu'un piètre représentant de la famille. Elle avait beau se creuser la cervelle, elle ne trouvait rien.

Micky dit d'un ton méditatif : « Tonio a un point faible.

— Ah oui ?

— Il joue beaucoup. Plus gros jeu qu'il ne peut se le permettre, et il perd.

— Peut-être pourriez-vous organiser une partie ?

— Peut-être. » L'idée traversa l'esprit d'Augusta que Micky savait peut-être tricher aux cartes. Toutefois, elle ne pouvait absolument pas le lui demander : une pareille suggestion serait une insulte mortelle pour tout gentleman.

« Ça pourrait être coûteux, dit Micky. Me fourniriez-vous les fonds ?

— Combien vous faudrait-il ?

— Cent livres, je le crains. »

Augusta n'hésita pas un instant : la vie de Teddy était en jeu. « Très bien », dit-elle. Elle entendit des voix dans la maison : d'autres invités commençaient à arriver pour le thé. Elle se leva. « Je ne sais pas très bien comment faire avec Hugh, reprit-elle d'un ton soucieux. Il va falloir que j'y réfléchisse. Il faut rentrer, maintenant. »

Sa belle-sœur, Madeleine, était là et à peine avaient-ils franchi la porte qu'elle se mit à parler. « Cette couturière me rendra folle : deux heures pour épingler un ourlet. J'ai hâte de prendre une tasse de thé. Oh, et vous avez encore de ce divin gâteau aux amandes mais, Seigneur, n'est-ce pas qu'il fait chaud ? »

Augusta serra la main de Micky d'un geste complice et s'assit pour servir le thé.

Chapitre quatre

Août

1

Il faisait à Londres une chaleur poisseuse et les gens étaient avides d'air pur et de campagne. Le premier jour d'août, tout le monde allait aux courses à Goodwood.

On s'y rendait par trains spéciaux qui partaient de Victoria Station, dans le sud de Londres. La façon dont s'organisait le transport reflétait fidèlement les divisions de la société britannique : les gens de la haute société dans le luxe capitonné des wagons de première classe. Les boutiquiers et les maîtres d'école un peu serrés mais pas trop, en seconde classe. Les ouvriers et les domestiques entassés sur les durs bancs de bois des troisièmes classes. En descendant du train, l'aristocratie prenait un attelage. La bourgeoisie montait dans les omnibus à chevaux et les ouvriers allaient à pied. On avait envoyé par des trains précédents les pique-niques des riches : des dizaines de paniers que de jeunes et robustes valets portaient sur leurs épaules, des paniers bourrés de linge fin et de porcelaine, de poulets rôtis et de concombres, de bouteilles de champagne et de pêches de serre. Pour ceux qui étaient moins riches, il y avait des étals où l'on vendait des saucisses, des coquillages et de la bière. Les pauvres arrivaient avec leur pain et leur fromage enveloppés dans un mouchoir.

Maisie Robinson et April Tilsley y allèrent avec Solly Greenbourne et Tonio Silva. Leur situation sur l'échelle sociale était incertaine. Solly et Tonio étaient manifestement à leur place en première classe, mais Maisie et April auraient dû voyager en troisième. Solly adopta un compromis en achetant des billets de seconde, et ils prirent l'omnibus de la gare pour traverser les dunes jusqu'au champ de courses.

Solly, pourtant, tenait trop à la bonne chère pour se contenter d'un déjeuner acheté à un éventaire : il avait envoyé en avant quatre domestiques avec un énorme pique-nique de saumon froid et de vin blanc dans la glace. Ils déployèrent sur le sol une nappe d'un blanc éblouissant et l'on s'assit autour sur l'herbe tendre. Maisie passait des friandises à Solly : elle était de plus en plus attachée à lui. Il était gentil avec tout le monde, drôle, et il avait une conversation intéressante. Sa gloutonnerie était son seul véritable vice. Elle ne l'avait pas encore laissé la toucher, mais, semblait-il, plus elle repoussait ses avances, plus il lui était dévoué.

Les courses commencèrent après le déjeuner. Il y avait un bookmaker non loin de là, juché sur une caisse et qui criait tout haut les cotes. Il portait un costume à grands carreaux, une cravate de soie qui flottait au vent, un véritable bouquet à la boutonnière et un chapeau blanc. Il avait une sacoche de cuir pleine d'argent accrochée à son épaule et se tenait sous un panonceau qui proclamait : « William Tucker, pub de King's Head, Chichester ».

Tonio et Solly pariaient sur chaque course. Maisie commença à s'ennuyer : quand on ne jouait pas, une course équivalait à une autre. April ne voulait pas quitter Tonio, mais Maisie décida d'abandonner un moment les autres pour se promener.

Les chevaux ne constituaient pas la seule attraction. Les dunes autour de l'hippodrome étaient envahies de tentes, d'éventaires et de charrettes. Il y avait des tentes aménagées en salles de jeu, des baraques où l'on exhibait des monstres et où des gitanes brunes à la tête enveloppée d'un foulard de couleurs vives disaient la bonne aventure. Des gens vendaient du gin, du cidre, des pâtés, des oranges et des bibles. Orgues de Barbarie et orchestres rivalisaient. Dans la foule circulaient prestidigitateurs, jongleurs et acrobates qui tous demandaient l'aumône. On rencontrait des chiens qui dansaient, des nains et des géants et des hommes juchés sur des échasses. Cette bruyante atmosphère de carnaval rappelait beaucoup le cirque à Maisie et elle éprouva un pincement nostalgique en songeant à l'existence qu'elle avait abandonnée. Les artistes, ici, devaient trouver mille moyens d'obtenir l'argent du public, et cela lui réchauffait le cœur de les voir y réussir.

Elle savait qu'elle aurait dû tirer davantage de Solly. C'était de la folie de se promener au bras d'un des hommes les plus riches du monde et de vivre dans une chambre à Soho. Aujourd'hui, elle aurait dû être couverte de diamants et de fourrures et lorgner une petite maison de banlieue à Saint John's Wood ou à Clapham. Elle n'allait pas continuer bien longtemps à monter des chevaux pour Sammles : la saison londonienne touchait à sa fin, et ceux qui avaient les moyens d'acheter des chevaux partaient pour la campagne. Mais elle ne voulait pas laisser Solly lui offrir autre chose que des fleurs. Cela rendait April folle.

Elle passa devant une grande tente. Dehors se tenaient deux filles habillées comme des bookmakers et un homme en costume noir qui criait : « Le seul pari sûr à faire aujourd'hui à Goodwood, c'est sur l'avènement du jugement dernier ! Mettez votre foi en Jésus et vous gagnerez la vie éternelle. » L'intérieur de la tente semblait frais et protégé du soleil et, sur une brusque impulsion, elle entra. La plupart des gens assis sur les bancs avaient l'air d'être déjà convertis. Maisie s'installa près de la sortie et prit un livre de prières.

Elle comprenait pourquoi l'on pouvait devenir membre de groupes religieux et s'en aller prêcher à des réunions hippiques. Cela donnait l'impression d'appartenir à quelque chose. Ce sentiment d'avoir sa place quelque part, c'était la véritable tentation que Solly lui offrait : ce n'était pas tant les diamants et les fourrures que la perspective d'être la maîtresse de Solly Greenbourne, avec un endroit où habiter, un revenu régulier et une place dans l'ordre des choses. Ce n'était pas une position respectable ni permanente — l'arrangement prendrait fin dès l'instant où Solly en aurait assez d'elle —, mais c'était bien plus que ce qu'elle avait maintenant.

La congrégation se leva pour entonner un hymne. Il n'était question que de se laver dans le sang de l'Agneau, et cela donna la nausée à Maisie. Elle sortit.

Elle passa devant un théâtre de marionnettes au moment où le spectacle atteignait son point culminant : l'irascible Mr. Punch se faisait bousculer d'un côté à l'autre de la minuscule scène par son épouse qui maniait énergiquement le bâton. Elle promena sur la foule le regard d'une femme d'expérience. Il n'y avait pas beaucoup à gagner dans un spectacle de marionnettes si on le faisait fonctionner honnêtement : le plus clair des spectateurs s'éclipseraient sans rien payer, et les autres ne donneraient que des demi-pennies. Mais il y avait d'autres façons de tondre la clientèle. Au bout de quelques instants, elle repéra au fond de la tente un garçon en train de voler un homme en haut-de-forme. Tout le monde sauf Maisie suivait le spectacle et personne ne vit la petite main sale se glisser dans la poche de gilet du spectateur.

Maisie n'avait aucune intention d'intervenir. Les négligents jeunes gens méritaient de perdre leur montre de gousset et, à son avis, les voleurs audacieux gagnaient bien leur butin. Mais, en regardant de plus près la victime, elle reconnut les cheveux noirs et les yeux bleus de Hugh Pilaster. Elle se rappela avoir entendu April lui dire que Hugh n'avait pas d'argent. Il ne pouvait pas se permettre de perdre sa montre. Elle décida brusquement de le sauver de sa propre négligence.

Elle se glissa rapidement jusqu'au fond de la tente. Le pickpocket était un petit rouquin dépenaillé de onze ou douze ans, l'âge qu'avait Maisie quand elle s'était enfuie de chez elle. Il était en train de tirer délicatement de son gilet la chaîne de montre de Hugh. Les applaudissements éclatèrent parmi les spectateurs qui suivaient le spectacle, et à cet instant précis le jeune voleur recula d'un pas, la montre à la main.

Maisie le saisit par le poignet.

Il poussa un petit cri apeuré et essaya de se libérer, mais elle était trop forte pour lui. « Donne-la-moi et je ne dirai rien », souffla-t-elle.

Il hésita un moment. Maisie lut sur son visage crasseux la crainte lutter avec la cupidité. Puis une sorte de résignation s'empara de lui et il laissa la montre tomber sur le sol.

« File et va voler la montre de quelqu'un d'autre », dit-elle. Elle lui lâcha la main et en un instant il eut disparu.

Elle se baissa pour la ramasser : c'était une montre en or à savonnette. Elle ouvrit le couvercle et regarda l'heure : trois heures dix. Au dos de la montre, une inscription :

Tobias Pilaster
De ta femme qui t'aime
Lydia
23 mai 1851.

C'était un cadeau de la mère de Hugh à son père. Maisie était contente de l'avoir récupérée. Elle la referma et donna une tape sur l'épaule de Hugh.

Il se retourna, agacé d'être dérangé au milieu du spectacle ; puis ses yeux bleu clair s'agrandirent de surprise.

« Miss Robinson !

— Quelle heure est-il ? » fit-elle.
Il chercha machinalement sa montre et trouva sa poche vide. « C'est drôle... » Il regarda autour de lui comme s'il avait pu la faire tomber. « J'espère que je ne l'ai pas... »
Elle la lui brandit sous le nez.
« Ça alors ! s'étonna-t-il. Comment diable l'avez-vous trouvée ?
— J'ai vu qu'on vous la volait et je l'ai arrachée au pickpocket.
— Où est-il ?
— Je l'ai laissé partir. Ce n'était qu'un gosse.
— Mais... » Il était tout déconcerté.
« Je l'aurais bien laissé partir avec la montre, seulement je sais que vous n'avez pas les moyens d'en acheter une autre.
— Vous ne parlez pas sérieusement.
— Mais si. Quand j'étais enfant, je volais chaque fois que je pouvais le faire sans risque.
— Mais c'est affreux ! »
Une fois de plus, Maisie le trouva agaçant. Pour elle, il y avait chez Hugh un côté prédicateur. Elle reprit : « Je me rappelle l'enterrement de votre père. C'était un jour froid et pluvieux. Votre père est mort en devant de l'argent au mien... et pourtant ce jour-là vous aviez un manteau, et moi pas. Est-ce que c'était honnête ?
— Je ne sais pas, dit-il, soudain furieux. J'avais treize ans quand mon père est mort après avoir fait faillite : cela veut-il dire que toute ma vie je doive fermer les yeux sur les mauvaises actions ? »
Maisie était déconcertée. Cela ne lui arrivait pas souvent de se faire rembarrer par des hommes, et c'était la seconde fois que Hugh le faisait. Mais elle ne voulait pas avoir une nouvelle querelle avec lui. Elle posa la main sur son bras. « Je suis désolée, dit-elle. Je ne voulais pas critiquer votre père. Je voulais simplement vous faire comprendre pourquoi un enfant peut voler. »
Il se radoucit aussitôt. « Et je ne vous ai pas remerciée d'avoir sauvé ma montre. C'était le cadeau de mariage de ma mère à mon père : elle a pour moi une valeur sentimentale.
— Le gosse trouvera un autre gogo à dépouiller. »
Il éclata de rire. « Je n'ai jamais rencontré personne comme vous ! Voudriez-vous un verre de bière ? Il fait si chaud. »
C'était exactement ce dont elle avait envie. « Oui, avec plaisir. »
A quelques mètres de là, il y avait une lourde charrette à quatre

roues chargée de gros tonneaux. Hugh acheta deux chopes en faïence pleines d'une bière de malt tiède. Maisie but une longue gorgée : elle avait soif. C'était meilleur que le vin français de Solly. Une pancarte était fixée à la charrette avec des majuscules tracées tant bien que mal à la craie et proclamant : PARTEZ DONC AVEC UNE CHOPE ET ON VOUS LA CASSERA SUR LA TÊTE. Une expression méditative envahit le visage d'ordinaire animé de Hugh et au bout d'un moment il dit : « Vous rendez-vous compte que nous avons été victimes de la même catastrophe ? »

Elle ne s'en rendait pas compte. « Que voulez-vous dire ?

— En 1866, il y a eu une crise financière. Quand ça se produit, des sociétés parfaitement honnêtes font faillite... c'est comme quand un cheval dans un attelage tombe en entraînant les autres avec lui. L'affaire de mon père s'est effondrée parce que des gens qui lui devaient de l'argent ne l'ont pas payé ; et il était si désemparé qu'il s'est donné la mort en laissant ma mère veuve et moi orphelin à treize ans. Votre père ne pouvait pas vous nourrir parce que des gens lui devaient de l'argent et ne pouvaient pas le payer : et vous vous êtes enfuie à l'âge de onze ans. »

Maisie percevait la logique de ce qu'il était en train de dire, mais son cœur refusait de l'admettre : elle avait trop longtemps haï Tobias Pilaster. « Ça n'est pas pareil, protesta-t-elle. Les ouvriers n'ont aucun contrôle sur ces choses-là : ils font simplement ce qu'on leur dit. Ce sont les patrons qui ont le pouvoir. C'est leur faute si les choses vont mal. »

Hugh avait l'air songeur. « Je ne sais pas, vous avez peut-être raison. Les patrons prennent certainement la part du lion. Mais je suis au moins certain d'une chose : patrons ou ouvriers, leurs enfants n'y sont pour rien. »

Maisie sourit. « J'ai du mal à croire que nous ayons trouvé un point sur lequel nous sommes d'accord. »

Ils terminèrent leur bière, rendirent les chopes et firent quelques pas jusqu'à un manège avec des chevaux de bois. « Vous n'avez pas envie de faire un tour ? proposa Hugh.

— Non, répondit Maisie en souriant.

— Vous êtes ici toute seule ?

— Non, je suis avec... des amis. » Sans savoir pourquoi, elle ne tenait pas à ce qu'il sache que c'était Solly qui l'avait amenée ici. « Et vous ? Vous êtes avec votre horrible tante ? »

Il eut une grimace. « Non. Les méthodistes désapprouvent les courses de chevaux : elle serait horrifiée si elle savait que j'étais ici.

— Elle vous aime bien ?
— Pas le moins du monde.
— Alors pourquoi vous laisse-t-elle habiter chez elle ?
— Elle aime avoir l'œil sur les gens pour pouvoir les contrôler.
— Elle vous contrôle ?
— Elle essaie. » Il eut un grand sourire. « Quelquefois, je m'échappe.
— Ce doit être dur de vivre avec elle.
— Je ne peux pas me permettre de vivre de mon côté. Il faut que je sois patient et que je travaille dur à la banque. Je finirai bien par avoir de l'avancement et à ce moment-là je serai indépendant. » Il sourit de nouveau. « Et alors je lui dirai de la boucler, comme vous l'avez fait.
— J'espère que ça ne vous a pas attiré d'ennuis.
— Si, mais ça valait la peine de voir l'expression de son visage. C'est à ce moment-là que j'ai commencé à vous trouver sympathique.
— C'est pour ça que vous m'avez proposé de dîner avec vous ?
— Oui. Pourquoi avez-vous refusé ?
— Parce que April m'a dit que vous n'aviez pas le sou.
— J'ai assez pour deux côtes d'agneau et un plum-pudding.
— Comment une fille pourrait-elle résister à ça ? » fit-elle d'un ton moqueur.

Il se mit à rire. « Sortez avec moi ce soir. Nous irons à Cremorne Gardens et nous danserons. »

Elle était tentée, mais en pensant à Solly elle fut prise de remords. « Non, merci.
— Pourquoi pas ? »

Elle se posait la même question. Elle n'était pas amoureuse de Solly et elle n'acceptait pas d'argent de lui : pourquoi se gardait-elle pour lui ? J'ai dix-huit ans, se dit-elle, et si je ne peux pas aller danser avec un garçon qui me plaît, à quoi bon vivre ? « Alors, d'accord.
— Vous viendrez ?
— Mais oui. » Il sourit. Elle l'avait rendu heureux. « Voulez-vous que je vienne vous chercher ? »

Elle ne voulait pas qu'il voie le taudis de Soho où elle partageait une chambre avec April. « Non, retrouvons-nous quelque part.
— Très bien... Nous irons à l'embarcadère de Westminster et nous prendrons le vapeur jusqu'à Chelsea.
— Oh oui ! » Elle ne s'était pas sentie excitée comme ça depuis des mois. « Quelle heure ?

— Huit heures ? »

Elle fit un rapide calcul. Solly et Tonio voudraient rester jusqu'à la dernière course. Ensuite il faudrait prendre le train pour rentrer à Londres. Elle dirait adieu à Solly à Victoria Station et irait à pied jusqu'à Westminster. Elle pensait y arriver. « Mais si je suis en retard, vous m'attendrez ?

— Toute la nuit, si c'est nécessaire. »

Elle se sentit coupable en pensant à Solly. « Je ferais mieux maintenant d'aller retrouver mes amis.

— Je vais vous accompagner », s'empressa-t-il de proposer.

Elle ne voulait surtout pas. « Il ne vaut mieux pas.

— Comme vous voudrez. »

Elle tendit le bras, et ils échangèrent une poignée de main. Cela semblait étrangement formel. « A ce soir, dit-il.

— J'y serai. »

Elle tourna les talons et s'éloigna avec l'impression qu'il la suivait des yeux. Voyons, pourquoi est-ce que j'ai fait ça ? se demanda-t-elle. Est-ce que j'ai envie de sortir avec lui ? La première fois que nous nous sommes rencontrés, nous avons eu une discussion qui a gâché la soirée et aujourd'hui il aurait été prêt à recommencer si je n'avais pas calmé le jeu. Nous ne nous entendons vraiment pas. Nous n'arriverons jamais à danser ensemble. Peut-être que je ne vais pas y aller. Mais il a de si beaux yeux bleus.

Elle décida de ne plus y penser. Elle avait accepté de le retrouver et elle serait au rendez-vous. Peut-être qu'elle s'amuserait, peut-être pas, mais se tracasser avant ne l'aiderait en rien.

Elle allait devoir inventer un prétexte pour laisser Solly. Il s'attendait à l'emmener dîner. Toutefois, il ne lui posait jamais de questions : il acceptait n'importe quelle excuse, si peu plausible fût-elle. Elle allait tout de même essayer de trouver une raison convaincante, car elle avait des remords d'abuser de son caractère bon enfant.

Elle retrouva les autres là où elle les avait laissés. Ils avaient passé tout l'après-midi entre la balustrade et le bookmaker en costume à carreaux. April et Tonio avaient l'œil brillant et l'air triomphant. Sitôt qu'April aperçut Maisie, elle lui dit : « Nous avons gagné cent dix livres : c'est merveilleux, tu ne trouves pas ? »

Maisie était heureuse pour April. Ça faisait tant d'argent gagné sans rien faire. Comme elle les félicitait, Micky Miranda apparut, déambulant les pouces dans les poches de son gilet gris colombe.

Elle ne fut pas surprise de le voir : tout le monde allait à Goodwood.

Micky était étonnamment beau garçon, mais Maisie ne l'aimait pas. Il lui rappelait le chef de piste du cirque qui croyait que toutes les femmes devaient être folles de joie quand il leur faisait des propositions et qui était extrêmement vexé quand on le repoussait. Micky était suivi comme toujours d'Edward Pilaster. Maisie se posait des questions sur leurs relations. Ils étaient si différents : Micky, mince, impeccable, plein d'assurance ; Edward, gros, maladroit, balourd. Pourquoi étaient-ils ainsi inséparables ? Mais Micky enchantait la plupart des gens. Tonio le considérait avec une sorte de vénération nerveuse, comme un jeune chien devant un maître cruel.

Ils étaient suivis d'un homme plus âgé et d'une jeune femme. Micky présenta l'homme comme étant son père. Maisie l'examina avec intérêt. Il ne ressemblait absolument pas à Micky : c'était un personnage de petite taille aux jambes arquées, très large d'épaules, avec un visage boucané. Contrairement à son fils, il avait l'air mal à l'aise en col dur et haut-de-forme. La femme se cramponnait à lui comme si elle était éperdument amoureuse, mais elle devait avoir au moins trente ans de moins que lui. Micky fit les présentations : miss Cox.

Ils parlaient tous de leurs gains. Edward comme Tonio avaient gagné un paquet sur un cheval du nom de Prince Charlie. Solly avait gagné de l'argent, puis il en avait reperdu et semblait s'amuser autant des deux situations. Micky ne dit pas combien il avait joué, et Maisie sentit qu'il n'avait pas parié autant que les autres : il avait l'air d'un personnage trop prudent, trop calculateur pour être un gros joueur.

Toutefois, il l'étonna aussitôt. Il dit à Solly : « Nous allons avoir une grosse partie ce soir, Greenbourne : pas de mise de moins d'une livre. Tu veux en être ? »

Elle fut frappée de constater que l'attitude nonchalante de Micky dissimulait une tension considérable. C'était un garçon difficile à pénétrer.

Solly était prêt à tout. « Bien sûr que j'en suis », répondit-il.

Micky se tourna vers Tonio. « Voudrais-tu te joindre à nous ? » Son air de dire « c'est à prendre ou à laisser » sonnait faux aux oreilles de Maisie.

« Compte sur moi, fit Tonio, tout excité. J'y serai ! »

April semblait troublée et supplia : « Tonio, pas ce soir... Tu m'avais promis. » Maisie se doutait que Tonio ne pouvait pas se permettre de jouer quand la mise minimale était de une livre.

« Qu'est-ce que j'ai promis ? » fit-il avec un clin d'œil à ses amis.

Il lui chuchota quelque chose à l'oreille, et les hommes éclatèrent tous de rire.

« Silva, reprit Micky, ça va être la dernière grosse partie de la saison. Tu regretteras de la manquer. »

Voilà qui surprit Maisie. A l'Argyll's, elle avait eu l'impression que Micky n'aimait pas beaucoup Tonio. Pourquoi s'efforçait-il maintenant de le persuader de venir jouer aux cartes avec eux ?

« Aujourd'hui, j'ai de la chance, dit Tonio. Regarde ce que j'ai gagné sur les chevaux ! Je vais jouer ce soir. »

Micky lança un coup d'œil à Edward, et Maisie surprit un regard soulagé dans leurs yeux. Edward proposa : « On dîne tous ensemble au club ? »

Solly regarda Maisie, et elle comprit qu'on venait de lui fournir une excellente excuse pour ne pas passer la soirée avec lui. « Dîne avec les garçons, Solly, dit-elle. Ça ne me dérange pas.

— Tu es sûre ?

— Oui, j'ai eu une charmante journée. Passe donc la soirée à ton club.

— Alors, dit Micky, c'est réglé. »

Micky et son père, miss Cox et Edward prirent congé.

Tonio et April s'en allèrent déposer leur mise sur la prochaine course. Solly offrit son bras à Maisie et proposa : « Si nous allions marcher un peu ? »

Ils déambulèrent le long de la barrière peinte en blanc qui délimitait la piste. Le soleil était chaud et l'air de la campagne plaisant. Au bout d'un moment, Solly dit : « Maisie, est-ce que tu m'aimes bien ? »

Elle s'arrêta, se dressa sur la pointe des pieds et lui planta un baiser sur la joue. « Je t'aime beaucoup. »

Il la regarda dans les yeux, et elle fut stupéfaite de voir des larmes derrière les verres de ses lunettes. « Solly, mon cher, qu'est-ce qu'il y a ? fit-elle.

— Je t'aime aussi, murmura-t-il. Plus que n'importe qui.

— Merci. » Elle était touchée. Solly n'avait pas l'habitude de manifester d'émotion plus forte qu'un léger enthousiasme.

Puis il dit : « Veux-tu m'épouser ? »

Elle était abasourdie. C'était la dernière chose au monde à quoi elle s'attendait. Les hommes de la classe sociale de Solly ne demandaient pas en mariage des filles comme elle. Ils les séduisaient, leur donnaient de l'argent, faisaient d'elles leurs maîtresses attitrées et leur faisaient des enfants, mais ils ne les épousaient pas. Elle était trop surprise pour parler.

Solly reprit : « Je te donnerai tout ce que tu veux. Je t'en prie, dis oui. »

Épouser Solly ! Maisie serait à jamais incroyablement riche. Un lit douillet chaque soir, un grand feu dans chaque pièce de la maison et tout le beurre qu'elle pourrait consommer. Elle se lèverait quand elle en aurait envie et pas quand il le fallait. Elle n'aurait plus jamais froid, plus jamais faim, plus jamais elle ne serait pauvrement habillée et fatiguée.

Le mot « oui » tremblait au bout de sa langue.

Elle pensa à la chambre minuscule d'April à Soho avec son nid de souris dans le mur. Elle pensa à quel point les toilettes empestaient quand il faisait chaud. Elle pensa aux soirs sans dîner. Elle se rappela comme ses pieds lui faisaient mal après une journée passée à arpenter les rues.

Elle regarda Solly. Est-ce que ce serait si difficile d'épouser cet homme ?

« Je t'aime tant, dit-il. Je suis désespérément amoureux de toi. »

Il était vraiment amoureux d'elle, elle en était sûre. Et c'était là le problème.

Elle ne l'aimait pas.

Il méritait mieux. Il méritait une femme qui l'aimât vraiment, pas une fille des rues arriviste et au cœur dur. Si elle l'épousait, elle le tromperait. Et il ne méritait pas ça.

Elle était au bord des larmes. « Tu es l'homme le meilleur, le plus doux que j'aie jamais rencontré...

— Ne dis pas non, je t'en prie, fit-il en l'interrompant. Si tu ne peux pas dire oui, ne dis rien. Réfléchis, au moins une journée, peut-être plus. » Maisie soupira. Elle savait qu'elle devait refuser sa proposition et que ce serait plus facile de le faire tout de suite. Mais il la suppliait. « Je vais y réfléchir », promit-elle.

Il était rayonnant. « Merci. » Elle secoua la tête d'un air mélancolique. « Quoi qu'il arrive, Solly, je crois que jamais meilleur homme ne me demandera en mariage. »

2

Hugh et Maisie s'embarquèrent sur le vapeur de plaisance à l'embarcadère de Westminster à destination de Chelsea. La soirée était douce, et des coquilles de noix, des péniches et des bacs sillonnaient les eaux boueuses du fleuve. Remontant le courant, ils passèrent sous le nouveau pont de chemin de fer de Victoria Station, devant l'hôpital Christopher Wren de Chelsea sur la rive nord et, sur la rive sud, devant les fleurs des prés de Battersea, le lieu de rencontre traditionnel pour les duels à Londres. Le pont de Battersea était une construction de bois délabrée qui semblait près de s'écrouler. Du côté sud, il y avait des usines chimiques mais, sur la rive opposée, de jolies villas étaient groupées autour de la vieille église de Chelsea et des enfants tout nus s'ébattaient dans des mares.

Moins d'un kilomètre et demi après le pont, ils débarquèrent et débouchèrent sur le quai devant la magnifique grille dorée de Cremorne Gardens. Les jardins comprenaient cinq hectares de bosquets et de grottes, de parterres et de pelouses, de bouquets de fougères et de taillis qui s'étendaient entre le fleuve et King's Road. La nuit tombait quand ils arrivèrent : il y avait des lanternes chinoises dans les arbres et des réverbères à gaz le long des sentiers sinueux. Il y avait énormément de monde : nombre des jeunes gens qui étaient allés aux courses avaient décidé de terminer la journée ici. Chacun était sur son trente et un, et tout ce petit monde évoluait insouciant dans le parc, riant et flirtant, les filles deux par deux, les jeunes gens en groupes plus nombreux, les couples bras dessus bras dessous.

Le temps avait été magnifique toute la journée, chaud et ensoleillé, mais la soirée serait lourde, et des coups de tonnerre annonçaient un orage. Hugh se sentait tout à la fois joyeux et nerveux. Il était ravi d'avoir Maisie à son bras, mais il éprouvait la gênante impression de ne pas connaître les règles du jeu auquel il était en train de jouer. A quoi s'attendait-elle? Allait-elle se laisser embrasser? Lui laisserait-elle faire tout ce qu'il voulait? Il mourait d'envie de toucher son corps, mais il ne savait pas par où commencer. S'attendrait-elle à ce qu'il aille jusqu'au bout? Il le désirait, mais il ne l'avait encore jamais fait et il craignait de se rendre ridicule. Les autres employés de la banque parlaient beaucoup des filles et de ce qu'elles voulaient ou ne voulaient pas faire, mais Hugh se doutait qu'une grande partie de leurs propos n'étaient que vantardises. D'ailleurs, on ne pouvait pas traiter Maisie comme une fille ordinaire. Elle était plus complexe que cela.

Il était aussi un peu inquiet à l'idée d'être vu par une personne de connaissance. Sa famille désapprouverait vivement ce qu'il faisait. Cremorne Gardens n'était pas seulement un endroit pour les gens de basse extraction : les méthodistes estimaient que ce lieu encourageait l'immoralité. Si on l'apercevait là, Augusta ne manquerait pas d'utiliser cet argument contre lui. C'était une chose pour Edward d'emmener des femmes légères dans des endroits malfamés : il était le fils et l'héritier. C'était autre chose pour Hugh, sans le sou, avec peu d'instruction et qu'on s'attendait à voir devenir un raté comme son père : on dirait que les jardins de plaisir licencieux constituaient son habitat naturel et que sa place était avec les employés de bureau, les artisans et les filles comme Maisie.

Hugh se trouvait à un tournant de sa carrière. Il était sur le point d'être promu correspondancier — au salaire de cent cinquante livres par an, plus du double de ce qu'il touchait maintenant —, et un rapport sur sa conduite dissolue risquait de tout compromettre.

Il jetait des regards anxieux aux autres hommes qui suivaient les sentiers serpentant au milieu des parterres de fleurs, terrifié à l'idée que quelqu'un le reconnaisse. Il y avait bien quelques hommes de la bonne société, dont certains avec des filles au bras ; mais tous évitaient soigneusement le regard de Hugh : il se rendit compte qu'eux aussi redoutaient d'être aperçus là. S'il voyait des gens qu'il connaissait, conclut-il, ils tiendraient sans doute autant que lui à garder le silence. Et il se sentit rassuré.

Il était fier de Maisie. Elle portait une robe bleu turquoise avec un décolleté plongeant et une tournure, et un béret de marin espièglement en équilibre sur ses cheveux coiffés en hauteur. Elle attirait de nombreux regards admiratifs.

Ils passèrent devant un théâtre de ballet, un cirque oriental, un terrain de boules et plusieurs stands de tir, puis ils entrèrent dans un restaurant pour dîner. C'était pour Hugh une expérience nouvelle. Même si les restaurants commençaient à devenir plus courants, leurs clients appartenaient surtout aux classes moyennes : les gens de la bonne société n'aimaient toujours pas l'idée de prendre leurs repas en public. Les jeunes hommes comme Edward et Micky dînaient très souvent dehors, mais ils avaient l'impression de s'encanailler : ils ne faisaient cela que quand ils cherchaient ou avaient déjà trouvé une mignonne pour leur tenir compagnie.

Durant tout le dîner, Hugh essaya de ne pas penser aux seins de Maisie. Leur naissance apparaissait, troublante, au-dessus du décolleté de sa robe : ils étaient très pâles et couverts de taches de rousseur. Il n'avait vu qu'une seule fois des seins nus : au bordel de Nellie quelques semaines auparavant. Mais il n'en avait jamais touché. Le laisserait-elle les caresser ? Il rêvait même de les embrasser, comme l'homme au bordel couvrant de baisers les seins de la putain, mais c'était un secret désir dont il avait honte. Cela lui semblait bestial d'être assis en face d'une femme sans cesser de penser à son corps nu, comme s'il n'éprouvait pour elle aucun sentiment mais avait simplement envie de se servir d'elle. Pourtant, il ne pouvait s'en empêcher, surtout face à Maisie, qui était si séduisante.

Pendant qu'ils dînaient, on tirait un feu d'artifice dans un autre coin des jardins. Les explosions et les éclairs énervaient les lions et les tigres de la ménagerie qui poussaient des rugissements désapprobateurs. Hugh se rappela que Maisie avait travaillé dans un cirque et il lui demanda comment c'était.

« On en arrive à très bien connaître les gens quand on vit si près les uns des autres, dit-elle d'un ton songeur. C'est une bonne chose à certains égards, mauvaise à d'autres. Les gens ne cessent de s'entraider. Il y a des histoires d'amour, beaucoup de disputes, parfois des bagarres : il y a même eu deux meurtres pendant les quatre ans que j'ai passés avec le cirque.

— Bonté divine !

— Et les rentrées sont incertaines.

— Pourquoi ?

— Quand les gens ont besoin d'économiser, la première chose qu'ils suppriment, ce sont les distractions.

— Je n'avais jamais pensé à ça. Il faudra que je me souvienne de ne pas investir l'argent de la banque dans aucune affaire touchant le divertissement. »

Elle sourit. « Vous pensez tout le temps à la finance ? »

Non, se dit Hugh, je pense tout le temps à vos seins. Tout haut, il déclara : « Il faut que vous compreniez que je suis le fils de la brebis galeuse de la famille. J'en sais plus sur la finance que les autres jeunes Pilaster, mais je dois travailler doublement dur pour prouver ma valeur.

— Pourquoi est-ce si important de faire vos preuves ? »

Bonne question, songea Hugh. Il réfléchit. Au bout d'une minute, il reprit : « Je pense que j'ai toujours été comme ça. A l'école, il fallait que je sois le premier de la classe. Et l'échec de mon père a aggravé les choses : tout le monde croit que je vais prendre le même chemin, et je dois leur montrer qu'ils se trompent.

— Au fond, c'est la même chose pour moi. Vous savez, je ne vivrai jamais comme l'a fait ma mère, toujours au bord de la pauvreté. J'aurai de l'argent : peu m'importe ce qu'il faut faire pour ça. »

Aussi délicatement qu'il le pouvait, Hugh demanda : « C'est pour ça que vous sortez avec Solly ? »

Elle se rembrunit, et il crut un moment qu'elle allait se mettre en colère. Mais cela passa, et elle eut un sourire ironique. « Je pense que c'est une bonne question. Si vous voulez savoir la vérité, je ne suis pas très fière de mes rapports avec Solly. Je lui ai donné à tort certaines... espérances. » Hugh fut étonné. Cela voulait-il dire qu'elle n'était pas allée jusqu'au bout avec Solly ? « Il a l'air de bien vous aimer.

— Et moi aussi. Mais la camaraderie n'est pas ce qu'il veut : ça ne l'a jamais été et je l'ai toujours su.

— Je vois ce que vous voulez dire. » Hugh décida qu'elle n'était pas allée jusqu'au bout avec Solly : cela signifiait qu'elle ne serait peut-être pas disposée à le faire avec lui. Il en éprouva tout à la fois de la déception et du soulagement. De la déception tant il avait envie d'elle, du soulagement tant il était nerveux à cette idée.

« Vous avez l'air content de quelque chose, dit Maisie.

— Je suis sans doute heureux d'apprendre que Solly et vous n'êtes que des camarades. »

Elle eut un air un peu triste, et il se demanda s'il n'avait pas fait une gaffe.

Il régla l'addition. C'était très cher, mais il avait apporté la somme mise de côté pour son prochain costume : dix-neuf shillings, il ne manquait donc pas d'argent. Quand ils quittèrent le restaurant, les gens dans les jardins semblaient plus bruyants que tout à l'heure, à n'en pas douter parce qu'ils avaient consommé pas mal de bière et de gin entre-temps.

Ils arrivèrent devant une piste de danse. La danse était un domaine dans lequel Hugh se sentait sûr de lui : c'était la seule matière qu'on lui avait bien enseignée à l'académie de Folkestone pour les fils de gentlemen.

Il entraîna Maisie sur la piste et pour la première fois la prit dans ses bras. Il avait des fourmillements au bout des doigts quand il posa sa main droite au creux de ses reins, juste au-dessus de sa tournure. A travers ses vêtements, il sentait la chaleur de son corps. Il prit sa main gauche dans la sienne et elle la serra un peu : cette sensation le grisa.

A la fin de la première danse, il lui sourit, très content de lui, et, à sa surprise, elle leva le bras et lui effleura la bouche du bout des doigts. « J'aime bien quand vous souriez, dit-elle. Vous avez l'air d'un petit garçon. »

« Petit garçon » n'était pas exactement l'image qu'il s'efforçait de donner, mais, à ce point, tout ce qui plaisait à Maisie lui convenait.

Ils dansèrent encore. Ils faisaient un beau couple : Maisie était petite et Hugh à peine plus grand, mais tous deux évoluaient avec légèreté. Il avait dansé avec des douzaines de filles, pour ne pas dire des centaines, mais jamais il n'avait autant apprécié cela. Il avait le sentiment de découvrir maintenant seulement la délicieuse sensation de serrer contre soi une femme, d'évoluer et de tournoyer avec la musique et d'exécuter à l'unisson des pas compliqués.

« Êtes-vous fatigué ? lui demanda-t-elle à la fin du morceau.

— Certainement pas ! »

Ils se remirent à danser.

Dans les bals de la haute société, cela ne se faisait pas de danser plus de deux fois avec la même cavalière. Il fallait l'emmener loin de la piste en proposant d'aller lui chercher du champagne ou un sorbet. Hugh avait toujours mal supporté ce genre de règle, et il se sentait maintenant joyeusement libéré d'être un noceur anonyme dans ce bal public.

Ils restèrent sur la piste jusqu'à minuit, quand la musique s'arrêta.

Tous les couples s'éloignèrent pour aller se promener dans les allées des jardins. Hugh remarqua que nombre d'hommes tenaient toujours leurs partenaires par la taille même s'ils ne dansaient plus : aussi, un peu tremblant, en fit-il autant. Maisie ne parut pas s'en offusquer.

Les festivités devenaient un peu turbulentes. Le long des allées se trouvaient çà et là de petites cabines, comme des loges à l'opéra, où l'on pouvait s'asseoir, dîner et regarder passer la foule. Certaines d'entre elles avaient été retenues par des groupes d'étudiants qui étaient maintenant parfaitement ivres. Un homme qui marchait devant Hugh se vit pour plaisanter arracher son haut-de-forme. Hugh lui-même dut plonger pour éviter une miche de pain qu'un plaisantin avait lancée. Il serra Maisie plus près de lui d'un air protecteur et, à son ravissement, elle le prit par la taille en se blottissant un peu contre son torse.

A côté de l'allée principale, il y avait de nombreux bosquets et tonnelles noyés d'ombre. Hugh distinguait vaguement des couples sur les sièges en bois, mais il n'aurait pu dire avec certitude s'ils s'étreignaient ou s'ils étaient simplement assis ensemble. Il fut surpris de voir le couple qui marchait devant eux s'arrêter et échanger des baisers passionnés au beau milieu de l'allée. Embarrassé, il le contourna avec Maisie. Mais, au bout d'un moment, sa gêne se dissipa, et il commença à éprouver une certaine excitation. Quelques minutes plus tard, ils dépassèrent un autre couple enlacé. Hugh surprit le regard de Maisie, et elle lui fit un sourire qui, il en était sûr, se voulait encourageant. Mais, on ne sait pourquoi, il n'arrivait pas à aller de l'avant et à l'embrasser.

Les jardins devenaient de plus en plus animés. Ils durent faire un détour pour éviter une bagarre entre six ou sept jeunes gens, qui tous poussaient des cris d'ivrognes, en se distribuant des coups de poing. Hugh commença à remarquer un certain nombre de femmes non accompagnées et se demanda si c'étaient des prostituées. L'atmosphère devenait menaçante, et il ressentit le besoin de protéger Maisie.

Alors, un groupe de trente ou quarante jeunes gens déboula au pas de charge, arrachant les chapeaux, bousculant les femmes et jetant les hommes par terre. Impossible de leur échapper : ils se répandaient sur les pelouses de chaque côté de l'allée. Hugh réagit rapidement. Il se planta devant Maisie, tournant le dos à l'assaut. Puis il ôta son chapeau et passa ses deux bras autour d'elle en la serrant très fort. Le groupe déchaîné les atteignit. Une épaule puissante heurta Hugh dans le dos et il trébucha, tenant toujours Maisie. Mais il parvint à rester debout. A côté de lui, une fille fut renversée et plus loin un homme reçut un coup de poing en plein visage. Puis les voyous disparurent.

Hugh relâcha son étreinte et regarda Maisie. Elle le regarda à son tour, vibrante d'attente. Toujours hésitant, il se pencha et posa un baiser sur ses lèvres. Elles étaient délicieusement douces et mobiles. Il ferma les yeux. Voilà des années qu'il attendait cela : c'était son premier baiser. Et c'était aussi merveilleux qu'il l'avait rêvé. Il respira à pleins poumons son parfum. Il sentait les lèvres de Maisie remuer délicatement contre les siennes. Il aurait voulu que ça ne s'arrête jamais.

Ce fut elle qui interrompit le baiser. Elle le regarda droit dans les yeux puis le serra fort en l'attirant contre elle. « Vous pourriez gâcher tous mes projets », fit-elle doucement.

Il ne savait pas très bien ce qu'elle voulait dire.

Il jeta un coup d'œil de côté. Il y avait une tonnelle avec un banc vide. Rassemblant son courage, il suggéra : « Si nous allions nous asseoir ?

— Oui. »

Ils avancèrent dans l'obscurité et vinrent s'asseoir. Hugh l'embrassa de nouveau.

Cette fois, il se sentait un peu moins hésitant. Il lui passa un bras autour des épaules et l'attira vers lui tandis que de l'autre main il lui soulevait le menton. Il l'embrassa plus passionnément qu'avant, appuyant fort ses lèvres contre celles de Maisie. Elle réagit avec enthousiasme, cambrant le dos si bien qu'il sentait la poitrine de la jeune femme venir s'écraser contre son torse. Il fut étonné de la trouver si ardente, mais il ne voyait pas pourquoi les femmes n'aimeraient pas embrasser autant que les hommes. Son empressement rendait la chose doublement excitante.

Il lui caressa la joue, le cou, et sa main arriva sur son épaule. Les bouts de ses doigts tracèrent une ligne sur sa clavicule, descendirent jusqu'à sa poitrine, et il sentit le renflement de son sein au-dessus du décolleté de sa robe. Elle avait la peau douce et tiède. Il ne savait pas très bien ce qu'il devait faire ensuite. Allait-il tenter de glisser sa main à l'intérieur ?

Maisie répondit à sa question muette en lui prenant la main et en la pressant contre sa robe au-dessous du décolleté.

La main de Hugh allait maintenant, caressant et enlaçant la poitrine de Maisie. Il sentait sur son cou le souffle brûlant de la jeune femme. Il avait l'impression qu'il pourrait faire ça toute la nuit, mais il s'interrompit pour l'embrasser de nouveau sur les lèvres. Cette fois il lui donna un petit baiser puis s'éloigna, encore un petit baiser puis s'éloigna de nouveau, encore et encore, et c'était chaque fois plus grisant. Il y avait des tas de façons d'embrasser, constata-t-il.

Soudain, elle se figea. « Écoutez », dit-elle.

Hugh s'était vaguement rendu compte que les jardins devenaient très bruyants, et il entendait maintenant des cris et du fracas. Regardant vers l'allée, il vit que tous les gens partaient en courant dans différentes directions. « Il doit y avoir une bagarre ! » s'exclama-t-il.

Puis il entendit un sifflet de police.

« Diable, fit-il. Maintenant il va y avoir des histoires.

— Nous ferions mieux de partir, dit Maisie.

— Tâchons de retrouver l'entrée de King's Road et voyons si nous pouvons prendre un fiacre.

— Très bien. »

Il hésita, répugnant à partir. « Encore un baiser.

— Oui. » Il l'embrassa et elle le serra très fort.

« Hugh, déclara-t-elle, je suis contente de vous avoir rencontré. »

Il trouva que c'était la plus jolie chose qu'on lui eût jamais dite.

Ils regagnèrent l'allée et se dirigèrent d'un pas vif vers l'entrée nord. Quelques instants plus tard, deux jeunes gens débouchèrent devant eux, l'un poursuivant l'autre : le premier heurta Hugh, l'envoyant par terre. Quand il se remit debout, ils avaient disparu.

Maisie était inquiète. « Vous n'avez rien ? »

Il s'épousseta et ramassa son chapeau. « Pas de bobo, dit-il. Mais je ne veux pas que ça vous arrive. Coupons par la pelouse : ce sera peut-être plus sûr.

Au moment où ils quittaient l'allée, les réverbères s'éteignirent.

Ils continuèrent dans l'obscurité. On entendait maintenant la clameur continue d'hommes qui criaient et de femmes qui poussaient des hurlements, le tout ponctué de coups de sifflet de la police. L'idée vint soudain à Hugh qu'ils pourraient se faire arrêter. Tout le monde alors découvrirait ce qu'il avait fait. Augusta dirait qu'il était trop dissolu pour qu'on lui donne un poste de responsabilité à la banque. Il poussa un gémissement. Puis il se rappela l'impression qu'il avait éprouvée à enlacer Maisie et il décida que peu lui importait ce que pouvait dire Augusta.

Évitant les sentiers et les espaces découverts, ils se frayèrent un chemin au milieu des arbres et des buissons. Le terrain montait un peu : Hugh savait qu'ils étaient dans la bonne direction dès l'instant où ils continuaient à grimper.

Il aperçut au loin le clignotement des lanternes et se dirigea vers les lumières. Ils commencèrent à rencontrer d'autres couples qui allaient dans la même direction. Sans doute, espérait Hugh, risqueraient-ils moins d'ennuis avec la police s'ils formaient un groupe de gens visiblement respectables et à jeun.

Au moment où ils approchaient de la grille, une troupe de trente ou quarante policiers firent leur entrée. Luttant pour pénétrer dans le parc contre le flot des promeneurs qui voulaient sortir, la police se mit à matraquer aveuglément hommes et femmes. La foule fit demi-tour et partit en courant dans la direction opposée.

Hugh réagit vite. « Laissez-moi vous porter. »

Maisie eut un air étonné, mais dit : « D'accord. »

Il se pencha et la souleva, un bras sous les genoux, l'autre autour des épaules. « Faites comme si vous vous étiez évanouie », conseilla-t-il : elle ferma les yeux et se laissa aller. Il s'avança contre le flot de la foule en criant : « Place ! Laissez passer ! » de son ton le plus autoritaire. A la vue d'une femme apparemment malade, même les gens qui s'enfuyaient essayaient de s'écarter du chemin. Il tomba sur les policiers aussi affolés que la foule. « Écartez-vous, sergent ! Laissez passer la dame ! » cria-t-il à l'un d'eux. L'homme avait un air hostile, et Hugh crut un moment que son coup de bluff n'allait pas réussir. Puis un sous-officier ordonna : « Laissez passer le monsieur ! » Il franchit le cordon de police et se trouva soudain dans un espace dégagé.

Maisie ouvrit les yeux et il lui sourit. Il aimait bien la tenir de cette façon et il n'était pas du tout pressé de reposer son fardeau. « Vous allez bien ? »

Elle hocha la tête. Elle semblait au bord des larmes. « Posez-moi par terre. » Il la reposa doucement et la serra contre lui. « Allons, ne pleurez pas, fit-il. C'est fini maintenant. »

Elle secoua la tête. « Ça n'est pas la bousculade, confessa-t-elle. J'ai déjà vu des bagarres. Mais c'est la première fois que quelqu'un prend soin de moi. Toute ma vie, j'ai dû me débrouiller toute seule. C'est une expérience nouvelle. » Il ne savait que dire. Toutes les jeunes filles qu'il avait jamais rencontrées tenaient pour acquis que les hommes s'occupent d'elles. Avec Maisie, il allait de découverte en découverte.

Hugh chercha un fiacre des yeux. Il n'y en avait pas un en vue. « J'ai bien peur que nous ne soyons obligés d'aller à pied.

— Quand j'avais onze ans, j'ai marché quatre jours pour aller jusqu'à Newcastle, dit-elle. Je pense que je peux faire le trajet de Chelsea à Soho. »

3

Micky Miranda avait commencé à tricher aux cartes au collège de Windfield, pour compléter les mensualités insuffisantes qu'il recevait de chez lui. Les méthodes qu'il s'était inventées étaient rudimentaires, mais assez bonnes pour duper des collégiens. Puis, au cours de la longue traversée qu'il avait effectuée entre le collège et l'université pour rentrer chez lui, il avait tenté de plumer un compagnon de voyage qui se révéla être un tricheur professionnel. Son aîné avait trouvé la chose amusante et avait pris Micky sous son aile en lui enseignant tous les principes de base de son art.

Tricher était extrêmement dangereux quand les enjeux étaient élevés. Si des gens jouaient pour des clopinettes, l'idée ne leur venait jamais que quelqu'un allait tricher. La méfiance augmentait avec l'importance des enjeux.

S'il se faisait prendre ce soir, cela ne signifierait pas seulement l'échec de son plan pour ruiner Tonio. Tricher aux cartes était le pire crime qu'un gentleman pût commettre en Angleterre. On lui demanderait de quitter les clubs auxquels il appartenait. Ses amis « n'y seraient pas » chaque fois qu'il se présenterait chez eux. Personne ne lui adresserait la parole dans la rue. Les rares récits qu'il avait entendus à propos d'Anglais qui avaient triché se terminaient toujours par le départ du coupable qui s'en allait recommencer une existence dans de lointains territoires comme la Malaisie ou la baie d'Hudson. Pour Micky, ce serait rentrer au Cordovay, supporter les railleries de son frère aîné et passer le restant de ses jours à élever du bétail. Cette idée le rendait malade.

Mais la récompense ce soir pouvait être aussi spectaculaire que les risques encourus.

Il ne tentait pas cela simplement pour faire plaisir à Augusta. C'était l'une de ses raisons : elle représentait son passeport pour le Londres des riches et des puissants. Mais il voulait aussi le poste de Tonio.

Papa avait dit que Micky devrait gagner sa vie à Londres : finies les mensualités qu'il recevait du Cordovay. La place de Tonio était idéale. Elle permettrait à Micky de vivre en gentleman tout en ne travaillant pratiquement pas. Et ce serait aussi une première marche sur l'échelle qui le conduirait à une position plus élevée. Micky pourrait peut-être un jour devenir ambassadeur. Il pourrait alors garder la tête haute n'importe où. Même son frère ne pourrait pas traiter cela en ricanant.

Micky, Edward, Solly et Tonio dînèrent de bonne heure au Cowes, leur club préféré. A dix heures, ils étaient dans la salle de jeu. Deux autres joueurs du club qui avaient eu vent de gros enjeux vinrent les rejoindre à la table de baccara : le capitaine Carter et le vicomte Montagne. Montagne était un imbécile, mais Carter était un individu coriace, et Micky devrait se méfier de lui.

Une ligne blanche était tracée tout autour de la table à vingt-cinq ou trente centimètres du bord. Chaque joueur avait devant lui une pile de souverains d'or, en dehors de la surface délimitée par la ligne blanche. Dès l'instant où l'argent l'avait franchie, il était joué.

Micky avait passé la journée à faire semblant de boire. Au déjeuner, il avait trempé ses lèvres dans du champagne avant de le verser subrepticement dans l'herbe. Dans le train qui les ramenait à Londres, il avait à plusieurs reprises accepté la flasque que lui tendait Edward, mais il en avait toujours bloqué l'embouchure avec sa langue tout en ayant l'air d'avaler une lampée. Au dîner, il s'était versé un petit verre de bordeaux puis s'était resservi deux fois sans jamais rien boire. Maintenant, il commanda discrètement une limonade au gingembre qui ressemblait à du cognac avec de l'eau gazeuse. Il lui fallait être rigoureusement à jeun pour se livrer aux délicates manipulations qui lui permettraient de causer la ruine de Tonio Silva.

Il s'humecta nerveusement les lèvres, se maîtrisa et essaya de se détendre.

De tous les jeux, le préféré du tricheur était le baccara. Il aurait pu être inventé, se dit Micky, pour permettre aux gens malins de voler les riches.

Tout d'abord, c'était un pur jeu de hasard, qui n'exigeait ni talent ni stratégie. Le joueur recevait deux cartes et faisait le total de leur valeur : un trois et un quatre faisaient sept, un deux et un six, huit. Si le total dépassait neuf, seul le dernier chiffre comptait : ainsi quinze c'était cinq, vingt c'était zéro, et le plus haut score possible était neuf.

Un joueur qui avait trop peu de points pouvait tirer une troisième carte qu'on lui donnait retournée pour que tout le monde puisse la voir.

Le banquier ne distribuait que trois donnes : une sur sa gauche, une sur sa droite et une pour lui. Les joueurs misaient soit sur la gauche, soit sur la droite. Le banquier payait toute main supérieure à la sienne.

Le second grand avantage du baccara, du point de vue de la triche, c'était qu'on jouait avec un paquet d'au moins trois jeux de cartes. Cela voulait dire que le tricheur pourrait utiliser un quatrième jeu et tirer avec assurance une carte de sa manche sans s'inquiéter de savoir si un autre joueur avait déjà la même carte dans sa main.

Alors que les autres étaient encore à s'installer et à allumer leurs cigares, il demanda à un serveur trois jeux de cartes neufs. Quand l'homme revint, il tendit tout naturellement les cartes à Micky.

Pour contrôler la partie, Micky devait donner ; sa première tâche était donc de s'assurer la banque. Cela impliquait deux subterfuges : annuler la coupe et distribuer la seconde carte. Les deux opérations étaient relativement simples, mais Micky était crispé par la tension, et cela risquait de lui faire rater les manœuvres les plus faciles.

Il brisa les cachets. Les cartes étaient toujours empaquetées de la même façon, avec les jokers sur le dessus et l'as de pique en dernier. Micky ôta les jokers et se mit à battre, savourant la netteté avec laquelle glissaient les cartes neuves. C'était la chose la plus simple du monde que de faire passer un as du dessous jusqu'en dessus du paquet. Mais il lui fallait alors faire couper un des autres joueurs sans bouger l'as du dessus.

Il passa le paquet à Solly, assis à sa droite. En le reposant sur la table, il contracta sa main une fraction de seconde, si bien que la carte du dessus — l'as de pique — resta dans sa paume, dissimulée par la largeur de sa main. Solly coupa. Gardant sans cesse sa paume tournée vers le bas pour cacher l'as, Micky ramassa le paquet, replaçant en même temps sur le dessus la carte cachée. Il avait réussi à faire sauter la coupe.

« La plus haute a la banque ? » dit-il, en ayant l'air de se désintéresser de savoir s'ils répondaient oui ou non.

Murmure d'assentiment.

Tenant bien en main le paquet, il fit glisser de quelques millimètres la carte du dessus et se mit à donner rapidement, gardant toujours dans sa paume la carte du dessus et distribuant toujours la seconde, jusqu'au moment où il en arriva à lui pour enfin se donner l'as. Ils retournèrent tous leurs cartes. L'as de Micky était le seul : à lui donc la banque.

Il parvint à avoir un petit sourire désinvolte. « On dirait que je suis en veine, ce soir », dit-il.

Pas de commentaire.
Il commença à se détendre.
Masquant son soulagement, il distribua la première donne.
Tonio jouait à sa gauche, avec Edward et le vicomte Montagne. A sa droite, Solly et le capitaine Carter. Micky ne voulait pas gagner : ce n'était pas son but ce soir. Il voulait simplement que Tonio perde.
Il joua correctement un moment, perdant un peu de l'argent d'Augusta. Les autres se détendirent et commandèrent une nouvelle tournée. Au moment opportun, Micky alluma un cigare.
Dans la poche intérieure de son habit se trouvait un autre jeu de cartes — acheté dans la papeterie de Saint James's Street d'où provenaient les cartes à jouer du club, si bien qu'elles étaient assorties.
Il avait préparé le jeu supplémentaire en paires gagnantes, et toutes donnaient un total de neuf, le plus haut score possible : un quatre et un cinq, un neuf et un dix, un neuf et un valet et ainsi de suite. Les autres cartes, les dix et les figures, il les avait laissées chez lui.
Remettant dans sa poche son étui à cigares, il empauma le jeu supplémentaire. Puis, prenant de l'autre main le paquet sur la table, il glissa les nouvelles cartes au-dessous du paquet avec lequel on jouait. Tandis que les autres versaient de l'eau dans leur cognac, il battit, faisant soigneusement passer sur le dessus du paquet, dans l'ordre, une carte du dessous, deux cartes au hasard, une autre du dessous, et encore deux au hasard. Puis, distribuant d'abord à sa gauche, puis à sa droite, et enfin se donnant à lui-même des cartes, il se servit la paire gagnante.
Au tour suivant, il distribua du côté de Solly une main gagnante. Il continua un moment de la même façon, faisant perdre Tonio et gagner Solly. L'argent qu'il gagnait du côté de Tonio était ainsi versé dans le camp de Solly, et Micky n'attirait aucun soupçon car la pile de souverains devant lui demeurait à peu près la même.
Tonio avait commencé par mettre sur la table presque tout l'argent qu'il avait gagné aux courses — une centaine de livres. Quand cette somme se trouva ramenée à une cinquantaine, il se leva et dit : « Ce côté-là ne me porte pas chance : je vais m'asseoir à côté de Solly. » Il passa de l'autre côté de la table.
Ça ne t'avancera à rien, se dit Micky. Ce n'était pas plus difficile désormais de faire gagner le côté gauche et perdre le côté

droit. Mais cela l'agaça d'entendre Tonio parler de malchance. Il voulait que Tonio continue à penser qu'il était en veine aujourd'hui, même s'il perdait.

De temps en temps, Tonio variait son style en misant cinq ou dix souverains sur un coup au lieu de deux ou trois. Dans ces cas-là, Micky lui distribuait une main gagnante. Tonio ramassait ses gains et disait avec entrain : « Je suis en veine aujourd'hui, j'en suis certain ! » Même si sa pile de pièces ne cessait de diminuer.

Micky, maintenant, se sentait plus détendu. Il étudiait la mentalité de sa victime tout en manipulant agilement les cartes. Il ne suffisait pas que Tonio soit lessivé. Micky voulait le voir jouer de l'argent qu'il n'avait pas, de l'argent emprunté et qu'il serait incapable de rembourser. Alors, seulement, il serait complètement déshonoré.

Micky attendait avec fébrilité, et Tonio perdait de plus en plus. Tonio était fasciné par Micky et faisait en général tout ce que Micky lui suggérait : mais il n'était pas complètement idiot et il y avait encore le risque qu'il ait le bon sens de se retirer au bord de la ruine.

Quand l'argent de Tonio eut presque totalement disparu, Micky passa à l'étape suivante. Il ressortit de sa poche son étui à cigares. « Ils viennent du pays, Tonio, dit-il. Essaies-en un. » A son soulagement, Tonio accepta. Les cigares étaient longs, et il faudrait une bonne demi-heure pour en fumer un. Tonio ne voudrait pas partir avant d'avoir terminé son cigare.

Quand ils les eurent allumés, Micky passa à la mise à mort.

Deux coups plus tard, Tonio n'avait plus un sou. « Eh bien, c'est tout ce que j'ai gagné à Goodwood cet après-midi, lança-t-il, découragé.

— Il faut qu'on te donne une chance de te refaire, dit Micky. Pilaster va te prêter cent livres, j'en suis sûr. »

Edward parut surpris, mais cela aurait semblé peu généreux de refuser quand il avait devant lui une telle pile de gains, et il dit : « Bien entendu. »

Solly intervint. « Tu devrais peut-être te retirer, Silva, et remercier le ciel d'avoir joué toute la journée sans rien perdre. »

Micky maudit en silence Solly de se montrer si gentiment bienveillant. Si Tonio suivait maintenant ce sage conseil, tout le plan de Micky était par terre.

Tonio hésita.

Micky retenait son souffle.

Mais ce n'était pas dans le caractère de Tonio de jouer

prudemment et, comme l'avait calculé Micky, il ne parvint pas à résister à la tentation de continuer. « Bon, fit-il. Autant que je joue jusqu'à ce que j'aie terminé mon cigare. »

Micky poussa un discret soupir de soulagement.

Tonio fit signe à un domestique et demanda une plume, du papier et de l'encre. Edward compta cent souverains, et Tonio griffonna une reconnaissance de dette. Micky savait que, si Tonio perdait tout, jamais il ne pourrait rembourser ce qu'il devrait.

La partie continua. Micky se surprit à transpirer un peu tout en maintenant le délicat équilibre : s'assurer que Tonio perdait régulièrement, en ramassant de temps en temps un gros coup pour entretenir son optimisme. Cette fois, quand il n'eut plus que cinquante livres devant lui, il dit : « Je ne gagne que quand je joue gros. Je mets mon tapis sur le coup suivant. »

C'était une grosse somme, même pour le Cowes Club. Si Tonio perdait, il était fini. Un ou deux membres du club, en voyant l'importance de la mise, se plantèrent auprès de la table pour suivre la partie.

Micky distribua les cartes.

Il regarda Edward, à sa gauche, qui secoua la tête pour indiquer qu'il ne voulait pas d'autre carte. Sur sa droite, Solly fit de même.

Micky retourna ses cartes. Il s'était distribué un huit et un as : neuf.

Edward retourna la main sur sa gauche. Micky ignorait de quelles cartes il s'agissait : il savait d'avance ce que lui allait avoir en main, mais il distribuait au hasard les mains des autres. Edward avait un cinq et un deux : sept. Le capitaine Carter et lui avaient perdu leur argent.

Solly retourna sa main, les cartes sur lesquelles Tonio avait misé son avenir.

Un neuf et un dix : cela faisait dix-neuf, c'est-à-dire neuf. C'était autant que les points de la banque : il n'y avait donc ni gagnant ni perdant, et Tonio garda ses cinquante livres.

Micky jura sous cape.

Il voulait absolument que Tonio laisse maintenant sur la table ces cinquante souverains. Il s'empressa de ramasser les cartes. D'un ton railleur, il dit : « Tu réduis ta mise, Silva ?

— Certainement pas, fit Tonio. Donne les cartes. »

Micky remercia sa bonne étoile et distribua, se servant encore une main gagnante.

Edward, cette fois, tapota sur ses cartes, indiquant qu'il en voulait une troisième. Micky lui donna un quatre de trèfle et se tourna vers Solly. Solly passa.

Micky retourna ses cartes et exhiba un cinq et un quatre. Edward avait un quatre déjà retourné. Il exhiba un roi qui ne valait rien et un autre quatre : huit. Son côté avait perdu.

Solly retourna un deux et un quatre. Le côté droit avait également perdu devant la banque.

Tonio était ruiné.

Il devint tout pâle, il avait l'air malade. Il murmura quelque chose, et Micky reconnut un juron espagnol.

Micky réprima un sourire de triomphe et ramassa ses gains : puis il vit quelque chose qui lui coupa le souffle et fit s'arrêter son cœur de battre.

Il y avait quatre quatre de trèfle sur la table.

Ils étaient censés jouer avec trois jeux de cartes. Quiconque remarquerait les quatre quatre identiques saurait aussitôt qu'on avait Dieu sait comment ajouté des cartes supplémentaires au paquet.

C'était le risque de cette méthode particulière de tricherie, un risque approximativement de l'ordre de un pour cent mille.

Si l'on découvrait cette anomalie, ce serait Micky et non pas Tonio qui serait perdu.

Jusqu'à maintenant, personne ne s'en était aperçu. Les suites ne comptaient pas dans ce jeu : l'irrégularité n'était donc pas flagrante.

Micky ramassa prestement les cartes, le cœur battant. Il remerciait le ciel de s'en être tiré quand Edward dit : « Attends un peu... Il y avait quatre quatre de trèfle sur la table. »

Micky maudit sa maladresse d'éléphant. Edward pensait tout haut. Il ignorait bien sûr totalement le plan de Micky.

« Impossible, intervint le vicomte Montagne. Nous jouions avec trois jeux de cartes. Il n'y a donc que trois quatre de trèfle.

— Exactement », dit Edward.

Micky tira sur son cigare. « Tu es ivre, Pilaster. L'un d'eux était un quatre de pique.

— Oh, pardon. »

Le vicomte Montagne commenta : « A cette heure de la nuit, qui peut faire la différence entre les piques et les trèfles ? »

Une fois de plus, Micky crut qu'il s'en était tiré — et une fois encore son allégresse était prématurée.

Tonio dit d'un ton agressif : « Regardons les cartes. »

Micky eut l'impression que son cœur s'arrêtait. Les cartes de la dernière donne étaient placées sur une pile qu'on battait et qu'on réutilisait quand on arrivait au bout du paquet. Si on les retournait, on allait voir les quatre quatre identiques, et Micky serait perdu.

« J'espère, s'exclama-t-il, désemparé, que vous ne mettez pas ma parole en doute ! »

C'était un défi dramatique à lancer dans un club de gentlemen. Il n'y avait pas longtemps encore, des mots comme ceux-là auraient abouti à un duel. Les gens aux tables voisines commencèrent à regarder ce qui se passait. Tout le monde attendait la réaction de Tonio.

Micky réfléchissait vite. Il avait dit qu'un des quatre était un quatre de pique et non pas de trèfle. S'il arrivait à sortir le quatre de pique du haut de la pile des cartes déjà jouées, il aurait prouvé l'exactitude de ses dires — et avec un peu de chance personne n'examinerait le reste des écarts.

Mais il fallait d'abord trouver un quatre de pique. Il y en avait trois. Certains pouvaient être dans le tas des cartes déjà utilisées, mais il y avait des chances pour qu'il y en eût au moins un dans le paquet avec lequel ils étaient en train de jouer et qu'il avait dans sa main.

C'était sa seule chance.

Pendant que tous les regards restaient fixés sur Tonio, il retourna le paquet, les cartes face à lui. D'un geste infinitésimal du pouce, il inspectait tour à tour le coin de chacune d'elles. Il ne quittait pas Tonio des yeux, mais il gardait le paquet dans son champ de vision, si bien qu'il pouvait lire les lettres et les chiffres dans les coins.

Tonio répéta avec obstination : « Regardons les écarts. »

Les autres se tournèrent vers Micky. S'armant de courage, il continuait à faire défiler les cartes en priant pour qu'arrive un quatre de pique. Au milieu d'un pareil drame, personne ne remarqua ses manipulations. Les cartes qui faisaient l'objet du débat étaient entassées sur la table : personne ne s'intéresserait donc à celles qu'il tenait à la main. Il aurait fallu regarder bien attentivement pour s'apercevoir qu'il était en train de les filer et, même si on l'avait vu, on n'aurait pas compris tout de suite ce qu'il mijotait.

Mais il ne pouvait indéfiniment se draper dans sa dignité. Tôt ou tard, l'un d'eux allait perdre patience, abandonner toute courtoisie et ramasser les écarts. Pour gagner quelques précieux instants, il lança : « Si tu n'es pas capable de perdre comme un homme, tu ne devrais peut-être pas jouer. » Il sentait la sueur perler sur son front. Il se demanda si, dans sa précipitation, il n'avait pas laissé passer un quatre de pique.

« Ça ne peut pas faire de mal de regarder, fit doucement Solly. N'est-ce pas ? »

Sacré Solly, toujours raisonnable à vous soulever le cœur, se dit Micky, désespéré.

Là-dessus, il trouva enfin un quatre de pique. Il l'empauma.

« Oh, très bien », dit-il avec une feinte nonchalance qui était à l'opposé de ce qu'il ressentait.

Le silence se fit parmi eux.

Micky reposa le paquet qu'il avait furtivement trié en gardant le quatre de pique dans sa paume. Il tendit la main pour prendre les cartes déjà utilisées en laissant tomber le quatre sur le dessus. Il plaça le tas devant Solly en disant : « Il va y avoir un quatre de pique là-dedans, je te le garantis. »

Solly retourna la première carte, et tous virent que c'était le quatre de pique.

Détente générale : les conversations reprirent dans la salle.

Micky était encore terrifié à l'idée que quelqu'un pourrait retourner d'autres cartes et constater qu'il y avait dessous quatre quatre de trèfle.

Le vicomte Montagne déclara : « Je pense que voilà qui règle le problème, et en ce qui me concerne, Miranda, je ne peux que vous présenter mes excuses pour avoir le moins du monde douté de votre parole.

— Très aimable à vous de le dire », répondit Micky.

Tous regardèrent Tonio. Il se leva, le visage crispé. « Eh bien, lança-t-il, allez tous vous faire voir », et il sortit.

Micky ramassa toutes les cartes qui se trouvaient sur la table. Personne, maintenant, ne saurait jamais la vérité.

Il avait les paumes moites de transpiration. Il les essuya subrepticement sur son pantalon. « Je vous demande pardon pour l'attitude de mon compatriote, dit-il. S'il y a une chose que j'ai en horreur, c'est les gens qui ne savent pas jouer aux cartes en gentlemen. »

4

Au petit matin, Maisie et Hugh traversaient à pied les nouveaux faubourg de Fulham et de South Kensington. La nuit devenait plus chaude, et les étoiles disparaissaient. Ils se tenaient par la main, moites dans cette chaleur. Maisie se sentait déconcertée mais heureuse.

Il s'était passé ce soir quelque chose d'étrange. Qu'elle n'avait pas compris, mais qu'elle avait bien aimé. Dans le passé, quand des hommes l'avaient embrassée et l'avaient caressée, elle avait estimé que ça faisait partie d'une transaction : quelque chose qu'elle donnait en échange de ce qu'elle leur demandait. Ce soir, ç'avait été différent. Elle avait *voulu* qu'il la caresse ; et il était trop poli pour faire quoi que ce soit sans qu'on le lui demande !

Cela avait commencé pendant qu'ils dansaient. Jusqu'alors, elle ne se rendait pas compte que cette soirée allait être radicalement différente de toutes celles passées avec un jeune homme de la bonne société. Hugh était plus charmant que la plupart d'entre eux, il était beau, avec son gilet blanc et sa cravate de soie, mais ce n'était quand même qu'un gentil garçon. Et puis, sur la piste de danse, elle avait commencé à se dire qu'il serait bien agréable de l'embrasser. Cette impression s'était renforcée tandis qu'ils se promenaient dans les jardins après la danse et qu'ils voyaient tous les autres couples flirter. L'hésitation de Hugh était pleine de charme. Les autres hommes voyaient, dans un dîner et un peu de conversation, un ennuyeux préliminaire à la partie importante de la soirée et pouvaient à peine attendre de l'emmener dans un endroit sombre pour se mettre à la peloter. Mais Hugh s'était montré timide.

A d'autres égards, il était tout le contraire d'un timide. Au moment de la bagarre, il avait été d'une grande intrépidité. Après avoir été renversé par terre, son seul souci avait été de s'assurer qu'elle n'avait pas subi le même sort. Hugh était beaucoup plus que le jeune mondain classique.

Quand elle avait fini par lui faire comprendre qu'elle avait envie d'être embrassée, ç'avait été délicieux : ça ne ressemblait à aucun baiser qu'on lui avait donné jusqu'alors. Pourtant, il n'était pas particulièrement habile ni expérimenté. Bien au contraire : il était naïf et peu sûr de lui. Alors pourquoi avait-elle tant aimé ? Et pourquoi avait-elle eu soudain l'envie de sentir les mains de Hugh sur sa peau ?

Ces questions ne la tourmentaient pas : elles l'intriguaient, simplement. Elle était contente de traverser Londres dans la nuit avec Hugh. De temps en temps, elle sentait quelques gouttes de pluie, mais l'averse qui menaçait ne se produisit pas. Elle commença à se dire que ce serait agréable si de nouveau il l'embrassait.

Ils arrivèrent à Kensington Gore et prirent à droite le long du côté sud du parc, se dirigeant vers le centre-ville où elle habitait. Hugh s'arrêta devant une grande demeure dont la façade était illuminée par deux réverbères à gaz. Il la prit par les épaules. « La maison de ma tante Augusta, dit-il. C'est là que j'habite. »

Elle lui saisit la taille et contempla la demeure, se demandant quel effet ça faisait de vivre dans une aussi vaste résidence. Elle avait du mal à imaginer à quoi servaient toutes ces pièces. Après tout, si on avait un endroit où dormir et faire la cuisine, et peut-être le luxe d'une autre pièce pour recevoir des amis, que fallait-il de plus ? A quoi bon avoir deux cuisines ou deux salons : on ne pouvait être que dans une seule pièce à la fois. Cela lui rappela qu'elle et Hugh habitaient dans la société des îles différentes, séparées par un océan d'argent et de privilèges. L'idée la troubla. « Je suis née dans une cabane d'une seule pièce, dit-elle.

— Dans le Nord-Est ?

— Non, en Russie.

— Vraiment ? Maisie Robinson, ça ne fait pas très russe, comme nom.

— Je suis née Miriam Rabinowicz. Nous avons tous changé de nom en arrivant ici.

— Miriam, murmura-t-il. J'aime bien. » Il l'attira contre lui et l'embrassa. Elle sentit son angoisse se dissiper et s'abandonna à sa sensation. Il était moins hésitant, maintenant : il savait ce qu'il aimait. Elle buvait avidement ses baisers, comme un verre d'eau fraîche par une chaude journée. Elle espérait qu'il allait de nouveau la caresser.

Il ne la déçut pas. Quelques instants plus tard, elle sentit la main de Hugh se refermer doucement sur son sein gauche. Presque aussitôt, son bouton se durcit, et elle sentit ses doigts l'effleurer à travers la soie de sa robe. Elle était gênée que son désir fût si évident, mais cela n'enflammait que davantage le jeune homme.

Au bout d'un moment, ce fut elle qui eut envie de caresser son corps. Elle plongea le bras à l'intérieur de son manteau et laissa ses mains courir sur le dos de Hugh, sentant la peau chaude à travers la mince cotonnade de sa chemise. Elle se conduisait comme un homme, se dit-elle. Elle se demanda si ça l'ennuyait. Mais elle éprouvait trop de plaisir pour s'arrêter.

Il se mit alors à pleuvoir.

La pluie tomba d'un seul coup. Il y eut un éclair, un grondement de tonnerre tout de suite après et aussitôt un déluge. Le temps qu'ils terminent leur baiser, ils avaient le visage trempé.

Hugh la prit par la main et l'entraîna. « Allons nous abriter dans la maison ! » dit-il.

Ils traversèrent la rue en courant. Hugh lui fit descendre des marches, passer devant un panneau annonçant « Entrée des fournisseurs » jusqu'au sous-sol. Quand ils arrivèrent devant la porte, elle était trempée jusqu'aux os. Hugh tourna la clé dans la serrure. Un doigt sur ses lèvres pour lui demander de ne pas faire de bruit, il la fit entrer à l'intérieur.

Elle n'hésita qu'une fraction de seconde, ne sachant si elle devait lui demander exactement ce qu'il avait en tête ; mais l'idée disparut, et elle franchit le seuil.

Ils traversèrent à pas de loup une cuisine grande comme une petite église jusqu'à un étroit escalier. Hugh colla sa bouche contre l'oreille de Maisie et dit : « Nous allons trouver des serviettes propres là-haut. Prenons l'escalier de service. » Elle le suivit jusqu'au deuxième étage, puis ils franchirent une autre porte et débouchèrent sur un palier. Il jeta un coup d'œil par une porte ouverte sur une chambre où brûlait encore une veilleuse. D'une voix calme, il murmura : « Edward n'est pas encore rentré. Il n'y a personne d'autre à cet étage. Les chambres de mon oncle et de ma tante sont à l'étage en dessous et celles des domestiques au-dessus. Venez. »

Il l'entraîna dans sa chambre et alluma la lampe à gaz. « Je vais chercher des serviettes », dit-il, et il repartit.

Elle ôta son chapeau et inspecta la pièce. Étonnamment petite et simplement meublée avec un lit étroit, une coiffeuse, un placard tout simple et un petit bureau. Elle s'attendait à quelque chose de plus luxueux : mais Hugh était un parent pauvre, et sa chambre reflétait cette condition.

Elle regarda ses affaires avec intérêt. Il avait une paire de brosses à cheveux à manche d'argent sur lequel étaient gravées les initiales *T.P.* — encore un héritage de son père. Il lisait un livre intitulé *Manuel des bonnes pratiques commerciales*. Sur le bureau, une photographie encadrée d'une femme et d'une fillette d'à peu près six ans. Elle ouvrit le tiroir de sa table de chevet : il contenait une bible et un autre livre dessous. Elle écarta la bible et lut le titre du livre caché : *La Duchesse de Sodome*. Elle se rendit compte qu'elle était indiscrète. Avec un sentiment de culpabilité, elle s'empressa de refermer le tiroir.

Hugh revint avec une pile de serviettes. Maisie en prit une toute chaude sortie de l'armoire séchante et elle y enfouit avec reconnaissance son visage trempé. Voilà ce que c'est que d'être riche, se dit-elle : de grands tas de serviettes chaudes chaque fois qu'on en a besoin. Elle sécha ses bras nus et son décolleté. « C'est la photo de qui ? lui demanda-t-elle.

— Ma mère et ma sœur. Ma sœur est née après la mort de mon père.

— Comment s'appelle-t-elle ?

— Dorothy. Je l'appelle Dotty. Je l'aime beaucoup.

— Où habitent-elles ?

— A Folkestone, au bord de la mer. »

Maisie se demanda si elle les rencontrerait jamais.

Hugh tira la chaise posée devant le bureau et la fit asseoir. Il s'agenouilla devant elle, lui ôta ses chaussures et sécha ses pieds mouillés avec une serviette propre. Elle ferma les yeux ; le contact de la serviette douce et tiède sur ses plantes de pied était exquis.

Sa robe était trempée, et Maisie frissonnait. Hugh ôta sa veste et ses bottes. Maisie savait qu'elle ne pouvait pas se sécher sans ôter sa robe. Dessous, elle était tout à fait décente. Elle ne portait pas de pantalons — seules les femmes riches en mettaient — mais elle avait un long jupon et une chemisette. Soudain elle se leva, tourna le dos à Hugh et dit : « Voulez-vous me dégrafer ? »

Elle sentait les mains de Hugh trembler tandis que ses doigts s'affairaient sur les agrafes et les œillets qui fermaient sa robe. Elle était nerveuse aussi, mais maintenant elle ne pouvait plus faire machine arrière. Quand il eut fini, elle le remercia et retira sa robe.

Elle se tourna pour lui faire face.

Son visage exprimait un touchant mélange de gêne et de désir. Il était planté là comme Ali Baba contemplant le trésor des voleurs. Elle avait vaguement imaginé qu'elle se contenterait de se sécher avec une serviette et de remettre ensuite sa robe quand elle aurait séché : elle savait maintenant que les choses n'allaient pas se passer ainsi. Et elle en était heureuse.

Elle posa les mains sur les joues de Hugh, attira sa tête vers elle et l'embrassa. Cette fois, elle ouvrit les lèvres, s'attendant qu'il en fasse autant, mais pas du tout. Sans doute n'avait-il jamais embrassé de cette façon-là, se dit-elle. Elle lui taquina les lèvres du bout de sa langue. Elle sentit qu'il était choqué mais excité aussi et, au bout d'un moment, il entrouvrit un tout petit peu la bouche et répondit timidement avec sa langue. Il commençait à respirer plus fort.

Après quelques instants, il interrompit leurs baisers, chercha le haut de sa chemisette et essaya de dégrafer le bouton. Il tâtonna un moment, puis saisit le tissu à deux mains et le déchira en faisant voler les boutons. Il posa la main sur les seins nus de Maisie et ferma les yeux en poussant un petit gémissement. Elle avait la sensation de fondre intérieurement. Elle aurait voulu que ce moment dure une éternité.

« Maisie », fit-il.

Elle le regarda.

« J'ai envie... »

Elle sourit. « Moi aussi. »

Une fois les mots prononcés, elle se demanda comment ils en étaient arrivés là. Elle avait parlé sans réfléchir. Mais elle n'éprouvait aucun doute. Elle voulait Hugh plus qu'elle n'avait jamais rien désiré.

Il lui caressa les cheveux. « C'est la première fois, avoua-t-il.

— Pour moi aussi. »

Il la dévisagea. « Mais je croyais... » Il s'arrêta.

Elle sentit un spasme de colère puis se maîtrisa. C'était sa faute s'il avait cru qu'elle était une fille facile. « Allongeons-nous », dit-elle.

Il eut un soupir de bonheur, puis demanda : « Vous êtes sûre ?

— Si je suis sûre ? » répéta-t-elle. Elle avait du mal à croire qu'il avait dit cela. Elle n'avait jamais rencontré d'homme qui lui posât cette question. Jamais ils ne pensaient à ce qu'elle éprouvait. Elle prit sa main dans la sienne et lui embrassa la paume. « Si je n'étais pas sûre, maintenant, je le suis. » Elle s'allongea sur le lit étroit. Le matelas était dur, mais le drap était frais. Il s'installa à côté d'elle et l'interrogea : « Et maintenant ? »

Ils approchaient des limites de son expérience à elle, mais elle connaissait l'étape suivante. « Caresse-moi », dit-elle. Il passa une main hésitante à travers ses vêtements. Tout d'un coup, l'impatience la gagna. Elle releva son jupon — elle n'avait rien dessous — et conduisit la main de Hugh.

Il la caressa, lui couvrant le visage de baisers, le souffle rauque et brûlant. Elle savait qu'elle aurait dû avoir peur de tomber enceinte, mais elle ne pouvait pas se concentrer sur ce risque. Elle ne se contrôlait plus : le plaisir était trop intense pour lui laisser le temps de réfléchir. Elle n'était jamais allée plus loin avec un homme mais malgré tout elle savait exactement ce qu'elle voulait. Elle colla ses lèvres contre son oreille et murmura : « Caresse-moi là. » Il obéit, puis lui demanda :

« Nous le faisons maintenant ? »

Elle était brusquement pleine d'impatience. « Oui, s'il te plaît, vite. »

Elle le sentit tripoter son pantalon, puis il se retrouva entre ses jambes. Elle avait peur : elle avait entendu raconter combien ça faisait mal la première fois. Mais en même temps elle était dévorée de désir pour lui.

« Embrasse-moi. »

Il pencha son visage vers le sien et couvrit ses lèvres de baisers, d'abord doucement, puis avec fougue. Elle le prit par la taille, souleva un peu les hanches puis l'attira à elle. Elle ressentit une douleur, assez aiguë pour lui faire pousser un cri, puis quelque chose céda en elle, et elle sentit sa tension se libérer de façon extraordinaire. Elle interrompit leurs baisers et le regarda.

« Ça va ? » demanda-t-il.

Elle acquiesça. « J'ai crié ?

— Oui, mais je ne pense pas qu'on nous ait entendus.

— N'arrête pas », dit-elle.

Il hésita encore un moment. « Maisie, murmura-t-il, est-ce que c'est un rêve ?

— Si c'en est un, ne nous réveillons pas encore. » Elle remua contre lui, le guidant en le tenant par les hanches. Il suivit ses gestes. Cela rappelait à Maisie comment ils avaient dansé ensemble quelques heures à peine auparavant. Elle s'abandonna à la sensation. Il se mit à haleter.

Au loin, dominant le bruit de leur respiration, elle entendit une porte s'ouvrir.

Elle était si absorbée par le plaisir que lui donnait Hugh que la porte qui se refermait ne parvint pas à l'alarmer.

Soudain, une voix sévère vint fracasser l'ambiance comme une pierre qu'on jette sur un carreau. « Eh bien, eh bien, Hugh... qu'est-ce qui se passe ? »

Maisie se glaça.

Hugh poussa un gémissement et elle le sentit qui se répandait en elle.

Elle avait envie de pleurer.

La voix railleuse reprit : « Tu prends cette maison pour un bordel ? »

Maisie chuchota. « Hugh... Laisse-moi. »

Il se retira et roula sur le lit. Elle vit Edward, le cousin de Hugh, planté sur le seuil, en train de fumer un cigare et qui les regardait intensément. Hugh s'empressa de la recouvrir d'une grande serviette. Elle se redressa et remonta la serviette jusqu'à son cou.

Edward eut un sourire narquois. « Eh bien, si tu as fini, je pourrais m'y mettre. »

Hugh drapa une serviette autour de sa taille. Maîtrisant sa colère au prix d'un effort visible, il dit : « Edward, tu es ivre : va dans ta chambre avant de dire quelque chose d'absolument impardonnable. »

Sans se soucier de lui, Edward s'approcha du lit. « Tiens, c'est la petite de Solly Greenbourne ! Mais je ne le lui dirai pas... si tu es gentille avec moi. »

Maisie comprit qu'il parlait sérieusement, et elle frémit de dégoût. Certains hommes, elle le savait, étaient excités par une femme qui sortait des bras d'un autre : April lui avait appris le mot d'argot pour une femme dans cet état, une « tartine beurrée ». Elle savait d'instinct qu'Edward était un de ces hommes-là.

Hugh était furieux. « Fiche le camp d'ici, abruti, dit-il.

— Sois chic, insista Edward. Après tout, ça n'est qu'une putain. » Là-dessus, il se pencha et arracha la serviette qui couvrait Maisie.

Elle sauta du lit de l'autre côté en protégeant sa pudeur avec ses bras : mais c'était inutile. Hugh traversa en deux pas la petite chambre et expédia à Edward un puissant coup de poing sur le nez. Du sang jaillit, et Edward poussa un cri de douleur.

Edward était à présent inoffensif mais Hugh, toujours furieux, le frappa encore.

Edward, poussant des cris de douleur et de peur, trébucha jusqu'à la porte. Hugh courait après lui, en lui assenant des coups de poing sur la nuque. Edward se mit à crier : « Laisse-moi tranquille, arrête, je t'en prie ! » Il s'écroula sur le seuil.

Maisie les suivit dans le couloir. Edward était allongé sur le plancher et Hugh était assis sur lui, continuant à le frapper. Elle cria : « Hugh, arrête, tu vas le tuer ! » Elle s'efforçait de saisir les bras de Hugh, mais il était fou de rage et difficile à maîtriser.

Un instant plus tard, elle perçut un mouvement. Elle leva les yeux pour voir Augusta, la tante de Hugh, plantée en haut de l'escalier en peignoir de soie noire et qui la dévisageait. A la lueur vacillante de la lampe à gaz, on aurait dit un voluptueux fantôme.

Une lueur étrange brillait dans les yeux d'Augusta. Tout d'abord, Maisie ne parvint pas à déchiffrer son expression ; puis, au bout d'un moment, elle comprit, et la peur la saisit.

C'était un regard de triomphe.

5

Sitôt qu'Augusta aperçut la fille nue, elle sentit que c'était l'occasion inespérée pour elle de se débarrasser une fois pour toutes de Hugh.

Elle la reconnut aussitôt. C'était la petite traînée qui l'avait insultée dans le parc, celle qu'on appelait la Lionne. L'idée lui avait traversé l'esprit, alors, que cette petite coquine pourrait bien un jour attirer à Hugh de sérieux ennuis : il y avait dans son port de tête et dans la lueur qui brillait dans ses yeux quelque chose d'arrogant et d'intransigeant. Même maintenant, alors qu'elle aurait dû être morte de honte, elle était là, debout, toute nue, et elle soutenait tranquillement le regard d'Augusta. Elle avait un corps superbe : menu mais bien formé, avec des seins volumineux et bien ronds et une toison rousse. Son regard était si hautain qu'Augusta eut presque l'impression que c'était elle l'intruse. Mais cette fille allait causer la perte de Hugh.

Un plan s'esquissait déjà dans l'esprit d'Augusta quand elle aperçut soudain Edward allongé par terre, le visage couvert de sang.

Toutes ses anciennes craintes revinrent en force et elle se retrouva vingt-trois ans en arrière, le jour où il avait failli mourir étant bébé. Une panique aveugle déferla sur elle. « Teddy ! hurla-t-elle. Qu'est-ce qui est arrivé à Teddy ! » Elle tomba à genoux auprès de lui. « Parle-moi, parle-moi ! » cria-t-elle. Elle était en proie à une terreur insupportable, tout comme à l'époque où son bébé maigrissait de jour en jour et où les médecins ne comprenaient pas pourquoi.

Edward se redressa en gémissant.

« Dis quelque chose ! supplia-t-elle.

— Ne m'appelle pas Teddy », fit-il.

Son affolement diminua quelque peu. Il était conscient, il pouvait parler. Mais il avait la voix rauque, et son nez semblait déformé. « Qu'est-ce qui s'est passé ? dit-elle.

— J'ai surpris Hugh avec sa putain et il est devenu fou furieux ! » expliqua Edward.

Luttant contre sa rage et ses appréhensions, elle tendit doucement la main pour tâter le nez d'Edward. Il poussa un cri mais la laissa palper délicatement. Rien de cassé, se dit-elle : le nez était simplement tuméfié.

Elle entendit la voix de son mari demander : « Que diable se passe-t-il ? »

Elle se releva. « Hugh a attaqué Edward, expliqua-t-elle.

— Le garçon va bien ?

— Je crois que oui. »

Joseph se tourna vers Hugh. « Enfer et damnation, mon garçon, qu'est-ce que ça veut dire ?

— Cet imbécile l'a cherché », répondit Hugh d'un ton de défi.

Très bien, Hugh, aggrave les choses, songea Augusta. Surtout, ne t'excuse pas. Je ne veux pas que la colère de ton oncle se calme.

Mais l'attention de Joseph était partagée entre les garçons et la femme, et son regard revenait sans cesse à ce corps nu. Augusta ressentit un accès de jalousie comme un coup de poignard.

Cela la calma un peu. Edward n'avait pas grand-chose. Elle se mit à réfléchir rapidement. Comment exploiter au mieux la situation ? Hugh, maintenant, était totalement vulnérable. Elle pouvait en faire ce qu'elle voulait. Elle songea aussitôt à sa conversation avec Micky Miranda. Il fallait réduire Hugh au silence, car il en savait trop long sur la mort de Peter Middleton. Le moment était venu de frapper.

Il fallait d'abord le séparer de cette fille.

Les domestiques avaient surgi en vêtements de nuit et rôdaient devant la porte de l'escalier de service, l'air horrifié mais fascinés par la scène qui se déroulait sur le palier. Augusta aperçut Hastead, son maître d'hôtel, dans une robe de chambre de soie jaune que Joseph avait mise au rebut voilà quelques années, et Williams, un valet, en chemise de nuit à rayures. « Hastead et Williams, pouvez-vous aider Mr. Edward à regagner son lit ? » Les deux hommes se précipitèrent et remirent Teddy debout.

Augusta s'adressa alors à sa gouvernante. « Mrs. Merton, couvrez cette fille avec un drap ou je ne sais quoi, emmenez-la dans ma chambre et qu'elle s'habille. » Mrs. Merton ôta son peignoir pour l'enrouler autour des épaules de la fille. Celle-ci s'enveloppa dedans pour masquer sa nudité mais ne bougeait toujours pas.

Augusta reprit : « Hugh, cours chez le docteur Humbold, dans Church Street, mieux vaudrait qu'il examine le nez de ce pauvre Edward.

— Je ne quitte pas Maisie », dit Hugh.

Augusta répliqua sèchement : « Puisque c'est toi qui l'as blessé, le moins que tu puisses faire, c'est d'aller chercher un médecin !

— Ça ira, Hugh, assura Maisie. Va chercher le docteur. Je serai ici quand tu reviendras. »

Mais Hugh restait là.

Mrs. Merton dit : « Par ici, s'il vous plaît », en indiquant l'escalier de service.

« Oh, fit Maisie, je pense que nous allons prendre le grand escalier. » Puis, d'un pas de reine, elle traversa le palier et descendit les marches, Mrs. Merton sur ses talons.

« Hugh ! » s'exclama Augusta.

Il répugnait toujours à s'en aller, elle le sentait bien, mais, d'un autre côté, il ne voyait aucune raison de refuser. Au bout d'un moment, il dit : « Je vais enfiler mes bottes. »

Augusta dissimula son soulagement. Elle les avait séparés. Maintenant, si la chance était avec elle, elle parviendrait à sceller le destin de Hugh. Elle se tourna vers son mari. « Venez, allons dans notre chambre discuter de tout cela. »

Ils descendirent l'escalier et entrèrent dans la chambre de Joseph. A peine la porte refermée, Joseph prit Augusta dans ses bras et l'embrassa. Elle se rendit compte qu'il avait envie de faire l'amour. C'était tout à fait inhabituel. Ils faisaient l'amour une ou deux fois par semaine, mais c'était toujours elle qui en prenait l'initiative : elle le rejoignait dans sa chambre et se glissait dans son lit. Elle considérait que cela faisait partie de ses devoirs d'épouse de le satisfaire, mais elle aimait rester maîtresse de la situation ; elle le décourageait donc de venir dans sa chambre à elle. Au début de leur mariage, il avait été plus difficile à contrôler. Il insistait pour lui faire l'amour chaque fois qu'il le désirait et elle avait bien été obligée de le laisser faire durant une courte période ; mais il avait fini par se plier à sa volonté. Et puis, pendant quelque temps, il l'avait harcelée de suggestions inconvenantes ; par exemple faire l'amour avec la lumière allumée, s'allonger sur lui, ou encore lui faire avec sa bouche des choses indescriptibles. Mais elle avait opposé une ferme résistance et il avait depuis longtemps cessé d'exprimer de pareilles idées.

Et voilà maintenant qu'il bouleversait leurs habitudes. Elle savait pourquoi. Il avait été excité par le spectacle du corps nu de Maisie, ces seins jeunes et fermes et cette toison rousse. Cette pensée lui laissa un mauvais goût dans la bouche, et elle repoussa Joseph.

Il n'avait pas l'air content. Elle voulait le voir en colère contre Hugh, pas contre elle : elle lui toucha donc le bras dans un geste de conciliation. « Plus tard, dit-elle. Je vous rejoindrai plus tard. »

Il accepta. « Hugh a de mauvais instincts, affirma-t-il. Il tient ça de mon frère.

— Il ne peut pas continuer à habiter ici après cet incident », déclara Augusta d'un ton qui ne souffrait pas la discussion.

Joseph n'était pas disposé à la contredire là-dessus.

« Sûrement pas.

— Vous devrez le congédier de la banque », poursuivit-elle.

Joseph prit un air buté. « Je vous prierais de ne pas décider de ce qui doit se passer à la banque.

— Joseph, il vient de vous insulter en amenant cette malheureuse fille dans la maison », dit-elle, utilisant l'euphémisme habituel pour désigner les prostituées.

Joseph vint s'asseoir à sa table de travail. « Je sais ce qu'il a fait. Je vous demande simplement de ne pas mélanger ce qui se passe à la maison et ce qui se passe à la banque. »

Elle décida pour le moment de battre en retraite. « Très bien. Je suis sûre que vous savez ce que vous faites. »

Cela le désarçonnait quand elle cédait de façon inattendue. « Je pense que je ferais mieux de lui signifier son congé, dit-il au bout d'un moment. J'imagine qu'il retournera chez sa mère à Folkestone. »

Augusta n'en était pas si sûre. Elle n'avait pas encore mis au point sa stratégie : elle réfléchissait. « Quel travail pourrait-il faire ?

— Je n'en sais rien. »

Augusta comprit qu'elle avait commis une erreur. Hugh serait encore plus dangereux s'il était au chômage : il ruminerait sa rancune s'il n'avait rien à faire. David Middleton ne l'avait pas encore contacté — peut-être Middleton ne savait-il pas encore que Hugh se trouvait à la baignade le jour fatal —, mais tôt ou tard il le ferait. Et elle s'énervait, regrettant de ne pas y avoir regardé à deux fois avant d'insister pour que Hugh fût congédié. Elle était furieuse contre elle-même.

Parviendrait-elle à faire encore une fois changer d'avis Joseph ? Il fallait bien essayer. « Peut-être que nous sommes trop durs avec lui », reprit-elle.

Il haussa les sourcils, étonné de ce soudain accès de miséricorde.

Augusta poursuivit. « Vous dites toujours qu'il a de grandes possibilités comme banquier. Peut-être est-ce peu judicieux de s'en priver. »

Joseph commençait à être agacé. « Augusta, qu'est-ce que vous voulez ? Décidez-vous ! »

Elle s'assit sur une petite chaise auprès du bureau. Elle retroussa légèrement sa chemise de nuit et allongea les jambes : elle avait encore de jolies jambes. Il les regarda et son expression s'adoucit.

Maintenant qu'elle avait détourné son attention, elle se creusait la tête. L'inspiration lui vint soudain. « Envoyez-le à l'étranger, dit-elle.

— Hein ? »

Plus elle y pensait, plus l'idée lui plaisait. Il serait hors d'atteinte de David Middleton, mais encore dans sa zone d'influence. « En Extrême-Orient ou en Amérique du Sud, dit-elle, de plus en plus contente de son projet. Dans un endroit où sa mauvaise conduite ne rejaillira pas directement sur ma maison. »

Joseph oublia l'irritation qu'elle avait déclenchée chez lui. « Ça n'est pas une mauvaise idée, murmura-t-il d'un ton songeur. Il y a une possibilité aux États-Unis. L'homme qui dirige notre agence de Boston a besoin d'un assistant. »

L'Amérique, ce serait parfait, songea Augusta. Elle était enchantée de sa brillante idée.

Mais, pour l'instant, Joseph se contentait d'envisager la chose. Elle voulait qu'il s'y engage vraiment. « Que Hugh parte le plus tôt possible, dit-elle. Je ne le veux pas sous mon toit un jour de plus.

— Il peut prendre son billet dans la matinée, déclara Joseph. Après cela, il n'a aucune raison de rester à Londres. Il peut aller à Folkestone dire adieu à sa mère et attendre chez elle jusqu'au départ du bateau. »

Et il ne verra pas David Middleton avant des années, pensa Augusta avec satisfaction. « Magnifique. Alors, c'est réglé. » Y avait-il d'autres obstacles ? Elle se souvint de Maisie. Est-ce que

Hugh tenait à elle ? Cela semblait peu probable, mais tout était possible. Peut-être allait-il refuser d'être éloigné d'elle. C'était une éventualité qui préoccupait Augusta. Hugh ne pouvait absolument pas emmener une traînée à Boston avec lui mais, d'un autre côté, il pourrait refuser de quitter Londres sans elle. Augusta se demanda si elle ne pourrait pas étouffer leur aventure dans l'œuf, à titre de simple précaution.

Elle se leva et franchit la porte qui communiquait avec sa chambre. Joseph eut l'air déçu. « Il faut que je me débarrasse de cette fille, dit-elle.

— Est-ce que je peux faire quelque chose ? »

La question la surprit. Ce n'était pas le genre de son mari de proposer son aide. Ce qu'il voulait, c'était revoir cette putain, songea-t-elle avec amertume. Elle secoua la tête. « Je vais revenir. Mettez-vous au lit.

— Très bien », dit-il à contrecœur.

Elle passa dans sa chambre et referma soigneusement la porte derrière elle.

Maisie s'était habillée et remettait son épingle à chapeau. Mrs. Merton repliait une robe bleu turquoise plutôt voyante et la fourrait dans un sac en papier. « Je lui ai prêté une de mes robes, la sienne est trempée, Madame », expliqua la gouvernante.

Voilà qui répondait à une petite question qui tracassait Augusta. Elle avait estimé invraisemblable de la part de Hugh de commettre un acte d'une stupidité aussi flagrante que de ramener une prostituée à la maison. Elle comprenait maintenant comment c'était arrivé : ils avaient été pris sous l'averse et Hugh avait fait entrer la femme pour qu'elle se sèche, et puis de fil en aiguille...

« Comment vous appelez-vous ? dit-elle à la fille.

— Maisie Robinson. Moi, je connais votre nom. »

Augusta constata qu'elle détestait Maisie Robinson. Elle ne savait pas très bien pourquoi : cette fille ne méritait guère des sentiments aussi violents. Cela tenait à son attitude quand elle était nue : si fière, si voluptueuse, si indépendante. « J'imagine que vous voulez de l'argent, déclara Augusta d'un ton méprisant.

— Vieille hypocrite, répliqua Maisie. Vous n'avez pas épousé ce mari riche et laid par amour. »

C'était la vérité, et ces paroles laissèrent Augusta sans voix. Elle avait sous-estimé cette jeune personne. Elle avait mal commencé, et il lui fallait maintenant se tirer de ce mauvais pas. Elle allait désormais traiter Maisie avec prudence. Elle avait là une occasion providentielle ; il ne s'agissait pas de la gâcher.

Elle avala sa salive et se contraignit à garder un ton neutre. « Voulez-vous vous asseoir un moment ? » fit-elle en désignant un fauteuil.

Maisie parut surprise mais, après un instant d'hésitation, elle prit un siège.

Augusta s'installa en face d'elle.

Il fallait amener la fille à renoncer à Hugh. Elle avait réagi par le mépris quand Augusta avait suggéré la possibilité d'acheter son silence, et Augusta répugnait à renouveler son offre : elle sentait qu'avec cette fille l'argent serait sans effet. Mais elle n'était manifestement pas non plus le genre à se laisser bousculer.

Augusta allait devoir lui faire croire qu'une séparation serait la meilleure solution aussi bien pour elle que pour Hugh. Ce serait d'autant plus efficace si Maisie pensait avoir eu elle-même l'idée de renoncer à Hugh. Et Augusta y parviendrait d'autant plus facilement en défendant la thèse opposée. Ça, c'était une bonne idée...

Augusta dit : « Si vous voulez l'épouser, je ne peux pas vous en empêcher. » La fille eut l'air étonnée, et Augusta se félicita de l'avoir prise au dépourvu.

« Qu'est-ce qui vous fait croire que je veux l'épouser ? » s'enquit Maisie. Augusta faillit éclater de rire. Elle avait envie de répondre : *Le fait que tu n'es qu'une intrigante petite croqueuse de diamants*, mais elle se contenta de dire : « Quelle jeune fille ne souhaiterait pas l'épouser ? Il est charmant et beau garçon et il vient d'une excellente famille. Il n'a pas de fortune, mais il est promis à un brillant avenir. »

Maisie plissa les yeux et dit : « On dirait presque que vous voudriez que je l'épouse. »

Augusta espérait donner précisément cette impression-là, mais elle marchait sur des œufs. Maisie était méfiante et semblait trop intelligente pour se laisser facilement duper. « Ne nous faisons pas d'illusion, Maisie, reprit-elle. Pardonnez-moi d'être aussi brutale, mais aucune femme de la classe à laquelle j'appartiens ne souhaiterait voir un homme de sa famille se marier si bas au-dessous de sa condition. »

Maisie ne manifesta aucun ressentiment. « Elle le pourrait si elle le détestait suffisamment. » Encouragée, Augusta continua à la mener en bateau. « Mais je ne déteste pas Hugh, protesta-t-elle. Qu'est-ce qui vous a donné cette idée-là ?

— Lui. Il m'a dit que vous le traitiez en parent pauvre et que vous vous assuriez que tout le monde en faisait autant.

— Comme les gens peuvent être ingrats. Mais pourquoi souhaiterais-je ruiner sa carrière ?

— Parce qu'il fait un repoussoir de votre connard de fils Edward. »

Une vague de colère saisit Augusta. Une fois de plus, Maisie s'était dangereusement approchée de la vérité. Certes, Edward n'avait pas l'astuce de bas étage de Hugh, mais Edward était un délicieux jeune homme de bonne famille et Hugh qu'un malappris. « Je crois que vous feriez mieux de ne pas mentionner le nom de mon fils », fit Augusta d'une voix sourde.

Maisie eut un sourire narquois. « On dirait que j'ai touché un point sensible. » Aussitôt elle redevint grave.

« Alors c'est ça, votre jeu. Eh bien, je ne veux pas y jouer.

— Que voulez-vous dire ? » l'interrogea Augusta. Des larmes apparurent soudain dans les yeux de Maisie. « J'aime trop Hugh pour causer sa perte. »

Augusta fut surprise et ravie de découvrir une telle passion chez Maisie. Malgré un mauvais départ, l'affaire progressait de façon satisfaisante. « Qu'allez-vous faire ? » demanda Augusta.

Maisie s'efforçait de retenir ses larmes. « Je ne le verrai plus. Vous pouvez encore le détruire, mais sans mon aide.

— Il va peut-être vous courir après.

— Je vais disparaître. Il ne sait pas où j'habite. J'éviterai les endroits où il pourrait me chercher. » Excellent plan, pensa Augusta. Il suffira de l'appliquer quelque temps puis il partira pour l'étranger, sera absent des années, peut-être pour toujours. Mais elle ne dit rien. Elle avait amené Maisie à la conclusion qui s'imposait, et la fille, maintenant, n'avait plus besoin qu'on l'aide.

Maisie s'essuya le visage sur sa manche. « Je ferais mieux de partir maintenant, avant qu'il revienne avec le docteur. » Elle se leva. « Merci de m'avoir prêté votre robe, Mrs. Merton. »

La gouvernante lui ouvrit la porte. « Je vais vous raccompagner.

— Cette fois nous allons prendre l'escalier de service, s'il vous plaît, dit Maisie. Je ne veux pas... » Elle s'arrêta, avala sa salive et continua d'une voix qui était presque un murmure : « Je ne veux pas revoir Hugh. »

Puis elle sortit.

Mrs. Merton la suivit et referma la porte.

Augusta poussa un long soupir. Elle avait réussi. Elle avait donné un coup d'arrêt à la carrière de Hugh, neutralisé Maisie Robinson et écarté le danger que pouvait présenter David

Middleton : tout cela en une seule nuit. Maisie avait été une redoutable adversaire, mais au bout du compte elle s'était révélée trop émotive.

Augusta savoura quelques instants son triomphe, puis se rendit dans la chambre d'Edward. Il était assis dans son lit, à boire du cognac à petites gorgées. Il avait le nez meurtri, avec du sang séché tout autour, et il semblait s'apitoyer sur son sort. « Mon pauvre garçon », dit Augusta. Elle s'approcha de la table de nuit, mouilla un coin de serviette, puis s'assit sur le lit pour lui essuyer le sang qu'il avait sur la lèvre supérieure. Il tressaillit. « Pardon ! » fit-elle.

Il lui sourit. « Non, mère, c'est très bien. Continuez. Ça calme. » Tandis qu'elle le nettoyait, le docteur Humbold entra, suivi de Hugh. « Alors, jeune homme, dit le médecin d'un ton enjoué, on s'est battu ? »

Augusta se rebiffa à cette idée. « Absolument pas, le reprit-elle d'un ton pincé. Il a été attaqué. »

Humbold était consterné. « D'accord, d'accord », marmonna-t-il.

Hugh demanda : « Où est Maisie ? »

Augusta n'avait aucune envie de parler de Maisie devant le docteur. Elle se leva et prit Hugh à part. « Elle est partie.

— Vous l'avez renvoyée ? » interrogea-t-il.

Augusta aurait bien voulu lui dire de ne pas lui parler sur ce ton, mais elle décida qu'elle n'avait rien à gagner en le mettant en colère : la victoire qu'elle avait remportée sur lui était déjà totale, même s'il n'en savait rien. Elle répondit d'un ton conciliant : « Si je l'avais jetée dehors, tu ne crois pas qu'elle t'aurait attendu dans la rue ? Non, elle est partie de son plein gré et elle a dit qu'elle t'écrirait demain.

— Mais elle m'avait assuré qu'elle serait encore ici quand je reviendrais avec le docteur.

— Alors, elle a changé d'avis. Tu n'as jamais vu une fille de son âge faire ça ? »

Hugh avait l'air troublé : il ne savait plus quoi dire.

Augusta ajouta : « Sans nul doute, elle souhaitait se tirer le plus vite possible de la situation embarrassante dans laquelle tu l'avais plongée. »

Cette explication lui parut plausible. « J'imagine que vous l'avez mise si mal à l'aise qu'elle n'a pas pu supporter de rester à la maison.

— En voilà assez, le coupa-t-elle d'un ton sévère. Je n'ai pas envie d'entendre tes opinions. Ton oncle Joseph te verra à la première heure demain matin, avant que tu partes pour la banque. Maintenant, bonne nuit. »

Un moment, il eut l'air de vouloir discuter. Mais, en fait, il n'avait rien à ajouter. « Très bien », murmura-t-il enfin. Il repartit dans sa chambre.

Augusta retourna auprès d'Edward. Le docteur refermait sa trousse. « Pas de vrai dommage, dit-il. Son nez va être sensible pendant quelques jours, il aura peut-être un œil au beurre noir demain ; mais il est jeune et ça cicatrisera rapidement.

— Merci, docteur. Hastead va vous raccompagner.

— Bonne nuit. » Augusta se pencha sur le lit et embrassa Edward. « Bonne nuit, Teddy chéri. Dors maintenant.

— Très bien, mère chérie. Bonne nuit. »

Elle avait encore une tâche à accomplir.

Elle descendit l'escalier et gagna la chambre de Joseph. Elle espérait qu'il se serait endormi en l'attendant, mais il était assis dans son lit à lire le *Pall Mall Gazette*. Il le reposa aussitôt et souleva les couvertures pour la laisser entrer.

Il l'étreignit aussitôt. Il faisait grand jour dans la pièce : l'aube s'était levée sans qu'Augusta s'en aperçoive. Elle ferma les yeux.

Il la pénétra rapidement. Elle passa les bras autour de lui et réagit à ces mouvements. Elle se revoyait à seize ans, allongée au bord de l'eau dans une robe rose framboise avec un chapeau de paille, se faire embrasser par le jeune comte de Strang. Seulement, dans son esprit, il ne se contentait pas de l'embrasser : il soulevait ses jupes et lui faisait l'amour sous le brûlant soleil, tandis que la rivière clapotait à leurs pieds...

Quand ce fut terminé, elle resta un moment allongée auprès de Joseph, réfléchissant à sa victoire.

« Quelle nuit extraordinaire, murmura-t-il d'un ton ensommeillé.

— Oui, dit-elle. Cette horrible fille.

— Hmmm, grommela-t-il. D'une beauté remarquable... Arrogante et volontaire... Elle ne se prend pas pour une moins que rien... Très jolie silhouette... Tout comme vous à cet âge. »

Augusta était mortellement vexée. « Joseph ! fit-elle. Comment pouvez-vous dire une chose aussi horrible... »

Il ne répondit pas : elle constata qu'il s'était endormi.

Furieuse, elle rejeta les couvertures, se glissa hors du lit et sortit à grands pas de la chambre.

Cette nuit-là, elle ne retrouva pas le sommeil.

6

Micky Miranda occupait à Camberwell deux pièces, de la maison d'une veuve qui avait un grand fils. Aucun de ses amis de la haute société n'était jamais venu lui rendre visite, pas même Edward Pilaster. Micky jouait son rôle de jeune mondain avec un budget très serré : être élégamment logé était un luxe dont il pouvait se passer.

Chaque matin, à neuf heures, la propriétaire apportait du café et des petits pains chauds pour Papa et pour lui. Pendant le petit déjeuner, Micky expliqua comment il avait fait perdre à Tonio Silva cent livres qu'il n'avait pas. Il ne s'attendait pas à entendre son père chanter ses louanges, mais il espérait quand même un vague hommage rendu à son ingéniosité. Papa, toutefois, n'avait pas l'air impressionné. Il souffla sur son café et en but bruyamment une gorgée. « Alors, il est retourné au Cordovay ?

— Pas encore, mais il va le faire.

— C'est ce que tu espères. Te donner tant de mal et tu ne fais encore qu'*espérer* qu'il va s'en aller. »

Micky se sentit blessé. « Je vais régler son sort aujourd'hui, protesta-t-il.

— Quand j'avais ton âge...

— Tu lui aurais tranché la gorge, je sais. Mais nous sommes à Londres et pas dans la province de Santamaria : si je me mets à couper la gorge des gens, on me pendra.

— Il y a pourtant des fois où on n'a pas le choix.

— Il y en a d'autres où mieux vaut avancer prudemment, Papa. Pensez à Samuel Pilaster et à son prêchi-prêcha sur les trafics d'armes. J'ai réussi à l'écarter de notre route sans effusion de sang, n'est-ce pas ? » En fait, c'était Augusta qui y était parvenue, mais Micky ne l'avait pas dit à Papa.

« Je ne sais pas, fit Papa avec obstination. Quand est-ce que j'aurai les fusils ? »

C'était un sujet délicat. Le vieux Seth était toujours vivant, toujours président de la banque Pilaster. On était en août. En septembre, les neiges d'hiver allaient commencer à fondre sur les montagnes de Santamaria. Papa voulait rentrer au pays — avec ses armes. Sitôt Joseph devenu chef de maison, Edward ferait accepter l'affaire, et les fusils seraient expédiés. Mais le vieux Seth se cramponnait avec un entêtement exaspérant à son poste et à sa vie.

« Vous les aurez bientôt, Papa, assura Micky. Seth ne peut pas durer encore bien longtemps.

— Bien », dit Papa avec l'air satisfait de celui qui l'a emporté dans une discussion.

Micky se beurra un petit pain. Ç'avait toujours été ainsi. Malgré tous ses efforts, il n'arrivait jamais à contenter son père.

Il pensa à la journée qui l'attendait. Tonio, maintenant, devait de l'argent qu'il ne pourrait jamais rembourser. L'étape suivante était de transformer un problème en crise. Il voulait voir Edward et Tonio se quereller en public. S'il pouvait arranger cela, le déshonneur de Tonio deviendrait de notoriété publique : il serait contraint de démissionner de son poste et de rentrer au Cordovay. Voilà qui le mettrait à bonne distance de David Middleton.

Micky voulait arriver à tout cela sans se faire un ennemi de Tonio. Car il avait un autre objectif : il voulait sa place. Tonio pourrait compliquer les choses, si l'envie l'en prenait, en disant du mal de Micky à l'ambassadeur. Micky voulait le persuader de préparer le terrain pour lui.

L'histoire de ses rapports avec Tonio compliquait l'affaire. Au collège, Tonio le détestait et le redoutait. Plus récemment, il s'était mis à l'admirer. Micky avait besoin maintenant de devenir son meilleur ami — alors même qu'il allait gâcher sa vie.

Micky méditait sur la journée délicate qu'il avait devant lui quand on frappa à la porte de la chambre : la propriétaire venait lui annoncer un visiteur. Quelques instants plus tard, Tonio entra.

Micky avait prévu d'aller le voir après le petit déjeuner. Voilà qui lui éviterait cette peine.

« Assieds-toi, prends un peu de café, dit-il avec entrain. Quelle malchance hier soir ! Enfin, gagner, perdre, c'est ça, les cartes. »

Tonio s'inclina devant Papa et s'assit. Il avait l'air de ne pas avoir fermé l'œil. « J'ai perdu plus que je n'en ai les moyens », déclara-t-il.

Papa eut un grognement d'impatience. Il ne supportait pas les gens qui s'apitoyaient sur leur sort, et d'ailleurs il méprisait la famille Silva : des citadins qui n'avaient pas de tripes et qui vivaient grâce à des protections et à la corruption.

Micky fit semblant de compatir et dit gravement : « Je suis désolé d'entendre cela.

— Tu sais ce que ça veut dire. Dans ce pays, un homme qui ne paie pas ses dettes de jeu n'est pas un gentleman. Et un homme qui n'est pas un gentleman ne peut pas être un diplomate. Je vais sans doute être obligé de donner ma démission et de rentrer au pays. »

Exactement, pensa Micky, mais il murmura d'une voix consternée : « Je vois bien le problème. »

Tonio poursuivit. « Tu sais comment sont ces gens sur ces sujets-là : si on ne rembourse pas le lendemain, on est déjà suspect. Mais il me faudrait des années pour payer cent livres. C'est pourquoi je suis venu te trouver.

— Je ne comprends pas, dit Micky, qui comprenait parfaitement.

— Voudrais-tu me prêter l'argent ? supplia Tonio. Tu es un Cordovayen, toi, pas comme ces Anglais : tu ne condamnes pas un homme sur une seule erreur. Et je finirai par te rembourser.

— Si j'avais l'argent, dit Micky, je te le donnerais. J'aimerais bien que nous soyons aussi aisés. »

Tonio regarda Papa, qui le dévisagea froidement et se contenta de dire : « Non. »

Tonio baissa la tête. « C'est si bête de jouer comme ça, poursuivit-il d'une voix creuse. Je ne sais pas ce que je vais faire. Si je rentre chez moi déshonoré, je ne supporterai pas d'affronter ma famille.

— Peut-être, dit Micky d'un ton songeur, peut-être y a-t-il autre chose que je puisse faire pour t'aider. »

Le visage de Tonio s'illumina. « Oh, je t'en prie, n'importe quoi !

— Edward et moi sommes de bons amis, comme tu le sais. Je pourrais plaider en ta faveur, expliquer les circonstances et lui demander d'être indulgent — comme un service personnel.

— Tu ferais ça ? s'exclama Tonio, soudain empli d'espoir.

— Je vais lui demander d'attendre son argent et de n'en parler à personne. Attention, je ne te promets pas qu'il va accepter. Les Pilaster ont de l'argent à ne savoir qu'en faire mais ils ont la tête dure. Je vais quand même essayer. »

Tonio étreignit la main de Micky. « Je ne sais pas comment te remercier, dit-il avec ferveur. Je n'oublierai jamais cela.

— Ne te fais pas trop d'illusions.

— Je ne peux pas m'en empêcher. J'étais au fond du désespoir et tu m'as donné une raison de tenir le coup. » Tonio avait l'air tout penaud et ajouta : « Ce matin, j'ai pensé à me suicider. Je traversais le pont de Londres et j'allais me jeter dans le fleuve. »

Léger grognement de Papa, qui estimait manifestement que ç'aurait été la meilleure solution.

Micky s'empressa de dire : « Dieu merci, tu as changé d'avis. Maintenant, je ferais mieux de passer à la banque Pilaster pour parler à Edward.

— Quand est-ce que je te verrai ?

— Tu seras au club à l'heure du déjeuner ?

— Bien sûr, si tu veux que j'y aille.

— Alors, rendez-vous là-bas.

— Entendu. » Tonio se leva. « Je vais te laisser finir ton petit déjeuner et...

— Ne me remercie pas », dit Micky. D'un geste, il lui fit signe de se taire. « Ça porte malheur. Attends et espère.

— Oui. Très bien. » Tonio s'inclina de nouveau devant Papa. « Au revoir, señor Miranda. » Il sortit.

« Stupide garçon, marmonna Papa.

— Complètement idiot », renchérit Micky.

Micky passa dans la pièce voisine pour s'habiller : chemise blanche à col droit bien raide avec les manchettes empesées, pantalon chamois, cravate de chasse en satin noir qu'il se donna la peine de nouer à la perfection et redingote noire croisée. Ses chaussures étaient impeccablement cirées et ses cheveux luisants d'huile de Macassar. Il s'habillait toujours avec élégance mais de façon classique : jamais il n'aurait porté un de ces cols rabattus qui étaient à la mode aujourd'hui, pas plus qu'il n'aurait arboré un monocle, à la façon d'un dandy. Les Anglais étaient toujours prêts à croire qu'un étranger était une canaille, et il prenait grand soin de ne leur donner aucune occasion de le penser.

Laissant Papa s'occuper tout seul pour la journée, il sortit et traversa le pont afin de gagner le quartier des affaires, qu'on appelait la City parce qu'il occupait les deux kilomètres carrés et demi de l'ancienne cité romaine de Londres. La circulation était totalement paralysée autour de la cathédrale Saint Paul : attelages, omnibus, haquets de brasseur, fiacres et charrettes de marchands des quatre-saisons se disputaient la chaussée tandis qu'on poussait un énorme troupeau de moutons vers le marché à la viande de Smithfield.

La banque Pilaster était un grand immeuble neuf avec une longue façade classique et une imposante entrée flanquée de grosses colonnes cannelées. Il était midi passé de quelques minutes quand Micky franchit les doubles portes pour pénétrer dans le hall. Edward arrivait rarement au bureau avant dix heures, mais on parvenait en général à le persuader de venir déjeuner dès que midi avait sonné.

Micky s'approcha d'un des huissiers et lui demanda : « Ayez la bonté de dire à Mr. Edward Pilaster que Mr. Miranda est en bas.

— Très bien, monsieur. »

Ici, plus que nulle part ailleurs, Micky enviait les Pilaster. Le moindre détail proclamait leur richesse et leur puissance : le sol de marbre bien astiqué, les somptueux lambris, les voix étouffées, le crissement des plumes sur les registres et surtout les huissiers trop bien nourris et trop bien habillés. Tout cet espace et tout ce personnel servaient au fond à compter l'argent de la famille Pilaster. Personne ici n'élevait de bétail, n'extrayait de nitrate ni ne construisait de voies ferrées : c'étaient d'autres, très loin, qui faisaient le travail. Les Pilaster se contentaient de regarder l'argent se multiplier. Cela semblait à Micky la meilleure vie possible maintenant qu'on avait aboli l'esclavage.

Il y avait aussi quelque chose de faux dans l'atmosphère qui régnait en ces lieux : grave et digne, comme celle d'une église, la résidence d'un président ou un musée. Les Pilaster n'étaient jamais que des prêteurs d'argent, mais ils se comportaient comme si percevoir des intérêts était une vocation aussi noble que la prêtrise.

Au bout de quelques minutes, Edward apparut — avec le nez tuméfié et un œil au beurre noir. Micky haussa les sourcils.

« Mon cher ami, qu'est-ce qu'il t'est arrivé ?

— Je me suis battu avec Hugh.

— A propos de quoi ?

— Je lui ai dit son fait pour avoir amené une putain à la maison et il s'est mis en colère. »

L'idée vint à Micky que cela avait peut-être donné à Augusta l'occasion qu'elle cherchait de se débarrasser de Hugh. « Qu'est-il advenu de Hugh ?

— Tu ne vas pas le revoir de sitôt. On l'a envoyé à Boston. »

Bien joué, Augusta, se dit Micky. Ce serait un joli coup si on pouvait le même jour régler le sort à la fois de Hugh et de Tonio. Il reprit : « Je pense que ça ne te ferait pas de mal de prendre une coupe de champagne et d'aller déjeuner.

— Excellente idée. »

Ils quittèrent la banque et se dirigèrent vers l'ouest. Inutile de prendre un fiacre ici car les rues étaient bloquées par les moutons, et les voitures n'avançaient pas. Ils passèrent devant le marché à la viande, la destination des moutons. La puanteur des abattoirs était insupportable, à vous soulever le cœur. De la rue, on précipitait les moutons par une trappe dans l'abattoir souterrain. La violence de la chute suffisait à leur briser les pattes, ce qui les immobilisait jusqu'au moment où le tueur était prêt à les égorger. « Il y a de quoi vous dégoûter du mouton pour le restant de vos jours », dit Edward tandis qu'ils se couvraient le visage de leurs mouchoirs. Micky songea qu'il en faudrait bien plus que cela pour couper l'appétit à Edward.

Une fois sortis de la City, ils hélèrent un fiacre et se firent conduire à Pall Mall. Dès qu'ils furent en route, Micky attaqua le discours qu'il avait préparé. Il commença en disant : « Je ne supporte pas les types qui font courir des rumeurs sur la mauvaise conduite des autres.

— Oui, fit Edward d'un ton vague.

— Mais quand il s'agit de vos amis, on se sent plus ou moins obligé de dire quelque chose.

— Hmm. » De toute évidence, Edward ne savait absolument pas de quoi Micky voulait parler.

« Je ne voudrais à aucun prix que tu croies que je me suis tu simplement parce qu'il s'agissait d'un de mes compatriotes. »

Il y eut un moment de silence, puis Edward dit : « Je ne te suis pas très bien.

— Je parle de Tonio Silva.

— Ah oui. J'imagine qu'il n'a pas les moyens de payer ce qu'il me doit.

— Ridicule. Je connais sa famille. Presque aussi riche que la tienne. » Micky n'avait pas peur de débiter ce mensonge éhonté : à Londres, on n'avait aucune idée de ce que pouvait être la richesse des familles sud-américaines.

Edward fut surpris. « Seigneur. Je croyais que c'était tout le contraire.

— Absolument pas. Il en a tout à fait les moyens. C'est ce qui aggrave la chose.

— Quoi ? Qu'est-ce que ça aggrave ? »

Micky poussa un grand soupir. « J'ai bien peur qu'il n'ait pas la moindre intention de te payer. Et il se promène partout en s'en vantant : il proclame que tu n'es pas assez courageux pour le faire payer. »

Edward devint tout rouge. « Bon sang, il a dit ça ! Pas assez courageux ! Nous allons voir ça.

— Je l'ai prévenu de ne pas te sous-estimer. Je lui ai dit que je craignais que tu ne supportes pas d'être ridiculisé. Mais il n'a tenu aucun compte de mes conseils.

— La canaille. Eh bien, s'il ne veut pas écouter de sages conseils, il va peut-être être obligé de découvrir plus rudement la vérité.

— C'est dommage », dit Micky.

Edward pestait en silence.

Micky frémissait d'impatience tandis que le fiacre se traînait sur le Strand. Tonio devait maintenant être au club. Edward était juste dans l'humeur qu'il fallait pour se quereller. Tout s'annonçait bien.

La voiture s'arrêta enfin devant le club. Micky attendit pendant qu'Edward réglait la course. Ils entrèrent. Au vestiaire, au milieu d'un groupe de gens en train d'accrocher leurs chapeaux, ils tombèrent sur Tonio.

Micky était crispé. Il avait tout mis en place : il ne pouvait maintenant que croiser les doigts en espérant que le drame qu'il avait imaginé allait se dérouler comme prévu.

Tonio surprit le regard d'Edward, prit un air gêné et dit : « Ça alors... Bonjour, vous deux. »

Micky regarda Edward. Son visage était congestionné, et il avait les yeux hors de la tête. Il lança : « Dis-moi un peu, Silva. »

Tonio le dévisagea d'un air craintif. « Qu'y a-t-il, Pilaster ?

— A propos de ces cent livres », continua Edward d'une voix forte.

Le silence se fit soudain dans la pièce. Plusieurs personnes se retournèrent. Deux hommes qui s'apprêtaient à sortir s'arrêtèrent sur le seuil et se retournèrent pour regarder. C'était mal élevé de parler d'argent, et un gentleman ne le faisait que dans des circonstances extrêmes. Tout le monde savait qu'Edward Pilaster avait de l'argent à ne savoir qu'en faire, il avait donc manifestement une autre raison de faire allusion en public à la dette de Tonio. Les assistants flairaient un scandale.

Tonio devint blanc. « Oui ?

— Tu peux me les rendre aujourd'hui, dit brutalement Edward, si cela t'arrange. »

Un défi avait été lancé. Beaucoup de gens connaissaient l'existence de la dette ; inutile donc d'en discuter. En tant que gentleman, Tonio n'avait qu'une solution. Il devait répondre : *Absolument. Si c'est important, tu vas avoir ton argent immédiatement. Montons, je vais te faire un chèque — ou bien veux-tu que nous allions jusqu'à ma banque au coin de la rue?* S'il n'agissait pas ainsi, tout le monde saurait qu'il ne pouvait pas payer et il allait se retrouver au ban de la société.

Micky observait la scène, horrifié et fasciné. Tout d'abord une expression d'affolement se peignit sur le visage de Tonio et Micky se demanda un instant s'il n'allait pas avoir un geste insensé. Puis la peur céda la place à la colère. Il ouvrit la bouche pour protester, mais aucun mot ne sortit. Il écarta les mains dans un geste suppliant, mais il y renonça rapidement aussi. Son visage, finalement, se chiffonna comme celui d'un enfant qui va se mettre à pleurer. Là-dessus, il tourna les talons et partit en courant. Les deux hommes qui se trouvaient sur le pas de la porte s'écartèrent : il traversa le hall à toutes jambes et déboucha dans la rue sans son chapeau.

Micky était aux anges : tout s'était admirablement passé.

Dans le vestiaire, les hommes toussotaient et s'agitaient pour masquer leur embarras. Un membre plus âgé murmura :

« C'était un peu dur, Pilaster.

— Il le méritait, s'empressa de commenter Micky.

— Sans doute, sans doute », répondit leur aîné.

Edward dit : « Il me faut un verre.

— Commande un cognac pour moi, lui demanda Micky, veux-tu ? Je ferais mieux de courir après Silva pour m'assurer qu'il ne se jette pas sous les roues d'un omnibus. » Il se précipita dehors. Il en arrivait maintenant à la partie la plus subtile de son plan : il lui fallait persuader l'homme dont il venait de gâcher l'existence qu'il était son meilleur ami.

Tonio marchait à grands pas en direction de Saint James, sans regarder où il allait, bousculant les gens. Micky courut pour le rattraper. « Tu sais, Silva, je suis absolument navré. »

Tonio s'arrêta. Ses joues ruisselaient de larmes. « Je suis perdu, dit-il. Tout est fichu.

— Pilaster ne m'a carrément pas écouté, mentit Micky. J'ai fait de mon mieux...

— Je sais. Je te remercie.

— Ne me remercie pas. J'ai échoué.

— Mais tu as essayé. J'aimerais pouvoir faire quelque chose pour te montrer ma reconnaissance. »

Micky hésita en pensant : *Est-ce que j'ose lui demander la place, là, tout de suite?* Il décida de choisir l'audace. « En fait, oui... mais nous devrions en parler une autre fois.

— Non, dis-moi maintenant.

— Ça me gêne. Attendons un autre jour.

— Je ne sais pas combien de jours j'ai encore à passer ici. De quoi s'agit-il ?

— Eh bien... » Micky prit un air embarrassé. « Je suppose que l'ambassadeur du Cordovay finira par chercher quelqu'un pour te remplacer.

— Il lui faudra quelqu'un tout de suite. » La compréhension se lut sur le visage mouillé de larmes de Tonio. « Bien sûr..., c'est toi qui devrais avoir le poste ! Tu serais parfait !

— Si tu pouvais glisser un mot...

— Je vais faire mieux que ça. Je lui dirai combien tu m'as aidé et comment tu as essayé de me tirer du pétrin dans lequel je me suis mis. Je suis sûr qu'il voudra bien te nommer.

— Je regrette de bénéficier de tes ennuis, dit Micky. J'ai l'impression de me conduire comme un salaud.

— Pas du tout. » Tonio prit dans les siennes la main de Micky. « Tu es un véritable ami. »

Chapitre cinq

Septembre

1

Dorothy, six ans, la sœur de Hugh, pliait les chemises de son frère et les rangeait dans sa malle. A peine serait-elle couchée, il le savait, qu'il devrait toutes les retirer et recommencer car elle ne savait absolument pas les plier. Mais il faisait semblant de trouver qu'elle s'y prenait très bien et il l'encourageait.

« Parle-moi encore de l'Amérique, fit-elle.

— L'Amérique est si loin que le matin le soleil met quatre heures pour aller jusque là-bas.

— Les gens restent au lit toute la matinée ?

— Oui... Et puis ils se lèvent à l'heure du déjeuner et prennent leur petit déjeuner ! »

Elle se mit à rire. « Ils sont paresseux.

— Pas vraiment. Tu comprends, il ne fait pas noir avant minuit, alors ils doivent travailler toute la soirée.

— Et ils se couchent tard ! J'aimerais bien me coucher tard. Ça me plairait, l'Amérique. Pourquoi est-ce que je ne peux pas partir avec toi ?

— J'aimerais bien, Dotty. » Hugh se sentait un peu mélancolique : il ne reverrait pas sa petite sœur pendant des années. Quand il reviendrait, elle aurait changé. Elle comprendrait les fuseaux horaires.

La pluie de septembre tambourinait sur les carreaux et, dans la baie, le vent cinglait les vagues, mais ici il y avait un bon feu de charbon et un confortable tapis devant la cheminée. Hugh emballa quelques livres : *Méthode commerciale moderne, Tout pour réussir dans le commerce, La Fortune des nations, Robinson Crusoé.* Les anciens parmi les employés de la banque Pilaster méprisaient ce qu'ils appelaient « apprendre dans les livres », et se plaisaient à dire que l'expérience était le meilleur professeur, mais ils avaient tort : Hugh avait pu comprendre extrêmement rapidement le fonctionnement des différents services parce qu'il avait préalablement étudié la théorie.

Il allait gagner une Amérique secouée par la crise. Au début des années 1870, plusieurs banques avaient consenti de larges prêts garantis par des actions sur les chemins de fer et, quand la construction des voies ferrées avait connu des difficultés au milieu de 1873, les banques avaient commencé à être ébranlées. Voilà quelques jours, Jay Cooke and Co., les agents du gouvernement américain, avaient fait faillite, entraînant avec eux la First National Bank de Washington : la nouvelle était parvenue à Londres le même jour par le câble du télégraphe transatlantique. Cinq banques de New York étaient maintenant en cessation de paiement, y compris l'Union Trust Company — une grosse banque — et la Mechanic's Banking Association, un établissement qui existait depuis des années. La Bourse avait fermé ses portes. Des affaires allaient sombrer, des milliers de gens se retrouver sans travail. Le commerce allait en souffrir et la filiale américaine de Pilaster allait réduire ses effectifs et ses activités ; il serait donc plus difficile pour Hugh de se faire une réputation.

La crise avait eu jusque-là peu d'impact à Londres. Le taux bancaire était monté d'un point, pour atteindre quatre pour cent, et une petite banque londonienne étroitement liée aux États-Unis avait fait faillite, mais il n'y avait pas de panique. Malgré tout, le vieux Seth affirmait que les ennuis allaient venir. Il était très affaibli maintenant. Il s'était installé dans la maison d'Augusta et passait presque toutes ses journées au lit. Mais il refusait obstinément de démissionner : il voulait rester à la barre jusqu'au moment où la banque Pilaster serait sortie de la tempête.

Hugh se mit à plier ses vêtements. La banque lui avait payé deux costumes neufs : il soupçonnait sa mère d'avoir persuadé son grand-père d'en donner l'autorisation. Le vieux Seth était aussi radin que les autres Pilaster, mais il avait un faible pour la mère de Hugh : en fait, c'était la petite pension que lui versait Seth qui avait permis à celle-ci de vivre pendant toutes ces années.

La mère de Hugh avait insisté aussi pour qu'on lui accordât quelques semaines de congé avant son départ, afin de lui laisser plus de temps pour se préparer et faire ses adieux. Elle ne l'avait pas beaucoup vu depuis qu'il avait commencé à travailler à la banque — il ne pouvait pas s'offrir très souvent le billet de train pour Folkestone —, et elle voulait jouir d'un peu de temps avec lui avant qu'il quitte le pays. Ils avaient passé ici le plus clair du mois d'août, au bord de la mer, tandis qu'Augusta et sa famille étaient en vacances en Écosse. Les vacances touchaient maintenant à leur fin. C'était le moment de partir, et Hugh faisait ses adieux à sa mère.

Il pensait à elle quand elle entra dans la pièce. Elle était veuve depuis huit ans, mais elle portait toujours le deuil. Elle ne semblait pas vouloir se remarier, et pourtant elle aurait pu le faire sans mal : elle était encore belle, avec de beaux yeux gris et une magnifique chevelure blonde.

Il savait qu'elle était triste à l'idée de ne pas le revoir pendant des années. Mais elle n'en avait pas parlé : elle préférait partager l'excitation de son fils et son impatience à affronter le défi d'un pays nouveau.

« Dorothy, dit-elle, c'est presque l'heure d'aller te coucher. Va te mettre en chemise de nuit. » Sitôt que Dotty fut sortie de la pièce, mère se mit à replier les chemises de Hugh.

Il aurait voulu lui parler de Maisie, mais il était intimidé. Augusta, il le savait, avait écrit à sa mère. Elle aurait pu aussi être mise au courant par d'autres membres de la famille à l'occasion d'un de ses rares voyages à Londres. Le récit qu'on lui avait fait pourrait bien être fort éloigné de la vérité. Au bout d'un moment, il se lança : « Mère...

— Qu'y a-t-il, mon chéri ?

— Tante Augusta ne dit pas toujours la vérité.

— Inutile d'être si poli, dit-elle avec un sourire amer. Voilà des années qu'Augusta raconte des mensonges sur ton père. »

Hugh fut stupéfait de sa franchise. « Croyez-vous que ce soit elle qui a dit aux parents de Florence Stalworthy que c'était un joueur ?

— J'en suis malheureusement tout à fait sûre.

— Pourquoi est-elle comme ça ? »

Sa mère reposa la chemise qu'elle était en train de plier et resta songeuse une minute. « Augusta était une très belle jeune fille, dit-elle. Sa famille fréquentait le temple méthodiste de Kensington, et c'est ainsi que nous les avons connus. Elle était fille unique, volontaire et gâtée. Ses parents n'avaient rien d'extraordinaire : son père était un employé de magasin qui avait fondé sa propre affaire et qui s'était retrouvé avec trois petites épiceries dans la banlieue ouest de Londres. Mais de toute évidence Augusta visait plus haut. »

Elle s'approcha de la fenêtre ruisselante de pluie et regarda dehors : ce n'était pas la Manche en tempête qu'elle voyait, mais le passé. « Elle avait dix-sept ans quand le comte de Strang est tombé amoureux d'elle. C'était un garçon charmant — avenant, gentil, bien né et riche. Ses parents naturellement furent horrifiés à l'idée qu'il allait épouser la fille d'un épicier. Toutefois, elle était très belle et même alors, malgré sa jeunesse, elle avait une dignité qui pouvait l'aider dans la plupart des situations mondaines.

— Étaient-ils fiancés ? demanda Hugh.

— Pas officiellement. Mais tout le monde supposait que c'était à prévoir. Et puis un épouvantable scandale a éclaté. On a accusé le père d'Augusta d'utiliser systématiquement des balances truquées dans ses magasins. Un employé qu'il avait congédié l'a dénoncé à la Chambre de commerce. On a dit qu'il escroquait même l'Église qui lui achetait du thé pour les groupes d'études de la Bible du mardi soir, etc. Il risquait d'aller en prison. Il a tout nié avec véhémence, et au bout du compte tout cela a tourné en eau de boudin. Mais Strang a quitté Augusta.

— Elle a dû avoir le cœur brisé.

— Non. Pas du tout. Elle était folle de rage. Toute sa vie elle avait pu en faire à sa tête. Elle voulait maintenant Strang plus qu'elle n'avait jamais rien voulu — et elle ne pouvait pas l'avoir.

— Et elle a épousé oncle Joseph par dépit.

— Je dirais qu'elle l'a épousé dans une crise de colère. Il était son aîné de sept ans, ce qui est beaucoup quand on en a dix-sept ; et il n'était guère plus beau alors qu'aujourd'hui. Mais il était très riche, encore plus riche que Strang. Il faut rendre cette justice à Augusta, elle a fait tout son possible pour être une bonne épouse. Mais Joseph ne sera jamais Strang, et elle en est encore furieuse.

— Qu'est-il arrivé à Strang ?

— Il a épousé une comtesse française et il est mort dans un accident de chasse.

— Je plains presque Augusta.

— Ce qu'elle a ne lui suffit jamais, elle en veut toujours plus : davantage d'argent, une plus grosse situation pour son mari, une position mondaine plus élevée pour elle-même. Si elle est aussi ambitieuse — pour elle, pour Joseph et pour Edward —, c'est qu'elle regrette encore ce que Strang aurait pu lui donner : titre, demeure ancestrale, vie de loisirs sans fin, richesse sans travailler. Mais ce n'est pas ce que Strang lui offrait réellement. Il lui offrait l'amour. Voilà ce qu'elle a vraiment perdu. Et rien ne compensera jamais cela. »

C'était la première fois que Hugh avait une conversation aussi intime avec sa mère. Cela l'encouragea à lui ouvrir son cœur. « Mère, commença-t-il. A propos de Maisie... »

Elle prit un air étonné. « Maisie ?

— La jeune fille... qui est à l'origine de toutes ces histoires. Maisie Robinson. » Le visage de sa mère se détendit. « Augusta ne m'a jamais dit son nom. »

Il hésita, puis balbutia : « Ce n'est pas une " malheureuse ". »

Sa mère était gênée : les hommes n'abordaient jamais avec leur mère des sujets comme la prostitution. « Je vois », dit-elle en détournant les yeux.

Hugh insista. « Elle n'est pas d'un très bon milieu, c'est vrai. Et elle est juive. » Il regarda sa mère et constata qu'elle était surprise, mais pas horrifiée. « Elle n'est rien de pire que cela. En fait... » Il hésitait.

Sa mère le regarda. « Continue.

— En fait, elle était vierge. »

Sa mère devint toute rouge.

« Je suis désolé de parler de ces choses-là, mère, dit-il. Mais si je ne le fais pas, vous ne connaîtrez que la version de tante Augusta. »

Sa mère avala sa salive. « Tu t'es attaché à elle, Hugh ?

— Plutôt. » Il sentit les larmes lui monter aux yeux. « Je ne comprends pas pourquoi elle a disparu. Je n'ai aucune idée de l'endroit où elle est allée. Je n'ai jamais connu son adresse. Je me suis renseigné aux écuries pour lesquelles elle travaillait et à l'Argyll's où j'ai fait sa connaissance. Solly Greenbourne l'aimait bien aussi, et il est aussi déconcerté que moi. Tonio Silva connaissait son amie April, mais il est retourné en Amérique du Sud et je n'arrive pas à retrouver April.

— Comme c'est mystérieux.

— Je suis certain que tante Augusta y est pour quelque chose.

— Je n'en doute pas. Je suis incapable d'imaginer comment, elle est terriblement tortueuse. Mais, Hugh, tu dois te tourner vers l'avenir, maintenant. Boston va être une telle occasion pour toi. Il faut que tu travailles dur et consciencieusement.

— C'est vraiment une fille extraordinaire, mère. »

Elle ne le croyait pas, il le sentait. Elle reprit : « Mais tu l'oublieras.

— Je me demande si je l'oublierai jamais. »

Sa mère lui posa un baiser sur le front. « Mais si. Je te le promets. »

2

Il n'y avait qu'une seule décoration aux murs de la mansarde que Maisie partageait avec April. C'était une affiche de cirque aux couleurs criardes représentant Maisie en collant semé d'étoiles, debout sur le dos d'un cheval au galop. Au-dessous, en lettres rouges, les mots « La Stupéfiante Maisie ». L'image n'était pas une représentation très authentique : le cirque n'avait en fait jamais eu de chevaux blancs, et les jambes de Maisie n'avaient jamais été aussi longues. Malgré tout, elle adorait cette affiche. C'était le seul souvenir qui lui restait de cette époque-là.

Excepté cela, la chambre ne contenait qu'un lit étroit, une table de toilette, une chaise et un tabouret. Les vêtements des filles étaient accrochés à des clous au mur. La crasse sur les fenêtres tenait lieu de rideaux. Elles s'efforçaient de garder l'endroit propre, mais c'était impossible. De la suie tombait de la cheminée, des souris passaient par les fentes du plancher, la poussière et les insectes s'introduisaient par les interstices entre l'encadrement de la fenêtre et la maçonnerie. Aujourd'hui il pleuvait, et l'eau tombait goutte à goutte de l'appui de la fenêtre et d'une fente du plafond.

Maisie s'habillait. C'était Roch Hachana, le jour où l'on ouvrait le Livre de vie, et à cette époque de l'année elle se demandait toujours ce qu'il y était écrit pour elle. Elle ne priait jamais vraiment mais nourrissait le vague espoir, un peu solennel, qu'il y avait quelque chose de bien sur la page du Livre qui la concernait.

April était allée faire du thé dans la cuisine commune et voilà qu'elle revenait, faisant irruption dans la chambre en brandissant un journal. « C'est toi, Maisie, c'est toi ! s'écria-t-elle.

— Quoi ?

— Dans le *Lloyd's Weekly News*. Écoute ça : " Miss Maisie Robinson, anciennement Miriam Rabinowicz. Si miss Robinson veut bien contacter l'étude Goldman and Jay, avoués à Gray's Inn, elle apprendra une chose susceptible de lui être utile. " Ça doit être toi ! »

Le cœur de Maisie se mit à battre plus vite, mais elle garda une expression sévère et un ton froid. « C'est Hugh, dit-elle. Je n'irai pas. »

April parut déçue. « Tu as peut-être hérité l'argent d'un parent perdu de vue depuis longtemps.

— Peut-être que je suis la reine de Mongolie, mais je ne vais pas faire tout le trajet à pied jusqu'à Gray's Inn à tout hasard. »

Elle parvenait à garder un ton désinvolte, mais elle avait le cœur serré. Elle pensait à Hugh chaque jour et chaque nuit, et elle était très malheureuse. Elle le connaissait à peine, mais elle n'arrivait pas à l'oublier.

Elle était néanmoins déterminée à essayer. Elle savait qu'il avait tenté de la retrouver. Il s'était rendu chaque soir à l'Argyll's, il avait harcelé Sammles, le propriétaire de l'écurie, et il était allé la chercher dans la moitié des pensions bon marché de Londres. Puis les recherches avaient cessé, et Maisie supposait qu'il avait renoncé. Il semblait maintenant que Hugh avait simplement changé de tactique et qu'il s'efforçait de la contacter par petites annonces. C'était très dur de continuer à l'éviter alors qu'il la poursuivait avec une telle insistance et qu'elle avait tellement envie de le revoir. Mais sa décision était prise. Elle l'aimait trop pour lui gâcher la vie.

Elle enfila son corsage. « Aide-moi pour les agrafes », dit-elle à April.

April se mit à la lacer. « Je n'ai jamais eu mon nom dans le journal, fit-elle d'un ton d'envie. Toi, ça fait deux fois maintenant, si tu comptes “ la Lionne ” comme un nom.

— Et à quoi ça m'a avancée ? Bon sang, je grossis. »

April acheva de nouer les lacets et l'aida à passer sa robe. Ce soir-là, elles sortaient. April avait un nouvel amoureux, un homme entre deux âges, rédacteur dans un magazine, marié et père de six enfants, à Clapham. Avec un ami, il emmenait April et Maisie au music-hall.

En attendant, elles iraient se promener dans Bond Street à lécher les vitrines des magasins élégants. Elles n'achèteraient rien. Pour se cacher de Hugh, Maisie avait été obligée de cesser de travailler pour Sammles — au grand regret de ce dernier, car il avait vendu grâce à elle cinq chevaux ainsi qu'un cabriolet avec son poney —, et l'argent qu'elle avait mis de côté disparaissait rapidement. Mais, malgré le temps, elles devaient sortir : c'était trop déprimant de rester dans la chambre.

La robe de Maisie lui serrait la poitrine et elle tressaillit quand April la ferma. Celle-ci lui lança un regard curieux et dit : « As-tu les bouts de sein endoloris ?

— Oui, c'est vrai... Je me demande pourquoi.

— Maisie, dit April d'un ton soucieux, quand as-tu eu tes règles pour la dernière fois ?

— Je ne compte jamais. » Maisie réfléchit un moment puis un frisson la parcourut. « Oh, mon Dieu, fit-elle.

— Quand ?

— Je crois que c'était avant que nous allions aux courses à Goodwood. Tu crois que je suis enceinte ?

— Tu as la taille plus forte, tes mamelons te font mal et ça fait deux mois que tu n'as pas eu tes règles. Oui, tu es enceinte », déclara April d'un ton exaspéré. « Je n'arrive pas à croire que tu aies été aussi stupide. Qui est-ce ?

— Hugh, bien sûr. Mais nous ne l'avons fait qu'une fois. Comment peut-on tomber enceinte au premier coup ?

— On tombe *toujours* enceinte dans ces cas-là.

— Oh, Seigneur ! » Maisie avait l'impression d'avoir été heurtée par un train. Bouleversée, désemparée et affolée, elle s'assit sur le lit et éclata en sanglots. « Qu'est-ce que je vais faire ? dit-elle, désespérée.

— Pour commencer, nous pourrions aller chez cet avoué. »

Soudain, tout était différent.

Tout d'abord, Maisie était furieuse et effrayée. Puis elle comprit qu'elle était maintenant obligée de prendre contact avec Hugh pour l'enfant qu'elle portait. Et, quand elle se l'avoua, elle se sentit plus heureuse qu'affolée. Elle mourait d'envie de le revoir. Elle s'était persuadée que ce serait mal de le faire. Mais le bébé changeait tout. C'était maintenant son devoir de contacter Hugh, et la perspective la faisait presque défaillir de soulagement.

Malgré tout, elle était nerveuse quand April et elle grimpèrent l'escalier bien raide qui menait au cabinet de l'avoué à Gray's Inn. Ce n'était peut-être pas Hugh qui avait passé la petite annonce. Ce ne serait guère surprenant s'il avait renoncé à la rechercher. Elle avait été aussi décourageante que possible, et aucun homme ne s'attachait éternellement. L'annonce avait peut-être un rapport avec ses parents, s'ils étaient encore en vie. Peut-être les choses avaient-elles enfin commencé à bien tourner pour eux et avaient-ils assez d'argent pour tenter de la retrouver. Elle ne savait pas si elle devait se réjouir à cette idée. Bien des fois, elle avait eu envie de les revoir, mais elle avait peur qu'ils n'aient honte de son mode d'existence.

Elles arrivèrent en haut de l'escalier et pénétrèrent dans l'antichambre. Le clerc de l'avoué était un jeune homme arborant un gilet moutarde et un sourire condescendant. Les deux filles étaient trempées et crottées de boue, mais tout de même il était d'humeur à flirter. « Mesdames ! dit-il. Comment deux pareilles déesses peuvent-elles avoir besoin des services de maîtres Goldman and Jay ? Que puis-je faire pour vous ? »

April sauta sur l'occasion. « Vous pourriez ôter ce gilet, il me fait mal aux yeux », lança-t-elle.

Maisie, aujourd'hui, n'était pas d'humeur à badiner. « Mon nom est Maisie Robinson ! s'exclama-t-elle.

— Ah ! ah ! La petite annonce. Par un heureux hasard, le gentleman en question est à cette minute même avec Mr. Jay. »

Maisie se sentait défaillir d'impatience. « Dites-moi une chose, fit-elle d'un ton hésitant. Le gentleman en question... serait-il par hasard Mr. Hugh Pilaster ? » Elle jeta au clerc un regard implorant.

Sans remarquer son regard, il répondit aussitôt : « Seigneur, non ! »

Les espoirs de Maisie s'effondrèrent de nouveau. Elle s'assit sur le banc de bois près de la porte en refoulant ses larmes. « Ça n'est pas lui, dit-elle.

— Non, répondit le clerc. Au fait, je connais Hugh Pilaster : nous étions à l'école ensemble à Folkestone. Il est parti pour l'Amérique. »

Maisie tressauta comme si elle avait reçu un coup de poing. « En Amérique ? murmura-t-elle.

— Boston, Massachusetts. Hugh a pris un bateau il y a deux semaines. Vous le connaissez ? »

Maisie ne répondit pas. Son cœur lui faisait l'effet d'une pierre : lourd et froid. Parti pour l'Amérique. Et elle portait son enfant. Elle était trop horrifiée pour pleurer.

« Alors, demanda April d'un ton agressif, qui est-ce ? »

Le clerc commençait à se sentir dépassé par les événements. Il prit son air supérieur et déclara d'un ton nerveux : « Je préfère le laisser vous le dire lui-même. Excusez-moi un moment. » Il disparut par une porte au fond de la pièce. Maisie fixait d'un regard vide les cartons de documents entassés contre le mur en lisant les titres inscrits sur la tranche : *Succession Blenkinsop, La reine contre les moulins du Wiltshire, Great Southern Railways, Mrs. Stanley*

Evans (décédée). Tout ce qui se passait dans ce bureau était une tragédie pour quelqu'un, songea-t-elle : morts, faillites, divorces, procès.

Quand la porte se rouvrit, un autre homme sortit, un personnage impressionnant. Guère plus âgé que Maisie, il avait le visage d'un prophète biblique, avec des yeux sombres qui flamboyaient sous les sourcils noirs, un grand nez aux narines frémissantes et une barbe en broussaille. Son aspect lui semblait familier et au bout d'un moment elle décida qu'il lui rappelait un peu son père, même si ce dernier n'avait jamais eu un air aussi farouche. « Maisie ? dit-il. Maisie Robinson ? »

Il était habillé de façon un peu bizarre, comme s'il avait acheté ses vêtements dans un pays étranger, et il avait l'accent américain. « Oui, je suis Maisie Robinson, répondit-elle. Qui diable êtes-vous ?

— Tu ne me reconnais pas ? »

Elle se rappela soudain un garçon maigre comme un échalas, dépenaillé et pieds nus avec une ombre de moustache et un regard résolu. « Oh, mon Dieu ! gémit-elle. Danny ! » Un instant, elle oublia ses ennuis et se précipita dans ses bras. « Danny, c'est bien toi ? »

Il la serra si fort qu'il lui faisait mal. « Bien sûr que c'est moi, s'amusa-t-il.

— Qui ça ? dit April. Qui est-ce ?

— Mon frère ! fit Maisie. Celui qui s'est enfui en Amérique ! Il est revenu ! »

Danny la lâcha pour la dévisager. « Comment as-tu fait pour être aussi belle ? dit-il. Toi qui étais une petite maigrichonne ! »

Elle lui toucha la barbe. « Je t'aurais reconnu si tu n'avais pas tous ces poils. »

On toussota discrètement derrière Danny, et Maisie leva les yeux pour voir un homme d'un certain âge planté sur le seuil, l'air un peu dédaigneux. « On dirait que nous avons réussi, commenta-t-il.

— Mr. Jay, fit Danny, puis-je vous présenter ma sœur, miss Robinson.

— Votre serviteur, miss Robinson. Si je puis me permettre un conseil ?

— Pourquoi pas ? fit Danny.

— Il y a un café sur Theobald's Road, à deux pas d'ici. Vous devez avoir beaucoup de choses à vous dire. »

Il voulait manifestement les voir quitter le bureau, mais Danny ne semblait pas se soucier de ce que désirait Mr. Jay. Quoi qu'il lui fût arrivé, il n'avait pas appris la déférence.

« Qu'est-ce que vous en dites, les filles ? Vous voulez qu'on bavarde ici ou bien nous allons prendre un café ?

— Allons-y », proposa Maisie.

Mr. Jay ajouta : « Et peut-être pourriez-vous revenir un peu plus tard pour régler votre compte, Mr. Robinson ?

— Je n'oublierai pas. Venez, les petites. »

Ils quittèrent le bureau et descendirent l'escalier. Maisie débordait de questions, mais au prix d'un réel effort elle maîtrisa sa curiosité en attendant de s'être installée à une table du café. Elle dit enfin : « Qu'est-ce que tu as fait, ces sept dernières années ?

— J'ai construit des chemins de fer, expliqua-t-il. Il se trouve que je suis arrivé à un bon moment. La guerre entre les États venait de se terminer, et le boom des chemins de fer commençait. On cherchait avec un tel acharnement des ouvriers qu'on en faisait venir d'Europe. Même un échalas de treize ans pouvait trouver une place. J'ai travaillé sur le premier pont en acier jamais construit, au-dessus du Mississippi, à Saint Louis ; et puis j'ai trouvé du boulot pour construire le chemin de fer de l'Union Pacific dans l'Utah. A dix-neuf ans j'étais chef d'équipe : c'est un travail pour les jeunes. Puis je me suis inscrit au syndicat et j'ai mené une grève.

— Pourquoi es-tu revenu ?

— Il y a eu un krach à la Bourse. Les chemins de fer se sont trouvés à court d'argent et les banques qui les finançaient ont fait faillite. Il y a des milliers d'hommes, des centaines de milliers qui cherchent du travail. J'ai décidé de rentrer au pays et de prendre un nouveau départ.

— Qu'est-ce que tu vas faire ?... Construire des chemins de fer ici ? »

Il secoua la tête. « J'ai eu une nouvelle idée. Vois-tu, deux fois, ma vie a été fichue en l'air par un krach financier. Les hommes qui possèdent des banques sont les gens les plus stupides du monde. Ils n'apprennent jamais, alors ils refont indéfiniment les mêmes erreurs. Et ce sont les travailleurs qui en pâtissent. Personne ne vient jamais à leur aide — et personne ne le fera. Ils doivent s'entraider.

— Les gens ne s'entraident jamais, intervint April. Dans ce monde, c'est chacun pour soi. Il faut être égoïste. »

April disait souvent ça, pensa Maisie, même si dans la

pratique elle était généreuse et prête à faire n'importe quoi pour une amie.

Danny continua. « Je vais fonder une sorte d'association pour ouvriers. Ils paieront six pence par semaine et, s'ils perdent leur place sans en être responsables, l'association leur versera une livre par semaine pendant qu'ils chercheront du travail. »

Maisie contempla son frère avec admiration. Le plan était terriblement ambitieux ; mais elle avait eu la même réaction quand, à treize ans, il avait déclaré : *Il y a un bateau en rade qui part pour Boston avec la marée du matin... Je vais grimper ce soir à un cordage et me cacher sur le pont dans un des canots.* Il avait fait ce qu'il avait dit alors et il agirait sans doute de même aujourd'hui. Il disait qu'il avait conduit une grève. Il semblait être devenu le genre de personnage que d'autres hommes suivraient volontiers.

« Mais, et papa et maman ? demanda-t-il. As-tu été en contact avec eux ? »

Maisie secoua la tête puis, à sa grande surprise, elle se mit à pleurer. Elle ressentait souvent le chagrin de perdre sa famille, un chagrin qu'elle avait refusé de reconnaître toutes ces années-là.

Danny lui posa une main sur l'épaule. « Je vais retourner dans le Nord voir si je peux retrouver leur trace.

— J'espère que tu vas y arriver, dit Maisie. Ils me manquent tant. » Elle surprit le regard d'April qui la dévisageait avec stupéfaction. « J'ai si peur qu'ils aient honte de moi.

— Et pourquoi donc ? fit-il.

— Je suis enceinte. »

Il rougit. « Et pas mariée ?

— Non.

— Tu vas te marier ?

— Non. » Danny était furieux. « Qui est le salaud ? »

Maisie haussa le ton. « Épargne-moi le numéro du frère outragé, veux-tu ?

— J'aimerais lui tordre le cou...

— Boucle-la, Danny ! dit Maisie, furieuse. Tu m'as abandonnée il y a sept ans et tu n'as aucun droit de revenir te conduire comme si je t'appartenais. »

Il avait l'air décontenancé, et elle continua d'un ton plus calme. « Ça n'a pas d'importance. Il m'aurait épousée, je pense, mais c'est moi qui ne voulais pas de lui, alors n'y pense plus. D'ailleurs, il est parti pour l'Amérique. »

Danny se calma. « Si je n'étais pas ton frère, je t'épouserais moi ! Tu es assez jolie pour ça ! En tout cas, le peu d'argent qui me reste est à ta disposition.

— Je n'en veux pas. » Elle avait un ton désagréable, mais c'était plus fort qu'elle. « Ça n'est pas la peine de t'occuper de moi, Danny. Utilise ton argent pour ton association de travailleurs. Je m'occuperai de moi toute seule. Je l'ai bien fait quand j'avais onze ans, alors je pense que j'en suis capable aujourd'hui. »

3

Micky Miranda et Papa étaient dans un petit restaurant de Soho. Un déjeuner de ragoût d'huîtres — le plat le moins cher du menu — et de la bière. Le restaurant était à quelques minutes de l'ambassade cordovayenne, sur Portland Place, où Micky passait maintenant une heure ou deux à son bureau chaque matin à s'occuper du courrier de l'ambassadeur. Il avait terminé son travail de la journée et avait retrouvé Papa pour déjeuner. Ils étaient assis l'un en face de l'autre, sur d'inconfortables banquettes en bois. Il y avait de la sciure sur le sol et des années de graisse sur le plafond bas. Micky avait horreur de manger dans ce genre d'établissement, mais il le faisait quand même souvent, par économie. Il ne déjeunait au Cowes Club que quand Edward payait. D'ailleurs, emmener Papa au club était une épreuve : Micky avait tout le temps peur que le vieux ne déclenche une bagarre, ne dégaine un pistolet ou ne crache sur le tapis.

Papa sauça son assiette avec un morceau de pain et la repoussa. « Il faut que je t'explique une chose », commença-t-il.

Micky reposa sa cuiller.

Papa reprit : « J'ai besoin de fusils pour combattre la famille Delabarca. Quand je les aurai détruits, je mettrai la main sur leurs mines de nitrate. Elles feront de nous une famille riche. »

Micky hocha la tête en silence. Il avait déjà entendu tout cela auparavant, mais il n'osait pas le dire.

« Les mines de nitrate ne sont que le début, le premier pas, poursuivit Papa. Quand nous aurons plus d'argent, nous achèterons davantage de fusils. Les divers membres de la famille deviendront des personnages importants de la province. »

Micky dressa l'oreille. Ça, c'était nouveau.

« Ton cousin Jorge sera colonel dans l'armée. Ton frère Paulo deviendra chef de la police de la province de Santamaria. »

Pour qu'il puisse être une brute professionnelle au lieu d'un simple amateur, se dit Micky.

Papa continuait. « Et puis je deviendrai gouverneur de la province. »

Gouverneur ! Micky ne s'était pas rendu compte que Papa avait d'aussi grandes ambitions.

Mais il n'en avait pas terminé. « Quand nous contrôlerons la province, nous nous intéresserons à la nation. Nous deviendrons de fervents partisans du président Garcia. Tu seras son ambassadeur à Londres. Ton frère deviendra peut-être son ministre de la Justice. Tes oncles seront généraux. Ton demi-frère Dominique, le prêtre, deviendra archevêque de Palma. »

Micky en resta stupéfait : il n'avait jamais su qu'il avait un demi-frère. Mais il ne dit rien car il ne voulait pas interrompre son père.

« Et puis, dit Papa, au moment opportun, nous écarterons la famille Garcia et nous prendrons le pouvoir.

— Tu veux dire que nous renverserons le gouvernement ? » dit Micky en ouvrant de grands yeux. Il était abasourdi de l'audace et de l'assurance de Papa.

« Oui, mon fils, dans vingt ans, ou bien je serai président du Cordovay... ou bien ce sera toi. »

Micky s'efforçait d'assimiler tout cela. Le Cordovay avait une Constitution qui prévoyait des élections démocratiques, mais il n'y en avait jamais eu. Le président Garcia avait pris le pouvoir grâce à un coup d'État dix ans auparavant. Avant cela, il était commandant en chef des forces armées sous les ordres du président Lopez, qui avait mené contre la domination espagnole la révolte à laquelle Papa avait participé avec ses cow-boys.

Papa étonna Micky par la subtilité de sa stratégie : devenir un ardent partisan du dirigeant en place, puis le trahir. Mais quel était le rôle de Micky là-dedans ? Il deviendrait l'ambassadeur du Cordovay à Londres. Il avait déjà franchi le premier pas en écartant Tonio Silva et en prenant sa place. Il lui faudrait trouver un moyen d'en faire autant avec l'ambassadeur actuel.

Ensuite ? Si son père était président, Micky pourrait être ministre des Affaires étrangères et parcourir le monde comme représentant de son pays. Mais Papa avait dit que Micky lui-même pourrait devenir président : pas Paulo, pas oncle Rico, mais Micky. Était-ce vraiment possible ?

Pourquoi pas ? Micky était habile, sans pitié, et il avait des relations : que fallait-il de plus ? La perspective de diriger un pays était grisante. Tout le monde s'inclinerait devant lui ; les plus belles femmes du pays lui tomberaient dans les bras. Il serait aussi riche que les Pilaster.

« Président, répéta-t-il d'un ton rêveur. Ça me plaît. »

Papa tendit nonchalamment le bras et le gifla. Le vieil homme était costaud, il avait la main calleuse, et la gifle fit vaciller Micky sur sa chaise. Il poussa un cri. Le choc avait été violent et ça faisait mal, il se leva d'un bond. Il avait un goût de sang dans la bouche. Le silence se fit dans la salle, et tous les regards se tournèrent vers eux.

« Assieds-toi », ordonna Papa.

Lentement, à contrecœur, Micky obéit.

Papa se pencha par-dessus la table et empoigna son fils par les revers de sa veste. D'une voix vibrante de mépris, il dit : « Tout ce plan risque d'être compromis parce que tu as totalement échoué dans la tâche pourtant bien modeste qui t'était attribuée ! »

Micky était terrifié quand il le voyait dans cette humeur-là. « Papa, tu auras tes fusils ! promit-il.

— Encore un mois, et ce sera le printemps au Cordovay. Nous devons nous emparer des mines de Delabarca cette saison : l'année prochaine, il sera trop tard. J'ai retenu une place à bord d'un cargo en partance pour Panama. J'ai graissé la patte du capitaine pour qu'il me débarque avec mes armes sur la côte atlantique de Santamaria. » Papa se leva, obligeant Micky à en faire autant : il le tenait si fort qu'il en déchira sa chemise. Il avait le visage rouge de colère. « Le bateau appareille dans cinq jours, dit-il d'une voix qui emplit Micky de terreur. Maintenant, fiche-moi le camp et va m'acheter ces fusils. »

Hastead, le maître d'hôtel d'Augusta Pilaster, débarrassa Micky de son manteau mouillé et l'accrocha auprès du grand feu qui flamboyait dans l'entrée. Micky ne lui dit même pas merci. Ils se détestaient. Hastead était jaloux de quiconque avait les faveurs d'Augusta, et Micky méprisait le domestique pour sa servilité. En outre, il ne savait jamais de quel côté Hastead tournait les yeux, et ça l'agaçait.

Micky passa dans le salon et trouva Augusta seule. Elle avait l'air contente de le voir. Elle prit sa main dans les siennes et remarqua : « Comme vous avez froid.

— J'ai traversé le parc à pied.

— Stupide que vous êtes, vous auriez dû prendre un fiacre. »

Micky n'avait pas les moyens de prendre des fiacres, mais Augusta n'en savait rien. Elle posa la main de Micky contre son sein et sourit. C'était presque une invitation sexuelle, mais elle fit comme si en toute innocence elle voulait réchauffer les doigts glacés du jeune homme.

Elle faisait ce genre de geste quand ils étaient seuls tous les deux et, en général, Micky appréciait bien cela. Elle lui prenait la main, lui touchait la cuisse. Et lui effleurait le bras ou l'épaule d'Augusta et la regardait dans les yeux. Ils bavardaient à voix basse, comme des amants, sans jamais vouloir reconnaître qu'ils flirtaient. Il trouvait cela excitant et elle aussi. Mais, ce jour-là, il était trop accablé de soucis pour badiner avec elle. « Comment va le vieux Seth ? » demanda-t-il, espérant l'entendre répondre qu'il avait eu une rechute.

Sensible à son humeur, elle lui lâcha la main sans protester, même si elle paraissait déçue. « Venez près du feu », dit-elle. Elle s'assit sur un canapé et tapota la place auprès d'elle. « Seth va beaucoup mieux. »

Micky sentit son cœur se serrer.

Elle reprit : « Il va peut-être rester avec nous des années encore. » Elle ne parvenait pas à dissimuler son irritation. Elle avait hâte de voir son mari prendre la direction de la banque. « Vous savez qu'il vit ici, maintenant. Il faudra que vous alliez lui rendre visite après avoir pris une tasse de thé.

— Mais il va sûrement bientôt prendre sa retraite ? fit Micky.

— Il n'en donne, hélas, aucun signe. Ce matin encore, il a interdit une nouvelle émission d'actions sur les chemins de fer russes. » Elle lui tapota le genou. « Un peu de patience. Votre papa finira bien par avoir ses fusils.

— Il ne peut pas attendre beaucoup plus longtemps, répliqua Micky d'un ton soucieux. Il doit partir la semaine prochaine.

— Voilà pourquoi vous avez l'air si tendu. Pauvre garçon. J'aimerais pouvoir faire quelque chose pour vous.

— Vous ne connaissez pas mon père », dit Micky. Malgré lui, un accent de désespoir perçait dans sa voix. « Il fait semblant d'être civilisé quand il vous voit, mais, en réalité, c'est un barbare. Dieu sait ce qu'il me fera si je le déçois. »

On entendait des voix dans le vestibule. « Il y a quelque chose qu'il faut que je vous dise avant que les autres arrivent, déclara précipitamment Augusta. J'ai fini par rencontrer Mr. David Middleton. »

Micky hocha la tête. « Qu'est-ce qu'il a dit ?

— Il a été poli mais franc. Il m'a déclaré qu'il ne croyait pas qu'on ait dit toute la vérité sur la mort de son frère. Il m'a demandé si je pouvais le mettre en contact soit avec Hugh Pilaster, soit avec Antonio Silva. Je lui ai répondu qu'ils se trouvaient tous les deux à l'étranger et qu'il perdait son temps.

— J'aimerais bien pouvoir résoudre le problème du vieux Seth aussi superbement que nous avons réglé celui-là », dit Micky au moment où la porte s'ouvrait.

Edward entra, puis sa sœur Clémentine. Clémentine ressemblait à Augusta, mais elle n'avait pas la forte personnalité ni rien de la sensualité de sa mère. Augusta servit le thé. Micky discuta avec Edward de leurs projets pour la soirée. En septembre, pas de réceptions ni de bals : l'aristocratie ne revenait à Londres qu'après Noël, et il n'y avait en ville que les hommes politiques et leurs épouses. Les distractions, pourtant, ne manquaient pas pour la bourgeoisie, et Edward avait des billets de théâtre. Micky fit semblant d'en être ravi, mais il ne pensait qu'à Papa.

Hastead apporta des muffins beurrés tout chauds. Edward en dévora plusieurs, mais Micky n'avait pas faim. D'autres membres de la famille arrivèrent : le jeune William, frère de Joseph, Madeleine, la vilaine sœur de Joseph, le major Hartshorn, le mari de Madeleine, avec sa cicatrice sur le front. Ils parlaient tous de la crise financière, mais Micky ne comprenait pas de quoi ils avaient peur : le vieux Seth avait vu l'orage arriver et s'était assuré que la banque Pilaster ne courait aucun danger. Les valeurs à haut risque avaient baissé — les bons égyptiens, péruviens et turcs s'étaient effondrés —, mais les émissions du gouvernement anglais et les actions des chemins de fer britanniques n'avaient subi que de modestes baisses.

L'un après l'autre, ils montèrent rendre visite à Seth : tour à tour ils redescendirent en disant combien ils l'avaient trouvé merveilleux. Micky attendit que le dernier fût passé. Il finit par monter à cinq heures et demie.

Seth était installé dans ce qui avait été jadis la chambre de Hugh. Une infirmière était assise dans le couloir, la porte entrebâillée au cas où il l'appellerait. Micky entra et referma la porte.

Seth était assis dans son lit à lire *The Economist*.

« Bonjour, Mr. Pilaster, dit Micky. Comment vous sentez-vous ? »

Le vieillard reposa son journal avec une répugnance manifeste. « Je me sens bien, je vous remercie. Comment va votre père ?

— Impatient de rentrer. » Micky considérait le vieil homme fragile dans les draps blancs. Il avait la peau du visage translucide, et le nez aquilin des Pilaster semblait plus accusé que jamais, mais on voyait dans ses yeux une lueur de vive intelligence. Il paraissait capable de vivre encore une décennie en dirigeant la banque.

Micky crut entendre la voix de son père lui murmurer à l'oreille : *Qui se dresse sur notre chemin?*

Le vieillard était faible et sans défense : il n'y avait que Micky dans la chambre et l'infirmière dans le couloir.

Micky se rendit compte qu'il lui fallait tuer Seth.

La voix de son père lui ordonna : *Fais-le maintenant.*

Il pourrait étouffer le vieil homme avec un oreiller sans laisser la moindre preuve. Tout le monde penserait qu'il avait trépassé de mort naturelle.

Micky avait le cœur empli de dégoût et il ne se sentait pas bien.

« Qu'y a-t-il? dit Seth. Vous avez l'air plus malade que moi.

— Vous êtes bien installé, monsieur? demanda Micky. Laissez-moi arranger vos oreillers.

— Je vous en prie, ne vous donnez pas cette peine, ça va très bien », répondit Seth. Mais Micky se pencha et prit derrière son dos un gros oreiller de plume.

Micky regarda le vieil homme. Il hésitait.

Une lueur affolée passa dans les yeux de Seth, et il ouvrit la bouche pour crier.

Il n'avait pas eu le temps d'émettre un son que Micky lui enfouissait le visage dans l'oreiller et poussait sa tête contre le matelas.

Malheureusement, Seth avait les bras en dehors des draps, et ses mains empoignèrent les avant-bras de Micky avec une force étonnante. Micky, horrifié, regardait les vieilles serres cramponnées aux manches de sa veste, mais il tenait bon. Seth griffait désespérément les bras de Micky, mais le jeune homme était le plus fort.

Comme cela ne donnait rien, Seth se mit à agiter les jambes et à se tordre dans tous les sens. Il ne parvenait pas à échapper à l'emprise de Micky, mais le vieux lit de Hugh grinçait : Micky était terrifié à l'idée que l'infirmière pourrait entendre et venir voir ce qui se passait. La seule solution qui se présenta à son esprit pour maintenir le vieil homme tranquille, ce fut de s'allonger sur lui. Tout en continuant à presser l'oreiller contre le visage de Seth, Micky monta sur le lit pour se coucher sur le corps secoué de soubresauts. Cette posture évoquait de façon grotesque une relation sexuelle avec une femme non consentante, se dit Micky, et il réprima le rire nerveux qui lui montait aux lèvres. Seth continuait à se débattre, mais ses mouvements étaient contenus par le poids de Micky et le lit cessa de grincer. Micky tenait bon.

Enfin, tout mouvement cessa. Micky resta où il était aussi longtemps qu'il l'osa pour être bien sûr. Puis il retira prudemment l'oreiller et contempla le visage blanc, figé. Les yeux étaient fermés mais les traits étaient calmes. Le vieil homme paraissait mort. Micky devait absolument lui tâter le pouls. Lentement, craintivement, il posa la tête contre la poitrine de Seth.

Soudain, le vieillard ouvrit tout grands les yeux et, le souffle rauque, prit une profonde inspiration.

Micky faillit pousser un cri d'horreur. En un instant, il eut recouvré ses esprits et fourra de nouveau l'oreiller contre le visage de Seth. Il se sentait trembler de peur et de dégoût en faisant cela ; mais il ne rencontrait plus de résistance. Il savait qu'il devrait maintenir l'oreiller en place quelques minutes, pour s'assurer que le vieil homme était bien mort cette fois-ci, mais il s'inquiétait de la présence de l'infirmière. Elle remarquerait peut-être le silence. Il devait parler, faire comme si tout était normal. Mais il était incapable de trouver quoi que ce soit à dire à un mort. Dis n'importe quoi, pensa-t-il, ça n'a pas d'importance dès l'instant où elle entend le murmure d'une conversation. « Ça va très bien, marmonna-t-il. Très bien, très bien. Et vous, comment allez-vous ? Bien, bien. Je suis heureux d'apprendre que vous vous sentez mieux. Magnifique, Mr. Pilaster. Je suis très heureux de vous voir si bien, en si bonne forme, tellement mieux, oh, mon Dieu, je ne peux pas continuer, très bien, magnifique, magnifique... » Il ne put supporter cela plus longtemps. Il cessa d'appuyer sur le coussin. Grimaçant de dégoût, il posa la main sur la poitrine de Seth, là où il estimait que devait se trouver le cœur. Quelques rares poils blancs parsemaient la peau blême du vieillard. Sous la chemise de nuit, le corps était encore chaud, mais on ne sentait plus de pouls. *Tu es vraiment mort, cette fois-ci?* songea-t-il. Et puis il eut l'impression d'entendre la voix de Papa, furieuse et impatiente, qui disait : *Oui, espèce d'idiot, il est mort, maintenant fiche le camp d'ici !*

Lui laissant l'oreiller sur le visage, il roula à bas du cadavre et se remit debout.

Une vague de nausée s'empara de lui. Il se sentait faible, au bord de l'évanouissement, et il se rattrapa au montant du lit. Je l'ai tué, se dit-il. Je l'ai tué.

Il entendit une voix sur le palier.

Micky regarda le corps allongé sur le lit. L'oreiller était toujours sur le visage de Seth. Il s'en empara. Les yeux morts de Seth étaient grands ouverts, le regard fixe.

La porte s'ouvrit.

Augusta entra.

Elle s'arrêta sur le seuil. Elle regarda le lit défait, le visage immobile de Seth avec ses yeux fixes et l'oreiller dans les mains de Micky. Elle se sentit pâlir.

Micky la dévisagea, muet et impuissant, attendant qu'elle parle.

Elle resta là un long moment, son regard allant de Seth à Micky et revenant sur le jeune homme.

Puis, d'un geste lent et silencieux, elle referma la porte derrière elle. Elle prit l'oreiller des mains de Micky. Elle souleva la tête sans vie de Seth et remit l'oreiller en place, puis elle lissa les draps. Elle ramassa par terre *The Economist*, le posa sur sa poitrine et replia dessus les mains du vieillard, si bien qu'il avait l'air de s'être endormi en lisant.

Puis elle lui ferma les yeux.

Elle s'approcha de Micky. « Vous tremblez », dit-elle. Elle lui prit le visage entre ses mains et l'embrassa sur la bouche.

Un instant, il fut trop abasourdi pour réagir. Puis, en un éclair, il passa de la terreur au désir. Il la prit dans ses bras et l'étreignit, sentant les seins d'Augusta s'écraser contre son torse. Il ouvrit la bouche et leurs langues se rencontrèrent. Micky lui empoigna les seins à deux mains et les serra fort. Augusta plaqua son bassin contre celui du jeune homme, se frottant contre lui. Tous deux avaient le souffle court. Augusta lui prit la main, la porta à sa bouche et la mordit pour s'empêcher de crier. Elle ferma bien fort les yeux et un frisson la secoua. Il se rendit compte qu'elle avait un orgasme et il était si excité que lui aussi se mit à jouir.

Cela n'avait pris que quelques instants. Après cela, ils restèrent un moment à s'étreindre, haletants. Micky était trop abasourdi pour penser.

Quand Augusta eut repris son souffle, elle se dégagea. « Je vais dans ma chambre, murmura-t-elle. Vous devriez quitter la maison immédiatement.

— Augusta...

— Appelez-moi Mrs. Pilaster !

— Très bien...

— Ça n'est jamais arrivé, dit-elle dans un souffle. Vous me comprenez bien ? *Rien de tout cela n'est jamais arrivé !*

— Très bien », dit-il encore une fois.

Elle lissa le devant de sa robe et rajusta sa coiffure. Il l'observait, désemparé, pétrifié par la volonté qu'elle manifestait. Elle tourna les talons et se dirigea vers la porte. Machinalement, il la lui ouvrit. Il sortit derrière elle.

L'infirmière leur lança un regard interrogateur. Augusta porta un doigt à ses lèvres pour lui faire signe de ne pas faire de bruit. « Il vient de s'endormir », dit-elle doucement.

Micky fut stupéfait et horrifié de son calme.

« C'est ce qu'il y a de mieux pour lui, dit l'infirmière. Je vais le laisser en paix pendant une heure ou deux. »

Augusta acquiesça. « A votre place, c'est ce que je ferais. Croyez-moi, il est bien, maintenant. »

Deuxième partie

1879

Chapitre un

Janvier

1

Hugh rentra à Londres après six ans. Durant cette période, les Pilaster avaient doublé leur fortune — en partie grâce à lui.

Il avait extraordinairement bien réussi à Boston, mieux qu'il n'aurait pu le rêver. Comme les États-Unis se remettaient de la guerre de Sécession, le commerce transatlantique était en plein essor. Hugh s'était assuré que la banque Pilaster finançait une bonne part de cette activité.

Il avait ensuite entraîné les associés dans une série d'émissions lucratives d'actions sur le marché nord-américain. Après la guerre, le gouvernement et le monde des affaires avaient besoin de liquidités et ce fut la banque Pilaster qui rassembla les capitaux.

Enfin, il était devenu un expert dans le marché chaotique des actions de chemins de fer : il avait appris à distinguer les compagnies qui allaient faire des fortunes et celles qui ne franchiraient jamais la première chaîne de montagnes. Au début, l'oncle Joseph s'était montré méfiant, se rappelant le krach de 1873 à New York. Mais Hugh avait hérité le conservatisme inquiet des Pilaster, il n'avait recommandé que les actions sûres, évitant scrupuleusement tout ce qui sentait la spéculation : et ses avis s'étaient révélés judicieux. Quand il s'agissait de trouver des capitaux pour le développement industriel de l'Amérique du Nord, la banque Pilaster était à présent le chef de file. Hugh était payé mille livres par an et il savait qu'il valait plus que cela.

Quand il débarqua à Liverpool, il fut accueilli sur le quai par le fondé de pouvoir de l'agence locale de la banque Pilaster, un homme avec lequel il avait échangé des télégrammes au moins une fois par semaine depuis son départ pour Boston. Ils ne s'étaient jamais rencontrés et, lorsqu'ils se présentèrent, l'homme s'exclama : « Bonté divine, je ne savais pas que vous étiez si jeune, monsieur ! » Hugh en fut ravi, car il avait aperçu un fil d'argent ce matin même dans ses cheveux à part cela d'un noir de jais. Il avait vingt-six ans.

Il monta dans le train pour Folkestone, sans s'arrêter à Londres. Les associés de la banque Pilaster estimeraient peut-être qu'il aurait dû se présenter à eux avant d'aller voir sa mère mais telle n'était pas son opinion : il venait de leur donner six ans de son existence et il devait bien une journée à sa mère.

Il la trouva d'une beauté plus sereine que jamais mais toujours vêtue de noir en mémoire de son père. C'était à peine si sa sœur Dotty, âgée de douze ans maintenant, se souvenait de lui : elle se montra intimidée jusqu'au moment où il l'installa sur ses genoux en lui rappelant comme elle avait mal plié ses chemises.

Il implora sa mère d'emménager dans une maison plus grande : il pourrait facilement payer le loyer. Elle refusa et lui conseilla de conserver son argent et de faire fructifier son capital. Il parvint à la persuader toutefois d'engager une autre domestique pour aider Mrs. Builth, sa gouvernante vieillissante.

Le lendemain, il prit le chemin de fer Londres-Chatham-Douvres et arriva à Londres à la gare du viaduc de Holborn. Un grand hôtel tout neuf avait été bâti là par des gens convaincus que Holborn deviendrait une importante étape pour les Anglais se rendant à Nice ou Saint-Pétersbourg. Hugh n'aurait pas investi un penny dans l'aventure : la gare, à son avis, allait être principalement utilisée par les employés de la City qui habitaient la banlieue en pleine expansion du sud-est de Londres.

C'était un clair matin de printemps. Il gagna la banque Pilaster. Il avait oublié l'atmosphère enfumée de Londres, bien pire que celle de Boston ou de New York. Il s'arrêta un moment devant l'immeuble, pour en inspecter la grandiose façade.

Il avait dit aux associés qu'il voulait venir en congé voir sa mère, sa sœur et retrouver sa terre natale. Mais il avait une autre raison de rentrer à Londres.

Il s'apprêtait à lâcher une bombe.

Il arrivait avec une proposition pour fusionner les activités nord-américaines de Pilaster avec celles de la banque new-yorkaise Madler and Bell en constituant un nouveau groupe qui s'appellerait Madler, Bell and Pilaster. Cela rapporterait énormément d'argent. Ce serait le couronnement de ses réalisations aux États-Unis. Cela lui permettrait de revenir à Londres en passant du stade d'éclaireur à celui de décideur : cela signifierait la fin de sa période d'exil.

Il rajusta nerveusement son nœud de cravate et entra.

Le hall de la banque qui, voilà des années, l'avait tant impressionné avec son sol de marbre et ses huissiers à la démarche pesante lui semblait aujourd'hui simplement un décor sérieux. Il commençait à gravir les marches quand il rencontra Jonas Mulberry, son ancien chef. Mulberry fut surpris et ravi de le voir.

« Mr. Hugh ! dit-il en lui serrant vigoureusement la main. Êtes-vous de retour définitivement ?

— Je l'espère. Comment va Mrs. Mulberry ?

— Très bien, je vous remercie.

— Présentez-lui mes respects. Et les trois petits ?

— Cinq, maintenant. Tous en bonne santé, Dieu soit loué. »

Hugh pensa que le fondé de pouvoir connaîtrait peut-être la réponse à une question qu'il se posait. « Mulberry, étiez-vous ici quand Mr. Joseph a été nommé associé ?

— J'étais un tout jeune employé. Il y aura vingt-cinq ans de cela en juin prochain.

— Mr. Joseph devait donc avoir...

— Vingt-neuf ans.

— Je vous remercie. »

Hugh monta jusqu'à la salle des associés, frappa à la porte et pénétra. Ils étaient là tous les quatre : oncle Joseph, assis au bureau du président, l'air plus âgé, plus chauve et ressemblant encore davantage au vieux Seth. Le major Hartshorn, le mari de tante Madeleine, son nez virant au rouge pour s'assortir à la cicatrice de son front, en train de lire le *Times* auprès du feu. Oncle Samuel, superbement habillé comme toujours : jaquette croisée gris anthracite et gilet gris perle, examinait un contrat. Et le benjamin des associés, le jeune William, âgé maintenant de trente et un ans, assis à son bureau, prenait des notes sur un cahier.

Samuel fut le premier à accueillir Hugh.

« Mon cher garçon ! dit-il en se levant pour lui tendre la main. Tu as l'air en pleine forme ! »

Hugh leur serra la main à tous et accepta un verre de sherry. Il regarda les portraits des anciens associés accrochés au mur.

« Voilà six ans dans cette pièce, j'ai vendu à sir John Cammel pour cent mille livres de bons d'emprunt russe, se rappela-t-il.

— En effet, approuva Samuel.

— A cinq pour cent, la commission de Pilaster sur cette opération représente encore plus que je n'ai touché au cours des huit années où j'ai travaillé pour la banque, constata-t-il avec un sourire.

— J'espère, dit Joseph d'un ton agacé, que tu ne réclames pas une augmentation de salaire. Tu es déjà l'employé le mieux payé de toute la banque.

— A l'exception des associés, observa Hugh.

— Naturellement », répliqua Joseph.

Hugh sentit qu'il avait pris un mauvais départ. Trop pressé, comme toujours, songea-t-il. Du calme.

« Je ne demande pas d'augmentation, dit-il. Toutefois j'ai quand même une proposition à présenter aux associés.

— Tu ferais mieux, suggéra Samuel, de t'asseoir et de nous expliquer cela. »

Hugh reposa son verre auquel il n'avait pas touché et rassembla ses idées. Il tenait désespérément à leur faire accepter sa proposition. Ce serait tout à la fois son apogée et la preuve de son triomphe sur l'adversité. Cela apporterait d'un seul coup à la banque plus d'affaires que la plupart des associés ne pouvaient en attirer en un an. Et, s'ils étaient d'accord, ils seraient plus ou moins obligés de le nommer associé.

« Boston, commença-t-il, n'est plus le centre financier des États-Unis. Maintenant, c'est New York. Nous devrions vraiment installer notre agence là-bas. Mais il y a un hic. Une grande partie des affaires que j'ai traitées au cours des six dernières années l'ont été conjointement avec l'établissement new-yorkais de Madler and Bell. Sidney Madler m'a un peu pris sous son aile quand j'étais novice. Si nous nous établissions à New York, nous serions en concurrence avec eux.

— Il n'y a pas de mal à la concurrence, quand elle se justifie », déclara le major Hartshorn. Il avait rarement quoi que ce soit d'intéressant à apporter à une discussion. Mais, plutôt que de garder le silence, il énonçait des évidences d'un ton docte.

« Peut-être. Mais j'ai une meilleure idée. Pourquoi ne pas fusionner notre branche nord-américaine avec Madler and Bell ?

— Fusionner ? fit Hartshorn. Qu'entends-tu par là ?

— Monter une affaire en participation. L'appeler Madler, Bell and Pilaster. Elle aurait un bureau à New York et un à Boston.

— Comment cela fonctionnerait-il ?

— La nouvelle maison traiterait tout le financement d'import-export dont s'occupent actuellement les deux établissements séparés et les bénéfices seraient partagés. Les Pilaster auraient l'occasion de participer à toutes les nouvelles émissions d'obligations et d'actions lancées par Madler and Bell. Je dirigerais cette affaire depuis Londres.

— Je n'aime pas cela, dit Joseph. C'est tout simplement confier notre affaire au contrôle de quelqu'un d'autre.

— Mais vous ne connaissez pas encore la meilleure partie, ajouta Hugh. Toutes les opérations européennes de Madler and Bell, actuellement réparties entre divers agents à Londres, seraient confiées aux Pilaster. »

Joseph poussa un grognement de surprise. « Ça doit représenter environ...

— Plus de cinquante mille livres par an en commissions.

— Bonté divine ! » fit Hartshorn.

Ils étaient abasourdis. Ils n'avaient encore jamais fait d'affaires en participation, et ils ne s'attendaient pas à une proposition aussi novatrice venant de quelqu'un qui n'était même pas un associé. Mais cinquante mille livres par an en commissions, c'était une perspective irrésistible.

Samuel reprit : « De toute évidence tu as discuté de cela avec eux.

— Bien sûr. Madler est très chaud, tout comme son associé, John James Bell.

— Et, interrogea le jeune William, tu superviserais cette affaire depuis Londres. »

Hugh comprit que William le considérait comme un rival beaucoup moins dangereux quand il était à cinq mille kilomètres de là. « Pourquoi pas ? Après tout, c'est à Londres qu'on trouve les capitaux.

— Et quel serait ton statut ? »

C'était une question à laquelle Hugh aurait préféré ne pas répondre si vite. William l'avait habilement posée pour l'embarrasser. Maintenant, force lui était de sauter le pas. « Je crois que Mr. Madler et Mr. Bell s'attendraient à traiter avec un associé.

— Tu es trop jeune pour être associé, lança aussitôt Joseph.

— J'ai vingt-six ans, mon oncle. On vous a nommé associé quand vous en aviez vingt-neuf.

— Trois ans, ça fait beaucoup de temps.

— Et cinquante mille livres, ça fait beaucoup d'argent. » Hugh se rendait compte qu'il se montrait un peu outrecuidant — un défaut fréquent chez lui — et il fit aussitôt machine arrière. Il savait que, s'il les poussait dans leurs derniers retranchements, ils lui diraient non par pur conservatisme. « Mais il faut peser le pour et le contre. Je sais que vous voudrez en discuter. Je devrais peut-être vous laisser ? » Samuel lui fit de la tête un petit signe discret et Hugh se dirigea vers la porte.

Samuel reprit : « Que ce projet aboutisse ou non, Hugh, il faut te féliciter pour cette proposition qui témoigne d'un bel esprit d'entreprise. Je suis sûr que nous sommes tous d'accord sur ce point. »

Il jeta à ses associés un regard interrogateur et tous acquiescèrent. Oncle Joseph murmura : « Tout à fait, tout à fait. »

Hugh ne savait pas s'il devait être déçu parce qu'ils n'avaient pas accepté d'emblée son projet ou enchanté qu'ils ne l'aient pas écarté tout de suite. Il était un peu frustré. Mais il ne pouvait pas en faire davantage. « Je vous remercie », dit-il, et il sortit.

A quatre heures cet après-midi-là, il arriva à Kensington Gore, devant l'énorme maison surchargée de décorations d'Augusta.

Six ans de poussière londonienne avaient assombri la brique rouge et maculé la pierre blanche : mais il y avait encore les statues d'oiseaux et de bêtes sur le pignon et au faîte du toit, le navire toutes voiles dehors. Et on prétend que les Américains sont pleins d'ostentation ! songea Hugh.

Il savait par les lettres de sa mère que Joseph et Augusta avaient consacré une partie de leur richesse sans cesse croissante à l'achat de deux autres résidences : un château en Écosse et une maison de campagne dans le Buckinghamshire. Augusta aurait voulu vendre la demeure de Kensington pour acheter un hôtel particulier à Mayfair, mais Joseph avait mis le holà : il aimait bien cette maison.

Elle était relativement neuve quand Hugh était parti, mais elle lui rappelait quand même plein de souvenirs. C'était là qu'il avait enduré les persécutions d'Augusta, qu'il avait fait la cour à Florence Stalworthy, cassé le nez d'Edward et fait l'amour à Maisie Robinson. Cela lui serra le cœur d'évoquer Maisie. Ce n'était pas l'humiliation ni le déshonneur qu'il se rappelait autant que la passion et le frisson d'excitation. Il n'avait pas revu Maisie pas plus qu'il n'avait eu de ses nouvelles depuis cette nuit-là, mais il songeait encore à elle chaque jour de sa vie.

La famille devait se souvenir du scandale tel que l'avait raconté Augusta : comment le fils dépravé de Tobias Pilaster avait amené une prostituée à la maison et comment, pris sur le fait, il avait violemment agressé le pauvre Edward qui n'y était pour rien. Ainsi soit-il. Ils pouvaient penser ce qu'ils voulaient : ils étaient obligés de reconnaître sa qualité de Pilaster et de banquier et bientôt, avec un peu de chance, il leur faudrait bien le nommer associé.

Il se demanda combien la famille avait changé en six ans. Sa mère l'avait tenu au courant des événements domestiques dans les lettres qu'elle lui envoyait chaque mois. Sa cousine Clémentine était fiancée. Malgré les efforts d'Augusta, Edward ne l'était pas. Le jeune William et Béatrice avaient une petite fille. Mais mère ne lui avait pas parlé des changements moins visibles. Oncle Samuel vivait-il encore avec son « secrétaire » ? Augusta était-elle toujours aussi impitoyable ou bien s'était-elle adoucie avec l'âge ? Edward avait-il fini par se calmer et par s'installer ? Est-ce que Micky Miranda avait épousé une des innombrables jeunes filles qui à chaque saison tombaient amoureuses de lui ? Le moment était venu de les affronter tous. Il traversa la rue et frappa à la porte.

Ce fut Hastead, l'onctueux maître d'hôtel d'Augusta, qui vint lui ouvrir. Il ne paraissait pas changé : toujours le même strabisme. « Bonjour, Mr. Hugh », dit-il, mais sa voix aux accents gallois avait des tonalités glaciales, signe que Hugh continuait à ne pas être en odeur de sainteté dans cette maison. On pouvait toujours compter sur l'accueil de Hastead pour refléter les sentiments d'Augusta.

Il franchit le seuil et passa dans le vestibule. Là, comme un comité d'accueil, étaient plantées les trois sorcières de la famille Pilaster : Augusta, sa belle-sœur Madeleine et sa fille Clémentine. A quarante-sept ans, Augusta était plus belle que jamais : elle avait toujours ce visage bien découpé, cet air fier et, si elle était un peu plus lourde que six ans plus tôt, sa haute taille l'y autorisait. Clémentine était une édition plus mince du même ouvrage mais elle n'avait pas l'air indomptable de sa mère ni surtout sa beauté. Tante Madeleine était une Pilaster jusqu'au bout des ongles : depuis le nez aquilin jusqu'à la maigre silhouette anguleuse et la somptueuse bordure de dentelle qui prolongeait l'ourlet de sa robe bleu glacier.

Hugh serra les dents et les embrassa à tour de rôle.

« Eh bien, Hugh, dit Augusta, j'espère que tes expériences à l'étranger ont fait de toi un jeune homme plus sage qu'autrefois ? »

Elle n'allait laisser personne oublier qu'il était parti en pleine défaveur. Hugh répondit : « J'espère que nous croissons tous en sagesse avec l'âge, ma chère tante », et il eut la satisfaction de voir son visage s'assombrir de colère.

« Parfaitement ! approuva-t-elle d'un ton glacé.

— Hugh, intervint Clémentine, permets-moi de te présenter mon fiancé, sir Harry Tonks. »

Hugh lui serra la main. Harry était trop jeune pour avoir été anobli : le « sir » devait signifier qu'il était un baronet, une sorte d'aristocrate de seconde classe. Hugh ne l'enviait pas d'épouser Clémentine. Elle n'était pas aussi épouvantable que sa mère, mais il y avait toujours eu en elle une trace de méchanceté.

Harry demanda à Hugh : « Comment a été la traversée ?

— Très rapide. Je suis venu par un de ces nouveaux paquebots à hélices. Ça ne m'a pris que sept jours.

— Fichtre ! Merveilleux, merveilleux.

— De quelle région d'Angleterre êtes-vous, sir Harry ? interrogea Hugh, cherchant à se renseigner sur les antécédents de son interlocuteur.

— J'ai une propriété dans le Dorsetshire. La plupart de mes métayers cultivent le houblon. »

Aristocratie terrienne, conclut Hugh : s'il a un peu de bon sens, il vendra ses fermes et placera son argent dans la banque Pilaster. A vrai dire, Harry n'avait pas l'air très malin mais c'était sans doute quelqu'un qu'on pourrait convaincre. Les femmes Pilaster aimaient bien épouser des hommes qui faisaient ce qu'on leur conseillait et Harry était une version plus jeune de George, le mari de Madeleine. Avec l'âge, ils devenaient grincheux et pleins de rancœur mais se rebellaient rarement.

« Viens dans le salon, ordonna Augusta. Tout le monde a hâte de te voir. »

Il la suivit mais s'arrêta net sur le seuil. La vaste pièce familière, avec ses larges cheminées à chaque extrémité et les portes-fenêtres donnant sur le grand jardin, avait été radicalement transformée. Disparus tout l'ameublement, tous les tissus japonais : la pièce avait été redécorée dans un foisonnement de motifs audacieusement colorés. En y regardant de plus près, Hugh s'aperçut que c'étaient des fleurs : de grandes marguerites jaunes sur le tapis, des roses rouges grimpant une treille sur le papier mural, des coquelicots dans les rideaux et des chrysanthèmes roses sur la soie drapée autour des pieds des fauteuils, des glaces, des guéridons et du piano.

« Ma tante, dit-il, vous avez changé ce salon.

— Tout cela vient de la nouvelle boutique de William Morris sur Oxford Street, expliqua Clémentine. C'est la dernière mode.

— Il faudra changer le tapis, déclara Augusta. Il n'est pas de la couleur qu'il faut. »

Jamais contente, se rappela Hugh.

Presque toute la famille Pilaster était là. Naturellement, ils étaient tous curieux de revoir Hugh. Il était parti dans la disgrâce et peut-être avaient-ils cru ne jamais le revoir. Mais ils l'avaient sous-estimé et voilà qu'il revenait en héros conquérant. Ils avaient tous hâte de le voir de plus près.

La première personne à qui il serra la main fut son cousin Edward. Il avait vingt-neuf ans, mais paraissait plus âgé : il commençait déjà à prendre de l'embonpoint et avait un visage congestionné de glouton. « Alors, constata-t-il, tu es revenu. » Il tenta un sourire qui se transforma en un ricanement plein d'amertume. Hugh ne pouvait guère lui en vouloir. On avait toujours comparé les deux cousins. Le succès de Hugh attirait maintenant l'attention sur le manque de réussite d'Edward à la banque.

Auprès d'Edward se tenait Micky Miranda. Aussi bel homme qu'autrefois et habillé avec élégance, Micky semblait encore plus suave et plein d'assurance. « Bonjour, Miranda, dit Hugh. Tu travailles encore pour l'ambassadeur du Cordovay ?

— Je *suis* l'ambassadeur du Cordovay », répliqua Micky.

Au fond, Hugh n'en était pas surpris.

Il fut heureux de rencontrer sa vieille amie Rachel Bodwin.

« Bonjour, Rachel, comment allez-vous ? » Elle n'avait jamais été une jolie jeune fille, mais il remarqua qu'elle devenait une assez belle femme. Les traits anguleux et les yeux trop rapprochés qu'il avait trouvés sans beauté six ans auparavant avaient à présent quelque chose qui piquait la curiosité. « Qu'est-ce que vous devenez ?

— Je fais campagne pour faire réformer la loi sur les droits des femmes », dit-elle. Puis elle ajouta avec un large sourire : « Au grand embarras de mes parents qui préféreraient me voir faire campagne pour dénicher un mari. »

Tout en échangeant quelques propos avec elle, il se demanda si Augusta avait toujours envie de les marier. Peu importait : le seul homme pour lequel Rachel eût jamais montré quelque véritable intérêt, c'était Micky Miranda. Même maintenant, elle prenait soin d'inclure Micky dans la conversation qu'elle avait avec

Hugh. Celui-ci n'avait jamais compris pourquoi les filles trouvaient Micky irrésistible, et Rachel l'étonnait plus que la plupart des autres, car elle était assez intelligente pour comprendre que Micky était un propre-à-rien : pourtant, on aurait dit que cela le rendait encore plus fascinant aux yeux de ces demoiselles.

Continuant d'avancer, il serra la main du jeune William et de sa femme. Béatrice accueillit Hugh avec chaleur et il en conclut qu'elle ne subissait pas autant que les autres femmes Pilaster l'influence d'Augusta.

Hastead les interrompit pour remettre une enveloppe à Hugh. « Cela vient d'arriver par messager », dit-il.

L'enveloppe contenait un billet qui parut à Hugh être de l'écriture d'un secrétaire :

123, Piccadilly
Londres, W.

Mardi

Mrs. Solomon Greenbourne serait heureuse de vous recevoir à dîner ce soir.

En dessous, un griffonnage qu'il reconnaissait :

Bienvenue ! — Solly.

Il était ravi. Solly était toujours affable et facile à vivre. Pourquoi les Pilaster ne pouvaient-ils être aussi détendus ? Les méthodistes étaient-ils naturellement plus crispés que les juifs ? Mais peut-être existait-il des tensions qu'il ignorait dans la famille Greenbourne.

Hastead précisa : « Le messager attend une réponse, Mr. Hugh.

— Mes compliments à Mrs. Greenbourne, dit Hugh, et je serai enchanté de me joindre à eux pour dîner. »

Hastead s'inclina et se retira. Béatrice s'écria : « Seigneur, tu dînes avec les Solomon Greenbourne ? C'est merveilleux ! »

Hugh fut étonné. « Je ne m'attends pas à ce que ce soit merveilleux, j'étais au collège avec Solly et je l'ai toujours bien aimé, mais une invitation à dîner avec lui n'a jamais été un privilège convoité.

— Ça l'est maintenant, assura Béatrice.

— Solly a épousé une femme débordante d'énergie, expliqua William. Mrs. Greenbourne adore recevoir et ses soirées sont les plus réussies de Londres.

— Ils font partie du groupe de Marlborough, ajouta Béatrice d'un ton respectueux. Ils sont amis du prince de Galles. »

Harry, le fiancé de Clémentine, surprit cette remarque et dit d'un ton irrité : « Je ne sais pas où va la société anglaise quand l'héritier du trône préfère les juifs aux chrétiens.

— Vraiment ? fit Hugh. Je dois avouer que je n'ai jamais compris pourquoi les gens n'aiment pas les juifs.

— Pour ma part, répliqua Harry, je ne peux pas les supporter.

— Eh bien, vous vous mariez dans une famille de banquiers, alors vous risquez d'en rencontrer pas mal à l'avenir. »

Harry eut un air un peu vexé.

William reprit : « Augusta désapprouve tout le groupe de Marlborough, juifs et autres. Leur morale apparemment n'est pas ce qu'elle devrait être.

— Et je parie, fit Hugh, qu'ils n'invitent pas Augusta à leurs réceptions. »

Béatrice émit un petit rire et William répondit : « Certainement pas !

— Ma foi, conclut Hugh, j'ai hâte de rencontrer Mrs. Greenbourne. »

Piccadilly était une rue bordée de palais. A huit heures, par une frisquette soirée de janvier, l'endroit était plein d'animation : la large chaussée grouillant d'attelages et de fiacres, les trottoirs éclairés par des becs de gaz, et encombrés d'hommes en habit et cravate blanche comme Hugh, de femmes en manteau de velours à col de fourrure et de prostitués peinturlurés des deux sexes.

Hugh marchait, plongé dans ses pensées. Augusta lui était toujours aussi implacablement hostile. Il s'était bercé du faible espoir qu'elle s'était peut-être adoucie, mais il n'en était rien. Et comme son matriarcat continuait à s'exercer, l'avoir pour ennemie, c'était être mal avec toute la famille.

A la banque, la situation était plus facile. Les affaires obligeaient les hommes à se montrer plus objectifs. Augusta ne manquerait pas de chercher à bloquer son avancement là-bas, mais sur ce terrain-là il avait plus de chances de pouvoir se défendre. Elle savait comment manipuler les gens mais elle ignorait tout de la finance.

Tout compte fait, la journée ne s'était pas mal déroulée et il était impatient de passer une soirée détendue avec des amis.

Quand Hugh était parti pour l'Amérique, Solly Greenbourne

habitait avec son père, Ben, une vaste demeure dominant Green Park. Solly maintenant avait sa maison à lui, juste un peu plus loin dans la rue et pas beaucoup plus petite que la résidence de son père. Hugh franchit une porte imposante pour déboucher dans un vaste hall aux murs de marbre vert et s'arrêta pour contempler l'extravagante envolée d'un escalier de marbre orange et noir. Mrs. Greenbourne avait ceci de commun avec Augusta Pilaster : ni l'une ni l'autre ne faisaient dans la discrétion.

Un maître d'hôtel et deux valets se tenaient dans le hall. Le maître d'hôtel prit le chapeau de Hugh pour le tendre aussitôt à un valet; le second valet escorta Hugh dans l'escalier. Sur le palier, il jeta un coup d'œil par une porte ouverte et aperçut le plancher bien ciré d'une salle de bal avec un alignement de fenêtres aux rideaux tirés, puis on le fit entrer dans un salon.

Hugh n'était pas un expert en matière de décoration, mais il reconnut aussitôt le somptueux et extravagant style Louis XVI. Le plafond présentait une débauche de moulures en plâtre. Des panneaux de papier tontisse recouvraient les murs, et toutes les tables comme les fauteuils étaient juchés sur de frêles pieds dorés qu'on aurait crus près de se briser. Partout étincelaient les couleurs : jaune, rouge orange, or et vert. Hugh imaginait fort bien des gens pincés déclarer cela vulgaire, pour dissimuler leur envie sous une apparence de dégoût. En fait, l'ensemble respirait la sensualité. C'était une pièce où les goûts de gens incroyablement riches s'exprimaient sans retenue ni limite d'aucune sorte.

Plusieurs autres invités étaient déjà arrivés et circulaient en buvant du champagne et en fumant des cigarettes. Voilà qui était nouveau pour Hugh : il n'avait jamais vu fumer dans un salon. Solly se détacha d'un groupe de gens qui riaient et se dirigea vers lui.

« Pilaster, comme c'est gentil de ta part d'être venu ! Comment vas-tu, bon sang ? »

Hugh trouva Solly un peu plus extraverti qu'autrefois. Il était encore gros et portait des lunettes; il y avait déjà une tache sur son gilet blanc; mais il paraissait plus jovial que jamais et, Hugh le remarqua tout de suite, plus heureux aussi.

« Je vais très bien, merci, Greenbourne, répondit Hugh.

— Je suis au courant ! J'ai suivi ta progression. Je regrette que notre banque n'ait pas quelqu'un comme toi en Amérique. J'espère que les Pilaster te paient une fortune : tu le mérites.

— Et toi, à ce qu'on m'a dit, tu es devenu un mondain.

— Je n'y suis pour rien. Tu sais, je me suis marié. »

Il se retourna et tapota l'épaule blanche et nue d'une femme petite et vêtue d'une robe vert coquille d'œuf. Elle était tournée de l'autre côté, mais son dos semblait à Hugh étrangement familier : il eut une impression de déjà-vu qui l'emplit d'une inexplicable tristesse. Solly dit à la jeune femme : « Ma chère, vous vous souvenez de mon vieil ami Hugh Pilaster ? »

Elle termina ce qu'elle disait à ses compagnons et Hugh pensa : « Pourquoi ai-je le souffle coupé en la voyant ? » Puis elle se retourna très lentement, comme une porte qui s'ouvre sur le passé, et Hugh sentit son cœur cesser de battre quand il aperçut son visage. « Bien sûr que je me souviens de lui, dit-elle. Comment allez-vous, Mr. Pilaster ? »

Muet de saisissement, Hugh dévisagea la femme qui était devenue Mrs. Solomon Greenbourne.

C'était Maisie.

2

Assise à sa coiffeuse, Augusta mettait l'unique rang de perles qu'elle portait toujours aux dîners. C'était son bijou le plus coûteux. Les méthodistes ne croyaient pas aux ornements extravagants et son parcimonieux mari Joseph trouvait là une excuse pour ne pas lui acheter de bijoux. Il aurait bien voulu l'empêcher de redécorer si souvent la maison, mais elle le faisait sans lui demander son avis : s'il avait fallu le consulter, ils auraient bien pu ne pas vivre mieux que ses employés. Il acceptait en rechignant les changements de décoration, insistant seulement pour qu'on ne touche pas à sa chambre à coucher.

Elle prit dans son coffre à bijoux la bague que Strang lui avait offerte trente ans plus tôt : un serpent d'or avec une tête en diamant et des yeux en rubis. Elle la passa à son doigt et, comme elle l'avait fait mille fois auparavant, elle frotta contre ses lèvres la tête dressée du serpent en se souvenant.

Sa mère avait dit : « Renvoie-lui sa bague et tâche de l'oublier. »

A dix-sept ans, Augusta avait répondu : « Je la lui ai déjà renvoyée, et je l'oublierai », mais c'était un double mensonge. Elle garda la bague cachée dans le dos de sa bible et elle n'oublia jamais Strang. Elle n'avait pu avoir son amour, mais tout le reste, se jura-t-elle, lui appartiendrait d'une façon ou d'une autre un jour.

Jamais elle ne serait comtesse de Strang : cela, elle l'avait accepté voilà longtemps. Mais elle était décidée à porter un titre. Et, puisque Joseph n'en avait pas, elle allait lui en faire décerner un.

Elle réfléchissait depuis des années à ce problème, étudiant les mécanismes par lesquels les hommes obtenaient des titres, et elle avait consacré bien des nuits sans sommeil à élaborer sa stratégie. Maintenant elle était prête et le moment était venu.

Elle allait lancer sa campagne ce soir même au dîner. Parmi ses invités se trouvaient trois personnes qui joueraient un rôle crucial pour faire de Joseph un comte.

Il pourrait prendre le titre de comte de Whitehaven, songea-t-elle. Whitehaven était le port où la famille Pilaster avait débuté dans les affaires quatre générations plus tôt. L'arrière-grand-père de Joseph, Amos Pilaster, avait fait fortune grâce à un pari légendaire : il avait placé tout son argent dans un vaisseau de transport d'esclaves. Puis il s'était lancé dans des entreprises moins risquées, vendant aux Amériques de la serge et du calicot imprimés des filatures du Lancashire. On appelait déjà leur résidence de Londres Whitehaven House en souvenir de l'endroit où avait démarré leur affaire. Si ces plans aboutissaient, Augusta serait comtesse de Whitehaven.

Elle s'imaginait entrant au bras de Joseph dans un grandiose salon tandis qu'un maître d'hôtel annonçait : « Le comte et la comtesse de Whitehaven », et cette idée la faisait sourire. Elle voyait Joseph prononcer son discours de réception à la Chambre des lords sur un sujet touchant à la haute finance et les autres pairs écouter avec une attention respectueuse. Les boutiquiers l'appelleraient « lady Whitehaven » d'une voix claire et les gens se retourneraient pour voir qui elle était.

Toutefois, se disait-elle, c'était surtout pour Edward qu'elle voulait cela. Un jour, il hériterait du titre de son père et en attendant il pourrait inscrire sur sa carte de visite : « L'Honorable Edward Pilaster. »

Elle savait exactement comment opérer mais, malgré tout, elle se sentait mal à l'aise. Obtenir une pairie, ce n'était pas comme acheter un tapis : on ne pouvait pas aller trouver le fournisseur en disant : « C'est celui-ci que je veux. Combien vaut-il ? » Il fallait procéder par allusions. Elle devrait ce soir faire montre de doigté. Au moindre faux pas, ses plans soigneusement préparés pourraient subitement s'effondrer. Si elle avait mal jugé les uns ou les autres, elle était perdue.

Une femme de chambre frappa à la porte. « Madame, Mr. Hobbes est arrivé. »

Bientôt, se dit Augusta, il faudra qu'elle m'appelle : « My lady ».

Elle rangea la bague de Strang, abandonna sa coiffeuse, franchit la porte de communication et pénétra dans la chambre de Joseph. Habillé pour dîner, il était assis devant la vitrine où il rangeait sa collection de tabatières ornées de pierres précieuses ; il en examinait une à la lueur de la lampe à gaz. Augusta se demanda si elle allait lui parler de Hugh maintenant.

Hugh continuait d'être une véritable plaie. Six ans plus tôt, elle croyait s'être débarrassée de lui une fois pour toutes, mais voilà qu'il était de retour, menaçant d'éclipser Edward. Le bruit courait qu'on allait le nommer associé : Augusta ne pouvait pas tolérer cela. Elle était bien décidée à ce qu'Edward soit un jour président de la banque et elle ne devait pas laisser Hugh passer devant.

Avait-elle raison de s'inquiéter à ce point ? Peut-être était-il aussi bien de laisser Hugh diriger la banque ? Edward pourrait faire autre chose, de la politique ? Mais non, la banque c'était le cœur de cette famille. Les gens qui la quittaient, comme Tobias, le père de Hugh, finissaient toujours mal. C'était à la banque qu'on gagnait de l'argent et qu'on exerçait le pouvoir. La banque Pilaster pouvait renverser un monarque en lui refusant un prêt : rares étaient les hommes politiques à en être capables. C'était épouvantable d'imaginer Hugh devenu président, recevant des ambassadeurs, prenant le café avec le chancelier de l'Échiquier, occupant la première place aux réunions familiales, passant avant Augusta et les siens.

Mais il serait difficile cette fois de se débarrasser de lui. Il était plus âgé, plus sage, et il avait à la banque une position bien établie. Le pauvre garçon avait trimé dur et patiemment six ans durant pour se refaire une réputation. Parviendrait-elle à détruire tout cela ?

Ce n'était pas le moment d'affronter Joseph à propos de Hugh. Elle voulait le voir de bonne humeur pour le dîner. « Restez encore quelques minutes en haut, si vous voulez, lui dit-elle. Seul Arnold Hobbes est arrivé.

— Très bien, si cela ne vous ennuie pas. »

Cela arrangeait Augusta d'avoir Hobbes à elle toute seule pendant un moment.

Hobbes était le rédacteur en chef d'un journal politique, *Le Forum*. Il se rangeait en général du côté des conservateurs qui défendaient l'aristocratie et la religion officielle contre les libéraux, le parti des hommes d'affaires, et les méthodistes. Les Pilaster étaient tout à la fois des hommes d'affaires et des méthodistes, mais les conservateurs étaient au pouvoir...

Elle n'avait rencontré Hobbes qu'une ou deux fois auparavant, et elle se doutait qu'il avait probablement été quelque peu surpris de recevoir son invitation. Pourtant, elle était sûre qu'il accepterait. On ne l'invitait pas souvent dans des demeures aussi somptueuses que celle d'Augusta.

Hobbes se trouvait dans une situation curieuse : puissant parce que son journal était lu et respecté, et pauvre car il ne lui rapportait pas beaucoup d'argent. C'était pour lui une combinaison inconfortable — qui s'accordait à merveille aux objectifs d'Augusta. Il avait le pouvoir de l'aider, et on pouvait l'acheter.

Il n'y avait qu'un seul obstacle possible... Elle espérait qu'il n'était pas un homme à principes : cela détruirait son utilité. Mais, si elle l'avait bien jugé, il était corruptible.

Elle se sentait nerveuse et pleine d'appréhension. Elle resta un instant derrière la porte du salon en se disant : *Détends-toi, Mrs. Pilaster. Tu es très bonne pour ce genre de choses.* Au bout d'un moment, plus calme, elle entra.

Il se leva avec empressement pour la saluer. C'était un homme nerveux, à l'esprit vif dont les mouvements rappelaient ceux d'un oiseau. Son habit avait au moins dix ans, nota Augusta. Elle l'entraîna jusqu'à la banquette auprès de la fenêtre pour donner à leur conversation une atmosphère un peu intime même s'ils n'étaient pas de vieilles connaissances. « Racontez-moi à quel mauvais coup vous avez consacré votre journée, lui demanda-t-elle d'un ton enjoué. A démolir Mr. Gladstone ? A saper notre politique en Inde ? A persécuter les catholiques ? »

Il la regarda derrière les verres mal nettoyés de ses lunettes. « J'ai écrit un article sur la Banque de Glasgow », dit-il.

Augusta fronça les sourcils. « C'est la banque qui a fait faillite il y a peu de temps ?

— Précisément. Nombre de syndicats écossais ont été ruinés, vous savez.

— Je crois me souvenir d'en avoir entendu parler. D'après mon mari, cette banque avait depuis des années la réputation d'être peu sûre.

— Je ne comprends pas cela, dit-il en s'animant. Les gens savent qu'une banque n'est pas bonne, pourtant on la laisse continuer à travailler jusqu'à ce qu'elle s'effondre et que des milliers de gens perdent les économies de toute une vie ! » Augusta ne comprenait ça pas non plus. Elle ne connaissait pratiquement rien aux affaires. Mais voilà maintenant qu'une occasion s'offrait à elle de faire prendre à la conversation la direction qu'elle souhaitait. « Peut-être les univers du commerce et du gouvernement sont-ils trop séparés, suggéra-t-elle.

— Ce doit être cela. Une meilleure communication entre hommes d'affaires et hommes d'État pourrait prévenir pareilles catastrophes.

— Je me demande... » Augusta hésita, comme si une idée venait de la frapper. « Je me demande si quelqu'un comme vous envisagerait de devenir administrateur d'une ou deux sociétés. »

Il parut surpris. « Ma foi, je pourrais.

— Vous comprenez... une expérience dans la direction d'une entreprise commerciale serait susceptible de vous aider quand vous vous livrez dans votre journal à des commentaires sur le monde des affaires.

— A n'en pas douter.

— Cela ne rapporte pas grand-chose : cent ou deux cents livres par an, au mieux. » Elle vit son regard s'éclairer : pour lui, c'était beaucoup d'argent. « Mais les obligations sont réduites.

— Voilà une idée fort intéressante », déclara-t-il. Il s'efforçait de dissimuler son excitation, elle la percevait.

« Si cela vous intéressait, mon mari pourrait arranger l'affaire. Il doit sans cesse recommander des administrateurs aux conseils des entreprises dans lesquelles il a des intérêts. Réfléchissez-y et prévenez-moi si vous aimeriez que je lui en parle.

— Très bien, je n'y manquerai pas. »

Jusque-là, parfait, se dit Augusta. Mais lui faire miroiter l'appât était la partie facile. A présent il fallait le ferrer. Elle reprit d'un ton songeur : « Et le monde du commerce devrait bien sûr rendre la politesse. Il devrait, me semble-t-il, y avoir plus d'hommes d'affaires qui servent leur pays à la Chambre des lords. »

Il plissa légèrement les yeux : vraisemblablement son esprit vif commençait-il à comprendre le marché qu'on lui proposait.

« Sans doute », dit-il sans s'engager.

Augusta développa son thème. « Les deux Chambres bénéficieraient des connaissances et du jugement avisé d'hommes d'affaires importants, surtout au moment de discuter les finances de la nation. Pourtant, un étrange préjugé semble empêcher un financier d'être élevé à la pairie.

— En effet, et c'est tout à fait déraisonnable, reconnut Hobbes.

Nos négociants, nos fabricants et nos banquiers sont responsables de la prospérité du pays, bien plus que les propriétaires terriens et les ecclésiastiques. Ce sont pourtant ces derniers qui sont anoblis pour services rendus à la nation alors qu'on néglige souvent les hommes qui vraiment conçoivent et agissent.

— Vous devriez écrire un article là-dessus. C'est le genre de cause que votre journal a défendue dans le passé : la modernisation de nos vieilles institutions. » Elle le gratifia de son plus chaleureux sourire. Maintenant, elle avait étalé ses cartes. Comment pourrait-il ne pas comprendre que cette campagne était le prix qu'il lui faudrait payer pour les postes d'administrateurs de société qu'elle lui offrait ? Allait-il se raidir, adopter un air offensé et se montrer d'un avis contraire ? Allait-il partir, vexé ? Allait-il sourire et lui opposer gracieusement un refus ? S'il avait l'une de ces réactions, elle devrait tout recommencer avec quelqu'un d'autre.

Il y eut un long silence, puis il dit : « Vous avez peut-être raison. » Augusta se détendit.

« C'est probablement un point de vue que nous devrions défendre, poursuivit-il. Des liens plus étroits entre le monde du commerce et le gouvernement.

— Des pairies pour les hommes d'affaires, précisa Augusta.

— Et des postes d'administrateurs de société pour les journalistes », ajouta-t-il.

Augusta eut le sentiment qu'ils étaient allés aussi loin qu'ils le pouvaient et que le moment était venu de faire machine arrière. Si l'on reconnaissait qu'elle était en train de l'acheter, il risquait d'en être humilié et de refuser. Elle était satisfaite de ce qu'elle avait obtenu et elle s'apprêtait à changer de sujet quand de nouveaux invités se présentèrent, ce qui lui épargna cette peine.

Le reste des invités arriva en groupe, et Joseph apparut au même moment. Quelques instants plus tard, Hastead entra et annonça : « Monsieur, le dîner est servi. » Augusta avait hâte de l'entendre dire *my lord*, au lieu de *monsieur*.

Ils traversèrent le vestibule pour passer du salon dans la salle à manger. Cette procession un peu brève tracassait Augusta. Dans les demeures aristocratiques, il y avait souvent une longue et très élégante marche jusqu'à la salle à manger, et c'était un des grands moments du rituel du dîner. Les Pilaster par tradition ne voulaient pas s'abaisser à copier les manières de la noblesse, mais Augusta avait des sentiments différents. A ses yeux cette maison avait un caractère irrémédiablement banlieusard. Mais elle n'était pas parvenue à persuader Joseph de déménager.

Elle s'était arrangée ce soir pour qu'Edward escorte Emily Maple, une timide et jolie fille de dix-neuf ans qui accompagnait son père, un pasteur méthodiste, et sa mère. Ils étaient manifestement impressionnés par la maison et par la qualité des invités : ils n'étaient guère à leur place ici, mais Augusta continuait à chercher désespérément un parti convenable pour Edward. Le garçon avait vingt-neuf ans et, à la vive déception de sa mère, n'avait jamais manifesté une once d'intérêt pour une jeune fille qui fût un bon parti. Il ne manquerait certainement pas de trouver Emily séduisante : elle avait de grands yeux et un charmant sourire. Les parents seraient ravis d'une telle union. Quant à la fille, elle n'aurait qu'à faire ce qu'on lui dirait. Mais peut-être faudrait-il pousser un peu Edward. L'ennui, c'était qu'il ne voyait aucune raison de se marier. Il aimait bien la vie qu'il menait avec ses camarades : aller à son club, et sortir... L'existence d'homme marié ne le séduisait guère. Pendant quelque temps, elle avait allègrement supposé que ce n'était qu'une phase normale dans la vie d'un jeune homme. Mais cela durait depuis trop longtemps et elle commençait à se demander avec inquiétude s'il en sortirait jamais. Elle allait devoir faire pression sur lui.

Augusta avait placé à sa gauche Michael Fortescue, un charmant jeune homme aux aspirations politiques. On le disait proche du Premier ministre, Benjamin Disraeli, qui avait été anobli et qui était maintenant lord Beaconsfield. Fortescue était le deuxième des trois personnages dont Augusta avait besoin pour l'aider à faire obtenir une pairie à Joseph. Il n'était pas aussi malin que Hobbes, mais il était plus sophistiqué et plus sûr de lui. Augusta était parvenue à impressionner Hobbes, elle devrait séduire Fortescue.

Le doyen Maple dit le bénédicité et Hastead versa le vin. Ni Joseph ni Augusta ne buvaient de vin, mais ils en offraient à leurs invités. Tandis qu'on servait le consommé, Augusta adressa un grand sourire à Fortescue et lui demanda d'une voix basse et complice : « Quand allons-nous vous voir au Parlement ?

— Je voudrais bien le savoir, répondit-il.

— Vous ne l'ignorez pas, tout le monde assure que vous êtes un brillant jeune homme. »

Il était enchanté mais un peu embarrassé de sa flatterie. « Non, je ne le savais pas.

— Et vous êtes très beau garçon aussi : cela ne fait jamais de mal. »

Il parut un peu stupéfait. Il ne s'attendait pas à la voir flirter, mais il n'avait rien contre.

« Vous ne devriez pas attendre des élections générales, poursuivit-elle. Pourquoi ne vous présentez-vous pas à une élection partielle ? Ce devrait être assez facile à arranger : on prétend que vous avez l'oreille du Premier ministre.

— Vous êtes très aimable... mais des élections partielles coûtent cher, Mrs. Pilaster. »

C'était la réaction qu'elle espérait, mais elle n'en montra rien. « Ah oui ? fit-elle.

— Et je ne suis pas un homme riche.

— Je ne savais pas cela, dit-elle sans vergogne. Alors, il faudrait vous trouver un mécène.

— Un banquier, peut-être ? suggéra-t-il d'un ton à mi-chemin entre la plaisanterie et le regret.

— Ce n'est pas impossible. Mr. Pilaster a très envie de prendre une part plus active au gouvernement de la nation. » Il n'y aurait pas manqué si on lui avait offert une pairie... « Et il ne voit pas pourquoi les hommes d'affaires devraient se sentir obligés d'être des libéraux. De vous à moi, il se trouve plus souvent en communion de pensée avec les jeunes conservateurs. »

Le ton confidentiel d'Augusta encouragea son interlocuteur à se montrer franc — comme elle l'escomptait — et il lui dit tout net : « De quelle manière Mr. Pilaster aimerait-il servir le pays autrement qu'en finançant un candidat à une élection partielle ? »

C'était un défi. Devait-elle répondre à sa question ou continuer à biaiser. Augusta décida de faire montre de la même franchise que lui. « Peut-être à la Chambre des lords. Croyez-vous que ce soit possible ? » Elle s'amusait beaucoup — et lui aussi.

« Possible ? Certainement. Réalisable, c'est une autre question. Dois-je me renseigner ? »

Voilà qui était plus direct qu'Augusta ne l'avait prévu. « Pourriez-vous le faire discrètement ? »

Il hésita. « Je pense que oui.

— Ce serait extrêmement aimable », dit-elle avec satisfaction. Elle avait fait de lui un conspirateur.

« Je vous ferai savoir ce que je découvrirai.

— Et si une élection partielle convenable avait lieu...

— Vous êtes très bonne. »

Elle lui toucha le bras. C'était un jeune homme extrêmement

séduisant, constata-t-elle. Elle aimait comploter avec lui. « Je crois que nous nous comprenons à merveille », murmura-t-elle. Elle remarqua qu'il avait des mains étonnamment fortes. Elle lui tint le bras encore un moment en le regardant dans les yeux. Puis elle tourna la tête.

Elle se sentait en pleine forme. Elle avait discuté avec deux des trois personnages clés de son complot et n'avait pas encore commis d'impair. Durant le service suivant, elle engagea une conversation avec lord Morte, qui était assis à sa droite. Elle échangea avec lui des propos polis et sans intérêt : c'était sa femme qu'elle voulait influencer et, pour cela, elle devrait attendre jusqu'après le dîner.

Les hommes restèrent à fumer dans la salle à manger et Augusta emmena les dames en haut dans sa chambre. Là, elle put parler quelques minutes en tête à tête avec lady Morte. De quinze ans plus âgée qu'Augusta, Harriet Morte était dame d'honneur de la reine Victoria. Elle avait les cheveux gris fer et des airs supérieurs. Comme Arnold Hobbes et Michael Fortescue, elle avait de l'influence ; et Augusta espérait bien que, comme eux, elle se révélerait corruptible. Hobbes et Fortescue étaient vulnérables parce que pauvres. Lord et lady Morte n'étaient pas tellement pauvres, plutôt imprévoyants : ils possédaient beaucoup d'argent, mais ils en dépensaient plus encore. Lady Morte collectionnait les robes et les bijoux magnifiques, et lord Morte continuait de se persuader, malgré quarante années qui lui avaient apporté maintes preuves du contraire, qu'il avait l'œil pour repérer le gagnant d'une course de chevaux.

Augusta se sentait plus nerveuse à l'idée d'aborder lady Morte qu'elle ne l'avait été avec les hommes. Les femmes, c'était plus difficile. Elles ne jugeaient rien sur les apparences et elles savaient quand on les manipulait. Trente années à la Cour avaient dû affiner la sensibilité de lady Morte jusqu'au point où rien ne pourrait lui échapper.

Augusta commença : « Mr. Pilaster et moi admirons tant la chère reine. »

Lady Morte hocha la tête comme pour signifier *Bien entendu*. Toutefois, il n'y avait pas de *Bien entendu* qui tienne. Une grande partie du pays n'aimait pas du tout la reine Victoria et lui reprochait d'être toujours sur la réserve, sérieuse, lointaine et inflexible.

Augusta poursuivit : « Si jamais il y avait quoi que ce soit que nous puissions faire pour vous aider dans votre noble tâche, nous serions ravis.

— Très aimable à vous. » Lady Morte avait l'air un peu surprise. Elle hésita, puis s'enhardit à demander : « Mais que pourriez-vous donc faire ?

— Que font les banquiers ? Ils prêtent. » Augusta baissa la voix. « La vie de cour doit être abominablement coûteuse, j'imagine. »

Lady Morte se raidit un peu. Dans son monde, un tabou interdisait de parler d'argent et Augusta l'enfreignait délibérément.

Mais Augusta insista. « Si vous souhaitiez ouvrir un compte à la banque Pilaster, vous n'auriez aucun problème de ce côté... »

Lady Morte était offensée. Par ailleurs on lui offrait le remarquable privilège d'un crédit sans limites dans une des plus grandes banques du monde. Son instinct lui soufflait de snober Augusta, mais sa cupidité l'en empêchait : Augusta lisait ce conflit sur son visage.

Augusta ne lui laissa pas le temps de réfléchir. « Pardonnez-moi, je vous prie, de m'être montrée d'une si terrible franchise. Cela vient du seul désir de vous rendre service. » Lady Morte n'en croyait pas un mot, mais elle supposait qu'Augusta voulait simplement s'insinuer dans les bonnes grâces de la famille royale. Elle n'alla pas chercher un motif plus précis et Augusta était bien décidée à ne pas lui donner davantage d'indices ce soir.

Lady Morte hésita encore un instant puis dit : « Vous êtes très aimable. »

Mrs. Maple, la mère d'Emily, revint après être allée se repoudrer et lady Morte la remplaça aussitôt. Elle s'éloigna avec une expression de légère gêne figée sur le visage. Augusta le savait : elle et lord Morte conviendraient, dans la voiture qui les raccompagnerait chez eux, que ces gens du négoce étaient incroyablement vulgaires et qu'ils avaient des manières exécrables ; mais le jour ne tarderait pas où lord Morte perdrait mille guinées sur un cheval et où le couturier réclamerait à son épouse le paiement d'une facture de trois cents livres qui traînait depuis six mois. Tous les deux se souviendraient alors de l'offre d'Augusta, et ils décideraient que les vulgaires gens du négoce avaient quand même leur utilité.

Augusta avait vaincu le troisième obstacle. Si elle avait bien jugé cette femme, dans six mois lady Morte serait désespérément débitrice auprès de la banque Pilaster. Elle découvrirait alors ce qu'Augusta voulait d'elle.

Les dames se retrouvèrent dans le salon du rez-de-chaussée pour prendre le café. Lady Morte était toujours distante mais ne franchit pas le seuil de la grossièreté. Les hommes vinrent les rejoindre quelques minutes plus tard. Joseph entraîna le doyen Maple au premier pour lui montrer sa collection de tabatières. Augusta en fut enchantée : Joseph ne faisait cela que lorsqu'il aimait bien quelqu'un. Emily se mit au piano. Mrs. Maple lui demanda de chanter, mais sa fille déclara qu'elle avait un rhume et, avec une remarquable obstination, ne voulut pas démordre de son refus malgré les supplications de sa mère : Augusta considéra avec angoisse qu'elle pouvait n'être pas aussi docile qu'elle en avait l'air.

Ce soir, elle avait accompli son travail : elle souhaitait maintenant les voir tous repartir afin de pouvoir passer en revue la soirée et estimer les résultats obtenus. Aucun d'eux ne lui plaisait vraiment, sauf Michael Fortescue. Elle s'obligea toutefois à être polie et à faire la conversation pendant une heure encore. Hobbes était accroché, se dit-elle. Fortescue avait conclu un marché et tiendrait parole. Lady Morte avait entrevu la pente glissante qui menait à la perdition et elle ne tarderait pas à s'y engager. Augusta était soulagée et satisfaite.

Quand ils partirent enfin, Edward s'apprêtait à se rendre à son club, mais Augusta l'arrêta. « Assieds-toi et écoute un moment, dit-elle. Je veux vous parler, à ton père et à toi. » Joseph, qui allait monter se coucher, se rassit. Ce fut à lui qu'elle s'adressa. « Quand allez-vous nommer Edward associé à la banque ? »

Joseph prit aussitôt un air contrarié. « Quand il sera plus âgé.

— Mais j'ai entendu dire que Hugh allait sans doute être nommé associé et il a trois ans de moins qu'Edward. » Augusta n'avait peut-être aucune idée sur la façon dont on gérait les affaires, mais elle savait toujours ce qui se passait à la banque pour ce qui était de l'avancement du personnel et des membres de la famille. Les hommes normalement n'en parlaient pas devant les dames, mais Augusta leur arrachait des informations à l'occasion de ses thés.

« L'âge n'est qu'un des éléments qui entrent en jeu dans la nomination au poste d'associé, déclara Joseph d'un ton irrité. La possibilité d'apporter des affaires est un autre élément et Hugh possède cette qualité à un degré que je n'ai jamais rencontré chez un aussi jeune homme. Parmi les autres éléments qui entrent en ligne de compte, il peut y avoir un important investissement de capitaux dans la banque, une haute position dans la société ou une influence politique. Je crains que pour l'instant Edward n'ait rien de tout cela.

— Mais c'est votre fils.

— Une banque est une affaire, pas un dîner mondain ! » rétorqua Joseph dont la colère montait. Il avait horreur qu'elle le mette au défi. « La position n'est pas une simple question de rang ni de préséance. La faculté de gagner de l'argent est un test. »

Augusta connut un moment de doute. Devait-elle insister pour qu'Edward ait de l'avancement s'il n'était pas vraiment capable ? Mais c'était absurde. Il était parfaitement qualifié. Peut-être ne savait-il pas additionner une colonne de chiffres aussi vite que Hugh, mais au bout du compte l'éducation faisait la différence. Elle reprit : « Si vous le souhaitiez, Edward pourrait investir de gros capitaux dans la banque. Vous pouvez placer de l'argent sur sa tête quand bon vous semblera. »

Le visage de Joseph arbora cet air entêté qu'Augusta connaissait bien : l'air qu'il prenait quand il refusait de déménager ou qu'il lui interdisait de refaire la décoration de sa chambre. « Pas avant que ce garçon se marie ! » dit-il. Et il quitta la pièce.

« Vous l'avez mis en colère, remarqua Edward.

— C'est pour ton bien, Teddy chéri.

— Mais vous avez aggravé les choses !

— Pas du tout. » Augusta soupira. « Parfois ta générosité naturelle t'empêche de voir ce qui se passe. Ton père croit peut-être avoir montré de la fermeté mais, si tu réfléchis à ce qu'il a dit, tu comprendras qu'il a promis de placer sur ta tête une somme importante et de te faire nommer associé dès que tu seras marié.

— Bonté divine, peut-être bien, fit Edward, surpris. Je ne voyais pas les choses de cette façon.

— Le malheur avec toi, mon chéri, c'est que tu n'as pas la sournoiserie de Hugh.

— Hugh a eu beaucoup de chance en Amérique.

— Bien sûr qu'il en a eu. Tu aimerais te marier, n'est-ce pas ? »

Il vint s'asseoir auprès d'elle et lui prit la main. « Pourquoi en aurais-je envie, quand je vous ai pour vous occuper de moi ?

— Mais qui auras-tu quand je ne serai plus là ? Tu n'as pas aimé cette petite Emily Maple ? Je l'ai trouvée charmante.

— Elle m'a dit que chasser était cruel pour les renards, dit Edward d'un ton dédaigneux.

— Ton père placera au moins cent mille livres sur ta tête... peut-être plus, peut-être un quart de million. »

Edward n'était pas impressionné. « J'ai tout ce qu'il me faut et j'aime bien vivre avec vous, assura-t-il.

— Et j'aime bien t'avoir près de moi. Mais je voudrais te voir heureusement marié, avec une femme charmante, ta fortune personnelle et un poste d'associé à la banque. Promets-moi d'y réfléchir.

— J'y penserai. » Il lui posa un baiser sur la joue.

« Maintenant, maman, il faut vraiment que j'y aille. J'avais rendez-vous avec des amis il y a une demi-heure.

— Alors va. »

Il se leva et se dirigea vers la porte. « Bonne nuit, maman.

— Bonne nuit. Pense à Emily ! »

3

Le manoir de Kingsbridge était une des plus grandes résidences d'Angleterre. Maisie y avait séjourné trois ou quatre fois et elle n'en avait pas encore vu la moitié. La maison avait vingt chambres, sans compter celles des cinquante et quelques domestiques. Tout cela était chauffé par des feux de charbon et éclairé aux chandelles. Il n'y avait qu'une seule salle de bains, mais ce qui manquait en confort moderne était compensé par un luxe d'autrefois : des lits à colonnes garnis de lourds rideaux de soie, de délicieux vins vieux provenant des immenses caves, des chevaux, des fusils, des livres et des jeux sans fin.

Le jeune duc de Kingsbridge était jadis propriétaire d'une quarantaine de milliers d'hectares des meilleures terres du Wiltshire mais, sur le conseil de Solly, il en avait vendu la moitié et, avec les produits de la vente, avait acheté un bon morceau de South Kensington. La crise agricole qui avait appauvri tant de grandes familles avait épargné « Kingo » et il pouvait encore recevoir ses amis en grande pompe.

Le prince de Galles avait passé avec eux la première semaine. Solly, Kingo et le prince partageaient un goût commun pour les farces et Maisie avait apporté sa contribution dans ce domaine. Sur le dessert de Kingo, elle avait remplacé la crème fouettée par de la mousse de savon. Elle avait déboutonné les bretelles de Solly alors qu'il sommeillait dans la bibliothèque, si bien qu'en se levant il avait perdu son pantalon. Elle avait collé ensemble les pages du *Times* qu'on ne pouvait plus ouvrir. Le prince par hasard avait voulu lire le journal et, tandis qu'il s'escrimait sur les feuilles, il y avait eu un moment d'incertitude où chacun se demandait comment il allait prendre la chose — car, si l'héritier du trône adorait les plaisanteries, il n'en était jamais la victime —, mais soudain il avait pouffé en comprenant ce qui s'était produit et les autres avaient tous éclaté de rire, de soulagement autant que d'amusement.

Le prince parti, Hugh Pilaster était arrivé. Alors, les ennuis avaient commencé.

C'était Solly qui avait eu l'idée d'inviter Hugh. Solly aimait bien Hugh. Maisie n'avait pu trouver aucune raison plausible de s'y opposer. C'était aussi Solly qui avait eu l'idée d'inviter Hugh à dîner à Londres.

Ce soir-là, il avait rapidement repris ses esprits et s'était révélé un invité tout à fait charmant. Peut-être ses manières n'étaient-elles pas aussi raffinées qu'elles auraient pu l'être s'il avait passé les six dernières années dans les salons de Londres plutôt que dans les entrepôts de Boston, mais son charme naturel compensait toutes ses lacunes. Depuis deux jours qu'il était à Kingsbridge, il les avait tous régalés de récits sur la vie en Amérique, où aucun d'eux n'était jamais allé.

Quelle ironie du sort qu'elle trouvât un peu rustres les manières de Hugh ! Voilà six ans, c'était tout le contraire. Elle avait assimilé sans mal l'accent de la haute société. La grammaire lui avait demandé un peu plus de temps. Le plus difficile, ç'avaient été les petites subtilités de comportement, les détails qui révélaient la supériorité sociale : la façon de franchir une porte, de s'adresser à un animal familier, de changer de sujet de conversation, d'ignorer un ivrogne. Mais elle avait travaillé dur et maintenant tout cela lui venait naturellement.

Hugh s'était remis de la surprise de leur rencontre, mais pas Maisie. Jamais elle n'oublierait l'expression de Hugh quand il l'avait aperçue. Elle était préparée mais, pour lui, ç'avait été une totale surprise. Il avait ainsi révélé sans détour ses sentiments et Maisie avait été consternée de lire dans ses yeux qu'il avait mal. Elle l'avait profondément blessé voilà six ans, et il ne s'en était pas encore consolé.

L'expression de son visage n'avait depuis lors cessé de l'obséder. Elle avait été bouleversée en apprenant qu'il venait ici. Elle ne voulait pas le voir. Elle ne voulait pas qu'on lui rappelle le passé. Elle était mariée à Solly qui était un bon mari et elle ne pouvait supporter l'idée de lui faire du mal. Et puis il y avait Bertie, sa raison de vivre.

Leur enfant se prénommait Hubert, mais on l'appelait Bertie, c'était aussi le nom du prince de Galles. Bertie Greenbourne aurait cinq ans le 1er mai, mais c'était un secret : on fêtait son anniversaire en septembre, pour dissimuler le fait qu'il n'était né que six mois après le mariage. La famille de Solly connaissait la vérité mais personne d'autre : Bertie était né en Suisse durant le tour du monde qu'avait été leur voyage de noces. Depuis lors, Maisie était heureuse.

Les parents de Solly n'avaient pas accueilli Maisie de gaieté de cœur. C'étaient des juifs d'origine allemande snobs et guindés qui vivaient en Angleterre depuis des générations, et ils regardaient de haut ces juifs russes tout juste débarqués et qui parlaient yiddish. Le fait qu'elle fût enceinte des œuvres d'un autre homme ne fit que confirmer leurs préjugés et leur donna un prétexte pour la repousser. Pourtant Kate, la sœur de Solly, qui avait à peu près l'âge de Maisie et une fille de sept ans, se montrait gentille avec Maisie quand ses parents n'étaient pas là.

Solly adorait sa femme et il adorait aussi Bertie, même s'il ne savait pas qui en était le père; et cela suffisait à Maisie — jusqu'au retour de Hugh.

Elle se leva de bonne heure, comme toujours, et se rendit dans l'aile de la grande maison qui abritait la nursery. Bertie prenait son petit déjeuner dans la salle à manger là-bas avec les enfants de Kingo, Anne et Alfred, sous la surveillance de trois domestiques. Elle posa sur son visage poisseux un baiser et dit : « Qu'est-ce que tu manges ?

— Du porridge au miel. » Il parlait avec l'accent traînant de la haute société, cet accent que Maisie s'était donné tant de mal à acquérir et qu'elle oubliait encore parfois.

« C'est bon ?

— Le miel, c'est bon.

— Je crois que je vais en avaler un peu », dit Maisie en s'asseyant. Ce serait plus digeste que les harengs et les rognons grillés au curry qu'on servait aux adultes pour le petit déjeuner.

Bertie ne tenait pas de Hugh. Quand il était bébé, il ressemblait à Solly, mais tous les bébés ressemblaient à Solly. Aujourd'hui, il avait, comme le père de Maisie, des cheveux bruns et des yeux bruns. Maisie retrouvait de temps en temps en lui quelque chose de Hugh, surtout quand il lui adressait un sourire malicieux. Mais, heureusement, il n'y avait pas de ressemblance évidente.

Une domestique apporta à Maisie une assiette de porridge au miel et elle le goûta.

« Vous aimez ça, maman ? » demanda Bertie.

Anne déclara : « Bertie, on ne parle pas la bouche pleine. » Anne Kingsbridge était une grande de sept ans qui traitait de haut Bertie et son frère Freddy, âgé de cinq ans.

« C'est délicieux », dit Maisie.

Une autre servante proposa : « Les enfants, vous voulez des toasts beurrés ? » Et tous approuvèrent en chœur.

Maisie avait d'abord trouvé peu naturel pour un enfant de grandir entouré de domestiques et elle craignait de voir Bertie élevé dans du coton. Mais elle avait découvert que les rejetons de riches jouaient dans la poussière, escaladaient des murs et se battaient tout comme ceux des pauvres : la principale différence, c'était que les gens qui nettoyaient après eux étaient payés.

Elle aurait aimé avoir d'autres enfants de Solly — mais à la naissance de Bertie, quelque chose s'était mal passé et les médecins suisses avaient dit qu'elle ne pourrait plus jamais concevoir. La suite leur avait donné raison, car elle couchait avec Solly depuis cinq ans et rien ne s'était jamais produit. Bertie était le seul enfant qu'elle aurait. Elle en était navrée pour Solly qui ne serait jamais père : même s'il disait qu'il avait déjà plus de bonheur qu'aucun homme n'en méritait.

Le femme de Kingo, la duchesse, que ses amis appelaient Liz, ne tarda pas à venir rejoindre Maisie dans la salle à manger de la nursery. Elles lavaient les mains et le visage de leurs enfants quand Liz observa : « Vous savez, ma mère n'aurait jamais fait cela. Elle ne nous voyait que lorsqu'on nous avait astiqués et habillés. C'est si peu naturel. » Maisie sourit. Liz s'estimait très simple parce qu'elle lavait elle-même le visage de ses enfants.

Elles restèrent dans la nursery jusqu'à dix heures, quand la gouvernante arriva et commença à donner aux enfants leur leçon de dessin et de peinture. Maisie et Liz regagnèrent leur chambre. C'était un jour calme : pas de chasse. Certains des hommes s'en allaient pêcher, d'autres se promenaient dans les bois avec un chien ou deux à tirer des lapins. Les dames, et les hommes qui préféraient les dames aux chiens, marchaient dans le parc avant le déjeuner.

Solly avait pris son petit déjeuner et s'apprêtait à sortir. Il portait un complet veston de tweed marron. Maisie l'embrassa et l'aida à enfiler ses bottines : si elle n'avait pas été là, il aurait appelé son valet car il ne pouvait pas se pencher suffisamment pour nouer lui-même ses lacets. Elle passa un manteau de fourrure et un chapeau. Solly enfila un gros manteau en plaid écossais, avec une pèlerine et un melon assorti, et ils descendirent dans le hall retrouver les autres.

C'était un matin clair et glacial, délicieux si on avait un manteau de fourrure, une torture si on vivait dans un taudis plein de courants d'air et s'il fallait marcher pieds nus. Maisie se plaisait à évoquer les privations de son enfance : cela intensifiait le plaisir qu'elle éprouvait à être mariée à un des hommes les plus riches du monde. Elle se promenait entourée par Kingo d'un côté et par Solly de l'autre. Hugh suivait avec Liz. Sans le voir, Maisie sentait sa présence, elle l'entendait bavarder avec Liz et la faire rire et elle imaginait le pétillement de ses yeux bleus. Huit cents mètres plus loin, ils arrivèrent à la grille d'entrée. Ils s'apprêtaient à faire quelques pas dans le verger quand Maisie vit une grande silhouette familière et barbue qui venait du village. Un instant elle crut que c'était son père, puis elle reconnut son frère Danny.

Danny était retourné six ans auparavant dans leur ville natale pour découvrir que ses parents n'habitaient plus leur vieille maison et qu'ils étaient partis sans laisser d'adresse. Déçu, il alla plus au nord jusqu'à Glasgow. Il fonda là l'Association d'aide aux travailleurs qui non seulement assurait ceux-ci contre le chômage mais menait campagne pour l'adoption de règlements de sécurité dans les ateliers, le droit de s'inscrire à des syndicats et la réglementation financière des entreprises. On commençait à parler de lui dans les journaux : Dan Robinson, et pas Danny ; il était trop imposant maintenant pour qu'on l'appelle Danny. Son père lut son nom dans un journal et se rendit à son bureau, et ce furent de joyeuses retrouvailles.

Papa et maman, apprit-on, avaient fini par rencontrer d'autres juifs peu après que Maisie et Danny se furent enfuis. Ils empruntèrent de l'argent et s'installèrent à Manchester où papa avait déniché un autre travail et jamais, depuis lors, il n'était retombé aussi bas. Maman avait triomphé de sa maladie et était maintenant en parfaite santé.

Quand la famille se retrouva réunie, Maisie était mariée à Solly. Solly aurait de bon cœur donné à papa une maison et un revenu jusqu'à la fin de ses jours, mais papa ne voulait pas prendre sa retraite et, au lieu de cela, demanda à Solly de lui prêter de l'argent pour ouvrir une boutique. Papa et maman vendaient maintenant du caviar et autres produits de luxe aux riches citoyens de Manchester. Quand Maisie leur rendit visite, elle ôta ses diamants, passa un tablier et servit derrière le comptoir, bien certaine que personne du groupe de Marlborough n'irait à Manchester et que, si c'était le cas, ces gens-là ne faisaient pas leurs courses eux-mêmes.

En voyant Danny ici, à Kingsbridge, Maisie craignit aussitôt qu'il ne fût arrivé quelque chose à leurs parents. Elle se précipita vers lui, le cœur serré en murmurant : « Danny ! Qu'est-ce qui s'est passé ? C'est maman ?

— Papa et maman vont très bien, comme tous les autres, dit-il avec son accent américain.

— Dieu soit loué. Comment as-tu su que j'étais ici ?

— Tu m'as écrit.

— Oh, c'est vrai. »

Danny avait l'air d'un guerrier turc avec sa barbe bouclée et ses yeux étincelants. Mais, comme un employé, il était vêtu d'un costume noir usé et coiffé d'un chapeau melon. Il semblait avoir fait un long trajet à pied, car il avait des bottes crottées et une expression lasse. Kingo lui lança un regard méfiant, mais Solly, avec sa grande habitude du monde, se montra à la hauteur des circonstances. Il serra la main de Danny en disant : « Comment allez-vous, Robinson ? Voici mon ami le duc de Kingsbridge. Kingo, permettez-moi de vous présenter mon beau-frère Dan Robinson, secrétaire général de l'Association d'aide aux travailleurs. »

Bien des hommes seraient restés muets d'être présentés à un duc, mais pas Danny. « Comment allez-vous, monsieur le duc ? » dit-il avec une désinvolte courtoisie.

Kingo lui serra la main sans entrain. Sans doute, pensa Maisie, croyait-il que se montrer poli avec les basses classes était convenable jusqu'à un certain point, mais qu'il ne fallait pas pousser les choses trop loin.

Puis Solly ajouta : « Et voici notre ami Hugh Pilaster. »

Maisie se crispa. Inquiète au sujet de papa et maman, elle avait oublié que Hugh était derrière elle. Danny connaissait des secrets concernant Hugh, des secrets que Maisie n'avait jamais révélés à son mari. Il savait que Hugh était le père de Bertie. Danny un jour avait voulu casser la figure à Hugh. Ils ne s'étaient jamais rencontrés, mais Danny n'avait pas oublié. Qu'allait-il faire ?

Il avait maintenant six ans de plus. Il jeta à Hugh un regard dépourvu d'aménité, mais ils échangèrent une poignée de main fort civile.

Hugh, qui ne savait pas qu'il était père et qui ne se doutait pas le moins du monde de ces courants souterrains, s'adressa fort amicalement à Danny. « C'est vous, le frère enfui de la maison pour aller à Boston ?

— Absolument. »

Solly remarqua : « C'est drôle que Hugh sache ça ! »

Solly ignorait absolument tout ce que Hugh et Maisie connaissaient l'un de l'autre, ne sachant pas qu'ils avaient passé une nuit à se raconter mutuellement l'histoire de leur vie.

Maisie était déconcertée par cette conversation : elle avait l'impression de patiner à la surface de trop nombreux secrets et la glace lui semblait bien mince. Elle avait hâte de se retrouver sur la terre ferme. « Danny, pourquoi es-tu ici ? »

Une expression amère se peignit sur le visage fatigué de son frère.

« Je ne suis plus secrétaire de l'Association d'aide aux travailleurs, déclara-t-il. Pour la troisième fois de ma vie, je suis ruiné par des banquiers incompétents.

— Danny, je t'en prie ! » protesta Maisie. Il savait pertinemment que Solly et Hugh étaient tous les deux banquiers.

Hugh intervint. « Ne vous inquiétez pas, nous aussi nous détestons les banquiers incompétents. Ils sont une menace pour tout le monde. Mais qu'est-il arrivé exactement, Mr. Robinson ?

— J'ai passé cinq ans à bâtir l'Association d'aide, répondit Danny. Ça a été un formidable succès. Nous versions chaque semaine des centaines de livres d'allocations et nous percevions des milliers de livres en cotisations. Mais que devions-nous faire du surplus ?

— J'imagine, dit Solly, que vous l'avez mis de côté dans l'éventualité d'une mauvaise année.

— Où croyez-vous que nous l'avons mis de côté ?

— Dans une banque, j'espère.

— A la Banque de Glasgow, pour être précis.

— Oh, mon Dieu », fit Solly.

Maisie dit : « Je ne comprends pas.

— La Banque de Glasgow, expliqua Solly, a fait faillite.

— Oh non ! » s'écria Maisie. Elle avait envie d'éclater en sanglots.

Danny hocha la tête. « Tous ces shillings versés par des hommes qui travaillent dur — et perdus par des imbéciles en haut-de-forme. Et vous vous demandez pourquoi on parle de révolution. » Il soupira. « Depuis, j'essaie de sauver l'Association, mais c'est une entreprise désespérée et j'ai renoncé.

— Mr. Robinson, dit brutalement Kingo, je suis navré pour vous et pour les membres de votre association. Voulez-vous prendre un rafraîchissement ? Vous avez dû faire une dizaine de kilomètres à pied si vous venez de la gare.

— J'accepte volontiers et je vous remercie.

— Je vais emmener Danny à l'intérieur, dit Maisie, et vous laisser finir votre promenade. » Elle sentait que son frère était blessé, et elle voulait lui parler en tête à tête et tenter ce qu'elle pourrait pour calmer sa douleur.

Les autres étaient manifestement sensibles eux aussi à la tragédie. Kingo proposa : « Voulez-vous rester pour la nuit, Mr. Robinson ? »

Maisie tressaillit. Kingo se révélait très généreux. C'était très bien de se montrer courtois avec Danny quelques minutes dans le parc, mais s'il passait la nuit ici, Kingo et ses amis amateurs d'ortolans en auraient bientôt assez des gros vêtements de Danny et de ses préoccupations d'ouvrier : ils le snoberaient et il serait vexé.

Danny répondit : « Il faut que je sois de retour ce soir. Je suis juste venu passer quelques heures avec ma sœur.

— Dans ce cas, dit Kingo, permettez-moi de vous faire conduire à la gare dans ma voiture quand vous serez prêt.

— C'est bien aimable à vous. »

Maisie prit son frère par le bras. « Viens avec moi et je vais te trouver à déjeuner. »

Quand Danny fut reparti pour Londres, Maisie vint rejoindre Solly pour la sieste.

Solly, allongé sur le lit dans un peignoir de soie rouge, la regardait se déshabiller. « Je ne peux pas sauver l'Association d'aide de Dan, déclara-t-il. Même si financièrement l'affaire me paraissait raisonnable — ce qui n'est pas le cas —, je n'arriverais pas à persuader les autres associés. »

Maisie sentit monter en elle une brusque bouffée d'affection. Elle ne lui avait pas demandé d'aider Danny. « Vous êtes un homme si bon », dit-elle. Elle ouvrit son peignoir pour embrasser son gros ventre. « Vous avez déjà tant fait pour ma famille, jamais vous n'aurez à vous excuser. D'ailleurs, Danny n'acceptera rien de vous, vous le savez : il est trop fier.

— Mais que va-t-il faire ? »

Elle ôta ses jupons et roula ses bas. « Demain il a rendez-vous avec la Société unifiée des mécaniciens. Il veut devenir membre du Parlement et il espère qu'ils patronneront sa candidature.

— Et j'imagine qu'il va faire campagne pour une régulation plus stricte des banques par le gouvernement.

— Vous seriez contre cela ?

— Nous n'aimons jamais que le gouvernement nous dise quoi faire. C'est vrai, il y a trop de krachs. Mais il y en aurait peut-être plus encore si les politiciens dirigeaient les banques. » Il roula sur le côté et appuya sa tête sur son coude pour mieux la voir ôter ses sous-vêtements. « Je regrette de vous abandonner ce soir. »

Maisie le regrettait aussi. Une partie d'elle-même était excitée à la perspective de se retrouver avec Hugh en l'absence de Solly, mais elle ne s'en sentait que plus coupable encore. « Ça n'est pas grave, assura-t-elle.

— J'ai tellement honte de ma famille.

— Il ne faut pas. » C'était Pâques et Solly allait célébrer Seder avec ses parents. Maisie n'était pas invitée. Elle comprenait que Ben Greenbourne ne l'aime pas et elle avait le vague sentiment de mériter la façon dont il la traitait, mais Solly en était profondément navré. En fait, il se serait querellé avec son père si Maisie l'avait laissé faire, mais elle ne voulait pas avoir également cela sur la conscience et elle insistait pour qu'il continue à voir ses parents normalement.

« Vous êtes sûre que ça ne vous ennuie pas, dit-il avec inquiétude.

— J'en suis sûre. Écoutez, si j'y attachais une telle importance, je pourrais aller à Manchester passer Pâques avec mes parents. » Elle prit un air songeur. « A vrai dire, depuis que nous avons quitté la Russie, je ne me suis jamais senti aucune obligation vis-à-vis de tous ces rites juifs. Quand nous sommes arrivés en Angleterre, il n'y avait pas de juif dans la ville. Les gens avec qui j'ai vécu au cirque pour la plupart ne pratiquaient aucune religion. Même quand j'ai épousé un juif, votre famille m'a fait sentir que je n'étais pas la bienvenue. Je suis vouée à être une intruse et, à dire vrai, ça m'est égal. Dieu n'a jamais rien fait pour moi. » Elle sourit. « Maman affirme que Dieu m'a fait cadeau de vous, mais c'est de la blague : je vous ai trouvé toute seule. »

Il était rassuré. « Vous allez me manquer ce soir. »

Elle s'assit au bord du lit et se pencha sur lui pour qu'il pût enfouir son visage entre ses seins. « Vous me manquerez aussi. »

Au bout d'un moment, ils s'allongèrent côte à côte, tête-bêche. Elle lui donna des baisers et des coups de langue.

Elle changea de position et vint se blottir au creux de son bras.

Il ferma les yeux. Bientôt, il ronflait.

« Les hommes qui dirigeaient la Banque de Glasgow devraient aller en prison, déclara Maisie peu avant le dîner.

— C'est un peu dur », répliqua Hugh.

Sa remarque lui parut pleine de suffisance. « Dur ? fit-elle d'un ton irrité. Pas aussi dur que ce qui est arrivé aux ouvriers qui ont perdu tout leur argent !

— Tout de même, personne n'est parfait, pas même ces ouvriers-là, insista Hugh. Si un charpentier commet une erreur et qu'une maison s'écroule, devrait-il aller en prison ?

— Ce n'est pas pareil !

— Et pourquoi donc ?

— Parce que le charpentier est payé trente shillings par semaine et qu'il est obligé de suivre les ordres d'un contremaître, alors qu'un banquier en touche des milliers et qu'il justifie cela en proclamant qu'il a de lourdes responsabilités.

— Tout à fait exact. Mais le banquier est un être humain : il a une femme et des enfants à faire vivre.

— Vous pourriez en dire autant des meurtriers, et pourtant nous les pendons sans nous soucier du sort des orphelins qu'ils vont laisser derrière eux.

— Mais si un homme en tue un autre accidentellement : par exemple, s'il tire sur un lapin et qu'il touche un chasseur derrière un buisson, on ne l'envoie même pas en prison. Alors pourquoi mettre derrière les barreaux des banquiers qui perdent l'argent d'autrui ?

— Pour rendre les autres banquiers plus prudents !

— Et, en vertu de la même logique, on pourrait pendre l'homme qui a tiré sur le lapin pour inspirer plus de prudence aux autres chasseurs.

— Hugh, c'est pervers ce que vous dites.

— Pas du tout. Pourquoi traiter des banquiers imprudents plus sévèrement que des tireurs de lapins imprudents ?

— La différence c'est que des coups de feu tirés sans précaution ne précipitent pas régulièrement dans la misère des milliers de travailleurs, alors que c'est ce que font les banquiers imprudents. »

Kingo lança d'un ton alangui : « Les directeurs de la Banque de Glasgow iront sans doute en prison, à ce qu'on me dit. Et le président aussi.

— C'est ce que je crois aussi », confirma Hugh.

Maisie en aurait hurlé d'exaspération. « Alors pourquoi m'avez-vous contredite ? »

Il eut un grand sourire. « Pour voir si vous parviendriez à justifier votre point de vue. » Maisie se rappela que Hugh avait toujours eu le pouvoir de la faire enrager et elle s'en mordit les lèvres. Sa personnalité explosive comptait pour beaucoup dans la séduction qu'elle exerçait sur le groupe de Marlborough, et c'était l'une des raisons pour lesquelles on l'acceptait malgré ses origines, mais ils se lasseraient si elle laissait ses crises de colère se poursuivre trop longtemps. En un éclair elle changea d'humeur. « Monsieur, s'écria-t-elle d'un ton théâtral, vous m'avez insultée. Je vous provoque en duel.

— Quelles armes les dames choisissent-elles pour un duel ? demanda Hugh en riant.

— Les aiguilles à tricoter, à l'aube ! »

Tout le monde éclata de rire puis un domestique arriva pour annoncer le dîner.

Ils étaient toujours dix-huit ou vingt autour de la longue table. Maisie adorait contempler l'éclat des nappes et la fine porcelaine ; les centaines de bougies qui se reflétaient dans la verrerie étincelante ; la tenue de soirée d'un noir et blanc immaculé des hommes et les somptueuses couleurs et les bijoux sans prix des femmes. Il y avait du champagne tous les soirs, mais Maisie trouvait que cela la faisait grossir et elle ne s'en autorisait qu'une gorgée ou deux.

Elle se trouva assise auprès de Hugh. La duchesse en général la plaçait à côté de Kingo, car Kingo aimait les jolies femmes et la duchesse était tolérante. Mais ce soir elle avait apparemment décidé de varier la formule. Personne ne dit de bénédicité, car dans ce groupe on réservait la religion pour les dimanches. On servit le consommé et Maisie se mit à bavarder gaiement avec les hommes qui l'entouraient. Ses pensées pourtant revenaient sans cesse à son frère. Pauvre Danny ! Si intelligent, si dévoué, un si grand meneur d'hommes — et si malchanceux. Elle se demandait s'il réussirait dans sa nouvelle ambition de devenir membre du Parlement. Elle espérait bien que oui. Papa serait si fier.

Aujourd'hui, de façon insolite, voilà que son passé avait fait dans sa nouvelle existence une intrusion flagrante. C'était étonnant pourtant de voir combien cela changeait peu les choses. Comme elle, Danny ne semblait appartenir à aucune classe particulière de la société. Il représentait les travailleurs, il était habillé comme un bourgeois. Et pourtant il avait la même assurance un peu arrogante que Kingo et ses amis. On aurait eu du mal à discerner s'il était un garçon de la haute société ayant choisi de vivre le martyre des travailleurs ou bien un garçon de la classe laborieuse qui s'était élevé dans l'échelle sociale.

Quant à Maisie, si l'on avait le moindre sens des différences de classe, on pouvait deviner qu'elle n'était pas née lady. Pourtant, elle jouait si bien le rôle, elle était si jolie et si charmante qu'on n'arrivait pas à croire la rumeur insistante qui affirmait que Solly l'avait levée dans un dancing. Si l'on s'était posé la moindre question quant à son acceptation par la société londonienne, la réponse avait été donnée quand le prince de Galles, fils de la reine Victoria — et futur roi —, s'était avoué pour sa part « captivé » par elle et qu'il lui avait fait envoyer un porte-cigarettes en or avec un fermoir en diamant.

A mesure que le repas avançait, elle sentait de plus en plus la présence de Hugh auprès d'elle. Elle s'efforçait de garder à la conversation un ton léger et prenait soin de parler au moins autant à son autre voisin. Mais le passé semblait debout derrière son épaule, attendant qu'on remarque sa présence, comme un suppliant fatigué mais patient.

Elle et Hugh s'étaient rencontrés à trois ou quatre reprises depuis son retour et ils venaient maintenant de vivre quarante-huit heures sous le même toit, mais jamais ils n'avaient parlé de ce qui était arrivé six ans auparavant. Tout ce que Hugh savait, c'était qu'elle avait disparu sans laisser de trace pour réapparaître sous l'identité de Mrs. Solomon Greenbourne. Tôt ou tard, elle allait bien devoir lui donner des explications. Elle redoutait que cela ne fasse remonter à la surface tous les sentiments d'autrefois, chez lui comme chez elle. Mais il fallait le faire et peut-être l'heure était-elle bien choisie, Solly étant absent.

Arriva un moment où plusieurs personnes autour d'eux parlaient assez bruyamment. Maisie décida que c'était l'instant propice. Elle se tourna vers Hugh et soudain sentit l'émotion l'envahir. Trois ou quatre fois, elle commença puis s'arrêta, incapable de continuer. Elle finit pourtant par prononcer quelques mots. « Vous savez, j'aurais gâché votre carrière. » Mais elle avait fait un tel effort pour ne pas se mettre à pleurer qu'elle fut incapable de poursuivre.

Il comprit tout de suite de quoi elle parlait. « Qui vous dit que vous auriez ruiné ma carrière ? »

S'il s'était montré compatissant, elle se serait peut-être effondrée, mais par chance, il était agressif et cela lui permit de répliquer : « Votre tante Augusta.

— Je me doutais bien qu'elle était pour quelque chose dans tout ça.

— Mais elle avait raison.

— Je ne le crois pas, dit-il, s'emportant aussitôt. Vous n'avez pas ruiné la carrière de Solly.

— Calmez-vous. Solly n'était pas la brebis galeuse de sa famille. Et même ainsi, ça a été assez difficile. Ses parents continuent à me détester.

— Même en sachant que vous êtes juive ?

— Oui. Les juifs peuvent être aussi snobs que les autres. » Il ne connaîtrait jamais la véritable raison : Bertie n'était pas l'enfant de Solly.

« Pourquoi ne m'avez-vous pas tout simplement dit ce que vous faisiez et pour quelle raison ?

— Je ne pouvais pas. » Au souvenir de ces jours épouvantables, elle se sentit de nouveau la gorge serrée et dut prendre une profonde inspiration pour se calmer. « J'ai eu le plus grand mal à m'en aller comme ça : ça m'a brisé le cœur. Je n'aurais jamais pu si j'avais dû en outre me justifier auprès de vous. »

Mais il ne voulait pas la lâcher. « Vous auriez pu m'envoyer un mot. »

La voix de Maisie n'était plus qu'un souffle. « Je n'ai pas pu me décider à l'écrire. »

Il parut enfin s'adoucir. Il but une gorgée de vin et détourna son regard. « C'était terrible de ne pas comprendre, de ne même pas savoir si vous étiez en vie. » Il parlait d'un ton dur, mais elle voyait maintenant dans ses yeux les douloureux souvenirs.

« Je suis désolée, dit-elle d'une petite voix. Je suis désolée de vous avoir fait mal. Je ne le voulais pas. Je voulais vous sauver du malheur. J'ai agi par amour. » A peine se fut-elle entendue prononcer le mot « amour » qu'elle le regretta.

Il la reprit aussitôt. « Vous aimez Solly maintenant ? demanda-t-il brutalement.

— Oui.

— Vous avez l'air très installés tous les deux.

— La façon dont nous vivons... ça n'est pas difficile d'être satisfait. »

Mais il était toujours furieux contre elle. « Vous avez eu ce que vous aviez toujours voulu. »

C'était un peu dur, mais elle eut l'impression qu'elle le méritait peut-être, alors elle se contenta de hocher la tête.

« Qu'est-il arrivé à April ? »

Maisie hésita. C'était aller un peu loin. « Alors, vous me mettez dans la même catégorie qu'April, n'est-ce pas ? » questionna-t-elle, vexée.

Cela eut pour effet de calmer la colère de Hugh. Il eut un sourire mélancolique et rectifia : « Non, vous n'avez jamais été comme April. Je le sais. Malgré tout, j'aimerais savoir ce qu'il est advenu d'elle. Vous continuez à la voir ?

— Oui... discrètement. » April était un sujet de conversation neutre : parler d'elle les entraînerait loin de ce terrain dangereusement émotionnel. Maisie décida de satisfaire la curiosité de Hugh. « Connaissez-vous un endroit qui s'appelle Chez Nellie ? »

Il baissa le ton. « C'est un bordel. »

Elle ne put s'empêcher de demander : « Êtes-vous jamais allé là-bas ? » Il eut l'air gêné. « Oui, une fois. Un fiasco. »

Elle n'en fut pas surprise : elle se rappelait combien à vingt ans Hugh était naïf et sans expérience. « Eh bien, c'est April aujourd'hui qui est propriétaire de l'établissement.

— Bonté divine ! Comment est-ce arrivé ?

— Elle a commencé par devenir la maîtresse d'un journaliste célèbre et par habiter un ravissant petit cottage à Clapham. Il s'est lassé d'elle à peu près au moment où Nellie songeait à se retirer. Alors April a vendu la petite maison et racheté l'affaire de Nellie.

— Ça, par exemple, fit Hugh. Jamais je n'oublierai Nellie. C'était la femme la plus grosse que j'aie jamais vue. »

Le silence soudain s'était fait autour de la table et plusieurs de ses voisins entendirent sa dernière phrase. Il y eut un éclat de rire général et quelqu'un demanda : « Qui était cette grosse dame ? » Hugh se contenta de sourire sans répondre.

Après cela, ils évitèrent les sujets dangereux, mais Maisie se sentait déprimée et un peu fragile, comme après une chute qui l'aurait meurtrie.

Le dîner terminé, et quand les hommes eurent fumé leurs cigares, Kingo annonça qu'il voulait danser. On roula le tapis du salon et un valet qui savait jouer la polka au piano fut convoqué et mis à l'ouvrage.

Maisie dansa avec tous les hommes, à l'exception de Hugh.

Quand il devint évident qu'elle l'évitait, elle lui accorda une danse. On aurait dit que six ans s'étaient effacés et qu'ils se retrouvaient dans les jardins de Cremorne. C'était à peine s'il la conduisait : ils paraissaient accomplir les mêmes mouvements d'instinct. Maisie ne put réprimer la pensée déloyale que Solly était mauvais danseur.

Après Hugh, elle choisit un cavalier différent : mais ensuite les autres invités cessèrent de l'inviter. Lorsque onze heures sonnèrent, le cognac apparut, on renonça aux conventions : on desserra les nœuds papillons blancs, certaines des femmes ôtèrent leurs chaussures et Maisie ne dansa plus qu'avec Hugh. Elle savait qu'elle aurait dû se sentir coupable mais le remords n'avait jamais été son fort : elle s'amusait et elle n'allait pas s'arrêter comme ça.

Quand le domestique pianiste fut épuisé, la duchesse réclama un peu d'air et on dépêcha des servantes qui s'en allèrent chercher des manteaux pour que tout le monde pût faire un tour dans le jardin. Dans l'obscurité, Maisie prit Hugh par le bras. « Le monde entier sait ce que j'ai fait au cours des six dernières années, mais et vous ?

— J'aime bien l'Amérique, répliqua-t-il. Il n'y a pas de système de classe. Il y a des riches et des pauvres, mais pas d'aristocratie, pas de ces absurdes notions de rang et de protocole. Ce que vous avez fait en épousant Solly et en devenant l'amie des grands de ce pays est assez inhabituel ici. Et même aujourd'hui je parie que vous n'avouez jamais en fait la vérité sur vos origines...

— Je pense qu'ils ont leur petite idée... mais vous avez raison, je n'en parle pas.

— En Amérique, vous vous vanteriez de vos humbles débuts tout comme Kingo parle avec fierté de ses ancêtres qui étaient à la bataille d'Azincourt. »

C'était Hugh qui l'intéressait, pas l'Amérique. « Vous ne vous êtes pas marié ?

— Non.

— A Boston... il n'y avait pas une fille que vous aimiez bien ?

— J'ai essayé, Maisie. »

Elle regretta soudain de lui avoir posé cette question, car elle se doutait que la réponse de Hugh allait détruire son bonheur : mais il était trop tard, la question avait été posée et il répondait déjà.

« Il y avait de jolies filles à Boston, charmantes et intelligentes, des filles qui seraient devenues des mères et des épouses admirables. J'ai remarqué certaines d'entre elles et elles ont paru me trouver à leur goût. Mais quand est venu le moment de faire une demande, j'ai senti chaque fois que ce que j'éprouvais n'était pas suffisant. Ça ne ressemblait pas aux sentiments que j'avais pour vous. Ce n'était pas de l'amour. »

Ça y est, il l'avait dit. « Arrêtez, murmura Maisie.

— Deux ou trois mères m'en ont voulu un peu, et puis je me suis créé une réputation et les jeunes filles ont commencé à se méfier. Elles étaient plutôt charmantes avec moi, mais elles savaient que quelque chose clochait : je n'étais pas sérieux, je n'étais pas le genre qui épouse. Hugh Pilaster, le banquier britannique, briseur de cœurs. Et si une jeune fille semblait s'amouracher de moi, malgré mon passé, je la décourageais. Je n'aime pas briser le cœur des gens. Je sais trop ce qu'on ressent. »

Elle avait le visage mouillé de larmes et se félicitait de l'obscurité complice. « Désolée », dit-elle. Mais elle l'avait murmuré si doucement que c'était à peine si elle avait entendu sa propre voix.

« Quoi qu'il en soit, je sais maintenant ce qui ne va pas chez moi. Je crois que je l'ai toujours su, mais les deux derniers jours ont dissipé tous les doutes que je pouvais avoir. »

Ils étaient un peu en arrière des autres : il s'arrêta et se tourna vers elle.

« Ne le dites pas, Hugh, je vous en prie, murmura-t-elle.

— Je vous aime encore. Voilà tout. »

Il l'avait dit et tout était gâché.

« Je crois que vous m'aimez aussi, poursuivit-il impitoyablement. N'est-ce pas ? »

Elle leva la tête vers lui. Elle voyait se refléter dans ses yeux les lumières de la maison à l'autre bout de la pelouse, mais son visage était dans l'ombre. Il baissa la tête pour l'embrasser sur les lèvres et elle ne se détourna pas. « Le sel des larmes, dit-il au bout d'une minute. Vous m'aimez donc. Je le savais. » Il prit dans sa poche un mouchoir plié et effleura doucement son visage pour essuyer les larmes sur ses joues.

Elle devait absolument mettre un terme à cela. « Il faut que nous rattrapions les autres, déclara-t-elle. Les gens vont jaser. » Elle tourna les talons et se mit à marcher : il n'avait d'autre alternative que lui lâcher le bras, ou la suivre. Il la suivit.

« Je m'étonne que vous vous inquiétiez à l'idée que les gens parlent, dit-il. Votre groupe est connu pour ne pas se soucier de ce genre de choses. »

Ce n'étaient pas vraiment les autres qui la préoccupaient. C'était elle-même. Elle lui fit hâter le pas jusqu'au moment où ils eurent rejoint le reste des invités, puis elle libéra son bras et se mit à parler à la duchesse.

Elle était vaguement ennuyée d'avoir entendu Hugh déclarer que le groupe de Marlborough était connu pour sa tolérance. C'était vrai, mais elle aurait préféré qu'il n'utilisât pas la formule « ce genre de choses » : elle ne savait pas très bien pourquoi.

Quand ils regagnèrent la maison, la grande horloge du vestibule sonnait minuit. Maisie se sentit soudain épuisée par les tensions de la journée. « Je vais me coucher », annonça-t-elle.

Elle vit le regard songeur de la duchesse se tourner vers Hugh, puis revenir sur elle, et elle la vit réprimer un petit sourire : ils étaient persuadés que Hugh allait passer la nuit avec Maisie.

Les dames montèrent en groupe, laissant les hommes jouer au billard et boire un dernier verre. Comme les femmes l'embrassaient pour lui souhaiter bonne nuit, Maisie perçut le même regard dans les yeux de chacune d'elles, il y brillait une lueur d'excitation teintée d'envie.

Elle entra dans sa chambre et ferma la porte. Un feu de charbon flambait gaiement dans l'âtre. Il y avait des bougies sur la tablette de la cheminée et sur la coiffeuse. Sur la table de chevet, comme toujours, une assiette de sandwiches et une bouteille de sherry au cas où elle aurait une petite faim pendant la nuit : elle n'y touchait jamais, mais le personnel impeccable de Kingsbridge Manor ne manquait pas chaque soir de lui préparer un plateau.

Elle commença à se déshabiller. Peut-être avaient-ils tous tort : peut-être que Hugh ne viendrait pas la retrouver cette nuit. Cette idée la frappa comme un coup de poignard : elle avait envie de le voir franchir la porte pour pouvoir le prendre dans ses bras et l'embrasser, l'embrasser vraiment, pas d'un air coupable comme tout à l'heure dans le jardin, mais avidement et sans retenue. Cet élan réveilla en elle le souvenir irrésistible de la nuit de Cremorne Gardens, six ans plus tôt, du petit lit dans la maison de sa tante et de l'expression qu'il avait eue quand elle avait ôté sa robe.

Elle examina son corps dans la psyché. Hugh remarquerait les changements : voilà six ans, elle avait de petits tétons discrets comme des fossettes, mais aujourd'hui, après avoir donné le sein à Bertie, ils s'étaient développés, et pointaient leurs boutons couleur fraise. Quand elle était jeune fille, elle n'avait jamais eu besoin de porter un corset : elle avait naturellement une taille de guêpe — mais elle ne l'avait pas tout à fait retrouvée après sa grossesse.

Elle entendit les hommes remonter l'escalier d'un pas lourd et en riant de quelque plaisanterie. Hugh avait raison : aucun d'eux ne serait choqué par un peu d'adultère au cours d'une soirée à la campagne. Est-ce qu'ils ne se sentiraient pas déloyaux envers leur ami Solly ? songea-t-elle, moqueuse. Et puis l'idée la frappa comme une gifle en plein visage que c'était elle qui devrait se sentir déloyale.

Toute la soirée, elle avait réussi à ne pas penser à Solly mais son image lui revenait maintenant à l'esprit : inoffensif, charmant Solly. Bon, généreux Solly. L'homme qui l'aimait à en perdre la raison, l'homme qui veillait sur Bertie tout en sachant que c'était l'enfant d'un autre. Cela faisait quelques heures à peine qu'il avait quitté la maison et Maisie allait laisser un autre homme entrer dans son lit. Quel genre de femme suis-je ? se dit-elle.

Dans un brusque élan, elle se dirigea vers la porte et tourna la clé dans la serrure.

Elle comprenait maintenant pourquoi cela ne lui avait pas plu d'entendre Hugh dire : *Votre groupe est bien connu pour ne pas se soucier de ce genre de choses*. Cela conférait à ses sentiments pour lui une sorte de banalité, les inscrivant parmi ces nombreux flirts, aventures et infidélités qui donnaient aux dames de la société des sujets de cancan. Solly méritait mieux que d'être trahi pour une aventure banale.

Mais j'ai envie de Hugh, songea-t-elle.

L'idée de renoncer à cette nuit avec lui l'amenait presque au bord des larmes. Elle pensait au sourire juvénile de Hugh, à son torse un peu osseux, à ses yeux bleus, à sa peau blanche et lisse. Et elle se rappelait l'expression de son visage quand il avait regardé son corps, une expression d'émerveillement et de bonheur, de désir et de ravissement. Et il lui semblait dur de renoncer à tout cela.

On frappa doucement à la porte.

Elle était plantée nue au milieu de la chambre, muette et paralysée.

La poignée tourna et on chercha à pousser la porte mais, bien sûr, elle ne s'ouvrit pas.

Elle entendit son nom prononcé à voix basse.

Elle se dirigea vers la porte et posa la main sur la clef.

« Maisie ! souffla-t-il. C'est moi, Hugh. »

Elle le désirait si fort que le son de sa voix la fit frissonner. Elle porta un doigt à sa bouche et se mordit violemment, mais la douleur ne masquait pas le désir.

De nouveau il frappa. « Maisie ! Vous me laissez entrer ? »

Elle s'adossa au mur et les larmes ruisselèrent sur son visage.

« Parlons au moins ! »

Elle savait que, si elle ouvrait la porte, ce ne serait pas pour parler : elle le prendrait dans ses bras et ils s'effondreraient sur le sol dans une frénésie de désir.

« Dites quelque chose. Vous êtes là ? Je sais que vous êtes là. »

Elle ne bougeait pas, pleurant en silence.

« S'il vous plaît ! fit-il. S'il vous plaît ! »

Au bout d'un moment, il s'en alla.

Maisie dormit mal et s'éveilla de bonne heure mais, comme un jour nouveau se levait, elle retrouva un peu d'allant. Avant que les autres invités fussent debout, elle se rendit comme d'habitude dans la nursery. Arrivée devant la porte de la salle à manger, elle s'arrêta soudain. Tiens, elle n'était pas la première des invités à être levée. Elle entendait à l'intérieur une voix d'homme. Elle s'arrêta et tendit l'oreille : c'était Hugh.

Il disait : « Et juste à ce moment-là, le géant s'est réveillé. »

Il y eut un cri enfantin de ravissement terrorisé : Maisie reconnut la voix de Bertie.

Hugh poursuivait : « Jack descendit la tige de haricot aussi vite que ses jambes pouvaient le porter... mais le géant le poursuivait ! »

Anne, la fille de Kingo, dit du ton supérieur d'une fillette de sept ans à qui on ne la fait pas : « Bertie se cache derrière sa chaise parce qu'il a peur. Moi, je n'ai pas peur. »

Maisie aurait voulu se cacher comme Bertie : elle tourna les talons et repartit vers sa chambre, mais elle s'arrêta. Il faudrait bien affronter Hugh un jour ou l'autre et peut-être qu'ici, dans la nursery, ce serait plus facile. Elle se reprit et entra.

Hugh tenait les trois enfants sous le charme. Ce fut à peine si Bertie vit sa mère. Hugh leva vers Maisie un regard encore blessé.

« Continuez », l'encouragea Maisie. Elle s'assit auprès de Bertie et le serra contre elle.

Hugh reporta son attention sur les enfants. « Et que croyez-vous que Jack ait fait ensuite ?

— Je sais, dit Anne. Il a pris une hache.

— Exactement. »

Maisie restait assise, et Bertie, dans ses bras, regardait avec de grands yeux l'homme qui était son vrai père. Si je peux supporter ça, pensa Maisie, je peux affronter n'importe quoi.

Hugh continuait : « Et, alors que le géant était encore à la moitié de la tige de haricot, Jack l'a coupée avec sa hache ! Alors le géant est tombé par terre... et il est mort. Et après cela, Jack et sa mère ont vécu très heureux. »

Bertie supplia : « Raconte encore. »

4

L'ambassade du Cordovay était pleine d'animation. Le lendemain, c'était la fête de l'Indépendance du Cordovay et il y aurait dans l'après-midi une grande réception pour les membres du Parlement, les fonctionnaires du Foreign Office, les diplomates et les journalistes. Ce matin-là, pour ajouter à ses soucis, Micky Miranda avait reçu du Foreign Office une note assez sèche concernant deux touristes anglais assassinés alors qu'ils exploraient les Andes. Mais quand Edward Pilaster appela, Micky Miranda laissa tout tomber, car ce qu'il avait à dire à Edward était bien plus important que la réception ou que la note. Il avait besoin d'un demi-million de livres et il espérait obtenir cette somme d'Edward.

Cela faisait un an que Micky était ambassadeur du Cordovay à Londres. Il avait dû déployer toute son habileté pour obtenir le poste, mais cela avait également coûté une fortune là-bas, à sa famille, en pots-de-vin. Il avait promis à Papa qu'on récupérerait tout cet argent : il lui fallait maintenant tenir sa promesse. Plutôt mourir que de décevoir son père.

Il fit entrer Edward dans le cabinet de l'ambassadeur, une pièce imposante dominée par un énorme drapeau cordovayen. Il se dirigea vers la grande table pour y étaler une carte du Cordovay, dont il maintint en place les coins avec son étui à cigares, le carafon de sherry, un verre et le haut-de-forme gris d'Edward. Il hésita. C'était la première fois qu'il demandait un demi-million de livres à quelqu'un.

« Voici la province de Santamaria, dans le nord du pays, commença-t-il.

— Tu sais, je connais la géographie du Cordovay, répliqua Edward d'un ton agacé.

— Bien entendu », dit Micky, apaisant. C'était vrai. La banque Pilaster faisait pas mal d'affaires avec le Cordovay : elle finançait ses exportations de nitrate, de bœuf salé et d'argent ainsi que ses importations de matériel d'extraction, d'armes et d'articles de luxe. Edward traitait toutes ces affaires grâce à Micky qui, en tant qu'attaché d'abord puis ambassadeur, avait rendu la vie difficile à quiconque ne voulait pas recourir à la banque Pilaster pour financer ses opérations commerciales avec ce pays. Il considérait donc aujourd'hui Edward comme le meilleur expert à Londres pour ce qui concernait le Cordovay. « Bien entendu, répéta Micky, tu sais que tout le nitrate extrait par mon père doit être transporté par convois de mules de Santamaria à Palma. Mais ce que tu ignores peut-être, c'est qu'il serait parfaitement possible de construire une voie ferrée le long de cette route.

— Comment peux-tu en être sûr ? Un chemin de fer, c'est une chose compliquée. »

Micky prit sur son bureau un volume relié. « Parce que mon père a fait faire une étude par un ingénieur écossais, Gordon Halfpenny. Tous les détails sont là — y compris les coûts. Jette un coup d'œil.

— Combien ?

— Cinq cent mille livres. »

Edward feuilleta les pages du rapport. « Côté politique ? »

Micky jeta un coup d'œil au grand portrait du président Garcia arborant l'uniforme de commandant en chef. Chaque fois que Micky regardait le tableau, il songeait qu'un jour ce serait son portrait à lui qui occuperait cette place sur le mur. « Le Président est favorable au projet. Il estime que ça renforcera son emprise militaire sur le pays. » Garcia faisait confiance à Papa. Depuis que Papa était devenu gouverneur de la province de Santamaria — avec l'appui de deux mille fusils à canon court Westley-Richards fabriqués à Birmingham —, les Miranda étaient les fervents partisans et fidèles alliés du Président. Garcia ne soupçonnait pas le véritable mobile de Papa pour vouloir une voie ferrée jusqu'à Palma : cela permettrait à la famille Miranda d'attaquer la capitale en deux jours au lieu de deux semaines.

« Comment se fera le financement ? demanda Edward.

— Nous lèverons les capitaux sur le marché de Londres, assura Micky d'un ton détaché. Je pensais en fait que la banque Pilaster aimerait peut-être obtenir cette affaire. » Il s'efforçait de respirer lentement et normalement. C'était l'aboutissement de ses longs et minutieux efforts auprès de la famille Pilaster : ce devait être la récompense d'années de préparation.

Mais Edward secoua la tête en disant : « Je ne pense pas. »

Micky fut stupéfait et consterné. Il avait envisagé, au pis, qu'Edward accepterait d'y réfléchir. « Mais tu n'arrêtes pas de réunir des capitaux pour les chemins de fer : je croyais que tu serais content de cette occasion.

— Le Cordovay, répondit Edward, ça n'est pas le Canada ou la Russie. Les investisseurs n'aiment pas votre organisation politique, avec un caudillo dans chaque province disposant de son armée personnelle. C'est médiéval. »

Micky n'avait pas songé à cela. « Mais c'est toi qui as financé la mine d'argent de Papa. » Cela avait eu lieu trois ans plus tôt, Papa avait ainsi pu disposer, fort opportunément, de cent mille livres.

« Précisément ! Elle s'est révélée la seule mine d'argent d'Amérique du Sud qui n'arrive pas à faire de bénéfices. »

En vérité, la mine rapportait énormément, mais Papa faisait main basse sur les bénéfices sans rien laisser aux actionnaires. Si seulement il leur avait octroyé une petite marge, par simple souci de respectabilité ! Papa n'écoutait jamais ce genre de conseil.

Micky lutta contre un sentiment d'affolement, toutefois ses émotions devaient se lire sur son visage car Edward reprit d'un ton soucieux : « Dis-moi, mon vieux, c'est terriblement important ? Tu as l'air dans tous tes états.

— Eh bien, ça représenterait beaucoup pour ma famille », avoua Micky. Il avait le sentiment qu'Edward serait capable de trouver ces capitaux s'il le voulait réellement : ça ne pouvait pas être impossible. « Assurément, si une banque aussi prestigieuse que la banque Pilaster devait soutenir le projet, les gens en concluraient que le Cordovay est un bon endroit pour investir.

— Il y a quelque chose là-dedans, reconnut Edward. Si un des associés présentait l'idée et voulait vraiment la faire passer, ça pourrait probablement se faire. Mais je ne suis pas associé. »

Micky avait sous-estimé la difficulté de se procurer un demi-million de livres. Mais il ne s'avouait pas vaincu. Il trouverait un moyen. « Il faut que j'y réfléchisse encore », dit-il avec un entrain forcé.

Edward vida son verre de sherry et se leva. « On va déjeuner ? »

Ce soir-là, Micky et les Pilaster allèrent voir *H.M.S. Pinafore* à l'Opéra-Comique. Micky arriva là-bas avec quelques minutes d'avance. En attendant dans le foyer, il tomba sur la famille Bodwin, qui traînait toujours dans le sillage des Pilaster : l'avocat Albert Bodwin travaillait beaucoup pour la banque et Augusta s'était autrefois donné bien du mal pour que Hugh épouse sa fille, Rachel Bodwin.

Micky avait l'esprit tout occupé par le problème de trouver des capitaux pour le chemin de fer, mais il flirta machinalement avec Rachel Bodwin, comme il le faisait avec toutes les jeunes filles et de nombreuses femmes mariées.

« Et où en est le mouvement pour l'émancipation des femmes, miss Bodwin ? »

Sa mère rougit et dit : « Je préférerais que vous n'en parliez pas, señor Miranda.

— Alors je n'en ferai rien, Mrs. Bodwin, car vos désirs pour moi sont comme les actes du Parlement, des ordres. »

Il se retourna vers Rachel. Elle n'était pas à proprement parler jolie, elle avait les yeux un peu trop rapprochés, mais une belle silhouette : longues jambes, taille fine et buste bien proportionné. Dans un fantasme soudain, il l'imagina, les mains attachées à la tête d'un lit, ses jambes nues écartées, et cette image lui plut. Il leva les yeux de son corsage et leurs regards se croisèrent. La plupart des jeunes filles auraient rougi et détourné la tête : mais elle lui lança un regard d'une remarquable franchise, elle sourit et ce fut lui qui se sentit gêné. Cherchant un sujet de conversation, il dit : « Saviez-vous que notre vieil ami Hugh Pilaster est rentré des colonies ?

— Oui, je l'ai vu à Whitehaven House. Vous y étiez.

— Ah, mais oui, j'oubliais.

— J'ai toujours bien aimé Hugh. »

Mais tu n'avais pas envie de l'épouser, pensa Micky. Rachel traînait maintenant depuis bien des années sur le marché du mariage et elle commençait à prendre l'air d'une marchandise défraîchie, songea-t-il cruellement. Son instinct pourtant lui disait que cette créature possédait une forte sexualité. Son problème à n'en pas douter : elle était trop impressionnante. Elle faisait peur aux hommes. Elle devait commencer à désespérer. Frisant la trentaine et toujours célibataire, elle se demandait probablement si elle n'était pas condamnée à une vie de vieille fille. Certaines femmes pouvaient envisager cela sans angoisse, mais Micky avait l'impression que ce n'était pas le cas de Rachel.

Elle le trouvait séduisant, comme presque tout le monde, jeunes et vieux, hommes et femmes. Micky aimait bien que des gens riches et influents s'entichent de lui, car cela lui donnait du pouvoir. Mais Rachel n'était rien et l'intérêt qu'elle lui portait était sans valeur.

Les Pilaster arrivèrent et Micky dirigea son attention sur Augusta. Elle portait une magnifique robe du soir rose framboise. « Vous êtes... délicieuse, Mrs. Pilaster », assura-t-il à voix basse, et elle sourit de plaisir. Les deux familles bavardèrent quelques minutes, puis le moment vint de gagner ses places.

Les Bodwin étaient à l'orchestre, mais les Pilaster avaient une loge. Comme ils se séparaient, Rachel gratifia Micky d'un chaleureux sourire et dit doucement : « Peut-être vous verrons-nous plus tard, señor Miranda. » Son père l'entendit et afficha un air désapprobateur, lui prenant le bras et l'entraînant, mais Mrs. Bodwin sourit à Micky en partant. Mr. Bodwin ne veut pas voir sa fille tomber amoureuse d'un étranger, pensa Micky. Mais Mrs. Bodwin ne fait plus sa difficile.

Durant tout le premier acte, il ne songea qu'à son emprunt pour le chemin de fer. L'idée ne lui était pas venue que l'organisation politique primitive du Cordovay, qui avait permis à la famille Miranda d'atteindre à la richesse et à la puissance, pourrait être considérée comme un risque par des investisseurs. Cela signifiait sans doute qu'il ne parviendrait pas non plus à faire financer le projet de voie ferrée par une autre banque. La seule façon de se procurer les capitaux serait d'utiliser son influence personnelle auprès des Pilaster. Et les seules personnes qu'il pourrait parvenir à influencer étaient Edward et Augusta.

Au cours du premier entracte, il se trouva quelques instants seul dans la loge avec Augusta et il alla aussitôt droit au but, sachant qu'elle appréciait les approches directes. « Quand Edward va-t-il être nommé associé à la banque ?

— Vous touchez là un point sensible, dit-elle d'un ton amer. Pourquoi me demandez-vous cela ? »

Il lui parla brièvement du chemin de fer, sans mentionner l'objectif à long terme de Papa d'attaquer la capitale. « Je ne suis pas en mesure de trouver le financement dans une autre banque : aucune ne connaît le Cordovay. A cause d'Edward, je les en ai toujours tenues à l'écart. » Ce n'était pas la vraie raison, mais Augusta n'en saurait pas davantage : elle n'entendait rien aux affaires. « Cela dit, ce serait un joli coup si Edward pouvait obtenir ça. »

Augusta acquiesça. « Mon mari a promis de nommer Edward associé dès qu'il se mariera », lui apprit-elle.

Micky fut étonné. Edward se marier ? L'idée était stupéfiante : et pourtant, pourquoi pas ?

Augusta poursuivit : « Nous nous sommes mis d'accord sur une fiancée : Emily Maple, la fille du doyen Maple.

— De quoi a-t-elle l'air ?

— Jolie, jeune — elle n'a que dix-neuf ans — et raisonnable. Ses parents approuvent le mariage. »

Tout à fait ce qu'il fallait à Edward, se dit Micky : il aimait bien les jolies filles mais il lui en fallait une qu'il pourrait dominer. « Alors quel obstacle y a-t-il donc ? »

Augusta se rembrunit. « Je n'en sais absolument rien. Pourtant Edward ne semble pas se décider à faire sa demande. »

Cela ne surprit pas Micky. Il n'imaginait pas Edward se marier, même si la fille était un beau parti. Qu'avait-il à gagner dans un mariage ? Il ne désirait pas avoir d'enfants. Cependant, il avait maintenant une bonne raison : être nommé associé. Et si Edward s'en moquait, ce n'était pas le cas de Micky.

« Que pouvons-nous faire pour l'encourager ? »

Augusta lança à Micky un coup d'œil perçant et répliqua : « J'ai l'étrange impression qu'il pourrait aller de l'avant si vous étiez marié. »

Micky détourna la tête. Elle ne manquait pas de finesse. Elle n'avait aucune idée de ce qui se passait dans les salons privés du bordel de Nellie, mais elle avait l'intuition d'une mère. Lui aussi pensait que, s'il se mariait le premier, Edward serait peut-être disposé à l'imiter. « Moi, me marier ? » fit-il avec un petit rire. Naturellement, il se marierait tôt ou tard — comme tout le monde —, mais il ne voyait pas de raison de le faire déjà.

Toutefois, si c'était le prix à payer pour le financement du chemin de fer...

Ce n'était pas seulement le chemin de fer, se dit-il. Un emprunt réussi en amènerait un autre. Des pays comme la Russie et le Canada lançaient chaque année de nouveaux emprunts sur le marché de Londres : pour des chemins de fer, des ports, des services d'eau et les finances du gouvernement. Il n'y avait aucune raison que le Cordovay n'en fît pas autant. Micky percevrait une commission, à titre officiel ou officieux, sur chaque sou emprunté. Mais, ce qui était plus important, l'argent servirait les intérêts de sa famille là-bas, la rendant toujours plus riche et plus puissante.

Il n'y avait pas d'autre solution. S'il laissait tomber son père dans cette affaire, on ne le lui pardonnerait jamais. Plutôt se marier trois fois que d'affronter la colère de son père.

Son regard revint à Augusta. Ils ne parlaient jamais de ce qui s'était passé dans la chambre du vieux Seth en septembre 1873, mais elle n'avait certainement pas pu l'oublier. Ç'avait été le sexe sans rapport, l'infidélité sans adultère, à la fois beaucoup et rien du tout. Cela n'avait duré que quelques secondes. Et pourtant ç'avait été plus passionné, plus intense, et cela l'avait marqué de façon plus inoubliable que tout ce que Micky avait jamais vécu avec les putains du bordel de Nellie. Il était certain que, pour Augusta, ç'avait été aussi un moment bouleversant. Qu'éprouvait-elle vraiment devant la perspective d'un mariage éventuel de Micky ? La moitié des femmes de Londres seraient jalouses, mais c'était si difficile de savoir ce qu'Augusta éprouvait au fond de son cœur. Il décida de lui poser la question directement. Il la regarda droit dans les yeux et interrogea : « Vous voulez que je me marie ? »

Elle hésita. Un instant il vit le regret sur son visage. Puis son expression se durcit et elle répondit d'un ton ferme : « Oui. »

Il la dévisagea. Elle soutint son regard. Il sentit qu'elle parlait sérieusement, et il en fut étrangement déçu.

« Il faut régler cela bientôt, reprit Augusta. On ne peut pas faire attendre indéfiniment Emily Maple et ses parents. »

En d'autres termes, songea Micky, je ferais mieux de me marier rapidement.

Eh bien alors, je vais le faire.

Joseph et Edward regagnèrent la loge et on se mit à parler d'autre chose.

Pendant tout l'acte suivant, Micky pensa à Edward. Leur amitié durait à présent depuis quinze ans. Edward, faible et manquant d'assurance, était avide de plaire, mais sans esprit d'initiative, sans élan. Il consacrait toute son énergie à amener les gens à l'encourager et à le soutenir : Micky l'aidait depuis le jour où il avait commencé à faire ses devoirs de latin au collège. Il fallait maintenant pousser Edward au mariage qui était nécessaire à sa carrière — et à celle de Micky.

Au cours du second entracte, Micky dit à Augusta : « Edward a besoin de quelqu'un pour le seconder à la banque : un employé intelligent qui lui sera fidèle et veillera sur ses intérêts. »

Augusta réfléchit un moment. « C'est une très bonne idée, en effet, approuva-t-elle. Quelqu'un que vous et moi connaissions et en qui nous ayons confiance.

— Exactement.

— Pensez-vous à quelqu'un en particulier ? fit Augusta.

— J'ai un cousin qui travaille pour moi à l'ambassade. Il s'appelle Simon Oliver. Olivera en réalité, mais il a anglicisé son nom. C'est un garçon brillant et à qui on peut se fier totalement.

— Amenez-le prendre le thé, proposa Augusta. S'il me plaît, j'en parlerai à Joseph.

— Très bien. »

Le dernier acte commença. Augusta et lui pensaient souvent de la même façon, songea Micky. C'était Augusta qui aurait dû être sa femme : à eux deux, ils auraient conquis le monde. Il chassa de sa tête cette idée insensée. Qui donc allait-il épouser ? Ce ne serait pas une héritière, car il n'avait rien à offrir à ce genre de jeune fille. Il y en avait plusieurs dont il pourrait facilement faire la conquête, mais gagner leur cœur n'était que la première étape : il y aurait ensuite une longue bataille avec les parents, sans aucune garantie de parvenir au résultat espéré. Non, il lui fallait une fille d'origine modeste, qui le trouvait déjà à son goût et qui l'accepterait avec enthousiasme. Son regard parcourut nonchalamment les rangs d'orchestre — et vint se poser sur Rachel Bodwin.

Elle convenait parfaitement. Déjà à moitié amoureuse de lui, elle était désespérément en quête d'un mari. Son père n'aimait guère Micky, mais sa mère le trouvait sympathique : la mère et la fille à elles deux ne tarderaient pas à vaincre l'opposition du père.

Mais, ce qui était plus important encore, elle l'excitait.

Elle était très probablement vierge, innocente et pleine d'appréhension. Il lui ferait des choses qui la troubleraient et la dégoûteraient. Peut-être résisterait-elle, ce qui serait encore mieux. Au bout du compte, une femme devait céder aux exigences sexuelles de son mari, si bizarres ou répugnantes qu'elles puissent être, car elle n'avait personne à qui se plaindre. Il l'imagina de nouveau attachée au lit, seulement cette fois elle se tordait, soit de douleur soit de désir, ou peut-être les deux...

Le spectacle se termina. Comme ils sortaient du théâtre, Micky chercha les Bodwin. Ils se rejoignirent sur le trottoir tandis que les Pilaster attendaient leur voiture et qu'Albert Bodwin hélait un fiacre. Micky lança à Mrs. Bodwin un sourire engageant et dit : « M'accorderez-vous l'honneur de vous rendre visite demain après-midi ? »

De toute évidence, elle était stupéfaite. « Tout l'honneur serait pour moi, señor Miranda.

— Vous êtes trop bonne. » Il serra la main de Rachel, la regarda droit dans les yeux et dit : « Alors, à demain.

— Ce sera avec grand plaisir », assura-t-elle.

La voiture d'Augusta arriva et Micky lui ouvrit la portière. « Que pensez-vous d'elle ? murmura-t-il.

— Elle a les yeux trop rapprochés », répondit Augusta en montant dans la voiture. Elle s'installa sur son siège, puis se pencha pour lui parler par la porte ouverte. « A part ça, elle me ressemble. » Elle claqua la porte et l'attelage s'éloigna.

Une heure plus tard, Micky et Edward soupaient dans un salon privé chez Nellie. En dehors de la table, la pièce contenait un canapé, une penderie, une table de toilette et un grand lit. April Tilsley avait refait toute la décoration de l'établissement : ce salon était tendu des tissus William Morris à la mode et on y voyait des gravures qui représentaient des gens se livrant à des activités sexuelles avec toutes sortes de fruits et de légumes. Mais il était naturel en ces lieux que les clients s'enivrent et se conduisent mal et déjà le papier peint était déchiré, les rideaux tachés et il y avait des accrocs dans le tapis. Toutefois l'éclairage tamisé des bougies dissimulait le clinquant de la pièce en même temps qu'il soustrayait quelques années au visage des femmes.

Deux de leurs filles préférées s'occupaient d'eux : Muriel et Lily. Elles arboraient des escarpins de soie rouge et de grands chapeaux à l'exclusion de tout autre vêtement. Derrière la porte, on entendait des chants un peu rauques et les éclats d'une discussion animée, mais ici tout était calme, avec le crépitement du feu de charbon et les murmures des deux filles qui servaient le dîner. Cette atmosphère détendit Micky, et il commença à se sentir moins anxieux à propos de l'emprunt pour le chemin de fer. Au moins, il avait un plan. Il devait maintenant le mettre à exécution. Il regarda Edward à travers la table. Ç'avait été une amitié fructueuse que la leur, songea-t-il. Il y avait des moments où il éprouvait presque de la tendresse pour Edward. Sa dépendance était fatigante, mais c'était ce qui donnait à Micky du pouvoir sur lui. Il avait aidé Edward, Edward l'avait aidé et ils avaient savouré ensemble tous les vices de la ville la plus sophistiquée du monde.

Quand ils eurent terminé leur repas, Micky se versa un autre verre de vin et annonça : « Je vais épouser Rachel Bodwin. »

Muriel et Lily pouffèrent.

Edward le dévisagea longuement puis dit : « Je ne te crois pas. »

Micky haussa les épaules. « Crois ce que tu veux. C'est tout de même la vérité.

— Tu parles sérieusement ?

— Mais oui.

— Ordure ! »

Micky considéra son ami d'un air surpris. « Comment ? Pourquoi ne devrais-je pas me marier ? »

Edward se leva et se pencha d'un air agressif par-dessus la table. « Tu n'es qu'une ordure, Miranda, et c'est tout ce que je peux te dire. »

Micky n'avait pas prévu pareille réaction. « Qu'est-ce qui te prend ? Est-ce que tu ne vas pas épouser Emily Maple ?

— Qui t'a dit ça ?

— Ta mère.

— Eh bien, je ne vais épouser personne.

— Mais pourquoi ? Tu as vingt-neuf ans. Moi aussi. C'est le moment pour un homme de construire un semblant de famille respectable.

— Au diable les familles respectables ! » tonna Edward en renversant la table. Micky fit un bond pour éviter la vaisselle qui se brisait et le vin qui se répandait. Les deux femmes nues se blottirent craintivement dans un coin.

« Du calme ! cria Micky.

— Après toutes ces années ! s'exclama Edward, fou de rage. Après tout ce que j'ai fait pour toi ! »

Micky était déconcerté par la fureur d'Edward. Il fallait le calmer. Une scène comme celle-là pourrait renforcer ses préjugés contre le mariage et c'était tout juste le contraire de ce que voulait Micky. « Ça n'est pas un désastre, affirma-t-il d'un ton lénifiant. Ça ne va pas changer quoi que ce soit entre nous.

— Bien sûr que si !

— Non, pas du tout. Nous continuerons à venir ici. »

Edward avait l'air méfiant. D'un ton plus calme, il s'enquit : « Tu en es sûr ?

— Mais oui. Et nous continuerons à aller au club. C'est à ça que servent les clubs. Les hommes y vont pour s'éloigner de leur femme.

— Ah oui. Sans doute. »

La porte s'ouvrit et April entra en trombe. « Qu'est-ce que c'est que ce fracas ? Vous avez cassé ma porcelaine ?

— Pardon, April. Je te rembourserai. »

Micky s'adressa à April : « J'expliquai juste à Edward qu'il pourrait encore venir ici après s'être marié.

— Bonté divine, j'espère bien, fit April. Si aucun homme marié ne venait chez moi, je n'aurais plus qu'à fermer boutique. » Elle se tourna vers la porte et appela : « Sid ! va chercher un balai. »

Au grand soulagement de Micky, Edward s'apaisait rapidement. Micky reprit : « Au début de notre mariage, nous devrons sans doute passer quelques soirées à la maison et donner de temps à autre un dîner. Mais après, nous retrouverons une existence normale. »

Edward fronça les sourcils. « Ça n'ennuie pas les épouses ? »

Micky haussa les épaules. « Qui se soucie de savoir si ça les ennuie ?

— Si une femme est mécontente, j'imagine qu'elle peut faire des tracasseries à son mari. »

Micky se rendit compte qu'Edward prenait sa mère pour une épouse typique. Par bonheur peu de femmes avaient une volonté aussi forte et autant d'habileté qu'Augusta. « Ce qu'il faut, c'est ne pas être trop bon avec elle », dit Micky. Il avait observé ses copains mariés au Cowes Club. « Si tu es bon avec une femme, elle voudra que tu restes avec elle. Traite-la brutalement, et elle ne sera que trop heureuse de te voir aller à ton club le soir et la laisser en paix. »

Muriel passa ses bras autour du cou d'Edward. « Ce sera exactement pareil quand tu seras marié, Edward, je te le promets. Je te sucerai pendant que tu regarderas Micky baiser Lily, tout comme tu l'aimes.

— Tu le feras ? demanda-t-il avec un sourire benêt.

— Bien sûr que oui.

— Alors, rien ne changera vraiment, dit-il en regardant Micky.

— Oh si, si, répliqua Micky. Il y a une chose qui changera : tu seras associé à la banque. »

Chapitre deux

Avril

1

Il faisait aussi chaud au music-hall que dans un bain turc. Ça sentait la bière, les coquillages et les gens mal lavés. Sur la scène, une jeune femme vêtue de haillons soigneusement disposés était plantée devant un rideau de scène représentant un pub. Elle tenait dans ses bras une poupée en guise de nouveau-né et racontait dans sa chanson comment elle avait été séduite et abandonnée. Les spectateurs, assis sur des bancs derrière de longues tables à tréteaux, chantaient en chœur, bras dessus bras dessous :

Et dire qu'il a suffi d'une petite goutte de gin !

Hugh chantait à tue-tête. Il se sentait bien. Il avait dégusté une pinte de bigorneaux et bu plusieurs verres d'une bière un peu tiède. Il était coincé contre Nora Dempster, et ça n'avait rien de désagréable. Elle avait un corps doux et rebondi, un sourire ensorceleur, et elle lui avait sans doute sauvé la vie.

Après son séjour à Kingsbridge Manor, il avait sombré dans une noire dépression. Voir Maisie avait réveillé de vieux fantômes et, depuis qu'elle l'avait repoussé une fois de plus, ces fantômes le hantaient sans répit.

Il avait réussi à vivre dans la journée, car au travail les problèmes le distrayaient de son affliction : il était occupé à monter avec Madler and Bell l'entreprise en participation que les associés de Pilaster avaient fini par approuver. Et il n'allait pas tarder à être nommé associé lui-même, ce dont il avait toujours rêvé. Mais le soir, il n'avait d'enthousiasme pour rien. On l'invitait à nombre de soirées, de bals et de dîners, car son amitié avec Solly lui avait valu d'être intégré au groupe de Marlborough. Mais si Maisie n'était pas là il s'y ennuyait, et si elle était là il était malheureux. La plupart de ses soirées, il les passait donc dans son appartement à penser à elle, ou bien il arpentait les rues en espérant contre toute vraisemblance la croiser.

C'était dans la rue qu'il avait rencontré Nora. Il se rendait chez Peter Robinson, dans Oxford Street, une boutique qui jadis avait été celle d'un drapier mais qu'on appelait maintenant un « grand magasin », afin d'acheter un cadeau pour sa sœur Dotty : il comptait prendre le train de Folkestone juste après. Mais il était si malheureux qu'il ne savait pas comment il allait affronter sa famille, et une sorte de paralysie le rendait incapable de choisir son cadeau. Il ressortit donc les mains vides et Nora tomba littéralement dans ses bras. Elle trébucha et il la rattrapa.

Il n'oublierait jamais l'impression qu'il avait éprouvée en la serrant contre lui. Elle avait beau être tout emmitouflée, son corps était souple et doux, on la sentait tiède et parfumée. L'espace d'un instant, la froide rue sombre de Londres disparut et il se retrouva dans un monde clos et brusquement délicieux. Alors, elle lâcha un vase en poterie qu'elle venait d'acheter, et qui se brisa en miettes sur le trottoir. Elle poussa un cri navré : on aurait dit qu'elle allait éclater en sanglots. Hugh naturellement insista pour lui en acheter un autre.

Elle avait un ou deux ans de moins que lui, vingt-quatre ou vingt-cinq ans. Elle avait un joli visage rond avec des boucles d'un blond-roux qui pointaient de sous un bonnet. Ses vêtements étaient bon marché mais bien choisis : une robe en laine rose, brodée de fleurs, qu'elle portait avec une tournure et une jaquette de velours bleu marine cintrée à la bordure de lapin. Elle parlait avec un fort accent cockney.

Pendant qu'ils achetaient un nouveau vase, il lui confia, afin d'alimenter la conversation, qu'il n'arrivait pas à trouver une idée de cadeau pour sa sœur. Nora suggéra un parapluie de couleur vive et elle insista pour l'aider à le choisir.

Il finit par la raccompagner chez elle en fiacre. Elle lui apprit qu'elle vivait avec son père, un représentant en médicaments. Sa mère était morte. Elle habitait dans un quartier un peu moins respectable qu'il ne s'y attendait : un quartier ouvrier plutôt que bourgeois.

Il croyait ne jamais la revoir et, pendant tout le dimanche qu'il passa à Folkestone, il ne cessa comme toujours de penser à Maisie. Le lundi à la banque, il reçut un mot de Nora, le remerciant de sa bonté : elle avait une petite écriture nette et un peu enfantine, remarqua-t-il avant de rouler le billet en boule et de le jeter dans la corbeille à papier.

Le lendemain, en sortant de la banque à midi, il se dirigeait vers un café pour aller déjeuner quand il la vit qui s'avançait vers lui. Tout d'abord il ne la reconnut pas et se dit simplement qu'elle avait un bien charmant visage. Puis elle lui sourit et la mémoire lui revint. Il la salua et elle s'arrêta pour bavarder. Elle travaillait comme vendeuse chez une corsetière, lui dit-elle en rougissant, et elle rentrait au magasin après s'être rendue chez une cliente. Saisi d'une soudaine impulsion, il l'invita à venir danser avec lui ce soir-là.

Elle ne demandait pas mieux mais n'avait pas de chapeau convenable : il l'emmena donc chez une modiste, lui en acheta un et cela régla le problème.

L'essentiel de leur idylle se déroulait dans les magasins. Elle n'avait jamais possédé grand-chose et se réjouissait sans honte de la prospérité de Hugh. Il était ravi de lui acheter des gants, des chaussures, un manteau, des bracelets et tout ce qu'elle voulait. Sa sœur, avec toute la sagesse de ses douze ans, avait proclamé que Nora ne l'aimait que pour son argent. Il avait ri en disant : « Mais qui m'aimerait pour mon physique ? »

Maisie ne disparut pas de son esprit — en fait, il continuait à penser à elle tous les jours —, mais son souvenir ne le plongeait plus dans le désespoir. Ses journées avaient un but maintenant : son rendez-vous avec Nora. En quelques semaines, elle lui fit retrouver sa joie de vivre.

Au hasard d'une de leurs courses, ils rencontrèrent Maisie chez un fourreur de Bond Street. Un peu gêné, Hugh fit les présentations. Nora était éblouie de rencontrer Mrs. Solomon Greenbourne. Maisie les invita à prendre le thé dans la maison de Piccadilly. Ce soir-là, Hugh retrouva Maisie à un bal et, à sa vive surprise, elle se montra fort désagréable à propos de Nora. « Je regrette, avait dit Maisie, mais je ne l'apprécie pas. Elle me paraît être une femme avide au cœur dur et je ne crois pas qu'elle vous aime le moins du monde. Au nom du ciel, n'allez pas l'épouser. »

Hugh avait été blessé et offensé. Maisie était simplement jalouse, conclut-il. De toute façon, il ne songeait pas au mariage.

Quand le spectacle de music-hall se termina, ils sortirent dans un épais brouillard dont les tourbillons sentaient la suie. Ils enroulèrent leur écharpe autour de leur cou et de leur bouche et partirent pour la maison de Nora à Camden Town.

On avait l'impression d'être sous l'eau. Tous les sons étaient étouffés, les gens et les choses surgissaient soudain du brouillard : une prostituée racolant sous un bec de gaz. Un ivrogne sortant en trébuchant d'un pub. Un policeman en patrouille. Un balayeur qui traversait la rue. Une voiture éclairée par sa lanterne qui avançait prudemment sur la chaussée. Un chien tout mouillé dans le caniveau et un chat dont on voyait briller les yeux dans une ruelle. Hugh et Nora se tenaient par la main. De temps à autre, ils s'arrêtaient dans les recoins les plus sombres pour abaisser leur écharpe et échanger un baiser. Nora avait les lèvres douces et entreprenantes et elle le laissa glisser la main sous son manteau pour qu'il puisse la caresser. Le brouillard donnait à toute chose un caractère assourdi, secret et romanesque.

En général il la quittait au coin de sa rue mais ce soir-là, à cause du brouillard, il l'accompagna jusqu'à sa porte. Il aurait bien voulu l'embrasser encore une fois, mais il craignait que son père n'ouvrît la porte et ne les aperçût. Nora le surprit en proposant : « Vous voulez entrer ? »

Il n'avait jamais vu l'intérieur de sa maison. « Que va dire votre père ?

— Il est parti pour Huddersfield », répondit-elle, et elle ouvrit la porte. Quand il mit le pied à l'intérieur, Hugh sentit son cœur battre plus fort. Il ne savait pas ce qui allait se passer mais ce serait sûrement excitant. Il aida Nora à se débarrasser de son manteau et ses yeux s'attardèrent avec concupiscence sur les courbes qui se dessinaient sous sa robe bleu ciel.

La maison était minuscule, plus petite même que celle de sa mère à Folkestone. L'escalier occupait l'essentiel de l'étroit vestibule. De là, deux portes donnaient sans doute sur un salon et une cuisine. Il devait y avoir deux chambres à l'étage. Sans doute un tub en zinc dans la cuisine et des toilettes dans la cour derrière.

Hugh accrocha son chapeau et son manteau à une patère. Un chien aboyait dans la cuisine et Nora libéra un petit scottish-terrier noir avec un ruban bleu autour du cou. Il l'accueillit avec enthousiasme, puis tourna autour de Hugh d'un air méfiant. « Blackie me protège quand papa est en voyage », annonça Nora, et Hugh enregistra le sous-entendu de sa phrase.

Il la suivit dans le salon. L'ameublement était vieux et usé, mais Nora avait égayé la pièce avec des objets qu'ils avaient achetés ensemble : des coussins de couleurs vives, un tapis bariolé et un tableau représentant le château de Balmoral. Elle alluma une bougie et tira les rideaux.

Hugh, planté au milieu du salon, ne savait que faire de sa personne quand elle le tira de son embarras en suggérant : « Voyez donc si vous pouvez ranimer le feu. » Il restait quelques braises dans l'âtre. Hugh mit du petit bois et avec un soufflet fit repartir le feu. Quand il eut fini, il se retourna pour la voir assise sur le canapé : elle avait ôté son chapeau et laissé tomber ses cheveux. Elle tapota le coussin auprès d'elle et il vint s'asseoir docilement. Blackie le fixa d'un regard jaloux et il se demanda s'il allait bientôt pouvoir chasser l'animal de la pièce.

Ils regardaient le feu en se tenant les mains. Hugh se sentait en paix. Il aurait aimé que cette sensation dure pour toujours. Au bout d'un moment, il l'embrassa de nouveau. Timidement, il lui toucha un sein : ferme et volumineux. Il le pressa doucement et elle poussa un grand soupir. Hugh ne s'était pas senti aussi bien depuis des années, mais il voulait aller plus loin. Ses baisers se firent plus pressants et il continuait à la caresser. Peu à peu, elle se renversa en arrière jusqu'au moment où Hugh se retrouva à demi couché sur elle. Ils commençaient tous les deux à avoir le souffle un peu saccadé. Tout au fond de lui-même, la voix de sa conscience lui disait qu'il était en train d'abuser d'une jeune fille en l'absence de son père, mais c'était une voix bien faible et qui ne pouvait pas l'emporter sur le désir qui montait en lui.

Il brûlait d'envie de lui prodiguer des caresses plus intimes. Il glissa une main entre ses jambes. Elle se crispa aussitôt, et, sentant la tension, le chien se mit à aboyer. Hugh s'écarta et dit : « Faisons-le sortir. »

Nora avait l'air troublée. « Nous devrions peut-être arrêter. »

Hugh ne pouvait supporter cette idée. Toutefois le mot « peut-être » l'encouragea. « Pas maintenant, dit-il. Mettez donc le chien dehors.

— Mais... nous ne sommes même pas fiancés ni rien.

— Nous pourrions nous fiancer », déclara-t-il sans réfléchir.

Elle pâlit. « Vous parlez sérieusement ? »

Il se posa la même question. Depuis le début, il avait considéré cela comme un badinage, pas comme une cour sérieuse : pourtant, voilà quelques instants à peine, il se disait combien il aimerait passer le restant de ses jours à tenir la main de Nora devant un feu. Avait-il vraiment envie de l'épouser ? Il se rendit compte que oui : en fait, rien au monde ne lui plairait davantage.

Ça n'irait pas sans problème, bien sûr. La famille affirmerait qu'il se mariait au-dessous de sa condition. Qu'ils aillent tous au diable ! Il avait vingt-six ans, gagnait mille livres par an et il allait devenir associé dans une des banques les plus prestigieuses du monde : il pouvait bien épouser qui bon lui semblait. Sa mère serait déconcertée mais le soutiendrait : elle se ferait du souci, mais elle serait contente aussi de voir son fils heureux. Et tous les autres pourraient bien dire ce qu'ils voulaient. Ils n'avaient jamais rien fait pour lui.

Il regardait Nora, toute rose, ravissante et adorable, renversée sur le vieux canapé, les cheveux tombant sur ses épaules nues. Il avait terriblement envie d'elle : maintenant, tout de suite. Cela faisait trop longtemps qu'il était seul. Maisie était solidement installée avec Solly : elle ne serait jamais à lui. Il était temps qu'il ait quelqu'un de tendre et de doux pour partager son lit et sa vie. Pourquoi pas Nora ?

Il claqua dans ses doigts. « Viens ici, Blackie. » Le chien s'approcha, méfiant. Hugh lui caressa la tête puis saisit le ruban qu'il avait autour du cou. « Va garder le vestibule », dit-il. Il mit le chien dehors et referma la porte. L'animal aboya deux fois, puis resta silencieux.

Hugh vint s'asseoir auprès de Nora et lui prit la main. Elle avait l'air sur ses gardes. Il dit : « Nora, voulez-vous m'épouser ? »

Elle devint toute rouge. « Oui, je le veux. » Il l'embrassa. Elle entrouvrit les lèvres et lui rendit son baiser avec passion. Elle effleura son genou. Elle lui prit la main et la guida sous ses jupes, remontant jusqu'en haut de ses cuisses. Les lèvres de Nora effleurèrent sa joue pour aller jusqu'à son oreille et elle chuchota : « Hugh, chéri, faites-moi l'amour ce soir, maintenant.

— Oh oui », fit-il d'une voix rauque.

2

Le bal costumé de la duchesse de Tenbigh était le premier grand événement de la saison londonienne de 1879. Tout le monde en parlait depuis des semaines. On dépensait des fortunes en costumes et les gens étaient prêts à tout pour obtenir une invitation.

Augusta et Joseph Pilaster n'étaient pas invités. Cela n'avait rien de surprenant : ils n'appartenaient pas aux plus hauts échelons de la société londonienne. Mais Augusta tenait à y aller, et elle décida qu'elle parviendrait à ses fins.

A peine eut-elle entendu parler du bal qu'elle en glissa quelques mots à Harriet Morte, celle-ci réagit en prenant un air gêné sans rien dire. Comme dame d'honneur de la reine, lady Morte avait une place de choix dans le monde ; elle était en outre une lointaine cousine de la duchesse de Tenbigh. Mais elle ne proposa pas d'inviter Augusta.

Augusta vérifia le compte de lord Morte à la banque Pilaster et constata qu'il avait un découvert de mille livres. Le lendemain, il reçut un mot lui demandant quand il comptait régulariser sa situation.

Le même jour, Augusta rendit visite à lady Morte. Elle se confondit en excuses, prétendit que la lettre était une erreur et que l'employé qui l'avait envoyée avait été congédié. Puis elle mentionna de nouveau le bal.

Le visage en général impassible de lady Morte brilla un instant d'une lueur de haine sans mélange lorsqu'elle comprit le marché qu'on lui offrait. Augusta ne broncha pas. Elle n'avait aucune envie que lady Morte l'aime : elle voulait simplement l'utiliser. Lady Morte se trouvait confrontée à un choix extrêmement simple : user de son influence pour faire inviter Augusta au bal ou trouver mille livres pour combler son découvert. Elle choisit la solution la plus simple et les cartons d'invitation arrivèrent le lendemain.

Augusta était contrariée que lady Morte ne l'eût pas aidée spontanément. Il était blessant d'avoir été obligée de l'y contraindre. Dépitée, Augusta lui demanda aussi une invitation pour Edward.

Augusta serait costumée en reine Élisabeth et Joseph en comte de Leicester. Le soir du bal, ils dînèrent chez eux et se changèrent ensuite. Quand elle fut habillée, Augusta alla dans la chambre de Joseph pour l'aider à passer son costume et lui parler de son neveu Hugh.

Elle était exaspérée que celui-ci fût nommé associé à la banque en même temps qu'Edward. Pis encore, tout le monde savait qu'Edward n'avait obtenu son poste que parce qu'il s'était marié et qu'on lui avait fait investir deux cent cinquante mille livres dans la banque, alors que Hugh avait été nommé associé parce qu'il avait apporté une affaire spectaculairement profitable avec Madler and Bell de New York. On évoquait déjà Hugh comme un président possible. Cette idée faisait grincer des dents à Augusta.

Leur nomination devait avoir lieu à la fin avril, quand on renouvelait officiellement la convention annuelle des associés. Mais au début du mois, et pour la plus grande joie d'Augusta, Hugh commit l'erreur incroyablement stupide d'épouser une petite ouvrière potelée de Camden Town.

L'épisode Maisie six ans plus tôt avait montré qu'il avait un faible pour les filles du ruisseau, mais Augusta n'avait jamais osé rêver qu'il en épouserait une. Cela s'était déroulé discrètement, à Folkestone, en la seule présence de sa mère, de sa sœur et du père de son épouse, puis il avait mis la famille devant le fait accompli.

Tout en ajustant la fraise élisabéthaine de Joseph, Augusta commença : « Je présume que vous allez devoir reconsidérer la nomination de Hugh comme associé, à présent qu'il a épousé une femme de chambre.

— Ce n'est pas une femme de chambre, c'est une corsetière. Ou plutôt c'en était une. Maintenant, elle est Mrs. Pilaster.

— Tout de même, un associé de la banque Pilaster ne peut guère avoir une vendeuse de magasin comme épouse.

— Il peut épouser qui bon lui semble. » Augusta avait craint de le voir adopter cette attitude. « Vous ne diriez pas cela si elle était laide, squelettique et désagréable, remarqua-t-elle d'un ton acerbe. C'est seulement parce qu'elle est jolie et coquette que vous êtes si tolérant.

— Je ne vois pas où est le problème.

— Un associé doit rencontrer des ministres, des diplomates, des chefs d'entreprise. Elle ne saura pas comment se conduire. A tout moment elle risquera de l'embarrasser.

— Elle peut apprendre. » Joseph hésita, puis ajouta : « Je crois, ma chère, que vous oubliez parfois vos propres origines. »

Augusta se redressa de toute sa hauteur. « Mon père avait trois magasins ! répliqua-t-elle avec véhémence. Comment osez-vous me comparer à cette petite traînée ? »

Il fit aussitôt machine arrière. « Bon, pardonnez-moi. »

Augusta était scandalisée. « En outre, je n'ai jamais travaillé dans les boutiques de mon père. J'ai reçu une éducation de lady.

— Je vous ai présenté mes excuses, n'en parlons plus. Il est temps de partir. »

Augusta ne dit plus rien, mais intérieurement elle bouillait de rage.

Edward et Emily l'attendaient dans le hall, costumés en Henri II et Aliénor d'Aquitaine. Edward avait des problèmes avec ses jarretières à galons d'or et il suggéra : « Partez, mère, et renvoyez-nous la voiture. »

Mais Emily s'empressa d'intervenir. « Oh non, je veux partir maintenant. Vous n'aurez qu'à arranger vos jarretières en chemin. »

Emily avait de grands yeux bleus et le joli minois d'une petite fille : elle était très séduisante avec sa robe et son manteau brodé du XIIe siècle, et cette longue guimpe qui dissimulait ses cheveux. Augusta avait découvert toutefois qu'elle n'était pas aussi timide qu'elle en avait l'air. Lors des préparatifs du mariage, il était clairement apparu qu'Emily avait des idées bien arrêtées. Elle avait laissé avec joie Augusta s'occuper du déjeuner le jour du mariage, mais elle avait insisté avec une certaine obstination pour choisir elle-même sa robe de mariée et ses demoiselles d'honneur.

Ils s'installèrent dans la voiture. Augusta gardait le vague souvenir que le mariage d'Henri II et d'Aliénor avait été plutôt orageux. Elle espérait qu'Emily ne causerait pas trop d'ennuis à Edward. Depuis son mariage, Edward semblait de mauvaise humeur et Augusta se doutait que quelque chose n'allait pas. Elle avait tenté de le découvrir en questionnant délicatement Edward, mais il refusait de parler.

L'important, en tout cas, c'était qu'il fût marié et associé à la banque. Il était maintenant bien en place. Tout le reste pourrait s'arranger.

Le bal débuta à dix heures et demie et les Pilaster furent exacts. Les lumières flamboyaient à chaque fenêtre de Tenbigh House. Une foule de badauds s'étaient déjà massés dehors et, sur Park Lane, une file d'équipages attendait pour entrer dans la cour. A mesure que les invités descendaient de leur voiture et gravissaient les marches du perron, la foule applaudissait chaque costume. Tout en attendant, Augusta regarda devant elle : elle vit tour à tour entrer dans la maison Antoine et Cléopâtre, plusieurs têtes rondes et cavaliers, deux déesses grecques et trois Napoléon.

Sa voiture atteignit enfin la porte et ils mirent pied à terre. A l'intérieur, il y avait une autre queue qui partait du hall d'entrée et qui, par l'ample courbe de l'escalier, menait au palier où le duc et la duchesse de Tenbigh, habillés en Salomon et en reine de Saba, accueillaient leurs invités. Le hall croulait sous les fleurs et un orchestre jouait pour distraire les gens pendant leur attente.

Les Pilaster étaient suivis de Micky Miranda — invité à cause de son statut diplomatique — accompagné de sa jeune épouse Rachel. Micky était plus élégant que jamais, drapé dans la soie pourpre d'un costume de cardinal Wolseley, et, un instant, sa vue fit battre le cœur d'Augusta. Elle lança un coup d'œil critique à la femme de Micky qui, de façon assez étonnante, avait choisi de venir déguisée en esclave. Augusta avait encouragé Micky à se marier, mais elle ne pouvait réprimer son ressentiment envers cette fille sans beauté qui s'était fait épouser. Rachel soutint calmement le regard appuyé d'Augusta et, quand Micky eut baisé la main de celle-ci, elle lui prit le bras d'un air possessif.

Comme ils montaient lentement les marches, Micky murmura à Rachel : « L'ambassadeur d'Espagne est ici : surtout soyez aimable avec lui.

— Vous, répliqua Rachel d'un ton sec, soyez aimable avec lui. Je le trouve visqueux comme une limace. »

Micky fronça les sourcils mais il n'ajouta rien. Avec ses opinions extrémistes et ses façons énergiques, Rachel aurait été une épouse parfaite pour un journaliste polémiste ou pour un membre radical du Parlement. Micky, estima Augusta, méritait une femme moins excentrique et plus belle.

Devant eux, Augusta aperçut un autre couple de jeunes mariés : Hugh et Nora. Hugh appartenait au groupe de Marlborough en raison de son amitié avec les Greenbourne et, au vif chagrin d'Augusta, il était de toutes les fêtes. Il était costumé en rajah indien et Nora semblait être venue en charmeuse de serpents avec une robe pailletée qui s'ouvrait sur des pantalons bouffants de harem. Des serpents artificiels s'enroulaient autour de ses bras et de ses jambes, et la tête en papier mâché de l'un d'eux était posée sur son ample poitrine. Augusta frissonna. « La femme de Hugh est vraiment d'une impossible vulgarité », murmura-t-elle à Joseph.

Il se montra plus clément. « Après tout, c'est un bal costumé.

— Aucune des autres femmes ici n'a eu le mauvais goût d'exhiber ses jambes.

— Je ne vois aucune différence entre des pantalons bouffants et une robe. »

Sans doute appréciait-il le spectacle des jambes de Nora, songea Augusta, écœurée. C'était si facile pour ce genre de femme de brouiller les idées d'un homme. « Je ne pense tout simplement pas qu'elle soit digne d'être l'épouse d'un associé de la banque Pilaster.

— Nora n'aura pas à prendre de décisions financières. »

Augusta en aurait crié d'exaspération. De toute évidence il ne suffisait pas que Nora fût une fille de la classe ouvrière. Il faudrait qu'elle commette une faute impardonnable avant que Joseph et les associés se retournent contre Hugh.

Tiens, c'était une idée.

La colère d'Augusta s'apaisa aussi vite qu'elle était apparue. Peut-être, se dit-elle, y avait-il un moyen de causer des ennuis à Nora. Inspectant de nouveau l'escalier, elle étudia sa proie.

Nora et Hugh bavardaient avec l'attaché hongrois, le comte de Tokoly, un homme de moralité douteuse fort à propos costumé en Henri VIII. Nora était exactement le genre de fille susceptible de charmer le comte, songea méchamment Augusta. Les femmes respectables étaient prêtes à traverser la pièce pour éviter de lui adresser la parole, mais il fallait quand même l'inviter partout, car il était un personnage important du corps diplomatique. Aucun signe de désapprobation sur le visage de Hugh tandis qu'il regardait sa femme battre des paupières devant le vieux roué. A vrai dire, son visage n'exprimait rien d'autre que l'adoration. Il était encore trop amoureux pour lui trouver des défauts. « Nora discute avec Tokoly, chuchota Augusta à Joseph. Elle ferait mieux de prendre garde à sa réputation.

— Allons, ne soyez pas grossière avec lui, répliqua brutalement Joseph. Nous espérons lancer pour son gouvernement un emprunt de deux millions de livres. »

Augusta se souciait de Tokoly comme d'une guigne. Elle continuait de ruminer de sombres projets à propos de Nora. C'était maintenant que cette fille était le plus vulnérable : quand rien encore ne lui était familier et qu'elle n'avait pas eu le temps d'apprendre les manières de la bonne société. Il devait être possible de trouver ce soir quelque moyen de la faire se déshonorer et de préférence devant le prince de Galles...

Juste au moment où elle pensait au prince, de grandes acclamations montèrent de la rue, indiquant que le groupe de la Cour venait d'arriver.

Quelques instants plus tard, le prince et la princesse Alexandra firent leur entrée : lui en roi Arthur et elle en reine Guenièvre, suivis de leur entourage costumé en chevaliers avec armures et dames médiévales. L'orchestre s'arrêta brusquement au milieu d'une valse de Strauss pour attaquer l'hymne national. Dans le hall tous les invités s'inclinèrent et firent la révérence. La file de ceux qui attendaient dans l'escalier ondula comme une vague sur le passage du cortège royal. Le prince engraissait chaque année, se dit Augusta en lui faisant la révérence. Elle n'était pas sûre qu'il n'y eût pas déjà de fils gris dans sa barbe, et il avait un début de calvitie qui s'étendait rapidement. Elle plaignait toujours la jolie princesse qui devait supporter un mari dépensier, et dont on ne comptait plus les aventures.

En haut des marches, le duc et la duchesse accueillirent leurs hôtes royaux et les escortèrent dans la salle de bal. Les invités encore dans l'escalier se précipitèrent à leur suite.

Des masses de fleurs provenant des serres de la résidence campagnarde de Tenbigh s'entassaient le long des murs, et la lumière d'un millier de bougies se reflétait dans les grandes glaces disposées entre les fenêtres. En costumes de courtisans élisabéthains, bas et pourpoints, les valets passaient le champagne. On conduisit le prince et la princesse jusqu'à une estrade au fond de la salle. On avait prévu que certains des costumes les plus spectaculaires défileraient en procession devant le cortège royal et que, à peine le couple princier installé, le premier groupe arriverait du grand salon. Un attroupement se forma dans les parages de l'estrade et Augusta se trouva épaule contre épaule avec le comte de Tokoly.

« Quelle ravissante personne que l'épouse de votre neveu, Mrs. Pilaster », commença-t-il.

Augusta lui adressa un sourire glacé. « Comme c'est généreux de votre part de le dire, comte. »

Il haussa un sourcil. « Décèlerais-je une note de dissentiment ? Vous auriez sans doute préféré voir le jeune Hugh choisir une épouse dans son milieu.

— Vous connaissez la réponse à cette question sans que j'aie besoin de vous la donner.

— Mais elle est d'un charme irrésistible.

— A n'en pas douter.

— Je vais l'inviter à danser plus tard. Croyez-vous qu'elle acceptera ? »

Augusta fut incapable de résister à une réplique acerbe. « J'en suis certaine. Elle n'est pas difficile. »

Elle se détourna. Sans doute était-ce trop espérer que de voir Nora provoquer avec le comte un quelconque incident...

Une inspiration lui vint soudain.

Le comte était l'élément critique. Si elle le rapprochait de Nora, la combinaison pouvait être explosive.

Les pensées se bousculaient dans son esprit. Ce soir, c'était l'occasion rêvée. Il fallait agir tout de suite.

Un peu essoufflée par l'excitation, Augusta jeta un coup

d'œil autour d'elle, aperçut Micky et s'approcha de lui. « Il y a une chose que je veux que vous fassiez pour moi, vite », déclara-t-elle.

Micky lui lança un regard complice. « Tout ce que vous voudrez », murmura-t-il. Elle ne releva pas l'allusion. « Connaissez-vous le comte de Tokoly ?

— Je pense bien. Nous autres diplomates, nous nous connaissons tous.

— Dites-lui que Nora n'est pas mieux qu'elle devrait l'être. »

Un demi-sourire retroussa les lèvres de Micky. « Juste cela ?

— Vous pouvez développer, si vous en avez envie.

— Devrais-je laisser entendre que je le sais par, disons, expérience personnelle ? »

Cette conversation passait les limites des convenances, mais l'idée de Micky était bonne et elle hocha la tête. « Encore mieux.

— Vous savez ce qu'il va faire ? demanda Micky.

— Je pense qu'il va lui faire une proposition inconvenante.

— Si c'est ce que vous voulez...

— Exactement. »

Micky acquiesça. « Pour cela comme en toute chose, je suis votre esclave. »

Augusta d'un geste impatient écarta le compliment : elle était trop tendue pour prêter l'oreille à des galanteries. Elle observa Nora qui contemplait avec émerveillement le somptueux décor et les costumes extravagants : de toute sa vie cette fille n'avait jamais rien vu de pareil. Elle n'était absolument pas sur ses gardes. Sans réfléchir davantage, Augusta se fraya un chemin à travers la foule jusqu'auprès d'elle.

Elle lui parla à l'oreille. « Juste un conseil.

— Merci d'avance », dit Nora.

Hugh n'avait sans doute pas manqué de faire à Nora une description malveillante du caractère d'Augusta mais, il fallait rendre justice à sa femme, elle ne manifesta pas la moindre hostilité. Elle semblait ne pas encore s'être fait une opinion sur Augusta : elle ne se montra ni chaleureuse ni froide.

Augusta reprit : « J'ai remarqué que vous parliez au comte de Tokoly.

— Un vieux dégoûtant », dit aussitôt Nora.

Augusta tressaillit devant une telle vulgarité mais poursuivit : « Prenez garde à lui, si vous attachez quelque valeur à votre réputation.

— Prendre garde ? répéta Nora. Qu'est-ce que vous voulez dire exactement ?

— Soyez polie, bien sûr, mais, quoi qu'il arrive, ne le laissez prendre aucune liberté. Le moindre encouragement lui suffit et, si on ne le remet pas aussitôt à sa place, il peut devenir très gênant. »

Nora hocha la tête d'un air entendu. « Ne vous inquiétez pas, je sais comment on traite ce genre d'individu. »

Hugh, non loin de là, parlait avec le duc de Kingsbridge. Il aperçut soudain Augusta, eut un air méfiant et rejoignit sa femme. Mais Augusta avait déjà dit tout ce qui était nécessaire. Elle tourna les talons pour regarder le cortège. Elle avait fait son œuvre : les graines étaient semées. Elle n'avait plus maintenant qu'à attendre avec angoisse en espérant que tout se passerait pour le mieux.

Certains membres du groupe de Marlborough défilaient devant le prince, et parmi eux le duc et la duchesse de Kingsbridge, Solly et Maisie Greenbourne. Ils étaient déguisés en potentats orientaux, shahs, pachas et sultanes : au lieu de s'incliner ou de faire la révérence, ils s'agenouillaient et se livraient à des salamalecs, ce qui fit rire le corpulent prince de Galles et monter de la foule une volée d'applaudissements. Augusta détestait Maisie Greenbourne, mais ce fut à peine si elle la remarqua. Son esprit envisageait les différentes possibilités. Son petit complot pouvait tourner mal de cent façons différentes : Tokoly pouvait être fasciné par un autre joli minois. Nora pourrait se débarrasser de lui avec grâce. Hugh pourrait rester trop près pour que Tokoly risquât rien d'offensant. Mais avec un peu de chance, le drame dont elle avait ourdi l'intrigue allait se dérouler : alors il y aurait du grabuge.

Le cortège arrivait à son terme quand Augusta, consternée, aperçut le visage de David Middleton qui, à travers la foule, se frayait un chemin vers elle.

Cela faisait six ans qu'elle l'avait vu pour la dernière fois, quand il lui avait posé des questions sur la mort de son frère Peter au collège de Windfield : elle lui avait dit alors que les deux témoins, Hugh Pilaster et Antonio Silva, étaient en voyage. Mais aujourd'hui Hugh était de retour. Middleton s'approchait. Comment un simple avocat s'était-il fait inviter à une aussi grande réception ? Elle se rappela vaguement qu'il était un lointain parent du duc de Tenbigh. Elle aurait difficilement pu prévoir cette rencontre. Cela pouvait tourner au désastre. Je ne trouve rien pour l'empêcher ! se dit-elle, frénétique.

Horrifiée, elle vit Middleton se diriger droit sur Hugh.

Malgré la cohue, Augusta parvint à se rapprocher. Elle entendit Middleton dire : « Bonjour, Pilaster. J'ai appris que vous étiez de retour en Angleterre. Vous vous souvenez de moi ? Je suis le frère de Peter Middleton. »

Augusta tourna le dos afin qu'il ne remarque pas qu'elle s'efforçait de discerner leurs propos dans le brouhaha des conversations.

« Je me souviens très bien : vous étiez à l'enquête, dit Hugh. Permettez-moi de vous présenter mon épouse.

— Mes hommages, Mrs. Pilaster », répliqua rapidement Middleton. Puis son attention revint à Hugh. « Vous savez, je n'ai jamais été satisfait des résultats de cette enquête. »

Augusta sentit un frisson glacé la parcourir. Middleton devait être obsédé pour aborder carrément, au beau milieu d'un bal costumé, un sujet si peu approprié. C'était insupportable. Le pauvre Teddy ne serait donc jamais débarrassé de ces vieux soupçons ?

Elle ne comprit pas la réponse de Hugh, mais il avait un ton prudemment neutre.

Middleton haussait la voix et elle perçut la suite. « Vous devez bien savoir que personne au collège n'a cru un mot de l'histoire selon laquelle Edward aurait tenté de sauver mon frère de la noyade. »

Augusta était affolée à l'idée de ce que Hugh pourrait répondre, mais il continua à se montrer circonspect et rappela que tout cela avait eu lieu voilà bien longtemps.

Soudain Micky surgit au côté d'Augusta. Son visage exprimait l'urbanité la plus détendue, mais elle sentait chez lui la tension à la façon dont il se tenait. « C'est lui, Middleton ? » lui murmura-t-il à l'oreille.

Elle acquiesça.

« Je pensais bien l'avoir reconnu.

— Chut, fit-elle. Écoutez. »

Middleton devenait un peu agressif. « Je crois que vous connaissez la vérité sur ce qui s'est passé, dit-il d'un ton de défi.

— Vraiment ? » On entendait maintenant les propos de Hugh, car il avait adopté un ton infiniment moins aimable.

« Pardonnez-moi d'être aussi brutal, Pilaster. C'était mon frère. Des années durant, je me suis demandé ce qui s'était produit. Vous ne trouvez pas que j'ai le droit de m'informer ? »

Il y eut un silence. Augusta savait que pareille évocation d'une erreur judiciaire était le genre d'argument susceptible d'émouvoir ce papelard de Hugh. Elle aurait voulu intervenir, les interrompre, les faire taire ou changer de sujet de conversation, mais ç'aurait été pratiquement avouer qu'elle avait quelque chose à cacher. Elle resta donc impuissante et terrifiée, figée sur place, tendant l'oreille pour écouter par-dessus la rumeur de la foule.

Hugh répondit enfin : « Middleton, je n'ai pas vu Peter mourir. Je ne peux pas vous dire ce qui est arrivé. Je ne sais rien avec certitude et ce serait mal de hasarder des hypothèses.

— Alors, vous avez des soupçons ? Vous avez une idée de la façon dont ça s'est passé ?

— Il n'y a pas place pour la conjecture dans une affaire comme celle-là. Ce serait se montrer irresponsable. Vous voulez la vérité, dites-vous. Je suis tout à fait d'accord. Si je la connaissais, je considérerais comme mon devoir de la révéler. Mais ce n'est pas le cas.

— Je crois que vous protégez votre cousin. »

Hugh se sentit offensé. « Bon sang, Middleton, c'est trop fort. Vous avez le droit d'être énervé, mais n'allez pas douter de ma sincérité.

— Alors, fit grossièrement Middleton, quelqu'un ment dans cette affaire. » Et il s'éloigna.

Augusta respira de nouveau. Le soulagement lui coupait les jambes et elle prit subrepticement appui sur Micky. Les grands principes de Hugh avaient joué en sa faveur. Il se doutait qu'Edward était pour quelque chose dans la mort de Peter mais, comme ce n'était qu'un soupçon, il refusait d'en parler. Et voilà maintenant que Middleton avait mis Hugh en colère. C'était le signe distinctif d'un gentleman de ne jamais mentir et, pour des jeunes gens comme Hugh, laisser entendre qu'ils ne disaient peut-être pas la vérité était une grave insulte. Il y avait peu de chances pour qu'il y eût une autre conversation entre Middleton et Hugh.

La crise avait éclaté soudainement, comme un orage d'été, et lui avait fait très peur. Elle s'était dissipée tout aussi vite, la laissant ébranlée mais sauve.

Le défilé s'achevait. L'orchestre attaqua un quadrille. Le prince entraîna la duchesse sur la piste et le duc invita la princesse pour former le premier quadrille. D'autres groupes les suivirent rapidement. On dansait avec un certain calme, sans doute parce que les invités étaient si nombreux à porter de lourds costumes et d'encombrantes coiffures.

Augusta chuchota à Micky : « Peut-être Mr. Middleton ne représente-t-il plus un danger pour nous.

— Aussi longtemps que Hugh continue à garder le silence.

— Et aussi longtemps que votre ami Silva reste au Cordovay.

— Sa famille a de moins en moins d'influence à mesure que les années passent. Je ne compte pas le revoir de sitôt en Europe.

— Tant mieux. » Les pensées d'Augusta revinrent à son complot. « Avez-vous parlé à Tokoly ?

— Parfaitement.

— Bien.

— J'espère simplement que vous savez ce que vous faites. »

Elle lui lança un regard réprobateur.

« C'est stupide de ma part, se reprit-il, vous savez toujours ce que vous faites. »

La seconde danse était une valse et Micky la pria de la lui accorder. Quand elle était jeune fille, on considérait la valse comme indécente parce que les partenaires étaient trop près l'un de l'autre, le bras de l'homme entourant la taille de la femme dans une véritable étreinte. Mais aujourd'hui même les personnes de sang royal valsaient.

A peine Micky l'eut-il prise dans ses bras qu'elle se sentit changée. C'était comme si elle avait de nouveau dix-sept ans et qu'elle dansât avec Strang. Quand Strang dansait, c'était à sa cavalière qu'il pensait, pas à ses pieds : Micky avait le même talent. Grâce à lui, Augusta avait l'impression d'être jeune, belle et insouciante. Elle avait conscience de la douceur de ses mains, de son odeur virile de tabac et d'huile de macassar et de la chaleur de son corps pressé contre le sien. Elle éprouva une pointe de jalousie envers Rachel qui partageait son lit. Un instant, elle se remémora la scène dans la chambre du vieux Seth, six ans auparavant, mais elle lui paraissait irréelle, comme un rêve qu'elle avait eu un jour, et elle n'arrivait pas à croire que c'était vraiment arrivé.

Certaines femmes, dans sa position, auraient eu une liaison cachée. Mais même si Augusta rêvait parfois de rendez-vous secrets avec Micky, elle ne réussissait pas, dans la réalité, à affronter l'idée de se faufiler par des ruelles étroites pour des rendez-vous clandestins, des étreintes furtives, des subterfuges et des prétextes. Et, d'ailleurs, on découvrait souvent ce genre d'affaires. Elle préférerait quitter Joseph pour s'enfuir avec Micky. Peut-être serait-il disposé à le faire. En tout cas elle pourrait l'en convaincre si elle s'en donnait la peine. Mais, chaque fois qu'elle caressait ce rêve, elle pensait à tout ce à quoi elle devrait renoncer : ses trois maisons, son attelage, ses parures luxueuses, sa position sociale, l'accès aux bals, et ce genre de choses. Strang aurait pu lui donner tout cela, mais Micky n'avait à offrir que sa séduisante personne, et ce n'était pas assez. « Regardez par là », dit Micky.

Elle regarda dans la direction qu'il indiquait d'un geste du menton et vit Nora qui dansait avec le comte de Tokoly. Elle se crispa. « Allons plus près d'eux », dit-elle.

Ce n'était pas chose facile, car le groupe royal était dans ce coin-là et chacun essayait de l'approcher. Mais Micky la pilota habilement à travers la foule jusqu'au moment où ils furent près des danseurs.

La valse s'éternisait, répétant inlassablement le même motif banal. Pour l'instant Nora et le comte ressemblaient à n'importe quel autre couple dansant. De temps en temps il lui faisait une remarque à voix basse : elle hochait la tête en souriant. Peut-être la serrait-il d'un peu trop près, mais pas suffisamment pour provoquer des commentaires. L'orchestre continuait à jouer : Augusta se demandait si elle n'avait pas mal jugé ses deux victimes. L'inquiétude la crispait et elle dansait mal.

La valse atteignait son point culminant. Augusta surveillait toujours Nora et le comte. Il y eut un brusque changement. Le visage de Nora exprima soudain une consternation glaciale : le comte avait dû lui dire quelque chose qui ne lui avait pas plu. Augusta sentit ses espoirs renaître. Mais, quoi qu'il eût dit, ce n'était pas assez blessant pour que Nora fît une scène et ils continuèrent à danser.

Augusta était sur le point de perdre tout espoir. La valse touchait à ses dernières mesures quand l'explosion survint.

Augusta fut la seule à voir comment cela commença. Le comte approcha ses lèvres tout près de l'oreille de Nora et lui murmura quelque chose. Elle devint toute rouge, puis cessa brusquement de danser et le repoussa. Personne, sauf Augusta, ne s'en aperçut parce que la danse venait de se terminer. Toutefois, le comte passa la mesure et ajouta autre chose, le visage plissé par une grimace résolument lascive. A cet instant même la musique s'arrêta et, dans l'instant de silence qui suivit, Nora le gifla.

Le claquement retentit dans la salle de bal comme un coup de feu. Ce n'était pas une petite gifle de lady conçue pour les salons, mais le genre de claque susceptible de dissuader le peloteur ivre dans un bistrot. Le comte trébucha en arrière — et vint heurter le prince de Galles.

Un sursaut collectif secoua les invités qui les entouraient. Le prince vacilla et ce fut le duc Tenbigh qui le rattrapa. Dans le silence horrifié, l'accent cockney sonna haut et clair : « Ne pose plus jamais tes sales pattes sur moi, sale vieux cochon ! »

Pendant une seconde encore, ce fut un vrai tableau vivant : la femme outragée, le comte humilié et le prince abasourdi. Augusta jubilait. Ça avait marché : mieux qu'elle n'aurait pu l'imaginer !

Hugh apparut alors auprès de Nora et la saisit par le bras. Le comte se redressa de toute sa hauteur et sortit à grands pas. Un groupe anxieux se resserra autour du prince pour le protéger, le cachant aux regards. Les conversations reprirent dans la salle comme un roulement de tonnerre. Augusta fixa Micky d'un œil triomphant.

« Superbe, murmura-t-il avec une sincère admiration. Vous êtes superbe, Augusta. » Il lui pressa le bras et la guida vers le buffet.

Son mari l'attendait. « Cette satanée fille ! s'écria-t-il. Faire une scène comme ça sous le nez du prince. Elle a déshonoré toute la famille et nous a sans nul doute fait perdre aussi un gros contrat ! »

C'était exactement la réaction qu'avait espérée Augusta. « Maintenant, lança-t-elle d'un ton satisfait, vous allez peut-être estimer qu'on ne peut pas nommer Hugh associé. »

Joseph la toisa longuement. Pendant quelques terribles instants, elle craignit d'être allée trop loin et qu'il n'eût deviné que c'était elle qui avait orchestré tout l'incident. Mais si la pensée lui en avait traversé l'esprit, il dut l'écarter, car il l'approuva : « Vous avez raison, ma chère. Vous aviez raison depuis le début. »

Hugh entraînait Nora vers la porte. « Nous partons, bien sûr, dit-il d'un ton neutre en passant devant eux.

— Nous allons devoir partir maintenant », déclara Augusta. Pourtant, elle ne voulait pas les voir s'en aller tout de suite. Si on n'en disait pas plus ce soir, on risquait demain, quand les esprits se seraient calmés, d'entendre les gens dire que l'incident n'était pas aussi grave qu'il l'avait d'abord semblé. Pour se prémunir contre cela, Augusta voulait maintenant une vraie scène : une crise de colère, des propos furieux, des accusations qui seraient difficiles à oublier. Elle posa la main sur le bras de Nora pour la retenir. « J'avais essayé de vous mettre en garde contre le comte de Tokoly », dit-elle d'un ton accusateur.

Hugh intervint. « Quand un tel homme insulte une dame sur la piste de danse, elle n'a guère d'autre solution que de provoquer une scène.

— Ne sois pas ridicule, répliqua Augusta. N'importe quelle jeune fille bien élevée aurait su exactement comment s'y prendre. Elle aurait dit qu'elle ne se sentait pas bien et aurait demandé sa voiture. »

Hugh savait que c'était vrai et ne chercha pas à le nier. Une fois de plus, Augusta était inquiète en songeant que tout le monde allait peut-être retrouver son calme et que l'incident allait sans doute en rester là. Mais Joseph était toujours furieux et il déclara à Hugh : « Dieu sait quels dommages tu as causés à la famille et à la banque ce soir. »

Hugh rougit. « Que voulez-vous dire précisément ? » s'enquit-il d'un ton rogue.

En mettant Joseph au défi d'étayer son accusation, Hugh aggravait son cas, songea Augusta avec satisfaction. Il était trop jeune pour savoir qu'au point où il en était il aurait dû se taire et rentrer chez lui.

La colère de Joseph montait. « Nous avons certainement perdu l'emprunt hongrois et nous ne serons jamais plus invités à une réception royale.

— Je le sais parfaitement. Je voulais simplement vous demander pourquoi, selon vous, c'était moi le responsable de ce dommage.

— Parce que tu as introduit dans la famille une femme qui ne sait pas se tenir ! »

De mieux en mieux, pensa Augusta avec une joie malicieuse.

Hugh avait le visage violemment empourpré mais il maîtrisait sa fureur. « Que ceci soit bien clair, une épouse Pilaster doit être prête à subir insultes et humiliations à un bal plutôt que de rien faire qui risque de compromettre un contrat : c'est bien cela votre philosophie ? »

Joseph était horriblement vexé. « Jeune chiot insolent, tonna-t-il. Ce que je dis, c'est qu'en te mariant au-dessous de ta condition tu t'es ôté toute chance de jamais devenir associé à la banque ! »

Il l'a dit ! songea Augusta avec jubilation. Il l'a dit !

Abasourdi, Hugh fut réduit au silence. Contrairement à Augusta, il n'avait pas réfléchi, n'avait pas prévu les implications de la scène. Il comprenait la signification de ce qui s'était passé et elle vit son expression passer de la rage à l'angoisse, à la compréhension puis au désespoir.

Elle fit un effort pour dissimuler un sourire victorieux. Elle avait ce qu'elle voulait : elle avait gagné. Plus tard Joseph regretterait peut-être sa déclaration, mais il ne reviendrait fort probablement pas dessus : il était trop fier.

« C'est donc ça », dit enfin Hugh, et c'était Augusta qu'il regardait plutôt que Joseph. Elle fut surprise de constater qu'il était au bord des larmes. « Très bien, Augusta. Vous l'emportez. Je ne sais pas comment vous vous y êtes prise, mais je ne doute pas que ce soit vous qui d'une façon ou d'une autre ayez provoqué cet incident. » Il se tourna vers Joseph. « Mais vous devriez y réfléchir, oncle Joseph. Vous devriez vous demander qui se soucie sincèrement de la banque... » Il regarda de nouveau Augusta et conclut : « Et qui sont ses véritables ennemis. »

3

En quelques heures, la nouvelle de la chute de Hugh se répandit dans la City. Le lendemain après-midi, les gens qui avaient supplié de les recevoir pour lui présenter des projets mirifiques concernant des chemins de fer, des aciéries, des chantiers navals et des projets immobiliers annulaient leurs rendez-vous. A la banque, des employés qui le vénéraient ne voyaient plus maintenant en lui qu'un chef de service comme les autres. Il découvrit qu'il pouvait entrer dans un café d'une des rues autour de la banque d'Angleterre sans attirer immédiatement un groupe de gens avides de connaître ses opinions sur le Grand Trunk Railroad, le prix des bons du Trésor de Louisiane ou le montant de la dette nationale américaine.

Dans la salle des associés, on se querellait. Oncle Samuel avait été indigné quand Joseph avait annoncé que Hugh ne pourrait pas être nommé associé. Toutefois, le jeune William s'était rangé à l'avis de Joseph et le major Hartshorn en avait fait autant : Samuel avait la majorité contre lui.

Ce fut Jonas Mulberry, le fondé de pouvoir chauve et lugubre, qui raconta à Hugh ce qui s'était passé entre les associés. « Je dois avouer, Mr. Hugh, que je regrette cette décision, dit-il avec une sincérité évidente. Quand vous travailliez sous mes ordres, vous n'avez jamais essayé de me rendre responsable de vos erreurs, contrairement à certains autres membres de la famille à qui j'ai eu affaire.

— Je n'aurais pas osé, Mr. Mulberry », dit Hugh avec un sourire.

Nora pleura toute une semaine. Hugh ne voulait pas lui reprocher ce qui était arrivé. Personne ne l'avait obligé à l'épouser. C'était à lui d'assumer la responsabilité de ses choix. Si sa famille se conduisait de façon convenable, elle se rangerait auprès de lui dans cette crise, mais il n'avait jamais pu compter sur elle pour ce genre de soutien.

Quand Nora eut digéré l'incident, elle se montra assez peu réconfortante, révélant une dureté de cœur qui surprit Hugh. Elle ne comprenait pas ce que cela signifiait pour lui de devenir associé. Il se rendit compte, avec une vive déception, qu'elle ne savait pas se mettre à la place d'autrui. Peut-être, songea-t-il, était-ce parce qu'elle avait grandi pauvre et orpheline et que, dans la vie, elle avait dû faire passer ses propres intérêts avant tout. Sans doute était-il un peu secoué de la découvrir sous ce jour, mais il l'oubliait chaque soir quand ils grimpaient en chemise de nuit dans le grand lit douillet pour faire l'amour.

Hugh sentait la rancœur croître en lui comme un ulcère, mais il avait maintenant une femme, une grande maison nouvelle et six domestiques à faire vivre : force lui était donc de rester à la banque. On lui avait attribué un bureau à l'étage au-dessus de la salle des associés et il avait fixé au mur une grande carte d'Amérique du Nord. Chaque lundi matin, il rédigeait un résumé des transactions effectuées la semaine précédente avec l'Amérique et le câblait à Sidney Madler à New York. Deux lundis après le bal chez la duchesse de Tenbigh, au bureau du télégraphe au rez-de-chaussée, il rencontra un étranger : un homme aux cheveux bruns d'une vingtaine d'années. Hugh sourit et salua : « Bonjour, qui êtes-vous ?

— Simon Oliver, dit l'homme avec un accent vaguement espagnol.

— Vous devez être nouveau ici. » Et il lui tendit la main. « Je suis Hugh Pilaster.

— Enchanté de vous connaître ». Oliver avait l'air plutôt maussade.

« Je travaille sur les prêts nord-américains, l'informa Hugh. Et vous ?

— Je suis le secrétaire de Mr. Edward. »

Hugh fit aussitôt le rapprochement. « Vous êtes d'Amérique du Sud ?

— Oui, du Cordovay. »

Voilà qui se comprenait : comme la spécialité d'Edward était l'Amérique du Sud en général et le Cordovay en particulier, ce pourrait être utile d'avoir un ressortissant de ce pays pour travailler à ses côtés, d'autant plus qu'Edward ne parlait pas espagnol. « J'étais au collège avec l'ambassadeur du Cordovay, Micky Miranda, précisa Hugh. Vous devez le connaître.

— C'est mon cousin.

— Ah. » Aucun air de famille, mais Oliver était d'une élégance impeccable. Vêtements de bonne coupe soigneusement repassés, cheveux huilés et bien peignés, chaussures étincelantes : à n'en pas douter, il prenait modèle sur son cousin plus âgé et qui avait si parfaitement réussi.

« Eh bien, j'espère que ça vous plaît de travailler avec nous.

— Beaucoup, je vous remercie. »

Songeur, Hugh regagna son bureau à l'étage supérieur. Edward avait besoin de toute l'assistance qu'il pouvait trouver, mais Hugh était un peu soucieux de voir un cousin de Micky occuper à la banque une position où son influence pouvait être grande.

Ce malaise trouva quelques jours plus tard sa justification.

Une fois de plus, ce fut Jonas Mulberry qui lui raconta ce qui se passait dans la salle des associés. Mulberry entra dans le bureau de Hugh avec une liste de paiement que la banque devait effectuer à Londres au nom du gouvernement américain, mais il voulait surtout bavarder. Son visage d'épagneul plus allongé que jamais, il déclara : « Je n'aime pas ça, Mr. Hugh. Les bons sud-américains n'ont jamais été un investissement sûr.

— Pourquoi ? Nous lançons un emprunt sud-américain ? »

Mulberry hocha la tête. « C'est Mr. Edward qui l'a proposé et les associés ont donné leur accord.

— C'est destiné à quoi ?

— Une nouvelle ligne de chemin de fer allant de Palma, la capitale du Cordovay, à la province de Santamaria.

— Dont le gouverneur est Papa Miranda...

— Le père de l'ami de Mr. Edward, le señor Miranda.

— Et l'oncle de Simon Oliver, le secrétaire d'Edward. »

Mulberry secoua la tête d'un air désapprobateur. « J'étais employé ici quand le gouvernement vénézuélien n'a pas honoré les bons qu'il avait émis voilà quinze ans. Mon père, que Dieu ait son âme, se souvenait de la faillite de l'Argentine en 1828. J'ai regardé les bons du Trésor mexicains : ils ne rapportent de dividendes que de façon épisodique. Qui a jamais entendu parler de rendement épisodique ? »

Hugh acquiesça. « D'ailleurs, les investisseurs qui s'intéressent aux chemins de fer peuvent obtenir des taux de cinq ou six pour cent sur leurs capitaux aux États-Unis : pourquoi aller au Cordovay ?

— Exactement. »

Hugh se gratta la tête. « Eh bien, je vais tâcher de savoir ce qu'ils en pensent. »

Mulberry brandit une liasse de papiers. « Mr. Samuel m'a demandé un état des créances en Extrême-Orient. Vous pourriez lui apporter ces chiffres. »

Hugh eut un grand sourire. « Vous pensez à tout. » Il prit les documents et descendit à la salle des associés.

Il n'y avait là que Samuel et Joseph. Joseph dictait des lettres à une sténographe et Samuel était penché sur une carte de Chine. Hugh posa le rapport sur la table de Samuel en disant : « Mulberry m'a demandé de vous remettre ceci.

— Merci. » Samuel leva la tête en souriant. « Tu as autre chose à me dire ?

— Oui. Je voudrais savoir pourquoi nous finançons le chemin de fer de Santamaria. »

Hugh entendit Joseph s'arrêter de dicter, puis reprendre.

Samuel répliqua : « Ça n'est pas le placement le plus séduisant que nous ayons jamais lancé, je te l'accorde, mais avec l'aval du nom de Pilaster, cela ne devrait pas poser de problèmes.

— On pourrait dire ça d'à peu près tous les emprunts qu'on nous propose, protesta Hugh. La raison pour laquelle nous avons une si bonne réputation, c'est que nous n'offrons jamais aux investisseurs de souscrire à des bons qui soient simplement “ pas mal ”.

— Ton oncle Joseph estime que l'Amérique du Sud pourrait bientôt connaître un essor. »

Entendant son nom, Joseph intervint dans la conversation.

« Il s'agit simplement de tremper un pied dans l'eau pour tâter la température.

— Alors, c'est risqué.

— Si mon arrière-grand-père n'avait jamais pris de risques, il n'aurait pas placé tout son argent dans un unique navire de transport d'esclaves et la banque Pilaster n'existerait pas aujourd'hui.

— Mais depuis lors, les Pilaster ont toujours laissé à des établissements de moindre importance et plus portés sur la spéculation le soin de tremper le pied dans des eaux inconnues. »

Oncle Joseph n'aimait pas la discussion et il rétorqua d'un ton agacé : « Ce n'est pas une exception qui nous fera du mal.

— Mais cela peut nous faire beaucoup de mal d'être prêts à faire des exceptions.

— Ce n'est pas à toi d'en juger. »

Hugh fronça les sourcils. Son instinct ne l'avait pas trompé : l'investissement ne tenait pas debout sur le plan commercial et Joseph n'arrivait pas à le justifier. Alors pourquoi l'avoir fait ? A peine s'était-il posé la question de cette façon qu'il devina la réponse. « Vous l'avez fait parce que c'est Edward, n'est-ce pas ? Vous voulez l'encourager et c'est la première affaire qu'il apporte depuis que vous l'avez nommé associé : alors vous le laissez faire, même si les perspectives ne sont pas brillantes.

— Ce n'est pas ton rôle de mettre en question les raisons que je peux avoir !

— Ce n'est pas votre rôle de risquer l'argent des autres pour rendre service à votre fils. De petits porteurs de Brighton et de Harrogate vont placer leur argent dans cette entreprise de chemin de fer et, si elle fait faillite, ils perdront tout.

— Tu n'es pas un associé, alors on ne te demande pas ton opinion sur ces questions. »

Hugh avait horreur des gens qui changeaient d'argument au cours d'une discussion et il répondit d'un ton mordant :

« Pourtant, je suis un Pilaster et, quand vous mettez en péril la bonne renommée de la banque, c'est à moi que vous faites du tort. »

Samuel intervint. « Hugh, je crois que tu en as sans doute assez dit... »

Hugh savait qu'il aurait dû se taire mais il était incapable de se maîtriser. « Je crois malheureusement que je n'en ai pas dit assez. » Il s'entendit crier et essaya de baisser le ton. « En faisant cela, vous discréditez la réputation de la banque. Notre principal atout, c'est notre bonne renommée. Le gaspiller de cette façon, c'est comme dépenser votre capital. »

Oncle Joseph avait dépassé maintenant le stade de la civilité. « Ne t'avise pas de te planter ici dans ma banque en me faisant la leçon sur les principes de l'investissement, insolent jeune homme. Sors de cette pièce. »

Hugh dévisagea longuement son oncle. Il se sentait furieux et déprimé. Stupide et faible, Edward était associé et entraînait la banque dans de mauvaises affaires avec l'aide de son malavisé de père et personne n'y pouvait rien. Bouillant de frustration, Hugh tourna les talons et quitta la salle en claquant la porte.

Dix minutes plus tard, il alla demander du travail à Solly Greenbourne.

Il n'était pas certain qu'on l'engage. Certes, il était un élément que n'importe quelle banque convoiterait en raison de ses contacts aux États-Unis et au Canada, mais les banquiers estimaient que ce n'était pas se conduire en gentleman que de prendre à leurs rivaux leurs cadres dirigeants. En outre, les Greenbourne pourraient craindre que Hugh ne révélât des secrets à sa famille à la table du dîner, et le fait qu'il ne fût pas juif ne pouvait qu'aviver cette appréhension.

Toutefois la banque Pilaster était devenue pour lui une impasse. Il fallait s'en aller.

Il avait plu mais, vers le milieu de la matinée, le soleil avait percé les nuages et faisait fumer le crottin de cheval qui tapissait les rues de Londres. L'architecture de la City était un mélange de somptueux immeubles classiques et de vieilles maisons qui tombaient en ruine : l'immeuble Pilaster appartenait au genre imposant, celui des Greenbourne à l'autre. On n'aurait jamais pensé que la banque Greenbourne était plus grande et plus importante que la banque Pilaster à en juger par l'aspect du siège. Elle avait commencé, trois générations auparavant, dans deux pièces d'une vieille maison de Thames Street, en prêtant de l'argent à des importateurs de fourrure. Chaque fois qu'on manquait d'espace, on achetait simplement une autre maison dans la rue, et la banque occupait maintenant quatre bâtiments adjacents et trois autres à proximité. Mais on faisait plus d'affaires dans ces constructions un peu délabrées que dans la splendeur ostentatoire de l'immeuble Pilaster.

A l'intérieur, ce n'était pas le silence religieux du grand hall de la banque Pilaster. Hugh dut se frayer un chemin à travers une foule d'individus qui se pressaient dans l'entrée, comme des quémandeurs attendant de voir un souverain médiéval, chacun d'eux persuadé que, si seulement il pouvait dire deux mots à Ben Greenbourne, présenter son dossier ou défendre son projet, il pourrait amasser une fortune. Les couloirs en zigzag et les escaliers étroits étaient encombrés de boîtes métalliques où s'accumulaient de vieux dossiers, des cartons de papier à lettres et de bonbonnes d'encre, et le moindre réduit inoccupé avait été transformé en bureau pour un employé. Hugh trouva Solly dans une grande pièce au plancher inégal avec une fenêtre chancelante donnant sur le fleuve. La corpulence de Solly disparaissait à demi derrière un bureau où s'entassaient des papiers. « Je vis dans un palais et je travaille dans un taudis, déclara Solly d'un air attristé. J'essaie constamment de persuader père de faire construire un immeuble de bureaux fonctionnel comme le vôtre, mais il dit qu'il n'y a rien à gagner dans le bâtiment. »

Hugh s'assit sur un canapé défoncé et accepta un grand verre d'excellent sherry. Il était mal à l'aise car la pensée de Maisie rôdait au fond de son esprit. Il l'avait séduite avant qu'elle devienne l'épouse de Solly. Il aurait recommencé ensuite si elle l'avait laissé faire. Mais tout cela était fini maintenant. Maisie lui avait fermé sa porte à Kingsbridge Manor et il avait épousé Nora. Il n'avait pas l'intention d'être un mari infidèle.

Malgré tout, il se sentait gêné.

« Je suis venu te voir pour parler affaires », commença-t-il.

Solly eut un geste large. « Tu as la parole.

— Comme tu le sais, le domaine que je connais le mieux, c'est l'Amérique du Nord.

— Tu peux le dire ! Tu as tellement bouclé tout ça qu'on ne peut même plus y jeter un œil.

— Exactement. Si bien que tu rates pas mal d'affaires intéressantes.

— Ne retourne pas le couteau dans la plaie. Père ne cesse de me demander pourquoi je ne te ressemble pas davantage.

— Ce qu'il te faut, c'est quelqu'un qui connaisse bien le marché nord-américain, qui ouvre pour toi un bureau à New York et qui t'apporte des affaires.

— Ça et une bonne fée.

— Je parle sérieusement, Greenbourne. Je suis ton homme.

— Toi !

— Je veux travailler pour toi. »

Solly, abasourdi, regarda par-dessus ses lunettes comme pour s'assurer que c'était bien Hugh qui avait dit cela. Il reprit au bout d'un moment : « J'imagine que c'est à cause de cet incident au bal de la duchesse de Tenbigh.

— Ils ont dit qu'ils ne me nommeraient pas associé à cause de ma femme. » Solly devait compatir, car lui aussi avait épousé une fille de peu.

« Je suis désolé d'apprendre cela.

— Je ne demande pas la charité, poursuivit Hugh. Je sais ce que je vaux et il faudra que tu paies mon prix si tu veux m'avoir. Je gagne mille livres par an aujourd'hui et je m'attends à ce que ça monte tous les ans dès l'instant que je continue à rapporter de plus en plus d'argent à la banque.

— Ça n'est pas un problème. » Solly resta un moment songeur. « Tu sais, ça pourrait être un gros coup pour moi. Je te remercie de ta proposition. Tu es un bon ami et un redoutable homme d'affaires. » Pensant une fois de plus à Maisie, Hugh ressentit une petite pointe de remords en entendant les mots « bon ami ». Solly continua : « Rien ne me plairait plus que de te voir travailler avec moi.

— Je crois déceler un " mais " inexprimé », dit Hugh, le cœur tremblant.

Solly secoua sa grosse tête de chouette.

« Pas de " mais " en ce qui me concerne. Bien sûr, je ne peux pas t'engager comme je le ferais pour un employé aux écritures. Il va falloir que j'en parle à mon père. Mais tu sais comment les choses fonctionnent dans le monde de la banque : le profit est un argument qui l'emporte sur tous les autres. Je vois mal père refuser la perspective d'un morceau du marché nord-américain. »

Hugh ne voulait pas avoir l'air trop pressé, mais il ne put s'empêcher de demander : « Quand vas-tu lui parler ?

— Pourquoi pas tout de suite ? » fit Solly. Il se leva. « J'en ai pour une minute. Prends donc un autre verre de sherry. » Il sortit.

Hugh but son sherry à petites gorgées, mais il avait du mal à avaler tant il était tendu. Jamais auparavant il n'avait sollicité un emploi. C'était agaçant de penser que son avenir dépendait du caprice du vieux Ben Greenbourne. Pour la première fois, il comprenait les sentiments des jeunes gens tirés à quatre épingles avec leur col empesé qu'il avait parfois reçus pour des places d'employés. Très agité, il se leva et s'approcha de la fenêtre. Sur l'autre rive du fleuve, une péniche déchargeait des balles de tabac dans un entrepôt. Si c'était du tabac de Virginie, c'était sans doute lui qui avait financé la transaction.

Il avait une impression de fatalité, un peu comme ce qu'il avait éprouvé six ans auparavant en s'embarquant sur le navire en partance pour Boston : le sentiment que rien ne serait plus jamais pareil.

Solly revint avec son père. Ben Greenbourne avait le port raide et le crâne rond d'un général prussien. Hugh lui serra la main et scruta son visage d'un air anxieux. Son expression était grave. Est-ce que cela voulait dire non ?

Ben déclara : « Solly m'apprend que votre famille a décidé de ne pas vous proposer un poste d'associé. » Son élocution était d'une précision glacée, son ton un peu saccadé. Il était bien différent de son fils, songea Hugh.

« Pour être exact, corrigea Hugh, on m'a proposé le poste puis on a retiré l'offre. »

Ben hocha la tête. C'était un homme qui appréciait l'exactitude. « Il ne m'appartient pas de critiquer leur jugement. Toutefois, si votre connaissance de l'Amérique du Nord est à vendre, alors je suis certainement acheteur. »

Hugh sentit son cœur bondir de joie : voilà qui ressemblait à une offre d'emploi. « Je vous remercie !

— Je ne voudrais pourtant pas vous engager en vous faisant miroiter des perspectives mensongères : il y a donc un point que je dois bien préciser. Il n'est pas du tout probable que vous deveniez jamais associé ici. »

Hugh n'avait pas en fait pensé si loin, mais tout de même, c'était un choc. « Je comprends, fit-il.

— Je vous le précise maintenant pour qu'éventuellement vous ne considériez pas cela comme une critique de votre travail. De nombreux chrétiens sont d'estimés collègues et des amis chers, mais les associés ici ont toujours été juifs et il en sera toujours ainsi.

— J'apprécie votre franchise », dit Hugh. Il songeait : Bon sang, quel homme au cœur de glace !

« Voulez-vous toujours entrer chez nous ?

— Oui, tout à fait. »

Ben Greenbourne lui donna une nouvelle poignée de main. « Alors j'ai hâte de travailler avec vous », déclara-t-il, et il sortit du bureau.

Solly eut un large sourire. « Bienvenue à bord ! »

Hugh se rassit. « Merci », dit-il. Son soulagement et son plaisir étaient quelque peu ternis à l'idée qu'il ne serait jamais associé, mais il s'efforça de faire bonne figure. Il aurait un salaire important et vivrait confortablement. Simplement, il ne serait jamais millionnaire : pour gagner cet argent, il fallait être associé.

« Quand peux-tu commencer ? » s'empressa de demander Solly.

Hugh n'avait pas pensé à cela. « Il va sans doute falloir que je donne un préavis de quatre-vingt-dix jours.

— Tâche d'en faire moins si tu peux.

— Bien sûr. Solly, c'est formidable. Je ne peux pas te dire combien je suis content.

— Moi aussi. »

Hugh ne savait plus quoi ajouter, alors il se leva pour s'en aller, mais Solly ajouta : « Est-ce que je peux te faire une autre suggestion ?

— Je t'en prie. » Il se rassit. « Il s'agit de Nora. J'espère que tu ne vas pas te vexer. »

Hugh hésita. Ils étaient de vieux amis, mais il n'avait vraiment aucune envie de parler de sa femme avec Solly. Il éprouvait lui-même à son égard des sentiments trop ambigus. Il était gêné en pensant à la scène qu'elle avait faite, et pourtant il avait aussi le sentiment qu'elle avait eu raison. Il se sentait sur la défensive quand on évoquait son accent, ses manières et ses humbles antécédents, mais il était en même temps fier de la voir si jolie et si charmante.

Il ne pouvait pourtant guère se montrer susceptible envers l'homme qui venait de sauver sa carrière. « Vas-y.

— Comme tu le sais, moi aussi j'ai épousé une fille qui... qui n'était pas habituée au grand monde. »

Hugh hocha la tête. Il le savait pertinemment, mais il ignorait comment Maisie et Solly avaient fait face à la situation, parce qu'il se trouvait à l'étranger au moment de leur mariage. Ils avaient dû bien manœuvrer, car Maisie était devenue une des principales figures de la haute société londonienne ; et si certains, peut-être, se souvenaient de ses modestes origines, on n'en parlait jamais. C'était inhabituel, mais pas unique : Hugh avait entendu parler de deux ou trois célèbres beautés de basse extraction que la haute société avait jadis acceptées.

Solly poursuivit. « Maisie connaît ce par quoi Nora est en train de passer. Elle pourrait beaucoup l'aider : lui apprendre ce qu'il convient de faire et de dire, quelles erreurs éviter, où acheter ses robes et ses chapeaux, comment traiter le maître d'hôtel et la gouvernante, tout ça. Maisie a toujours eu beaucoup d'affection pour toi, Hugh, alors je suis sûre qu'elle ne demanderait qu'à t'aider. Il n'y a aucune raison pour que Nora ne s'en tire pas aussi bien que Maisie et ne finisse pas en pilier du grand monde. »

Hugh était ému presque aux larmes. Ce geste de soutien d'un vieil ami lui allait droit au cœur. « Je vais lui en parler », promit-il d'un ton un peu sec pour dissimuler son émotion. Il se leva et prit congé. « J'espère que je n'ai pas dépassé les bornes », dit Solly d'un ton anxieux, tandis qu'ils se serraient la main.

Hugh se dirigea vers la porte. « Au contraire. Bon sang, Greenbourne, tu es un meilleur ami que je ne le mérite. »

Quand Hugh retourna à la banque Pilaster, il y avait un message qui l'attendait. Le billet disait :

10 h 30
Mon cher Pilaster,
Il faut que je te voie tout de suite. Tu me trouveras au Café de la Couronne au coin de la rue. Je t'attendrai là. Ton vieil ami.

Antonio Silva.

Ainsi Tonio était de retour ! Sa carrière avait été ruinée quand il avait perdu plus qu'il ne pouvait se le permettre lors d'une partie de cartes avec Edward et Micky. Déshonoré, il avait quitté l'Angleterre à peu près en même temps que Hugh. Que lui était-il arrivé depuis ? Plein de curiosité, Hugh se dirigea droit vers le café. Il trouva un Tonio plus âgé, moins élégant, plus calme, assis dans un coin et lisant le *Times*. Il avait encore sa crinière de cheveux couleur carotte, mais il ne restait rien d'autre du collégien espiègle ni du jeune homme dissipé. Il avait l'âge de Hugh — vingt-six ans — mais ses yeux étaient déjà entourés de plis soucieux.

« J'ai bien réussi à Boston, dit Hugh en réponse à la première question de Tonio. Je suis rentré en janvier. Mais aujourd'hui j'ai de nouveau des ennuis avec ma satanée famille. Et toi ?

— Beaucoup de choses ont changé dans mon pays. Ma famille n'a plus son influence d'autrefois. Nous contrôlons toujours Milpita, la ville de province dont nous sommes originaires, mais, dans la capitale, d'autres sont venus s'interposer entre nous et le président Garcia.

— Qui d'autre ?

— La faction Miranda.

— La famille de Micky ?

— Oui. Ils ont mis la main sur les mines de nitrate au nord du pays et cela les a enrichis. Ils ont aussi le monopole du commerce avec l'Europe grâce à leurs relations avec la banque de ta famille. »

Hugh était étonné. « Je savais qu'Edward traitait beaucoup

d'affaires avec le Cordovay, mais je ne me rendais pas compte que tout passait par Micky. Je pense que ça n'a pas d'importance.

— Mais si », fit Tonio. Il tira de son manteau une liasse de papiers. « Prends une minute pour lire ça. C'est un article que j'ai écrit pour le *Times*. »

Hugh saisit le manuscrit et se mit à lire. On décrivait les conditions de travail dans une mine de nitrate appartenant aux Miranda. Comme l'affaire était financée par la banque Pilaster, Tonio tenait celle-ci pour responsable des mauvais traitements infligés aux mineurs. Hugh tout d'abord resta de marbre : des horaires interminables, de maigres salaires et l'emploi des enfants, on retrouvait cela dans toutes les mines du monde. Mais, en poursuivant sa lecture, il constata que les choses allaient plus loin : dans les mines des Miranda, les contremaîtres étaient armés de fouets et de fusils dont ils faisaient librement usage pour maintenir la discipline. Les mineurs — femmes et enfants compris — étaient fouettés quand ils étaient trop lents et, s'ils cherchaient à s'en aller avant l'expiration de leur contrat, ils risquaient d'être abattus. Tonio possédait la déposition de témoins ayant assisté à ce genre d'« exécutions ».

Hugh était horrifié. « Mais c'est du meurtre ! dit-il.

— Exactement.

— Ton président n'est pas au courant ?

— Il le sait. Mais aujourd'hui les Miranda sont ses favoris.

— Et ta famille...

— A une époque, nous aurions pu mettre un terme à cela. Aujourd'hui, nous devons consacrer tous nos efforts à garder le contrôle de notre propre province. »

Hugh était mortifié à l'idée que des membres de sa famille et leur banque financent une exploitation aussi brutale mais, pour le moment, il essayait de mettre ses sentiments de côté et de réfléchir froidement aux conséquences. L'article que Tonio avait écrit était tout à fait le genre de textes que le *Times* aimait à publier. Il y aurait des discours au Parlement et des lettres dans les hebdomadaires. La conscience sociale des hommes d'affaires, dont beaucoup étaient méthodistes, les ferait hésiter avant de traiter avec les Pilaster. Ce serait extrêmement mauvais pour la banque.

Qu'est-ce que cela peut me faire ? se demanda Hugh. La banque en avait fort mal usé avec lui et il était sur le point de la quitter. Mais, malgré cela, il ne pouvait ignorer ce problème. Il était toujours employé, il toucherait son salaire à la fin du mois et, jusque-là du moins, il devait se montrer loyal envers les Pilaster. Il fallait faire quelque chose.

Que voulait donc Tonio ? Le fait qu'il montre à Hugh l'article avant de le faire publier donnait à penser qu'il était prêt à conclure un marché. « Quel est ton objectif? lui demanda Hugh. Veux-tu que nous cessions de financer le commerce du nitrate ? »

Tonio secoua la tête. « Si les Pilaster se retiraient, quelqu'un d'autre reprendrait l'affaire : une autre banque au cuir plus épais. Non, il faut être plus subtil.

— Tu as une idée précise en tête ?

— Les Miranda ont un projet de chemin de fer.

— Ah oui. La ligne de Santamaria.

— Cette entreprise va faire de Papa Miranda l'homme le plus riche et le plus puissant du pays à la seule exception du Président. Et Papa Miranda est une brute. Je veux qu'on fasse capoter ce projet.

— Et c'est pourquoi tu vas publier cet article.

— Plusieurs articles. Et je vais organiser des réunions, prononcer des discours, faire les couloirs du Parlement et tenter d'obtenir un rendez-vous au Foreign Office : n'importe quoi pour saper le financement de ce chemin de fer. » Ça pourrait bien marcher en effet, pensa Hugh. Les investisseurs éviteraient un projet aussi controversé. Il fut frappé de constater que Tonio avait beaucoup changé : le jeune casse-cou incapable de s'arrêter de jouer était devenu un homme grave faisant campagne pour des mineurs maltraités. « Alors, pourquoi t'es-tu adressé à moi ?

— Nous pourrions court-circuiter l'affaire. Si la banque décide de ne pas garantir l'emprunt du chemin de fer, je ne publierai pas l'article. De cette façon, vous évitez pas mal de publicité déplaisante et j'obtiens ce que je veux aussi. » Tonio eut un sourire embarrassé. « J'espère que tu ne considères pas cela comme du chantage. C'est un peu brutal, je le reconnais, mais certainement pas autant que de fouetter des enfants dans une mine de nitrate. »

Hugh secoua la tête. « Ça n'est pas brutal du tout. J'admire ta croisade. Les conséquences pour la banque ne me touchent pas directement : je suis sur le point de donner ma démission.

— Vraiment ! fit Tonio, stupéfait. Pourquoi ?

— C'est une longue histoire. Je te la raconterai une autre fois. Quoi qu'il en soit, tout ce que je peux faire, à présent, c'est transmettre ta proposition aux associés. Ils pourront y réfléchir et définir les mesures qu'ils veulent prendre. Je suis tout à fait certain qu'ils ne me demanderont pas mon avis. » Il avait toujours à la main le manuscrit de Tonio. « Est-ce que je peux garder cela ?

— Oui. J'en ai une copie. »

Les feuilles étaient à l'en-tête de l'hôtel Russe, Berwick Street, Soho. Hugh n'en avait jamais entendu parler : ce n'était pas un des établissements élégants de Londres. « Je te ferai connaître la réaction des associés.

— Merci. » Tonio changea de sujet. « Je suis désolé que notre conversation n'ait concerné que les affaires. Revoyons-nous donc pour parler du bon vieux temps.

— Il faut que tu fasses la connaissance de ma femme.

— J'en serais ravi.

— Je te contacterai. » Hugh quitta le café et rentra à pied à la banque. Quand il regarda la grande horloge du hall, il fut surpris : il n'était pas encore une heure et tant de choses s'étaient passées ce matin-là. Il monta droit à la salle des associés où il trouva Samuel, Joseph et Edward. Il tendit l'article de Tonio à Samuel qui le lut et le passa à Edward.

Edward, fou de rage, ne parvint pas à le lire jusqu'au bout. Tout rouge, il braqua son index sur Hugh en disant : « C'est toi qui as mijoté ça avec ton vieux camarade de collège ! Tu essaies de saper toutes nos affaires en Amérique du Sud ! Tu es simplement jaloux de moi parce qu'on ne t'a pas nommé associé ! »

Hugh comprit pourquoi son cousin se mettait dans un tel état. Le commerce avec l'Amérique du Sud était la seule contribution significative d'Edward aux affaires de la banque. Si cela disparaissait, il ne servait plus à rien. Hugh soupira. « Tu étais Ned Tête de Mule au collège, et tu l'es encore aujourd'hui. La question est de savoir si la banque veut prendre la responsabilité d'accroître le pouvoir et l'influence de Papa Miranda, un homme qui apparemment n'y regarde pas à deux fois avant de faire fouetter des femmes et massacrer des enfants.

— Je n'en crois pas un mot ! s'écria Edward. Les Silva sont les ennemis des Miranda. C'est uniquement de la propagande malveillante.

— Je suis sûr que c'est ce que dira ton ami Micky. Mais est-ce vrai ? »

Oncle Joseph lança à Hugh un regard méfiant. « Tu es venu ici voilà quelques heures à peine pour essayer de me dissuader de garantir cet emprunt. Je suis bien obligé de me demander s'il ne s'agit pas tout simplement d'un complot pour faire échouer la première affaire importante d'Edward en tant qu'associé. »

Hugh se leva. « Si vous devez mettre en doute ma bonne foi, je pars immédiatement. »

Oncle Samuel intervint. « Assieds-toi, Hugh. Ce n'est pas à nous d'affirmer si cette histoire est vraie ou non. Nous sommes des banquiers, pas des juges. Le fait que le projet du chemin de fer de Santamaria puisse soulever des controverses rend plus risquée l'émission d'un emprunt : cela signifie que nous devons reconsidérer notre position. »

Oncle Joseph s'exclama d'un ton agressif : « Je ne suis pas prêt à me laisser intimider. Que ce petit freluquet de Sud-Américain publie son article et qu'il aille au diable !

— C'est une façon de voir les choses », dit Samuel, songeur, traitant plus sérieusement qu'elle ne le méritait l'hostilité de Joseph. Nous pouvons attendre de voir quel effet aura cet article sur le prix des actions sud-américaines existant sur le marché : elles ne sont pas nombreuses mais ce sera suffisant pour nous donner une idée. Si elles s'effondrent, nous annulons l'affaire du chemin de fer de Santamaria. Sinon, nous allons de l'avant. »

Un peu radouci, Joseph répliqua : « Je n'ai rien contre l'idée de me soumettre à la décision du marché.

— Il y a une autre option que nous pourrions envisager, poursuivit Samuel. Nous pourrions demander à une banque de se joindre à nous pour l'émission des bons ; et lancer conjointement l'émission. De cette façon, toute publicité hostile se trouverait affaiblie puisqu'elle viserait plusieurs cibles. »

Ce n'était pas une mauvaise idée, songea Hugh. Lui-même n'aurait pas fait cela : il aurait préféré annuler l'émission. Mais la stratégie conçue par Samuel minimiserait le risque et c'était là tout le principe de la haute finance. Samuel était bien meilleur banquier que Joseph.

« Très bien, approuva Joseph avec son impulsivité habituelle. Edward, vois si tu peux nous trouver un associé.

— Qui devrais-je approcher ? » demanda Edward avec angoisse. Hugh se rendit compte que son cousin ne savait absolument pas comment procéder dans ce genre d'affaires.

Ce fut Samuel qui lui répondit. « Il s'agit d'une grosse émission. A la réflexion, il n'y a pas beaucoup de banques susceptibles de s'exposer à ce point pour l'Amérique du Sud. Tu devrais t'adresser aux Greenbourne : ce pourrait bien être le seul établissement assez important pour prendre le risque. Tu connais Solly Greenbourne, n'est-ce pas ?

— Oui. Je vais aller le voir. »

Hugh se demanda s'il ne devrait pas conseiller à Solly d'opposer un refus à Edward, mais il se ravisa aussitôt : on l'engageait comme expert pour l'Amérique du Nord et cela paraîtrait présomptueux s'il commençait en donnant son avis dans un secteur totalement différent. Il décida de tenter encore une fois de persuader oncle Joseph de renoncer complètement au projet. « Pourquoi ne nous lavons-nous pas tout simplement les mains de cette affaire de chemin de fer ? s'enquit-il. Elle n'est pas intéressante. Le risque a toujours été élevé et voilà maintenant que, par-dessus le marché, nous sommes menacés d'une mauvaise publicité. Avons-nous besoin de cela ? »

Edward lança d'un ton irrité : « Les associés ont pris leur décision et ce n'est pas à toi de la remettre en question. »

Hugh renonça. « Tu as tout à fait raison. Je ne suis pas un associé, et bientôt je ne serai même plus un employé. »

Oncle Joseph le regarda en fronçant les sourcils.

« Qu'est-ce que ça veut dire ?

— Je démissionne de la banque. »

Joseph tressaillit. « Tu ne peux pas faire ça !

— Bien sûr que si. Je suis un simple employé et c'est ainsi que vous m'avez traité. Alors, comme un employé, je vous quitte pour un poste plus intéressant ailleurs.

— Où cela ?

— En fait, je vais travailler à la banque Greenbourne. »

Oncle Joseph avait les yeux qui lui sortaient de la tête.

« Mais tu es le seul à connaître tous les gens d'Amérique du Nord !

— J'imagine que c'est pour cela que Ben Greenbourne tenait tant à m'engager. » Hugh ne pouvait s'empêcher d'être ravi de voir oncle Joseph dans une telle colère.

« Mais tu vas nous prendre des clients !

— Vous auriez dû y penser quand vous avez décidé de revenir sur votre offre d'un poste d'associé.

— Combien est-ce qu'il te paie ? »

Hugh se leva pour prendre congé. « Ça ne vous regarde pas », dit-il d'un ton ferme.

Edward hurla : « Comment oses-tu parler sur ce ton à mon père ? »

L'indignation de Joseph s'évanouit et, à la surprise de Hugh, il se calma soudain. « Oh, tais-toi, Edward, dit-il doucement. Une certaine dose d'astuce est nécessaire pour faire un bon banquier. Il y a des moments où je regrette que tu ne ressembles pas davantage à Hugh. C'est peut-être la brebis galeuse de la famille, mais au moins il a du cran. » Il se retourna vers Hugh. « Allons, débarrasse le plancher, dit-il sans méchanceté. J'espère que tu te casseras les dents, mais je ne parierais pas là-dessus.

— A n'en pas douter voilà les paroles les plus réconfortantes que je peux espérer de la famille, dit Hugh. Je vous souhaite le bonjour. »

4

« Comment va cette chère Rachel ? demanda Augusta à Micky tout en lui versant le thé.

— Très bien, dit Micky. Elle va peut-être passer un peu plus tard. »

En fait, Micky ne comprenait pas sa femme. Elle était vierge quand ils s'étaient mariés, mais elle se conduisait comme une prostituée. Elle se soumettait à lui n'importe quand, n'importe où et toujours avec enthousiasme. Une des premières choses qu'il avait essayées, ç'avait été de l'attacher à la tête du lit pour recréer la vision qu'il avait eue la première fois qu'il s'était senti attiré par elle, et il avait été un peu déçu de la voir se plier volontiers à ce caprice. Rien de ce qu'il pouvait faire ne l'avait amenée à lui résister. Il lui avait même fait l'amour dans le salon où ils risquaient constamment de voir entrer les domestiques : elle en avait paru d'autant plus ravie.

Par ailleurs, elle n'était rien moins que soumise dans tous les autres domaines de l'existence. Elle discutait avec lui à propos de la maison, des serviteurs, de l'argent, de la politique et de la religion. Quand il en avait assez de la contredire, il essayait de l'ignorer, puis de l'insulter, mais cela n'y changeait rien. Elle se berçait de l'illusion qu'elle avait le même droit qu'un homme d'exprimer son point de vue.

« J'espère qu'elle vous aide dans votre travail », dit Augusta.

Micky acquiesça. « C'est une excellente hôtesse aux réceptions de l'ambassade. Attentive et gracieuse.

— J'ai trouvé qu'elle s'en était très bien tirée à la soirée que vous avez donnée pour l'ambassadeur Portillo », renchérit

Augusta. Portillo était l'ambassadeur du Portugal : Augusta et Joseph avaient assisté au dîner.

« Elle a un projet stupide : l'ouverture d'une maternité pour les mères célibataires », annonça Micky sans cacher son irritation.

Augusta secoua la tête d'un air désapprobateur. « C'est tout à fait impossible pour une femme qui occupe sa position dans la société. D'ailleurs il existe déjà un ou deux établissements de ce genre.

— Elle affirme que ce sont tous des institutions religieuses où les femmes sont traitées en pécheresses. L'établissement auquel elle pense portera assistance aux patientes sans leur faire la morale.

— De mal en pis, commenta Augusta. Songez à ce que la presse en dirait !

— Justement. J'ai été très ferme avec elle sur ce point.

— C'est une femme qui a beaucoup de chance », dit Augusta en gratifiant Micky d'un sourire complice.

Il se rendit compte qu'elle flirtait, et il était incapable d'entrer dans son jeu. En vérité, il était trop épris de Rachel. Il n'éprouvait certainement pas d'amour pour elle, mais il était profondément absorbé par leurs relations et elle épuisait toute son énergie sexuelle. Pour se faire pardonner son étourderie, il garda un moment dans la sienne la main d'Augusta quand elle lui tendit une tasse de thé. « Vous me flattez, dit-il doucement.

— Sans nul doute. Mais quelque chose vous tracasse, je le devine.

— Chère Mrs. Pilaster, toujours aussi intuitive. Pourquoi m'imaginer que je pourrais jamais vous cacher quelque chose ? » Il lui lâcha la main et prit sa tasse de thé. « Oui, je suis un peu inquiet à propos du chemin de fer de Santamaria.

— Je croyais que les associés avaient donné leur accord.

— En effet, mais ces choses-là prennent si longtemps à organiser.

— Le monde de la finance bouge lentement.

— Je comprends cela, mais ce n'est pas le cas de ma famille. Papa m'envoie chaque semaine des câbles. Je maudis le jour où le télégraphe est arrivé à Santamaria. »

Edward entra sur ces entrefaites pour lâcher la nouvelle : « Antonio Silva est de retour ! » s'écria-t-il avant d'avoir refermé la porte derrière lui.

Augusta pâlit. « Comment le sais-tu ?

— Hugh l'a vu.

— Voilà un rude coup », dit-elle. Micky fut surpris de remarquer que sa main tremblait en reposant sa tasse et sa soucoupe.

« Et David Middleton continue à poser des questions », reprit Micky en se rappelant la conversation de Middleton avec Hugh au bal de la duchesse de Tenbigh. Micky faisait semblant d'être soucieux, mais en fait il n'était pas mécontent. Il aimait bien voir de temps en temps rappeler à Edward et à Augusta le coupable secret qu'ils partageaient tous les trois.

« Il n'y a pas que cela, poursuivit Edward. Antonio essaie de saboter l'emprunt du chemin de fer de Santamaria. »

Micky fronça les sourcils. Là-bas, au Cordovay, la famille de Tonio s'était opposée au projet de chemin de fer, mais le président Garcia l'avait emporté. Que pourrait bien faire Tonio ici, à Londres ?

Augusta se posait la même question. « Comment peut-il faire quoi que ce soit ? »

Edward tendit à sa mère une liasse de papiers. « Lisez cela.

— Qu'est-ce que c'est ? demanda Micky.

— Un article que Tonio compte publier dans le *Times* à propos des mines de nitrate de ta famille. »

Augusta parcourut rapidement les feuillets. « Il prétend que la vie dans les mines est déplaisante et dangereuse, dit-elle d'un ton railleur. Qui a jamais pensé que c'était une garden-party ?

— Il raconte aussi, ajouta Edward, que les femmes sont fouettées et les enfants abattus s'ils désobéissent.

— Mais qu'est-ce que cela a à voir, s'enquit-elle, avec votre émission de bons ?

— Le chemin de fer doit transporter le nitrate jusqu'à la capitale. Les investisseurs n'aiment pas les placements sujets à controverse. Nombre d'entre eux se méfieront déjà d'un emprunt sud-américain. Une histoire comme ça pourrait les effrayer complètement. »

Micky était très secoué. Il s'agissait de bien mauvaises nouvelles. Il demanda à Edward : « Que pense ton père de tout cela ?

— Nous essayons de trouver une autre banque pour entrer dans l'affaire avec nous, mais de toute façon nous allons laisser Tonio publier et voir ce qui se passe. Si cette publicité provoque un krach sur les actions sud-américaines, nous devrons abandonner le chemin de fer de Santamaria. »

Maudit Tonio. Il était malin : et Papa était un idiot de diriger ses mines comme des camps d'esclaves et de s'attendre à trouver des capitaux dans le monde civilisé.

Que fallait-il faire ? Micky se creusait la cervelle. Il fallait réduire Tonio au silence. Mais il ne se laisserait pas persuader ni acheter. Micky sentit son cœur se glacer quand il se rendit compte qu'il devrait recourir à des méthodes plus brutales, plus risquées.

Il feignit le calme. « Puis-je voir l'article, je vous prie ? »

Augusta le lui tendit.

La première chose qu'il remarqua, ce fut l'en-tête avec l'adresse de l'hôtel. Feignant une insouciance qu'il était loin de ressentir, il dit : « Bah, ce n'est absolument pas un problème. »

Edward protesta : « Mais tu ne l'as pas encore lu !

— Inutile. J'ai vu l'adresse.

— Et alors ?

— Maintenant que nous savons où le trouver, nous pouvons traiter avec lui. Laisse-moi faire. »

Chapitre trois

Mai

1

Solly adorait regarder Maisie s'habiller.

Chaque soir, elle passait un peignoir et faisait venir ses femmes de chambre pour la coiffer et disposer dans ses cheveux des fleurs, des plumes ou des perles ; puis elle congédiait les domestiques et attendait son mari.

Ce soir-là, ils sortaient comme presque tous les soirs. Les seules fois où ils restaient à la maison durant la saison londonienne, c'était quand ils donnaient une réception. Entre Pâques et la fin juillet, jamais ils ne dînaient en tête à tête.

Il arriva à six heures et demie, en pantalon d'habit et gilet blanc, une grande coupe de champagne à la main. Maisie avait les cheveux ornés de fleurs de soie jaune. Elle ôta sa robe de chambre et se planta nue devant le miroir. Elle fit une pirouette à l'intention de Solly puis commença à s'habiller.

Elle revêtit tout d'abord une chemise de batiste au décolleté brodé de fleurs. La chemise avait des rubans de soie aux épaules pour permettre de l'attacher à sa robe et éviter qu'on ne la vît. Elle enfila ensuite de fins bas de laine blancs et les fixa juste au-dessus du genou avec des jarretières. Puis ce fut le tour d'un pantalon de coton descendant jusqu'aux genoux avec un joli galon à l'ourlet et un cordonnet à la taille. Alors, elle chaussa des escarpins du soir en soie jaune.

Solly décrocha son corset du cintre, aida Maisie à le mettre et serra fort les lacets dans le dos. La plupart des femmes se faisaient aider pour s'habiller par une ou deux domestiques, car il leur était impossible de se débrouiller seules avec les complications du corset et de la robe. Solly toutefois avait appris à se charger lui-même de ces tâches plutôt que de se priver du plaisir de regarder.

Crinolines et tournures n'étaient plus à la mode, mais Maisie passa un jupon de coton avec une queue à volant et un ourlet plissé pour soutenir la traîne de sa robe. Le jupon était attaché dans le dos par un nœud et ce fut Solly qui le serra.

Elle était enfin prête à revêtir la robe : du taffetas de soie à rayures jaunes et blanches. Le corsage, drapé — ce qui rehaussait sa plantureuse poitrine —, était retenu sur l'épaule par un nœud. Le reste était drapé aussi mais cintré à la taille, aux genoux et à l'ourlet. Il fallait toute la journée à une femme de chambre pour la repasser.

Elle s'assit par terre, Solly s'approcha et souleva la robe au-dessus d'elle, si bien qu'elle était comme à l'intérieur d'une tente. Puis elle se releva avec soin, glissant les mains par les emmanchures et la tête par l'encolure. Solly et elle disposèrent les plis du drapé jusqu'au moment où tout leur parut parfait.

Elle ouvrit son coffret à bijoux pour y prendre un collier de diamants et d'émeraudes avec les boucles d'oreilles assorties : le cadeau de Solly pour leur premier anniversaire de mariage. Pendant qu'elle les fixait, il dit : « Nous allons voir beaucoup plus notre vieil ami Hugh Pilaster, désormais. »

Maisie étouffa un soupir. La nature confiante de Solly avait parfois quelque chose de lassant. Un mari normal et méfiant aurait deviné l'attirance qu'éprouvaient l'un pour l'autre Maisie et Hugh, et aurait manifesté sa mauvaise humeur chaque fois qu'on citait le nom de l'autre homme, mais Solly était trop innocent. Il ne se doutait absolument pas qu'il la plaçait sur le chemin de la tentation. « Pourquoi ? Que s'est-il passé ? interrogea-t-elle d'un ton neutre.

— Il va venir travailler à la banque.

— Pourquoi quitte-t-il la banque Pilaster ? Je croyais qu'il réussissait si bien.

— On n'a pas voulu le nommer associé.

— Oh non ! » Elle connaissait Hugh mieux que personne et comprenait combien il avait dû souffrir de la faillite et du suicide de son père. Elle se doutait du choc que ç'avait dû être pour lui de se voir refuser la position d'associé. « Les Pilaster sont une famille à l'esprit mesquin, dit-elle avec feu.

— C'est à cause de sa femme. »

Maisie hocha la tête. « Ça ne m'étonne pas. » Elle avait assisté à l'incident au bal de la duchesse de Tenbigh. Connaissant les Pilaster, elle n'avait pu s'empêcher de se demander si Augusta n'avait pas orchestré tout l'incident afin de discréditer Hugh.

« Nora est à plaindre.

— Hmm. » Maisie avait fait la connaissance de Nora quelques semaines avant le mariage et l'avait aussitôt trouvée fort antipathique. Elle avait même blessé Hugh en lui disant que Nora était une croqueuse de diamants sans cœur et qu'il ne devrait pas l'épouser.

« Quoi qu'il en soit, j'ai laissé entendre à Hugh que vous pourriez aider Nora.

— Quoi ? » s'exclama Maisie. Elle détourna son regard du miroir. « Aider Nora ?

— En faisant son éducation. Vous savez ce que c'est d'être regardée de haut à cause de votre milieu. Vous avez surmonté tous ces préjugés.

— Et maintenant je suis censée effectuer la même transformation sur chaque gamine des rues qui fait un beau mariage ? lança Maisie.

— J'ai manifestement eu tort, constata Solly d'un ton soucieux. Je croyais que vous seriez ravie de lui rendre service : vous avez toujours eu beaucoup d'affection pour Hugh. »

Maisie vint prendre ses gants dans la penderie. « Je regrette que vous ne m'ayez pas consultée d'abord. » Elle ouvrit le placard. Au dos de la porte, dans un cadre en bois, était accrochée la vieille affiche du cirque qu'elle avait gardée et qui la montrait en collant, debout sur le dos d'un cheval blanc avec la légende « La Stupéfiante Maisie ». Cette image lui fit oublier son agacement et soudain elle eut honte. Elle se précipita sur Solly et se jeta à son cou. « Oh, Solly, comment puis-je être aussi ingrate ?

— Allons, allons, murmura-t-il en caressant ses épaules nues.

— Vous avez été si bon et si généreux avec moi et avec ma famille : bien sûr que je ferai cela pour vous, si vous le souhaitez.

— Je ne voudrais surtout pas vous obliger à faire quelque chose...

— Mais non, mais non, vous ne m'obligez à rien. Pourquoi ne l'aiderais-je pas à obtenir ce que j'ai réussi à obtenir ? » Elle regarda le visage grassouillet de son mari, sillonné maintenant de plis anxieux. Elle lui caressa la joue. « Cessez de vous inquiéter. Pendant une minute, j'ai été terriblement égoïste, mais c'est fini. Allez passer votre habit. Je suis prête. » Elle se dressa sur la pointe des pieds, posa un baiser sur ses lèvres puis tourna les talons et enfila ses gants.

Elle savait ce qui l'avait vraiment agacée. Quelle ironie du sort ! On lui demandait de préparer Nora au rôle de Mrs. Hugh Pilaster : la position que Maisie elle-même aurait tant voulu occuper. Au plus profond de son cœur, elle avait toujours envie d'être l'épouse de Hugh et elle en voulait à Nora d'avoir remporté ce qu'elle avait perdu. Ce n'était pas une très jolie attitude et Maisie décida de faire un effort. Elle aurait dû être contente de voir Hugh marié. Il avait été très malheureux et elle en était un peu responsable. Elle pouvait maintenant cesser de s'inquiéter à son sujet. Elle éprouvait une impression de perte, sinon de chagrin, mais ces sentiments-là, elle devrait les garder enfermés dans un lieu secret où personne ne pénétrerait jamais. Elle allait se consacrer avec énergie à la tâche de faire retrouver à Nora Pilaster les bonnes grâces de la haute société londonienne.

Solly revint en habit et ils se dirigèrent vers la nursery. En chemise de nuit, Bertie jouait avec un chemin de fer en bois. Il adorait voir Maisie en robe du soir et il était très déçu si pour une raison quelconque elle sortait sans lui faire admirer ce qu'elle portait. Il lui raconta son après-midi au parc — il s'était lié d'amitié avec un gros chien —, et Solly s'assit par terre et joua au train quelques instants. Puis ce fut l'heure pour Bertie d'aller au lit. Maisie et Solly descendirent le perron et prirent place dans leur équipage.

Ils se rendaient à un dîner, puis à un bal. Tout cela dans un rayon de moins d'un kilomètre autour de leur hôtel de Piccadilly, mais Maisie ne pouvait pas marcher dans les rues avec une toilette pareille : le temps d'arriver, l'ourlet, la traîne et ses escarpins de soie auraient été tout crottés. Elle sourit tout de même en songeant que la fille qui jadis avait marché quatre jours pour gagner Newcastle ne pouvait plus faire quelques centaines de mètres sans sa voiture.

Dès ce soir, elle pouvait commencer sa campagne en faveur de Nora. Ils parvinrent à destination et pénétrèrent dans le salon du marquis de Hatchford : la première personne qu'elle aperçut fut le comte de Tokoly. Elle le connaissait fort bien et il flirtait toujours avec elle, elle se sentait donc tout à fait libre d'être directe. « Je veux, dit-elle, que vous pardonniez à Nora Pilaster de vous avoir giflé.

— Que je lui pardonne ? fit-il. Mais je suis flatté ! Penser qu'à mon âge je peux encore amener une jeune femme à me gifler : quel compliment ! »

Ce n'était pas ce que vous avez éprouvé sur le moment, songea Maisie. Toutefois, elle était contente qu'il eût décidé de prendre cet incident à la légère.

Il poursuivit : « En revanche, si elle avait refusé de me prendre au sérieux... ça, ç'aurait été une insulte. »

C'était exactement ce que Nora aurait dû faire, pensa Maisie. « Dites-moi une chose. Est-ce qu'Augusta Pilaster ne vous a pas encouragé à flirter avec sa nièce ?

— Quelle horrible suggestion ! Mrs. Joseph Pilaster jouant les entremetteuses ! Elle n'a rien fait de tel.

— Personne ne vous a encouragé ? »

Il regarda Maisie en plissant les yeux. « Vous êtes une femme intelligente, Mrs. Greenbourne : je vous ai toujours respectée pour cela. Plus intelligente que Nora Pilaster. Jamais elle ne sera ce que vous êtes.

— Mais vous n'avez pas répondu à ma question.

— Je vous admire tant que je vais vous révéler la vérité. L'ambassadeur du Cordovay, le señor Miranda, m'a dit que Nora était... comment dirais-je... accessible. »

C'était donc ça. « Et Micky Miranda y a été poussé par Augusta, j'en suis certaine. Ces deux-là s'entendent comme larrons en foire. »

Tokoly était un peu piqué. « J'espère qu'on ne s'est pas servi de moi comme d'un pion.

— C'est un risque auquel on s'expose lorsque l'on est si prévisible », lança Maisie.

Le lendemain, elle emmena Nora chez sa couturière.

Tandis que celle-ci essayait différents modèles, Maisie en apprit un peu plus sur l'incident survenu au bal de la duchesse de Tenbigh. « Augusta ne vous a rien dit avant le bal à propos du comte ? demanda-t-elle.

— Elle m'a prévenue de ne pas lui laisser prendre de libertés.

— Vous étiez donc prête, si je puis dire.

— Oui.

— Et si Augusta n'avait pas parlé, auriez-vous eu la même attitude ? »

Nora eut un air songeur. « Je ne l'aurais probablement pas

giflé : je n'aurais pas eu le cran de le faire. Mais d'après Augusta il était important d'être ferme. »

Maisie hocha la tête. « Voilà. Elle voulait que ça arrive. Elle a aussi chargé quelqu'un de dire au comte que vous étiez une personne facile. »

Nora était stupéfaite. « Vous êtes sûre ?

— Il me l'a dit lui-même. C'est une garce à l'esprit retors et elle n'a pas le moindre scrupule. » Maisie se rendit compte qu'elle parlait avec son accent de Newcastle, ce qui aujourd'hui lui arrivait rarement. Elle reprit un ton normal. « Ne sous-estimez jamais les dons d'Augusta pour la traîtrise.

— Elle ne me fait pas peur, répondit Nora d'un ton de défi. Je n'ai pas trop de scrupules moi-même. »

Maisie la crut volontiers : elle en était navrée pour Hugh.

Une polonaise, estima Maisie, tandis que la couturière épinglait une robe autour des formes plantureuses de Nora, voilà la robe qui lui allait parfaitement. Les petits détails convenaient à ses jolis traits : les volants plissés, les boutonnières du devant décorées de nœuds, la jupe attachée derrière avec des volants, tout lui seyait à merveille. Peut-être était-elle un peu trop plantureuse, mais un long corset arrangerait tout cela.

« Être jolie, c'est gagner la moitié de la bataille, dit-elle tandis que Nora s'admirait dans le miroir. Pour les hommes, c'est vraiment tout ce qui compte. Mais il faut en faire davantage pour être acceptée par les femmes.

— Je me suis toujours mieux entendue avec les hommes qu'avec les femmes », déclara Nora.

Cela ne surprit pas Maisie : c'était bien le genre de Nora.

« Vous devez être pareille, reprit Nora. C'est pourquoi nous sommes arrivées là où nous sommes. »

Sommes-nous pareilles ? se demanda Maisie.

« Bien sûr, je ne me place pas au même niveau que vous, ajouta Nora. Toutes les filles de Londres qui ont de l'ambition vous envient. »

Maisie tressaillit en apprenant qu'elle faisait figure d'héroïne auprès des femmes en quête d'un beau parti, mais elle ne dit rien car elle méritait sans doute cette réputation. Nora s'était mariée pour l'argent et elle ne s'en cachait pas devant Maisie. Elle supposait que celle-ci avait agi de même. Elle ne se trompait pas.

Nora reprit : « Je ne me plains pas, mais j'ai bel et bien choisi la brebis galeuse de la famille, celui qui n'a pas d'argent. Vous, vous avez épousé un des hommes les plus riches du monde. »

Quelle surprise ce serait pour vous, songea Maisie, si vous saviez avec quel plaisir je ferais l'échange !

Elle chassa cette pensée de son esprit. D'accord, Nora et elle étaient de la même trempe. Elle aiderait Nora à se faire accepter des snobs et des mégères qui régentaient la société.

« Ne parlez jamais d'argent, commença-t-elle, se souvenant des erreurs qu'elle avait commises au début. Quoi qu'il arrive, restez toujours calme et impassible. Si votre cocher a une crise cardiaque, si votre attelage se brise, que votre chapeau s'envole et que vous perdiez votre pantalon, dites simplement : “ Mon Dieu, que c'est excitant ” et prenez un fiacre. N'oubliez pas que la campagne vaut mieux que la ville, que l'oisiveté est supérieure au travail, l'ancien préférable au neuf et que le rang compte plus que l'argent. Sachez-en un peu sur tout mais ne soyez jamais une spécialiste. Entraînez-vous à parler sans remuer la bouche : cela améliorera votre accent. Dites aux gens que votre arrière-grand-père exploitait un domaine dans le Yorkshire : le Yorkshire est trop grand pour qu'on aille vérifier et l'agriculture est une façon honorable de devenir pauvre. »

Nora prit un air vague et dit d'un ton languissant : « Seigneur, *tant* de choses à se rappeler, comment y arriverai-je *jamais* ?

— Parfait, déclara Maisie. Vous allez vous en tirer très bien. »

2

Planté devant une porte cochère de Berwick Street, Micky Miranda attendait, vêtu d'un léger pardessus pour le protéger de la fraîcheur d'un soir de printemps. Tout en fumant un cigare, il surveillait la rue. Il y avait un réverbère à gaz non loin de là, mais il demeurait dans l'ombre, si bien que les passants avaient du mal à distinguer son visage. Il se sentait anxieux, mécontent de lui, avili, il avait horreur de la violence. C'était bon pour Papa, pour Paulo. Aux yeux de Micky, cela paraissait toujours un aveu d'échec.

Berwick Street était un étroit passage plutôt crasseux où se succédaient pubs et pensions de famille aussi minables les uns que les autres. Des chiens fourrageaient dans le caniveau et de jeunes enfants jouaient à la lumière du réverbère. Micky était là depuis la tombée de la nuit et n'avait pas encore aperçu un seul policeman. Il était maintenant près de minuit.

L'hôtel Russe était juste en face. L'établissement avait connu des jours meilleurs, mais il restait encore un cran au-dessus des immeubles qui l'entouraient. Il y avait une lumière au-dessus de la porte. A l'intérieur, Micky apercevait un hall et le comptoir de la réception. Toutefois, il ne semblait y avoir personne là-dedans.

Deux autres hommes flânaient sur le trottoir d'en face, chacun d'un côté de l'entrée de l'hôtel. Tous trois attendaient Antonio Silva.

En présence d'Edward et Augusta, Micky avait feint d'être calme, mais en fait il était extrêmement inquiet à l'idée de voir l'article de Tonio publié dans le *Times*. Il s'était donné tant de mal pour obtenir des Pilaster qu'ils lancent l'emprunt du chemin de fer de Santamaria. Il avait même épousé cette garce de Rachel pour ces satanés bons d'emprunt. Toute sa carrière dépendait de la réussite de l'opération. Si dans cette affaire il laissait tomber sa famille, non seulement son père serait furieux, mais il se vengerait. Papa avait le pouvoir de faire congédier Micky comme ambassadeur du Cordovay. Sans argent et sans position, il pourrait difficilement rester à Londres : il devrait rentrer au pays pour affronter l'humiliation et le déshonneur. Dans tous les cas, c'en serait fini de la vie qu'il savourait depuis tant d'années.

Rachel avait voulu savoir où il comptait passer la soirée. Il lui avait ri au nez. « Ne vous avisez jamais de me poser des questions », avait-il dit.

Elle l'avait surpris en répliquant : « Alors moi aussi, je vais sortir pour la soirée.

— Pour aller où ?

— Ne vous avisez jamais de me poser des questions. »

Micky l'avait enfermée à clé dans la chambre.

Quand il rentrerait, elle serait folle de colère, mais ce ne serait pas la première fois. A diverses reprises, lorsqu'ils s'étaient disputés, il l'avait jetée sur le lit en lui arrachant ses vêtements et elle s'était toujours soumise avec ardeur. Ce soir encore, ce serait la même chose, il en était persuadé.

Il aurait voulu pouvoir se sentir aussi sûr de Tonio.

Il n'était même pas certain que son compatriote habitait encore cet hôtel, mais il ne pouvait pas entrer pour le demander sans éveiller les soupçons.

Il avait fait aussi vite que possible, mais il lui avait tout de même fallu quarante-huit heures pour découvrir et engager deux brutes sans pitié, reconnaître les lieux et dresser l'embuscade. Entre-temps, peut-être Tonio avait-il déménagé. Alors Micky serait dans le pétrin.

Un homme prudent devrait changer d'hôtel tous les trois ou quatre jours. Mais un homme prudent n'utiliserait pas du papier à lettres portant une adresse. Tonio n'était pas le genre précautionneux. Tout au contraire, il avait toujours été un téméraire. Selon toute probabilité, se dit Micky, il habitait encore cet hôtel.

Il avait raison.

Quelques minutes après minuit, Tonio fit son apparition.

Micky crut reconnaître sa démarche quand il déboucha tout au bout de Berwick Street, arrivant de Leicester Square. Il se crispa, mais résista à la tentation de bouger immédiatement. Se maîtrisant non sans mal, il attendit que l'homme passât sous un réverbère dont la lumière lui éclaira un instant le visage. Pas de doute : c'était bien Tonio. Micky distinguait même la couleur carotte de ses favoris. Il éprouvait en même temps du soulagement et un regain d'anxiété : du soulagement à l'idée d'avoir Tonio sous les yeux, de l'angoisse en pensant à l'agression risquée qu'il allait commettre.

Ce fut alors qu'il vit les policemen.

C'était vraiment de la malchance. Ils étaient deux, arrivant dans Berwick Street de la direction opposée, casqués et enveloppés dans leur pèlerine, leur matraque pendant à la ceinture, éclairant les recoins sombres avec leur grosse lanterne. Micky se figea sur place. Il ne pouvait rien faire. Ils le virent, remarquèrent son haut-de-forme et son cigare et lui adressèrent un salut déférent. Ce n'était pas leur affaire si un homme de la haute traînait sous une porte cochère : eux en avaient après les criminels, pas les gentlemen. Ils croisèrent Tonio à quinze ou vingt mètres de la porte de l'hôtel. Micky, horriblement déçu, dansait d'un pied sur l'autre. Encore quelques instants et Tonio serait en sécurité.

Enfin, les deux policemen tournèrent au coin de la rue et disparurent. Micky fit signe à ses deux complices.

Ils ne perdirent pas de temps.

Tonio n'avait pas atteint la porte de son hôtel que les deux hommes l'avaient saisi et entraîné dans la ruelle qui longeait l'immeuble. Il cria une fois mais, après cela, il ne poussa plus que des cris étouffés.

Jetant par terre le mégot de son cigare, Micky traversa la rue et s'avança dans la ruelle. Les deux hommes avaient fourré une écharpe dans la bouche de Tonio pour l'empêcher de faire du bruit et ils s'acharnaient sur lui à coups de barre de fer. Son chapeau était tombé et il avait déjà la tête et le visage couverts de sang. Son manteau lui protégeait le corps, mais ils le frappaient aux genoux, aux jarrets, et cognaient sur ses mains sans protection.

Ce spectacle donna presque la nausée à Micky. « Arrêtez, imbéciles ! leur souffla-t-il. Vous ne voyez donc pas que ça suffit ? » Micky ne voulait pas qu'ils tuent Tonio. Pour l'instant, l'incident ressemblait à une classique agression commise par des voleurs et accompagnée d'une énergique raclée. Un meurtre ferait bien plus d'histoire : et, même brièvement, les policemen avaient entrevu le visage de Micky.

A regret, les deux canailles cessèrent de taper sur Tonio qui s'effondra sur le sol et ne bougea plus.

« Videz-lui ses poches ! » murmura Micky.

Tonio n'eut pas un geste tandis qu'on lui prenait une montre, une chaîne, un carnet, un peu de monnaie, une pochette de soie et une clé.

« Passez-moi la clé, ordonna Micky. Le reste est pour vous. »

L'aîné des deux hommes, Barker — surnommé le Chien — dit : « Donnez-nous l'argent. »

Il leur remit à chacun dix livres en souverains d'or.

Barker lui tendit la clé. Un petit morceau de carton sur lequel on avait griffonné le numéro onze y était attaché par un bout de ficelle. Il n'en fallait pas plus à Micky.

Il tournait les talons quand il constata qu'on les observait. Planté au milieu de la rue, un homme les dévisageait. Micky sentit son cœur battre plus vite.

Barker vit l'homme quelques instants plus tard. Il grommela un juron et brandit sa barre de fer comme pour abattre le gêneur. Micky soudain remarqua quelque chose et arrêta son bras. « Non, fit-il. Ce ne sera pas nécessaire. »

Le témoin avait la bouche molle et le regard vide : c'était un idiot.

Barker abaissa son arme. « Il ne nous fera pas de mal, dit-il. Il a l'air d'avoir une case en moins. »

Micky s'avança, le bousculant au passage. En se retournant, il vit Barker et son compagnon qui ôtaient ses bottes à Tonio.

Micky s'éloigna, en espérant bien ne jamais les revoir.

Il entra dans l'hôtel Russe. A son grand soulagement, le petit bureau de la réception était toujours inoccupé. Il gravit l'escalier.

L'hôtel se composait de trois maisons qu'on avait réunies et il fallut un moment à Micky pour trouver son chemin mais, deux ou trois minutes plus tard, il s'introduisait dans la chambre onze.

C'était une petite pièce crasseuse au mobilier jadis prétentieux mais qui n'était plus maintenant que délabré. Micky posa sa canne et son chapeau sur un fauteuil et entreprit une fouille méthodique des lieux. Dans le petit secrétaire, il trouva un exemplaire de l'article destiné au *Times* et il s'en empara. Ça ne valait pas grand-chose. Ou bien Tonio en avait d'autres copies, ou bien il pourrait le réécrire de mémoire. Mais, pour faire publier l'article, il devrait apporter certains éléments de preuve et c'était cela que Micky cherchait. Dans la commode, il aperçut un roman intitulé *La Duchesse de Sodome* qu'il fut un instant tenté de voler, mais il décida que c'était un risque inutile. Il renversa sur le plancher les chemises et le linge de Tonio rangés dans les tiroirs : rien de caché là. Il ne s'attendait pas vraiment à découvrir ces preuves dans un endroit trop évident.

Il regarda derrière et sous la commode, le lit et l'armoire. Il monta sur la table pour jeter un coup d'œil en haut : rien là qu'une épaisse couche de poussière.

Il tira les draps du lit, sonda les oreillers dans l'espoir d'y sentir quelque chose de dur et inspecta le matelas. Il finit par trouver ce qu'il cherchait sous le matelas.

Dans une grande enveloppe, une liasse de papiers réunis par des sangles.

Il n'avait pas eu le temps d'examiner les documents qu'il entendit des pas dans le couloir.

Il lâcha le paquet et se planta derrière la porte.

On passa devant sans s'arrêter. Il dénoua les rubans et parcourut les documents. Ils étaient en espagnol et portaient le cachet d'un avocat de Palma. C'étaient des déclarations sous serment de témoins qui avaient assisté à des séances de fouet et à des exécutions dans les mines de nitrate appartenant à la famille de Micky.

Micky porta à ses lèvres la liasse de papiers et l'embrassa : c'était la réponse à ses prières.

Il fourra tous les documents à l'intérieur de son manteau. Avant de les détruire, il lui faudrait noter les noms et les adresses des témoins. Les avocats devaient avoir des copies de leurs témoignages, mais elles ne servaient à rien sans les témoins. Et maintenant que Micky connaissait leur identité, les jours de ceux-ci étaient comptés. Il allait envoyer les renseignements à Papa qui les ferait taire.

Y avait-il autre chose? Son regard parcourut la pièce. Un champ de bataille. Il n'avait plus rien à faire ici. Il avait ce qu'il voulait : sans preuves, l'article de Tonio ne valait rien.

Il quitta la chambre et descendit l'escalier.

Il fut surpris de trouver un employé à la réception dans le hall. L'homme leva les yeux et lança : « Puis-je vous demander ce que vous cherchez ? »

Micky prit aussitôt sa décision. S'il ne répondait pas, l'employé penserait sans doute seulement qu'il était grossier. S'arrêter pour donner une explication permettrait à l'homme d'examiner son visage. Il ne dit rien et sortit. L'employé ne le suivit pas.

En passant devant la ruelle, il entendit de faibles appels à l'aide. Tonio se traînait vers la rue, laissant derrière lui une traînée de sang. Ce spectacle donna à Micky envie de vomir. Écœuré, il fit une grimace, détourna les yeux et continua son chemin.

3

L'après-midi, les dames fortunées et les messieurs désœuvrés se rendaient visite. C'était une habitude assommante, et quatre jours par semaine Maisie donnait pour consigne à ses domestiques de dire qu'elle n'y était pas. Le vendredi, elle recevait et il pouvait y avoir vingt ou trente personnes qui passaient au cours de l'après-midi. C'était toujours plus ou moins la même bande : le groupe de Marlborough, le groupe juif, des femmes aux idées « avancées » comme Rachel Bodwin et les épouses de quelques-unes des plus importantes relations d'affaires de Solly.

Emily Pilaster appartenait à cette dernière catégorie. Son mari, Edward, était en affaires avec Solly à propos d'un chemin de fer au Cordovay et Maisie crut que c'était à cause de cela qu'Emily venait chez elle. Mais elle resta tout l'après-midi et à cinq heures et demie, quand tout le monde fut parti, elle était encore là.

Jolie fille aux grands yeux bleus, elle n'avait qu'une vingtaine d'années et n'importe qui pouvait se rendre compte qu'elle était malheureuse. Maisie ne fut donc pas surprise de l'entendre dire : « Je vous en prie, puis-je vous parler de quelque chose de personnel ?

— Bien sûr, de quoi s'agit-il ?

— J'espère bien que vous n'allez pas vous vexer, mais il n'y a personne avec qui je puisse en discuter. »

Voilà qui avait tout l'air d'un problème sexuel. Ce ne serait pas la première fois qu'une fille de bonne famille venait trouver Maisie pour lui demander conseil à propos d'un sujet qu'elle ne pouvait aborder avec sa mère. Peut-être des bruits avaient-ils couru à propos de son passé un peu osé ou peut-être la trouvait-on simplement d'un abord facile.

« C'est difficile de me vexer, dit Maisie. De quoi voulez-vous discuter ?

— Mon mari me déteste », déclara-t-elle. Et elle éclata en sanglots.

Maisie était navrée pour elle. Elle avait connu Edward au temps de l'Argyll's et, à cette époque-là, c'était un porc. Les choses n'avaient pas dû s'arranger depuis. Elle pouvait compatir avec quiconque avait eu l'infortune de l'épouser.

« Voyez-vous, reprit Emily entre deux sanglots, ses parents tenaient à ce qu'il se marie, mais lui ne le voulait pas, alors ils lui ont offert une grosse somme et un poste d'associé à la banque et cela l'a convaincu. Pour ma part, j'ai accepté parce que mes parents le souhaitaient. Il me semblait aussi bien qu'un autre et j'avais envie d'avoir des bébés. Mais il ne m'a jamais aimée et maintenant qu'il a son argent et son poste d'associé, il ne peut pas me voir en peinture. »

Maisie poussa un soupir. « Ceci va peut-être vous sembler dur, mais vous êtes dans la même situation que des milliers de femmes. »

Emily se tamponna les yeux avec un mouchoir et s'efforça de ne plus pleurer. « Je le sais, et je ne veux pas que vous pensiez que je m'apitoie sur mon sort. Il faut bien que je m'en accommode. Et je sais que je supporterais cette situation si seulement je pouvais avoir un enfant. C'est tout ce que j'ai jamais voulu. »

Les enfants, songea Maisie, étaient la consolation de la plupart des épouses malheureuses. « Y a-t-il une raison qui vous empêcherait d'en avoir ? »

Emily s'agitait nerveusement sur le canapé, se tortillant presque de gêne, mais son visage juvénile exprimait une grande détermination. « Voilà deux mois que je suis mariée et *rien ne s'est passé*.

— Il est encore tôt...

— Non, je ne veux pas dire que je m'attendais à être enceinte du jour au lendemain. »

Maisie savait combien il était difficile pour ce genre de fille d'être précise : ce fut donc elle qui posa les questions.

« Est-ce qu'il vient dans votre lit ?

— Au début, oui, mais plus maintenant.

— Quand il venait, qu'est-ce qui n'allait pas ?

— Le malheur, c'est que je ne sais pas très bien ce qui était censé se passer. »

Maisie soupira. Comment des mères pouvaient-elles laisser leurs filles aller à l'autel dans une telle ignorance ? Elle se rappela que le père d'Emily était pasteur méthodiste. Voilà qui n'arrangeait rien. « Voici ce qui est censé se passer, commença-t-elle. Votre mari vous embrasse et vous touche, son zizi s'allonge, se durcit et il le met dans le vôtre. La plupart des filles aiment ça. »

Emily devint cramoisie. « Il m'a bien embrassée et touchée, mais rien d'autre.

— Est-ce que son zizi est devenu dur ?

— Il faisait noir.

— Vous ne l'avez pas senti ?

— Il m'a fait le frotter une fois.

— Et il était comment ? Rigide comme un cierge ou mou comme un ver de terre ? Ou entre les deux, comme une saucisse avant la cuisson ?

— Mou.

— Et quand vous l'avez frotté, est-ce qu'il a durci ?

— Non. Ça l'a mis très en colère, il m'a giflée et m'a dit que je n'étais bonne à rien. Est-ce que c'est vraiment ma faute, Mrs. Greenbourne ?

— Mais non, ce n'est pas votre faute, même si les hommes rejettent en général la responsabilité sur les femmes. C'est un problème banal et ça s'appelle l'impuissance.

— Quelle en est la cause ?

— Un tas de choses différentes.

— Est-ce que ça veut dire que je ne peux pas avoir de bébé ?

— Pas tant que vous ne pouvez pas faire durcir son zizi. »

Emily semblait sur le point d'éclater en sanglots. « J'ai tellement envie d'avoir un bébé. Je suis si seule et si malheureuse. Mais si j'avais un bébé, je pourrais supporter tout le reste. »

Autrefois, assurément, il n'avait pas dû être impuissant. Pouvait-elle faire quelque chose pour aider Emily ? Elle parviendrait sans doute à savoir si Edward était impuissant en permanence ou juste avec sa femme. April Tilsley le lui dirait. Edward était toujours un client régulier de Nellie la dernière fois que Maisie avait parlé à April — même s'il y avait des années de cela : c'était difficile pour une dame de la société de rester amie avec la principale tenancière de bordel de Londres. « J'ai une amie qui connaît bien Edward, dit-elle prudemment. Peut-être pourrait-elle nous éclairer un peu sur ce problème. »

Emily avala sa salive. « Voulez-vous dire qu'il a une maîtresse ? Je vous en prie, dites-le-moi : il faut que j'affronte la réalité. » C'est vraiment une fille décidée, se dit Maisie. Elle est peut-être ignorante et naïve, mais elle arrivera à ses fins. « Cette femme n'est pas sa maîtresse, mais s'il en a une, elle pourrait le savoir. »

Emily hocha la tête. « J'aimerais rencontrer votre amie.

— Je ne sais pas si vous devriez personnellement...

— J'y tiens. C'est mon mari et, s'il y a une mauvaise nouvelle à connaître, je veux l'entendre directement. » Son visage reprit cette expression obstinée et elle ajouta : « Je ferais n'importe quoi, il faut me croire — n'importe quoi. Ma vie tout entière va être un gâchis si je n'arrive pas à me sauver. »

Maisie décida de mettre sa détermination à l'épreuve. « Mon amie s'appelle April. Elle est propriétaire d'un bordel près de Leicester Square. C'est à deux minutes d'ici. Êtes-vous prête à vous rendre là-bas avec moi maintenant ?

— Qu'est-ce que c'est qu'un bordel ? » demanda Emily.

Le fiacre s'arrêta devant chez Nellie. Maisie jeta un coup d'œil pour inspecter la rue. Elle ne tenait pas à ce que quelqu'un de connaissance la vît entrer dans un bordel. Mais c'était l'heure où la plupart des gens de son monde s'habillaient pour dîner et il n'y avait que quelques pauvres dans la rue. Emily et elle descendirent du fiacre. Elle avait payé la course d'avance. La porte n'était pas fermée. Elles entrèrent.

La lumière du jour était cruelle quand on pénétrait chez Nellie. La nuit, l'endroit pouvait avoir un certain éclat de mauvais aloi, pensa Maisie, mais pour l'heure tout semblait sale et usé jusqu'à la corde. Le capitonnage de velours était fané. Les tables avaient des marques de brûlures de cigares et les verres avaient laissé des ronds. La soie qui tendait les murs s'effilochait, les tableaux érotiques avaient simplement l'air vulgaires. Une vieille femme, une pipe entre les dents, balayait le plancher. Elle ne parut pas autrement surprise de voir deux dames de la société dans des toilettes luxueuses. Quand Maisie demanda April, la vieille, du pouce, lui désigna l'escalier.

Elles trouvèrent April dans une cuisine en haut, buvant du thé autour d'une table avec plusieurs autres femmes, toutes en peignoir ou en robe d'intérieur : manifestement les affaires n'allaient pas reprendre avant quelques heures. April ne reconnut pas tout de suite Maisie et elles se dévisagèrent un long moment. Maisie trouva sa vieille amie peu changée : toujours mince, le visage dur et l'œil vif. Légèrement fatiguée peut-être par trop de veilles et des excès de mauvais champagne. Mais l'air sûr d'elle et impérieux d'une femme d'affaires qui a réussi.

« Qu'est-ce que nous pouvons faire pour vous ? demanda-t-elle.

— April, tu ne me reconnais pas ? » fit Maisie. April aussitôt poussa un cri ravi, se leva d'un bond et la prit dans ses bras.

Une fois finis les embrassades et les baisers, April se tourna vers les autres femmes et dit : « Les filles, voici la femme qui a fait ce dont nous rêvons toutes. Née Miriam Rabinowicz, devenue Maisie Robinson, elle est aujourd'hui Mrs. Solomon Greenbourne ! »

Elles applaudirent toutes comme si Maisie était une sorte d'héroïne. Elle se sentait gênée : elle n'avait pas prévu qu'April évoquerait de façon aussi franche l'histoire de sa vie — surtout devant Emily Pilaster — mais maintenant c'était trop tard.

« Prenons un gin pour fêter ça », dit April. Elles s'assirent, une des femmes apporta une bouteille et des verres et leur servit à boire. Maisie n'avait jamais aimé le gin et, aujourd'hui où elle était habituée au meilleur champagne, elle l'aimait encore moins. Mais elle trinqua quand même. Elle vit Emily boire une gorgée et faire la grimace. On remplit aussitôt leurs verres.

« Alors, s'enquit April, qu'est-ce qui t'amène ici ?

— Un problème conjugal, dit Maisie. Mon amie que voici a un mari impuissant.

— Amenez-le ici, ma chérie ! s'écria April. On va arranger ça.

— Je crois qu'il est déjà client, expliqua Maisie.

— Comment s'appelle-t-il ?

— Edward Pilaster. »

April sursauta. « Mon Dieu. » Elle regarda longuement Emily. « Alors c'est vous, Emily. Ma pauvre petite.

— Vous connaissez mon nom », s'étonna Emily. Elle paraissait mortifiée. « Ça veut dire qu'il vous parle de moi. » Elle but une nouvelle gorgée de gin.

Une des femmes intervint : « Edward n'est pas impuissant. »

Emily devint toute rouge.

« Pardonnez-moi, dit la femme. En général c'est moi qu'il demande. »

C'était une grande fille aux cheveux bruns avec une poitrine généreuse. Maisie ne la trouva pas très impressionnante dans son peignoir taché, laissant pendre sa cigarette aux lèvres, comme un homme. Mais peut-être était-elle séduisante une fois habillée.

Emily recouvra son calme. « Quelle étrange situation ! fit-elle. C'est mon mari, mais vous en savez plus sur lui que moi. Et je ne connais même pas votre nom.

— Lily. »

Il y eut un moment de silence embarrassé. Maisie but une gorgée : le second verre lui parut meilleur que le premier. La scène était très bizarre : la cuisine, les femmes en déshabillé, les cigarettes et le gin ; et Emily, qui une heure auparavant ne savait pas très bien en quoi consistait l'acte sexuel, discutant de l'impuissance de son mari avec la putain préférée de celui-ci.

« Eh bien, déclara April avec entrain, vous connaissez maintenant la réponse. Pourquoi Edward est-il impuissant avec sa femme ? Parce que Micky n'est pas dans les parages. Edward n'arrive jamais à bander s'il est seul avec une femme.

— Micky ? fit Emily d'un ton incrédule. Micky Miranda ? L'ambassadeur du Cordovay ? »

April acquiesça. « Ils font tout ensemble, surtout ici. Une ou deux fois, Edward est venu tout seul, mais ça ne marche jamais. »

Emily semblait abasourdie. Maisie posa la question qui s'imposait : « Qu'est-ce qu'ils font, au juste ? »

Ce fut Lily qui répondit : « Rien de très compliqué. Pendant des années, ils ont essayé diverses variantes. Pour le moment, ce qu'ils aiment, c'est se mettre tous les deux au lit avec une fille, en général moi ou Muriel.

— Mais, dit Maisie, Edward le fait vraiment, n'est-ce pas ? Je veux dire, a-t-il une érection et tout ça ? »

Lily hocha la tête. « Pas de doute là-dessus.

— Croyez-vous que ce soit la seule façon dont il puisse jamais y arriver ? »

Lily fronça les sourcils. « Je ne crois pas que ce qui se passe exactement compte beaucoup, combien de filles participent, etc. Si Micky est là, ça marche. Et s'il n'est pas là, ça ne marche pas.

— C'est presque, observa Maisie, comme si Micky était le seul être qu'Edward aime vraiment. »

Emily murmura d'une voix faible : « J'ai l'impression de

rêver... » Elle prit une longue lampée de gin. « Est-il possible que tout cela soit vrai? Est-ce que les choses se passent vraiment ainsi? »

April répliqua : « Ma pauvre, si vous saviez... Edward et Micky sont des enfants de chœur auprès de certains de nos clients. »

Même Maisie était étonnée. L'idée d'Edward et Micky au lit tous les deux avec une femme était si étrange que cela lui donnait envie d'éclater de rire : elle dut faire un effort pour réprimer le gloussement qui montait dans sa gorge.

Elle se rappelait la nuit où Edward les avait découverts Hugh et elle en train de faire l'amour. Edward, elle s'en souvenait, était incroyablement excité. Et elle avait senti que ce qui enflammait son ardeur, c'était l'idée de faire l'amour avec elle tout de suite après Hugh. « Une tartine beurrée! » fit-elle.

Quelques femmes se mirent à rire.

« Exactement », fit April en riant.

Emily sourit, l'air intriguée. « Je ne comprends pas.

— Certains hommes, expliqua April, aiment bien leur tartine beurrée. » Les filles se mirent à rire de plus belle. « Ça veut dire une femme qui vient de se faire sauter par un autre homme. »

Emily pouffa et, quelques instants plus tard, elles riaient toutes à gorge déployée. C'était sans doute, songea Maisie, le mélange du gin, de cette situation bizarre et de cette conversation sur les préférences sexuelles des hommes. La formule vulgaire qu'elle avait employée avait dissipé la tension. Chaque fois que les rires se calmaient, l'une d'elles répétait : « Une tartine beurrée », et toutes s'écroulaient de rire.

Elles finirent par être trop épuisées pour continuer. Quand elles furent calmées, Maisie reprit : « Mais que peut faire Emily? Elle veut avoir un bébé. Elle ne peut quand même pas inviter Micky à se mettre au lit avec elle et son mari. »

Emily avait l'air accablée.

April la regarda droit dans les yeux. « Êtes-vous vraiment décidée, Emily? demanda-t-elle.

— Je ferais n'importe quoi, assura Emily. Vraiment, vraiment n'importe quoi.

— Si c'est ça, dit lentement April, il y a quelque chose que nous pourrions essayer. »

4

Joseph Pilaster termina une grande platée de rognons d'agneau grillés et d'œufs brouillés et se mit à beurrer un toast. Augusta se demandait souvent si la mauvaise humeur habituelle des hommes d'un certain âge avait un rapport avec la quantité de viande qu'ils ingurgitaient. L'idée de prendre des rognons au petit déjeuner la rendait positivement malade.

« Sidney Madler est arrivé à Londres, annonça-t-il. Il faut que je le voie ce matin. »

Pendant un moment, Augusta ne savait plus très bien de qui il parlait. « Madler ?

— De New York. Il est furieux que Hugh ne fasse pas partie des associés.

— En quoi cela le concerne-t-il? Quelle insolence ! » Augusta avait un ton dédaigneux, mais elle était préoccupée.

« Je sais ce qu'il va dire, reprit Joseph. Quand nous avons fondé notre entreprise en participation avec Madler and Bell, il était sous-entendu que leur correspondant à Londres serait Hugh. Et à présent, comme vous le savez, Hugh a donné sa démission.

— Mais vous ne souhaitiez pas voir Hugh démissionner ?

— Non. Je pourrais le garder en lui offrant un poste d'associé. »

Joseph donnait des signes de faiblesse, Augusta le sentait. L'idée l'effraya. Il lui fallait raffermir la résolution de son mari. « Je pense que vous n'allez pas laisser des étrangers décider qui doit et qui ne doit pas être associé dans la banque Pilaster.

— Certainement pas. »

Une idée vint à Augusta. « Est-ce que Mr. Madler peut mettre un terme à l'accord qu'il a conclu avec la banque ?

— Il le pourrait, mais jusqu'à maintenant il n'a pas menacé de le faire.

— Est-ce que ça représente beaucoup d'argent ?

— Ça en représentait. Et quand Hugh va aller travailler chez les Greenbourne, il emmènera vraisemblablement avec lui la plupart des clients.

— Si bien que ce que pense Mr. Madler n'a pas beaucoup d'importance.

— Peut-être pas. Mais il va falloir que je lui donne une

explication. Il a entrepris ce voyage depuis New York rien que pour faire une histoire à propos de cette affaire.

— Dites-lui que Hugh a épousé une femme impossible. C'est une chose qu'il comprendra.

— Bien sûr. » Joseph se leva. « Au revoir, ma chère. »

Augusta se leva aussi et posa un baiser sur les lèvres de son mari. « Ne vous laissez pas intimider, Joseph. »

Il redressa les épaules et serra les lèvres. « Pas question. »

Il partit et elle resta assise un moment à boire du café à petites gorgées, en s'interrogeant sur la gravité de cette menace. Elle s'était efforcée de consolider la résistance de Joseph, mais il y avait des limites à ce qu'elle pouvait faire. Il faudrait surveiller cette situation de très près.

Elle était étonnée d'apprendre que le départ de Hugh allait coûter beaucoup d'argent à la banque. L'idée ne lui était pas venue qu'en donnant de l'avancement à Edward et en sapant la position de Hugh elle aussi perdait de l'argent. A un moment, elle se demanda si elle ne risquait pas de mettre en péril l'établissement sur lequel elle fondait tous ses espoirs et tous ses projets. Mais c'était ridicule. La banque Pilaster était extrêmement riche : rien de ce qu'elle pourrait faire ne la menacerait jamais.

Elle terminait son petit déjeuner quand Hastead se coula dans la salle à manger pour lui annoncer que Mr. Fortescue avait déposé sa carte. Elle chassa aussitôt Sidney Madler de ses pensées. Cela était beaucoup plus important. Son cœur se mit à battre plus vite.

Michael Fortescue était son politicien apprivoisé. Ayant remporté l'élection partielle de Deaconridge grâce au concours financier de Joseph, il était maintenant membre du Parlement et c'était à Augusta qu'il le devait. Elle lui avait clairement fait comprendre comment il pourrait rembourser sa dette : en l'aidant à obtenir une pairie pour Joseph. La campagne électorale avait coûté cinq mille livres, de quoi acheter la plus belle maison de Londres, mais ce n'était pas cher payer pour un titre. L'heure des visites, c'était d'habitude l'après-midi : les visiteurs matinaux avaient en général une affaire pressante à régler. Elle était certaine que Fortescue ne se serait pas présenté si tôt s'il n'avait pas eu des nouvelles au sujet de la pairie, et son cœur se mit à battre plus vite. « Faites entrer Mr. Fortescue dans la tourelle, ordonna-t-elle au maître d'hôtel. Je vais le rejoindre dans un instant. » Elle resta là un moment, en essayant de se calmer.

Jusqu'à présent, sa campagne s'était déroulée suivant le plan prévu. Arnold Hobbes avait publié une série d'articles dans son journal *Le Forum* réclamant l'anoblissement pour des hommes d'affaires. Lady Morte en avait parlé à la reine et avait chanté les louanges de Joseph : à l'en croire, Sa Majesté avait paru impressionnée. Fortescue avait affirmé au Premier ministre Disraeli qu'il y avait un mouvement d'opinion en faveur de cette idée. Peut-être tous ces efforts allaient-ils porter leurs fruits.

La tension lui semblait presque insupportable et elle était un peu essoufflée en montant rapidement les marches. Sa tête résonnant des phrases qu'elle espérait bientôt entendre : *Lady Whitehaven... Le comte et la comtesse de Whitehaven... Très bien, my lady... Comme il plaira à madame la Comtesse...*

La tourelle était une pièce étrange. Elle dominait le hall d'entrée et on y accédait par une porte à mi-hauteur de l'escalier. Une baie vitrée y donnait sur la rue. Mais ce n'était pas cela qui lui avait valu son nom. Ce qu'il y avait là d'inhabituel, c'était une fenêtre intérieure qui ouvrait sur le vestibule. Les gens dans le hall ne se doutaient pas qu'on les observait et, au long des années, Augusta, de ce poste d'observation, avait été témoin d'étranges spectacles. C'était dans cette pièce petite et douillette, basse de plafond et pourvue d'une cheminée, qu'Augusta recevait les visiteurs le matin.

Fortescue paraissait un peu tendu. Augusta s'assit auprès de lui sur la banquette près de la fenêtre et lui adressa un sourire chaleureux et rassurant.

« Je sors de chez le Premier ministre, annonça-t-il.

— Avez-vous parlé des pairies ? » La voix d'Augusta était à peine audible.

« Je pense bien. J'ai réussi à le convaincre que le moment était venu de voir le monde financier représenté à la Chambre des lords et il est disposé maintenant à anoblir un homme de la City.

— Merveilleux ! » dit Augusta. Mais Fortescue semblait mal à l'aise : il n'avait pas du tout l'air d'un homme porteur de bonnes nouvelles. « Alors, ajouta-t-elle d'un ton hésitant, pourquoi avoir si triste figure ?

— Il y a aussi de mauvaises nouvelles. » Et Fortescue sembla un peu effrayé.

« Lesquelles ?

— Je crains qu'il ne veuille accorder le titre à Ben Greenbourne.

— Non ! » Augusta avait l'impression d'avoir reçu un coup de poing. « Comment cela est-il possible ? »

Fortescue était sur la défensive. « J'imagine qu'il peut distribuer des titres à qui bon lui semble. C'est lui le Premier ministre.

— Mais je ne me suis pas donné toute cette peine pour que cela profite à Ben Greenbourne !

— Je conviens que c'est une ironie du sort, reconnut Fortescue d'un ton alangui. Mais j'ai fait de mon mieux.

— Ne soyez pas si content de vous. Pas si vous voulez mon aide aux prochaines élections. »

Un éclair de rébellion passa dans les yeux du jeune homme et elle crut un moment l'avoir perdu : elle pensa qu'il allait lui répondre qu'il s'était acquitté de sa dette et que désormais il n'avait plus besoin d'elle. Mais au contraire il baissa les yeux et déclara : « Je vous assure que je suis consterné par cette nouvelle...

— Taisez-vous. Laissez-moi réfléchir. » Elle se mit à arpenter la petite pièce. « Il faut que nous trouvions un moyen de faire changer d'avis le Premier ministre... il faut en faire un scandale. Quelles sont les faiblesses de Ben Greenbourne ? Son fils a épousé une fille de rien, mais ce n'est pas vraiment suffisant... » Elle pensa soudain que, si l'on décernait un titre à Greenbourne, ce serait son fils Solly qui en hériterait, ce qui signifiait que Maisie se retrouverait un jour comtesse. Cette idée lui soulevait le cœur. « Quelles sont les opinions politiques de Greenbourne ?

— On ne lui en connaît pas. »

Elle regarda le jeune homme et s'aperçut qu'il boudait. Elle lui avait parlé trop brutalement. Elle revint s'asseoir auprès de lui et saisit dans les siennes une de ses grandes mains.

« Vous avez un instinct politique exceptionnel : en fait, c'est la raison pour laquelle je vous ai remarqué. Dites-moi votre opinion là-dessus. »

Fortescue fondit aussitôt, comme le faisaient d'ordinaire les hommes quand elle prenait la peine d'être gentille avec eux. « S'il devait se déclarer, il se dirait probablement libéral. La plupart des hommes d'affaires sont libéraux, ainsi que la plupart des juifs, d'ailleurs. Mais, comme il n'a jamais exprimé aucune opinion en public, ce ne sera pas facile de le faire passer pour un ennemi du gouvernement conservateur...

— Il est juif, dit Augusta. Voilà la clé. »

Fortescue paraissait hésitant. « Le Premier ministre lui-même est d'origine juive et il a maintenant été fait lord Beaconsfield.

— Je sais, mais c'est un chrétien pratiquant. D'ailleurs... »

Fortescue haussa les sourcils d'un air interrogateur.

« Moi aussi, dit Augusta, j'ai de l'instinct. Et il me dit que le judaïsme de Ben Greenbourne est la clé de toute l'affaire.

— S'il y a quoi que ce soit que je puisse faire...

— Vous avez été merveilleux. Il n'y a rien à faire pour le moment. Mais quand le Premier ministre commencera à émettre des doutes sur Ben Greenbourne, rappelez-lui simplement qu'avec Joseph Pilaster il a une solution moins risquée.

— Comptez sur moi, Mrs. Pilaster. »

Lady Morte habitait une maison de Curzon Street que son mari n'avait pas les moyens d'entretenir. Un laquais en livrée avec perruque poudrée vint ouvrir la porte. On introduisit Augusta dans un petit salon encombré de coûteuses babioles venant des magasins de Bond Street : chandeliers en or, cadres en argent, bibelots de porcelaine, vases de cristal et un ravissant porte-encrier ancien qui avait dû coûter le prix d'un jeune pur-sang. Augusta méprisait Harriet Morte d'avoir la faiblesse de dépenser une fortune qu'elle n'avait pas, mais elle était en même temps rassurée par ces signes qui montraient que la femme n'avait rien perdu de ses goûts dispendieux.

En attendant, elle arpenta la pièce. Un sentiment d'affolement montait en elle chaque fois qu'elle songeait que ce serait Ben Greenbourne qui allait être anobli à la place de Joseph. Elle ne pensait pas pouvoir monter une seconde fois ce genre de campagne. Et elle frémissait d'horreur à l'idée que tous ses efforts réussiraient peut-être à faire échoir le titre de comtesse à cette petite traînée de Maisie Greenbourne...

Lady Morte entra, lançant d'un ton distant : « Quelle charmante surprise de vous voir à cette heure de la journée ! » C'était reprocher à Augusta d'être venue en visite avant le déjeuner. Les cheveux gris fer de lady Morte semblaient hâtivement peignés et Augusta devina qu'elle n'était pas tout à fait prête.

Mais vous avez bien été obligée de me recevoir, n'est-ce pas ? songea Augusta. Vous aviez peur que je ne vienne vous parler de votre compte en banque, alors vous n'aviez pas le choix.

Elle s'exprima pourtant d'un ton humble, afin de flatter son interlocutrice. « Je suis venue vous demander votre avis sur une affaire urgente.

— Tout ce qui sera en mon pouvoir...

— Le Premier ministre a accepté d'anoblir un banquier.

— Magnifique ! Comme vous le savez, j'en ai parlé à Sa Majesté. A n'en pas douter, cela a eu son effet.

— Malheureusement, c'est à Ben Greenbourne qu'il veut donner le titre.

— Oh, mon Dieu. C'est bien regrettable. »

Augusta sentait que Harriet Morte était secrètement ravie de cette nouvelle : elle détestait Augusta.

« C'est plus que regrettable, répliqua Augusta. Je me suis donné beaucoup de mal pour cette affaire, et il semble maintenant que ce soit le plus grand rival de mon mari qui en profite.

— Je comprends fort bien.

— J'aimerais que nous puissions empêcher cela.

— Je ne vois pas très bien ce que nous pouvons faire. »

Augusta fit semblant de penser tout haut. « Les anoblissements doivent être approuvés par la reine, n'est-ce pas ?

— Oui, en effet. Théoriquement, c'est elle qui octroie le titre.

— Alors, si vous le lui demandiez, elle pourrait intervenir. »

Lady Morte eut un petit rire. « Ma chère Mrs. Pilaster, vous surestimez mon pouvoir. » Augusta retint sa langue et ne releva pas le ton condescendant. Lady Morte reprit : « Il est peu probable que Sa Majesté suive mon avis contre celui du Premier ministre. D'ailleurs, quelles objections pourrais-je soulever ?

— Greenbourne est juif. »

Lady Morte acquiesça. « Il y a eu une époque où la chose se serait arrêtée là. Je me souviens du temps où Gladstone voulait faire donner une pairie à Lionel Rothschild : la reine a refusé tout net. Mais c'était il y a dix ans. Depuis lors, nous avons eu Disraeli.

— Mais Disraeli est chrétien. Greenbourne, lui, est un juif pratiquant.

— Je me demande si cela changerait quoi que ce soit, dit lady Morte d'un ton songeur. C'est possible, vous savez. Il est vrai qu'elle ne cesse de reprocher au prince de Galles de compter tant de juifs parmi ses amis.

— Alors, si vous arriviez à lui glisser que le Premier ministre se propose d'anoblir l'un d'eux...

— Je peux amener cela dans la conversation. Je ne suis pas sûre que ça serve vraiment. »

Augusta réfléchissait. « N'est-il rien que nous puissions faire pour que Sa Majesté s'en préoccupe davantage ?

— S'il y avait une sorte de protestation publique : des questions au Parlement, peut-être, ou des articles dans la presse...

— La presse », répéta Augusta. Tout de suite elle pensa à Arnold Hobbes. « Oui ! dit-elle. Je crois que cela pourrait s'arranger. »

Hobbes était absolument confondu par la présence d'Augusta dans son petit bureau qui sentait l'encre. Il n'arrivait pas à se décider : devait-il mettre de l'ordre, s'occuper d'elle ou s'en débarrasser au plus vite ? Il fit donc les trois à la fois dans un désordre affolé : il ramassa sur le plancher les feuilles de papier et les piles d'épreuves pour les poser sur la table puis les remettre par terre. Il alla chercher un fauteuil, un verre de sherry et une assiette de biscuits. Et en même temps il proposa à Augusta d'aller discuter ailleurs. Elle le laissa une minute ou deux en proie à la panique puis déclara : « Mr. Hobbes, asseyez-vous, je vous en prie, et écoutez-moi.

— Bien sûr, bien sûr », dit-il. Il s'installa dans un fauteuil et la regarda à travers les verres mal nettoyés de ses lunettes.

En quelques phrases sèches, elle évoqua l'anoblissement éventuel de Ben Greenbourne.

« Tout à fait regrettable, tout à fait regrettable, balbutia-t-il nerveusement. Je ne crois pas toutefois qu'on puisse accuser *Le Forum* d'avoir manqué d'enthousiasme pour promouvoir la cause sur laquelle vous avez eu la bonté d'attirer mon attention. »

En échange de quoi vous avez obtenu deux lucratifs postes d'administrateur dans des compagnies contrôlées par mon mari, pensa Augusta. « Je sais que ce n'est pas votre faute, dit-elle avec agacement. La question est : que pouvez-vous faire ?

— Mon journal se trouve dans une position délicate, avoua-t-il d'un ton soucieux. Après avoir mené énergiquement campagne pour qu'un banquier obtienne une pairie, il nous est difficile de tourner casaque et de protester quand la chose arrive.

— Mais vous ne pensiez jamais qu'un juif bénéficierait d'un tel honneur.

— C'est vrai, c'est vrai, même si tant de banquiers sont juifs.

— Ne pourriez-vous pas écrire qu'il y a assez de banquiers chrétiens pour que le Premier ministre fasse son choix parmi eux ? »

Il continuait à manifester peu d'enthousiasme. « Nous pourrions...

— Alors faites-le !

— Pardonnez-moi, Mrs. Pilaster, mais ce n'est pas tout à fait suffisant.

— Je ne vous comprends pas, dit-elle avec impatience.

— C'est un point de vue professionnel, mais il me faut ce que nous autres journalistes appelons un angle. Nous pourrions par exemple accuser Disraeli — ou lord Beaconsfield, comme on l'appelle maintenant — de partialité envers ceux de sa race. Ça, ce serait une insinuation. Toutefois c'est dans l'ensemble un homme si droit que ce genre d'accusation ne tiendrait peut-être pas. »

Augusta avait horreur de tergiverser, mais elle refréna son impatience car elle comprenait qu'il y avait là un vrai problème. Elle réfléchit un moment puis une idée lui vint. « Quand Disraeli fut accueilli à la Chambre des lords, la cérémonie s'est-elle déroulée normalement ?

— En tout point, je crois.

— Il a prêté serment de fidélité sur une bible chrétienne ?

— Certainement.

— Sur l'Ancien et le Nouveau Testament ?

— Je commence à voir où vous voulez en venir, Mrs. Pilaster. Ben Greenbourne accepterait-il de prêter serment sur une bible chrétienne ? D'après ce que je sais de lui, j'en doute. »

Augusta secoua la tête d'un air hésitant. « Il pourrait pourtant le faire, si on ne lui en disait rien. Il n'est pas homme à rechercher l'affrontement. Mais, quand on le provoque, il est très raide. Si le public exigeait bruyamment qu'il prête serment comme tout le monde, il pourrait fort bien se rebeller. Il ne voudrait pas laisser dire qu'on l'a poussé à quoi que ce soit.

— Un vif mouvement d'opinion, murmura Hobbes. Oui ?

— Pourriez-vous provoquer cela ? »

Hobbes s'échauffait à cette idée. « Je vois déjà le titre, dit-il, tout excité. " Blasphème à la Chambre des lords ". Voilà maintenant, Mrs. Pilaster, ce que nous appelons un angle. Vous êtes une femme tout à fait brillante. Vous devriez être journaliste vous-même !

— Vous me flattez. » Il ne releva pas le sarcasme.

Hobbes prit soudain un air pensif. « Mr. Greenbourne est un homme très puissant.

— Mr. Pilaster aussi.

— Bien sûr, bien sûr.

— Alors je peux compter sur vous ? »

Hobbes estima rapidement les risques et décida de soutenir la cause des Pilaster. « Laissez-moi faire. »

Augusta acquiesça. Elle commençait à se sentir mieux. Lady Morte allait monter la reine contre Greenbourne. Hobbes allait en faire une question de principe dans la presse. Fortescue allait chuchoter à l'oreille du Premier ministre le nom d'un autre candidat sans reproche : Joseph. Une fois de plus, les perspectives semblaient bonnes.

Elle se leva pour prendre congé, mais Hobbes n'en avait pas terminé. « Pourrais-je me permettre d'aborder une question concernant un tout autre sujet ?

— Je vous en prie.

— On m'a proposé pour une somme assez modique une imprimerie. Pour l'instant, vous le savez, nous utilisons des imprimeurs extérieurs. Si nous avions notre propre presse, cela réduirait nos frais et nous pourrions peut-être faire quelques profits supplémentaires en imprimant d'autres publications pour des confrères.

— Naturellement, fit Augusta avec impatience.

— Je me demandais si la banque Pilaster pourrait se laisser convaincre de m'accorder un prêt commercial. »

C'était le prix qu'il fallait payer pour qu'il poursuive son soutien. « Combien ?

— Cent soixante livres. »

C'était trois fois rien. Et s'il menait campagne contre l'anoblissement des juifs avec l'énergie et l'âpreté dont il avait fait preuve dans sa campagne pour qu'on octroie des pairies aux banquiers, cela en vaudrait largement la peine.

« C'est une occasion, dit-il, je vous assure...

— J'en parlerai à Mr. Pilaster. » Il donnerait son accord, bien sûr, mais elle ne voulait pas que Hobbes ait l'air de s'en tirer trop facilement. Il apprécierait d'autant plus ce service qu'on le lui rendrait sans enthousiasme.

« Je vous remercie. C'est toujours un plaisir de vous rencontrer, Mrs. Pilaster.

— Sans doute. » Et elle sortit.

Chapitre quatre

Juin

1

L'ambassade du Cordovay était silencieuse, les bureaux du rez-de-chaussée vides, les trois employés étant rentrés chez eux depuis des heures. Micky et Rachel avaient donné un dîner dans la salle à manger du premier étage pour un petit groupe : sir Peter Mountjoy, du Foreign Office, et sa femme ; l'ambassadeur du Danemark et le chevalier Michele de l'ambassade d'Italie. Mais les invités étaient partis et le personnel avait quitté les lieux. Micky s'apprêtait à sortir.

L'excitation des premiers temps du mariage commençait à s'effacer. Il avait tenté, sans y parvenir, de choquer ou de dégoûter sa femme qui n'avait guère d'expérience sexuelle. Son enthousiasme infatigable pour toutes les perversions qu'il lui proposait commençait à l'agacer. Elle avait décidé d'accepter tout ce qu'il voulait et, dès lors qu'elle avait pris cette décision, il était impossible de l'en faire changer. Il n'avait jamais rencontré une femme d'une logique aussi implacable.

Au lit, elle se pliait à tous ses caprices. Mais elle estimait que, sortie de la chambre à coucher, une femme ne devait pas être esclave de son mari et sur ces deux points elle était également inflexible. Ils ne cessaient donc de se quereller. Micky parfois parvenait à retourner la situation. Au beau milieu d'une dispute à propos des domestiques ou de l'argent, il disait : « Soulevez votre robe et allongez-vous par terre », et la scène se terminait en étreintes passionnées. Mais cela ne marchait plus chaque fois : il y avait des jours où, dès que leur étreinte cessait, elle reprenait la discussion.

Maintenant, Edward et lui passaient de plus en plus de temps dans leurs repaires habituels. Ce soir, au bordel de Nellie, il y avait une soirée masquée. Une des innovations d'April : toutes les femmes portaient des masques. April affirmait que lors de ces réceptions des dames de la haute société, frustrées sur le plan sexuel, venaient se mêler aux filles de l'établissement. Assurément, certaines des femmes qui se trouvaient là étaient de nouvelles venues, mais Micky soupçonnait ces inconnues d'être en fait de petites-bourgeoises dans une situation financière désespérée plutôt que des aristocrates blasées en quête des frissons de la dépravation. Quoi qu'il en fût, les soirées masquées ne manquaient jamais d'être intéressantes.

Il se peigna, emplit son étui à cigares, puis descendit l'escalier. Il fut surpris de trouver Rachel plantée dans l'entrée, lui barrant la sortie. Elle avait les bras croisés et l'air déterminée. Micky s'apprêta à la bagarre.

« Il est onze heures du soir, lança-t-elle. Où allez-vous ?

— Au diable. Otez-vous de mon chemin. » Il prit sa canne et son chapeau.

« Allez-vous dans un bordel qui s'appelle Chez Nellie ? »

Il fut assez stupéfait pour être un moment réduit au silence.

« Je vois que oui, fit-elle.

— A qui avez-vous parlé ? » demanda-t-il.

Elle hésita puis répondit : « A Emily Pilaster. Elle m'a dit qu'Edward et vous alliez là régulièrement.

— Vous ne devriez pas écouter ces racontars de femmes. »

Elle était toute pâle. Elle avait peur. C'était inhabituel. Peut-être cette scène-ci allait-elle être différente.

« Il faut que vous cessiez d'aller là-bas.

— Je vous l'ai déjà dit, n'essayez pas de donner des ordres à votre maître.

— Ce n'est pas un ordre. C'est un ultimatum.

— Ne soyez pas stupide. Laissez-moi passer.

— Si vous ne me promettez pas de ne plus aller là-bas, je vous quitterai. Je partirai ce soir de cette maison pour ne jamais revenir. »

Il comprit qu'elle parlait sérieusement. C'était pour cela qu'elle avait l'air effrayée. Elle était même chaussée, prête pour sortir. « Vous ne partez pas, déclara-t-il. Je vais vous enfermer dans votre chambre.

— Vous aurez du mal. J'ai pris toutes les clés et je les ai jetées.

Il n'y a pas une seule pièce de cette maison qu'on puisse fermer à clé. »

Voilà qui était habile de sa part. Cela s'annonçait comme un de leurs affrontements les plus intéressants. Il lui adressa un grand sourire et dit : « Otez votre pantalon.

— Ça ne marchera pas ce soir, Micky. Je pensais autrefois que ça voulait dire que vous m'aimiez. Je me suis rendu compte maintenant que le sexe est simplement pour vous une façon de contrôler les gens. Je me demande même si vous aimez cela. »

Il tendit le bras et lui saisit le sein, tiède et lourd dans sa main, malgré les diverses couches de vêtements. Il le caressa, en observant son visage, mais Rachel restait impassible. Ce soir, elle n'allait pas céder à la passion. Il serra fort, pour lui faire mal, puis lâcha prise. « Qu'est-ce qui vous prend ? dit-il avec une curiosité non feinte.

— Dans des endroits comme Chez Nellie, les hommes attrapent des maladies contagieuses.

— Les filles là-bas sont très saines !

— Je vous en prie, Micky... ne faites pas semblant d'être idiot. »

Elle avait raison. Une prostituée saine, ça n'existait pas. En fait, il avait eu beaucoup de chance : depuis des années qu'il allait au bordel, il n'avait écopé que d'une vérole bénigne. « Très bien, reconnut-il. Je pourrais en effet attraper une maladie.

— Et me la transmettre. »

Il haussa les épaules. « C'est un des risques de la femme mariée. Je pourrais vous passer la rougeole aussi, si je l'attrapais.

— Mais la syphilis peut être héréditaire.

— Où voulez-vous en venir ?

— Je risquerais de la transmettre à nos enfants si nous en avons. C'est ce que je ne suis pas disposée à accepter. Je ne mettrai pas au monde un enfant atteint d'une aussi terrible maladie. » Elle avait le souffle court, signe chez elle de grande tension. Elle parle sérieusement, se répéta-t-il. Elle conclut : « Je vais donc vous quitter, à moins que vous n'acceptiez de couper tout contact avec des prostituées. »

Il était inutile de poursuivre la discussion. « Nous verrons si vous pouvez partir avec le nez cassé », dit-il en levant sa canne pour la frapper.

Elle s'y attendait. Elle esquiva le coup et se précipita vers la porte. Micky constata avec surprise qu'elle était entrebâillée : elle avait dû l'ouvrir auparavant, prévoyant une scène violente. En un éclair, elle se glissa dehors.

Micky se lança à sa poursuite. Dans la rue, une autre surprise l'attendait : il y avait une voiture rangée le long du trottoir. Rachel sauta à l'intérieur. Micky était stupéfait de voir avec quel soin elle avait tout préparé. Il s'apprêtait à bondir dans la voiture après elle quand une imposante silhouette en haut-de-forme lui barra le chemin. C'était le père de Rachel, Mr. Bodwin, l'avocat.

« Si je comprends bien, vous refusez de changer de conduite, dit-il.

— Vous enlevez ma femme ? » répliqua Micky. Il était furieux d'avoir été ainsi manœuvré.

« Elle part de son plein gré. » Bodwin avait la voix qui tremblait un peu, mais il tenait bon. « Elle vous reviendra quand vous aurez accepté de renoncer à vos habitudes dépravées. Sous réserve bien sûr d'un examen médical satisfaisant. »

Un instant, Micky fut tenté de le frapper — mais un instant seulement. L'avocat l'aurait accusé à n'en pas douter de voies de fait et un tel scandale pouvait compromettre une carrière diplomatique. Rachel n'en valait pas la peine.

Il se trouvait dans une impasse. Pour quoi est-ce que je me bats ? se demanda-t-il. Et tout haut : « Vous pouvez la garder. J'en ai fini avec elle. » Il rentra dans la maison et claqua la porte.

Il entendit la voiture s'éloigner. Il fut surpris de se prendre à regretter le départ de Rachel. Bien sûr, ç'avait été un pur mariage de convenance — une façon de persuader Edward de se marier — et, à certains égards, la vie serait plus simple sans elle. Curieusement, il avait aimé ces affrontements quotidiens. Il n'avait jamais connu cela avec une femme. Mais c'était parfois lassant aussi et il se dit que, tout compte fait, il serait mieux tout seul.

Quand il eut repris son souffle, il mit son chapeau et sortit.

C'était une douce nuit d'été avec un ciel clair piqueté d'étoiles. L'air de Londres était toujours plus agréable en été, quand les gens n'avaient pas besoin de brûler du charbon pour chauffer leurs maisons.

Tout en descendant Regent Street, Micky songea à ses affaires. Depuis qu'il avait fait rosser Tonio Silva voilà un mois, il n'avait plus entendu parler de cet article sur les mines de nitrate. Tonio se remettait sans doute de ses blessures. Micky avait envoyé à Papa un télégramme codé avec les noms et les adresses des témoins qui avaient signé les déclarations sous serment que possédait Tonio : probablement étaient-ils morts maintenant. Hugh s'était rendu ridicule en déclenchant une panique inutile et Edward était ravi.

Edward, cependant, avait persuadé Solly Greenbourne de donner son accord de principe pour émettre conjointement avec la banque Pilaster les bons du chemin de fer de Santamaria. Ça n'avait pas été facile : Solly se méfiait de l'Amérique du Sud, comme la plupart des investisseurs. Edward avait été obligé de proposer une commission plus forte et de participer à une opération spéculative de Solly avant de pouvoir conclure l'affaire. Edward avait aussi joué sur le fait qu'ils étaient d'anciens camarades de collège et Micky se doutait qu'au bout du compte c'était le bon cœur de Solly qui avait fait pencher la balance.

On rédigeait maintenant les contrats. C'était une affaire d'une pénible lenteur. Cela rendait la vie difficile à Micky : Papa n'arrivait pas à comprendre pourquoi ces choses-là ne pouvaient pas se faire en quelques heures. Il réclamait l'argent immédiatement.

Pourtant, quand Micky songeait aux obstacles qu'il avait surmontés, il n'était pas mécontent de lui. Après le refus catégorique d'Edward, la tâche lui avait paru impossible. Mais, avec l'aide d'Augusta, il avait manœuvré pour qu'Edward se marie et soit nommé associé à la banque. Il s'était heurté ensuite à l'opposition de Hugh Pilaster et de Tonio Silva. Aujourd'hui, il était sur le point de recueillir les fruits de tous ses efforts. Dans son pays, le chemin de fer de Santamaria serait toujours le chemin de fer de Micky. Un demi-million de livres, c'était une grosse somme, plus importante que le budget militaire du pays tout entier. Cette seule réalisation compterait pour plus que tout ce qu'avait jamais fait son frère Paulo.

Quelques minutes plus tard, il entra chez Nellie. La soirée battait son plein : toutes les tables étaient occupées et il flottait dans l'air une épaisse fumée de cigares. Des plaisanteries grivoises et des rires sonores couvraient les accents d'un petit orchestre jouant à tue-tête des airs de danse. Toutes les femmes portaient des masques. Quelques-uns n'étaient que de simples dominos, mais la plupart étaient davantage recherchés et certains recouvraient la tête tout entière à l'exception des yeux et de la bouche.

Micky se fraya un chemin dans la cohue, saluant au passage des connaissances et embrassant quelques filles. Edward était dans la salle de jeu mais, en voyant Micky entrer, il se leva aussitôt. « April nous a trouvé une vierge », dit-il d'une voix rauque. La soirée était fort avancée et il avait beaucoup bu.

Micky n'avait jamais eu l'obsession de la virginité, mais la frayeur d'une fille avait toujours quelque chose de stimulant et il était quand même un peu excité. « Quel âge ?

— Dix-sept. »

Ce qui voulait sans doute dire vingt-trois, songea Micky, sachant comment April calculait l'âge de ses filles. Toutefois, il était intrigué. « Tu l'as vue ?

— Oui. Bien sûr, elle est masquée.

— Bien sûr. » Micky se demandait quelle était son histoire : ce pouvait être une fille de province qui s'était enfuie de chez elle et s'était trouvée sans ressources à Londres, ou une femme de chambre qui en avait par-dessus la tête de trimer seize heures par jour pour six shillings par semaine.

Une femme en petit domino noir lui toucha le bras. Le masque était plutôt symbolique et il reconnut aussitôt April. « Une vierge authentique », dit-elle.

A n'en pas douter, elle faisait payer à Edward une petite fortune pour le privilège de prendre le pucelage de la fille.

« Tu as vérifié ? s'enquit Micky d'un ton sceptique.

— Ça n'est pas la peine, fit April en secouant la tête. Je sais quand une fille dit la vérité.

— Si je ne sens pas son hymen péter, tu ne seras pas payée », rétorqua-t-il, même si tous deux savaient que c'était Edward qui paierait.

« Entendu.

— Qu'est-ce qu'elle raconte ?

— C'est une orpheline, élevée par un oncle. Il avait hâte de se débarrasser d'elle et s'est arrangé pour lui faire épouser un homme plus âgé. Quand elle a refusé, il l'a mise à la rue. Je l'ai sauvée d'une vie d'éternel labeur.

— Tu es un ange », s'exclama Micky d'un ton sarcastique. Il n'en croyait pas un mot. Même sans pouvoir lire l'expression d'April derrière son masque, il était persuadé qu'elle mijotait quelque chose. Il lui lança un regard sceptique. « Dis-moi la vérité.

— Je viens de le faire, répliqua April. Si vous ne voulez pas d'elle, il y a six autres hommes ici prêts à payer. »

Edward intervint d'un ton impatient : « On la veut, Micky, cesse de discuter. Allons jeter un coup d'œil.

— Chambre trois, précisa April. Elle vous attend. »

Micky et Edward grimpèrent l'escalier, encombré de couples qui s'étreignaient, et pénétrèrent dans la chambre trois.

La fille, debout dans le coin, portait une simple robe de mousseline et avait la tête entièrement recouverte d'une cagoule avec seulement des fentes pour les yeux et pour la bouche. Une fois de plus, Micky se sentit méfiant. Ils ne pouvaient rien distinguer de son visage : peut-être était-elle abominablement laide, peut-être difforme. S'agissait-il d'une plaisanterie ?

En la dévisageant, il se rendit compte qu'elle tremblait de peur. Il chassa ses doutes en sentant le désir monter dans ses reins. Pour l'effrayer davantage, il traversa la chambre à grands pas, écarta le décolleté de sa robe et plongea la main dans son corsage. Elle tressaillit et on voyait la terreur dans ses yeux bleu clair, mais elle ne bougea pas. Elle avait de petits seins fermes.

La crainte qu'elle manifestait donna à Micky l'envie d'être brutal. En général, Edward et lui jouaient un petit moment avec les femmes, mais il décida de prendre celle-ci sur-le-champ. « Agenouille-toi sur le lit », lui ordonna-t-il.

Elle obéit. Il passa derrière elle et souleva sa jupe. Elle poussa un petit cri de frayeur. Elle ne portait rien dessous.

Il la pénétra plus facilement qu'il ne s'y attendait : April avait dû lui appliquer une crème. Il sentit l'obstruction du pucelage. Empoignant la fille par les hanches, il l'attira sans douceur vers lui, donna un coup de boutoir et la membrane se rompit. La fille éclata en sanglots et cela l'excita à tel point qu'il eut aussitôt un orgasme.

Il se retira pour céder la place à Edward. Il était mécontent maintenant que c'était fini et il regrettait de ne pas être resté à la maison pour coucher avec Rachel. Puis il se souvint qu'elle l'avait quitté et il se sentit encore plus mal.

Edward retourna la fille sur le dos. Elle faillit rouler à bas du lit et il la saisit par les chevilles pour la remettre au milieu. Son geste fit remonter la cagoule qu'elle portait.

« Bonté divine ! s'exclama Edward.

— Qu'est-ce qu'il y a ? » demanda Micky sans manifester beaucoup d'intérêt.

Edward était agenouillé entre les cuisses de la fille, contemplant son visage à demi révélé. Ce devait être quelqu'un qu'ils connaissaient, se dit Micky. Fasciné, il la regarda s'efforcer de rabaisser la cagoule. Edward l'en empêcha et la lui arracha tout net.

Micky aperçut alors les grands yeux bleus et le visage enfantin d'Emily, l'épouse d'Edward.

« Ça alors, c'est fort ! » dit-il, et il éclata de rire.

Edward poussa un rugissement de rage. « Saleté ! hurla-t-il. Vous avez fait ça pour m'humilier !

— Mais non, Edward, mais non ! s'écria-t-elle. Pour vous aider... pour nous aider !

— Maintenant, ils sont tous au courant ! » hurla-t-il, et il lui donna un coup de poing au visage.

Elle poussa un cri, se débattit et il la frappa encore.

Micky riait de plus belle. Il n'avait jamais rien vu d'aussi drôle : un homme allant au bordel pour tomber sur sa propre femme !

En entendant tous ces hurlements, April arriva en courant. « Lâchez-la ! » cria-t-elle en s'efforçant d'écarter Edward.

Il la repoussa. « Je châtierai ma propre épouse si j'en ai envie ! tonna-t-il.

— Espèce de grand idiot, tout ce qu'elle veut, c'est avoir un bébé !

— A la place, elle aura mon poing dans la figure ! »

Ils se battirent un moment. Edward frappa de nouveau sa femme, puis April lui assena un coup de poing sur l'oreille. Il poussa un cri de douleur et de surprise : Micky s'effondra tant il riait.

April réussit enfin à séparer Edward et sa femme.

Emily sauta du lit. A leur stupéfaction, elle ne se précipita pas aussitôt dans le couloir. Au lieu de cela, elle s'adressa à son mari. « Je vous en prie, ne renoncez pas, Edward. Je ferai tout ce que vous voulez, tout ! »

Il se précipita de nouveau sur elle. April le saisit aux jambes et le fit trébucher. Il tomba à genoux. « Allez-vous-en, Emily, dit April, avant qu'il vous tue ! »

Emily se précipita dehors en sanglotant.

Edward était encore en rage. « Je ne reviendrai jamais dans ce bordel vérolé ! » cria-t-il en pointant son doigt vers April.

Micky s'affala sur le canapé en se tenant les côtes, riant aux éclats.

2

Le bal d'été de Maisie Greenbourne était l'un des événements de la saison londonienne. Elle avait toujours le meilleur orchestre, les plats les plus délicieux, des décorations d'une scandaleuse extravagance et le champagne coulait à flots. Mais la principale raison qui attirait tout le monde était la présence du prince de Galles.

Cette année-là, Maisie décida de profiter de l'occasion pour lancer la nouvelle Nora Pilaster.

C'était une stratégie à haut risque car, si les choses tournaient mal, Nora et Maisie seraient toutes deux humiliées. Mais, si tout allait bien, personne n'oserait plus jamais snober Nora.

Au début de la soirée, avant le bal, Maisie donna un petit dîner pour vingt-quatre personnes. Le prince ne pouvait pas y assister. Hugh et Nora étaient là et cette dernière était absolument ravissante en robe de gaze bleu ciel parsemée de petits nœuds de satin. Le décolleté qui découvrait ses épaules mettait en valeur sa peau rosée et les courbes voluptueuses de sa silhouette.

Les autres convives furent surpris de la voir là, mais ils se dirent que Maisie savait ce qu'elle faisait. Elle espérait qu'ils avaient raison. Elle savait comment fonctionnait l'esprit du prince et elle était pratiquement sûre de pouvoir prédire ses réactions. Mais de temps en temps, contre toute attente, il s'en prenait à ses amis, surtout s'il avait l'impression qu'on se servait de lui. Si c'était le cas ce soir, Maisie se retrouverait comme Nora, snobée par la société londonienne. En y pensant, elle se demandait avec étonnement pourquoi elle avait osé prendre un risque pareil rien que pour Nora. Mais ce n'était pas pour Nora : c'était pour Hugh.

Hugh faisait son préavis à la banque Pilaster. Il avait démissionné depuis deux mois maintenant. Solly était impatient de le voir commencer chez Greenbourne, mais les Pilaster avaient insisté afin qu'il fît ses trois mois pleins. A n'en pas douter, ils voulaient reculer autant que possible le moment où Hugh s'en irait travailler pour leur concurrent.

Après le dîner, pendant que les dames étaient allées se repoudrer, Maisie eut une brève conversation avec Nora. « Ne me quittez pas d'une semelle, lui enjoignit-elle. Quand le moment sera venu pour moi de vous présenter au prince, je ne pourrai pas aller vous chercher : il faudra que vous soyez là.

— Je me collerai à vous comme un Écossais à un billet de cinq livres », assura Nora avec son accent cockney. Puis elle prit aussitôt le ton traînant des gens de la haute société et ajouta : « N'ayez crainte ! je n'irai pas m'enfuir ! »

A dix heures et demie, les invités commencèrent à arriver. En général, Maisie n'invitait pas Augusta Pilaster, mais elle l'avait fait cette année : elle voulait qu'Augusta assistât au triomphe de Nora, si triomphe il y avait. Elle s'attendait un peu à voir Augusta décliner son invitation mais elle fut parmi les premières. Maisie avait aussi convié le mentor de Hugh à New York, Sidney Madler, un homme charmant d'une soixantaine d'années, à la barbe blanche. Il fit son entrée dans une tenue de soirée résolument américaine : veste courte et cravate noire.

Maisie et Solly restèrent debout pendant une heure à serrer les mains, puis le prince arriva. Ils l'escortèrent dans la salle de bal et lui présentèrent le père de Solly. Ben Greenbourne salua, s'inclinant à partir de la taille, très raide et le dos aussi droit qu'un garde prussien. Puis Maisie attaqua une danse avec le prince.

« J'ai un superbe potin pour vous, Altesse, dit-elle en valsant. J'espère que cela ne va pas vous fâcher. »

Il la serra plus près et lui murmura à l'oreille : « Je suis intrigué, Mrs. Greenbourne... ne me faites pas languir.

— C'est à propos de l'incident au bal de la duchesse de Tenbigh. »

Elle le sentit se crisper. « Ah oui. Un peu embarrassant, je dois l'avouer. » Il baissa le ton. « Quand cette fille a traité Tokoly de vieux dégoûtant, j'ai cru un instant que c'était à moi qu'elle parlait ! »

Maisie éclata d'un rire frais, comme si l'idée était ridicule : elle savait pourtant que beaucoup de gens avaient fait la même supposition.

« Mais continuez, l'encouragea le prince. Y a-t-il eu quelque chose qui m'a échappé ?

— Il semble bien. On avait confié à Tokoly, bien à tort, que la jeune personne était, comment dirais-je, accessible aux invitations.

— Accessible aux invitations ? » Il eut un gloussement de gourmet. « Il faudra que je me souvienne de celle-là.

— Et elle, de son côté, s'était entendu conseiller de le gifler sur-le-champ s'il tentait de prendre des libertés.

— Il devait donc presque à coup sûr y avoir une scène. Habile. Qui était derrière tout cela ? »

Maisie hésita un instant. Jamais auparavant elle n'avait profité de son amitié avec le prince pour démolir quelqu'un. Mais Augusta, sans aucun doute, le méritait. « Savez-vous qui est Augusta Pilaster ?

— Certes. Celle qui exerce son matriarcat sur l'" autre " famille de banquiers.

— C'était elle. La jeune femme, Nora, est mariée à Hugh, le neveu d'Augusta. Augusta a fait cela pour humilier Hugh qu'elle déteste.

— Cette femme doit être une vipère ! Mais tout de même elle ne devrait pas provoquer ce genre de scène en ma présence... J'ai bien envie de la punir. »

C'était le moment que Maisie guettait. « Il vous suffirait de remarquer Nora pour bien montrer qu'elle est pardonnée », dit-elle. Elle retint son souffle, attendant sa réponse.

« Et peut-être ignorer Augusta. Oui, je pourrais faire cela. »

La danse s'achevait. Maisie proposa : « Voulez-vous que je vous présente Nora ? Elle est ici ce soir. »

Il lui lança un regard perspicace. « C'est vous qui avez arrangé tout cela, petite friponne ? »

Elle redoutait cette réaction. Il n'était pas stupide et pouvait fort bien deviner qu'elle avait tout comploté. Mieux valait ne pas le nier. Elle prit un air modeste et fit de son mieux pour rougir. « Vous m'avez percée à jour. Je serais bête de croire que l'on peut tromper un œil d'aigle comme le vôtre. »

Elle changea d'expression et le gratifia d'un regard pur et candide. « Quelle sera ma pénitence ? »

Un sourire lascif retroussa les lèvres du prince. « Ne me tentez pas. Allons, je vous pardonne. »

Maisie respirait mieux : elle s'en était tirée. A Nora maintenant de le charmer.

« Où est cette Nora ? » s'enquit-il.

Elle rôdait dans les parages, comme elle en avait reçu la consigne. Maisie la regarda et elle s'approcha aussitôt. « Votre Altesse Royale, dit Maisie, puis-je vous présenter Mrs. Hugh Pilaster. »

Nora fit la révérence en battant des cils.

Le prince lorgna les épaules nues et rondes, le rose de la gorge. « Charmante, dit-il avec enthousiasme. Tout à fait charmante. »

Hugh regardait avec une stupéfaction ravie Nora bavarder gaiement avec le prince de Galles.

Hier, elle était au ban de la société, la preuve vivante qu'on ne peut pas faire un mouchoir de soie dans un torchon. Par sa faute la banque avait perdu un gros contrat et la carrière de Hugh avait capoté. Et voilà qu'aujourd'hui elle faisait l'envie de toutes les femmes de l'assistance : sa toilette était parfaite, ses manières charmantes et elle flirtait avec l'héritier du trône. Et Maisie était l'auteur de cette transformation.

Hugh jeta un coup d'œil à sa tante Augusta, debout à côté de lui, avec oncle Joseph auprès d'elle. Elle dévorait des yeux Nora et le prince. Augusta s'efforçait de prendre un air indifférent, mais Hugh voyait bien qu'elle était horrifiée. Comme cela doit l'exaspérer, songea Hugh, de savoir que Maisie, la fille d'ouvriers qu'elle a ridiculisée voilà six ans, a maintenant beaucoup plus d'influence qu'elle.

A point nommé, Sidney Madler s'approcha. L'air incrédule, il s'adressa à Joseph : « C'est *elle* la femme dont vous dites qu'elle n'est absolument pas faite pour être l'épouse d'un banquier ? »

Sans laisser Joseph répondre, Augusta lança d'une voix faussement douce : « Elle a quand même fait perdre à la banque un gros contrat.

— Absolument pas. Cette opération est en cours », dit Hugh.

Augusta s'en prit à Joseph. « Le comte de Tokoly n'est pas intervenu ?

— Il semble s'être assez vite remis de sa petite crise de dépit », répliqua Joseph.

Force fut à Augusta de feindre d'en être ravie. « Quelle chance ! » s'exclama-t-elle. Mais son manque de sincérité était transparent.

« Les nécessités financières, dit Madler, finissent en général par l'emporter sur les préjugés mondains.

— Oui, approuva Joseph. C'est bien vrai. Je crois que je me suis peut-être un peu trop précipité pour refuser à Hugh une place d'associé. »

D'une voix redoutablement doucereuse, Augusta l'interrompit. « Joseph, que dites-vous ?

— Il s'agit d'affaires, ma chère... c'est une conversation d'hommes, assena-t-il d'un ton ferme. Inutile de vous en préoccuper. » Il se tourna vers Hugh. « Nous ne tenons aucunement à ce que tu travailles pour les Greenbourne. »

Hugh était embarrassé. Il n'ignorait pas que Sidney Madler

avait fait toute une histoire et qu'oncle Samuel l'avait soutenu, mais on n'avait pratiquement jamais vu oncle Joseph reconnaître une erreur. Et pourtant, pensa-t-il avec une excitation croissante, pour quel autre motif Joseph abordait-il le sujet ? « Vous savez pourquoi je vais chez les Greenbourne, mon oncle, dit-il.

— Tu ne deviendras jamais associé là-bas, déclara Joseph. Il faut être juif pour ça.

— J'en suis tout à fait conscient.

— Compte tenu de cela, ne préférerais-tu pas travailler pour la famille ? »

Hugh se sentit très déçu : après tout, Joseph essayait seulement de le persuader de rester comme employé. « Non, je ne préférerais pas travailler pour la famille », s'écria-t-il avec indignation. Il vit que son oncle était démonté par la violence de ses sentiments. Il poursuivit : « Pour être tout à fait franc, je préférerais travailler pour les Greenbourne chez qui je serais à l'abri des intrigues familiales, et où responsabilités et récompenses ne dépendraient que de mes capacités de banquier. »

Augusta demanda d'un ton scandalisé : « Tu préfères des juifs à ta propre famille ?

— Ne vous mêlez pas de cela, lui dit brutalement Joseph. Tu sais pourquoi je tiens ce langage, Hugh. Mr. Madler a le sentiment que nous l'avons laissé tomber et tous les associés s'inquiètent à l'idée que tu emportes avec toi nos intérêts nord-américains quand tu partiras. »

Hugh essaya de se calmer. Le moment était venu de négocier durement. « Je ne reviendrais pas si vous doubliez mon salaire, dit-il, bouillant intérieurement. Une seule chose me ferait changer d'avis : c'est une place d'associé. »

Joseph soupira. « Tu es un vrai démon quand il s'agit de négocier.

— Comme doit l'être tout bon banquier, glissa Madler.

— Très bien, se résigna enfin Joseph. Je te propose une place d'associé. »

Hugh sentit ses jambes se dérober sous lui. Ils ont fait machine arrière, songea-t-il. Ils ont cédé. J'ai gagné. Il avait du mal à croire que c'était vraiment arrivé.

Il jeta un coup d'œil à Augusta. Parfaitement maîtresse d'elle, elle gardait un visage impassible, mais elle ne disait rien : elle savait qu'elle avait perdu.

« Dans ce cas... » Hugh hésita, savourant ce moment. Il prit une profonde inspiration. « Dans ce cas, j'accepte. »

Augusta finit par perdre son sang-froid. Elle devint toute rouge, les yeux exorbités. « Vous allez le regretter pour le restant de vos jours ! » cracha-t-elle. Puis elle s'éloigna à grands pas.

Augusta se dirigea vers la porte, fendant la foule massée dans la salle de bal. Les gens la dévisageaient et échangeaient des regards stupéfaits. Elle comprit que sa rage se lisait sur son visage. Elle aurait aimé pouvoir dissimuler ses sentiments, mais elle était trop désemparée. Tous les gens qu'elle abhorrait et qu'elle méprisait avaient triomphé. Cette traînée de Maisie, ce Hugh sans éducation et l'abominable Nora avaient déjoué ses plans et obtenu ce qu'ils voulaient. La déception lui nouait l'estomac. Elle se sentait au bord de la nausée.

Elle arriva enfin à la porte et déboucha sur le palier du premier étage où la foule était moins dense. Elle happa au passage un valet de pied. « Appelez immédiatement la voiture de Mrs. Pilaster ! » ordonna-t-elle. Il partit à toutes jambes. Du moins pouvait-elle encore intimider les larbins.

Elle quitta la réception sans dire un mot à personne. Son mari pourrait rentrer en fiacre. Elle pesta pendant tout le trajet jusqu'à Kensington.

Quand elle arriva à la maison, son maître d'hôtel Hastead attendait dans le vestibule. « Mr. Hobbes est dans le salon, Madame, annonça-t-il d'une voix ensommeillée. Je lui ai dit que vous ne rentreriez peut-être pas avant l'aube, mais il a insisté pour attendre.

— Que diable veut-il ?

— Il ne l'a pas dit. »

Augusta n'était pas d'humeur à voir le journaliste du *Forum*. Que faisait-il là au petit matin ? Elle fut tentée d'ignorer sa présence et de monter droit dans sa chambre, mais alors elle pensa à la pairie et décida qu'elle ferait mieux de le recevoir.

Elle entra dans le salon. Hobbes s'était endormi auprès du feu mourant. « Bonjour ! » lança Augusta d'une voix forte.

Il sursauta et bondit sur ses pieds en la regardant derrière ses lunettes aux verres toujours aussi sales.

« Mrs. Pilaster ! Bon... Ah oui, bonjour.

— Qu'est-ce qui vous amène ici si tôt ?

— J'ai pensé que vous aimeriez être la première à voir ceci », dit-il en lui tendant un journal.

C'était le nouveau numéro du *Forum* qui sentait encore l'encre d'imprimerie. Elle l'ouvrit à la première page et lut le gros titre au-dessus de l'article de tête.

UN JUIF PEUT-IL ÊTRE LORD ?

Elle retrouva son entrain. Le fiasco de ce soir n'était qu'une défaite éphémère, il y avait d'autres batailles à livrer.

Elle lut les premières lignes.

Nous voulons croire qu'il n'y a rien de vrai derrière les rumeurs qui circulent actuellement à Westminster et dans les clubs de Londres, selon lesquelles le Premier ministre envisage d'octroyer une pairie à un éminent banquier de race et de confession juives.

Nous n'avons jamais été partisans de s'en prendre aux différences de religion. La tolérance toutefois peut aller trop loin. Accorder les plus grands honneurs à quelqu'un qui rejette ouvertement la notion chrétienne du salut serait dangereusement proche du blasphème.

Bien sûr, le Premier ministre lui-même est de race juive. Mais il s'est converti et il a prêté à Sa Majesté serment de fidélité sur la bible chrétienne. Son anoblissement n'a donc soulevé aucun problème constitutionnel. Mais nous devons poser la question de savoir si le banquier non baptisé qui fait l'objet de cette rumeur serait prêt à un compromis avec sa foi au point de jurer sur l'Ancien et le Nouveau Testament réunis. S'il devait insister sur le seul Ancien Testament, comment les évêques qui siègent à la Chambre des lords pourraient-ils le supporter sans protester ?

Nous ne doutons pas que l'homme lui-même soit un loyal citoyen et un honnête homme d'affaires...

Cela continuait sur le même ton. Augusta était aux anges. Elle leva les yeux du journal. « Bien joué, reconnut-elle. Voilà qui devrait causer une certaine agitation.

— Je l'espère bien. » D'un geste vif d'oiseau, Hobbes plongea une main dans sa veste pour en extraire une feuille de papier. « J'ai pris la liberté de m'engager par contrat à acheter l'imprimerie dont je vous avais parlé. L'acte de vente...

— Passez à la banque dans la matinée », lança Augusta, ignorant le document qu'on lui tendait. Sans savoir pourquoi, elle ne pouvait jamais se contraindre à être longtemps polie avec Hobbes, même quand il l'avait bien servie. Il y avait dans ses manières quelque chose qui l'irritait. Elle fit un effort pour se montrer plus aimable. D'une voix radoucie, elle ajouta : « Mon mari vous remettra un chèque. »

Hobbes s'inclina. « Dans ce cas, je vais prendre congé. » Il sortit.

Augusta poussa un soupir de satisfaction. Ils allaient voir. Maisie Greenbourne se croyait la reine de la société londonienne : elle pouvait bien danser toute la nuit avec le prince de Galles, mais elle ne pouvait pas lutter contre le pouvoir de la presse. Il faudrait longtemps aux Greenbourne pour se remettre de ce coup-là. Et, en attendant, Joseph aurait sa pairie.

Se sentant mieux, elle s'assit pour relire l'article.

3

Le matin qui suivit le bal, Hugh s'éveilla en pleine jubilation. On avait accepté sa femme dans la haute société et il allait devenir un associé à la banque Pilaster. Ce poste lui donnerait l'occasion de gagner non seulement des milliers de livres mais, au cours des années, des centaines de milliers. Un jour, il serait riche.

Solly serait déçu que Hugh en fin de compte ne vienne pas travailler avec lui. Mais Solly avait bon caractère : il comprendrait.

Il passa sa robe de chambre. Dans le tiroir de sa table de chevet, il prit un paquet qui venait de chez un joaillier et le glissa dans sa poche. Puis il entra dans la chambre de sa femme.

La pièce qu'occupait Nora était grande, mais on ne s'en apercevait pas : fenêtres, miroirs et lit étaient tout drapés de soie à motifs. Deux ou trois épaisseurs de tapis recouvraient le parquet. Sur les fauteuils s'entassaient des coussins brodés. Étagères et dessus de table étaient encombrés de photos dans des cadres, de poupées de porcelaine, de petites boîtes miniatures et autres bibelots. Les couleurs dominantes, celles qu'elle préférait, étaient le rose et le bleu, mais à peu près toutes les autres teintes étaient présentes quelque part : dans le papier peint, les draps, les rideaux ou le capitonnage.

Assise dans son lit, au milieu d'oreillers de dentelle, Nora buvait son thé. Hugh se jucha au bord du matelas et déclara :

« Hier soir vous avez été merveilleuse.

— Ça leur apprendra, répliqua-t-elle, l'air très content d'elle. J'ai dansé avec le prince de Galles.

— Il n'arrivait pas à détacher les yeux de votre poitrine. » Hugh se pencha pour lui caresser les seins à travers la soie de sa chemise de nuit boutonnée jusqu'au col.

Elle écarta sa main d'un geste agacé. « Hugh ! Pas maintenant. »

Il se sentit blessé. « Pourquoi pas maintenant ?

— C'est la seconde fois cette semaine.

— Au début de notre mariage, nous le faisions constamment.

— Précisément : au début de notre mariage. Une femme ne s'attend pas à devoir éternellement faire ça chaque jour. »

Hugh se rembrunit. Il n'aurait pas demandé mieux que de coucher avec elle tous les jours : n'était-ce pas cela, le mariage ? Mais il ne savait pas ce qui était normal. Peut-être avait-il un tempérament trop exigeant. « Alors, combien de fois pensez-vous que nous devrions le faire ? » demanda-t-il d'un ton hésitant.

Elle parut enchantée qu'il lui eût posé la question, comme si elle attendait l'occasion de préciser ce point. « Pas plus d'une fois par semaine, dit-elle d'un ton ferme.

— Vraiment ? » Son sentiment d'exultation se dissipa et brusquement il se sentit très abattu. Une semaine, voilà qui lui paraissait terriblement long. Il lui caressa la cuisse à travers les draps. « Peut-être un peu plus que cela ?

— Non ! » fit-elle en éloignant sa jambe.

Hugh était troublé. Il y avait une époque où elle avait paru faire l'amour avec enthousiasme. C'était quelque chose qu'ils appréciaient tous les deux. Comment était-ce devenu une corvée dont elle s'acquittait pour lui faire plaisir ? Est-ce qu'en réalité cela ne lui avait jamais plu ? Avait-elle fait juste semblant ? Il y avait dans cette idée quelque chose d'horriblement déprimant.

Il n'avait plus envie de lui offrir son cadeau, mais il l'avait acheté et il ne souhaitait pas le rapporter au magasin. « Eh bien, en tout cas, je vous ai choisi cela, pour célébrer votre triomphe au bal de Maisie Greenbourne », dit-il d'un ton un peu triste, et il lui donna le coffret.

Son attitude changea aussitôt. « Oh, Hugh, vous savez combien j'adore les présents ! » dit-elle. Elle arracha le ruban et ouvrit l'écrin. Il contenait un pendentif en forme de gerbe de fleurs, en rubis et en saphirs montés sur des tiges d'or. Il était accroché à une fine chaîne d'or. « C'est magnifique ! s'écria-t-elle.

— Alors, mettez-le. »

Elle le passa par-dessus sa tête.

Le pendentif ne paraissait pas aussi beau sur sa chemise de

nuit. « Il sera mieux avec une robe du soir décolletée », suggéra Hugh.

Nora lui lança un coup d'œil aguichant et se mit à déboutonner sa chemise. Hugh la regardait avidement révéler de plus en plus sa poitrine. Le pendentif reposait entre ses seins comme une goutte de pluie sur un bouton de rose. Elle sourit à Hugh et continua à défaire les boutons, puis elle ouvrit toute grande la chemise, lui montrant ses seins nus. « Avez-vous envie de les embrasser ? » proposa-t-elle.

Maintenant il ne savait plus que penser. Badinait-elle ou voulait-elle faire l'amour ? Il se pencha sur ses seins, le joyau étant niché entre eux. Il prit dans sa bouche un téton et le suça doucement.

« Venez, dit-elle.

— Je croyais que vous disiez...

— Oh... une femme doit montrer sa reconnaissance, n'est-ce pas ? » Elle repoussa les couvertures.

Hugh était écœuré. C'était le bijou qui l'avait fait changer d'avis. Malgré tout, il ne pouvait pas résister à cette invitation. Il ôta sa robe de chambre, tout en s'en voulant d'être si faible, et vint la rejoindre dans le lit.

Il avait envie de pleurer.

Ce matin-là, dans son courrier, il y avait une lettre de Tonio Silva.

Tonio avait disparu peu après sa rencontre avec Hugh au café. Aucun article n'avait paru dans le *Times*. Hugh avait eu l'air un peu ridicule d'avoir fait tant d'histoires à propos du danger que courait la banque. Edward n'avait pas manqué une occasion de rappeler aux associés les fausses alarmes données par Hugh. L'incident toutefois avait été éclipsé par la dramatique menace de voir Hugh passer chez les Greenbourne.

Hugh avait écrit à l'hôtel Russe, mais sans obtenir de réponse. Il s'inquiétait du sort de son ami, mais il ne pouvait rien faire de plus.

Il ouvrit donc la lettre avec angoisse. Elle était expédiée d'un hôpital : Tonio demandait à Hugh de venir le voir. La lettre se terminait ainsi : « Quoi que tu fasses, *ne dis à personne où je suis.* » Que s'était-il passé ? Deux mois plus tôt Tonio était en parfaite santé. Et pourquoi écrivait-il d'un hôpital public ? Hugh était consterné. Seuls les pauvres se faisaient soigner dans les hôpitaux.

Dans ces endroits sinistres régnait une hygiène douteuse : tous ceux qui en avaient les moyens appelaient chez eux docteurs et infirmières, même pour une opération.

Intrigué et préoccupé, Hugh se rendit tout droit à l'adresse indiquée. Il trouva Tonio dans une salle sombre et nue où s'entassaient trente lits. On avait rasé sa tignasse rousse, il avait le visage et le crâne couverts de cicatrices. « Dieu du ciel ! fit Hugh, tu as fait une chute ?

— On m'a rossé, répondit Tonio.

— Qu'est-il arrivé ?

— J'ai été attaqué dans la rue devant l'hôtel Russe il y a deux mois.

— On t'a volé, j'imagine.

— Oui.

— Tu es dans un état !

— Ça n'est pas tout à fait aussi terrible que ça en a l'air. J'ai eu un doigt cassé et une fracture de la cheville. A part cela, ce n'étaient que coupures et meurtrissures — même si j'en avais beaucoup. Quoi qu'il en soit, je vais mieux maintenant.

— Tu aurais dû m'avertir plus tôt. Il faut te faire sortir d'ici. Je vais t'envoyer mon médecin et m'occuper d'une infirmière...

— Non, merci, mon vieux. Je te remercie de ta générosité. Mais l'argent n'est pas la seule raison pour laquelle je suis resté ici. C'est également plus sûr. A part toi, une seule personne sait où je suis : un collègue de confiance qui m'apporte des pâtés, du cognac et des messages du Cordovay. J'espère que tu n'as dit à personne que tu venais.

— Pas même à ma femme.

— Bon. »

Tonio semblait avoir perdu son intrépidité d'antan : en fait, il était tombé d'un extrême à l'autre. « Mais tu ne peux pas rester à l'hôpital jusqu'à la fin de tes jours pour échapper aux voyous des rues.

— Les gens qui m'ont attaqué n'étaient pas de simples voleurs, Pilaster. »

Hugh ôta son chapeau et s'assit au bord du lit. Il s'efforçait de ne pas entendre les gémissements intermittents de l'homme qui occupait le lit voisin. « Raconte-moi ce qui s'est passé, dit-il.

— Ce n'était pas une agression banale. On m'a pris ma clé et les voleurs s'en sont servis pour s'introduire dans ma chambre. On n'a rien volé de valeur, mais on a dérobé tous les papiers liés à mon article pour le *Times*, y compris les déclarations sous serment signées des témoins. »

Hugh était horrifié. Son cœur se glaçait à l'idée que les respectables transactions qui s'opéraient dans les halls discrets de la banque Pilaster pouvaient avoir un lien avec un crime commis dans la rue et le visage meurtri qu'il avait devant lui. « On dirait presque que c'est de la banque qu'il faut se méfier !

— Pas de la banque. Pilaster est une institution influente, mais je ne crois pas qu'elle puisse organiser des meurtres au Cordovay.

— Des meurtres ? » Voilà qui allait de mal en pis. « Qui a été assassiné ?

— Tous les témoins dont les noms et les adresses figuraient sur les déclarations sous serment qu'on a volées dans ma chambre d'hôtel.

— J'ai du mal à le croire.

— J'ai de la chance moi-même de m'en tirer vivant. Ils m'auraient tué, je pense, si l'on n'enquêtait pas plus sérieusement sur les meurtres ici, à Londres, que là-bas, chez moi : ils ont eu peur des conséquences. »

Hugh était encore abasourdi et écœuré de découvrir que des gens avaient été tués à cause d'un emprunt émis par la banque Pilaster. « Mais qui est derrière tout cela ?

— Micky Miranda. »

Hugh secoua la tête d'un air incrédule. « Comme tu le sais, je n'aime pas beaucoup Micky, mais je n'arrive pas à le croire capable d'une chose pareille.

— Le chemin de fer de Santamaria est vital pour lui. Ça fera de sa famille la deuxième du pays.

— Je m'en rends compte, et je ne doute pas que Micky soit prêt à commettre bien des entorses à la loi pour parvenir à ses fins. Mais ce n'est pas un tueur.

— Je t'assure que si.

— Allons donc.

— J'en ai la certitude. Je n'ai pas toujours agi comme si je le savais : en fait j'ai été fichtrement stupide à propos de Miranda. Mais c'est parce qu'il a un charme diabolique. Il m'a fait croire un moment qu'il était mon ami. La vérité est qu'il est mauvais jusqu'au fond de l'âme et que je le sais depuis le collège.

— Comment ça ? »

Tonio se déplaça dans son lit. « Je sais ce qui s'est vraiment passé voilà treize ans, l'après-midi où Peter Middleton s'est noyé à la baignade de Bishop's Wood. »

Hugh tressaillit. Ça faisait des années qu'il s'interrogeait là-dessus. Peter Middleton était un excellent nageur : il n'était très probablement pas mort accidentellement. Hugh était convaincu depuis longtemps qu'il y avait eu crime. Peut-être allait-il enfin apprendre la vérité. « Continue, mon vieux, dit-il. J'ai hâte d'entendre ça. »

Tonio hésita. « Pourrais-tu me donner un peu de vin ? » demanda-t-il.

Il y avait une bouteille de madère posée par terre auprès du lit. Hugh en versa un peu dans un verre. Tonio but une gorgée et Hugh se rappela la chaleur de ce jour-là, l'air immobile de Bishop's Wood, les parois de pierre abruptes de la baignade et l'eau froide, froide.

« On a raconté au coroner que Peter était en difficulté dans la baignade. On ne lui a jamais dit qu'Edward ne cessait de lui plonger la tête sous l'eau.

— Je le savais, fit Hugh en l'interrompant. J'ai reçu de Cape Colony une lettre de Cammel la Bosse. Il observait la scène de l'autre bout : mais il n'a pas attendu pour assister à la fin.

— C'est exact. Tu t'es enfui et la Bosse a détalé. Restaient donc moi, Peter, Edward et Micky.

— Qu'est-ce qui s'est passé après mon départ ? demanda Hugh avec impatience.

— Je suis sorti de l'eau et j'ai lancé une pierre à Edward. Un coup de chance : je l'ai touché en plein milieu du front et il s'est mis à saigner. Du coup il a cessé de tourmenter Peter pour s'en prendre à moi. J'ai escaladé le bord de la carrière en essayant de lui échapper.

— Edward n'a jamais été très agile, même à cette époque, observa Hugh.

— C'est exact. J'ai pris pas mal d'avance sur lui et puis, à mi-chemin, je me suis retourné. Micky continuait à harceler Peter. Celui-ci avait gagné le bord à la nage et essayait de sortir de l'eau, mais Micky n'arrêtait pas de lui appuyer sur la tête. Je ne les ai regardés qu'un moment, mais j'ai pu voir très nettement ce qui se passait. Ensuite j'ai continué à grimper. » Il but une gorgée de vin. « Quand je suis arrivé au bord de la carrière, je me suis retourné encore une fois. Edward était toujours à mes trousses, mais il était loin derrière et ça m'a donné le temps de reprendre haleine. » Tonio marqua une pause et une expression horrifiée se peignit sur son visage meurtri. « A ce moment-là, Micky était dans l'eau avec Peter. Ce que j'ai vu — avec une parfaite clarté et je le revois encore dans mon souvenir comme si c'était hier —, c'était Micky maintenant Peter sous l'eau. Peter se débattait, mais Micky lui avait coincé la tête sous son bras et il n'arrivait pas à se libérer. Micky était en train de le noyer. Il n'y a absolument aucun doute. C'était un meurtre pur et simple.

— Bonté divine », murmura Hugh.

Tonio hocha la tête. « Aujourd'hui encore, ça me rend malade d'y penser. Je suis resté à les regarder pendant je ne sais combien de temps. Edward a failli me rattraper. Peter avait cessé de se débattre et ne luttait plus que faiblement, puis Edward est arrivé au bord de la carrière et j'ai dû m'enfuir à toutes jambes.

— Alors, voilà comment Peter est mort. » Hugh était stupéfait et horrifié.

« Edward m'a suivi un bout de chemin dans les bois, mais il était à bout de souffle et je l'ai semé. C'est alors que je t'ai trouvé. »

Hugh se rappelait Tonio, à treize ans, errant dans Bishop's Wood, secoué de sanglots, tout nu, trempé, ses vêtements sous le bras. Ce souvenir lui fit retrouver le choc et la peine qu'il avait éprouvés plus tard ce jour-là, quand il avait appris la mort de son père. « Mais pourquoi n'as-tu jamais dit à personne ce que tu avais vu ?

— J'avais peur de Micky, peur qu'il ne me fasse ce qu'il avait fait à Peter. Je le crains encore aujourd'hui : regarde dans quel état je suis ! Toi aussi, tu devrais avoir peur de lui.

— J'ai peur, ne t'inquiète pas. » Hugh était songeur. « Tu sais, je ne crois pas qu'Edward et sa mère sachent la vérité.

— Qu'est-ce qui te fait dire ça ?

— Ils n'avaient aucune raison de protéger Micky. »

Tonio eut un air dubitatif. « Edward aurait pu, par amitié.

— Peut-être. Mais je doute qu'il ait pu garder le secret plus d'un jour ou deux. D'ailleurs, Augusta savait que l'histoire qu'ils ont racontée — Edward essayant de sauver Peter — était un mensonge.

— Comment l'a-t-elle su ?

— Ma mère le lui a dit et c'est moi qui l'avais dit à ma mère. Ce qui signifie qu'Augusta était complice : elle a dissimulé la vérité. Je crois Augusta capable de n'importe quel mensonge pour son fils — mais pas pour Micky. A cette époque-là, elle ne le connaissait même pas.

— Alors, à ton avis, qu'est-ce qui s'est passé ? »

Hugh fronça les sourcils. « Imagine ceci. Edward renonce à te poursuivre et retourne à la baignade. Il trouve Micky en train de tirer le corps de Peter hors de l'eau. Au moment où Edward arrive, Micky dit : " Espèce d'idiot, tu l'as tué ! " Souviens-toi, Edward n'a pas vu Micky enfoncer la tête de Peter sous l'eau. Micky raconte que Peter était si épuisé, après qu'Edward lui eut fait boire la tasse, qu'il n'était plus capable de nager et qu'il s'est noyé. " Qu'est-ce que je vais faire ? " s'affole Edward. Micky répond : " Ne t'inquiète pas. Nous prétendrons que c'était un accident. D'ailleurs, nous dirons que tu as sauté à l'eau pour essayer de le sauver. " Micky de cette façon dissimule son propre crime et gagne la reconnaissance éternelle aussi bien d'Edward que d'Augusta. Est-ce que ça tient debout ? »

Tonio acquiesça. « Bon sang, je crois que tu as raison.

— Il faut aller trouver la police ! s'exclama Hugh.

— Pourquoi ?

— Tu es témoin d'un meurtre. Le fait que ça se soit passé voilà treize ans ne change rien. Micky doit être traîné en justice.

— Tu oublies une chose : Micky jouit de l'immunité diplomatique. »

Hugh n'y avait pas pensé. En tant qu'ambassadeur du Cordovay, Micky ne pouvait pas être jugé en Grande-Bretagne. « Il pourrait quand même être déshonoré et renvoyé dans son pays. »

Tonio secoua la tête. « Je suis le seul témoin. Micky et Edward donneront tous les deux une version différente de la mienne. On sait bien que nos familles à Micky et à moi sont des ennemies jurées dans mon pays. Même si ça s'était passé hier, nous aurions du mal à convaincre qui que ce soit. » Tonio marqua un temps. « Mais tu voudrais peut-être dire à Edward qu'il n'est pas un assassin.

— Je ne pense pas qu'il me croirait. Il me soupçonnerait de chercher à le brouiller avec Micky. Il y a quand même une personne à qui je dois le dire.

— Qui ça ?

— David Middleton.

— Pourquoi ?

— J'estime qu'il a le droit de savoir comment son frère est mort. Il m'a interrogé au bal de la duchesse de Tenbigh. Il s'est d'ailleurs montré assez grossier. Mais je lui ai répondu que, si je connaissais la vérité, je considérerais comme un devoir de la lui dire. Je vais le voir aujourd'hui même.

— Tu crois qu'il ira trouver la police ?

— Il comprendra sans doute que ça ne servirait à rien, comme nous nous en sommes aperçus toi et moi. » Il se sentit soudain oppressé par cette sinistre salle d'hôpital et par l'horrible évocation de ce meurtre passé. « Je ferais mieux d'aller travailler. » Il se leva. « On va me nommer associé à la banque.

— Félicitations ! Je suis sûr que tu le mérites. » Tonio parut soudain reprendre espoir. « Parviendras-tu à empêcher la construction du chemin de fer de Santamaria ? »

Hugh secoua la tête. « Je suis désolé, Tonio. Même si j'ai ce projet en horreur, je ne peux plus rien faire maintenant. Edward a conclu un accord avec la banque Greenbourne pour une émission de l'emprunt en participation. Les associés des deux établissements ont approuvé l'affaire et on est en train de rédiger les contrats. Je crois malheureusement que cette bataille-là nous l'avons perdue.

— Zut. » Tonio était déconfit.

« Il va falloir que ta famille trouve d'autres moyens de s'opposer aux Miranda.

— Je crains que rien ne puisse les arrêter.

— Je suis navré », répéta Hugh. Une idée soudain le frappa et il fronça les sourcils. « Tu sais, tu as résolu pour moi une énigme. Je n'arrivais pas à comprendre comment Peter s'était noyé alors qu'il était si bon nageur. Mais ton explication ouvre un mystère encore plus grand.

— Je ne te suis pas très bien.

— Réfléchis. Peter nageait innocemment. Edward lui a plongé la tête sous l'eau, par pure méchanceté. Nous nous sommes tous enfuis. Edward t'a poursuivi, et de sang-froid Micky a tué Peter. *Ça n'a rien à voir avec ce qui s'est passé auparavant.* Pourquoi est-ce arrivé ? Qu'est-ce que Peter avait fait ?

— Je comprends ce que tu veux dire. Oui, ça m'intrigue depuis des années.

— Micky Miranda a tué Peter Middleton... mais pourquoi ? »

Chapitre cinq

Juillet

1

Augusta ressemblait à une poule qui vient de pondre un œuf. Le jour où l'on annonça que la reine avait anobli Joseph, Micky se rendit chez elle à l'heure du thé comme d'habitude et trouva le salon envahi de gens qui la félicitaient d'être devenue comtesse de Whitehaven. Son maître d'hôtel, Hastead, arborait un sourire satisfait et répétait : « My lady » et « Madame la comtesse » à la moindre occasion.

C'est extraordinaire, pensa Micky en regardant tout ce monde bourdonner autour d'elle comme les abeilles dans le jardin ensoleillé qu'on apercevait par les fenêtres ouvertes. Elle avait préparé sa campagne comme un général. Un moment, le bruit avait couru que Ben Greenbourne allait recevoir le titre, mais la rumeur avait été étouffée dans l'œuf par une floraison dans la presse d'articles antisémites. Même à Micky, Augusta n'avouait pas que c'était elle qui était derrière cette campagne de presse, pourtant il en était convaincu. A certains égards, elle lui rappelait son père : Papa avait la même impitoyable détermination. Mais Augusta était plus habile. Avec les années, l'admiration que lui portait Micky n'avait fait que croître.

La seule personne ayant jamais réussi à déjouer son ingéniosité était Hugh Pilaster. On pouvait s'étonner de voir combien il était difficile à écraser. Comme une mauvaise herbe obstinée, on le piétinait inlassablement : il repoussait toujours plus droit et plus fort qu'avant.

Par bonheur, Hugh n'avait pas pu arrêter le projet du chemin de fer de Santamaria. Micky et Edward s'étaient révélés trop forts pour Hugh et Tonio. « Au fait, dit Micky à Edward en buvant une gorgée de thé, quand vas-tu signer le contrat avec les Greenbourne ?

— Demain.

— Bon ! » Micky éprouverait un grand soulagement quand le marché serait enfin conclu. Cela traînait depuis six mois : Papa maintenant envoyait deux fois par semaine des câbles furibonds pour demander avec colère s'il aurait jamais l'argent.

Ce soir-là, Edward et Micky dînaient au Cowes Club. Pendant tout le repas, Edward ne cessa d'être interrompu chaque instant par des gens qui venaient le féliciter. Un jour, bien sûr, il hériterait du titre. Micky était enchanté. Ses liens avec Edward et les Pilaster avaient joué un rôle capital dans tout ce qu'il avait entrepris : un surcroît de prestige pour les Pilaster signifierait un pouvoir accru pour Micky.

Après le dîner, ils passèrent au fumoir. Ils étaient parmi les premiers et, un moment, ils eurent la pièce pour eux tout seuls. « J'en suis arrivé à la conclusion que les Anglais sont terrifiés par leurs épouses, déclara Micky comme ils allumaient leurs cigares. C'est la seule explication possible au phénomène des clubs londoniens.

— De quoi diable parles-tu ? s'enquit Edward.

— Regarde autour de toi. Cet endroit ressemble exactement à ta maison ou à la mienne. Ameublement luxueux, serviteurs dans tous les coins, cuisine sans imagination et boissons à volonté. Nous pouvons prendre tous nos repas ici, recevoir notre courrier, lire les journaux, faire la sieste et, si nous sommes trop ivres pour nous affaler dans un fiacre, nous pouvons même avoir un lit pour la nuit. Pour un Anglais, la seule différence entre son club et sa maison, c'est qu'au club il n'y a pas de femmes.

— Vous n'avez pas de clubs au Cordovay ?

— Certainement pas. Personne ne voudrait être membre. Si un Cordovayen veut s'enivrer, jouer aux cartes, entendre des potins politiques, parler de ses putains et fumer confortablement, il fait ça chez lui : si sa femme est assez stupide pour protester, il la gifle jusqu'au moment où elle finit par entendre raison. Mais un gentleman anglais a si peur de sa femme que, pour s'amuser, il est obligé de sortir de chez lui. Voilà pourquoi il y a des clubs.

— Tu n'as pas l'air de redouter Rachel. Tu t'es débarrassé d'elle, n'est-ce pas ?

— Je l'ai renvoyée chez sa mère », déclara Micky d'un ton

désinvolte. Ça ne s'était pas passé tout à fait ainsi mais il n'allait pas raconter la vérité à Edward.

« On doit bien remarquer qu'elle n'assiste plus aux réceptions de l'ambassade. Les gens ne font pas de commentaires ?

— Je leur raconte qu'elle a des problèmes de santé.

— Mais tout le monde sait qu'elle essaie de fonder un hôpital pour les mères célibataires. On en parle partout.

— Peu importe. Les gens me plaignent d'avoir une épouse au caractère aussi difficile.

— Tu vas divorcer ?

— Surtout pas. Ce serait un vrai scandale. Un diplomate ne peut pas divorcer. Je crois malheureusement que je suis coincé avec elle tant que je serai ambassadeur du Cordovay. Dieu merci, elle n'est pas tombée enceinte avant de partir. » Un vrai miracle, songea-t-il. Peut-être était-elle stérile. Il fit signe à un serveur et commanda du cognac. « A propos d'épouse, dit-il d'un ton hésitant, comment va Emily ? »

Edward eut un air embarrassé. « Je la vois aussi peu que tu vois Rachel. Tu sais que j'ai acheté une maison de campagne dans le Leicestershire : elle passe tout son temps là-bas.

— Alors, nous nous retrouvons tous les deux célibataires. »

Edward eut un large sourire. « Au fond, nous n'avons jamais rien été d'autre, n'est-ce pas ? »

Micky jeta un coup d'œil à travers le salon désert et aperçut sur le seuil la corpulente silhouette de Solly Greenbourne. Sans qu'il sût pourquoi, cette vue rendit Micky nerveux : c'était bizarre, car Solly était l'homme le plus inoffensif de Londres. « Encore un ami qui vient te féliciter », signala Micky à Edward en voyant Solly approcher.

Quand Solly fut plus près, Micky se rendit compte qu'il n'arborait pas son affable sourire habituel. A vrai dire, il avait l'air absolument furieux. C'était rare. Micky eut l'intuition qu'il y avait un problème à propos de l'affaire du chemin de fer de Santamaria. Il essaya de se persuader qu'il se tourmentait à tort. Mais Solly n'était jamais en colère...

L'inquiétude rendit Micky d'une ridicule amabilité. « Bonjour, Solly, mon vieux... comment va le génie de la City ? »

Ce n'était pas Micky qui intéressait Solly. Sans même lui rendre son salut, il lui offrit grossièrement la vue de son large dos et se tourna vers Edward. « Pilaster, tu es un fichu salopard », lança-t-il.

Micky fut stupéfait et horrifié. Solly et Edward se préparaient à signer le contrat. Voilà qui était très grave : Solly ne se querellait jamais avec personne. Qu'était-ce donc qui l'avait poussé à cela ?

Edward paraissait tout aussi déconcerté. « Mais de quoi parles-tu, Greenbourne ? »

Solly rougit et il pouvait à peine parler. « J'ai découvert que toi et ta sorcière de mère étiez derrière ces abominables articles du *Forum.* »

Oh non se dit Micky, consterné. Quelle catastrophe ! Il se doutait qu'Augusta y était pour quelque chose, même s'il n'en avait aucune preuve — mais comment Solly l'avait-il découvert ?

Edward se posait la même question. « Qui t'a bourré la cervelle de telles âneries ?

— Une des vieilles amies de ma mère est dame d'honneur de la reine », répondit Solly. Micky devina qu'il parlait de Harriet Morte : Augusta semblait avoir sur elle une sorte d'emprise. Solly poursuivit : « Elle a craché le morceau : elle a tout raconté au prince de Galles. Je viens de déjeuner avec lui. »

Solly devait être fou de colère pour évoquer de façon si indiscrète une conversation privée avec un membre de la famille royale, se dit Micky. C'était vraiment l'exemple d'un être doux qu'on avait poussé à bout. Il ne voyait aucun moyen d'arranger les choses : assurément pas à temps pour la signature du contrat demain.

Il essaya désespérément de calmer le jeu. « Solly, mon vieux, il n'est pas sûr que cette histoire soit vraie... »

Solly pivota vers lui. Il avait les yeux exorbités et il était en nage. « Vraiment ? Quand je lis dans le journal d'aujourd'hui que Joseph Pilaster s'est vu décerner le titre qui devait aller à Ben Greenbourne ?

— Tout de même...

— Peux-tu imaginer ce que ça représente pour mon père ? »

Micky commençait à comprendre où le bât blessait. Ce n'était pas pour lui qu'il était furieux, mais pour son père. Le grand-père de Ben Greenbourne était arrivé à Londres avec un ballot de fourrures russes, un billet de cinq livres et un trou à la semelle de sa botte. Pour Ben, siéger à la Chambre des lords aurait été l'ultime symbole de son intégration dans la société britannique. Sans aucun doute, Joseph aussi aimait voir sa carrière couronnée d'un anoblissement — sa famille s'était également élevée grâce à ses propres efforts —, mais ç'aurait été une réussite peu éclatante encore pour un juif. Le titre décerné à Greenbourne aurait été un triomphe, pas seulement pour lui et pour sa famille mais pour toute la communauté juive de Grande-Bretagne.

« Ça n'est pas ma faute, dit Edward, si tu es juif. »

Micky s'empressa d'intervenir : « Vous ne devriez pas tous les deux laisser vos parents se mettre entre vous. Après tout, vous êtes associés dans une importante entreprise...

— Ne sois pas idiot, Miranda, rétorqua Solly d'un ton farouche qui fit tressaillir Micky. Tu peux oublier le chemin de fer de Santamaria comme toute autre aventure en participation avec la banque Greenbourne. Quand nos associés apprendront cette histoire, ils ne feront plus jamais affaire avec les Pilaster. »

Un goût de bile dans la bouche, Micky regarda Solly quitter la pièce. C'était facile d'oublier la puissance de ces banquiers — surtout face à quelqu'un d'aussi peu impressionnant que Solly. Pourtant, dans un moment de fureur, il pouvait d'une seule phrase réduire à néant tous les espoirs de Micky.

« Quelle insolence, fit Edward d'une voix faible. C'est bien d'un juif. »

Micky faillit lui dire de se taire. Edward survivrait si ce marché tombait à l'eau, mais peut-être pas Micky. Papa serait déçu, furieux, il chercherait quelqu'un à châtier et Micky devrait supporter le poids de sa colère.

N'y avait-il vraiment aucun espoir ? Il essaya de réagir et de réfléchir. Ne pouvait-il donc rien faire pour empêcher Solly de résilier le contrat ? En tout cas, il faudrait agir vite car, dès l'instant où Solly raconterait aux autres Greenbourne ce qu'il avait appris, ils seraient tous opposés à cette affaire.

Pourrait-il faire revenir Solly sur sa décision ?

Il fallait essayer.

Micky se leva brusquement.

« Où vas-tu ? » demanda Edward.

Micky décida de ne pas confier à Edward ce qu'il avait à l'esprit. « A la salle de jeu, répondit-il. Tu n'as pas envie de jouer ?

— Si, bien sûr. » Edward se leva pesamment de son fauteuil et ils quittèrent le fumoir.

Au pied des marches, Micky se tourna vers les toilettes en disant : « Monte... je te rejoins. »

Edward s'engagea dans l'escalier. Micky entra au vestiaire,

empoigna sa canne et son chapeau et se précipita par la porte de la rue.

Il inspecta Pall Mall, terrifié à l'idée que Solly pourrait être déjà hors de vue. La nuit tombait, on allumait les réverbères. Nulle trace de Solly. Et puis, à une centaine de mètres de là, il l'aperçut : grande silhouette en tenue de soirée et haut-de-forme qui se dirigeait d'un pas vif vers Saint James.

Micky se lança à sa poursuite.

Il allait expliquer à Solly combien le chemin de fer était important pour lui et pour le Cordovay, lui expliquer qu'il ferait le malheur de millions de paysans misérables par la seule faute d'Augusta. Solly avait le cœur tendre : si seulement il parvenait à le calmer, peut-être pourrait-il le faire changer d'avis.

Il avait dit qu'il venait de voir le prince de Galles. Cela signifiait qu'il n'avait peut-être pas encore eu le temps de parler à quelqu'un d'autre du secret que lui avait confié le prince : que c'était Augusta qui avait déclenché dans la presse cette campagne antijuive. Personne n'avait été témoin de la discussion au club : à part eux trois, le fumoir était désert. Selon toute probabilité, Ben Greenbourne ne savait pas encore qui lui avait volé son titre.

Bien sûr, la vérité finirait peut-être par être connue. Peut-être le prince en parlerait-il à quelqu'un d'autre. Mais il fallait que le contrat fût signé demain. Si l'on pouvait garder le secret jusque-là, tout irait bien. Après, les Greenbourne et les Pilaster pouvaient se quereller jusqu'à la fin des temps : Papa aurait son chemin de fer.

Pall Mall grouillait de prostituées déambulant sur les trottoirs, d'hommes entrant dans leurs clubs ou en sortant, d'allumeurs de réverbères exécutant leur travail, d'attelages et de fiacres qui dévalaient la chaussée. Micky eut du mal à rattraper Solly. L'affolement montait en lui. Puis Solly s'engagea dans une petite rue, en direction de sa maison de Piccadilly.

Micky lui emboîta le pas. Il y avait moins de monde dans cette rue-là. Micky se mit à courir. « Greenbourne ! cria-t-il. Attends... »

Solly s'arrêta et se retourna, tout essoufflé. Il reconnut Micky et reprit sa marche.

Micky l'empoigna par le bras. « Il faut que je te parle ! »

Solly était hors d'haleine : c'était à peine s'il pouvait parler. « Ote tes sales pattes de moi », fit-il. Il se dégagea de l'étreinte de Micky et poursuivit son chemin.

Micky se précipita et l'agrippa de nouveau. Solly essaya de se libérer le bras, mais cette fois Micky tenait bon. « Écoute-moi !

— Je t'ai dit de me ficher la paix ! lui lança Solly.

— Une minute, bon sang ! » Maintenant c'était Micky qui était en colère.

Mais Solly ne voulait rien entendre. Il se débattit furieusement, et tourna les talons.

Deux pas plus loin, il arriva à un carrefour et fut obligé de s'arrêter au bord du trottoir pour laisser passer un attelage qui arrivait au trot. Micky en profita pour tenter encore une fois de lui parler. « Solly, calme-toi ! dit-il. Je veux simplement te raisonner !

— Laisse-moi tranquille ! » ordonna Solly.

La chaussée était libre. Pour l'empêcher de repartir, Micky saisit Solly par le revers de sa redingote. Solly résista, mais Micky ne le lâchait pas. « Écoute-moi ! cria-t-il.

— Lâche-moi ! » Solly libéra une de ses mains et expédia à Micky un direct au nez.

Le coup était douloureux et Micky avait un goût de sang dans la bouche. « Va au diable ! » s'exclama-t-il. Il lâcha la redingote de Solly et lui rendit son coup de poing, le frappant à la joue.

Solly se retourna et s'avança sur la chaussée. A cet instant ils virent tous les deux un attelage qui arrivait sur eux, à très vive allure. Solly fit un saut en arrière pour éviter d'être heurté.

Micky vit là une chance.

Si Solly mourrait, finis ses ennuis.

Pas le temps de calculer les risques, ce n'était pas le moment d'hésiter ni de jouer la prudence.

Micky donna à Solly une violente poussée, l'expédiant sur la chaussée devant les chevaux.

Une seconde, le temps s'arrêta : Micky aperçut les chevaux qui fonçaient, les lourdes roues de l'attelage, le visage terrifié du cocher et la grande silhouette impuissante de Solly, allongé sur le dos.

Puis les chevaux arrivèrent sur Solly. Micky vit la forme replète se tordre et se convulser tandis que les sabots ferrés le martelaient. Puis l'extérieur de la roue avant de l'attelage frappa la tête de Solly avec une terrible violence et il s'affala sans connaissance. Une fraction de seconde plus tard, la roue arrière passa sur son visage et lui écrasa le crâne comme une coquille d'œuf.

Micky se détourna. Il crut qu'il allait vomir mais il parvint à se maîtriser. Puis il se mit à trembler. Il se sentait faible, les jambes molles, et il dut s'appuyer au mur.

Il se força à regarder le corps immobile. Solly avait la tête en bouillie, le visage méconnaissable, du sang mêlé à Dieu sait quoi se répandait sur les pavés auprès de lui. Il était mort.

Micky était sauvé.

Ben Greenbourne n'aurait jamais maintenant l'occasion de savoir ce qu'Augusta lui avait fait. Le contrat pourrait être signé. On allait construire le chemin de fer et Micky serait un héros au Cordovay.

Il sentit quelque chose de tiède lui couler sur la lèvre. Il saignait du nez. Il tira de sa poche un mouchoir et se tamponna les narines.

Il resta encore un moment à contempler Solly. Tu n'as perdu patience qu'une fois dans ta vie, et ça t'a tué, songea-t-il.

Il inspecta la rue à la lumière des réverbères. Personne. Seul le cocher avait vu ce qui s'était passé.

L'attelage stoppa en catastrophe une trentaine de mètres plus loin. Le cocher sauta à terre, une femme regarda par la fenêtre. Micky tourna les talons et s'éloigna rapidement, revenant vers Pall Mall.

Quelques secondes plus tard, il entendit le cocher lui crier : « Hé ! vous ! »

Il hâta le pas et tourna le coin de Pall Mall sans regarder derrière lui. Quelques instants plus tard, il se perdait dans la foule.

Bon sang, se dit-il, je l'ai fait. Maintenant qu'il ne voyait plus le corps mutilé, l'impression de dégoût se dissipait et il commençait à se sentir triomphant. Une réflexion rapide, une initiative hardie lui avaient permis de surmonter encore un obstacle.

Il gravit quatre à quatre les marches du club. Avec un peu de chance, espérait-il, personne n'aurait remarqué son absence. Mais, au moment de franchir la porte, il eut la malchance de tomber sur Hugh Pilaster qui sortait.

Hugh le salua de la tête : « Bonsoir, Miranda.

— Bonsoir, Pilaster. » Micky entra, maudissant tout bas Hugh.

Il se précipita au vestiaire. Il avait encore le nez rouge du coup de poing qu'il avait reçu de Solly mais, à ce détail près, il avait juste l'air un peu échevelé. Il rajusta ses vêtements et se brossa les cheveux. Ce faisant, il pensa à Hugh Pilaster. Si Hugh ne s'était pas trouvé là, sur le seuil, au mauvais moment, personne n'aurait su que Micky avait même quitté le club. Il ne s'était absenté que quelques minutes. Mais cela avait-il vraiment de l'importance ? Personne n'allait soupçonner Micky d'avoir tué Solly et, si c'était le cas, le fait d'avoir quitté son club quelques minutes ne prouverait rien. Toutefois, il n'avait plus d'alibi irréfutable et cela l'inquiétait.

Il se lava soigneusement les mains et s'empressa de monter l'escalier jusqu'à la salle de jeu.

Edward jouait déjà au baccara et il y avait une place vide à la table. Micky s'assit. Personne ne fit de commentaires sur la durée de son absence.

On lui distribua une main. « Tu n'as pas l'air bien, remarqua Edward.

— Oui, répondit-il avec calme. Je crois que la soupe de poisson n'était pas tout à fait fraîche. »

Edward fit signe à un serveur. « Apportez à monsieur un verre de cognac. »

Micky regarda ses cartes : un neuf et un dix, le rêve. Il paria un souverain.

Aujourd'hui, il ne pouvait pas perdre.

2

Hugh alla rendre visite à Maisie deux jours après la mort de Solly.

Il la trouva seule, assise sur un sofa, silencieuse et immobile, vêtue d'une robe noire : elle avait l'air minuscule et insignifiante dans le splendide salon de l'hôtel particulier de Piccadilly. Son visage était ravagé de chagrin et on aurait dit qu'elle n'avait pas dormi. Ce spectacle lui serra le cœur.

Elle se jeta dans ses bras. « Oh, Hugh, c'était le meilleur d'entre nous ! »

A ces mots, Hugh ne put retenir ses larmes. Jusqu'à cet instant, il était trop choqué pour pleurer. C'était une mort horrible qu'avait connue Solly, et il la méritait moins que n'importe qui. « Il n'y avait aucune malice en lui, dit-il. Il en semblait incapable. Je le connaissais depuis quinze ans et je ne me souviens pas d'une seule fois où il se soit montré méchant envers personne.

— Pourquoi ces choses-là arrivent-elles ? » dit Maisie du fond de son malheur.

Hugh hésita. Voilà quelques jours à peine, il avait appris par Tonio Silva que c'était Micky Miranda qui avait tué Peter Middleton si longtemps auparavant. C'est pourquoi Hugh ne pouvait s'empêcher de se demander si Micky n'était pas pour quelque chose dans la mort de Solly. La police recherchait un homme bien habillé qu'on avait vu se quereller avec Solly juste avant que celui-ci se fasse renverser. Hugh avait croisé Micky qui entrait au Cowes Club à peu près au moment où Solly était mort : il s'était donc certainement trouvé dans le quartier.

Mais il n'y avait pas de mobile : tout au contraire, Solly était sur le point de signer le contrat pour le chemin de fer de Santamaria auquel Micky tenait tant. Pourquoi tuer son bienfaiteur ? Hugh décida de ne pas souffler mot à Maisie de ses soupçons qui n'avaient aucun fondement. « Cela semble avoir été un tragique accident, assura-t-il.

— Le cocher croit que Solly a été poussé. Pourquoi un témoin s'enfuirait-il s'il n'était pas coupable ?

— Peut-être a-t-il essayé de voler Solly. En tout cas, c'est ce que disent les journaux. » Toute la presse parlait de cet accident. C'était une affaire à sensation : l'horrible disparition d'un banquier éminent, un des hommes les plus riches du monde.

« Les voleurs se promènent-ils en tenue de soirée ?

— Il faisait presque nuit. Le cocher a pu se tromper sur la tenue de l'homme en question. »

Maisie se détacha des bras de Hugh et retourna s'asseoir. « Et si vous aviez seulement attendu un peu plus longtemps, vous auriez pu m'épouser à la place de Nora », dit-elle.

Hugh fut stupéfait de sa franchise. L'idée lui était venue quelques secondes après avoir appris la nouvelle — mais il en avait honte. C'était bien de Maisie de dire carrément ce que tous les deux pensaient. Il ne savait pas comment réagir, alors il s'en tira par une plaisanterie. « Si un Pilaster épousait une Greenbourne, ce ne serait pas un mariage, mais plutôt une fusion. »

Elle secoua la tête. « Je ne suis pas une Greenbourne. La famille de Solly ne m'a jamais vraiment acceptée.

— Vous avez quand même dû hériter d'un bon morceau de la banque.

— Je n'ai hérité de rien du tout, Hugh.

— C'est impossible !

— C'est pourtant vrai. Solly n'avait absolument pas d'argent à lui. Son père lui servait une grosse pension mensuelle mais, à cause de moi, il n'a jamais placé le moindre capital sur sa tête. Même cette maison est louée. Mes vêtements m'appartiennent, tout comme le mobilier et les bijoux, je ne mourrai donc jamais de faim. Mais je n'hérite pas de la banque, pas plus que le petit Bertie. »

Hugh était stupéfait — et furieux qu'on se montrât si mesquin avec Maisie. « Le vieux ne pourvoit même pas à l'entretien de votre fils ?

— Pas un penny. J'ai vu mon beau-père ce matin. »

C'était vraiment moche de la traiter de cette façon et, en tant qu'ami de Maisie, Hugh prenait cela comme un affront personnel. « C'est honteux, dit-il.

— Pas vraiment, répliqua Maisie. J'ai donné à Solly cinq ans de bonheur et en retour j'ai eu cinq ans de grande vie. Je peux reprendre une existence normale. Je vendrai mes bijoux, je placerai l'argent et je vivrai tranquillement des revenus. »

C'était difficile à admettre. « Vous irez habiter chez vos parents ?

— A Manchester ? Non, je ne pense pas que je puisse aller aussi loin. Je resterai à Londres. Rachel Bodwin va ouvrir un hôpital pour les mères célibataires : j'irai peut-être travailler avec elle.

— On parle beaucoup de la maternité de Rachel. Les gens trouvent ça scandaleux.

— Alors ça me conviendra parfaitement ! »

Hugh était encore choqué et préoccupé de voir combien Ben Greenbourne traitait mal sa bru. Il décida d'en toucher un mot au vieux banquier pour essayer de le faire changer d'avis. Mais dans un premier temps il n'en parlerait pas à Maisie. Il ne voulait pas lui donner des espoirs pour les décevoir ensuite. « Ne prenez aucune décision brusquée, n'est-ce pas ? lui conseilla-t-il.

— Telles que ?

— Par exemple, ne quittez pas la maison. Greenbourne pourrait essayer de confisquer votre mobilier.

— Je ne bougerai pas.

— Et il vous faut un avocat pour représenter vos intérêts. »

Elle secoua la tête. « Je n'appartiens plus à la classe des gens qui font venir un avocat comme on convoque un valet de chambre. Il faut que je calcule ce que ça me coûterait. Je ne verrai d'avocat que si j'ai la certitude qu'on me vole. Et je ne pense pas que ça arrive. Ben Greenbourne n'est pas malhonnête. C'est simplement un homme dur : dur comme l'acier, et aussi froid. C'est étonnant qu'il ait engendré quelqu'un d'aussi généreux que Solly.

— Vous êtes très philosophe. » Hugh admirait son courage.

Maisie haussa les épaules. « J'ai eu une vie étonnante, Hugh. A onze ans, j'étais dans la misère et à dix-neuf ans j'étais fabuleusement riche. » Elle posa le doigt sur une de ses bagues. « Ce diamant vaut probablement plus d'argent que ma mère n'en a jamais vu de toute sa vie. J'ai donné les plus belles réceptions de Londres. J'ai rencontré tous les gens qui comptent. J'ai dansé avec le prince de Galles. Je n'ai aucun regret. Sauf que vous ayez épousé Nora.

— J'ai beaucoup d'affection pour elle, dit-il sans conviction.

— Vous étiez furieux parce que j'ai refusé d'avoir une aventure avec vous, reprit brutalement Maisie. Vous aviez désespérément besoin de quelqu'un. Et vous avez choisi Nora parce qu'elle vous faisait penser à moi. Mais elle n'est pas moi, et maintenant vous êtes malheureux. »

Hugh tressaillit comme si on l'avait frappé. Tout cela était douloureusement proche de la vérité. « Vous ne l'avez jamais aimée, dit-il.

— Vous pouvez croire que je suis jalouse et vous avez peut-être raison, mais je continue à être persuadée qu'elle ne vous a jamais aimé et qu'elle vous a épousé pour votre argent. Je parierais que vous vous en êtes aperçu depuis que vous êtes mariés, n'est-ce pas ? »

Hugh se souvint comme Nora refusait de faire l'amour plus d'une fois par semaine et comme elle changeait d'avis s'il lui offrait des cadeaux. Il se sentit malheureux et détourna les yeux. « Elle a toujours manqué de tout, dit-il. Ce n'est pas surprenant qu'elle soit devenue matérialiste.

— Elle n'a pas subi autant de privations que moi, répliqua Maisie d'un ton dédaigneux. Même vous, on vous a retiré du collège par manque d'argent, Hugh. Ça n'est pas une excuse pour avoir des valeurs fausses. Le monde est plein de pauvres qui comprennent que l'amour et l'amitié comptent plus que la richesse. »

Son mépris poussa Hugh à défendre Nora. « Elle n'est pas aussi mauvaise que vous la décrivez.

— Malgré tout, vous n'êtes pas heureux. »

Déconcerté, Hugh n'essaya plus de nier ce qui lui semblait juste.

« En effet, mais maintenant je l'ai épousée et je ne veux pas la quitter. C'est ça, les serments du mariage. »

Maisie eut un sourire noyé de larmes. « Je savais que vous diriez cela. »

Hugh vit soudain l'image de Maisie nue. Il aurait bien voulu retirer les nobles déclarations qu'il venait de faire. Mais il se leva pour prendre congé.

Maisie se leva aussi. « Merci d'être venu, cher Hugh », dit-elle.

Il avait l'intention de lui serrer la main mais, au lieu de cela, il se pencha pour lui baiser la joue. Et puis, Dieu sait comment, il se surprit à l'embrasser sur les lèvres. C'était un baiser doux, tendre, qui se prolongea et faillit anéantir les bonnes résolutions de Hugh. Mais il finit par se dégager et quitta la pièce sans ajouter un mot.

La maison de Ben Greenbourne était un autre palais, quelques mètres plus loin sur Piccadilly. Hugh y alla directement après sa visite à Maisie. Il était content d'avoir une occupation, de pouvoir penser à autre chose qu'à la confusion de ses sentiments. Il demanda à voir le vieil homme. « Dites qu'il s'agit d'une affaire urgente », déclara-t-il au maître d'hôtel. En attendant, il remarqua que toutes les glaces du vestibule étaient voilées : cela devait faire partie du rituel de deuil juif.

Maisie l'avait bouleversé. En la voyant, il avait eu le cœur empli d'amour et de nostalgie. Jamais, il le savait, il ne pourrait être vraiment heureux sans elle. Mais Nora était sa femme. Après que Maisie l'eut repoussé, elle avait apporté dans sa vie chaleur et affection, et c'était pour cela qu'il l'avait épousée. A quoi bon faire des promesses lors d'une cérémonie de mariage si c'était pour changer d'avis par la suite ?

Le maître d'hôtel fit entrer Hugh dans la bibliothèque. Six ou sept personnes s'en allaient, Ben Greenbourne restait seul. Il avait ôté ses chaussures et était assis sur un simple tabouret de bois. Sur une table s'entassaient des fruits et des pâtisseries pour les visiteurs.

Greenbourne, à soixante ans passés — il avait eu Solly tard —, paraissait vieux et épuisé, mais on ne discernait pas une trace de larme sur son visage. Il se leva, le dos bien droit et aussi guindé que jamais, serra la main de Hugh puis lui désigna un autre tabouret.

Greenbourne tenait à la main une vieille lettre. « Écoutez ceci, dit-il, et il se mit à lire. " Cher papa, nous avons un nouveau professeur de latin, le révérend Green, et ça marche beaucoup mieux avec lui : dix sur dix tous les jours la semaine dernière. Waterford a attrapé un rat dans le placard à balais et il essaie de le dresser à lui manger dans la main. On nous donne si peu à manger ici : peux-tu m'envoyer un gâteau ? Ton fils qui t'aime, Solomon. " » Il replia la lettre. « Il avait quatorze ans quand il a écrit cela. »

Hugh s'aperçut que, malgré l'empire qu'il avait sur lui-même, Greenbourne souffrait. « Je me rappelle ce rat, dit-il. Il a mordu Waterford au doigt.

— Comme je voudrais pouvoir revenir en arrière », confessa Greenbourne. Et Hugh s'aperçut que la maîtrise du vieil homme faiblissait.

« Je dois être un des plus vieux amis de Solly, déclara Hugh.

— En effet. Il vous a toujours admiré même si vous étiez son cadet.

— Je me demande pourquoi. Mais il voulait toujours voir le meilleur côté des gens.

— Il était trop bon. »

Hugh ne souhaitait pas laisser la conversation prendre ce tour-là. « Ce n'est pas seulement en tant qu'ami de Solly que je suis venu, mais comme ami de Maisie aussi. »

Aussitôt Greenbourne se raidit. La tristesse disparut de son visage et il redevint la caricature du Prussien coincé. Hugh se demanda comment on pouvait détester à ce point une femme aussi belle et aussi drôle que Maisie.

Il reprit : « J'ai fait sa connaissance peu après que Solly l'eut rencontrée. Je suis moi-même tombé amoureux d'elle, mais c'est Solly qui l'a emporté.

— Il était plus riche.

— Mr. Greenbourne, j'espère que vous me permettrez d'être franc. Maisie était une fille sans le sou en quête d'un riche mari. Mais, après avoir épousé Solly, elle a respecté leur accord : elle a été une bonne épouse pour lui.

— Elle en a été récompensée. Pendant cinq ans elle a vécu la vie d'une lady.

— C'est drôle : c'est exactement ce qu'elle dit. Je n'estime pourtant pas que ce soit suffisant. Et le petit Bertie ? Vous ne voulez sûrement pas laisser votre petit-fils grandir dans la misère !

— Petit-fils ? fit Greenbourne. Hubert n'est rien pour moi. »

Hugh eut l'étrange pressentiment que quelque chose de capital allait se produire. C'était comme un cauchemar dans lequel un monstre effrayant mais sans nom s'apprêtait à frapper. « Je ne comprends pas. Que voulez-vous dire ?

— Cette femme était déjà enceinte quand elle a épousé mon fils. »

Hugh eut un haut-le-corps. « Solly le savait, il savait que l'enfant n'était pas de lui, poursuivit Greenbourne. Il l'a épousée quand même, malgré mon opposition. Évidemment, les gens en général l'ignorent : nous nous sommes donné beaucoup de mal pour garder le secret, mais ce n'est plus la peine maintenant que... » Il s'interrompit, la gorge serrée, et continua. « Après le mariage, ils sont partis faire le tour du monde en voyage de noces. L'enfant est né en Suisse : on a déclaré une fausse date de naissance. Quand ils sont rentrés, après une absence de près de deux ans, il était difficile de deviner que le bébé avait en fait quatre mois de plus qu'on ne le disait. »

Hugh eut l'impression que son cœur s'était arrêté de battre. Il y avait une question qu'il voulait poser, mais il était terrifié à l'idée d'entendre la réponse. « Qui... qui était le père ?

— Elle n'a pas voulu le dire. Solly ne l'a jamais su. »

Mais Hugh, lui, le savait.

L'enfant était de lui.

Il dévisagea Ben Greenbourne, incapable de prononcer un mot. Il parlerait à Maisie, il lui ferait avouer la vérité, mais il savait qu'elle confirmerait son intuition. Malgré les apparences, elle n'avait jamais été volage. Quand il l'avait séduite, elle était vierge. Il l'avait mise enceinte cette première nuit-là. Puis Augusta s'était arrangée pour les séparer et Maisie avait épousé Solly.

Elle avait même baptisé le bébé Hubert, un nom qui ressemblait beaucoup au sien, Hugh.

« C'est épouvantable, bien sûr », dit Greenbourne. Il voyait la consternation de son interlocuteur et se méprenait sur ce qui la provoquait.

J'ai un enfant, pensa Hugh. Un fils. Hubert. On l'appelle Bertie. Cette idée lui tordait le cœur.

« Toutefois, je suis certain que vous comprenez maintenant pourquoi je n'ai aucune envie de plus rien avoir à faire avec cette femme ni avec son enfant, puisque mon cher fils a disparu.

— Oh, ne vous inquiétez pas, dit Hugh sans réfléchir. Je m'occuperai d'eux.

— Vous ? s'étonna Greenbourne, intrigué. En quoi cela vous concerne-t-il ?

— Oh... ma foi, je suis tout ce qu'ils ont aujourd'hui, j'imagine.

— Ne vous faites pas avoir, jeune Pilaster, conseilla Greenbourne avec bonté. Vous avez déjà une femme dont vous devez vous soucier. »

Hugh n'avait pas envie de donner d'explication et il était trop stupéfié pour inventer une histoire. Il lui fallait partir. Il se leva. « Il faut que je m'en aille. Mes plus sincères condoléances, Mr. Greenbourne. Solly était le meilleur homme que j'aie jamais connu. »

Greenbourne baissa la tête. Hugh le laissa.

Dans le vestibule aux miroirs voilés, il prit son chapeau que lui tendait le valet de chambre et sortit dans le soleil de Piccadilly. Il alla vers l'ouest et s'engagea dans Hyde Park, en se dirigeant vers sa maison de Kensington. Il aurait pu prendre un fiacre, mais il avait besoin de réfléchir.

Maintenant tout était différent. Nora était son épouse légale, mais Maisie était la mère de son fils. Nora pouvait se débrouiller toute seule — Maisie aussi, d'ailleurs —, mais un enfant avait besoin d'un père. Tout d'un coup, une question se posait à nouveau : qu'allait-il faire de sa vie ?

Un pasteur, à n'en pas douter, lui dirait que rien n'avait changé et qu'il devait rester avec Nora, la femme qu'il avait épousée devant Dieu. Mais les clergymen ne connaissaient pas grand-chose à la vie. Hugh avait échappé au strict méthodisme des Pilaster : jamais il n'était parvenu à croire qu'on pouvait trouver dans la Bible la réponse à tous les dilemmes moraux d'aujourd'hui. Nora l'avait séduit et avait fait de lui son mari par un froid calcul : Maisie avait raison sur ce point. Tout ce qu'il y avait entre eux, c'était un chiffon de papier. Ça n'était pas grand-chose en comparaison d'un enfant : l'enfant d'un amour si fort qu'il persistait depuis bien des années et à travers bien des épreuves.

Est-ce que je m'invente des excuses ? se demanda-t-il. Tout cela n'est-il pas une justification spécieuse pour céder à un désir dont je sais qu'il va contre la morale ?

Il se sentait déchiré.

Il essaya d'envisager le côté pratique de la chose. Il n'avait aucun motif de divorce, mais il était certain que Nora serait prête à le lui accorder s'il lui proposait assez d'argent. Les Pilaster lui demanderaient de démissionner de la banque : le préjudice social du divorce était trop fort pour qu'on lui permette de rester comme associé. Il pourrait trouver un autre emploi, mais personne de respectable à Londres ne voudrait les recevoir Maisie et lui, même une fois mariés. Ils seraient presque certainement obligés de s'installer à l'étranger. Cette perspective l'attirait et il sentait qu'elle séduirait Maisie aussi. Il pourrait retourner à Boston ou, mieux encore, partir pour New York. Peut-être ne serait-il jamais millionnaire, mais qu'était-ce que cela face à la joie de vivre avec la femme qu'il avait toujours aimée ?

Il s'aperçut qu'il était arrivé chez lui. Son domicile faisait partie d'une élégante rangée de maisons de brique rouge, à Kensington, à moins d'un kilomètre de la résidence beaucoup plus extravagante de sa tante Augusta, sur Kensington Gore. Nora devait être dans sa chambre aux décorations surchargées, en train de s'habiller pour déjeuner. Qu'est-ce qui l'empêchait d'entrer pour lui annoncer qu'il la quittait ?

C'était là ce qu'il voulait faire, il le savait maintenant. Mais était-ce bien ?

L'enfant changeait tout. Ce serait mal de quitter Nora pour Maisie, mais c'était bien de quitter Nora pour s'occuper de Bertie.

Il se demandait ce que dirait Nora quand il lui en parlerait : son imagination lui fournit la réponse. Il crut voir le visage de sa femme empreint d'une impitoyable détermination, percevoir un accent déplaisant dans sa voix, et il devinait les mots qu'elle allait employer : « Cela va vous coûter chaque sou que vous avez gagné. »

Bizarrement, ce fut ce qui le décida. S'il se l'était imaginée éclatant en sanglots désespérés, il n'aurait pas pu aller jusqu'au bout, mais il savait que sa première intuition était la bonne.

Il entra dans la maison et monta l'escalier en courant.

Debout devant sa psyché, elle accrochait à son cou le pendentif qu'il lui avait offert : amer rappel qu'il devait lui acheter des bijoux pour la persuader de faire l'amour.

Ce fut elle qui parla la première. « J'ai des nouvelles, déclara-t-elle.

— Peu importe pour l'instant... »

Mais impossible de l'arrêter. Elle avait une expression étrange : mi-triomphante, mi-maussade. « Il va falloir que vous évitiez mon lit pour quelque temps en tout cas. »

Il comprit qu'elle ne le laisserait pas s'exprimer avant d'avoir dit son mot. « De quoi diable voulez-vous parler ? s'enquit-il avec impatience.

— L'inévitable est arrivé. »

Hugh soudain devina. Il eut l'impression d'avoir été heurté par un train. Trop tard, il ne pourrait jamais la quitter maintenant. Il éprouva un arrachement et ressentit la douleur de ce qu'il perdait : il perdait Maisie, il perdait son fils.

Il la regarda dans les yeux. Il y vit une lueur de défi, presque comme si elle se doutait de ce qu'il avait projeté. C'était peut-être le cas, d'ailleurs.

Il se força à sourire. « L'inévitable ? »

Alors elle annonça la nouvelle : « Je vais avoir un bébé. »

Troisième partie

1890

Chapitre un

Septembre

1

Joseph Pilaster mourut en septembre 1890 : cela faisait dix-sept ans qu'il était président de la banque Pilaster. Pendant cette période, la Grande-Bretagne n'avait cessé de s'enrichir, tout comme les Pilaster. Leur fortune égalait maintenant celle des Greenbourne. La succession de Joseph se montait à plus de deux millions de livres, y compris sa collection de soixante-cinq tabatières anciennes — une pour chaque année de sa vie — qui à elle seule valait cent mille livres, et qu'il légua à son fils Edward.

Dans la famille, tous continuaient d'investir leur capital dans la banque, ce qui leur rapportait infailliblement cinq pour cent d'intérêts, alors que des clients ordinaires touchaient la plupart du temps environ un et un et demi pour cent d'intérêts sur leurs dépôts. Les associés étaient encore mieux traités. Outre les cinq pour cent sur leurs investissements, ils se partageaient les bénéfices suivant des formules compliquées. Après une décennie de ces participations aux bénéfices, Hugh était à mi-chemin d'être millionnaire.

Le matin de l'enterrement, Hugh inspecta son visage dans son miroir à raser, à l'affût de signes de vieillissement. Il avait trente-sept ans. Ses cheveux grisonnaient mais les poils de barbe étaient toujours noirs. La mode étant aux moustaches, il se demandait s'il ne devrait pas s'en laisser pousser une pour avoir l'air plus jeune.

Oncle Joseph avait eu de la chance, songeait Hugh. Pendant tout le temps où il avait été à la tête de la banque, le monde financier était resté stable. Il n'y avait eu que deux crises mineures : la faillite de la Banque de Glasgow en 1878 et le krach d'une banque française, l'Union générale, en 1882. Dans les deux cas, la Banque d'Angleterre avait maîtrisé la crise en élevant brièvement jusqu'à six pour cent les taux d'intérêt, ce qui était encore bien loin d'un niveau inquiétant. Oncle Joseph, estimait Hugh, avait engagé la banque dans des investissements trop lourds en Amérique du Sud, mais l'effondrement que Hugh ne cessait de redouter ne s'était pas produit, et oncle Joseph pensait que cela n'arriverait jamais. Toutefois, se prêter à des investissements risqués, c'était comme être propriétaire d'une maison branlante et y installer des locataires : le loyer continuait à rentrer mais, quand la maison finissait par s'effondrer, il n'y avait plus de loyer et plus de maison non plus. Joseph disparu, Hugh voulait redonner à la banque des assises plus solides en vendant ou en aménageant certains de ces investissements sud-américains incertains.

Après avoir fait sa toilette et s'être rasé, il passa sa robe de chambre et alla rejoindre Nora. Elle l'attendait : ils faisaient toujours l'amour le vendredi matin. Voilà longtemps qu'il avait accepté cette règle qu'elle lui avait imposée. Devenue très dodue, elle avait le visage plus arrondi que jamais et, grâce à cela, presque sans rides, ainsi paraissait-elle encore jolie.

Malgré tout, en lui faisant l'amour, il ferma les yeux et s'imagina qu'il tenait Maisie dans ses bras.

Parfois, il avait envie de tout abandonner. Mais ces séances du vendredi matin lui avaient donné trois fils qu'il adorait : Tobias, ainsi nommé en mémoire du père de Hugh, Samuel, en hommage à son oncle, et Solomon, à cause de Solly Greenbourne. Toby, l'aîné, allait entrer l'an prochain au collège de Windfield. Nora avait eu des accouchements un peu difficiles et, une fois ses enfants mis au monde, elle cessait de s'y intéresser ; il fallait toute l'attention de Hugh pour compenser la froideur de leur mère.

L'enfant secret de Hugh, Bertie, le fils de Maisie, avait aujourd'hui seize ans. Cela faisait plusieurs années qu'il était à Windfield, brillant étudiant et vedette de l'équipe de cricket. Hugh payait ses études, venait assister à la distribution des prix et se conduisait un peu comme un parrain. Peut-être cela amenait-il quelques esprits cyniques à le soupçonner d'être le véritable père de Bertie. Mais il avait été l'ami de Solly, tout le monde savait que le père de Solly refusait d'aider financièrement ce garçon : la plupart des gens supposaient donc qu'il était simplement d'une généreuse fidélité à la mémoire de Solly.

Il roula sur le côté et Nora demanda : « A quelle heure est la cérémonie ?

— Onze heures à la salle paroissiale méthodiste de Kensington. Et ensuite déjeuner à Whitehaven House. »

Hugh et Nora habitaient toujours Kensington, mais ils s'étaient installés dans une maison plus grande après la naissance des garçons. Hugh avait laissé Nora choisir et elle avait trouvé une vaste maison dans le même style vaguement flamand que celle d'Augusta — un style devenu très à la mode, en tout cas très à la mode en banlieue, depuis qu'Augusta avait fait bâtir sa demeure.

Augusta n'avait jamais été contente de Whitehaven House. Elle voulait un palais sur Piccadilly comme les Greenbourne. Mais il y avait encore chez les Pilaster une certaine dose de puritanisme méthodiste et Joseph avait déclaré que Whitehaven House était une résidence bien luxueuse, si riche que l'on fût. La maison était maintenant la propriété d'Edward. Peut-être Augusta le persuaderait-elle de la vendre pour acheter quelque chose de plus grandiose.

Quand Hugh descendit prendre son petit déjeuner, sa mère était déjà là. Dotty et elle étaient arrivées de Folkestone la veille. Hugh embrassa sa mère et s'assit. Sans préambule, elle l'interrogea : « Hugh, tu crois qu'il l'aime vraiment ? »

Hugh n'avait pas besoin de demander de qui elle parlait. Dotty, qui avait maintenant vingt-trois ans, était fiancée à lord Ipswich, le fils aîné du duc de Norwich. Nick Ipswich était l'héritier d'un duché au bord de la faillite et maman craignait qu'il ne veuille épouser Dotty seulement pour son argent, ou plutôt pour l'argent de son frère.

Hugh regarda tendrement sa mère. Vingt-quatre ans après la mort de son mari, elle s'habillait toujours en noir. Elle avait maintenant les cheveux blancs mais il la trouvait toujours aussi belle. « Il l'aime, maman », dit-il.

Comme Dotty n'avait plus de père, c'était à Hugh que Nicky était venu officiellement demander sa main. Dans ces cas-là, l'habitude était que les hommes de loi des deux partis se réunissent pour établir le contrat de mariage avant que l'on confirme les fiançailles. Mais Nick avait insisté pour inverser les choses. « J'ai dit à miss Pilaster que j'étais un homme pauvre, avait-il expliqué à Hugh. Elle m'a répondu qu'elle avait connu aussi bien la prospérité que la pauvreté et qu'à son avis le bonheur vient des gens avec qui l'on vit et non pas de l'argent que l'on possède. » Tout cela était d'un bel idéalisme, et la jeune fille assurément apporterait grâce à Hugh une généreuse dot, mais il était heureux de savoir que Nick aimait sincèrement sa sœur, pour le meilleur et pour le pire.

Augusta était folle de rage à l'idée de voir Dotty faire un si beau mariage. A la mort du père de Nick, Dotty deviendrait duchesse, ce qui était bien au-dessus du titre de comtesse.

Dotty descendit quelques minutes plus tard. En grandissant, elle avait beaucoup changé : la timide fillette qui pouffait facilement de rire était devenue une jeune femme plantureuse brune et sensuelle, volontaire et qui s'emportait fréquemment. Hugh se doutait que beaucoup de jeunes gens étaient intimidés par elle, c'était sans doute pour cela qu'elle avait atteint l'âge de vingt-trois ans sans se marier. Mais Nick Ipswich montrait une force tranquille et n'avait pas besoin du soutien d'une femme docile. Hugh pensait qu'ils auraient un mariage passionné, tumultueux, à l'opposé du sien.

Nick arriva pour son rendez-vous de dix heures alors qu'ils étaient encore installés autour de la table du petit déjeuner. C'était Hugh qui lui avait demandé de venir. Nick s'assit auprès de Dotty et prit une tasse de café. C'était un intelligent jeune homme de vingt-deux ans, tout juste sorti d'Oxford où, contrairement à la plupart des jeunes aristocrates, il avait bel et bien passé ses examens et obtenu un diplôme. Il avait un type très anglais : cheveux blonds, yeux bleus et traits réguliers. Dotty le regardait comme si elle avait envie de le manger à la cuiller. Hugh enviait leur amour simple et charnel.

Hugh se sentait trop jeune pour jouer le rôle de chef de famille, mais il avait voulu cette rencontre et il alla droit au but. « Dotty, ton fiancé et moi avons eu plusieurs longues discussions au sujet de votre situation financière. »

Maman se leva pour se retirer, mais Hugh l'arrêta. « De nos jours, maman, les femmes sont censées s'intéresser aux questions d'argent : c'est le style moderne. » Elle lui sourit comme à un garçon insupportable et elle se rassit.

Hugh reprit : « Comme vous le savez, Nick a l'intention d'embrasser une profession libérale et envisage de faire son droit puisque le duché ne lui procure plus de quoi vivre. » En tant que banquier, Hugh comprenait parfaitement comment le père de Nick avait tout perdu. Le duc était un propriétaire terrien aux idées avancées et, en plein boum agricole, au milieu du siècle, il avait emprunté de l'argent pour financer des améliorations : projets de drainage, arrachage de kilomètres de haies, achat de coûteuses machines à vapeur pour moissonner et battre. Mais, dans les années 1870, était survenue la grande crise agricole qui se poursuivait encore en 1890. Le prix des terres cultivables s'était effondré et les propriétés du duc valaient moins que les hypothèques qu'il avait prises sur elles.

« Toutefois, si Nick pouvait se libérer de l'endettement qui pèse sur ses épaules et rationaliser l'exploitation du duché, le domaine pourrait encore produire un revenu très considérable. Il s'agit simplement de bien le gérer, comme n'importe quelle entreprise. »

Nick ajouta : « Je vais vendre un tas de fermes isolées et de petites propriétés et tâcher de tirer le maximum de ce qui reste. Je vais aussi faire construire sur le terrain que nous possédons à Sydenham dans le sud de Londres.

— Nous avons calculé que les finances du duché peuvent être rétablies de façon permanente avec cent mille livres. C'est donc ce que je vais te donner comme dot. »

Dotty resta bouche bée et maman éclata en sanglots. Nick, qui connaissait déjà le chiffre, dit : « C'est extrêmement généreux de votre part. » Dotty se jeta au cou de son fiancé et l'embrassa, puis tous deux firent le tour de la table pour venir embrasser Hugh. Ce dernier se sentait un peu gêné mais, malgré tout, il était enchanté de pouvoir les rendre si heureux. Il était persuadé aussi que Nick ferait bon usage de cet argent et assurerait à Dotty un foyer stable.

Nora descendit, vêtue pour l'enterrement de crêpes noir et violet. Comme toujours, elle avait pris son petit déjeuner dans sa chambre. « Où sont passés les garçons ? » demanda-t-elle d'un ton agacé, en regardant la pendule. « J'ai dit à cette maudite gouvernante de les préparer... »

Elle fut interrompue par l'arrivée de la gouvernante et des enfants : Toby, onze ans, Sam, six ans, et Sol, quatre ans. Ils étaient tous en redingote noire et cravate noire avec des hauts-de-forme miniatures. Hugh sentit monter en lui une bouffée de fierté. « Mes petits soldats, dit-il. Toby, quel était le taux d'escompte de la Banque d'Angleterre hier soir ?

— Inchangé à deux et demi pour cent, père », répondit Tobias qui chaque matin devait le regarder dans le *Times*.

Sam, tout excité, avait une grande nouvelle à annoncer. « Maman, j'ai un animal de compagnie. »

La gouvernante prit un air inquiet. « Vous ne m'aviez pas prévenue... » Sam tira de sa poche une boîte d'allumettes, la brandit devant sa mère et l'ouvrit. « Kathy l'araignée ! » lança-t-il fièrement.

Nora poussa un cri d'horreur, referma la boîte avant de la jeter par terre et fit un petit saut en arrière. « Horrible garçon ! » s'exclama-t-elle.

Sam se précipita à quatre pattes pour ramasser sa boîte. « Kathy est partie ! » s'écria-t-il, et il éclata en sanglots.

Nora se tourna vers la gouvernante. « Comment avez-vous pu le laisser faire une chose pareille ! hurla-t-elle.

— Je suis désolée, je ne savais pas... »

Hugh intervint, essayant de calmer le jeu. « Ça n'est pas bien grave. » Il passa un bras autour des épaules de Nora. « Vous avez été surprise, voilà tout. » Il l'entraîna dans le hall. « En route, tout le monde, il est temps de partir. »

En sortant de la maison, il posa une main sur l'épaule de Sam. « Maintenant, Sam, j'espère que tu as appris qu'il faut toujours faire attention à ne pas effrayer les dames.

— J'ai perdu mon araignée, fit Sam, consterné.

— De toute façon, les araignées n'aiment pas vraiment vivre dans des boîtes d'allumettes. Peut-être devrais-tu avoir un autre genre d'animal. Que dirais-tu d'un canari ? »

Le visage de l'enfant aussitôt s'éclaira. « Je pourrais ?

— Il faudrait t'assurer qu'il a des graines et de l'eau régulièrement, sinon il mourrait.

— Oh, je le ferai, je le ferai !

— Alors nous allons en chercher un demain.

— Hourra ! »

Ils se rendirent dans des voitures fermées à la salle méthodiste de Kensington : il pleuvait à verse. Les garçons n'étaient jamais allés à un enterrement. Toby, un enfant plutôt grave, demanda : « Est-ce qu'il faudra pleurer ?

— Ne sois pas stupide », fit Nora.

Hugh aurait aimé la voir plus affectueuse avec les garçons. Elle était encore un bébé quand elle avait perdu sa mère, et sans doute était-ce pour cela qu'elle avait tant de mal à materner ses propres enfants : elle n'avait jamais appris. Tout de même, songea-t-il, elle pourrait se donner un peu plus de mal. Il dit à Toby : « Mais tu peux pleurer si tu en as envie. Aux enterrements, c'est permis.

— Je ne crois pas que je pleurerai. Je n'aimais pas beaucoup oncle Joseph.

— Moi, ajouta Sam, j'aimais Kathy l'araignée.

— Je suis trop grand pour pleurer », déclara Sol, le plus jeune.

La salle paroissiale de Kensington exprimait dans la pierre les sentiments ambigus des méthodistes prospères qui croyaient à la simplicité religieuse mais nourrissaient le secret désir d'étaler leur richesse. Même si on baptisait l'endroit salle paroissiale, il était aussi décoré qu'une église anglicane ou catholique. Il n'y avait pas d'autel, mais un orgue magnifique. Tableaux et sculptures étaient interdits, mais l'architecture était baroque, les moulures extravagantes et la décoration recherchée.

Ce matin-là la salle était bourrée jusqu'aux tribunes, il y avait des gens debout dans les travées et jusqu'au fond. On avait donné congé aux employés de la banque pour leur permettre d'assister au service funèbre, et tous les grands établissements financiers de la City avaient envoyé des représentants. Hugh salua le gouverneur de la Banque d'Angleterre, le Premier lord du Trésor, et Ben Greenbourne, qui, à plus de soixante-dix ans, se tenait toujours aussi droit qu'un jeune garde.

On escorta les membres de la famille jusqu'aux places qui leur étaient réservées au premier rang. Hugh s'assit auprès de son oncle Samuel, toujours aussi impeccable : redingote noire, col cassé et cravate de soie nouée à la dernière mode. Comme Greenbourne, Samuel avait dans les soixante-dix ans et lui aussi semblait alerte et en pleine forme.

Maintenant que Joseph était mort, Samuel était tout désigné pour le remplacer comme président. Il était le plus âgé des associés et celui qui avait le plus d'expérience. Pourtant Augusta et Samuel se détestaient et elle s'opposerait farouchement à sa nomination. Sans doute soutiendrait-elle le jeune William, le frère de Joseph, âgé maintenant de quarante-deux ans.

Parmi les autres associés auxquels on ne songerait même pas parce qu'ils ne portaient pas le nom de Pilaster : le major Hartshorn et sir Harry Tonks, le mari de Clémentine, la fille de Joseph. Les deux autres étaient Hugh et Edward.

Hugh voulait devenir président de la banque : il le voulait de tout son cœur. Il avait beau être le plus jeune des associés, c'était le financier le plus capable d'eux tous. Il savait qu'avec lui la banque pourrait s'étendre et accroître sa puissance tout en évitant les prêts risqués qu'avait consentis Joseph. Mais Augusta ferait montre envers lui d'une hostilité plus âpre encore qu'envers Samuel. Il ne pouvait pourtant pas, pour prendre le pouvoir, attendre qu'Augusta fût vieille ou morte. Elle n'avait que cinquante-huit ans : elle pourrait très bien vivre encore dans quinze ans, toujours aussi vigoureuse et méchante.

L'autre associé, Edward, était assis auprès d'Augusta au premier rang. Au bord de la quarantaine, massif et rougeaud, il était affligé depuis quelque temps d'une sorte d'eczéma extrêmement peu ragoûtant. Ni intelligent ni travailleur, en dix-sept ans il avait réussi à ne pas apprendre grand-chose de la finance. Il arrivait au bureau à dix heures passées, s'en allait déjeuner vers midi et très souvent ne rentrait pas de l'après-midi. Il buvait du sherry au petit déjeuner et n'était jamais tout à fait à jeun de la journée : il comptait sur son secrétaire, Simon Oliver, pour lui éviter les ennuis. L'idée qu'il fût président de la banque était inconcevable.

La femme d'Edward était assise auprès de lui, événement rare. Ils menaient des vies tout à fait séparées. Lui habitait Whitehaven House avec sa mère et Emily passait tout son temps dans leur maison de campagne, ne venant à Londres que pour de grandes occasions comme les enterrements. Emily avait jadis été très jolie — grands yeux bleus et sourire enfantin —, mais, avec les années, les déceptions avaient creusé des rides sur son visage. Ils n'avaient pas d'enfants et Hugh pensait que tous deux se détestaient. Auprès d'Emily se trouvait Micky Miranda, d'une jovialité satanique dans un manteau gris au col de vison noir. Depuis qu'il avait appris que Micky avait tué Peter Middleton, Hugh le craignait. Edward et Micky s'entendaient toujours comme larrons en foire. Micky était impliqué dans un certain nombre des investissements sud-américains que la banque soutenait depuis ces dix dernières années.

Le service fut long et assommant, et le cortège s'ébranla vers le cimetière sous la pluie de septembre qui ne cessait de tomber : le trajet prit plus d'une heure en raison des dizaines d'attelages qui suivaient le corbillard.

Hugh examina Augusta au moment où on déposait sur le sol le cercueil de son mari. Elle était abritée par un grand parapluie que tenait Edward. Elle avait les cheveux argentés et elle était superbe sous son grand chapeau noir. Assurément, maintenant qu'elle venait de perdre le compagnon de toute une vie, elle aurait dû paraître humaine et pitoyable. Mais si son fier visage gardait des traits sévères, comme un marbre de sénateur romain, elle ne manifestait aucun chagrin.

Après l'enterrement, déjeuner à Whitehaven House pour toute la famille Pilaster et ses alliés : tous les associés avec femmes et enfants, plus les proches collaborateurs financiers et des parasites de longue date comme Micky Miranda. Pour leur permettre à tous de déjeuner ensemble, Augusta avait fait dresser bout à bout deux tables dans le long salon.

Cela faisait un an ou deux que Hugh n'avait pas mis les pieds dans cette maison et, depuis sa dernière visite, on avait une fois de plus refait la décoration, à présent dans le style arabe à la mode depuis peu. On avait inséré sur le seuil des portes des arches mauresques, tout l'ameublement comprenait du bois ajouré, les tissus arboraient des dessins islamiques aux couleurs vives, et ici, dans le salon, Augusta avait fait disposer un paravent du Caire et un Coran sur un pupitre.

Elle invita Edward à s'asseoir dans le fauteuil de son père. Hugh trouva que cela manquait un peu de tact. Lui faire présider la table soulignait cruellement son incapacité de chausser les bottes de son père. Joseph avait peut-être été un président un peu velléitaire, mais il n'était pas un être insignifiant.

Comme toujours, Augusta avait une idée derrière la tête. A la fin du repas, elle déclara avec sa brusquerie habituelle : « Il faut désigner le plus tôt possible un nouveau président, et de toute évidence ce sera Edward. »

Hugh était horrifié. Augusta avait toujours eu un faible pour son fils, mais c'était tout de même absolument inattendu. Il était persuadé qu'elle ne pourrait pas arriver à ses fins, mais c'était agaçant qu'elle fît même cette proposition.

Il y eut un silence et il se rendit compte que tout le monde attendait qu'il réponde. La famille le considérait comme représentant l'opposition à Augusta.

Il hésita tout en songeant à la meilleure façon de s'y prendre. Il décida d'essayer de gagner du temps. « Je pense que les associés devraient discuter de cette question demain », dit-il.

Augusta n'allait pas renoncer aussi facilement. « Je te prierai de ne pas m'indiquer quels sujets je peux ou ne peux pas discuter sous mon propre toit, jeune Hugh.

— Si vous insistez. » Il rassembla rapidement ses idées. « C'est une décision qui n'a rien d'évident, même si vous, ma chère tante, ne comprenez pas toutes les subtilités du problème, peut-être parce que vous n'avez jamais travaillé à la banque ni ailleurs...

— Comment oses-tu... ? »

Il éleva la voix et passa outre. « L'aîné des associés vivants est oncle Samuel », dit-il. Il s'aperçut qu'il avait pris un ton trop agressif et il se radoucit. « Nous conviendrons tous, j'en suis sûr, qu'il serait un bon choix, un homme mûr, plein d'expérience et honorablement connu dans les milieux financiers. »

Oncle Samuel baissa la tête pour accepter le compliment mais ne dit mot.

Personne ne vint contredire Hugh, mais personne non plus ne vint le soutenir. Sans doute ne voulaient-ils pas heurter Augusta de front : les couards préféraient qu'il le fasse en leur nom, songea-t-il avec cynisme.

Il poursuivit : « Toutefois, oncle Samuel a déjà dans le passé décliné cet honneur. S'il persistait dans son refus, l'aîné des Pilaster serait le jeune William, et lui aussi jouit d'une grande estime dans la City. »

Augusta lança d'un ton impatient : « Ce n'est pas à la City de faire ce choix : c'est à la famille Pilaster.

— Aux associés Pilaster, pour être précis, la reprit Hugh. Mais, tout comme ceux-ci ont besoin de la confiance du reste de la famille, la banque a besoin de celle de la communauté financière dans son ensemble. Si nous perdons cette confiance, c'en est fini de nous. »

Augusta semblait s'énerver. « Nous avons le droit de choisir qui bon nous semble ! »

Hugh secoua vigoureusement la tête. Rien ne l'agaçait plus que ce genre de propos irresponsable. « Nous n'avons aucun droit, seulement des devoirs, répliqua-t-il d'un ton catégorique. On nous confie des millions de livres. Il ne s'agit pas de faire ce que nous voulons, mais ce que nous devons. »

Augusta essaya une autre approche. « Edward est le fils et l'héritier.

— Ce n'est pas un titre héréditaire ! s'exclama Hugh avec indignation. Il va au plus capable. »

Ce fut au tour d'Augusta d'être indignée. « Edward est aussi bon qu'un autre ! »

Hugh parcourut des yeux la table, soutenant théâtralement le regard de chaque homme un moment avant de poursuivre : « Est-il ici quelqu'un qui, la main sur le cœur, affirmera qu'Edward est parmi nous le banquier le plus capable ? »

Pendant une interminable minute, personne ne parla. Puis Augusta reprit : « Les emprunts sud-américains d'Edward ont fait gagner une fortune à la banque. »

Hugh acquiesça. « Il est vrai que nous avons vendu au cours des dix dernières années pour des milliers de livres de bons sud-américains et que c'est Edward qui s'est occupé de toute cette affaire. Mais c'est de l'argent risqué. Les gens achètent les bons parce qu'ils font confiance à la banque Pilaster. Si l'un de ces gouvernements se trouvait en état de cessation de paiement pour verser les intérêts, le prix de tous les bons sud-américains s'effondrerait : et c'est aux Pilaster qu'on le reprocherait. Comme Edward a très bien réussi à vendre ces bons, notre réputation, qui constitue notre plus précieux actif, repose maintenant dans les mains d'une bande de despotes brutaux et de généraux illettrés. » En disant cela, Hugh éprouvait une grande émotion : il avait contribué, avec son cerveau et son travail, à bâtir la réputation de la banque et il était furieux de voir Augusta prête à la mettre en péril.

« Tu vends bien des bons nord-américains, rétorqua Augusta. Il y a toujours un risque. C'est ça, la banque. » Elle avait lancé cela d'un ton triomphant comme si elle l'avait pris en défaut.

« Les États-Unis d'Amérique ont un gouvernement moderne et démocratique, une immense richesse naturelle et pas d'ennemis. Maintenant qu'ils ont aboli l'esclavage, il n'y a aucune raison pour que ce pays ne connaisse pas la stabilité pendant une centaine d'années. En revanche, l'Amérique du Sud est un ramassis de dictatures déchirées par la guerre et dont chacune peut s'effondrer dans les dix jours à venir. Dans les deux cas il y a un risque, bien sûr. Mais dans le Nord, il est bien plus faible. La banque est une affaire de risques *calculés*.

— Tu es juste envieux d'Edward... tu l'as toujours été », dit-elle.

Hugh se demandait pourquoi les autres associés étaient tellement silencieux. A peine s'était-il posé la question qu'il comprit qu'Augusta avait dû leur parler d'abord. Mais elle n'avait tout de même pas pu les convaincre d'accepter Edward comme président de la banque ? Il commençait à se sentir sérieusement inquiet.

« Qu'est-ce qu'elle vous a dit ? » demanda-t-il brusquement. Il les regarda chacun à tour de rôle. « William ? George ? Harry ? Allons, parlez. Vous avez discuté de cela auparavant et Augusta vous a roulés dans la farine. »

Ils avaient tous l'air un peu bêtes. En fin de compte, William dit : « Hugh, personne ne nous a roulés. Mais Augusta et Edward nous ont clairement fait comprendre qu'à moins qu'Edward ne devienne président, ils... » Il avait l'air embarrassé.

« Allons, allons..., l'encouragea Hugh.

— Ils retireront leurs capitaux de la banque.

— *Quoi ?* » Hugh était abasourdi. Retirer ses capitaux était dans cette famille un péché mortel : son propre père l'avait fait et on ne le lui avait jamais pardonné. C'était stupéfiant qu'Augusta fût prête même à brandir la menace d'une telle décision : et cela montrait sa terrible détermination.

A eux deux, Edward et elle contrôlaient environ quarante pour cent du capital de la banque, plus de deux millions de livres. S'ils retiraient leurs fonds à la fin de l'année fiscale, comme ils en avaient légalement le droit, la banque serait sérieusement handicapée.

C'était étonnant de voir Augusta formuler pareille menace — et plus encore de voir les associés prêts à lui céder. « Vous capitulez devant elle ! fit Hugh. Si vous la laissez faire aujourd'hui, elle recommencera. Chaque fois qu'elle voudra quelque chose, elle pourra simplement vous menacer de retirer ses capitaux et vous vous aplatirez. Autant la nommer elle présidente de la banque. »

Edward balbutia : « Comment oses-tu parler de ma mère sur ce ton... Surveille tes manières !

— Je me fous des manières », répliqua brutalement Hugh. Il savait qu'il n'arrangeait pas ses affaires en perdant son calme, mais il était trop furieux pour s'arrêter. « Vous allez causer la ruine d'une grande banque. Augusta est aveugle, Edward stupide, et vous autres trop lâches pour les arrêter. » Il repoussa son fauteuil et se leva, lançant sa serviette sur la table comme on jette un gant. « En tout cas, voici quelqu'un qui ne se laissera pas bousculer. »

Puis il s'arrêta et prit une profonde inspiration, se rendant compte qu'il allait dire quelque chose qui changerait le cours de son existence. Ils le dévisageaient tous sans rien dire. Il n'avait pas le choix. « Je démissionne », annonça-t-il.

En tournant les talons, il surprit le regard d'Augusta et lut sur son visage un sourire victorieux.

Ce soir-là, oncle Samuel vint le voir.

Samuel était maintenant un vieil homme, mais toujours aussi soucieux de sa personne que vingt ans auparavant. Il vivait encore avec Stephen Caine, son « secrétaire ». Hugh était le seul Pilaster à aller chez eux : une maison dans le quartier bohème de Chelsea, décorée dans le style préraphaélite à la mode, et pleine de chats. Un jour où ils avaient vidé la moitié d'une bouteille de porto, Stephen avait déclaré qu'il était la seule épouse Pilaster à ne pas être une harpie.

Quand Samuel arriva, Hugh était dans sa bibliothèque : c'était là généralement qu'il se retirait après le dîner. Il avait un livre sur les genoux, mais il ne le lisait pas. Il contemplait le feu en songeant à l'avenir. Il avait beaucoup d'argent, assez pour vivre confortablement sans travailler jusqu'à la fin de ses jours, mais il ne serait jamais président de la banque.

Oncle Samuel semblait las et triste. « Durant tout le temps qu'il a vécu, je n'ai jamais été d'accord avec mon cousin Joseph, déclara-t-il. Mais aujourd'hui je le regrette. »

Hugh lui proposa un verre et il demanda du porto. Hugh sonna son maître d'hôtel et lui fit apporter un carafon.

« Qu'est-ce que tu penses de tout cela ? demanda Samuel.

— D'abord j'étais furieux, mais maintenant je suis simplement abattu, répondit Hugh. Edward est si désespérément incapable de diriger la banque, mais il n'y a rien à faire. Et vous ?

— Je réagis comme toi. Je vais donner ma démission, moi aussi. Je ne vais pas retirer mes capitaux, du moins pas tout de suite, mais je partirai à la fin de l'année. Je le leur ai annoncé après ta sortie spectaculaire. Je ne sais pas si je n'aurais pas dû intervenir plus tôt. Mais ça n'aurait rien changé.

— Qu'ont-ils dit d'autre ?

— Eh bien, en vérité, c'est la raison pour laquelle je suis ici, mon cher garçon. Je regrette de t'avouer que je suis une sorte d'émissaire de l'ennemi. On m'a prié de te persuader de ne pas démissionner.

— Alors, ce sont de fichus imbéciles.

— Ça, assurément. Toutefois, il y a un point que tu dois garder présent à l'esprit. Si tu démissionnes immédiatement, tout le monde dans la City saura pourquoi. On dira que, si Hugh Pilaster estime qu'Edward est incapable de diriger la banque, il a sans doute raison. Cela pourrait provoquer une perte de confiance.

— Eh bien, si la banque est mal dirigée, les gens devraient lui retirer leur confiance. Sinon, ils perdront leur argent.

— Mais imagine que ta démission provoque une crise financière ? »

Hugh n'avait pas pensé à cela. « C'est possible ?

— Je le pense.

— Inutile de vous dire que je ne voudrais pas ça. » Une crise risquerait de faire tomber d'autres affaires parfaitement saines, tout comme l'effondrement d'Overend & Gurney avait mis en faillite la firme du père de Hugh en 1866.

« Tu devrais peut-être rester comme moi jusqu'à la fin de

l'année fiscale, suggéra Samuel. Ça ne fait que quelques mois. D'ici là, Edward aura été aux commandes quelque temps, les gens seront habitués et tu pourras partir sans histoire. »

Le maître d'hôtel revint avec le porto. Hugh en but une gorgée d'un air songeur. Même si l'idée lui déplaisait, il avait le sentiment qu'il devait accepter la proposition de Samuel. Il leur avait fait un cours sur les devoirs qu'ils avaient envers leurs clients et la communauté financière tout entière, et il devait s'en tenir à ce qu'il avait dit. S'il laissait la banque pâtir de ses propres sentiments, il ne vaudrait pas mieux qu'Augusta. D'ailleurs, ce délai lui donnerait le temps de réfléchir à ce qu'il allait faire de sa vie.

Il poussa un grand soupir. « Bon, dit-il enfin. Je resterai jusqu'à la fin de l'année. »

Samuel hocha la tête. « Je pensais que tu le ferais. C'est la décision qui convient — et, au bout du compte, tu prends toujours la décision qui convient. »

2

Avant de faire ses adieux à la haute société onze ans auparavant, Maisie Greenbourne était allée trouver tous ses amis — ils étaient nombreux et riches — pour les persuader d'apporter leur contribution à l'hôpital de Southwark fondé par Rachel. Les frais d'entretien de l'établissement se trouvaient donc couverts par les revenus des capitaux investis au début.

Les fonds étaient gérés par le père de Rachel, le seul homme à jouer un rôle dans la direction de l'établissement. Au début, Maisie avait voulu s'en charger elle-même, mais elle avait constaté que banquiers et agents de change refusaient de la prendre au sérieux. Ils ne tenaient pas compte de ses instructions, exigeaient l'autorisation de son mari et lui cachaient des renseignements. Elle aurait pu leur faire face mais, en fondant l'hôpital, Rachel et elle avaient bien trop d'autres combats à mener : elles avaient donc laissé Mr. Bodwin s'occuper des finances.

Maisie était veuve, Rachel toujours mariée à Micky Miranda. Rachel ne voyait jamais son mari mais lui ne voulait pas divorcer. Depuis dix ans, elle avait une discrète liaison avec Dan Robinson, le frère de Maisie, qui était membre du Parlement. Tous trois habitaient ensemble la maison de Maisie, en banlieue, à Walworth.

L'hôpital était situé dans un quartier ouvrier, au cœur de la ville.

Elles avaient pris un bail à long terme sur une rangée de quatre maisons près de la cathédrale de Southwark, et elles avaient abattu des portes de communication à chaque étage pour installer leur hôpital. Au lieu de rangées de lits dans de vastes salles, elles avaient de petites chambres confortables, chacune n'étant occupée que par deux ou trois lits.

Le bureau de Maisie, un sanctuaire douillet près de l'entrée principale, comprenait deux fauteuils confortables, un vase rempli de fleurs, un tapis fané et des rideaux de couleurs vives. Au mur, l'affiche encadrée représentant « La Stupéfiante Maisie ». Sa table de travail était sans prétention ; un placard contenait ses archives.

La femme assise en face d'elle, enceinte de neuf mois, était pieds nus, en haillons. Elle avait le regard méfiant et désespéré d'un chat affamé qui entre dans une maison étrangère avec l'espoir d'être nourri.

« Comment vous appelez-vous, ma petite ? dit Maisie.

— Rose Porter, my lady. »

Elles l'appelaient toujours « my lady », comme si elle était une grande dame. Elle avait depuis longtemps renoncé à essayer qu'elles l'appellent Maisie. « Voudriez-vous une tasse de thé ?

— Oui, s'il vous plaît, my lady. »

Maisie versa du thé dans une simple tasse en faïence, ajouta du lait et du sucre. « Vous avez l'air épuisée.

— Je suis venue à pied de Bath, my lady. »

Ça faisait plus de cent cinquante kilomètres. « Ça a dû vous prendre toute une semaine ! dit Maisie. Ma pauvre. »

Rose éclata en sanglots.

C'était normal et Maisie en avait l'habitude. Mieux valait les laisser pleurer tout leur soûl. Elle s'assit sur le bras du fauteuil de Rose, la prit par les épaules et la serra contre elle.

« Je sais que j'ai été une mauvaise fille, fit Rose entre deux sanglots.

— Vous n'êtes pas une mauvaise fille. Ici, nous sommes toutes des femmes et nous comprenons. Nous ne parlons pas de péché. C'est bon pour les pasteurs et les politiciens. »

Au bout d'un moment, Rose se calma et but son thé. Maisie prit un registre dans le placard et s'assit à son bureau. Elle conservait des notes sur chaque femme admise à l'hôpital. Ces archives étaient souvent précieuses. Si un pharisien de conservateur se levait au Parlement pour proclamer que la plupart des mères célibataires étaient des prostituées, qu'elles voulaient toutes abandonner leur bébé ou des âneries de ce genre, elle réfuterait ses dires dans une lettre courtoise aux termes soigneusement pesés et bourrée de faits, et elle protesterait encore dans les discours qu'elle prononçait d'un bout à l'autre du pays.

« Racontez-moi ce qui s'est passé, dit-elle à Rose. Comment viviez-vous avant de tomber enceinte ?

— J'étais cuisinière chez une Mrs. Freeman à Bath.

— Et comment avez-vous rencontré votre jeune homme ?

— Il est venu m'aborder dans la rue. C'était mon après-midi de congé et j'avais une nouvelle ombrelle jaune. J'étais mignonne à croquer, je le sais. C'est cette ombrelle jaune qui a causé ma perte. »

Maisie finit par lui arracher son histoire. Une histoire typique. L'homme était tapissier, un ouvrier respectable et prospère. Il lui avait fait la cour et ils avaient parlé mariage. Par les chaudes soirées d'été, ils se caressaient assis dans le parc après la tombée de la nuit, entourés d'autres couples qui en faisaient autant. Les occasions d'avoir des rapports sexuels étaient rares, mais ils en avaient quand même eu quatre ou cinq quand sa patronne à elle était absente ou que sa propriétaire à lui était ivre. Il avait perdu sa place. Il était parti pour une autre ville chercher du travail. Il lui écrivit une ou deux fois, et disparut de la circulation. Puis elle s'aperçut qu'elle était enceinte.

« Nous allons essayer d'entrer en contact avec lui, dit Maisie.

— Je crois qu'il ne m'aime plus.

— Nous verrons. » C'était étonnant de constater combien souvent ces hommes-là étaient prêts finalement à épouser la fille. Même s'ils s'étaient enfuis en apprenant qu'elle était enceinte, ils pouvaient regretter leur moment d'affolement. Dans le cas de Rose, ses chances étaient grandes. L'homme avait disparu parce qu'il avait perdu son travail, non pas parce qu'il n'était plus amoureux de Rose. Il ne savait pas non plus qu'il allait être père. Maisie essayait toujours de les faire venir à l'hôpital voir la mère et l'enfant. Le spectacle d'un bébé sans défense, leur chair et leur sang, faisait parfois ressortir le meilleur d'eux-mêmes.

Rose tressaillit et Maisie dit : « Qu'y a-t-il ?

— Mon dos me fait mal. Ça doit être d'avoir tant marché. »

Maisie sourit. « Ça n'est pas un mal de dos. C'est votre bébé qui arrive. Allons vous trouver un lit. »

Elle emmena Rose au premier étage et la remit entre les mains d'une infirmière. « Ça va très bien se passer, dit-elle. Vous aurez un joli petit bébé. »

Elle passa dans une autre chambre et s'arrêta auprès du lit de la femme qu'on appelait miss Nobody, car elle refusait de donner sur elle le moindre détail, pas même son nom. C'était une fille brune d'environ dix-huit ans. Elle parlait comme une bourgeoise aisée, son linge était élégant et Maisie était à peu près sûre qu'elle était juive. « Comment vous sentez-vous, mon petit ? lui demanda-t-elle.

— Je vais très bien... et je vous suis si reconnaissante, Mrs Greenbourne. »

Elle était aussi différente de Rose qu'on pouvait l'être — elles auraient pu venir des extrémités opposées du globe —, mais toutes deux étaient dans le même pétrin et elles allaient toutes deux accoucher dans les mêmes pénibles conditions.

Maisie regagna son bureau et reprit la lettre qu'elle était en train d'écrire au rédacteur en chef du *Times*.

Hôpital de Southwark
London, S.E. Bridge Street

10 septembre 1890

Au rédacteur en chef du Times

Cher Monsieur,

J'ai lu avec intérêt la lettre du docteur Charles Wickam au sujet de l'infériorité physique des femmes.

Elle s'était interrompue, ne sachant pas très bien comment continuer, mais l'arrivée de Rose Porter lui avait donné une idée.

Je viens d'admettre dans cet hôpital une jeune femme dans un certain état, elle est arrivée à pied ici venant de Bath.

Le rédacteur supprimerait sans doute « dans un certain état » qu'il estimerait vulgaire, mais Maisie n'allait pas censurer son texte pour lui.

J'observe que le docteur Wickam écrit sur du papier à en-tête du Cowes Club et je ne peux m'empêcher de me demander combien de membres du club seraient capables de venir à pied de Bath à Londres ?

Bien sûr, étant une femme, je n'ai jamais mis les pieds dans ce club, mais je vois souvent ses membres sur le perron, hélant des fiacres pour se faire conduire à quinze cents mètres de là, parfois moins, et je dois dire qu'à voir la plupart d'entre eux on penserait qu'ils auraient du mal à faire à pied le trajet de Piccadilly Circus jusqu'à Parliament Square.

Ils ne pourraient certainement pas travailler douze heures par jour dans un atelier de l'East End, comme le font chaque jour des milliers d'Anglaises...

Un coup frappé à la porte vint l'interrompre. « Entrez », cria-t-elle.

La femme qui s'avançait n'était ni pauvre ni enceinte. Elle avait de grands yeux bleus, un visage un peu enfantin et elle était élégamment vêtue. C'était Emily, la femme d'Edward Pilaster.

Maisie se leva pour l'embrasser. Emily Pilaster faisait partie des bienfaitrices qui soutenaient l'hôpital. Le groupe comprenait une étonnante diversité de femmes : parmi elles, April Tilsley, la vieille amie de Maisie, propriétaire aujourd'hui de trois bordels à Londres. Ces femmes donnaient des vêtements mis au rebut, de vieux meubles, des restes, et diverses fournitures telles que papier et encre. Il leur arrivait de trouver du travail pour les mères une fois les couches passées. Mais la plupart d'entre elles apportaient à Maisie et à Rachel leur soutien moral quand elles étaient traînées dans la boue par l'establishment masculin qui leur reprochait de ne pas imposer dans leur hôpital prières, hymnes chantés en chœur et sermons sur l'horreur de la maternité pour les femmes célibataires.

Maisie se sentait un peu responsable du désastre de la visite d'Emily au bordel d'April lors de la soirée des masques, ce jour où elle n'avait pas réussi à séduire son propre mari. Depuis lors, Emily et l'abominable Edward menaient l'existence discrètement séparée des couples riches qui se détestent.

Ce matin-là, Emily avait l'œil pétillant et était tout excitée. Elle s'assit, puis se releva pour s'assurer que la porte était bien fermée. Elle déclara alors : « Je suis amoureuse. »

Maisie n'était pas certaine que ce fût tout à fait une bonne nouvelle, mais elle répondit : « C'est merveilleux ! De qui ?

— Robert Charles Worth. C'est un poète et il écrit des articles sur l'art italien. Il vit à Florence presque toute l'année mais il loue une maison dans notre village : il adore l'Angleterre en septembre. »

Maisie avait l'impression que Robert Charles Worth avait assez d'argent pour vivre confortablement sans vraiment travailler. « Voilà qui m'a l'air follement romantique, dit-elle.

— Oh, tout à fait, et c'est une si belle âme, vous l'adoreriez.

— J'en suis sûre », dit Maisie. Même si en fait elle ne

supportait pas les poètes qui avaient une belle âme et des revenus personnels. Toutefois, elle était heureuse pour Emily, qui avait eu plus de malchance qu'elle n'en méritait. « Êtes-vous sa maîtresse ? »

Emily rougit. « Oh, Maisie, vous posez toujours les questions les plus embarrassantes ! Bien sûr que non ! »

Après ce qui s'était passé lors de la soirée des masques, Maisie trouvait étonnant que quelque chose pût embarrasser Emily. L'expérience toutefois lui avait montré que c'était elle, Maisie, qui à cet égard ne ressemblait pas aux autres. La plupart des femmes pouvaient fermer les yeux sur à peu près tout si elles le voulaient vraiment. Mais Maisie n'avait aucune patience devant les euphémismes polis et les phrases pleines de tact. Si elle voulait savoir quelque chose, elle le demandait. « Seulement, déclara-t-elle avec brusquerie, vous ne pouvez pas l'épouser, n'est-ce pas ? »

La réponse la surprit. « C'est pour cela que je suis venue vous voir, déclara Emily. Savez-vous comment on obtient l'annulation d'un mariage ?

— Bonté divine ! » Maisie réfléchit un moment. « En invoquant le fait qu'il n'y a pas eu consommation du mariage, je présume ?

— C'est cela. »

Maisie hocha la tête. « Oui, j'en ai entendu parler. » Elle n'était pas étonnée de voir Emily venir la trouver pour lui demander un conseil juridique. Il n'existait pas de femme juriste et un homme se serait sans doute empressé d'aller trouver Edward pour tout lui raconter. Maisie faisait campagne pour les droits des femmes et elle avait étudié les lois en vigueur sur le mariage et le divorce. « Il faudrait que vous vous adressiez au tribunal des successions et des divorces à la Haute Cour, dit-elle. Et il vous faudrait prouver qu'Edward est impuissant dans toutes les circonstances, et pas seulement avec vous. »

Emily se décomposa. « Oh, mon Dieu. Nous savons que ce n'est pas le cas.

— Et puis le fait que vous n'êtes pas vierge constituerait un problème majeur.

— Alors c'est sans espoir, conclut Emily, consternée.

— La seule façon de s'y prendre serait de persuader Edward de coopérer. Croyez-vous qu'il accepterait ? »

Le visage d'Emily s'éclaira. « Peut-être.

— S'il veut bien signer une déclaration sous serment affirmant qu'il est impuissant et qu'il est d'accord pour ne pas contester la procédure d'annulation, on ne pourra pas récuser vos preuves.

— Alors, je vais trouver un moyen de le faire signer. » Emily prit un air résolu et Maisie se rappela la volonté inattendue dont cette fille était capable.

« Soyez discrète. C'est contre la loi pour un mari et une femme de conspirer ainsi et il existe un homme, le procureur de la reine, qui joue le rôle d'une sorte de policeman du divorce.

— Et après cela, je pourrai épouser Robert ?

— Oui. Pour l'Église, la non-consommation est un motif de divorce. Il faudra environ un an pour que l'affaire arrive devant le tribunal. Il y a ensuite une période d'attente de six mois avant que le divorce soit prononcé. Mais à la fin, vous aurez le droit de vous remarier.

— Oh, j'espère qu'il va accepter.

— Quels sont ses sentiments à votre égard ?

— Il me déteste.

— Croyez-vous qu'il aimerait être débarrassé de vous ?

— Je pense qu'il s'en moque, dès l'instant qu'il ne m'a pas sur son chemin.

— Et si justement vous vous mettiez sur son chemin ?

— Vous voulez dire : si je commençais à lui empoisonner la vie ?

— C'est à ça que je pensais.

— Je crois que je pourrais. »

Maisie était certaine qu'Emily pouvait empoisonner la vie de n'importe qui dès l'instant qu'elle l'avait décidé.

« Il va me falloir un avocat pour rédiger la lettre que je vais faire signer à Edward, remarqua Emily.

— Je vais demander au père de Rachel : il est avocat.

— Vous feriez ça ?

— Certainement. » Maisie jeta un coup d'œil à la pendule. « Je ne peux pas le voir aujourd'hui : c'est le premier jour du trimestre au collège de Windfield et il faut que je conduise Bertie. Mais je le verrai dès demain matin. »

Emily se leva. « Maisie, vous êtes la meilleure amie qu'une femme puisse avoir.

— Je vais vous dire une chose : voilà qui va faire du remue-ménage dans la famille Pilaster. Augusta va en être malade.

— Augusta ne me fait pas peur », déclara Emily.

Au collège de Windfield, Maisie Greenbourne attira l'attention. Comme toujours. On savait qu'elle était la veuve de Solly Greenbourne qui avait été un homme fabuleusement riche, même si elle n'avait que très peu d'argent. Elle avait la réputation d'être une femme aux idées « avancées » qui croyait aux droits des femmes et qui, disait-on, encourageait les femmes de chambre à avoir des bébés illégitimes. Et puis, quand elle conduisait Bertie au collège, elle était toujours accompagnée de Hugh Pilaster, le beau banquier, qui payait les études du jeune garçon. Sans nul doute, les plus curieux parmi les autres parents le soupçonnaient d'être le véritable père de Bertie. Mais la vraie raison de cette attraction, estimait-elle, c'était qu'à trente-cinq ans elle était encore assez jolie pour faire tourner la tête des hommes.

Elle portait ce jour-là une toilette rouge tomate : une robe avec une petite veste et un chapeau orné d'une plume. Elle savait qu'elle paraissait jolie et insouciante. En vérité, ces visites au collège avec Bertie et Hugh lui brisaient le cœur.

Cela faisait dix-sept ans qu'elle avait passé la nuit avec Hugh, et elle l'aimait toujours autant. La plupart du temps, elle se plongeait dans les problèmes des pauvres filles qui venaient à l'hôpital et oubliait son propre chagrin. Mais deux ou trois fois par an, elle était obligée de voir Hugh et, dans ces moments-là, la douleur renaissait.

Il savait depuis onze ans qu'il était le véritable père de Bertie. Ben Greenbourne lui avait révélé certaines choses et il avait confié à Maisie ses soupçons. Elle lui avait avoué la vérité. Depuis lors, il avait fait tout ce qu'il pouvait pour Bertie, excepté le reconnaître comme son fils. Bertie croyait que son père était feu le charmant Solomon Greenbourne : lui dire la vérité ne ferait que lui causer une peine inutile.

Son prénom était Hubert, et on l'avait surnommé Bertie en hommage au prince de Galles qu'on appelait aussi Bertie. Maisie aujourd'hui ne voyait jamais le prince. Elle ne donnait plus de grandes réceptions, elle n'était plus l'épouse d'un millionnaire : elle n'était qu'une veuve habitant une maison modeste dans les faubourgs du sud de Londres et ces femmes-là ne figuraient pas dans le cercle des amis du prince. Elle avait choisi d'appeler son fils Hubert parce que cela sonnait comme Hugh, mais elle n'avait pas tardé à être gênée par cette similitude et ç'avait été une raison de plus pour l'appeler Bertie. Elle racontait à son fils que Hugh était le meilleur ami de son père décédé. Par bonheur, il n'y avait pas de ressemblance frappante entre Bertie et Hugh. Bertie en fait ressemblait au père de Maisie, avec des cheveux bruns et des yeux marron au regard triste. Grand et fort, c'était un bel athlète, un étudiant travailleur, et Maisie était si fière de lui qu'elle avait parfois le sentiment que son cœur allait éclater.

Dans ce genre d'occasion, Hugh se montrait envers Maisie d'une politesse scrupuleuse, jouant le rôle de l'ami de la famille, mais elle sentait bien qu'il était aussi douloureusement conscient qu'elle du côté doux-amer de la situation.

Maisie savait par le père de Rachel que, dans la City, on considérait Hugh comme un prodige. Quand il parlait de la banque, ses yeux pétillaient, il était intéressant et drôle. Mais, si jamais leur conversation touchait aux affaires domestiques, il devenait maussade et taciturne. Il n'aimait pas parler de sa maison, de sa vie mondaine ni surtout de sa femme. Le seul aspect de sa vie familiale qu'il voulût bien évoquer avec elle c'étaient ses trois fils qu'il adorait. Même quand il parlait d'eux, on sentait toujours chez lui une nuance de regret et Maisie en avait conclu que Nora n'était pas une bonne mère. Au cours des années, elle avait vu Hugh se résigner à un mariage sans chaleur et sexuellement frustrant.

Aujourd'hui, il avait un costume de tweed gris argent assorti aux mèches grises de ses cheveux et une cravate bleu clair de la couleur de ses yeux. Il était moins svelte qu'autrefois, mais il avait toujours un sourire espiègle qui de temps en temps apparaissait. Ils formaient un couple séduisant, mais ils n'étaient pas un couple et le fait d'avoir l'air d'en être un et de se comporter comme tel était ce qui rendait Maisie si triste. Elle lui prit le bras pour entrer dans le collège de Windfield et songea qu'elle vendrait volontiers son âme pour être tous les jours avec lui.

Ils aidèrent Bertie à déballer sa cantine, puis il leur prépara du thé dans son étude. Hugh avait apporté un gâteau qui nourrirait sans doute toute la classe de sixième pendant une semaine. « Mon fils Toby va venir ici le prochain semestre, annonça Hugh tandis qu'ils buvaient leur thé. Voudras-tu le surveiller un peu pour moi ?

— Avec plaisir, dit Bertie. Je m'assurerai qu'il ne va pas se baigner à Bishop's Wood. » Maisie le regarda en fronçant les sourcils et il dit : « Désolé. Mauvaise plaisanterie.

— On parle toujours de cette histoire, alors ? fit Hugh.

— Chaque année, le principal pour essayer d'effrayer les élèves raconte comment Peter Middleton s'est noyé. Mais ils continuent à aller se baigner. »

Après le thé, ils firent leurs adieux à Bertie : Maisie, comme toujours, se sentait au bord des larmes à l'idée de laisser là son petit garçon, même s'il était maintenant plus grand qu'elle. Ils rentrèrent en ville à pied et prirent le train pour Londres. Ils occupaient un compartiment de première à eux tout seuls.

Ils regardaient le paysage défiler. Hugh dit soudain : « Edward va devenir président de la banque. »

Maisie était stupéfaite. « Je ne pensais pas qu'il avait suffisamment de cervelle pour ça !

— Il n'en a pas suffisamment. Je vais démissionner à la fin de l'année.

— Oh, Hugh ! » Maisie savait à quel point il était attaché à cette banque. Tous ses espoirs y étaient associés. « Qu'allez-vous faire ?

— Je ne sais pas. Je reste jusqu'à la fin de l'année fiscale ; ça me donne le temps de réfléchir.

— Est-ce que sous la direction d'Edward la banque ne va pas courir à la ruine ?

— J'en ai bien peur. »

Maisie se sentait très triste pour Hugh. Il n'avait vraiment pas de chance, et Edward en avait beaucoup trop. « Edward est lord Whitehaven en plus. Vous vous rendez compte que, si on avait anobli Ben Greenbourne comme on aurait dû, c'est Bertie qui hériterait maintenant du titre ?

— Eh oui.

— Mais Augusta a mis le holà à tout cela.

— Augusta ? dit Hugh, l'air intrigué.

— Mais oui. C'est elle qui était derrière cette infâme campagne de presse sur le thème " Peut-on anoblir un juif ? ". Vous vous souvenez ?

— Bien sûr, mais comment pouvez-vous être si certaine qu'Augusta était derrière cela ?

— Le prince de Galles nous l'a dit.

— Tiens, tiens, fit Hugh en secouant la tête. Augusta m'étonnera toujours.

— Quoi qu'il en soit, la pauvre Emily est aujourd'hui lady Whitehaven.

— Au moins elle a gagné quelque chose dans cet abominable mariage.

— Je vais vous confier un secret », dit Maisie. Il n'y avait personne à portée d'oreille, mais elle baissa quand même la voix. « Emily va demander à Edward une annulation.

— Elle a raison ! En invoquant la non-consommation, je présume ?

— Exactement. Vous n'avez pas l'air surpris.

— Pas du tout. Ils ne se touchent jamais. Ils sont si gênés l'un avec l'autre qu'on a du mal à croire qu'ils sont mari et femme.

— Toutes ces années, elle a fait semblant et maintenant elle a décidé d'y mettre un terme.

— Elle va avoir du mal avec ma famille, déclara Hugh.

— Vous voulez dire avec Augusta. » Maisie avait eu la même réaction. « Emily le sait bien. Mais même son entêtement devrait l'aider.

— A-t-elle un amant ?

— Oui. Mais elle ne veut pas devenir sa maîtresse. Je n'arrive pas à comprendre pourquoi elle a tant de scrupules. Edward passe toutes ses soirées dans un bordel. »

Hugh la regarda en souriant : un sourire triste et tendre. « Autrefois, vous aviez des scrupules aussi. »

Maisie savait qu'il parlait de la nuit à Kingsbridge Manor quand elle lui avait fermé la porte de sa chambre.

« J'étais mariée à un excellent homme et vous et moi allions le trahir. La situation d'Emily est tout à fait différente. »

Hugh acquiesça. « Tout de même, je crois que je la comprends : c'est le mensonge qui rend l'adultère honteux. »

Maisie n'était pas d'accord. « Les gens devraient saisir le bonheur quand ils le peuvent. On ne vit qu'une fois.

— Mais quand on saisit le bonheur au vol, on peut sacrifier quelque chose d'encore plus précieux : son intégrité.

— C'est trop abstrait pour moi, dit Maisie.

— Ça l'était sans doute pour moi, cette nuit chez Kingo : j'aurais bien volontiers trahi la confiance de Solly si vous m'aviez laissé faire. Mais, avec les années, c'est devenu plus concret. Aujourd'hui, je mets l'intégrité au-dessus de toute autre chose.

— Mais qu'est-ce que c'est ?

— Ça signifie dire la vérité, tenir ses promesses et assumer la responsabilité de ses erreurs. Dans les affaires comme dans la vie de tous les jours. Il s'agit d'être ce qu'on prétend être, de faire ce qu'on dit qu'on fera. Et un banquier plus que tout autre se doit de ne pas mentir. Après tout, si sa femme ne peut pas lui faire confiance, qui le fera ? »

Maisie commençait à en vouloir à Hugh et elle se demandait pourquoi. Elle garda un moment le silence, en regardant par la fenêtre les faubourgs de Londres dans la nuit qui tombait.

Maintenant qu'il allait quitter la banque, que lui resterait-il dans l'existence ? Il n'aimait pas sa femme et sa femme n'aimait pas leurs enfants. Pourquoi ne pas trouver le bonheur dans les bras de Maisie, la femme qu'il avait toujours aimée ?

A la gare de Paddington, il l'accompagna jusqu'à la station de fiacres et l'aida à monter dans une voiture. Ils se firent leurs adieux. Elle lui prit les mains et dit : « Venez à la maison avec moi. »

Il secoua la tête d'un air triste.

« Nous nous aimons, nous nous sommes toujours aimés, insista-t-elle. Venez avec moi et au diable les conséquences.

— Mais la vie, ce sont les conséquences, n'est-ce pas ?

— Hugh ! Je vous en prie ! »

Il retira ses mains et fit un pas en arrière. « Adieu, chère Maisie. »

Elle le dévisagea, désemparée. Des années de désir réprimé venaient soudain de la rattraper. Si elle en avait eu la force, elle l'aurait saisi et l'aurait contraint à monter dans le fiacre. Elle se sentait folle de déception.

Elle serait restée là indéfiniment, mais il fit un signe de tête au cocher en disant : « Allez. »

L'homme toucha le cheval du bout de son fouet et les roues s'ébranlèrent.

Quelques instants plus tard, Hugh avait disparu.

3

Hugh dormit mal cette nuit-là. Il ne cessait de se réveiller et de repasser dans son esprit sa conversation avec Maisie. Il aurait dû céder et rentrer avec elle. Maintenant, il dormirait dans ses bras, la tête reposant sur sa poitrine au lieu de s'agiter et de se retourner tout seul dans son lit.

Mais un autre sujet le tracassait. Il avait le sentiment qu'elle avait dit quelque chose d'important, de surprenant et de sinistre dont la signification sur le moment lui avait échappé. Et lui échappait toujours.

Ils parlaient de la banque, de la présidence d'Edward. Du titre d'Edward. Des projets d'Emily pour obtenir une annulation. De la nuit à Kingsbridge Manor où ils avaient failli faire l'amour. Du conflit qui opposait intégrité et bonheur... Où donc était la révélation capitale ?

Il essaya de se rappeler la conversation : *Rentrez avec moi... les gens devraient saisir le bonheur quand ils le peuvent... Emily va demander à Edward une annulation... Emily est aujourd'hui lady Whitehaven... Vous rendez-vous compte que, si on avait anobli Ben Greenbourne, comme on aurait dû, c'est Bertie qui hériterait maintenant du titre ?*

Non, il avait laissé passer quelque chose. Edward avait le titre qui aurait dû être octroyé à Ben Greenbourne — mais Augusta avait mis le holà à tout cela. C'est elle qui était derrière cette horrible campagne de presse protestant contre l'éventuel anoblissement d'un juif. Hugh ne s'en était pas rendu compte même si, à la réflexion, il se disait qu'il aurait dû s'en douter. Mais on ne sait comment le prince de Galles l'avait appris et il l'avait raconté à Maisie et à Solly.

Hugh se tournait et se retournait, incapable de trouver le sommeil. Pourquoi cela devait-il être une révélation capitale ? Ça n'était qu'une nouvelle preuve du caractère impitoyable d'Augusta. A l'époque, on n'en avait pas parlé. Mais Solly l'avait su...

Hugh soudain s'assit dans son lit, le regard fixé dans l'obscurité.

Solly savait.

Si Solly savait que les Pilaster étaient responsables d'une campagne de presse raciste contre son père, il n'aurait certainement plus voulu faire d'affaires avec la banque Pilaster. Il aurait notamment annulé l'emprunt pour le chemin de fer de Santamaria. Il avait dû annoncer à Edward qu'il refusait de s'en occuper et Edward l'avait sans doute dit à Micky. « Oh, mon Dieu », fit Hugh tout haut.

Il s'était toujours demandé si Micky n'était pas pour quelque chose dans la mort de Solly. Il savait que Micky était dans les parages. Mais quel motif aurait pu le pousser au meurtre ? A sa connaissance, Solly était sur le point de conclure l'affaire et d'accorder à Micky ce qu'il voulait : et si c'était cela, Micky avait toutes les raisons de laisser Solly en vie. Mais si Solly était prêt à annuler, Micky l'avait peut-être tué pour sauver le contrat. Micky était-il l'homme bien habillé qui se querellait avec Solly quelques secondes avant que celui-ci ne fût renversé ? Le cocher avait toujours affirmé qu'on avait poussé Solly au milieu de la chaussée. Était-ce Micky qui avait bousculé Solly pour le faire tomber sous les roues de l'attelage ? L'idée était horrible et répugnante.

Hugh se leva et alluma la lampe à gaz. Il ne retrouverait pas le sommeil cette nuit. Il enfila une robe de chambre et vint s'asseoir auprès des braises mourantes du feu. Micky avait-il tué *deux* de ses amis : Peter Middleton et Solly Greenbourne ? Et si c'était le cas, qu'allait faire Hugh ?

Il se posait encore la question le lendemain quand un événement se produisit qui lui fournit la réponse.

Il passa la matinée à son bureau dans la salle des associés. Il avait rêvé jadis d'avoir sa place ici, dans ce calme et luxueux sanctuaire du pouvoir, de prendre des décisions portant sur des millions de livres sous le regard de ses ancêtres, mais maintenant il en avait l'habitude. Et bientôt il allait abandonner tout cela. Il terminait ce qui était en cours, menant à bien des projets qu'il avait déjà mis sur pied mais sans en lancer de nouveaux. Ses pensées revenaient sans cesse à Micky Miranda et au pauvre Solly. Et cela le rendait fou d'imaginer qu'un reptile, un parasite comme Micky, avait pu faire disparaître un homme aussi bon que Solly. Il avait vraiment envie d'étrangler Micky de ses propres mains. Mais il ne pouvait pas le tuer : à vrai dire, il n'était même pas question de raconter cela à la police, car il n'avait aucune preuve. Le fondé de pouvoir Jonas Mulberry avait toute la matinée paru agité. A cinq ou six reprises, il était entré sous différents prétextes dans la salle sans dire ce qui le préoccupait. Hugh finit par deviner qu'il avait quelque chose à lui confier, mais qu'il ne voulait pas être entendu par les autres associés.

Quelques minutes avant midi, Hugh passait dans le couloir pour se rendre dans le bureau du téléphone. On l'avait fait installer deux ans plus tôt et on regrettait déjà de ne pas l'avoir mis dans la salle des associés : plusieurs fois par jour on appelait chacun d'eux là-bas.

En chemin, il rencontra Mulberry dans le couloir. Il l'arrêta et dit : « Il y a quelque chose qui vous préoccupe ?

— Oui, Mr. Hugh », dit Mulberry avec un soulagement manifeste. Il baissa le ton. « Il se trouve que j'ai vu des documents rédigés par Simon Oliver, le secrétaire de Mr. Edward.

— Venez par ici un instant. » Hugh entra dans le bureau du téléphone et referma la porte derrière eux. « Qu'y avait-il dans ces documents ?

— Le projet d'émission d'un emprunt destiné au Cordovay — pour un montant de deux millions de livres !

— Oh non ! fit Hugh. Cette banque doit se dégager de l'Amérique du Sud... pas s'y engager davantage.

— Je savais que vous auriez cette réaction.

— A quoi précisément doit servir cet argent ?

— A bâtir un nouveau port dans la province de Santamaria.

— Encore un projet du señor Miranda.

— Oui. J'ai bien peur que lui et son cousin Simon Oliver n'aient une grande influence sur Mr. Edward.

— Très bien, Mulberry. Merci infiniment de m'avoir mis au courant. Je vais essayer de régler cela. »

Oubliant son appel téléphonique, Hugh regagna la salle des associés. Les autres allaient-ils laisser faire Edward ? Peut-être bien. Hugh et Samuel n'avaient plus guère d'influence puisqu'ils partaient. Le jeune William ne partageait pas la crainte qu'avait Hugh d'un krach en Amérique du Sud. Et Edward maintenant était président.

Hugh allait-il pouvoir faire quelque chose ? Il n'avait pas encore quitté la banque, il touchait encore sa part des bénéfices : ses responsabilités n'avaient donc pas pris fin.

Il y avait un ennui... Edward n'était pas rationnel : comme l'avait dit Mulberry, il était complètement sous l'influence de Micky Miranda.

Hugh avait-il un moyen quelconque d'amoindrir cette influence ? Il pouvait révéler à Edward que Micky était un meurtrier. Edward ne le croirait pas. Mais il commençait à se dire qu'il devait essayer. Il n'avait rien à perdre. Et il avait absolument besoin d'agir après l'horrible soupçon qui lui était venu pendant la nuit.

Edward était déjà parti. Sur une brusque impulsion, Hugh décida de le suivre. Devinant où Edward déjeunait, il prit un fiacre jusqu'au Cowes Club. Il passa le trajet, depuis la City jusqu'à Pall Mall, à chercher des mots tout à la fois plausibles et inoffensifs, pour tenter de convaincre Edward. Mais toutes les phrases qu'il imaginait lui semblaient artificielles et, quand il arriva, il décida de dire la vérité sans fard en espérant que tout se passerait bien.

Il était encore tôt et Edward, seul dans le fumoir du club, buvait un grand verre de madère. Son eczéma empirait, remarqua Hugh : son cou paraissait rouge et irrité là où son col frottait.

Hugh s'assit à la même table et commanda du thé. Quand ils étaient enfants, Hugh détestait passionnément Edward et le regardait comme un monstre et une brute. Mais ces dernières années, il en était arrivé à considérer son cousin comme une victime. Edward était devenu tel sous l'influence de deux êtres pervers, Augusta et Micky. Augusta l'avait étouffé et Micky l'avait corrompu. Edward toutefois n'aimait toujours pas Hugh et il lui montra carrément qu'il ne souhaitait absolument pas sa compagnie. « Tu n'es quand même pas venu jusqu'ici pour prendre une tasse de thé. Qu'est-ce que tu veux ? »

Ce n'était pas un bon début, mais on n'y pouvait rien. Sans optimisme, Hugh commença. « J'ai à t'apprendre quelque chose qui va te choquer et t'horrifier.

— Vraiment ?

— Tu vas avoir du mal à le croire, mais c'est tout de même la vérité. Je crois que Micky Miranda est un meurtrier.

— Oh, bon sang, fit Edward, furieux. Tu ne vas pas m'ennuyer avec de telles absurdités.

— Écoute-moi avant d'écarter d'emblée ce que je te dis, insista Hugh : je quitte la banque, tu en es le président, je n'ai plus de raisons de me battre. Mais j'ai découvert quelque chose hier. Solly Greenbourne savait que ta mère était derrière cette campagne de presse lancée pour empêcher Ben Greenbourne d'être nommé lord. »

Edward tressaillit malgré lui, comme si ce que Hugh venait de dire éveillait en lui des échos d'une vérité qu'il connaissait déjà.

Hugh sentit ses espoirs se réveiller. « Je suis sur la bonne voie, n'est-ce pas ? » dit-il. Il poursuivit : « Et Solly a menacé d'annuler le contrat pour le chemin de fer de Santamaria, n'est-ce pas ? »

Edward acquiesça.

Hugh se pencha en avant, essayant de maîtriser son excitation.

Edward dit : « J'étais assis à cette même table avec Micky, quand Solly est arrivé, fou de rage. Mais...

— Et c'est ce soir-là que Solly est mort.

— Oui... mais Micky est resté tout le temps avec moi. Nous avons joué aux cartes ici, puis nous sommes allés ensemble chez Nellie.

— Il a dû te quitter, ne serait-ce que quelques minutes.

— Non...

— Je l'ai vu entrer au club à peu près à l'heure où Solly est mort.

— Ça devait être avant.

— Il est peut-être allé aux toilettes... je ne sais pas.

— Ça ne lui aurait pas donné beaucoup de temps. » Le visage d'Edward affichait une expression d'inébranlable scepticisme.

Hugh sentit ses espoirs s'évanouir de nouveau. Un moment, il avait réussi à semer le doute dans l'esprit d'Edward, mais cela n'avait pas duré.

« Tu as perdu la tête, continua Edward. Micky n'est pas un assassin. Cette idée est absurde. »

Hugh décida de lui parler de Peter Middleton. C'était un geste désespéré car, si Edward refusait de croire que Micky avait pu tuer Solly onze ans plus tôt, pourquoi croirait-il que Micky vingt-quatre ans auparavant était responsable de la mort de Peter? Mais il fallait essayer. « Micky a tué Peter Middleton aussi, dit-il, sachant qu'il courait le risque de paraître insensé.

— C'est ridicule!

— Tu crois que c'est toi qui l'as tué, je le sais. Tu lui as à plusieurs reprises enfoncé la tête sous l'eau puis tu t'es lancé à la poursuite de Tonio. Et tu es persuadé que Peter était trop épuisé pour nager jusqu'au bord et qu'il s'est noyé. Mais il y a une chose que tu ignores. »

Malgré son scepticisme, Edward parut intrigué. « Quoi donc?

— Peter était excellent nageur.

— C'était une mauviette!

— Oui... mais ce printemps-là, il faisait chaque jour de la natation. C'était peut-être une mauviette mais capable de faire des kilomètres à la nage. Il a gagné le bord sans difficulté : Tonio l'a vu.

— Qu'est-ce que... » Edward avala sa salive. « Qu'est-ce que Tonio a vu d'autre?

— Pendant que tu escaladais le bord de la carrière, Micky a tenu la tête de Peter sous l'eau jusqu'à ce qu'il se noie. »

A la surprise de Hugh, Edward ne repoussa pas cette idée. Il se contenta de dire : « Pourquoi as-tu attendu si longtemps pour me raconter ça?

— Je ne pensais pas que tu me croirais. Je ne te le dis maintenant que par désespoir, pour tenter de te dissuader de faire ce dernier investissement au Cordovay. » Il scruta le visage d'Edward et poursuivit : « Tu me crois, n'est-ce pas? »

Edward hocha la tête.

« Pourquoi?

— Parce que je sais pourquoi il a fait ça.

— Pourquoi? » Hugh brûlait de curiosité. Il y avait des années qu'il se posait cette question. « Pourquoi Micky a-t-il tué Peter? »

Edward but une grande gorgée de son madère, puis se cantonna dans le silence. Hugh avait peur qu'il ne refuse d'en dire plus. Cependant il finit par parler. « Au Cordovay, les Miranda sont une famille riche, mais leur fortune ne représente pas grand-chose ici. Quand Micky est arrivé à Windfield, en quelques semaines il a dépensé son allocation de toute une année. Mais il s'était vanté de la fortune de sa famille et il était trop orgueilleux pour avouer la vérité. Alors, quand il s'est trouvé à court d'argent, il en a volé. »

Hugh se rappelait le scandale qui avait ébranlé le collège en juin 1866. « Les six souverains d'or volés à Mr. Offerton, dit-il d'un ton songeur. C'était Micky le voleur ?

— Oui.

— Ça alors !

— Et Peter le savait.

— Comment ?

— Il a vu Micky sortir du bureau d'Offerton. Quand on a signalé le vol, il a deviné la vérité. Il a déclaré qu'il parlerait si Micky n'avouait pas. Nous avons trouvé que c'était un coup de chance de le surprendre à la baignade. Quand je lui ai mis la tête sous l'eau, j'essayais de lui faire peur pour qu'il se taise. Mais je n'aurais jamais cru...

— Que Micky le tuerait.

— Et dire que toutes ces années il m'a laissé croire que c'était ma faute et qu'il cachait la vérité pour mon bien, dit Edward. Le porc. »

Hugh se rendit compte que, contre toute attente, il avait réussi à ébranler la foi qu'Edward avait en Micky. Il fut tenté de dire : *Maintenant que tu sais qui il est, oublie le port de Santamaria.* Mais il fallait faire attention à ne pas viser trop haut. Il décida qu'il en avait dit assez : qu'Edward en tire lui-même les conclusions. Hugh se leva pour s'en aller. « Je suis navré de t'avoir assené un tel coup. »

Plongé dans ses pensées, Edward se frottait le cou là où son eczéma le démangeait. « Oui, dit-il d'un ton vague.

— Il faut que j'y aille. »

Edward se tut. Il semblait avoir oublié l'existence de Hugh. Il avait le regard fixé sur son verre. Hugh le regarda attentivement. Il eut un choc : Edward pleurait.

Hugh sortit et referma la porte.

4

Augusta aimait son état de veuve. D'abord, le deuil lui allait bien. Avec ses yeux sombres, ses cheveux argentés et ses sourcils foncés, elle était très belle en noir.

Joseph était mort depuis quatre semaines et il lui manquait étonnamment peu. Certes, elle trouvait bizarre qu'il ne fût plus là pour se plaindre que le bœuf fût insuffisamment cuit ou la bibliothèque poussiéreuse. Elle dînait seule une ou deux fois par semaine, mais elle avait toujours apprécié sa propre compagnie. Elle n'était plus l'épouse du président de la banque, mais la mère du nouveau président. Et puis elle était la comtesse douairière de Whitehaven. Elle jouissait de tout ce que Joseph lui avait donné, sans l'inconvénient de supporter en même temps Joseph. Et elle pouvait se remarier. A cinquante-huit ans, elle n'aurait plus d'enfant. Mais elle avait encore des désirs de jeune fille. Cela s'était même aggravé depuis la mort de Joseph. Quand Micky Miranda lui touchait le bras ou la regardait dans les yeux, quand il laissait une main s'attarder sur sa hanche en l'escortant dans une pièce, elle éprouvait plus vivement que jamais cette sensation de plaisir mêlé de faiblesse qui lui faisait tourner la tête.

En se contemplant dans la glace du salon, elle songea : nous nous ressemblons, Micky et moi, même de teint. Nous aurions pu avoir de jolis bébés aux yeux bruns.

Elle y pensait quand son bébé aux yeux bleus et aux cheveux blonds entra. Il n'avait pas l'air en forme. De corpulent, il était devenu résolument énorme et il souffrait d'un problème de peau. Il était souvent de mauvaise humeur vers l'heure du thé, quand les effets du vin bu au déjeuner s'estompaient.

Mais elle avait quelque chose d'important à lui dire et elle ne se sentait pas d'humeur à le ménager. « Qu'est-ce que j'entends, Emily demande une annulation de votre mariage ?

— Elle veut épouser quelqu'un d'autre, expliqua Edward d'un ton morne.

— Elle ne peut pas... elle est ta femme !

— Pas vraiment. »

Que diable racontait-il ? Malgré tout l'amour qu'elle avait pour lui, elle le trouvait parfois profondément agaçant. « Ne sois pas ridicule, lança-t-elle. Bien sûr qu'elle est ta femme.

— Je ne l'ai épousée que parce que vous le vouliez. Elle n'a accepté que parce que ses parents l'y ont obligée. Nous ne nous sommes jamais aimés et... » Il hésita puis lâcha : « Nous n'avons jamais consommé notre mariage. »

C'était donc là qu'il voulait en venir. Augusta était stupéfaite qu'il eût le toupet de faire directement allusion à l'acte sexuel : on ne parlait pas de ces choses-là devant les femmes. Toutefois, elle n'était pas surprise d'apprendre que leur mariage n'était qu'un simulacre : elle l'avait deviné depuis des années. Malgré tout, elle n'allait pas laisser Emily s'en tirer comme ça. « Nous ne pouvons pas nous permettre d'affronter un scandale, dit-elle d'un ton ferme.

— Ce ne serait pas un scandale...

— Bien sûr que si, répliqua-t-elle, exaspérée par son manque de clairvoyance. Tout Londres en parlerait pendant un an et ce serait dans tous les journaux à sensation. » Edward était maintenant lord Whitehaven, et une affaire de mœurs impliquant la noblesse était exactement ce qui faisait les choux gras des hebdomadaires qu'achetaient les domestiques.

« Mais, dit piteusement Edward, vous ne pensez pas qu'Emily a le droit d'être libre ? »

Augusta ignora ce pathétique appel à la justice. « Peut-elle t'y contraindre ?

— Elle veut que je signe un document attestant que le mariage n'a jamais été consommé. Ensuite, apparemment, ça ira tout seul.

— Et si tu ne signes pas ?

— Alors, ce sera plus compliqué. Ces choses-là ne sont pas faciles à prouver.

— Voilà qui règle le problème. Nous n'avons aucune raison de nous inquiéter. Ne parlons plus de ce sujet gênant.

— Mais...

— Dis-lui qu'elle n'aura pas son annulation. Je ne veux absolument pas en entendre parler. »

Elle fut surprise de le voir capituler aussi vite. Même si, généralement, elle finissait par l'emporter, il opposait d'habitude davantage de résistance. Il devait y avoir autre chose. « Qu'est-ce qui se passe, Teddy ? » demanda-t-elle d'une voix plus douce.

Il poussa un gros soupir. « Hugh m'a raconté une histoire insensée.

— Quoi donc ?

— Il assure que Micky a tué Solly Greenbourne. »

Augusta sentit un frisson la parcourir. « Comment cela ? Solly a été renversé par un attelage.

— D'après Hugh, c'est Micky qui l'a poussé devant les chevaux.

— Et tu le crois ?

— Micky était avec moi ce soir-là, mais il a très bien pu s'éclipser quelques minutes. C'est possible. Est-ce que vous le croyez, mère ? »

Augusta hocha la tête. Elle voyait en Micky un homme

dangereux et téméraire : c'était ce qui lui donnait un tel magnétisme. A n'en pas douter, il était capable de commettre un meurtre aussi audacieux — et capable également de s'en tirer.

« J'ai du mal à l'admettre, reprit Edward. Je sais que Micky a des côtés pervers, mais de là à tuer...

— Pourtant, dit Augusta, il en est capable.

— Comment pouvez-vous en être sûre ? »

Edward avait un air si lamentable qu'Augusta fut tentée de partager avec lui son secret. Était-ce bien sage ? Cela ne pouvait être dangereux. Bouleversé par la révélation de Hugh, Edward semblait plus réfléchi que d'habitude. Peut-être la vérité lui feraitelle du bien. Cela le rendrait sans doute plus sérieux. Elle décida de tout lui avouer. « Micky a tué ton oncle Seth, révéla-t-elle.

— Bonté divine !

— Il l'a étouffé avec un oreiller. Je l'ai pris sur le fait. » Augusta sentit une vague de chaleur lui transpercer le corps au souvenir de la scène qui avait suivi.

« Mais, demanda Edward, pourquoi Micky aurait-il tué oncle Seth ?

— Il était pressé de faire expédier ces fusils au Cordovay, tu ne te souviens pas ?

— Si. » Edward resta quelques instants silencieux. Augusta ferma les yeux : elle revivait cette longue et folle étreinte avec Micky dans la chambre auprès du mort.

Edward la tira de sa rêverie. « Il y a autre chose, et c'est encore pire. Vous vous souvenez de ce garçon, Peter Middleton ?

— Certainement. » Augusta ne l'oublierait jamais. Sa mort n'avait cessé de hanter la famille. « Et alors ?

— Hugh affirme que c'est Micky qui l'a tué. »

C'était au tour d'Augusta maintenant d'être bouleversée. « Quoi ? Non ? Je ne peux pas le croire.

— Il lui a délibérément maintenu la tête sous l'eau et l'a noyé. »

Ce n'était pas le meurtre en lui-même, mais l'idée de la trahison de Micky qui l'horrifiait. « Hugh doit mentir.

— Il prétend que Tonio Silva a été témoin de toute la scène.

— Et ça voudrait dire que, pendant toutes ces années, Micky nous a abominablement trompés !

— Mère, je crois que oui. »

Augusta comprit avec épouvante qu'Edward n'accorderait pas crédit sans raison à une histoire aussi insensée. « Pourquoi es-tu si disposé à croire ce que dit Hugh ?

— Parce que je suis au courant d'un fait que Hugh ne connaissait pas, et qui explique toute l'histoire. Voyez-vous, Micky avait volé de l'argent à un des maîtres. Peter le savait et menaçait de tout raconter. Micky cherchait désespérément un moyen de le faire taire.

— Micky était toujours à court d'argent », se rappela Augusta. Elle secoua la tête d'un air incrédule. « Et dire que toutes ces années nous avons cru...

— ... Que c'était ma faute si Peter était mort. »

Augusta acquiesça.

« Et, reprit Edward, Micky nous a laissés le croire. Mère, je n'arrive pas à l'admettre. Je me suis pris pour un meurtrier, Micky savait que je n'en étais pas un, mais il n'a rien dit. N'est-ce pas une terrible trahison ? »

Augusta regarda son fils avec compassion. « Est-ce que tu vas le lâcher ?

— C'est inévitable, fit Edward, accablé. Mais, au fond, c'est mon seul ami. »

Augusta était au bord des larmes. Ils se regardaient, songeant à tout ce qu'ils avaient fait et à leurs motifs.

« Depuis vingt-quatre ans, dit Edward, nous le traitons comme un membre de la famille. Et c'est un monstre. »

Un monstre, songea Augusta. Et c'était vrai.

Et pourtant elle l'aimait. Même s'il avait tué trois personnes, elle aimait Micky Miranda. Malgré la façon dont il l'avait trompée, elle savait que, s'il entrait dans la pièce à l'instant, elle brûlerait d'envie de le prendre dans ses bras.

Elle regarda son fils. Lisant sur son visage, elle vit qu'il éprouvait le même sentiment. Elle l'avait toujours su au fond de son cœur, mais à présent son esprit le reconnaissait.

Edward, lui aussi, était amoureux de Micky.

Chapitre deux

Octobre

1

Micky Miranda était soucieux. Assis dans le salon du Cowes Club, il fumait un cigare en s'interrogeant sur ce qu'il avait fait pour offenser Edward : ce dernier l'évitait. Il ne venait plus au club ni chez Nellie et ne se montrait même pas dans le salon d'Augusta à l'heure du thé. Cela faisait une semaine que Micky ne l'avait pas vu. Il avait demandé à Augusta ce qui se passait : elle lui avait répondu qu'elle l'ignorait. Il l'avait trouvée un peu étrange et la soupçonnait de savoir quelque chose mais de ne pas vouloir en parler.

En plus de vingt ans, cela n'était jamais arrivé. De temps en temps, Edward prenait mal un geste de Micky et boudait, mais ça ne durait jamais plus d'un jour ou deux. Cette fois, c'était sérieux : et cela signifiait que le financement du port de Santamaria risquait d'être compromis.

Au cours de la dernière décennie, la banque Pilaster avait émis environ une fois par an des bons d'emprunt pour le Cordovay. Une partie de cet argent avait apporté des capitaux pour la construction de chemins de fer, de canalisations, de mines. Une autre pouvait être considérée comme un simple prêt consenti au gouvernement. Tout cela, directement ou indirectement, avait profité à la famille Miranda, et Papa Miranda était aujourd'hui l'homme le plus puissant du Cordovay après le président.

Micky touchait une commission sur tout — même si personne à la banque ne le savait — et il possédait à présent une grosse fortune personnelle. Plus intéressant encore, son talent pour lever des capitaux avait fait de lui un des personnages les plus importants de la politique cordovayenne et l'incontestable héritier du pouvoir de son père.

Et voilà maintenant que Papa allait déclencher une révolution.

Les plans étaient prêts. L'armée de Miranda allait foncer par la voie ferrée et assiéger la capitale. Une autre attaque serait simultanément lancée sur Milpita, le port de la côte Pacifique qui desservait Palma.

Mais les révolutions, ça coûtait de l'argent. Papa avait donné pour consigne à Micky de lancer le plus gros emprunt cordovayen jamais tenté, deux millions de livres sterling, afin d'acheter les armes et le matériel nécessaires pour mener une guerre civile. Papa avait promis une récompense superbe : quand il serait président, Micky deviendrait Premier ministre avec autorité sur tous, à l'exception de Papa lui-même. Et on le nommerait successeur de Papa pour devenir président à la mort de ce dernier.

C'était ce qu'il avait toujours voulu.

Il allait rentrer dans son pays en héros, héritier du trône, bras droit du Président, il allait régner sur ses cousins, ses oncles et — ce qui était plus satisfaisant que tout — sur son frère aîné.

Et tout cela était mis en péril par Edward.

Edward jouait dans ce plan un rôle essentiel. Micky avait octroyé à la banque Pilaster un monopole officieux sur le commerce avec le Cordovay afin de renforcer à l'intérieur de la banque le prestige et le pouvoir d'Edward. Ça avait marché : Edward était maintenant président, poste auquel il n'aurait jamais pu accéder sans aide. Mais personne d'autre dans la communauté financière de Londres n'avait eu l'occasion de s'intéresser au commerce cordovayen. Les autres banques n'en savaient donc pas assez sur le pays pour vouloir y investir. Et elles se méfiaient doublement de tout projet que leur apportait Micky, car elles supposaient qu'il avait déjà été refusé par les Pilaster. Micky avait essayé de lever des capitaux pour le Cordovay par l'intermédiaire d'autres banques, mais il s'était toujours heurté à un refus.

La bouderie d'Edward le préoccupait extrêmement. Micky en perdait le sommeil. Comme Augusta semblait peu désireuse ou incapable de jeter la moindre lumière sur le problème, Micky n'avait personne à qui s'adresser : il était lui-même le seul ami intime d'Edward.

Il restait assis là à fumer et à ruminer quand il aperçut Hugh Pilaster. Il était sept heures et Hugh, en tenue de soirée, prenait un verre tout seul en attendant sans doute de retrouver des gens pour dîner.

Micky n'aimait pas Hugh et il savait que c'était réciproque. Mais Hugh se doutait peut-être de ce qui se passait. Et Micky n'avait rien à perdre à l'interroger. Il se leva donc et se dirigea vers sa table.

« Bonsoir, Pilaster, dit-il.

— Bonsoir, Miranda.

— As-tu vu ton cousin Edward récemment? Il semble avoir disparu de la circulation.

— Il vient tous les jours à la banque.

— Ah. » Micky hésitait. Comme Hugh ne l'invitait pas à s'asseoir, il dit : « Tu permets? » et s'installa sans attendre de réponse. Parlant plus bas, il reprit : « Saurais-tu par hasard si j'ai fait quelque chose pour l'offenser? »

Hugh resta un moment songeur, puis déclara : « Je ne vois aucune raison de ne pas te le dire. Edward a découvert que tu avais tué Peter Middleton et que tu lui mentais à ce sujet depuis vingt-quatre ans. »

Micky faillit sauter de son fauteuil. Comment diable la chose s'était-elle sue? Il faillit poser la question, puis se rendit compte qu'il ne pouvait le faire sans s'avouer coupable. Feignant donc la colère, il se leva brusquement. « Je tâcherai d'oublier que tu as jamais dit cela », lança-t-il, et il quitta la pièce.

Micky n'eut besoin que de quelques instants pour comprendre qu'il ne risquait pas plus qu'avant d'ennuis avec la police. Personne ne pouvait prouver ce qu'il avait fait et c'était arrivé voilà si longtemps que cela ne rimerait à rien de rouvrir l'enquête. Le véritable danger, c'était qu'Edward refuse de lever les deux millions de livres dont Papa avait besoin.

Il fallait obtenir le pardon d'Edward, et pour cela le voir.

Il ne pouvait agir ce soir, car il devait assister à une réception diplomatique à l'ambassade de France et ensuite à un dîner avec des membres conservateurs du Parlement. Mais, dès le lendemain, il se rendit chez Nellie à l'heure du déjeuner, réveilla April et la persuada d'envoyer à Edward un billet lui promettant « quelque chose de spécial » s'il venait au bordel ce soir-là.

Micky retint la meilleure chambre et engagea les services de l'actuelle favorite d'Edward, Henrietta, une fille mince aux courts cheveux bruns. Il lui ordonna de revêtir une tenue de soirée masculine avec haut-de-forme, ce qu'Edward trouvait très sexy.

A neuf heures et demie, il attendait Edward. La chambre contenait un énorme lit à colonnes, deux canapés, une grande cheminée, l'habituelle table de toilette et une série de tableaux résolument obscènes ayant pour cadre une morgue et représentant un préparateur libidineux se livrant à toutes sortes d'actes sexuels sur le pâle cadavre d'une belle jeune fille. Installé sur un canapé de velours, Micky, ayant pour tout vêtement une robe de chambre en soie, sirotait du cognac avec Henrietta auprès de lui. Elle ne tarda pas à s'ennuyer. « Tu aimes ces peintures ? » lui demanda-t-elle.

Il haussa les épaules sans répondre. Il n'avait aucune envie de lui faire la conversation. Il s'intéressait très peu aux femmes : l'acte sexuel n'était qu'un processus mécanique monotone. Ce qu'il aimait dans le sexe, c'était le pouvoir que cela lui conférait. Femmes et hommes indifféremment étaient toujours tombés amoureux de lui et il ne se lassait jamais d'utiliser leur engouement pour les contrôler, les exploiter et les humilier. Même dans sa passion juvénile pour Augusta Pilaster, il y avait une part du désir de dompter et de chevaucher une jument sauvage pleine de feu.

Sur ce plan-là, Henrietta n'avait rien à lui offrir : ce n'était pas un défi de la maîtriser, elle n'avait rien qui valût la peine d'être exploité et il n'y avait aucune satisfaction à humilier quelqu'un d'aussi bas sur l'échelle sociale qu'une prostituée. Il fumait donc son cigare en se demandant avec inquiétude si Edward allait venir.

Une heure s'écoula, puis une autre encore. Micky commençait à perdre espoir. Y avait-il une autre façon de joindre Edward ? Il était très difficile d'atteindre un homme qui refusait de vous voir. Il pouvait à son domicile « ne pas être là » et à son bureau « ne pas être disponible ». Micky pourrait évidemment traîner devant la banque pour surprendre Edward allant déjeuner, mais c'était indigne de lui, et d'ailleurs Edward pourrait l'ignorer de la même façon. Tôt ou tard, ils se rencontreraient bien à l'occasion de quelque mondanité, mais cela se produirait peut-être d'ici plusieurs semaines, et Micky ne pouvait pas se permettre d'attendre aussi longtemps.

Juste avant minuit, April passa la tête par la porte et annonça : « Il vient d'arriver.

— Enfin, soupira Micky, soulagé.

— Il prend un verre mais il n'a pas envie de jouer aux cartes. A mon avis, il sera là dans quelques minutes. »

Micky sentait sa tension monter. Il s'était rendu coupable de la plus épouvantable trahison imaginable. Il avait laissé Edward souffrir un quart de siècle en croyant qu'il avait tué Peter Middleton alors qu'en réalité c'était lui le coupable. C'était beaucoup demander à Edward que de pardonner cela.

Mais Micky avait un plan.

Il installa Henrietta sur le canapé. Il la fit s'asseoir, le haut-de-forme baissé sur les yeux, les jambes croisées et fumant une cigarette. Il baissa l'éclairage au gaz, puis alla s'installer sur le lit derrière la porte.

Quelques instants plus tard, Edward parut. Dans la pénombre il ne remarqua pas Micky. Il s'arrêta sur le seuil, vit Henrietta et dit : « Bonjour... qui êtes-vous ? »

Elle releva la tête. « Bonjour, Edward.

— Oh, c'est toi », fit-il. Il entra et referma la porte. « Alors, quel est donc le “ quelque chose de spécial ” dont m'a parlé April. Ce n'est pas la première fois que je te vois en habit.

— C'est moi », dit Micky en se redressant.

Edward se rembrunit. « Je n'ai pas envie de te voir », lança-t-il, et il se dirigea vers la porte.

Micky lui barra le chemin. « Dis-moi au moins pourquoi. Nous sommes amis depuis trop longtemps.

— J'ai découvert la vérité à propos de Peter Middleton. »

Micky hocha la tête. « Veux-tu me donner une chance de m'expliquer ?

— Qu'y a-t-il à expliquer ?

— Comment j'en suis arrivé à commettre une si terrible erreur et pourquoi je n'ai jamais eu le courage de l'avouer. »

Edward le fixait d'un air buté.

Micky reprit : « Assieds-toi une minute auprès d'Henrietta et laisse-moi parler. »

Edward hésitait.

« S'il te plaît », insista Micky.

Edward s'assit sur le canapé.

Micky s'approcha du buffet et lui servit un cognac qu'Edward saisit sans broncher. Henrietta s'approcha sur le sofa et lui prit le bras. Edward but une gorgée, regarda autour de lui et dit : « J'ai horreur de ces tableaux.

— Moi aussi ! s'exclama Henrietta. Ils me donnent la chair de poule.

— Tais-toi, Henrietta, ordonna Micky.
— Oh, fit-elle avec indignation, pardon d'avoir parlé. »
Micky vint s'asseoir sur l'autre canapé et s'adressa à Edward. « J'ai eu tort et je t'ai trahi, commença-t-il. Mais j'avais seize ans et presque toute notre vie nous avons été les meilleurs amis du monde. Vas-tu vraiment faire table rase de tout cela pour une peccadille de collégiens ?
— Au cours de ces vingt-quatre dernières années, tu aurais quand même pu me dire la vérité ! » s'écria Edward, indigné.
Micky affecta un air attristé. « J'aurais pu et j'aurais dû. Mais une fois qu'on a dit un mensonge, c'est difficile de le rattraper. Ça aurait gâché notre amitié.
— Pas forcément, chuchota Edward.
— Eh bien, c'est fait maintenant... n'est-ce pas ?
— Oui », dit Edward. Mais on sentait dans sa voix un tremblement d'incertitude.
Micky comprit que le moment était venu de sortir le grand jeu.
Il se leva et ôta son peignoir.
Il savait qu'il était beau : son corps était encore mince et sa peau lisse, excepté les quelques poils qu'il avait sur le torse et à l'aine.
Henrietta aussitôt quitta le canapé et s'agenouilla devant eux. Micky observait Edward. Une lueur de désir passa dans ses yeux, mais il reprit obstinément un air mauvais et détourna la tête.
En désespoir de cause, Micky abattit ses dernières cartes.
« Henrietta, dit-il, laisse-nous. »
Elle eut l'air stupéfaite mais se redressa et s'en alla.
Edward dévisagea Micky. « Pourquoi as-tu fait ça ?
— Est-ce que nous avons besoin d'elle ? » répliqua Micky. Et il s'approcha du canapé, si bien qu'il avait l'entrejambe à quelques centimètres du visage d'Edward. Il avança une main hésitante, la posa sur la tête d'Edward et doucement lui caressa les cheveux. Edward ne bougeait toujours pas.
Micky continua : « Nous sommes mieux sans elle... tu ne trouves pas ? »
Edward avala péniblement sa salive et s'obstina dans son mutisme.
« Tu ne trouves pas ? » répéta Micky.
Edward enfin répondit. « Oui, murmura-t-il. Oui. »

La semaine suivante, Micky pénétra pour la première fois dans le sanctuaire silencieux du bureau des associés à la banque Pilaster.

Il leur apportait des affaires depuis dix-sept ans mais, chaque fois qu'il venait à la banque, on le faisait attendre dans l'un des autres bureaux et un huissier allait chercher Edward dans la salle des associés. Sans doute, pensait-il, aurait-on admis bien plus vite un Anglais dans le saint des saints. Il adorait Londres, mais il savait qu'ici il serait toujours un étranger.

Nerveux, il étala sur une grande table au milieu de la pièce les plans du port de Santamaria. Les dessins montraient un port entièrement nouveau sur la côte atlantique du Cordovay, avec un chantier de construction navale et un embranchement de chemin de fer.

Bien entendu, rien de tout cela ne serait jamais construit. Les deux millions de livres iraient tout droit dans le trésor de guerre de Miranda. Mais le relevé était authentique, les plans l'œuvre d'un professionnel et, s'il s'était agi d'une proposition honnête, le projet aurait peut-être même pu rapporter de l'argent.

Mais la proposition était malhonnête, et constituait sans doute l'une des escroqueries les plus ambitieuses de l'histoire.

Micky prodiguait les explications, il parlait de matériaux de construction, de coûts de main-d'œuvre, de droits de douane et de projections de revenus. Tout cela en s'efforçant de garder un air parfaitement calme. Sa carrière tout entière, l'avenir de sa famille et le destin de son pays dépendaient de la décision qui allait être prise aujourd'hui dans cette pièce.

Les associés aussi se sentaient tendus. Ils étaient là tous les six : les deux gendres, le major Hartshorn et sir Harry Tonks, Samuel, le jeune William, Edward et Hugh.

Il y aurait bataille, mais les chances étaient du côté d'Edward, le président. Le major Hartshorn et sir Harry faisaient toujours ce que leur dictaient leurs épouses Pilaster, qui, elles-mêmes, prenaient leurs ordres d'Augusta : ils soutiendraient donc Edward. Samuel appuierait sans doute Hugh. Le seul élément imprévisible était le jeune William.

Comme on pouvait s'y attendre, Edward se montra enthousiaste. Il avait pardonné à Micky, ils étaient de nouveau les meilleurs amis du monde et c'était son premier grand projet en tant que président de la banque. Il paraissait enchanté de disposer d'une si grosse affaire pour entamer son mandat.

Sir Harry prit la parole après lui. « Le projet est étudié avec soin et depuis une décennie nous avons toujours bien vendu les bons cordovayens. Ça me semble une proposition séduisante. »

Comme prévu, l'opposition vint de Hugh. Il avait révélé à Edward la vérité à propos de Peter Middleton et ses raisons, très certainement, avaient été d'empêcher l'émission de cet emprunt. « J'ai regardé ce qu'il était advenu des dernières émissions de bons sud-américains dont nous nous sommes occupés », dit-il. Il distribua à la ronde des copies d'un tableau. Micky étudia le document tandis que Hugh continuait : « Le taux d'intérêt offert est monté de six pour cent il y a trois ans à sept et demi l'an dernier. Malgré cette augmentation, le nombre de bons invendus n'a cessé chaque fois d'augmenter. »

Micky s'y connaissait suffisamment en finance pour comprendre ce que cela signifiait : les investisseurs trouvaient les bons sud-américains de moins en moins séduisants. Le calme exposé de Hugh et sa logique impitoyable faisaient bouillir Micky.

Hugh reprit : « En outre, lors de chacune des trois dernières émissions, la banque a été obligée d'acheter elle-même des bons pour maintenir artificiellement les cours. » Cela voulait dire, interpréta Micky, que les chiffres du tableau sous-estimaient l'ampleur du problème.

« La conséquence de notre insistance à poursuivre nos opérations sur ce marché saturé est que nous détenons maintenant pour près d'un million de livres de bons du Cordovay. Dans ce seul secteur, notre banque s'est beaucoup trop engagée. »

C'était un argument de poids. S'efforçant de garder son sang-froid, Micky songea que, s'il était un associé, il voterait maintenant contre le projet. Mais la décision ne se prendrait pas pour des raisons purement financières. L'argent n'était pas seul en jeu.

Pendant quelques secondes, personne ne dit mot. Edward avait l'air furieux mais il se maîtrisait, sachant qu'il serait préférable que ce fût l'un des autres associés qui portât la contradiction à Hugh.

Sir Harry finit par déclarer : « Tout cela est très pertinent, Hugh, mais je crois que vous exagérez un peu les inconvénients. »

George Hartshorn renchérit. « Nous sommes tous d'accord : le projet en lui-même est sain. Le risque est minime et les bénéfices considérables. Je pense que nous devrions donner notre accord. »

Micky savait d'avance que ces deux-là allaient soutenir Edward. Il attendait le verdict du jeune William.

Mais ce fut Samuel qui s'exprima ensuite. « Je comprends que vous hésitiez tous à opposer votre veto à la première affaire importante apportée par notre nouveau président. » On avait l'impression, à l'entendre, qu'ils n'étaient pas des ennemis divisés en camps adverses, mais des hommes raisonnables qui ne pourraient s'empêcher de se mettre d'accord avec un peu de bonne volonté. « Peut-être n'êtes-vous pas enclins à vous fier aux opinions de deux associés qui ont déjà annoncé leur démission. Mais je suis dans les affaires depuis deux fois plus longtemps que quiconque dans cette pièce ; quant à Hugh, il est sans doute le jeune banquier le plus brillant du monde, et nous avons tous deux le sentiment que ce projet est plus dangereux qu'il n'en a l'air. Ne laissez pas des considérations personnelles vous amener à écarter d'emblée cette opinion. »

Samuel était éloquent, mais sa position était connue d'avance. Tous les regards étaient maintenant tournés vers le jeune William.

Il parla enfin. « Les bons sud-américains ont toujours paru plus risqués, commença-t-il. Si nous nous étions laissé effrayer, nous aurions manqué pas mal d'opérations profitables au cours de ces dernières années. » Bon début, se dit Micky. William poursuivit : « Je ne crois pas qu'il faille s'attendre à un effondrement financier. Sous la houlette du président Garcia, le Cordovay n'a fait que se renforcer. Je suis persuadé que nous pouvons espérer des bénéfices accrus dans les affaires que nous ferons là-bas à l'avenir. Nous devrions rechercher davantage d'opérations de ce genre, et non moins. »

Micky poussa un long et silencieux soupir de soulagement. Il l'avait emporté.

« Alors, dit Edward, quatre associés pour et deux contre.

— Un instant », fit Hugh.

Dieu nous garde, songea Micky, de voir Hugh sortir quelque chose de sa manche. Il serra les dents. Il aurait voulu émettre une protestation, mais force lui était de se contrôler.

Edward lança à Hugh un regard irrité. « Qu'y a-t-il ? Tu es en minorité.

— Dans cette pièce, dit Hugh, on a toujours voté en dernier ressort. Quand il y a désaccord entre les associés, nous essayons de parvenir à un compromis auquel tout le monde puisse se rallier. »

Micky sentait Edward prêt à repousser cette idée, mais William interrogea : « Qu'est-ce que tu as en tête, Hugh ?

— Permettez-moi, dit Hugh, de poser une question à

Edward. Es-tu bien sûr que nous pourrons vendre la totalité ou la quasi-totalité de ces bons ?

— Oui, si nous en fixons convenablement le cours », répondit Edward. A voir son expression, on devinait qu'il ne savait absolument pas où aboutirait cette discussion. Micky avait le terrible pressentiment qu'il allait se faire manœuvrer.

Hugh reprit : « Alors pourquoi ne pas vendre les bons à la commission plutôt que de garantir l'émission ? »

Micky étouffa un juron. Ce n'était pas du tout ce qu'il voulait. Normalement, quand la banque émettait, supposons, pour un million de livres de bons, elle s'engageait à acheter elle-même tous ceux qui ne seraient pas vendus, garantissant ainsi que l'emprunteur recevrait le million attendu. En échange de cette garantie, la banque percevait un coquet pourcentage. L'autre méthode consistait à mettre les bons en vente sans garantie. La banque ne prenait pas de risques et touchait un pourcentage bien inférieur mais, si l'on ne vendait que dix mille bons sur un million, l'emprunteur ne toucherait que dix mille livres. C'était lui qui supportait le risque : et à ce stade, Micky ne pouvait en tolérer aucun.

« Hmmm, marmonna William. C'est une idée. »

Hugh avait été malin, constata Micky au désespoir. S'il avait continué à s'opposer carrément au projet, il se serait trouvé en minorité. Mais il avait suggéré une façon de réduire le risque. Les banquiers, race conservatrice, adoraient réduire les risques.

« Si nous les vendons tous, déclara sir Harry, même avec la commission réduite, nous gagnons encore environ soixante mille livres. Et, si nous ne les vendons pas en totalité, nous aurons évité une perte considérable. »

Dis quelque chose, Edward ! aurait voulu souffler Micky. Edward était en train de perdre le contrôle de la réunion. Mais il ne semblait pas savoir comment le reprendre.

« Et, renchérit Samuel, nous pourrons enregistrer une décision unanime des associés : toujours une agréable conclusion. »

Il y eut un murmure général d'assentiment.

Au désespoir, Micky déclara : « Je ne peux pas promettre que mes mandants accepteront cela. Dans le passé, la banque a toujours garanti les émissions de bons du Cordovay. Si vous décidez de changer votre politique... » Il hésita. « ... je devrais peut-être m'adresser à un autre établissement. » C'était une menace vaine, mais pouvaient-ils le savoir ?

William était vexé. « C'est votre droit. Peut-être une autre banque considérera-t-elle différemment les risques en jeu. »

Micky vit que sa menace n'avait réussi qu'à consolider l'opposition. Il s'empressa de conclure : « Les dirigeants de mon pays apprécient les relations qu'ils entretiennent avec la banque Pilaster et ne voudraient pas les compromettre.

— Et nous partageons leurs sentiments, dit Edward.

— Merci. » Micky se rendit compte qu'il n'y avait plus rien à ajouter.

Il se mit à rouler la carte du port. Il avait été vaincu, mais il n'était pas encore prêt à renoncer. Ces deux millions de livres étaient un élément clé pour conquérir la présidence de son pays. Il les lui fallait.

Il allait bien trouver quelque chose.

Edward et Micky étaient convenus de déjeuner ensemble au Cowes Club. Ce devait être pour célébrer leur triomphe, mais ils n'avaient plus rien à fêter.

Micky avait préparé son plan. Sa seule chance maintenant était de persuader Edward d'aller secrètement à l'encontre de la décision des associés et de garantir l'emprunt sans les en aviser. C'était un acte scandaleux, d'une folle témérité et sans doute criminel. Mais il n'y avait pas d'autre solution.

Micky était déjà attablé quand Edward arriva.

« Je suis très déçu de ce qui s'est passé à la banque ce matin, déclara-t-il d'emblée.

— C'est la faute de mon maudit cousin Hugh », dit Edward en s'asseyant. Il fit signe à un serveur : « Apportez-moi un grand verre de madère.

— L'ennui, c'est que, si l'emprunt n'est pas garanti, on n'a aucune certitude que le port sera construit.

— J'ai fait de mon mieux, dit Edward d'un ton plaintif. Tu l'as bien vu, tu étais là. »

Micky acquiesça. C'était malheureusement vrai. Si Edward avait été un brillant manipulateur d'hommes — comme sa mère —, il aurait pu l'emporter sur Hugh. Mais, s'il avait été ce genre d'homme, il ne serait pas un pion dans la main de Micky.

Et, même ainsi, peut-être refuserait-il la proposition à laquelle songeait Micky. Ce dernier se creusa la cervelle pour découvrir des moyens de le persuader ou de le contraindre.

Ils commandèrent leur déjeuner. Quand le serveur fut parti, Edward dit : « J'ai pensé que j'allais peut-être chercher un endroit pour moi. Ça fait trop longtemps que je vis avec ma mère. »

Micky fit un effort pour avoir l'air intéressé. « Tu achèterais une maison ?

— Petite. Je ne veux pas un palais, avec des douzaines de femmes de chambre courant partout pour mettre du charbon dans les cheminées. Non, une maison modeste où il suffirait d'un bon maître d'hôtel et d'une poignée de domestiques.

— Mais tu as tout ce qu'il te faut à Whitehaven House.

— Tout, sauf la tranquillité. »

Micky commençait à voir où il voulait en venir. « Tu ne tiens pas à ce que ta mère sache tout ce que tu fais...

— Tu pourrais par exemple vouloir passer la nuit chez moi », dit Edward, en lançant à Micky un regard très direct.

Micky comprit soudain comment il pourrait exploiter cette idée. Il feignit la tristesse et secoua la tête. « Le temps que tu aies déniché la maison, j'aurai sans doute quitté Londres. »

Edward était anéanti. « Que diable veux-tu dire ?

— Si je ne trouve pas les fonds pour le nouveau port, je vais sûrement être rappelé par le Président.

— Mais tu ne peux pas rentrer ! s'exclama Edward.

— Je n'en ai assurément aucune envie. Mais il se peut que je n'aie pas le choix.

— Les bons vont se vendre, j'en suis sûr.

— Je l'espère. Sinon... »

Edward frappa du poing sur la table, faisant trembler les verres. « Si seulement Hugh m'avait laissé garantir l'emprunt !

— Je suppose, essaya Micky d'une voix mal assurée, que tu dois te plier à la décision des associés.

— Évidemment... Que veux-tu que je fasse d'autre ?

— Eh bien... » Il hésita. Il s'efforça de prendre un ton nonchalant. « Ne pourrais-tu pas simplement ne tenir aucun compte de ce qui s'est dit aujourd'hui et tout bonnement faire établir par ton secrétaire un contrat de garantie, sans en parler à personne ?

— Je le pourrais, je suppose, dit Edward, l'air soucieux.

— Après tout, tu es le président. Ça doit bien signifier quelque chose.

— Je pense bien.

— Simon Oliver préparerait discrètement les documents. Tu peux te fier à lui.

— Certainement. »

Micky avait du mal à croire qu'Edward ait accepté si facilement. « Ainsi je pourrais prolonger mon séjour à Londres, au lieu de devoir rentrer au Cordovay. »

Le domestique leur apporta du vin et leur versa à chacun un verre.

« En fin de compte, dit Edward, ça finirait par se savoir.

— A ce moment-là, il sera trop tard. Et tu pourras toujours faire passer ça pour une erreur de secrétariat. » Micky savait que ce n'était absolument pas plausible et il ne pensait pas qu'Edward allait avaler ça.

Mais Edward ne releva pas. « Si tu restes... » Il marqua un temps et baissa les yeux.

« Oui ?

— Si tu restes à Londres, viendras-tu de temps en temps passer la nuit dans ma nouvelle maison ? »

C'était la seule chose qui intéressait Edward, comprit Micky, triomphant. Il lui fit son plus charmant sourire. « Bien sûr. »

Edward hocha la tête. « C'est tout ce que je demande. Je vais parler à Simon cet après-midi. »

Micky leva son verre. « A l'amitié », dit-il.

Edward trinqua avec un petit sourire timide. « A l'amitié. »

2

Sans crier gare, Emily, l'épouse d'Edward, vint s'installer à Whitehaven House.

Tout le monde considérait la maison comme celle d'Augusta, mais c'était à Edward que Joseph l'avait en fait léguée. On ne pouvait donc pas jeter Emily dehors : ç'aurait été un motif de divorce et c'était justement ce que cherchait Emily.

Théoriquement, Emily était la maîtresse de maison et Augusta une belle-mère dont on tolérait la présence. Si Emily s'était ouvertement heurtée à Augusta, l'affrontement aurait été terrible. Augusta n'aurait pas souhaité mieux, mais Emily était trop habile pour l'attaquer de front. « Vous êtes ici chez vous, disait-elle d'une voix douce. Faites tout ce que vous voulez. » Son ton condescendant suffisait à faire grincer des dents Augusta.

Emily avait même le titre d'Augusta : en tant qu'épouse d'Edward, c'était elle maintenant la comtesse de Whitehaven, et Augusta n'était plus que la comtesse douairière.

Augusta continuait à donner des ordres aux domestiques comme si elle était chez elle et, chaque fois que l'occasion s'en présentait, elle annulait les instructions laissées par Emily. Emily ne se plaignait jamais. Les domestiques pourtant commençaient à grommeler. Ils préféraient Emily à Augusta — parce qu'elle était avec eux d'une mollesse stupide, pensait Augusta —, et ils trouvaient le moyen de rendre la vie d'Emily confortable en dépit des efforts d'Augusta.

L'arme la plus puissante dont disposait un employeur était la menace de congédier un serviteur sans lui donner de références. Personne après cela ne l'engageait. Mais Emily avait ravi cette arme à Augusta avec une facilité déconcertante. Emily un jour commanda de la sole pour le déjeuner. Augusta la fit remplacer par du saumon, on servit de la sole et Augusta congédia la cuisinière. Mais Emily donna à celle-ci des références éblouissantes et elle fut aussitôt engagée par le duc de Kingsbridge avec des gages plus élevés. Et, pour la première fois, les domestiques d'Augusta n'étaient plus terrifiés par elle.

Dans l'après-midi, des amis d'Emily venaient lui rendre visite à Whitehaven House. Le thé était un rituel auquel présidait la maîtresse de maison. Emily, souriant gentiment, demandait à Augusta de s'en charger : Augusta alors devait se montrer polie envers les invités d'Emily, ce qui était presque aussi déplaisant que de voir Emily jouer le rôle de maîtresse de maison.

Les dîners étaient pires encore. Augusta devait supporter d'entendre ses invités s'émerveiller de la gentillesse de lady Whitehaven qui laissait sa belle-mère présider la table.

Augusta avait été manœuvrée, ce qui était une expérience nouvelle pour elle. D'ordinaire, son ultime arme de dissuasion était d'exclure les gens du cercle de ses courtisans. C'était précisément ce que voulait Emily et Augusta ne pouvait donc pas utiliser cette menace.

Elle n'en devint que plus déterminée à ne jamais céder.

Les gens commencèrent à inviter Edward et Emily à des réceptions. Emily s'y rendait, qu'Edward l'accompagnât ou non. On ne tarda pas à le remarquer. Quand Emily était allée se terrer dans le Leicestershire, on pouvait fermer les yeux sur le fait qu'elle et son mari semblaient s'éviter. Mais depuis qu'ils vivaient tous les deux à Londres, cela devenait embarrassant.

Jadis, Augusta se montrait indifférente à l'opinion de la haute société. C'était une tradition chez les commerçants de considérer l'aristocratie comme composée de gens frivoles, pour ne pas dire dégénérés, et d'ignorer leurs opinions ou du moins de faire semblant. Mais Augusta avait depuis longtemps dépassé cette vanité de bourgeois. Elle était la comtesse douairière de Whitehaven et désirait l'approbation de l'élite de Londres. Elle ne pouvait pas laisser son fils décliner grossièrement les invitations des gens du meilleur monde. Elle le forçait donc à les accepter.

Ainsi, ce soir, le marquis de Hocastle se trouvait à Londres pour un débat à la Chambre des lords et la marquise donnait un dîner pour ceux, bien rares parmi ses amis, qui n'étaient pas à la campagne à chasser. Edward et Emily étaient invités, tout comme Augusta.

Quand Augusta arriva au pied de l'escalier dans sa robe de soie noire, elle aperçut Micky Miranda en tenue de soirée qui buvait du whisky dans le salon. En le voyant, elle sentit son cœur bondir tant il était séduisant avec son gilet blanc et son col cassé. Il se leva pour lui baiser la main. Elle se félicita d'avoir choisi cette robe dont le décolleté découvrait sa poitrine.

Edward avait pris ses distances avec Micky après avoir découvert la vérité sur la mort de Peter Middleton, mais cela n'avait duré que quelques jours, et ils étaient maintenant plus proches que jamais. Augusta en était ravie. Elle ne pouvait pas en vouloir à Micky. Elle avait toujours su qu'il était dangereux : cela ne le rendait que plus désirable. Parfois elle avait un peu peur de lui, à l'idée qu'il avait tué trois personnes, mais cette peur même l'excitait.

Micky était toujours marié. Il pourrait sans doute divorcer d'avec Rachel s'il le voulait — des bruits persistants couraient à propos d'elle et de Dan Robinson, le frère de Maisie, membre radical du Parlement —, mais, tant qu'il était ambassadeur, la chose n'était pas possible.

Augusta s'assit sur le sofa égyptien, comptant qu'il allait venir auprès d'elle. Pourtant, à sa vive déception, il s'installa en face.

Se sentant dédaignée, elle dit : « Que faites-vous ici ?

— Edward et moi allons à un combat de boxe.

— Certainement pas. Il dîne avec le marquis de Hocastle.

— Ah. » Micky hésita. « Je me demande si je ne me suis pas trompé... à moins que ce ne soit lui. »

Augusta était tout à fait sûre qu'Edward était le responsable et elle doutait que ce fût une erreur. Il adorait assister aux combats de boxe et il comptait sans doute esquiver le dîner. Elle allait y mettre le holà. « Vous feriez mieux d'y aller tout seul », déclara-t-elle à Micky.

Un éclair de rébellion passa dans les yeux de Micky et elle crut un instant qu'il allait la braver. Perdait-elle de son ascendant sur ce jeune homme ? Mais il se leva, avec une lenteur délibérée, et dit : « Je vais m'éclipser, alors, si vous voulez bien l'expliquer à Edward.

— Naturellement. »

Mais c'était trop tard. Micky n'avait pas atteint la porte qu'Edward entrait.

Augusta remarqua que son eczéma était très enflammé ce soir. Il lui couvrait la gorge et le bas de la nuque et montait jusqu'à une oreille. Cela la préoccupait mais, à entendre Edward, le docteur affirmait qu'il n'y avait pas de quoi s'inquiéter.

Se frottant les mains d'impatience, il dit : « J'ai hâte d'assister à cette rencontre. »

Augusta lança de son ton le plus autoritaire : « Edward, tu ne peux pas aller à cette soirée de boxe. »

On aurait dit un enfant à qui l'on vient d'annoncer qu'il n'y aura pas de fête de Noël. « Pourquoi pas ? » fit-il d'un ton plaintif.

Un instant, Augusta eut pitié de lui et faillit faire machine arrière. Puis elle se durcit et dit : « Tu sais pertinemment que tu as accepté une invitation à dîner du marquis de Hocastle.

— Ce n'est pas pour ce soir, si ?

— Tu sais très bien que si.

— Je n'irai pas.

— Tu dois y aller !

— Mais hier soir je suis sorti dîner avec Emily !

— Ce soir aussi, ça te fera deux dîners civilisés de suite.

— Pourquoi diable sommes-nous invités, d'ailleurs ?

— Ne jure pas devant ta mère ! Nous sommes invités parce que ce sont des amis d'Emily.

— Emily peut aller se faire... » Il surprit le regard d'Augusta et s'arrêta net. « Dites-leur que je suis malade.

— Ne sois pas ridicule.

— Mère, j'estime que je devrais pouvoir aller où bon me semble.

— Tu ne peux pas offenser des gens haut placés.

— Je veux voir le combat de boxe !

— Il n'en est pas question ! »

Enfin, Emily entra. Elle remarqua aussitôt l'atmosphère chargée d'électricité et dit : « Qu'y a-t-il ?

— Allez me chercher ce fichu bout de papier que vous me demandez tout le temps de signer ! dit Edward.

— De quoi parles-tu ? interrogea Augusta. Quel bout de papier ?

— Mon accord pour l'annulation. »

Augusta était horrifiée : elle se rendit compte avec une rage soudaine que rien de tout cela n'était le fruit du hasard. Emily avait tout prévu. Elle avait cherché à irriter Edward afin qu'il accepte de signer n'importe quoi rien que pour se débarrasser d'elle. Augusta l'avait même aidée, à son insu, en insistant pour qu'Edward remplisse ses obligations mondaines. Elle se sentait stupide : elle s'était laissé manipuler. Et maintenant, le plan d'Emily était sur le point de réussir.

« Emily ! fit Augusta. Restez ici ! »

Emily eut un sourire délicieux et sortit.

Augusta se tourna vers Edward. « Tu ne vas pas consentir à une annulation !

— Mère, répondit Edward, j'ai quarante ans. Je suis à la tête de l'entreprise familiale et, ici, je suis chez moi. Vous n'avez pas à me dire ce que je dois faire. »

Son visage arborait une expression maussade et obstinée : l'horrible pensée vint à Augusta que, pour la première fois de sa vie, son fils allait peut-être la défier.

Elle commençait à avoir peur.

« Viens t'asseoir ici, Teddy », dit-elle d'une voix plus douce.

A contrecœur, il obéit.

Elle tendit la main pour lui caresser la joue, mais il recula brusquement.

« Tu ne peux pas te débrouiller tout seul, dit-elle. Tu n'as jamais pu. C'est pourquoi Micky et moi nous nous sommes toujours occupés de toi, depuis le collège. »

Il prit un air encore plus entêté. « Il est peut-être temps que vous cessiez. »

Augusta sentait l'affolement monter en elle. Comme si elle perdait toute emprise sur lui.

Elle n'avait pas eu le temps d'en dire davantage qu'Emily était de retour avec ce qui ressemblait à un document légal. Elle le déposa sur le secrétaire mauresque où se trouvaient des plumes et de l'encre.

Augusta regarda le visage de son fils. Était-il possible qu'il craignît plus son épouse que sa mère ? Un idée folle traversa l'esprit d'Augusta : faire main basse sur le document, jeter les plumes au feu et renverser l'encre. Elle se maîtrisa. Mieux valait sans doute céder et se conduire comme si cela n'avait pas grande importance... Mais il était aussi inutile de jouer la comédie : elle avait pris position en s'opposant à cette annulation et tout le monde saurait qu'elle avait été vaincue.

Elle s'adressa à Edward. « Si tu signes ce document, il faudra que tu démissionnes de la banque.

— Je ne vois pas pourquoi, répliqua-t-il. Ce n'est pas comme un divorce.

— L'Église, dit Emily, n'a aucune objection contre une annulation si les motifs en sont valables. » On aurait cru qu'elle citait un texte : de toute évidence elle s'était renseignée.

Edward s'assit à la table, choisit une plume d'oie, en trempa la pointe dans un encrier d'argent.

Augusta lança sa dernière flèche. « Edward ! s'écria-t-elle d'une voix frémissante de rage. Si tu signes ce papier, je ne t'adresserai plus jamais la parole ! »

Il hésita, puis la plume vint toucher le papier. Ils étaient tous silencieux. Sa main se déplaçait et le grincement de la plume semblait faire un bruit de tonnerre.

Edward reposa la plume.

« Comment as-tu pu traiter ta mère de cette façon ? » dit Augusta, et le sanglot dans sa voix était sincère.

Emily saupoudra la signature et prit le document.

Augusta se dressa entre Emily et la porte.

Edward et Micky regardaient tous deux la scène, immobiles et stupéfaits de voir les deux femmes s'affronter.

« Donnez-moi ce papier », ordonna Augusta.

Emily fit un pas en avant, hésita un instant devant Augusta puis, dans un geste stupéfiant, elle la gifla à toute volée.

Elle avait frappé fort : Augusta poussa un cri de surprise et de douleur et recula.

Emily passa rapidement devant elle, ouvrit la porte et quitta la pièce, tenant toujours le document.

Augusta s'assit pesamment dans le fauteuil le plus proche et éclata en sanglots.

Elle entendit Edward et Micky quitter la pièce.

Elle se sentait vieille, vaincue et seule.

3

L'émission de deux millions de livres de bons pour couvrir la construction du port de Santamaria fut un échec, pire encore que ne l'avait craint Hugh. Le jour de la clôture, la banque Pilaster n'en avait vendu que pour quatre cent mille livres et, dès le lendemain, les cours s'effondrèrent aussitôt. Hugh se félicitait d'avoir forcé Edward à vendre les bons à la commission plutôt que d'en garantir l'émission.

Le lundi matin suivant, Jonas Mulberry apporta le rapport des opérations que l'on remettait chaque semaine à tous les associés. L'homme n'avait pas encore quitté le bureau que Hugh remarqua quelque chose d'insolite dans les comptes. « Un instant, Mulberry, dit-il. Il doit y avoir une erreur. » Il y avait une énorme chute des disponibilités en liquide : plus d'un million de livres. « Il n'y a pas eu de gros retraits, n'est-ce pas ?

— Pas à ma connaissance, Mr. Hugh », répliqua Mulberry.

Le regard de Hugh parcourut la pièce. Tous les associés étaient là, à l'exception d'Edward.

« Quelqu'un se rappelle-t-il un important retrait la semaine dernière ? »

Personne n'en avait le souvenir.

Hugh se leva. « Allons vérifier », dit-il à Mulberry.

Ils gravirent l'escalier jusqu'au bureau des chefs de service. L'écriture qu'ils recherchaient concernait une somme trop importante pour qu'il ait pu s'agir d'un retrait en espèces. Cela devait concerner une transaction entre banques. Pour avoir été employé aux écritures, Hugh se rappela qu'on tenait un journal de ce genre d'opérations et qu'on le mettait régulièrement à jour. Il s'assit à une table et dit à Mulberry : « Trouvez-moi le registre des transactions entre banques, je vous prie. »

Mulberry prit un gros livre sur un rayonnage et le déposa devant lui. Un autre employé lança : « Je peux faire quelque chose pour vous aider, Mr. Hugh ? C'est moi qui tiens ce registre. » Il avait l'air inquiet et Hugh se rendit compte qu'il craignait d'avoir peut-être commis une erreur.

« C'est vous, Clemmow, n'est-ce pas ?

— Oui, monsieur.

— Quels gros retraits y a-t-il eus la semaine dernière, d'un million de livres ou davantage ?

— Un seul, répondit aussitôt l'employé. La Société du port de Santamaria a retiré un million huit cent mille livres : le montant de l'émission de bons, moins la commission. »

Hugh bondit sur place. « Mais il n'y avait pas cette somme-là : on n'en a vendu que pour quatre cent mille livres ! »

Clemmow pâlit. « L'émission était de deux millions de livres de bons...

— Mais elle n'était pas garantie : c'était une vente à la commission !

— J'ai vérifié leur compte : c'était bien un million huit.

— Damnation ! » s'écria Hugh. Tous les employés de la pièce le regardaient. « Montrez-moi ce registre ! »

Un deuxième employé à l'autre bout du bureau prit un gros livre, l'apporta à Hugh et l'ouvrit à une page portant l'inscription : « Société du port de Santamaria ».

Il n'y avait que trois entrées : un crédit de deux millions de livres, un débit de deux cent mille livres de commission à la banque, le transfert du solde dans un autre établissement financier.

Hugh était livide. L'argent avait disparu. S'il avait simplement été par erreur porté au crédit du compte, on aurait facilement pu corriger cette bévue. Mais il avait été retiré de la banque dès le lendemain : voilà qui suggérait une escroquerie soigneusement préparée. « Bon sang, quelqu'un va se retrouver en prison ! s'exclama-t-il, furieux. Qui a enregistré ces mouvements ?

— Moi, monsieur », dit l'employé qui avait apporté le livre. Il tremblait de peur.

« Sur quelles instructions ?

— La paperasserie habituelle. Tout était en ordre.

— D'où venaient ces instructions ?

— De Mr. Oliver. »

Simon Oliver était un Cordovayen et le cousin de Micky Miranda. Hugh se douta tout de suite qu'il était derrière ce tour de passe-passe.

Hugh ne voulait pas poursuivre cette enquête devant vingt employés. Il regrettait déjà de les avoir mis au courant. Mais il ne savait pas au départ qu'il allait découvrir une gigantesque escroquerie.

Oliver était le secrétaire d'Edward et travaillait à l'étage des associés non loin de Mulberry. « Trouvez-moi tout de suite Mr. Oliver et amenez-le dans le bureau des associés », dit Hugh à Mulberry. Il continuerait l'enquête là, en présence des autres associés.

« Tout de suite, Mr. Hugh, dit Mulberry. Maintenant, vous tous, remettez-vous au travail », ordonna-t-il aux autres. Ils regagnèrent leurs bureaux et reprirent leurs plumes, mais Hugh n'était pas encore sorti de la pièce qu'un murmure de conversations excitées s'entendit aussitôt.

Hugh regagna la salle des associés. « Il y a eu une énorme escroquerie, annonça-t-il d'un ton sinistre. La Société du port de Santamaria a été créditée de la totalité de l'émission des bons alors que nous n'en avons vendu que quatre cent mille. »

Ils étaient tous horrifiés. « Comment diable est-ce arrivé ? interrogea William.

— On a crédité son compte de cette somme qui ensuite a été immédiatement transférée dans une autre banque.

— Qui est responsable ?

— Je crois que l'opération a été faite par Simon Oliver, le secrétaire d'Edward. Je l'ai convoqué, mais à mon avis, à l'heure qu'il est, le misérable est à bord d'un bateau qui vogue vers le Cordovay.

— Pouvons-nous récupérer l'argent ? fit sir Harry.

— Je ne sais pas. Ils l'ont peut-être déjà fait sortir du pays.

— Ils ne peuvent pas construire une rade avec de l'argent volé !

— Ils n'ont peut-être aucune envie de construire un port. Tout cela est sans doute une filouterie de grande envergure.

— Bonté divine ! »

Mulberry entra et — à la surprise de Hugh — il était accompagné de Simon Oliver. Cela laissait à penser qu'Oliver n'avait pas volé l'argent. Il tenait à la main un épais contrat. Il avait l'air affolé : sans doute lui avait-on répété la remarque de Hugh promettant que quelqu'un allait se retrouver en prison.

Sans préambule, Oliver déclara : « L'émission des bons de Santamaria a été garantie : c'était dans le contrat. » D'une main tremblante, il tendit le document à Hugh.

« Les associés, déclara Hugh, sont convenus que ces bons devaient être vendus à la commission.

— Mr. Edward m'a dit de rédiger un contrat de garantie.

— Pouvez-vous le prouver ?

— Oui ! » Il remit à Hugh une autre feuille de papier. C'était un contrat succinct, une brève note précisant les termes d'un accord, remise par un associé à l'employé qui devait rédiger le contrat complet. C'était de l'écriture d'Edward et le document précisait sans ambages que l'emprunt devait être garanti.

Voilà qui réglait le problème : Edward était le responsable. Il n'y avait pas eu escroquerie et on n'avait aucun moyen de récupérer l'argent. Toute la transaction était parfaitement légitime. Hugh était consterné et furieux.

« Très bien, Oliver, vous pouvez disposer », dit-il.

Oliver ne bougeait pas. « J'espère, Mr. Hugh, qu'aucun soupçon ne pèse sur moi. »

Hugh n'était pas convaincu de la totale innocence d'Oliver mais force lui fut de dire : « Je ne peux pas vous reprocher ce que vous avez fait sous les ordres de Mr. Edward.

— Merci, monsieur. » Oliver sortit.

Hugh regarda ses associés. « Edward est allé à l'encontre de notre décision collective, déclara-t-il d'un ton amer. Il a modifié les conditions de l'émission derrière notre dos. Et ça nous a coûté un million quatre cent mille livres. »

Samuel s'assit pesamment. « Quelle horreur », murmura-t-il.

Sir Harry et le major Hartshorn avaient l'air accablés.

« Sommes-nous en faillite ? » demanda William.

Hugh se rendit compte que c'était à lui qu'on posait la question. Étaient-ils en faillite ? C'était impensable. Il réfléchit un moment. « Techniquement, non, dit-il. Même si nos réserves en espèces ont baissé d'un million quatre cent mille livres, les bons figurent aux actifs du bilan pour une valeur estimée à peu près à leur prix d'achat. Notre actif et notre passif s'équilibrent donc et nous sommes solvables.

— Aussi longtemps, précisa Samuel, que le cours ne s'effondre pas.

— Assurément. S'il arrivait quelque chose qui provoque une dégringolade des bons sud-américains, nous serions dans un joli pétrin. » Penser que la puissante banque Pilaster était si faible le rendait malade de rage contre Edward.

« Pouvons-nous garder le silence là-dessus ? dit sir Harry.

— J'en doute, répondit Hugh. Je dois reconnaître que je n'ai fait aucun effort pour le cacher aux employés là-haut. La nouvelle maintenant a dû faire le tour de la maison et, à la fin du déjeuner, elle sera connue dans toute la City. »

Jonas Mulberry intervint pour poser une question pratique. « Et nos liquidités, Mr. Hugh ? Il va nous falloir une somme importante avant la fin de la semaine pour faire face aux retraits de routine. Nous ne pouvons pas vendre les bons du port : cela ferait tomber les cours. »

Voilà qui méritait réflexion. Hugh songea un moment au problème puis annonça : « Je vais emprunter un million à la Colonial Bank. Le vieux Cunliffe n'en parlera pas. Cela devrait nous dépanner. » Il regarda les autres. « Voilà qui règle les problèmes urgents. Toutefois, la banque est dangereusement affaiblie. A moyen terme, il nous faut remédier à cette situation le plus vite possible.

— Et Edward ? » demanda William. Hugh savait ce qu'Edward devait faire : démissionner. Mais il voulait que ce soit quelqu'un d'autre qui le dise : il garda le silence.

Samuel finit par affirmer : « Il faut qu'Edward démissionne de la banque. Aucun de nous ne pourrait plus jamais se fier à lui.

— Mais, suggéra William, il peut retirer ses capitaux.

— Impossible, dit Hugh. Nous n'avons pas les liquidités. Cette menace a perdu de son pouvoir.

— Bien sûr, fit William, je n'y avais pas pensé.

— Alors, demanda sir Harry, qui va être président ? »

Il y eut un moment de silence. Ce fut Samuel qui le rompit : « Oh, Seigneur, est-ce que la question se pose ? Qui a découvert la supercherie d'Edward ? Qui a affronté la crise ? Auprès de qui avez-vous cherché des conseils ? Durant l'heure qui vient de s'écouler, toutes les décisions ont été prises par une seule personne. Les autres se sont contentés de poser des questions d'un air désemparé. Vous savez très bien qui doit être le nouveau président. »

Hugh fut pris au dépourvu. Il avait l'esprit occupé des problèmes auxquels la banque était confrontée et il n'avait pas un instant pensé à sa propre situation. Il comprenait que Samuel avait raison. Les autres étaient restés plus ou moins inertes. Depuis l'instant où il avait remarqué dans le rapport hebdomadaire l'anomalie dans les comptes, il s'était comporté exactement comme s'il avait été président. Et il savait que lui seul était capable de tenir la barre pour sortir la banque de la crise.

L'idée peu à peu lui vint qu'il allait réaliser l'ambition de sa vie : devenir le président de la banque Pilaster. Il observa William, Harry, George. Ils avaient tous l'air embarrassés. C'étaient eux qui avaient provoqué ce désastre en acceptant la nomination d'Edward. Ils voyaient maintenant que Hugh avait toujours eu raison. Ils regrettaient de ne pas l'avoir écouté plus tôt et ils voulaient réparer leur erreur. Il lisait sur leurs visages qu'ils ne souhaitaient qu'une chose : le voir prendre la direction de la banque.

Mais encore fallait-il le dire.

Il regarda William, l'aîné des Pilaster après Samuel. « Qu'en pensez-vous ? »

L'autre n'hésita qu'une seconde. « Hugh, dit-il, c'est à toi d'être président.

— Major Hartshorn ?

— Je suis d'accord.

— Sir Harry ?

— Certainement... et j'espère que vous allez accepter. »

Voilà qui était fait. Hugh n'arrivait pas à y croire.

Il prit une profonde inspiration. « Je vous remercie de votre confiance. J'accepte votre proposition. J'espère pouvoir nous tirer de cette catastrophe avec notre réputation et nos fortunes intactes. »

Sur ces entrefaites, Edward entra.

Il y eut un silence consterné. Ils venaient de parler de lui presque comme s'il était mort : c'était un choc de le voir dans le bureau.

Il ne remarqua pas tout de suite l'atmosphère qui régnait. « Toute la banque est en plein émoi, annonça-t-il. De jeunes employés qui tournent en rond, des chefs de service qui chuchotent dans les couloirs, personne ne travaille : que diable se passe-t-il ? »

Personne ne dit mot.

La consternation se peignit sur son visage, puis il prit un air coupable : « Qu'est-ce qui ne va pas ? » s'enquit-il. Mais, à voir son expression, Hugh comprit qu'il devinait de quoi il s'agissait. « Vous feriez mieux de me dire pourquoi vous me dévisagez tous comme ça, insista-t-il. Après tout, je suis le président.

— Non, dit Hugh. C'est moi. »

Chapitre trois

Novembre

1

Miss Dorothy Pilaster épousa le vicomte Nicholas Ipswich au temple méthodiste de Kensington par un clair et froid matin de novembre. Le service fut assez simple, mais le sermon passablement long. On servit ensuite un déjeuner — consommé chaud, sole de Douvres, perdreau rôti et sorbet à la pêche — à trois cents invités sous une vaste tente chauffée installée dans le jardin de Hugh.

Celui-ci, très heureux, contemplait sa sœur, d'une beauté rayonnante, et son jeune époux qui se montrait charmant avec tout le monde. Mais personne n'avait l'air plus content que la mère de Hugh. Un sourire béat sur les lèvres, elle était assise auprès du père du marié, le duc de Norwich. Pour la première fois en vingt-quatre ans, elle n'était pas vêtue de noir : elle portait un ensemble de cachemire gris-bleu qui faisait ressortir ses cheveux argentés et ses doux yeux gris. Sa vie avait été gâchée par le suicide du père de Hugh, elle avait vécu des années de terrible pauvreté mais aujourd'hui, à soixante ans passés, elle était comblée. Sa ravissante fille était vicomtesse d'Ipswich et serait un jour duchesse de Norwich. Son fils connaissait la fortune et la réussite, et il était président de la banque Pilaster. « Moi qui croyais n'avoir pas de chance, murmura-t-elle à Hugh entre deux plats. J'avais bien tort. » Elle posa sa main sur son bras dans un geste qui ressemblait à une bénédiction. « J'ai beaucoup de chance. » Hugh en avait les larmes aux yeux.

Aucune des femmes ne portait de blanc (par crainte de rivaliser avec la mariée) ni de noir (parce que c'était la couleur réservée aux enterrements) et les toilettes formaient donc un bouquet de couleurs. Les invitées semblaient avoir choisi des tons vifs pour écarter la fraîcheur de l'automne : orange vif, jaune sombre, rouge framboise et rose fuchsia. Les hommes, comme toujours, portaient du noir, du gris et du blanc. Hugh avait une redingote à revers et manchettes de velours : noire, mais, à son habitude, il bravait les conventions en arborant une cravate de soie bleu vif, sa seule excentricité. Il se sentait si respectable aujourd'hui qu'il éprouvait parfois une certaine nostalgie pour l'époque où il était la brebis galeuse de la famille.

Il but une gorgée de château-margaux, son vin rouge favori. C'était un somptueux déjeuner de mariage, et Hugh se réjouissait de pouvoir le financer. En même temps, il éprouvait un pincement de remords à l'idée de dépenser tout cet argent quand la banque Pilaster était dans une position si précaire. Ils avaient encore sur les bras pour un million quatre cent mille livres de bons du port de Santamaria, à quoi s'ajoutaient d'autres bons du Cordovay évalués à plus d'un million de livres. Et on ne pouvait pas les vendre sans faire chuter les cours, ce que Hugh précisément redoutait. Il allait lui falloir au moins un an pour redresser le bilan. Toutefois, il avait fait franchir à la banque la crise immédiate et ils avaient maintenant assez de liquidités pour faire face aux retraits normaux dans un avenir immédiat. Edward ne venait plus du tout à la banque même si, théoriquement, il demeurait associé jusqu'à la fin de l'année fiscale. Ils étaient à l'abri de tout, sauf d'une catastrophe inattendue comme une guerre, un tremblement de terre ou une épidémie. Tout bien pesé, il s'estimait le droit d'offrir à sa sœur unique un mariage somptueux.

Et puis c'était bon pour la banque Pilaster. Dans les milieux financiers, personne n'ignorait que la banque avait laissé plus d'un million dans l'affaire du port de Santamaria. Cette grande réception redonnait confiance en assurant aux gens que les Pilaster étaient encore d'une richesse inimaginable. Un mariage à l'économie aurait éveillé les soupçons.

Les cent mille livres de la dot de Dotty avaient été transférées à son mari, mais restaient investies dans la banque et rapportaient cinq pour cent. Nick pouvait les retirer mais il n'avait pas besoin de le faire d'un coup. Il prendrait de l'argent au fur et à mesure pour rembourser les hypothèques de son père et réorganiser la propriété. Hugh était bien content qu'il ne voulût pas tout l'argent immédiatement, car pour l'instant de gros retraits posaient des problèmes à la banque.

Tout le monde savait que Dotty avait eu une grosse dot. Hugh et Nick n'étaient pas parvenus à garder la chose complètement secrète et c'était le genre de rumeur qui se répandait très rapidement. On en parlait maintenant dans tout Londres. Hugh était convaincu qu'à la moitié des tables au moins c'était le grand sujet de conversation.

En regardant autour de lui, il surprit une invitée qui, elle, n'était pas heureuse. A vrai dire, elle affichait un air consterné et frustré. C'était tante Augusta.

« La société londonienne a complètement dégénéré, déclara Augusta au colonel Mudeford.

— Je crains que vous n'ayez raison, lady Whitehaven, murmura-t-il poliment.

— L'éducation ne compte plus, poursuivit-elle. Les juifs sont admis partout.

— C'est bien vrai.

— Je suis peut-être la première comtesse de Whitehaven, mais les Pilaster ont été une famille distinguée pendant un siècle avant d'être anoblis, alors qu'aujourd'hui un homme dont le père était terrassier peut obtenir un titre simplement parce qu'il a fait fortune en vendant des saucisses.

— Tout à fait. » Le colonel Mudeford se tourna vers son autre voisine et dit : « Mrs. Telston, puis-je vous passer encore un peu de sauce aux groseilles ? »

Augusta cessa de s'intéresser à lui. Elle bouillait devant le spectacle auquel elle était contrainte d'assister. Hugh Pilaster, fils de Tobias le failli, faisant boire du château-margaux à trois cents invités. Lydia Pilaster, la veuve de Tobias, assise auprès du duc de Norwich. Dorothy Pilaster, fille de Tobias, épousant le vicomte d'Ipswich, avec la plus grosse dot dont on eût jamais entendu parler. Alors que son fils, le cher Teddy, rejeton du grand Joseph Pilaster, avait été brutalement déchu de son titre de président de la banque et allait voir bientôt son mariage annulé.

Il n'y avait vraiment plus de règles ! N'importe qui pouvait entrer dans la haute société. Comme pour le confirmer, elle aperçut la plus grande parvenue de tout ce joli monde : Mrs. Solly Greenbourne, anciennement Maisie Robinson. Il était étonnant que Hugh ait eu le toupet de l'inviter, une femme dont la vie n'avait été qu'un long scandale. Elle avait commencé comme une prostituée, puis elle avait épousé le plus riche juif de Londres et voilà qu'elle dirigeait un hôpital où des femmes qui ne valaient pas mieux qu'elle pouvaient mettre au monde leurs bâtards. Elle était là, assise à la table voisine, dans une robe couleur cuivre, bavardant gaiement avec le gouverneur de la Banque d'Angleterre. Sans doute lui parlait-elle de ses mères célibataires. Et lui, il écoutait !

« Mettez-vous à la place d'une servante célibataire », dit Maisie au gouverneur. Il parut un peu surpris et elle réprima un sourire. « Songez aux conséquences si vous devenez mère : vous allez perdre votre place, votre logement, vous n'aurez plus aucun moyen d'existence et votre enfant n'aura pas de père. Vous direz-vous alors : " Oh, mais je peux accoucher au bel hôpital de Mrs. Greenbourne à Southwark, alors allons-y " ? Bien sûr que non. Mon hôpital n'encourage nullement les filles à l'immoralité. Je leur évite seulement d'accoucher dans le ruisseau. »

Dan Robinson, assis à la gauche de sa sœur, fit chorus.

« C'est un peu comme le projet de loi sur les banques que je vais proposer au Parlement : il obligerait les banques à prendre une assurance au profit des petits déposants.

— J'en ai entendu parler », dit le gouverneur.

Dan poursuivit : « Certains critiques affirment que cela encouragerait les faillites en les rendant moins pénibles. Mais c'est absurde. Aucun banquier n'a envie de faire faillite, quelles que soient les circonstances.

— Assurément.

— Quand un banquier conclut une affaire, il ne pense pas que par sa témérité il peut mettre sur la paille une veuve de Bournemouth : il ne songe qu'à sa propre fortune. De même, faire souffrir des enfants illégitimes ne décourage en rien des hommes sans scrupules de séduire des servantes.

— Je comprends votre point de vue, dit le gouverneur d'un air peiné. C'est un parallèle... tout à fait... original. »

Maisie décida qu'ils l'avaient assez tourmenté et détourna la tête pour le laisser se concentrer sur sa perdrix.

« As-tu jamais remarqué, lui demanda Dan, comme les titres de noblesse vont toujours aux gens qui ne les méritent pas ? Regarde Hugh et son cousin Edward. Hugh est un homme honnête, talentueux et travailleur, alors qu'Edward est stupide, paresseux et insignifiant : c'est pourtant Edward qui est comte de Whitehaven et Hugh est tout simplement Mr. Pilaster. »

Maisie s'efforçait de ne pas regarder Hugh. Elle avait beau se réjouir d'être invitée, elle trouvait pénible de le voir au sein de sa famille. Son épouse, ses fils, sa mère et sa sœur formaient un étroit cercle dont elle se sentait exclue. Elle savait que le mariage de Hugh n'était pas heureux : cela se devinait à la façon dont ils se parlaient, Nora et lui, sans jamais se toucher, se sourire, sans un geste affectueux. Mais ce n'était pas une consolation. Ils constituaient une famille et elle n'en ferait jamais partie.

Elle regrettait d'être venue au mariage.

Un valet s'approcha de Hugh pour lui murmurer discrètement à l'oreille : « Monsieur, il y a un coup de téléphone de la banque pour vous.

— Je ne peux pas le prendre maintenant », répondit Hugh.

Quelques minutes plus tard, son maître d'hôtel apparut. « Monsieur, Mr. Mulberry de la banque est au téléphone et vous demande.

— Pas maintenant ! fit Hugh avec agacement.

— Très bien, Monsieur. » Le maître d'hôtel tourna les talons.

« Non, attendez une minute », dit Hugh. Mulberry savait que Hugh devait être en pleine réception de mariage. C'était un homme intelligent et responsable. Il n'insisterait pas pour lui parler s'il n'y avait pas un problème.

Un gros problème.

Hugh sentit un frisson d'appréhension le parcourir.

« Je ferais mieux de lui parler », dit-il. Il se leva. « Je vous en prie, excusez-moi, mère, Votre Grâce... une affaire à régler. »

Il sortit en hâte de la tente, traversa la pelouse et s'engouffra dans la maison. Le téléphone était dans la bibliothèque. Il décrocha l'appareil. « Ici Hugh Pilaster. »

Il entendit la voix de son fondé de pouvoir. « Monsieur, c'est Mulberry. Je suis désolé de...

— Que se passe-t-il ?

— Un télégramme de New York. La guerre a éclaté au Cordovay.

— Oh non ! » C'était une nouvelle catastrophique pour

Hugh, pour sa famille et pour la banque. On ne pouvait pas imaginer pire.

« Une guerre civile, en fait, poursuivit Mulberry. Une révolte. La famille Miranda a attaqué la capitale, Palma. »

Le cœur de Hugh battait à tout rompre. « A-t-on quelque idée de leurs forces ? » Si l'on pouvait écraser rapidement la rébellion, il y avait encore de l'espoir.

« Le président Garcia a pris la fuite.

— Bon sang ! » Cela voulait dire que c'était sérieux. Il maudit Micky et Edward. « Quoi d'autre ?

— Il y a un autre câble de notre bureau du Cordovay, mais on est encore en train de le déchiffrer.

— Téléphonez-moi dès que ce sera fait.

— Très bien, monsieur. »

Hugh actionna la manivelle, obtint la standardiste et lui donna le nom de l'agent de change dont la banque utilisait les services. Il attendit qu'on le lui passât.

« Danby, ici Hugh Pilaster. Que se passe-t-il avec les bons cordovayens ?

— Nous les offrons à moitié du cours et nous ne trouvons pas preneurs. »

Moitié prix, songea Hugh. La banque était déjà en faillite. Le désespoir l'envahit. « Jusqu'où vont-ils tomber ?

— A mon avis, jusqu'à zéro. Personne ne sert d'intérêts sur de tels bons en pleine guerre civile. »

Zéro. La banque venait de perdre deux millions et demi de livres. Aucun espoir maintenant de rétablir le bilan. S'accrochant à une dernière idée, Hugh demanda : « Et si les rebelles étaient écrasés dans les heures qui suivent... que se passerait-il ?

— Je ne pense pas que même alors quelqu'un achète les bons, fit Danby. Les investisseurs vont attendre un peu. En mettant les choses au mieux, il faudra cinq ou six semaines pour qu'ils reprennent confiance.

— Je vois. » Hugh ne doutait pas que Danby eût raison. L'agent de change ne faisait que confirmer ce qu'il savait d'instinct.

« Dites-moi, Pilaster, votre banque ne va pas avoir de problèmes ? interrogea Danby d'un ton soucieux. Vous devez avoir des belles quantités de ces bons. Le bruit a couru que vous n'aviez pas vendu grand-chose de l'émission concernant le port de Santamaria. »

Hugh hésita. Il avait horreur de mentir. Mais dire la vérité ce serait causer la ruine de la banque. « Nous avons plus de bons du Cordovay que je ne le souhaiterais, Danby. Mais nous avons aussi pas mal d'autres actifs.

— Bon.

— Il faut que j'aille retrouver mes invités. » Hugh n'avait aucune intention de les rejoindre, mais il voulait donner une impression de calme. « Je reçois trois cents personnes : ma sœur s'est mariée ce matin.

— C'est ce qu'on m'a dit. Félicitations.

— Au revoir. »

Il n'avait pas eu le temps de demander un autre numéro que Mulberry rappelait. « Monsieur, dit-il, Mr. Cunliffe de la Colonial Bank est ici. » Hugh sentait l'affolement dans sa voix. « Il réclame le remboursement du prêt.

— Que le diable l'emporte ! » s'écria Hugh. La Colonial avait prêté à la banque Pilaster un million de livres pour lui permettre de surmonter la crise, mais cette somme était remboursable sur demande. Cunliffe avait appris la nouvelle, il avait vu le brusque effondrement des bons cordovayens et savait que la banque Pilaster aurait des difficultés. Il voulait naturellement récupérer son argent avant que la banque ne saute.

Il n'était que le premier. D'autres allaient suivre. Demain matin, les déposants feraient la queue devant la porte en réclamant des espèces. Et Hugh ne serait pas capable de faire face à leurs demandes.

« Mulberry, avons-nous un million de livres ?

— Non, monsieur. »

Tout le poids du monde s'abattit sur les épaules de Hugh et il se sentit vieux tout d'un coup. C'était la fin. Le cauchemar du banquier : des gens venaient réclamer leur argent et la banque ne pouvait pas les payer. Et ça lui arrivait à lui, Hugh Pilaster.

« Dites à Mr. Cunliffe que vous n'avez pu obtenir l'autorisation de signer le chèque parce que tous les associés sont au mariage, dit-il.

— Très bien, Mr. Hugh.

— Et puis...

— Oui, monsieur ? »

Hugh marqua un temps. Il savait qu'il n'avait pas le choix mais il hésitait encore à prononcer les horribles mots. Il ferma les yeux. Autant s'en débarrasser. « Et puis, Mulberry, il faut que vous fermiez les portes de la banque.

— Oh, Mr. Hugh.

— Je suis désolé, Mulberry. »

Il y eut un drôle de bruit à l'autre bout du fil et Hugh se rendit compte que Mulberry pleurait.

Il raccrocha le téléphone. Les yeux fixés sur les rayonnages de sa bibliothèque, ce qu'il voyait en réalité c'était la grandiose façade de la banque Pilaster, et il imaginait la fermeture des portes en fer forgé. Il voyait des passants s'arrêter pour regarder. Bientôt une foule allait se rassembler, en désignant les portes closes et en discutant avec animation. La nouvelle se répandrait dans la City plus vite que le feu dans un dépôt de carburant : la banque Pilaster a sauté.

La banque Pilaster a sauté.

Hugh enfouit son visage entre ses mains.

2

« Nous sommes tous absolument sans le sou », déclara Hugh.

D'abord, ils ne comprirent pas. Cela se voyait sur leurs visages.

Ils étaient réunis dans le salon de sa maison. C'était une pièce encombrée, décorée par sa femme Nora, qui adorait draper chaque meuble de tissu à fleurs et entasser des bibelots sur la moindre surface disponible. Les invités étaient enfin partis — Hugh n'avait annoncé à personne la mauvaise nouvelle avant la fin de la réception — et toute la famille était là, en habits de fête. Augusta était assise auprès d'Edward, leurs visages à tous deux arborant une expression de mépris incrédule. Oncle Samuel se tenait à côté de Hugh. Les autres associés, le jeune William, le major Hartshorn et sir Harry étaient debout derrière un canapé où avaient pris place leurs épouses, Béatrice, Madeleine et Clémentine. Nora, toute congestionnée par le déjeuner et le champagne, était dans son fauteuil habituel auprès du feu. Les jeunes mariés, Nick et Dotty, se tenaient la main, l'air affolés.

C'était surtout pour eux que Hugh se sentait navré. « Nick, la dot de Dotty est partie en fumée. J'ai bien peur que tous nos projets n'aboutissent pas. »

Tante Madeleine dit d'une voix perçante : « C'est toi le président de la banque : ce doit être ta faute ! »

Elle se montrait stupide et méchante. C'était une réaction prévisible : Hugh malgré tout en fut blessé. Il était injuste de lui faire ce reproche après qu'il eut combattu si dur pour empêcher cela.

Mais William, son frère cadet, la reprit avec une étonnante brutalité. « Ne dis pas n'importe quoi, Madeleine. Edward nous a trompés et a alourdi la banque d'énormes quantités de bons du Cordovay qui aujourd'hui ne valent plus rien. » Hugh lui fut reconnaissant d'être sincère. William poursuivit : « La faute en revient à ceux d'entre nous qui l'ont laissé devenir président. » Il regarda Augusta.

Nora semblait abasourdie. « Mais nous ne pouvons pas être *sans le sou*, dit-elle.

— Mais si, fit Hugh avec patience. Tout notre argent est à la banque et la banque a fait faillite. » Sa femme avait des excuses pour ne pas comprendre : elle n'était pas née dans une famille de banquiers.

Augusta se leva et se dirigea vers la cheminée. Hugh se demanda si elle allait tenter de défendre son fils, mais elle n'était pas aussi stupide. « Peu importe qui est responsable, dit-elle. Nous devons sauver ce que nous pouvons. Il doit y avoir encore pas mal de liquidités à la banque, en or et en billets. Il faut les prendre et les cacher dans un endroit sûr en attendant l'arrivée des créanciers. Ensuite... »

Hugh l'interrompit. « Nous ne ferons rien de tel, rétorqua-t-il sèchement. Ce n'est pas notre argent.

— Bien sûr que c'est notre argent ! cria-t-elle.

— Taisez-vous, Augusta, et asseyez-vous, ou je vous fais jeter dehors par les valets. »

Elle fut suffisamment surprise pour se taire mais elle resta debout.

« Il y a en effet, continua Hugh, de l'argent liquide à la banque et, comme nous n'avons pas encore officiellement été déclarés en faillite, nous pouvons choisir de payer certains de nos créanciers. Vous allez tous devoir congédier vos domestiques. Si vous les envoyez à la petite porte de la banque avec une note précisant ce qu'on leur doit, je les réglerai. Vous devriez demander à tous les commerçants chez qui vous avez des comptes de vous donner un relevé et je veillerai à ce qu'ils soient réglés aussi, mais seulement jusqu'à la date d'aujourd'hui : à partir de maintenant je ne paierai plus aucune dette que vous pourriez contracter.

— Qui êtes-vous donc pour m'ordonner de congédier mes domestiques ? » fit Augusta avec indignation.

Hugh aurait volontiers compati à leur malheur, bien qu'ils en fussent les artisans. Mais cette stupidité délibérée était lassante et il répliqua : « Si vous ne les congédiez pas, ils partiront quand même parce qu'ils ne seront pas payés. Tante Augusta, essayez de comprendre que vous n'avez plus d'argent.

— Ridicule », marmonna-t-elle.

Nora reprit la parole. « Je ne peux pas congédier nos serviteurs. Il est impossible de vivre dans une maison comme celle-ci sans domestiques.

— Que cela ne vous préoccupe pas, dit Hugh. Vous ne vivrez pas dans une maison comme celle-ci. Il faudra que je la vende. Nous devrons tous vendre nos maisons, nos meubles, nos œuvres d'art, nos caves et nos bijoux.

— C'est absurde ! s'exclama Augusta.

— C'est la loi, rétorqua Hugh. Chaque associé est personnellement responsable de toutes les dettes de la banque.

— Je ne suis pas une associée, déclara Augusta.

— Mais Edward l'est. Il a donné sa démission de président mais, sur le papier, il est resté un associé. Et il est propriétaire de votre maison : Joseph la lui a léguée.

— Il faudra bien vivre quelque part, remarqua Nora.

— Demain à la première heure, nous devrons tous chercher de petites maisons à louer. Si vous trouvez quelque chose de modeste, nos créanciers donneront leur accord. Sinon, il faudra chercher encore.

— Je n'ai absolument pas l'intention de déménager, dit Augusta, et c'est comme ça. J'imagine que le reste de la famille réagit de la même façon. » Elle regarda sa belle-sœur. « Madeleine ?

— Tout à fait d'accord, Augusta, fit Madeleine. George et moi resterons où nous sommes. Tout cela est stupide. Nous ne pouvons tout de même pas être totalement sans ressources. »

Hugh les méprisait. Même maintenant, alors que c'étaient leur arrogance et leur bêtise qui les avaient ruinés, ils continuaient à refuser d'entendre raison. Il leur faudrait bien au bout du compte renoncer à leurs illusions. Mais s'ils essayaient de se cramponner à une fortune qui ne leur appartenait plus, ils détruiraient la réputation de la famille aussi bien que sa fortune. Il était bien décidé à les faire se comporter avec une honnêteté scrupuleuse, dans la pauvreté comme dans la richesse. Ça allait être une âpre lutte, mais il ne céderait pas.

Augusta se tourna vers sa fille. « Clémentine, je suis certaine que toi et Harry aurez la même opinion que Madeleine et George.

— Non, mère », dit Clémentine.

Augusta eut un haut-le-corps. Hugh fut tout aussi surpris. Cela ne ressemblait pas à sa cousine Clémentine de s'opposer à sa mère. Voilà au moins un membre de la famille qui avait un peu de bon sens, se dit-il.

Clémentine précisa : « C'est parce que nous vous avons écoutée que nous nous retrouvons tous dans cette situation. Si nous avions nommé Hugh président au lieu d'Edward, nous serions tous encore riches comme Crésus. »

Hugh commençait à se sentir mieux. Certains dans la famille comprenaient ce qu'il avait essayé d'empêcher.

« Vous aviez tort, mère, continua Clémentine, et vous nous avez ruinés. Plus jamais je ne suivrai vos conseils. C'est Hugh qui avait raison et nous ferions mieux de le laisser entreprendre tout ce qu'il peut pour nous tirer de cette horrible catastrophe.

— Parfaitement, Clémentine, dit William. Nous devons faire ce que conseille Hugh. »

Les lignes de bataille étaient tracées. Dans le camp de Hugh, William, Samuel et Clémentine, qui menait à la baguette son mari sir Harry. Eux essaieraient de se conduire convenablement et honnêtement. Contre lui, Augusta, Edward et Madeleine qui, elle, parlait pour le major Hartshorn : ils allaient tenter de grappiller tout ce qu'ils pourraient, se moquant bien de la réputation de la famille.

A son tour Nora dit d'un ton de défi : « Il faudra me porter pour me faire sortir de cette maison. »

Hugh avait un goût amer à la bouche. Voilà que sa propre épouse ralliait les rangs ennemis. « Vous êtes la seule personne dans cette pièce à être allée contre son mari ou sa femme, dit-il tristement. Vous n'avez donc aucune loyauté envers moi ? »

Elle renversa sa tête en arrière. « Je ne vous ai pas épousé pour vivre dans la pauvreté.

— Vous quitterez quand même cette maison », dit-il d'un ton résolu. Il regarda les autres obstinés : Augusta, Edward, Madeleine et le major Hartshorn. « Au bout du compte, poursuivit-il, vous serez tous obligés de céder. Si vous ne le faites pas maintenant, avec dignité, vous le ferez plus tard, dans le déshonneur, sous la surveillance d'huissiers, de policiers et de reporters, traînés dans la boue par la presse à scandale et méprisés par vos domestiques impayés.

— Nous verrons bien », déclara Augusta.

Quand ils furent tous partis, Hugh s'assit et contempla le feu, cherchant désespérément dans son esprit un moyen de régler les créanciers de la banque.

Il était décidé à ne pas laisser mettre en faillite l'établissement. Cette idée était trop pénible à envisager. Toute sa vie il avait vécu avec le souvenir de la faillite de son père. Toute sa carrière avait été une tentative pour prouver qu'elle ne l'avait pas souillé. Au fond de son cœur, il redoutait qu'en subissant le même sort que son père lui aussi ne fût poussé à se supprimer.

C'en était fini de la banque Pilaster. Elle avait fermé ses portes devant ses déposants et c'était la fin. Mais, à long terme, elle devrait être en mesure de rembourser ses dettes, surtout si les associés vendaient scrupuleusement tous leurs biens.

L'après-midi vira au crépuscule et un plan commença à s'esquisser dans sa tête : il entrevit une infime lueur d'espoir.

A six heures, il alla voir Ben Greenbourne.

Greenbourne avait soixante-dix ans passés, mais il était encore gaillard et continuait à diriger la banque. Il avait une fille, Kate, mais Solly avait été son seul fils : quand il prendrait sa retraite, il devrait donc passer la main à ses neveux et il semblait y répugner.

Hugh lui rendit visite à sa résidence de Piccadilly. La maison donnait une impression non pas seulement de prospérité, mais de richesse sans limites. Chaque pendule était un joyau, chaque meuble une pièce ancienne sans prix. Chaque panneau était merveilleusement sculpté, chaque tapis spécialement tissé. On introduisit Hugh dans la bibliothèque éclairée par des lampes à gaz. Un grand feu ronflait dans la cheminée. C'était dans cette pièce qu'il avait appris que le garçon qui s'appelait Bertie Greenbourne était son fils.

Il se demandait si les livres étaient là juste pour la galerie : en attendant il jeta un coup d'œil à quelques-uns d'entre eux. Certains, songea-t-il, avaient peut-être été choisis pour leur magnifique reliure, mais d'autres avaient été maintes fois feuilletés et il y en avait dans plusieurs langues. La culture de Greenbourne était authentique.

Le vieil homme arriva un quart d'heure plus tard et pria Hugh de l'excuser de l'avoir fait attendre. « Un problème domestique m'a retenu », dit-il avec son impeccable courtoisie prussienne. Sa famille n'avait jamais été prussienne, mais elle avait imité les manières de la haute bourgeoisie allemande et les avait conservées après cent ans de vie en Angleterre. Il se tenait aussi droit que jamais, mais Hugh trouva qu'il avait l'air fatigué et soucieux. Greenbourne ne précisa pas en quoi consistait le problème domestique qu'il avait évoqué et Hugh ne lui posa aucune question.

« Vous savez que les bons du Cordovay se sont effondrés cet après-midi, dit Hugh.

— Oui.

— Et on vous a probablement informé qu'à la suite de cela ma banque avait fermé ses portes.

— Oui, je suis profondément désolé.

— Aucune banque anglaise n'avait été en faillite depuis vingt-quatre ans.

— C'était Overend & Gurney. Je m'en souviens très bien.

— Moi aussi. Mon père a été ruiné et s'est pendu dans son bureau de Leaden Hall Street. »

Greenbourne était très gêné. « Je suis absolument désolé, Pilaster. J'avais complètement oublié ce terrible épisode.

— Un grand nombre d'entreprises ont sombré dans cette crise. Mais ce qui va se passer demain est bien pire. » Hugh se pencha sur son tabouret et entama sa plaidoirie. « Au cours du dernier quart de siècle, les affaires traitées à la City ont décuplé d'importance. Comme la banque est devenue un processus complexe et sophistiqué, nous sommes tous liés de près ou de loin. Certains de ceux dont nous avons perdu l'argent ne seront pas en mesure de régler leurs dettes, alors ils vont sauter aussi — et ainsi de suite. La semaine prochaine, ce sont des douzaines de banques qui se trouveront en faillite, des centaines d'entreprises qui seront obligées de fermer, des milliers et des milliers de gens vont être soudain sans ressources — à moins de prendre les mesures pour l'empêcher.

— Des mesures ? fit Greenbourne avec une irritation à peine dissimulée. Quelles mesures peut-on prendre ? Votre seule solution est de régler vos dettes. Vous ne pouvez pas le faire. Vous êtes donc impuissant.

— Seul, oui, je suis impuissant. Mais j'espère que la communauté financière va faire quelque chose.

— Allez-vous demander aux autres banquiers de payer vos dettes ? Pourquoi le feraient-ils ? » Il commençait à s'énerver.

« Vous conviendrez, j'en suis sûr, que mieux vaudrait pour nous tous que les créanciers de la banque Pilaster puissent être remboursés en totalité.

— Naturellement.

— Imaginez que l'on constitue un syndicat de banquiers pour reprendre l'actif et le passif des Pilaster. Ce syndicat s'engagerait à payer sur demande chaque créancier. En même temps, il liquiderait de façon ordonnée les actifs des Pilaster. » Greenbourne soudain parut intéressé. Son agacement disparut et il se mit à envisager cette proposition originale. « Je vois. Si les membres du syndicat jouissaient d'un respect et d'un prestige certains, leur garantie pourrait suffire à rassurer tout le monde et les créanciers n'exigeraient peut-être pas d'être réglés immédiatement. Avec un peu de chance, le flux d'argent provenant de la vente des actifs pourrait couvrir les versements faits aux créanciers.

— On éviterait ainsi une terrible crise. »

Greenbourne secoua la tête. « Mais, au bout du compte, les membres du syndicat perdraient de l'argent, car le passif des Pilaster est supérieur à ses actifs.

— Pas nécessairement.

— Comment cela ?

— Nous avons pour plus de deux millions de livres de bons du Cordovay dont on estime aujourd'hui que la valeur est nulle. Mais nos autres actifs sont substantiels. Ils dépendent en grande partie des sommes que nous pouvons obtenir de la vente des maisons des associés, etc. J'estime que même aujourd'hui le déficit ne dépasse pas un million de livres.

— Le syndicat doit donc s'attendre à perdre un million.

— Sans doute. Mais les emprunts cordovayens ne vont peut-être pas éternellement ne rien valoir. Les rebelles peuvent être battus. Ou bien le nouveau gouvernement peut reprendre le paiement des intérêts. A un moment quelconque, le prix des bons cordovayens va monter.

— C'est possible.

— Si leur cours montait simplement jusqu'à la moitié de leur niveau d'autrefois, le syndicat rentrerait dans ses frais. Et, s'ils allaient plus haut, le syndicat finirait par faire un bénéfice. »

Greenbourne secoua la tête. « Ça pourrait marcher s'il n'y avait pas ces bons du port de Santamaria. Cet ambassadeur du Cordovay, Miranda, me semble être une fieffée canaille. Et son père apparemment est à la tête des rebelles. A mon avis, la totalité des deux millions de livres a servi à payer des armes et des munitions. Auquel cas les investisseurs ne verront jamais un penny. »

Le vieux renard était toujours aussi malin, songea Hugh : c'était exactement ce que lui-même redoutait aussi. « J'ai bien peur que vous n'ayez raison. Malgré tout, il y a une chance. Et, si vous laissez se déclencher une panique financière, vous êtes certain de perdre de l'argent par d'autres moyens.

— C'est un plan ingénieux. Vous avez toujours été le plus intelligent de votre famille, jeune Pilaster.

— Mais le plan dépend de vous.

— Ah !

— Si vous acceptez de prendre la tête du syndicat, la City vous suivra. Si vous refusez d'y participer, le syndicat n'aura pas le prestige suffisant pour rassurer les créanciers.

— Je comprends cela. » Greenbourne n'était pas homme à s'embarrasser de fausse modestie.

« Vous allez accepter ? » Hugh retint son souffle.

Le vieil homme garda quelques secondes le silence. Il réfléchissait, puis il dit d'un ton ferme. « Non, je ne veux pas. »

Hugh s'effondra sur son siège : c'était sa dernière chance et il avait échoué. Il sentit une grande lassitude s'abattre sur lui.

« Toute ma vie, reprit Greenbourne, j'ai été prudent. Là où d'autres voient de gros bénéfices, je vois de gros risques et je résiste à la tentation. Votre oncle Joseph n'était pas comme moi. Il prenait le risque — et empochait les bénéfices. Son fils Edward était bien pire. Je ne dis rien de vous : vous venez de prendre la direction de la banque. Mais les Pilaster doivent payer le prix de toutes leurs années de gros bénéfices. Je n'en ai pas profité, pourquoi irais-je payer vos dettes ? Si je dépense de l'argent pour vous sauver maintenant, c'est l'investisseur imprudent qui sera récompensé et le prudent qui pâtira. Et si l'on exerçait ainsi le métier de banquier, pourquoi prendre des précautions ? Autant tous courir des risques : ils n'existent plus si l'on peut toujours sauver des établissements en faillite. Mais non ! Cela n'est pas vrai. On ne peut pas faire de la banque comme vous le faites. Il y aura toujours des krachs. Ils sont nécessaires pour rappeler aux bons comme aux mauvais investisseurs que le risque est une réalité. »

Hugh s'était demandé avant de venir s'il allait révéler au vieil homme que c'était Micky Miranda qui avait tué Solly. Il y songea de nouveau, mais parvint à la même conclusion : ce serait un choc et un immense désarroi pour le vieil homme, mais cela ne ferait rien pour le persuader de sauver les Pilaster.

Il cherchait quelque chose à dire, une dernière tentative pour faire changer d'avis Greenbourne quand le maître d'hôtel entra en disant : « Pardonnez-moi, Mr. Greenbourne, mais vous désiriez qu'on vous prévienne dès l'instant où le détective arriverait. »

Greenbourne se leva aussitôt, l'air agité, mais sa courtoisie ne lui permettait pas de sortir précipitamment sans une explication. « Je suis désolé, Pilaster, mais il faut que je vous quitte. Ma petite fille Rebecca a... disparu... et nous sommes tous désemparés.

— Je suis absolument désolé d'apprendre cela », dit Hugh. Il connaissait Kate, la sœur de Solly, et avait un vague souvenir de sa fille, une jolie brunette. « J'espère que vous allez la retrouver saine et sauve.

— Nous ne pensons pas qu'elle ait subi de violences : à vrai dire, nous sommes tout à fait sûrs qu'elles s'est seulement enfuie avec un garçon. Et c'est déjà assez pénible. Si vous voulez bien m'excuser...

— Je vous en prie. »

Le vieil homme sortit, laissant Hugh parmi les ruines de ses espoirs.

3

Maisie se demandait parfois si les accouchements n'avaient pas quelque chose de contagieux : il arrivait souvent, dans une salle occupée par des femmes enceintes de neuf mois, que des jours entiers se passent sans événement particulier. Mais, dès que l'une entrait en travail, les autres suivaient quelques heures plus tard.

Cela s'était passé ainsi aujourd'hui. Cela avait commencé à quatre heures du matin et depuis lors les naissances se succédaient. Les sages-femmes et les infirmières faisaient l'essentiel mais, quand elles étaient débordées, Maisie et Rachel devaient laisser là leurs plumes et leurs registres et partir en courant chargées de serviettes et de couvertures.

Toutefois, vers sept heures, tout était terminé. Daisie et Rachel prenaient tranquillement une tasse de thé dans le bureau de Maisie avec Dan, quand Hugh Pilaster entra. « J'apporte malheureusement de bien mauvaises nouvelles », déclara-t-il d'emblée.

Maisie était en train de servir le thé mais, surprise par le ton de sa voix, elle s'arrêta. En le regardant droit dans les yeux, elle vit qu'il était accablé et elle crut qu'il avait perdu quelqu'un. « Hugh, qu'est-il arrivé ?

— Je crois que tout l'argent de l'hôpital se trouve dans un compte à ma banque, n'est-ce pas ? »

S'il ne s'agissait que d'argent, se dit Maisie, la nouvelle ne pouvait pas être aussi catastrophique.

Ce fut Rachel qui répondit à la question de Hugh. « En effet, c'est mon père qui gère les fonds, mais il a son compte personnel chez vous depuis qu'il est devenu l'avocat de la banque et j'imagine qu'il a jugé commode d'en faire autant pour le compte de l'hôpital.

— Et il a investi votre argent en bons du Cordovay.

— Vraiment ?

— Que se passe-t-il, Hugh ? fit Maisie. Au nom du ciel, dites-nous !

— La banque est en faillite. »

Les yeux de Maisie s'emplirent de larmes, non pour elle-même mais pour lui. « Oh, Hugh ! » s'écria-t-elle. Elle savait combien il devait avoir mal. Pour lui, ce devait être presque comme la mort d'un être aimé, car il avait investi dans la banque tous ses espoirs et tous ses rêves. Elle aurait aimé pouvoir prendre sur elle une partie de sa souffrance, pour apaiser sa peine.

« Bon sang ! s'exclama Dan. Il va y avoir une panique !

— Tout votre argent s'est volatilisé, continua Hugh. Vous allez sans doute devoir fermer l'hôpital. Je ne peux pas vous dire à quel point je suis navré. »

Rachel était pâle comme un linge. « Ça n'est pas possible ! Comment notre argent a-t-il pu disparaître ?

— La banque ne peut pas payer ses dettes, expliqua Dan d'un ton amer. C'est cela une faillite : ça signifie qu'on doit de l'argent aux gens et qu'on ne peut pas les payer. »

En un éclair, Maisie se souvint de son père un quart de siècle plus tôt ayant la même expression que Dan aujourd'hui, disant exactement la même chose à propos des faillites. Dan avait passé le plus clair de sa vie à tenter de protéger les gens ordinaires des effets de ces crises financières, mais jusqu'à présent il n'avait abouti à rien. « Peut-être que maintenant on va voter ton projet de loi sur la banque », lui dit-elle.

Rachel reprit, s'adressant à Hugh : « Mais qu'avez-vous donc fait de notre argent ? »

Hugh soupira. « En gros, c'est arrivé par la faute d'Edward, quand il était président de la banque. C'était une erreur, une lourde erreur, et il a perdu beaucoup d'argent : plus d'un million de livres. Depuis lors, j'essaie de maintenir la banque debout mais aujourd'hui la chance m'a lâché.

— Je ne savais même pas que ça pouvait arriver ! s'exclama Rachel.

— Vous devriez récupérer une partie de votre argent, dit Hugh, mais pas avant un an au moins. »

Dan prit Rachel par les épaules, mais celle-ci ne voulait pas se laisser consoler. « Et que va-t-il advenir de toutes ces malheureuses femmes qui sont venues ici chercher de l'aide ? »

Hugh avait l'air si blessé que Maisie aurait voulu ordonner à Rachel de se taire. « Je vous donnerais volontiers mon propre argent, dit-il. Mais j'ai tout perdu aussi.

— On peut sûrement faire quelque chose ? insista-t-elle.

— J'ai bien essayé. Je reviens de chez Ben Greenbourne. Je lui ai demandé de sauver la banque et de payer les créanciers, mais il a refusé. Il a des ennuis, lui aussi, le pauvre homme : apparemment sa petite-fille, Rebecca, s'est enfuie avec un garçon. De toute façon, sans son appui, on ne peut agir. »

Rachel se leva. « Je crois que je ferais mieux d'aller voir mon père.

— Il faut que je me rende à la Chambre des communes », fit Dan.

Ils sortirent.

Maisie avait le cœur gros. Elle était consternée à l'idée de fermer l'hôpital, ébranlée de voir soudain détruit tout ce pour quoi elle avait travaillé, mais surtout elle avait mal pour Hugh. Elle se rappelait, comme si c'était hier, cette soirée dix-sept ans auparavant, après les courses de Goodwood, quand Hugh lui avait raconté l'histoire de sa vie : elle entendait encore l'angoisse dans sa voix quand il lui avait dit que son père avait fait faillite et s'était suicidé. Il lui avait expliqué alors qu'un jour il serait le banquier le plus habile, le plus prudent et le plus riche du monde — comme s'il était persuadé que cela devait adoucir la douleur qu'éveillaient ces souvenirs. Mais voilà qu'il venait de subir le même sort que son père.

Leurs regards se croisèrent. Maisie lut dans ses yeux un appel muet. Lentement, elle se leva et s'approcha de lui. Plantée auprès de son fauteuil, elle prit sa tête entre ses mains et la posa sur son sein, en lui caressant les cheveux. D'un geste hésitant, il l'attrapa par la taille, passant d'abord un bras incertain, puis la serrant fort contre lui. Et alors, enfin, il se mit à pleurer.

Quand Hugh fut parti, Maisie fit le tour des salles. Elle voyait tout maintenant d'un œil nouveau : les murs qu'elles avaient peints elles-mêmes, les lits achetés chez des brocanteurs, les jolis rideaux cousus par la mère de Rachel. Elle se rappelait les efforts surhumains qu'elles avaient dû accomplir, Rachel et elle, pour ouvrir l'hôpital. Leurs batailles avec l'establishment médical et le conseil municipal. Les trésors de charme qu'elles avaient dû déployer devant les respectables propriétaires et le clergé réprobateur du quartier. L'entêtement acharné qui leur avait permis de réussir. Elle se consola en se disant qu'après tout elles avaient déjà remporté une victoire, que l'hôpital était ouvert depuis onze ans et qu'il avait aidé des centaines de femmes. Mais elle aurait voulu accomplir une transformation durable : elle avait conçu cet établissement comme le premier de douzaines d'hôpitaux pour femmes dans tout le pays. Sur ce plan-là, elle avait échoué.

Elle vint parler à chacune des femmes ayant ce jour-là mis un enfant au monde. La seule qui l'inquiétait était miss Nobody. Elle avait une frêle silhouette et son bébé semblait bien faible. Maisie devinait qu'elle s'était probablement affamée pour tâcher de dissimuler sa grossesse à sa famille. Maisie était toujours stupéfaite que des filles parviennent à agir ainsi : elle avait beaucoup grossi quand elle était enceinte et n'aurait pas pu dissimuler sa grossesse au bout de cinq mois. Mais elle savait par expérience que ça arrivait tout le temps.

Elle s'assit au bord du lit de miss Nobody. La jeune mère donnait le sein à son enfant, une fille. « N'est-ce pas qu'elle est belle ? » fit-elle.

Maisie acquiesça. « Elle a des cheveux noirs, exactement comme les vôtres.

— Ma mère a les mêmes cheveux. » Maisie tendit la main pour caresser la tête minuscule. Comme tous les bébés, celui-ci ressemblait à Solly. En fait...

Maisie fut frappée par une brusque révélation.

« Oh, mon Dieu, je sais qui vous êtes », dit-elle.

La fille la dévisagea.

« Vous êtes Rebecca, la petite-fille de Ben Greenbourne,

n'est-ce pas ? Vous avez gardé aussi longtemps que vous avez pu le secret sur votre grossesse, et puis vous vous êtes enfuie pour avoir le bébé. »

La fille ouvrit de grands yeux. « Comment l'avez-vous découvert ? Vous ne m'avez pas vue depuis que j'ai sept ans !

— Mais je connaissais si bien votre mère. Après tout, j'étais mariée à son frère. » Kate ne s'était pas montrée aussi snob que le reste des Greenbourne et elle avait toujours été bonne avec Maisie quand les autres n'étaient pas dans les parages. « Je me souviens de vous à votre naissance. Vous aviez des cheveux noirs, tout comme votre fille. »

Rebecca était affolée. « Vous me promettez de ne pas le leur dire ?

— Je vous promets de ne rien entreprendre sans votre consentement. Mais je crois que vous devriez envoyer des nouvelles à votre famille. Votre grand-père est dans tous ses états.

— C'est lui qui m'effraie. »

Maisie hocha la tête. « Je comprends pourquoi. C'est un vieux grognon au cœur dur, je le sais par expérience. Mais si vous me laissez lui parler, je pense que je peux lui faire entendre raison.

— Vraiment ? dit Rebecca d'une voix vibrante d'un optimisme juvénile. Vous feriez ça ?

— Bien sûr, répliqua Maisie. Mais je ne lui dirai pas où vous êtes à moins qu'il ne promette d'être gentil. »

Rebecca baissa la tête. Son bébé avait fermé les yeux et cessé de téter. « Elle dort », fit-elle.

Maisie sourit. « Lui avez-vous choisi un nom déjà ?

— Oh oui, répondit Rebecca. Je vais l'appeler Maisie. »

Ben Greenbourne avait le visage mouillé de larmes quand il sortit de la salle. « Je l'ai laissée un moment avec Kate », dit-il d'une voix étranglée. Il tira un mouchoir de sa poche et se tamponna comme il put les joues. Maisie n'avait jamais vu son beau-père perdre son sang-froid. Il offrait un spectacle plutôt pathétique, mais elle avait le sentiment que cela lui ferait le plus grand bien.

« Venez dans mon bureau, proposa-t-elle. Je vais vous faire une tasse de thé.

— Je vous remercie. »

Elle l'emmena dans son bureau et l'invita à s'asseoir. C'était le second homme ce soir-là à pleurer dans ce fauteuil.

« Toutes ces jeunes femmes, commença le vieil homme. Sont elles toutes dans la même position que Rebecca ?

— Pas toutes, certaines sont veuves. D'autres ont été abandonnées par leurs maris. Nombre d'entre elles ont quitté des hommes qui les battaient. Une femme peut en supporter beaucoup et rester avec un mari qui la bat, mais quand elle tombe enceinte, elle s'inquiète à l'idée que les coups vont causer des dommages à l'enfant et c'est alors qu'elle s'en va. Cela dit, la plupart de nos pensionnaires sont comme Rebecca, des filles qui ont simplement fait une bêtise.

— Je ne croyais pas que la vie avait encore beaucoup à m'apprendre, murmura-t-il. Je m'aperçois aujourd'hui que j'ai été une vieille bête ignorante. »

Maisie lui tendit une tasse de thé. « Merci, dit-il. Vous êtes très aimable. Je n'ai jamais été bon avec vous.

— Nous faisons tous des erreurs, dit-elle d'un ton léger.

— Heureusement que vous êtes là. Sinon, où iraient ces pauvres filles ?

— Elles accoucheraient sûrement dans des fossés et dans des ruelles.

— Dire que cela aurait pu arriver à Rebecca.

— Malheureusement l'hôpital va devoir fermer.

— Pourquoi cela ? »

Elle le regarda dans les yeux. « Tout notre argent était à la banque Pilaster, expliqua-t-elle. Maintenant, nous n'avons plus le sou.

— Vraiment ? » dit-il. Et il eut un air très songeur.

Hugh s'apprêtait à se coucher, mais il ne se sentait pas la moindre envie de dormir : il s'installa donc dans un fauteuil en robe de chambre, contempla le feu et rumina. Il passa en revue la situation de la banque, mais il ne voyait aucun moyen de l'améliorer. Et pourtant il ne pouvait s'empêcher d'y réfléchir.

A minuit, il entendit quelqu'un frapper résolument à la porte. Il descendit. Une voiture était arrêtée au bord du trottoir et un valet en livrée était sur le seuil. L'homme dit : « Je vous demande pardon de vous déranger si tard, monsieur, mais le message est urgent. » Il lui tendit une enveloppe et repartit.

Hugh referma la porte. Son maître d'hôtel descendait l'escalier. « Tout va bien, Monsieur ? fit-il d'un ton soucieux.

— C'est juste un message, répondit Hugh. Vous pouvez aller vous recoucher.

— Merci, Monsieur. »

Hugh décacheta l'enveloppe et vit l'écriture précise et démodée d'un vieil homme tatillon. Ce qu'il lut fit bondir son cœur de joie.

12 Piccadilly
Londres S.W.
23 novembre 1890

Cher Pilaster,

A la réflexion, j'ai décidé de consentir à votre proposition. Bien à vous, etc.

B. Greenbourne

Il leva les yeux et regarda avec un grand sourire le vestibule désert. « Ça alors, murmura-t-il avec ravissement. Je me demande ce qui a amené le vieux à changer d'avis ? »

4

Augusta était assise dans l'arrière-boutique de la plus belle joaillerie de Bond Street. Des lampes à gaz illuminaient la pièce, faisant étinceler les bijoux dans les vitrines. La pièce était pleine de miroirs. Un vendeur obséquieux traversa la pièce pour déposer devant elle un carré de velours noir sur lequel il étala un collier de diamants.

Le directeur du magasin était debout auprès d'elle. « Combien ? lui demanda-t-elle.

— Neuf mille livres, lady Whitehaven. » Il murmura le prix d'un ton plein de révérence, comme une prière.

Le collier était très simple : une rangée de gros diamants tous taillés en carré sur une monture d'or. Cela irait très bien avec ses robes noires de veuve, songea-t-elle. Mais elle ne l'achetait pas pour le porter.

« C'est une pièce superbe, my lady. Certainement la plus belle que nous ayons en magasin.

— Ne me bousculez pas, répliqua-t-elle, je réfléchis. »

C'était une tentative ultime et désespérée pour se procurer de l'argent. Elle avait essayé d'aller ouvertement à la banque en réclamant cent livres en souverains d'or : l'homme qui l'avait reçue, une insolente canaille du nom de Mulberry, lui avait opposé un refus catégorique. Elle avait essayé de faire mettre la maison à son nom au lieu de celui d'Edward, mais ça n'avait pas marché non plus : l'acte de propriété était dans le coffre du vieux Bodwin, l'avocat de la banque, et il avait été prévenu par Hugh. Elle tentait maintenant d'acheter des diamants à crédit et de les vendre au comptant.

Edward d'abord avait été son allié, mais à présent même lui refusait de l'aider. « Hugh agit au mieux de nos intérêts, lui avait-il dit stupidement. Si le bruit se répand que les membres de la famille essaient de mettre la main sur tout ce qu'ils peuvent, le syndicat pourrait s'écrouler. On a persuadé ses membres d'engager leur argent pour éviter une crise financière, pas pour entretenir dans le luxe la famille Pilaster. » Pour Edward, c'était un long discours. Voilà un an, elle aurait été ébranlée jusqu'au fond de l'âme de voir son fils se dresser contre elle mais, depuis sa rébellion à propos de l'annulation, il n'était plus le garçon docile qu'elle avait adoré. Clémentine, elle aussi, s'était tournée contre elle : elle soutenait les projets de Hugh pour les transformer tous en miséreux. Quand elle y pensait, elle en tremblait de rage. Mais ils ne voulaient pas en démordre.

Elle leva les yeux vers le bijoutier. « Je vais le prendre, dit-elle d'un ton décidé.

— Excellent choix, je n'en doute pas, lady Whitehaven.

— Adressez la facture à la banque.

— Très bien, my lady. Nous ferons livrer le collier à Whitehaven House.

— Je vais l'emporter avec moi, répliqua Augusta. Je veux le porter ce soir. »

Le bijoutier prit un air douloureux. « My lady, vous me mettez dans une position impossible.

— De quoi diable parlez-vous ? Faites-moi préparer un paquet !

— Je crains de ne pouvoir vous remettre le bijou avant d'avoir reçu le paiement.

— Ne soyez pas ridicule. Savez-vous qui je suis ?

— Certes... mais les journaux disent que la banque a fermé ses portes.

— C'est une insulte.

— Je suis absolument, absolument désolé. »

Augusta se redressa et s'empara du collier. « Je refuse d'écouter ces absurdités. Je vais le prendre avec moi. »

La sueur perlant sur son front, le commerçant s'interposa entre elle et la porte. « Je vous supplie de ne pas le faire », dit-il.

Elle s'avança vers lui mais il ne bougea pas. « Laissez-moi passer ! tonna-t-elle.

— Je vais être dans l'obligation de faire fermer la porte du magasin et d'appeler la police », annonça-t-il.

Augusta se rendit compte que l'homme bredouillait peut-être de terreur, mais qu'il n'avait pas cédé d'un pouce. Il avait peur d'elle, mais il était encore plus effrayé à l'idée de perdre pour neuf mille livres de diamants. Elle comprit qu'elle était vaincue. Folle de rage, elle jeta le collier sur le sol. L'homme s'empressa de le ramasser sans chercher à se draper dans sa dignité. Augusta ouvrit elle-même la porte et se précipita dans la rue où sa voiture l'attendait.

Elle gardait la tête haute, mais elle était mortifiée. L'homme l'avait pratiquement accusée de vouloir le voler. Une petite voix au fond de son esprit lui souffla que c'était exactement ce qu'elle avait essayé de faire, mais elle la réduisit au silence. Elle rentra chez elle, furieuse.

Au moment où elle arriva, Hastead essaya de la retenir, mais elle n'était pas d'humeur pour l'instant à se préoccuper de broutilles domestiques. Elle le fit taire en disant : « Apportez-moi un verre de lait tiède. » Elle avait mal à l'estomac.

Elle monta dans sa chambre. Elle s'assit devant sa coiffeuse et ouvrit son coffret à bijoux. Il n'y avait pas grand-chose dedans. Ce qu'elle possédait ne valait que quelques centaines de livres. Elle libéra le plateau du fond. Elle y prit un carré de soie et le déplia : c'était la bague d'or en forme de serpent que Strang lui avait offerte. Comme toujours, elle la passa à son doigt et vint frotter contre ses lèvres la tête sertie de pierres précieuses. Ce bijou-là, elle ne le vendrait jamais. Comme tout aurait été différent si on l'avait laissée épouser Strang. Un instant, elle eut envie de pleurer.

Soudain, elle entendit des voix inconnues et on ouvrit la porte de sa chambre. Un homme... deux, peut-être... et une femme. Cela ne semblait pas être des domestiques, et d'ailleurs son personnel n'aurait pas eu la témérité de rester à faire la conversation sur le palier. Elle sortit.

La porte de la chambre de son défunt mari était ouverte et c'était de là que venaient les voix. En entrant, Augusta vit un jeune homme, manifestement un employé, et un couple plus âgé, bien habillé, des gens de sa classe. Elle ne les avait encore jamais vus. « Au nom du ciel, dit-elle, qui êtes-vous ? »

L'employé répondit d'un ton déférent : « Stoddart, de l'agence, my lady. Mr. et Mrs. de Graaf sont très intéressés par votre magnifique maison...

— Sortez ! cria-t-elle.

— Mais, glapit l'employé, nous avons reçu des instructions pour mettre la maison sur le marché...

— Sortez à l'instant ! Ma maison n'est pas à vendre !

— Mais j'ai personnellement parlé à... »

Mr. de Graaf prit Stoddart par le bras et le fit taire.

« Une erreur bien gênante, de toute évidence, Mr. Stoddart », dit-il avec douceur. Il se tourna vers sa femme. « Nous partons, ma chère ? » Tous deux sortirent avec une calme dignité qui fit bouillir de rage Augusta, et Stoddart les suivit en trottinant, se confondant en excuses.

Hugh était le responsable de tout cela. Augusta n'avait pas besoin de se livrer à une enquête pour établir ce fait. La maison, avait-il expliqué, appartenait au syndicat qui avait sauvé la banque, et qui souhaitait tout naturellement la vendre. Hugh avait demandé à Augusta de quitter les lieux, mais elle avait refusé. Il avait répondu que de toute façon il enverrait des acheteurs éventuels visiter.

Elle s'assit dans le fauteuil de Joseph. Le maître d'hôtel entra avec son lait chaud. « Hastead, dit-elle, vous ne devez plus laisser entrer des gens pareils... La maison n'est pas à vendre.

— Très bien, my lady. » Il déposa son plateau mais s'attarda.

« Y a-t-il autre chose ? s'enquit-elle.

— My lady, le boucher est venu personnellement aujourd'hui à propos de sa facture.

— Dites-lui qu'il sera payé selon le bon plaisir de lady Whitehaven, et non pas le sien.

— Très bien, my lady. Oh, les deux valets sont partis aujourd'hui.

— Vous voulez dire qu'ils ont demandé leur congé ?

— Non, ils sont simplement partis.

— Les misérables.

— My lady, le reste du personnel veut savoir quand il touchera ses gages.

— Rien d'autre ? »

Il eut l'air déconcerté. « Mais que dois-je leur dire ?

— Dites-leur que je n'ai pas répondu à votre question.

— Très bien. » Il hésita, puis reprit : « Je vous prie de bien vouloir prendre note que je m'en irai à la fin de la semaine.

— Pourquoi ?

— Tous les autres Pilaster ont congédié leur personnel. Mr. Hugh nous a assuré que nous serions payés jusqu'à vendredi dernier, mais pas davantage, si nous restions.

— Hors de ma vue, traître.

— Très bien, my lady. »

Augusta songea qu'elle ne serait pas mécontente de voir Hastead s'en aller. Elle serait bien débarrassée s'ils s'en allaient tous, comme des rats quittant le navire.

Elle but quelques gorgées de lait, mais sa douleur à l'estomac persistait.

Elle promena son regard autour de la chambre. Joseph ne l'avait jamais laissée la redécorer. Elle était donc encore dans le style qu'elle avait choisi en 1873 : papier cuir aux murs, lourds rideaux de brocart et, dans une vitrine aux parois laquées, la collection de tabatières de Joseph. La chambre paraissait morte, comme lui. Elle aurait voulu le faire revivre. Rien de tout cela ne serait arrivé s'il était encore en vie. Elle se l'imagina un instant, debout auprès de la grande fenêtre, tenant à la main une de ses tabatières favorites, la faisant tourner dans sa main pour admirer les jeux de lumière sur les pierres précieuses. Elle sentit sa gorge se serrer et elle secoua la tête pour dissiper cette vision.

Bientôt Mr. de Graaf ou quelqu'un comme lui s'installerait dans cette chambre. Sans aucun doute, il décrocherait les rideaux, arracherait le papier et redécorerait la pièce, probablement dans le style bohème maintenant à la mode avec lambris de chêne et gros fauteuils rustiques.

Elle devrait déménager. Cela, elle l'avait accepté, même si elle prétendait le contraire. Mais ce ne serait pas pour aller dans une maison moderne et étriquée de Saint John's Wood ou de Clapham, comme l'avaient fait Madeleine et Clémentine. Elle ne pourrait pas supporter de réduire son train de vie à Londres, sous les yeux de gens qu'elle avait jadis regardés de haut.

Elle quitterait le pays.

Elle ne savait pas très bien où partir. Calais était bon marché, mais trop proche de Londres. Paris était élégant, mais elle se sentait trop vieille pour commencer une nouvelle vie mondaine dans une ville étrangère. Elle avait entendu parler d'un endroit qui s'appelait Nice, sur la côte méditerranéenne de la France : elle pouvait avoir là-bas pour presque rien une grande maison et des domestiques et de discrètes colonies étrangères s'y étaient établies. Beaucoup de gens de son âge venaient savourer les hivers doux et l'air de la mer.

Mais elle ne pouvait pas vivre sans aucun revenu. Il lui fallait de quoi payer son loyer, les gages des domestiques et, même si elle était disposée à mener une existence frugale, elle ne se débrouillerait pas sans un attelage. Elle avait très peu d'argent liquide, pas plus de cinquante livres. D'où sa tentative désespérée pour acheter les diamants. Neuf mille livres ne suffisaient pas vraiment, mais cela lui aurait permis de vivre quelques années.

Elle savait qu'elle mettait en péril les plans de Hugh. Edward avait raison. La bonne volonté du syndicat dépendait du sérieux avec lequel la famille réglerait ses dettes. Un membre s'enfuyant sur le continent avec des bagages pleins de bijoux, c'était exactement ce qu'il fallait pour qu'une fragile coalition s'écroule. Dans une certaine mesure, cela rendait le projet d'autant plus attrayant : ce serait un plaisir pour elle que de faire trébucher ce pharisien de Hugh.

Mais elle avait besoin d'une mise de départ. Le reste serait facile : elle mettrait tout ce qui était nécessaire dans une seule malle, irait au bureau de la compagnie de navigation retenir un passage, ferait venir un fiacre tôt le matin et filerait jusqu'à la gare de chemin de fer. Mais comment allait-elle se procurer cet argent ?

Inspectant la chambre de son mari, elle remarqua un petit carnet. Elle l'ouvrit, par curiosité, et constata que quelqu'un — sans doute Stoddart, l'employé de l'agence — avait dressé un inventaire du contenu de la maison. Cela la rendit furieuse de voir toutes ses possessions énumérées dans le carnet d'un employé et négligemment estimées : *Table de salle à manger, neuf livres. Paravent égyptien, trente shillings. Portrait de femme par Joshua Reynolds, cent livres.* Il devait y avoir pour quelques milliers de livres de tableaux dans la maison, mais elle ne pouvait pas les faire entrer dans une malle. Tournant la page, elle lut : *Soixante-cinq tabatières : voir service joaillerie.* Elle leva les yeux. Là, devant elle, dans la vitrine qu'elle avait achetée dix-sept ans auparavant, se trouvait la solution de son problème. La collection de tabatières de Joseph valait des milliers de livres, peut-être jusqu'à cent mille. Elle pourrait facilement la fourrer dans son bagage : c'étaient de petits objets, conçus pour tenir dans une poche de gilet d'homme. On pouvait les vendre une par une, à mesure des besoins d'argent.

Son cœur se mit à battre plus fort. Voilà qui pourrait être la réponse à ses prières. Elle tendit la main pour ouvrir la vitrine : fermée à clé.

Elle connut un moment d'affolement. Elle n'était pas sûre de pouvoir forcer la porte : le bois était robuste, les vitres petites et épaisses.

Elle se calma. Où rangeait-il la clé ? Sans doute dans le tiroir de son bureau. Elle s'approcha de la table et ouvrit le tiroir. Il contenait un livre au titre horrifiant : *La Duchesse de Sodome*, qu'elle s'empressa de repousser tout au fond, et une petite clé argentée. Elle s'en empara.

D'une main tremblante, elle l'essaya dans la serrure de la vitrine. En la tournant, elle entendit un déclic et, un instant plus tard, la porte s'ouvrait.

Elle respira bien à fond et attendit que ses mains ne tremblent plus. Puis elle commença à retirer les tabatières des étagères.

Chapitre quatre

Décembre

1

Le krach de la banque Pilaster fut le scandale de l'année. Les journaux à sensation en évoquaient à perdre haleine chaque développement : la mise à l'encan des tableaux, des meubles anciens et des caisses de porto. L'annulation du voyage de noces de six mois en Europe prévu pour Nick et Dotty. Les modestes pavillons de banlieue où les fières et puissantes Pilaster épluchaient maintenant elles-mêmes des patates et lavaient leurs sous-vêtements.

Hugh et Nora louèrent une petite maison avec un jardin à Chingford, un village à une quinzaine de kilomètres de Londres. Ils congédièrent tous leurs domestiques, mais une solide gaillarde de quatorze ans venait l'après-midi d'une ferme voisine frotter les sols et laver les carreaux. Nora, qui ne faisait plus le ménage depuis douze ans, prit cela très mal : elle traînait la savate en tablier crasseux, balayant sans conviction le plancher, préparant des dîners indigestes et ne cessant de se plaindre. Les garçons se plaisaient mieux ici qu'à Londres car ils pouvaient jouer dans les bois. Chaque jour, Hugh prenait le train jusqu'à la City et continuait de se rendre à la banque où son travail consistait à liquider les actifs des Pilaster au nom du syndicat.

Chaque associé percevait de la banque une petite pension mensuelle. Théoriquement, ils n'avaient droit à rien. Mais les membres du syndicat étaient des banquiers tout comme les Pilaster et, au fond de leur cœur, ils pensaient : *Ça pourrait m'arriver aussi.* D'ailleurs, la coopération des associés était précieuse pour la vente de ce qu'ils possédaient et cela méritait bien un modeste versement, afin de s'assurer de leur bonne volonté.

Hugh suivait avec anxiété l'évolution de la guerre civile au Cordovay. L'issue du conflit déterminerait le montant de la somme que perdrait le syndicat. Hugh tenait beaucoup à ce que l'opération se solde pour ses membres par un bénéfice. Il voulait pouvoir dire un jour que personne n'avait perdu d'argent en sauvant la banque Pilaster. Mais la possibilité semblait lointaine. Tout d'abord, la faction des Miranda parut en bonne voie de remporter la victoire. D'après tous les récits, leur offensive était bien préparée et exécutée de façon impitoyable. Le président Garcia dut fuir la capitale pour se réfugier dans la ville fortifiée de Campanario, au sud, sa province natale. Hugh était découragé. Si les Miranda l'emportaient, ils allaient diriger le Cordovay comme un royaume à leur disposition, et jamais ils ne serviraient d'intérêts sur des prêts consentis au régime précédent : les bons du Cordovay resteraient sans valeur pour un certain temps.

Puis survint un développement inattendu. La famille de Tonio, les Silva, qui depuis quelques années constituaient le principal soutien de la petite et inefficace opposition libérale, se rallia à la cause du Président en échange de promesses d'élections libres et de réformes agraires quand celui-ci aurait repris les rênes du pouvoir. Hugh sentit ses espoirs renaître.

L'armée présidentielle ainsi renforcée obtint un large soutien populaire et parvint à faire échec aux usurpateurs. Les forces étaient également réparties. Tout comme les ressources financières. Les Miranda avaient dépensé tout leur trésor de guerre dans un farouche assaut initial. Le Nord possédait des mines de nitrate et le Sud des mines d'argent, mais ni un camp ni l'autre ne pouvait financer ni assurer ses exportations puisque les Pilaster avaient cessé toute activité et qu'aucune autre banque ne voulait accepter un client qui risquerait de disparaître le lendemain.

Les deux parties en appelèrent au gouvernement britannique pour se faire reconnaître officiellement, dans l'espoir que cela les aiderait à trouver du crédit. Micky Miranda, toujours officiellement ambassadeur du Cordovay à Londres, multipliait furieusement les démarches auprès de fonctionnaires du Foreign Office, de ministres du gouvernement et de membres du Parlement, insistant pour faire reconnaître Papa Miranda comme le nouveau président. Mais jusque-là le Premier ministre, lord Salisbury, refusait de donner l'avantage à l'un ou l'autre camp.

Puis Tonio Silva arriva à Londres. Il débarqua dans la maison de banlieue de Hugh la veille de Noël. Hugh préparait à la cuisine le lait chaud et les toasts beurrés pour le petit déjeuner des garçons. Nora s'habillait : elle se rendait à Londres pour ses achats de Noël, même si elle avait très peu d'argent à dépenser. Hugh avait accepté de rester à la maison pour s'occuper des enfants : il n'avait ce jour-là rien d'urgent à la banque. Il alla lui-même répondre au coup de sonnette, ce qui lui rappela les vieux jours passés avec sa mère à Folkestone. Tonio s'était laissé pousser la barbe et la moustache, sans nul doute pour dissimuler les traces de la correction que lui avaient infligée onze ans plus tôt les hommes de main de Micky. Mais Hugh reconnut aussitôt les cheveux carotte et le sourire insouciant. La neige tombait et le chapeau de Tonio comme son manteau étaient saupoudrés de blanc.

Hugh emmena son vieil ami dans la cuisine et lui offrit du thé. « Comment m'as-tu trouvé ? demanda-t-il.

— Ça n'a pas été facile, répondit Tonio. Il n'y avait personne à ton ancienne maison et la banque était fermée. Mais je suis allé à Whitehaven House et j'ai vu ta tante Augusta. Elle n'a pas changé. Elle ne connaissait pas ton adresse mais elle se souvenait de Chingford. A la façon dont elle prononçait le nom, on aurait dit un camp de prisonniers. »

Hugh acquiesça. « Ça n'est pas si terrible. Les garçons sont contents. Mais Nora trouve ça dur.

— Augusta n'a pas déménagé ?

— Non. Elle est plus responsable que qui que ce soit du gâchis dans lequel nous sommes. C'est pourtant la seule à refuser d'admettre la réalité. Elle découvrira qu'il y a des endroits pires que Chingford.

— Le Cordovay, par exemple, dit Tonio.

— Comment est-ce ?

— Mon frère a été tué dans les combats.

— Je suis désolé.

— La guerre est au point mort. Tout dépend maintenant du gouvernement britannique. Le camp qui obtiendra la reconnaissance officielle pourra trouver des crédits, rééquiper son armée et renverser l'opposition. C'est pourquoi je suis ici.

— C'est le président Garcia qui t'a envoyé ?

— Mieux que ça. Je suis maintenant officiellement l'ambassadeur du Cordovay à Londres. Miranda a été congédié.

— Magnifique ! » Hugh était enchanté d'apprendre qu'enfin Micky avait été sacqué. Cela l'avait toujours agacé de voir un homme qui lui avait volé deux millions de livres se promener dans Londres, aller au club, au théâtre et à des dîners comme si de rien n'était.

Tonio ajouta : « J'ai apporté avec moi mes lettres de créance et je les ai présentées hier au Foreign Office.

— Tu espères persuader le Premier ministre de soutenir ton camp.

— Oui. »

Hugh le regarda d'un air interrogateur. « Comment ?

— C'est Garcia le président : la Grande-Bretagne doit soutenir le gouvernement légitime. »

C'était un peu faible, songea Hugh. « Jusqu'à maintenant, nous ne l'avons pas fait.

— Je vais justement expliquer au Premier ministre que vous le devriez.

— Lord Salisbury est très occupé à essayer de désamorcer une bombe en Irlande : il n'a pas de temps à consacrer à une guerre civile dans un lointain pays d'Amérique du Sud. » Hugh ne voulait pas se montrer négatif, mais une idée s'esquissait dans son esprit.

Tonio lui dit avec un certain agacement : « Eh bien, ma mission est de persuader Salisbury qu'il devrait s'intéresser à ce qui se passe en Amérique du Sud, même s'il a d'autres choses en tête. » Il voyait cependant la faiblesse de cet argument et, au bout d'un moment, il admit : « Bon, d'accord. Tu es anglais : comment, à ton avis, réussirais-je à le convaincre ? »

Hugh répondit aussitôt : « Tu pourrais promettre d'éviter aux investisseurs britanniques une lourde perte.

— Comment cela ?

— Je ne sais pas très bien, je pense tout haut. » Hugh s'agitait dans son fauteuil. Le petit Sol, quatre ans, bâtissait autour de ses pieds un château en cubes de bois. C'était bizarre de décider de l'avenir de tout un pays, ici, dans la minuscule cuisine d'un petit pavillon de banlieue. « Les investisseurs britanniques ont placé deux millions de livres dans la Société du port de Santamaria, la banque Pilaster étant le plus gros apporteur de capitaux. Tous les directeurs de la société étaient des membres ou des alliés de la famille Miranda, et je suis convaincu que la totalité de ces deux millions est allée droit dans leur trésor de guerre. Nous avons besoin de les récupérer.

— Mais tout a été dépensé en achats d'armes.
— D'accord. Seulement la famille Miranda doit avoir des actifs qui valent des millions.
— En effet... Ils possèdent les mines de nitrate du pays.
— Si ton camp gagnait la guerre, le président Garcia pourrait-il céder les mines à la Société du port de Santamaria, à titre de compensation pour cette escroquerie ? Les bons alors vaudraient quelque chose.
— Le Président m'a assuré, déclara Tonio d'un ton ferme, que je pouvais promettre n'importe quoi — absolument n'importe quoi — qui amènerait les Anglais à prendre position en faveur des forces gouvernementales du Cordovay. »
Hugh commençait à se sentir excité. Soudain, la perspective de solder toutes les dettes des Pilaster semblait plus proche. « Laisse-moi réfléchir, déclara-t-il. Il faut préparer le terrain avant que tu fasses ton plaidoyer. Je crois que je pourrais persuader le vieux Ben Greenbourne de dire un mot pour toi à lord Salisbury, en lui expliquant qu'il doit soutenir les investisseurs britanniques. Mais il y a l'opposition au Parlement. Nous pourrions aller trouver Dan Robinson, le frère de Maisie : il est membre du Parlement et il est obsédé par les faillites de banques. Il approuve mon plan de sauvetage pour la banque Pilaster et souhaite sa réussite. Il pourrait s'assurer que l'opposition nous donnera son appui à la Chambre des communes. » Il pianota des doigts sur la table de la cuisine. « Ça commence à prendre tournure !
— Il faut agir vite, dit Tonio.
— Nous allons tout de suite nous rendre en ville. Dan Robinson habite chez Maisie dans le sud de Londres. Greenbourne sera à sa maison de campagne, mais je peux lui téléphoner de la banque. » Hugh se leva. « Laisse-moi prévenir Nora. » Il dégagea ses pieds du château fort édifié par Sol et sortit.
Nora était dans leur chambre, en train de se coiffer d'un élégant chapeau avec une bordure de fourrure. « Il faut que j'aille en ville, annonça Hugh tout en passant un col et une cravate.
— Alors, dit-elle, qui va s'occuper des garçons ?
— Vous, j'espère.
— Non ! lança-t-elle d'une voix perçante. Je dois faire des courses.
— Je suis désolé, Nora, mais c'est très important.
— Moi aussi je suis importante !
— Bien sûr, mais aujourd'hui je ne peux pas vous céder. Il faut que je parle à Ben Greenbourne : c'est urgent.

— J'en ai par-dessus la tête, dit-elle d'un ton écœuré. J'en ai assez de cette maison, de ce village assommant, des enfants et de vous. Mon père vit mieux que nous ! » Le père de Nora avait ouvert un pub sur un prêt consenti par la banque Pilaster et il s'en tirait très bien. « Je devrais aller vivre avec lui et travailler comme serveuse. Je m'amuserais plus et au moins on me paierait pour faire des corvées ! »

Hugh la dévisagea. Il comprit soudain que plus jamais il ne partagerait son lit. Rien ne subsistait de son mariage. Nora le haïssait et lui la méprisait. « Otez votre chapeau, Nora, dit-il. Vous n'allez pas faire de courses aujourd'hui. » Il passa son veston et sortit.

Tonio l'attendait avec impatience dans le vestibule. Hugh embrassa les garçons, saisit son chapeau et son manteau et ouvrit la porte. « Il y a un train dans quelques minutes », dit-il, et ils sortirent. Tout en dévalant la petite allée du jardin et en franchissant la barrière, il mit son chapeau et enfila tant bien que mal son manteau. La neige tombait plus fort et une couche de quelques centimètres recouvrait la pelouse. La maison de Hugh était l'un des vingt ou trente pavillons identiques s'alignant sur ce qui avait été jadis un champ de navets. Ils suivirent une petite route qui menait au village. « Nous allons voir d'abord Robinson, dit Hugh, préparant leur plan de campagne. Ensuite je pourrai appeler Greenbourne pour lui annoncer que l'opposition nous soutient déjà... Écoute !

— Quoi ?

— C'est notre train. Nous ferions mieux de nous dépêcher. »

Ils hâtèrent le pas. Heureusement, la gare était juste à l'entrée du village. Le convoi arrivait au moment où ils traversaient le pont de chemin de fer.

Un homme était penché sur le parapet et guettait l'approche du train. Au moment où ils passaient, l'homme se retourna et Hugh le reconnut : c'était Micky Miranda.

Il avait un revolver à la main.

Après cela, tout se déroula très vite.

Hugh poussa un cri, qui fut noyé par le fracas du train. Micky avait braqué son arme sur Tonio et tira à bout portant. Tonio chancela et s'écroula. Micky tourna alors son arme vers Hugh, mais à cet instant la vapeur et la fumée de la locomotive enveloppèrent la passerelle d'un nuage épais et tous deux soudain se trouvèrent aveuglés. Hugh se jeta sur le sol enneigé. Il entendit encore deux coups de feu mais ne sentit rien. Il roula sur le côté et s'agenouilla, s'efforçant de percer ce brouillard.

La fumée commença à se dissiper. Hugh entr'aperçut une silhouette dans les tourbillons de vapeur et se rua dans cette direction. Micky le vit et se retourna, mais trop tard : Hugh fonçait sur lui comme un boulet de canon. Micky s'effondra. Le pistolet lui échappa, passa par-dessus le parapet pour retomber sur la voie de chemin de fer. Hugh s'affala sur Micky et se dégagea.

Tous deux se remirent debout. Micky se pencha pour ramasser sa canne. Hugh se précipita de nouveau sur lui et le fit trébucher, mais Micky s'était emparé de la canne. Au moment où il se redressait sur ses pieds, Hugh lui décocha un coup de poing. Il n'avait pas fait de boxe depuis vingt ans et le coup passa à côté. Micky, lui, le frappa avec la canne qui s'abattit sur sa tête. Un coup douloureux. Micky frappa encore. Le second coup rendit Hugh furieux et, avec un rugissement de rage, il fonça sur Micky et lui donna un coup de tête en plein visage. Tous deux vacillèrent, le souffle coupé.

On entendit alors un coup de sifflet provenant de la gare, annonçant le départ du train : l'affolement se peignit sur le visage de Micky. Hugh devina qu'il avait pensé s'enfuir par le train. Il ne pouvait pas se permettre d'être bloqué encore une heure à Chingford, si près des lieux du crime qu'il venait de commettre. Il avait deviné juste : Micky tourna les talons et partit en courant vers la gare.

Hugh le poursuivit.

Micky avait passé trop de nuits à boire dans les bordels pour être un bon sprinter. Hugh, qui était resté la majeure partie de sa vie adulte assis derrière un bureau, n'était guère en meilleure forme. Micky déboula dans la gare au moment où le train démarrait. Hugh le suivit, hors d'haleine. Ils se précipitèrent sur le quai. Un employé de la gare s'exclama : « Hé là ! Où sont vos billets ? » Pour toute réponse, Hugh cria : « Au meurtre ! »

Micky courut le long du quai, en essayant de rattraper l'arrière du train qui s'éloignait. Hugh fonçait derrière lui, s'efforçant d'ignorer son lancinant point de côté. Le cheminot à son tour se lança à la poursuite de Micky : celui-ci avait fini par rattraper le train, il saisit une poignée et sauta sur un marchepied. Hugh plongea derrière lui, l'empoigna par la cheville mais lâcha prise. Le cheminot trébucha sur Hugh et dégringola. Quand Hugh se remit debout, le train était hors d'atteinte. Il le contempla d'un œil désespéré : il vit Micky ouvrir la porte du compartiment, gravir péniblement le marchepied et refermer la portière derrière lui.

Le cheminot se releva, époussetant la neige qui couvrait ses vêtements, et dit : « Qu'est-ce que c'était que tout ça ? »

Hugh était plié en deux, respirant comme un soufflet de forge, trop faible pour parler.

« Un homme a été abattu », expliqua-t-il quand il eut repris son souffle. Dès qu'il se sentit assez fort pour marcher, il revint vers l'entrée de la gare en faisant signe à l'employé de le suivre. Il emmena l'homme jusqu'à la passerelle où gisait Tonio.

Hugh s'agenouilla auprès du corps. Tonio avait reçu une balle entre les deux yeux et il ne restait pas grand-chose de son visage. « Mon Dieu, quelle horreur ! dit le cheminot. Hugh avala sa salive, luttant contre la nausée. Il se força à glisser sa main sous le manteau de Tonio pour lui tâter le pouls : comme il s'y attendait, son cœur ne battait plus. Il se rappelait l'espiègle garçon avec lequel il s'ébrouait dans la baignade de Bishop's Wood vingt-quatre ans plus tôt : il sentit monter en lui une vague de chagrin qui le mena au bord des larmes.

Hugh reprenait ses esprits : il comprenait avec une lucidité angoissée comment Miranda avait préparé son coup. Micky, comme tous les diplomates, avait des amis au Foreign Office. L'un d'eux avait dû lui chuchoter à l'oreille, peut-être au cours d'une réception ou d'un dîner la veille au soir, que Tonio était à Londres. Tonio avait déjà présenté ses lettres de créance : Micky savait donc que ses jours étaient comptés. Mais si Tonio trouvait la mort, la situation redeviendrait embrouillée : il n'y aurait personne à Londres pour négocier au nom du président Garcia et Micky resterait ambassadeur *de facto*. C'était le seul espoir de Micky. Mais il fallait agir vite et prendre des risques, car il ne disposait que d'un jour ou deux.

Comment Micky avait-il su où trouver Tonio ? Peut-être l'avait-il fait suivre — ou peut-être Augusta lui avait-elle dit que Tonio était venu lui demander l'adresse de Hugh. D'une façon ou d'une autre, il avait suivi Tonio à Chingford. Retrouver la maison de Hugh l'aurait obligé à aborder trop de gens. Il savait toutefois que Tonio, tôt ou tard, devrait revenir à la gare. Il était donc resté à rôder dans les parages, avec l'intention de tuer Tonio — et tout témoin éventuel du meurtre — et puis de s'échapper par le train.

Micky était un homme aux abois et son plan était terriblement risqué, mais il avait failli réussir. Micky devait tuer Hugh aussi bien que Tonio, mais la fumée de la locomotive l'avait empêché de viser. Si tout s'était passé selon son plan, personne ne l'aurait reconnu. Chingford n'avait ni télégraphe ni téléphone. Il n'y avait pas de moyen de transport plus rapide que le train : il aurait donc été de retour à Londres avant qu'on pût signaler le crime. A n'en pas douter, un de ses employés avait dû lui fournir aussi un alibi.

Mais il n'avait pas réussi à tuer Hugh. Et — soudain Hugh s'en rendit compte — théoriquement Micky n'était plus ambassadeur du Cordovay, il ne bénéficiait donc plus de son immunité diplomatique.

Voilà qui suffirait peut-être à le faire pendre.

Hugh se redressa. « Il faut signaler ce meurtre le plus tôt possible, dit-il.

— Il y a un poste de police à Walthamstow, quelques arrêts plus loin sur la ligne.

— Quand est le prochain train ? »

Le cheminot prit une grosse montre dans sa poche de gousset. « Dans quarante-sept minutes.

— Il faut que nous le prenions tous les deux. Vous alerterez la police de Walthamstow et je continuerai jusqu'en ville pour faire ma déposition à Scotland Yard.

— Il n'y a personne pour s'occuper de la gare. Je suis tout seul : c'est la veille de Noël.

— Je suis certain que votre employeur voudrait vous voir vous acquitter de votre tâche de citoyen.

— Vous avez raison. » L'homme semblait soulagé de s'entendre dire ce qu'il devait faire.

« Il faudrait mettre quelque part ce malheureux Silva. Est-ce qu'il y a un endroit à la gare ?

— Il n'y a que la salle d'attente.

— Nous ferions mieux de le transporter là-bas et de fermer à clé. » Hugh se pencha et saisit le cadavre sous les bras. « Vous, prenez ses jambes. » Ils soulevèrent Tonio et le transportèrent jusqu'à la gare.

Ils l'allongèrent sur un banc de la salle d'attente. Après cela, ils ne savaient plus très bien quoi faire. Hugh était nerveux. Il n'éprouvait pas encore de peine : c'était trop tôt. Ce qu'il voulait, c'était attraper le meurtrier, pas se lamenter. Il marchait de long en large, consultant sa montre toutes les deux minutes et frottant la bosse sur son crâne là où la canne de Micky l'avait frappé. Le cheminot, installé sur le banc d'en face, contemplait le corps avec une fascination horrifiée. Au bout d'un moment, Hugh vint s'asseoir auprès de lui. Ils restèrent ainsi, silencieux, seuls dans la pièce glacée avec le mort, jusqu'à l'arrivée du train.

2

Micky Miranda fuyait à toutes jambes.

Sa chance s'épuisait. Au cours des vingt-quatre dernières années, il avait commis quatre meurtres : il s'en était tiré pour les trois premiers mais, cette fois, il avait trébuché. Hugh Pilaster l'avait vu abattre Tonio Silva en plein jour et il n'y avait pas d'autre moyen d'échapper à la potence que de quitter l'Angleterre.

Il se trouvait soudain recherché, fugitif dans la ville où il avait toujours vécu. En sortant de la gare, il se précipita dans Liverpool Street, évitant les regards des policemen, le cœur battant, le souffle court, et il s'engouffra dans un fiacre.

Il alla tout droit au bureau de la compagnie de navigation Gold Coast and Mexico.

L'agence grouillait de monde, surtout de Latino-Américains. Les uns tentaient de rentrer au Cordovay, d'autres s'efforçaient de faire venir des parents et d'autres encore demandaient peut-être simplement des nouvelles. Il régnait là un bruyant désordre. Micky ne pouvait pas se permettre d'attendre qu'on en eût fini avec la racaille. Il se fraya un chemin jusqu'au comptoir, utilisant sa canne indifféremment sur les hommes et les femmes pour s'ouvrir un chemin. Sa tenue élégante et son arrogance de grand bourgeois attirèrent l'attention d'un employé. Micky lui dit : « Je veux retenir une place pour le Cordovay.

— Il y a la guerre au Cordovay », répondit l'employé.

Micky réprima une réponse sarcastique. « J'imagine que vous n'avez pas suspendu tous les départs.

— Nous vendons des billets pour Lima, au Pérou. Le navire continuera jusqu'à Palma si les conditions politiques le permettent : la décision sera prise à Lima. »

Cela ferait l'affaire. Micky avait avant tout besoin de quitter l'Angleterre.

« Quand est le prochain départ ?

— Dans quatre semaines. »

Son cœur se serra. « Ça ne va pas : il faut que je parte plus tôt que ça !

— Si vous êtes pressé, il y a un bateau qui quitte Southampton ce soir. »

Dieu soit loué ! La chance ne l'avait pas encore tout à fait abandonné. « Réservez-moi une cabine... la meilleure disponible.

— Très bien, monsieur. Puis-je avoir votre nom ?

— Miranda.

— Je vous demande pardon, monsieur ? »

On aurait dit que les Anglais étaient sourds quand on prononçait un patronyme étranger. Micky allait épeler son nom, mais il changea d'avis. « Andrews, dit-il. Mr. R. Andrews. » Il venait de penser que la police allait peut-être vérifier les listes de passagers en cherchant le nom de Miranda. Maintenant, on ne le trouverait pas. Il remerciait le ciel du libéralisme dément des lois britanniques qui permettaient aux gens d'entrer dans le pays et d'en sortir sans passeport. Cela n'aurait pas été aussi facile au Cordovay.

L'employé se mit à remplir son billet. Micky attendait, nerveux, frottant la meurtrissure de son visage là où Hugh Pilaster lui avait donné un coup de tête. Il se rendit compte qu'un autre problème se posait : Scotland Yard pouvait câbler son signalement dans tous les ports. Maudit télégraphe. D'ici une heure, la police locale contrôlerait partout tous les passagers. Il lui fallait un déguisement.

L'employé lui remit son billet qu'il régla en espèces. Il se fraya impatiemment un passage à travers la foule et sortit dans la neige, toujours inquiet.

Il héla un fiacre et demanda au cocher de le conduire à l'ambassade du Cordovay, puis il se ravisa. C'était risqué de retourner là-bas et, d'ailleurs, il n'avait pas beaucoup de temps.

La police allait chercher un homme bien vêtu d'une quarantaine d'années, voyageant seul. Une façon d'éviter les contrôles serait de se présenter comme un homme plus âgé avec un compagnon. En fait, il pouvait prétendre être un invalide et se faire embarquer dans un fauteuil roulant. Mais, pour cela, il lui faudrait un complice. Qui pourrait-il utiliser ? Il n'était pas sûr de pouvoir se fier à aucun de ses employés, surtout à présent qu'il n'était plus ambassadeur.

Restait Edward.

« Conduisez-moi à Hill Street », dit-il au cocher.

Edward avait une petite maison à Mayfair. Contrairement aux autres Pilaster, il était locataire et n'avait pas encore été obligé de déménager car son loyer était payé d'avance pour trois mois.

Edward ne semblait pas se soucier que Micky eût détruit la banque Pilaster et causé la ruine de sa famille. Il dépendait de plus en plus de lui. Quant au reste de la famille Pilaster, Micky n'avait vu personne depuis le krach.

Edward vint ouvrir, en robe de chambre de soie tachée, et fit monter Micky dans sa chambre où brûlait un feu. A onze heures du matin, il fumait un cigare et buvait du whisky. Son eczéma lui avait envahi maintenant tout le visage et Micky se demanda s'il était judicieux de se servir de lui comme complice : cette rougeur pourrait le faire remarquer. Mais il n'avait pas le temps de se montrer délicat : il faudrait qu'Edward fasse l'affaire.

« Je quitte le pays, annonça Micky.

— Oh, dit Edward, emmène-moi avec toi. » Et il éclata en sanglots.

« Mais enfin, dit Micky sans la moindre compassion, qu'est-ce qui te prend ?

— Je suis en train de mourir, dit Edward. Allons dans un endroit tranquille et vivons tous les deux en paix jusqu'à ce que je disparaisse.

— Tu n'es pas mourant, crétin : tu as simplement une maladie de peau.

— Je n'ai pas une maladie de peau : c'est la syphilis. »

Micky eut un sursaut horrifié. « Jésus Marie, je l'ai peut-être aussi !

— Ce n'est pas étonnant, avec tout le temps que nous avons passé chez Nellie.

— Mais les filles d'April sont censées être saines !

— Les putains ne sont jamais saines. »

Micky lutta contre l'affolement. S'il s'attardait à Londres pour voir un médecin, il finirait peut-être au bout d'une corde. Il fallait quitter le pays dès aujourd'hui. D'ailleurs, le navire faisait escale à Lisbonne : dans quelques jours il pourrait consulter là-bas un docteur. Il devrait s'en contenter. Peut-être n'avait-il pas contracté la maladie : il était dans l'ensemble en bien meilleure santé qu'Edward. Il se lavait toujours après l'amour, alors qu'Edward n'était pas aussi méticuleux.

Edward cependant n'était pas en état de le faire sortir du pays. D'ailleurs, Micky n'allait pas ramener avec lui au Cordovay un syphilitique au stade terminal. Mais il lui fallait quand même un complice. Et il ne restait qu'un candidat possible : Augusta.

Il n'était pas aussi sûr d'elle que d'Edward. Edward avait

toujours été prêt à faire tout ce que Micky lui demandait. Augusta était indépendante. Mais elle était sa dernière chance.

Il tourna les talons pour s'en aller.

« Ne m'abandonne pas », supplia Edward.

L'heure n'était pas aux sentiments. « Je ne peux pas emmener un mourant avec moi », lança-t-il.

Edward leva les yeux : il avait un air méchant. « Si tu ne le fais pas...

— Eh bien ?

— Je dirai à la police que tu as tué Peter Middleton, oncle Seth et Solly Greenbourne. »

Augusta avait dû lui parler du vieux Seth. Micky dévisagea Edward : il était pitoyable. Comment l'ai-je supporté si longtemps ? se demanda Micky. Il comprit soudain à quel point il serait content de le quitter. « Dis-le donc à la police, fit-il. On me recherche déjà pour avoir tué Tonio Silva : autant que je sois pendu pour quatre meurtres que pour un seul. » Il s'en alla sans se retourner.

Il sortit de la maison et prit un fiacre sur Park Lane. « Kensington Gore, dit-il au cocher. Whitehaven House. » En chemin, il songea avec inquiétude à sa santé. Il n'avait aucun des symptômes habituels : pas de problème de peau, pas de grosseur inexpliquée aux organes génitaux. Mais il lui faudrait attendre pour être sûr. Maudit soit Edward !

Il s'inquiétait aussi à propos d'Augusta. Il ne l'avait pas vue depuis le krach. Voudrait-elle l'aider ? Il savait qu'elle avait toujours lutté pour maîtriser le désir qu'il lui inspirait : et une seule fois, dans des circonstances bizarres, elle avait bel et bien cédé à sa passion. En ce temps-là, Micky se consumait lui aussi d'amour pour elle. Depuis lors, son ardeur s'était calmée. Mais il avait l'impression que celle d'Augusta n'avait fait que redoubler. Il l'espérait bien : il s'apprêtait à lui demander de s'enfuir avec lui.

Ce ne fut pas le maître d'hôtel mais une souillon en tablier qui vint ouvrir la porte d'Augusta. Traversant le vestibule, Micky remarqua que la maison n'était pas très bien tenue. Augusta avait des problèmes. Tant mieux : elle n'en serait que plus disposée à suivre le plan qu'il allait lui proposer.

Toutefois, quand elle entra dans le salon, elle arborait le même air impérieux que d'habitude, dans son corsage de soie pourpre avec des manches à gigot et sa large jupe noire serrée à la taille. Elle avait été une jeune femme d'une beauté à vous couper le souffle et aujourd'hui, à cinquante-huit ans, elle pouvait encore faire tourner des têtes. Il se rappelait l'envie qu'il avait d'elle à seize ans, mais il n'en restait plus rien. Il allait devoir simuler la passion.

Elle ne lui tendit pas la main. « Pourquoi êtes-vous venu ici ? dit-elle d'un ton glacial. Vous avez causé ma ruine et celle de ma famille.

— Je ne pensais pas...

— Vous deviez bien savoir que votre père allait déclencher une guerre civile.

— Mais je ne savais pas que les bons du Cordovay allaient perdre toute valeur à cause de la guerre, dit-il. Et vous ? »

Elle hésita. De toute évidence, elle ne s'en était pas doutée.

Une fissure s'était ouverte dans son armure et il essaya de l'agrandir. « Je n'aurais pas agi de même si j'avais su cela : j'aurais préféré me couper la gorge plutôt que de vous nuire. » Il devinait qu'elle ne demandait qu'à le croire.

Mais elle répondit : « Vous avez persuadé Edward de tromper ses associés pour pouvoir obtenir vos deux millions de livres.

— Je pensais qu'il y avait tant d'argent à la banque que cela ne pourrait jamais lui causer un dommage. »

Elle détourna les yeux. « Moi aussi », fit-elle doucement.

Il poussa son avantage. « D'ailleurs, tout ça ne compte plus maintenant : je quitte l'Angleterre aujourd'hui pour probablement ne jamais revenir. »

Elle le regarda, brusquement effrayée, et il comprit qu'il la tenait. « Pourquoi ? » demanda-t-elle.

Ce n'était pas le moment de tourner autour du pot. « Je viens de blesser mortellement un homme et la police est à mes trousses. »

Elle tressaillit et lui prit la main. « Qui donc ?

— Antonio Silva. »

Elle était excitée, et aussi choquée. Un peu de couleur monta à son visage et ses yeux brillèrent. « Silva ? Pourquoi ?

— Il constituait une menace pour moi. J'ai retenu une place à bord d'un paquebot qui quitte Southampton ce soir.

— Si vite !

— Je n'ai pas le choix.

— Alors vous êtes venu me dire adieu, dit-elle, l'air abattue.

— Non. »

Elle l'observa. Était-ce de l'espoir qu'il lisait dans ses yeux ? Il hésita, puis se jeta à l'eau. « Je veux que vous veniez avec moi. »

Elle fit un pas en arrière.

Il lui tenait toujours la main. « L'obligation de partir — et si précipitamment — m'a fait comprendre une chose que j'aurais dû m'avouer voilà longtemps. Je crois que vous l'avez toujours su. Augusta, je vous aime. »

Tout en débitant ses répliques, il guettait le visage d'Augusta : il le scrutait comme un marin scrute la surface de la mer. Un moment, elle essaya de paraître stupéfaite, et y renonça presque tout de suite. Elle le gratifia de l'esquisse d'un sourire flatté, puis elle rougit légèrement d'une gêne presque virginale. Elle prit enfin un air calculateur qui prévint Micky qu'elle estimait ce qu'elle avait à gagner et à perdre.

Il posa une main sur sa taille corsetée et l'attira doucement vers lui. Elle ne résista pas, mais son expression songeuse lui révéla qu'elle était encore indécise.

Leurs visages étaient tout proches. Il dit alors : « Chère Augusta, je ne peux pas vivre sans vous. »

Il la sentait trembler sous ses doigts. D'une voix mal assurée, elle dit : « Je suis assez vieille pour être votre mère. »

Effleurant son visage de ses lèvres, il lui souffla à l'oreille : « Mais vous ne l'êtes pas. » Il chuchotait presque. « Vous êtes la femme la plus désirable que j'aie jamais rencontrée. Depuis toutes ces années, j'ai envie de vous, vous le savez. Maintenant... » Sa main remonta jusqu'à presque lui toucher le sein. « Maintenant, c'est à peine si je puis maîtriser mes mains. Augusta... » Il marqua un temps.

« Quoi ? » fit-elle.

Il la tenait presque, mais pas tout à fait. Il devait jouer sa dernière carte.

« Maintenant que je ne suis plus ambassadeur, je peux divorcer d'avec Rachel.

— Qu'est-ce que vous dites ? »

Il lui murmura à l'oreille. « Voulez-vous m'épouser ?

— Oui », répondit-elle.

Il l'embrassa.

3

April Tilsley pénétra en trombe dans le bureau de Maisie à l'hôpital. Elle était sur son trente et un, en soie cramoisie et manteau de renard, elle brandissait un journal en disant : « Tu as entendu ce qui est arrivé ? »

Maisie se leva. « April ! Au nom du ciel, qu'est-ce qui se passe ?

— Micky Miranda vient d'abattre Tonio Silva ! »

Maisie savait qui était Micky, mais il lui fallut un moment pour se souvenir que Tonio avait fait partie de cette bande de jeunes gens qui côtoyaient Solly et Hugh. En ce temps-là, se rappela-t-elle, il jouait beaucoup et April avait un béguin pour lui : jusqu'au jour où elle avait découvert qu'il avait perdu au jeu le peu d'argent qu'il possédait. « Micky l'a abattu ? fit-elle, stupéfaite. Il est mort ?

— Oui. C'est dans le journal de ce soir.

— Je me demande pourquoi.

— On ne l'explique pas. Mais l'article dit aussi... » April hésita. « Assieds-toi, Maisie.

— Pourquoi ? Dis-moi !

— Il paraît que la police veut l'interroger à propos de trois autres meurtres : Peter Middleton, Seth Pilaster et Solomon Greenbourne. »

Maisie s'assit lourdement. « Solly ! » fit-elle. Elle se sentait défaillir. « Micky a tué Solly ? Oh, pauvre Solly ! » Elle ferma les yeux et se prit le visage à deux mains.

« Tu as besoin d'une goutte de cognac, dit April. Où le ranges-tu ?

— Nous n'en avons pas ici. » Maisie essayait de se reprendre. « Montre-moi ce journal. »

April le lui tendit.

Maisie lut le premier paragraphe. La police recherchait l'ancien ambassadeur du Cordovay, Miguel Miranda, pour l'interroger à propos du meurtre d'Antonio Silva.

« Pauvre Tonio, dit April. C'était un des hommes les plus gentils pour qui j'aie jamais écarté les jambes. »

Maisie poursuivit sa lecture. La police voulait aussi interroger Miranda à propos des décès de Peter Middleton, au collège de Windfield en 1866 ; de Seth Pilaster, le président de la banque Pilaster, en 1873 ; de Solomon Greenbourne, poussé sous un attelage lancé au galop dans une petite rue donnant sur Piccadilly en juillet 1879.

« Et Seth Pilaster... Seth, l'oncle de Hugh ? fit Maisie, très agitée. Pourquoi a-t-il tué tous ces gens ?

— Les journaux, déclara April, ne vous disent jamais ce qu'on a vraiment envie de savoir. »

Le troisième paragraphe secoua de nouveau Maisie. Le meurtre avait été commis au nord-est de Londres, près de Walthamstow, dans un village du nom de Chingford. Son cœur s'arrêta de battre. « Chingford ? fit-elle haletante.

— Je n'en ai jamais entendu parler...

— C'est là qu'habite Hugh !

— Hugh Pilaster ? Tu es toujours amoureuse de lui ?

— Tu ne comprends donc pas ? Il devait être là. Ça ne peut pas être une coïncidence ! Oh, mon Dieu, j'espère qu'il n'a rien.

— Je pense que le journal l'indiquerait s'il avait été touché.

— C'est arrivé il y a quelques heures à peine. On ne sait peut-être pas. » Maisie ne pouvait pas supporter cette incertitude. Elle se leva. « Il faut que je sache s'il est indemne.

— Comment ? »

Elle posa son chapeau sur sa tête et y enfonça une épingle. « Je vais aller chez lui.

— Sa femme ne va pas aimer ça.

— Sa femme est une *paskudniak*. »

April se mit à rire. « Qu'est-ce que ça veut dire ?

— Un sac de merde. » Maisie enfila son manteau.

April se leva à son tour. « Ma voiture est dehors. Je vais te conduire à la gare. »

Une fois montées dans la voiture d'April, elles s'aperçurent que ni l'une ni l'autre ne savait à quelle gare se rendre pour prendre un train à destination de Chingford. Par bonheur, le cocher, qui était aussi portier au bordel de Nellie, put leur apprendre que c'était la gare de Liverpool Street.

Quand elles furent arrivées là-bas, Maisie remercia brièvement April et se précipita. La gare était bourrée de voyageurs partant pour les fêtes de Noël et de boutiquiers qui regagnaient leurs maisons de banlieue. L'air était plein de fumée et de poussière. Les gens échangeaient des bonjours et des adieux dans le crissement des freins et le souffle haletant des machines à vapeur. Elle se fraya un chemin jusqu'au guichet, au milieu d'une foule de femmes aux bras chargés de paquets, d'employés coiffés de chapeaux melons, qui rentraient chez eux de bonne heure, de mécaniciens et de chauffeurs au visage noirci, d'enfants, de chevaux et de chiens.

Elle dut attendre un quart d'heure pour avoir un train. Sur le quai, elle assista aux déchirants adieux de deux jeunes amoureux : elle les enviait.

Le train traversa les taudis de Bethnal Green, la banlieue de

Walthamstow et les champs couverts de neige de Woodford, en s'arrêtant très souvent. Même s'il allait deux fois plus vite qu'une voiture à chevaux, Maisie trouvait qu'on n'avançait pas : elle se mordait les ongles en se demandant si Hugh était sain et sauf.

Quand elle descendit du train à Chingford, un policeman l'interpella et la pria d'entrer dans la salle d'attente. Un inspecteur voulut savoir si elle s'était trouvée ce matin-là dans la localité. De toute évidence, on recherchait des témoins du meurtre. Elle lui répondit qu'elle n'avait jamais auparavant mis les pieds à Chingford. Dans un brusque élan, elle dit : « N'y a-t-il pas eu d'autres blessés qu'Antonio Silva.

— Dans la bagarre, deux personnes ont subi quelques contusions et des coupures sans gravité, répliqua le détective.

— Je m'inquiète à propos d'un de mes amis qui connaissait Mr. Silva. Son nom est Hugh Pilaster.

— Mr. Pilaster s'est empoigné avec le meurtrier et a été frappé à la tête, précisa le policier. Ses blessures sont sans gravité.

— Oh, Dieu soit loué ! Pouvez-vous m'indiquer le chemin de sa maison ? »

L'inspecteur lui expliqua comment y aller. « Mr. Pilaster était à Scotland Yard au début de la journée : je ne saurais vous dire s'il est déjà rentré. »

Maisie se demanda si elle ne devait pas repartir tout de suite pour Londres maintenant qu'elle était pratiquement sûre que Hugh n'avait rien. Elle éviterait ainsi de rencontrer l'abominable Nora. Mais elle se sentirait plus heureuse si elle le voyait. Et puis elle n'avait pas peur de Nora. Elle se dirigea vers leur maison, pataugeant dans six ou sept centimètres de neige.

Chingford offrait un brutal contraste avec Kensington, remarqua-t-elle en passant devant la rue bordée de petites constructions neuves avec chacune son pauvre jardinet. Hugh devait accepter avec stoïcisme sa déchéance, mais, pour Nora, elle n'en était pas si sûre. La garce avait épousé Hugh pour son argent et elle ne devait pas supporter de se retrouver pauvre.

Quand elle frappa à la porte de la maison de Hugh, Maisie entendit un enfant qui pleurait à l'intérieur. Ce fut un garçon d'environ onze ans qui vint lui ouvrir. « C'est toi, Toby, n'est-ce pas ? dit Maisie. Je suis venue voir ton père. Je m'appelle Mrs. Greenbourne.

— Malheureusement, père n'est pas à la maison, répondit courtoisement le jeune garçon.

— Quand penses-tu qu'il va rentrer ?

— Je ne sais pas. »

Maisie se sentit soudain déprimée. Elle etait si contente à l'idée de voir Hugh. Déçue, elle lui demanda : « Peut-être pourrais-tu simplement lui dire que j'ai lu le journal et que je suis passée pour m'assurer qu'il allait bien.

— Très bien, je le lui dirai. »

Il n'y avait rien d'autre à ajouter. Autant regagner la gare et attendre le prochain train pour Londres. Désappointée, elle tourna les talons. Du moins avait-elle évité une altercation avec Nora.

Quelque chose dans l'expression du jeune garçon la tracassa soudain : un air presque de peur. Brusquement, elle fit demi-tour : « Est-ce que ta mère est là ?

— Non, je regrette. »

C'était bizarre. Hugh n'avait plus les moyens d'avoir une gouvernante. Maisie avait l'impression que quelque chose n'allait pas. Elle reprit : « Est-ce que je pourrais parler à la personne qui s'occupe de toi ? »

L'enfant hésita. « En fait, il n'y a personne ici. Juste moi et mes frères. »

L'intuition de Maisie ne l'avait pas trompée. Que se passait-il ? Comment avait-on pu abandonner trois jeunes garçons ? Elle hésitait à intervenir, sachant qu'elle aurait une scène épouvantable avec Nora Pilaster. D'un autre côté, elle ne pouvait tout simplement pas s'en aller en laissant les enfants de Hugh se débrouiller tout seuls. « Je suis une vieille amie de ton père... et de ta mère, déclara-t-elle.

— Je vous ai vue au mariage de tante Dotty, dit Toby.

— Ah, oui. Hmmm... est-ce que je peux entrer ? »

Toby parut soulagé. « Oui, je vous en prie. »

Maisie franchit le seuil de la porte. Elle se laissa conduire par le bruit des pleurs de l'enfant jusqu'à la cuisine, à l'arrière de la maison. Un garçonnet de quatre ans braillait, accroupi sur le sol, et un autre de six ans, assis sur la table de la cuisine, avait l'air sur le point d'éclater en sanglots.

Elle prit dans ses bras le plus jeune. Elle savait qu'il s'appelait Solomon, en souvenir de Solly Greenbourne, mais qu'on l'appelait Sol.

« Là, là, murmura-t-elle. Qu'est-ce qui se passe ?

— Je veux ma maman, dit-il en redoublant de sanglots.

— Doucement, doucement », murmura Maisie en le berçant. Elle sentit l'humidité traverser sa manche et elle se rendit compte que le petit garçon avait fait pipi. Elle regarda autour d'elle : un vrai taudis. La table était couverte de miettes de pain et de lait renversé. Il y avait de la vaisselle sale dans l'évier et de la boue sur le sol. Et puis il faisait froid : le feu s'était éteint. On aurait presque dit que les enfants étaient abandonnés.

« Qu'est-ce qui se passe ici ? dit-elle à Toby.

— Je les ai fait déjeuner, déclara-t-il. J'ai préparé des tartines et j'ai coupé un peu de jambon. J'ai essayé de faire du thé mais je me suis brûlé avec la bouilloire. » Il s'efforçait d'être brave, mais lui aussi était au bord des larmes. « Savez-vous où pourrait être mon père ?

— Non, je ne sais pas. » Le bébé avait demandé sa maman, mais l'aîné réclamait son père, observa Maisie. « Et ta mère ? »

Toby saisit une enveloppe sur le dessus de la cheminée et la lui tendit. Elle était simplement adressée à *Hugh.*

« Elle n'est pas cachetée, précisa Toby. Je l'ai lue. »

Maisie l'ouvrit et en tira une feuille de papier. Un seul mot était écrit sur la page, en grosses majuscules rageuses.

ADIEU

Maisie était horrifiée. Comment une mère pouvait-elle abandonner là trois petits enfants et les laisser se débrouiller tout seuls ? C'était pourtant bien Nora qui avait mis au monde chacun de ces garçons, et qui leur avait donné le sein quand ils étaient bébés. Maisie pensa aux mères de l'hôpital de Southwark. Si l'on avait offert à l'une d'elles une maison de trois chambres à Chingford, elle se serait imaginée au paradis.

Elle chassa pour l'instant de telles pensées de son esprit. « Ton père sera de retour ce soir, j'en suis certaine », dit-elle en priant pour que cela fût vrai. Elle s'adressa à l'enfant de quatre ans qu'elle tenait dans les bras. « Mais il ne serait pas content de retrouver la maison dans cet état, n'est-ce pas ? »

Sol secoua gravement la tête.

« Nous allons faire la vaisselle, nettoyer la cuisine, allumer le feu et préparer de quoi dîner. » Elle regarda le garçonnet de six ans. « Tu ne trouves pas que c'est une bonne idée, Samuel ? »

Samuel acquiesça. « J'aime bien les tartines beurrées, précisa-t-il.

— Alors, nous allons en faire. »

Toby n'était pas encore rassuré. « A quelle heure croyez-vous que père va rentrer ?

— Je ne sais pas très bien », avoua-t-elle sincèrement. Inutile de mentir : les enfants devinaient toujours. « Mais je vais te dire une chose : tu peux attendre pour te coucher qu'il soit rentré, même s'il est tard. Qu'est-ce que tu en penses ? »

Le jeune garçon parut un peu soulagé. « Très bien, dit-il.

— Bon. Toby, tu es le plus fort, tu peux apporter un seau de charbon. Samuel, tu peux nettoyer la table de la cuisine avec un chiffon, je crois que je peux te faire confiance pour t'en tirer convenablement. Sol, tu peux balayer par terre parce que... tu es le plus petit, alors tu es plus près du sol. Allons, les garçons, au travail ! »

4

Hugh fut impressionné par la façon dont Scotland Yard réagit à sa déposition. On chargea de l'affaire l'inspecteur Magridge, un homme au visage en lame de couteau, qui avait à peu près l'âge de Hugh, l'air méticuleux et intelligent, le genre qui aurait fait un bon chef de service dans une banque. En une heure, il avait adressé partout un signalement de Micky Miranda et demandé qu'on surveille tous les ports.

Sur le conseil de Hugh, il envoya aussi un sergent interroger Edward Pilaster. L'homme revint pour annoncer que Miranda quittait le pays.

Edward avait déclaré également que Micky était impliqué dans les décès de Peter Middleton, de Seth Pilaster et de Solomon Greenbourne. Hugh fut secoué à l'idée que Micky eût tué oncle Seth, mais il confia à Magridge qu'il soupçonnait déjà Micky d'être responsable du meurtre de Peter et de Solly.

On dépêcha le même sergent auprès d'Augusta. Elle habitait toujours Whitehaven House. Sans argent, elle ne pourrait pas tenir indéfiniment mais, jusqu'à présent, elle avait réussi à empêcher la vente de la maison et de son contenu.

Un policeman chargé de contrôler les bureaux des compagnies de navigation à Londres avertit qu'un homme répondant au signalement mais qui se faisait appeler Mr. R. Andrews avait retenu une cabine sur l'*Aztec* qui appareillait ce soir même de Southampton. La police de Southampton reçut pour consigne de placer des hommes à la gare de chemin de fer et sur les quais.

Le sergent qu'on avait envoyé voir Augusta déclara qu'il n'avait pas eu de réponse quand il avait sonné et frappé à la porte de Whitehaven House.

« J'ai une clé, proposa Hugh.

— Elle est probablement sortie, dit Magridge. Et je veux que le sergent se rende à l'ambassade du Cordovay. Pourquoi n'allez-vous pas vérifier vous-même à Whitehaven House ? »

Trop heureux d'avoir quelque chose à faire, Hugh prit un fiacre jusqu'à Kensington Gore. Il sonna, frappa : pas de réponse. Manifestement, le dernier des domestiques était parti. Il ouvrit la porte.

Il faisait froid dans la maison. Se cacher n'était pas dans le style d'Augusta, mais il décida quand même de fouiller toutes les pièces, à tout hasard. Le rez-de-chaussée était désert. Il monta au premier étage et entra dans la chambre de sa tante.

Ce qu'il vit le surprit. Les portes de la penderie étaient entrebâillées, le tiroir de la commode ouvert, il y avait des vêtements jetés au hasard sur le lit et sur les fauteuils. Ce n'était pas le genre d'Augusta, une personne soigneuse à l'esprit ordonné. Il crut d'abord qu'elle avait été cambriolée. Puis une autre idée le frappa.

Il monta en courant jusqu'à l'étage des domestiques. Quand il avait habité là, dix-sept ans auparavant, les valises et les malles s'entassaient dans un grand placard qu'on appelait la chambre des bagages.

Il trouva la porte ouverte. Quelques valises, mais pas de malle-cabine.

Augusta s'était enfuie.

Il inspecta rapidement toutes les autres pièces de la maison. Comme il s'y attendait, il ne trouva personne. Les chambres des serviteurs et les chambres d'ami avaient déjà l'odeur de renfermé des pièces qu'on n'utilise pas. En jetant un coup d'œil à ce qui avait été la chambre d'oncle Joseph, il fut surpris de constater que rien n'avait changé, alors qu'on avait refait à plusieurs reprises la décoration du reste de la maison. Il allait repartir quand son regard tomba sur la vitrine laquée qui abritait la précieuse collection de tabatières de Joseph.

Elle était vide.

Hugh fronça les sourcils. Il savait qu'on n'avait pas envoyé les tabatières à la salle des ventes : Augusta jusqu'à maintenant avait empêché qu'on saisisse la moindre de ses possessions.

Cela signifiait qu'elle les avait emportées avec elle.

Il y en avait pour une centaine de milliers de livres : elle pourrait vivre confortablement jusqu'à la fin de ses jours avec cet argent.

Mais elles ne lui appartenaient pas : elles étaient la propriété du syndicat.

Il décida de se lancer à la poursuite de sa tante.

Il dévala l'escalier et se précipita dans la rue. Il y avait une rangée de fiacres quelques mètres plus loin. Les cochers bavardaient en groupe, battant la semelle pour se réchauffer. Hugh se précipita sur eux en disant : « Est-ce que l'un de vous a chargé lady Whitehaven cet après-midi ?

— On était deux, répondit un cocher. Un rien que pour ses bagages ! » Les autres ricanèrent.

Voilà qui confirmait les déductions de Hugh. « Où l'avez-vous conduite ?

— A Waterloo Station, pour le train transatlantique d'une heure. »

Le train transatlantique allait à Southampton : le port où Micky embarquait. Ces deux-là avaient toujours été des compères. Micky n'avait jamais cessé de se montrer avec elle flagorneur, comme la canaille qu'il était, lui baisant la main et la flattant. Malgré leurs dix-huit ans de différence d'âge, ils faisaient un couple tout à fait vraisemblable.

« Mais ils ont manqué le train, précisa le cocher.

— Ils ? fit Hugh. Il y avait quelqu'un avec elle ?

— Un vieux type dans un fauteuil roulant. »

De toute évidence, pas Micky. Qui, alors ? Personne dans la famille n'était assez handicapé pour utiliser un fauteuil roulant. « Ils ont manqué le train, dites-vous. Savez-vous à quelle heure part le prochain train transatlantique ?

— A trois heures. »

Hugh consulta sa montre. Deux heures et demie. Il pouvait y arriver.

« Conduisez-moi à Waterloo », dit-il en sautant dans le fiacre.

Il arriva à la gare juste à temps pour acheter un billet et attraper le train transatlantique.

Un couloir longeait les wagons, qui communiquaient tous entre eux : il pouvait donc inspecter la totalité du convoi. Le train quitta la gare et prit de la vitesse, roulant entre les immeubles modestes du sud de Londres. Hugh se mit à la recherche d'Augusta.

Il n'eut pas à chercher longtemps : elle était dans la première voiture qu'il traversa.

Lui jetant un bref coup d'œil, il avança rapidement devant son compartiment pour éviter de se faire voir.

Micky n'était pas avec elle. Il avait dû prendre le train précédent. La seule autre personne dans son compartiment était un vieillard avec une couverture sur les genoux.

Il passa dans la voiture suivante et trouva une place. Inutile d'affronter tout de suite Augusta. Peut-être n'avait-elle pas les tabatières avec elle. Elles pouvaient se trouver au fond d'une de ses malles dans le fourgon à bagages. Lui parler maintenant ne servirait qu'à la mettre en garde. Mieux valait attendre l'arrivée du train à Southampton. Il sauterait sur le quai, trouverait un policeman puis l'interpellerait au moment où l'on déchargerait ses bagages.

Et si elle niait avoir les tabatières ? Il insisterait pour que la police fouille ses bagages. Ils étaient obligés d'enquêter quand on signalait un vol et, plus Augusta protesterait, plus elle éveillerait les soupçons.

Et si elle prétendait que les tabatières lui appartenaient ? Ce ne serait pas facile de prouver le contraire sur-le-champ. Si tel était le cas, Hugh décida qu'il proposerait que la police prenne sous sa garde les objets précieux tandis qu'on enquêterait sur les revendications contradictoires.

Les champs enneigés de Wimbledon défilaient derrière les vitres. Il maîtrisa son impatience. Cent mille livres, cela représentait une part importante de l'argent que devait la banque Pilaster. Il n'allait pas laisser Augusta faire main basse dessus. Et puis la vente des tabatières symboliserait la détermination de la famille à s'acquitter de ses dettes. Si Augusta s'enfuyait avec elles, les gens diraient que les Pilaster mettaient la main sur tout ce qu'ils pouvaient, comme les premiers escrocs venus. Cette idée rendit Hugh furieux.

Il neigeait toujours quand le train arriva à Southampton. Au moment où ils entrèrent en gare, Hugh était penché par la fenêtre du compartiment. Il y avait des policemen en uniforme partout. Cela signifiait, conclut Hugh, que Micky n'avait pas été arrêté.

Il sauta sur le quai alors que le train roulait encore et arriva le premier au contrôle. Il s'adressa à un inspecteur de police. « Je suis le président de la banque Pilaster, dit-il en tendant sa carte à l'inspecteur. Je sais que vous recherchez un meurtrier, mais il y a à bord de ce train une femme qui emporte pour une centaine de milliers de livres de biens volés appartenant à la banque. Je crois qu'elle compte quitter le pays ce soir à bord de l'*Aztec*, en les emportant avec elle.

— De quel genre de biens s'agirait-il, Mr. Pilaster ? demanda l'inspecteur.

— D'une collection de tabatières précieuses.

— Et le nom de la femme ?

— C'est la comtesse douairière de Whitehaven. »

Le policier haussa les sourcils. « Je lis en effet les journaux, monsieur. Je présume que tout cela est en rapport avec la faillite de la banque. »

Hugh acquiesça. « Ces tabatières doivent être vendues pour aider à payer les gens qui ont perdu leur argent.

— Pouvez-vous me montrer lady Whitehaven ? »

Hugh examina le quai, scrutant la foule des voyageurs à travers les flocons de neige. « C'est elle, auprès du fourgon à bagages : la femme au grand chapeau avec des ailes d'oiseau. » Elle surveillait le déchargement de ses malles.

L'inspecteur hocha la tête. « Très bien. Restez avec moi au contrôle. Nous la retiendrons au moment où elle passera. »

Très tendu, Hugh regarda les voyageurs descendre du train et sortir. Il avait beau être à peu près certain que Micky ne s'y trouvait pas, il scruta néanmoins le visage de chacun d'eux.

Augusta fut la dernière à arriver. Trois porteurs charriaient ses bagages. Quand elle aperçut Hugh au portillon de contrôle, elle pâlit.

L'inspecteur se montra d'une extrême courtoisie. « Pardonnez-moi, lady Whitehaven. Puis-je vous dire un mot ? »

Hugh n'avait jamais vu Augusta si effrayée, mais elle n'avait rien perdu de ses manières de reine. « Je ne crois malheureusement pas, inspecteur, que j'en aie le temps, dit-elle avec calme. Il faut que j'embarque à bord d'un navire qui appareille ce soir.

— Je vous garantis que l'*Aztec* ne partira pas sans vous, my lady », dit l'inspecteur d'un ton suave. Il se tourna vers les porteurs en disant : « Vous pouvez reposer ça une minute, les gars. » Il revint à Augusta. « Mr. Pilaster ici présent affirme que vous avez en votre possession des tabatières très précieuses lui appartenant. Est-ce vrai ? »

Elle commençait à paraître moins troublée — ce qui étonna Hugh. Cela l'inquiéta aussi : il redoutait qu'elle eût plus d'un tour dans son sac. « Je ne vois pas pourquoi je devrais répondre à des questions aussi impertinentes, dit-elle d'un ton arrogant.

— Si vous refusez, il va falloir que je fouille vos bagages.

— Très bien, j'ai en effet les tabatières, déclara-t-elle. Mais elles m'appartiennent. Elles étaient la propriété de mon mari. »

L'inspecteur se tourna vers Hugh. « Qu'avez-vous à répondre à cela, Mr. Pilaster ?

— Elles appartenaient à son mari, mais il les a léguées à son fils, Edward Pilaster. Et les biens d'Edward sont confisqués par la banque. Lady Whitehaven est en train d'essayer de les voler.

— Je dois vous demander à tous les deux, dit l'inspecteur, de m'accompagner au commissariat de police pendant qu'on enquête sur ces allégations. »

Augusta prit un air affolé. « Mais je ne peux pas manquer mon bateau ! »

— Dans ce cas, la seule suggestion que je puisse faire, c'est que vous laissiez les biens contestés sous la garde de la police. Ils vous seront rendus si vos revendications se révèlent justifiées. »

Augusta hésita. Hugh savait que cela lui briserait le cœur de se séparer d'une telle fortune, mais elle devait bien se rendre compte que c'était inévitable ! Elle avait été prise la main dans le sac et elle pouvait s'estimer heureuse de ne pas aller en prison.

« Où sont les tabatières, my lady ? » dit l'inspecteur.

Hugh attendit.

Augusta désigna une valise. « Elles sont toutes là-dedans.

— La clé, je vous prie ? »

Une fois de plus elle hésita. Une fois de plus elle dut céder. Elle prit un petit trousseau de clés à bagages, en choisit une et la lui tendit.

L'inspecteur ouvrit la valise. Elle était pleine de sacs à chaussures. Augusta désigna l'un d'eux. L'inspecteur l'ouvrit et en retira une cave à cigares. Il souleva le couvercle pour découvrir de nombreux petits objets soigneusement emballés dans du papier. En prenant un au hasard, il le déballa : c'était une petite boîte en or incrustée d'éclats de diamants dessinant un lézard.

Hugh poussa un long soupir de soulagement.

L'inspecteur regarda Hugh. « Savez-vous combien il devrait y en avoir, monsieur ? »

Tout le monde dans la famille savait cela. « Soixante-cinq, dit Hugh. Une pour chaque année de la vie d'oncle Joseph.

— Voudriez-vous les compter ?

— Elles sont toutes là », dit Augusta.

Hugh fit quand même l'inventaire : soixante-cinq. Il commençait à ressentir le plaisir de la victoire.

L'inspecteur prit le coffret et le passa à un autre policier. « Si vous voulez bien accompagner le sergent Neville au commissariat, il vous remettra un reçu officiel, my lady.

— Envoyez-le à la banque, dit-elle. Je peux partir maintenant ? »

Hugh était mal à l'aise. Augusta était déçue, mais pas accablée. On avait un peu l'impression que c'était autre chose qui la préoccupait, quelque chose de bien plus important pour elle que les tabatières. Et où était donc Micky Miranda ?

L'inspecteur s'inclina. Augusta sortit, suivie de ses porteurs lourdement chargés.

« Merci beaucoup, inspecteur, dit Hugh. Je regrette seulement que vous n'ayez pas arrêté Miranda par la même occasion.

— Nous le ferons, monsieur. A moins d'avoir appris à voler, il n'embarquera pas à bord de l'*Aztec*.

Le gardien du fourgon à bagages descendait le quai en poussant un fauteuil roulant. Il s'arrêta devant Hugh et l'inspecteur en disant : « Et maintenant, qu'est-ce que je suis censé faire de ça ?

— Où est le problème ? demanda l'inspecteur avec patience.

— Cette femme, avec tous les bagages et l'oiseau sur son chapeau.

— Oui, lady Whitehaven.

— A Waterloo, elle était avec un vieux type. Elle l'installe dans un compartiment de première classe et puis elle me demande de mettre le fauteuil dans le fourgon à bagages. Mais bien sûr que je dis. Et voilà qu'elle descend à Southampton et qu'elle prétend qu'elle ne sait pas de quoi je lui parle. " Vous avez dû me prendre pour quelqu'un d'autre, qu'elle dit. — Ça m'étonnerait : il n'y a pas deux chapeaux comme ça ", que je lui ai répondu. »

Hugh intervint. « C'est exact : le cocher a dit qu'elle était avec un homme dans un fauteuil roulant... et il y avait en effet un vieux monsieur dans le compartiment avec elle.

— Qu'est-ce que je vous disais ? » fit le gardien d'un ton triomphant.

L'inspecteur perdit soudain son air bienveillant et pivota vers Hugh. « Avez-vous vu ce vieux monsieur passer le contrôle ?

— Non, pas du tout. Et j'ai regardé chaque passager. Tante Augusta était la dernière. » Une idée soudain le frappa. « Bon sang ! Croyez-vous que ce soit Micky Miranda déguisé ?

— Oui, absolument. Mais où est-il maintenant ? Il n'aurait pas pu descendre à un arrêt précédent ?

— Non, répondit le garde : c'est un train express, direct de Waterloo à Southampton.

— Alors, nous allons fouiller le train. Il doit encore y être. »

Mais il n'y était pas.

5

L'*Aztec* était festonné de lanternes de couleur et de serpentins. Le réveillon battait son plein quand Augusta embarqua : un orchestre jouait sur le pont principal. Des passagers en tenue de soirée buvaient du champagne et dansaient avec des amis venus leur dire au revoir.

Un steward escorta Augusta par le grand escalier jusqu'à une cabine du pont supérieur. Elle avait dépensé tout son argent liquide pour avoir la meilleure cabine disponible, croyant qu'avec les tabatières dans sa valise elle n'avait pas à s'inquiéter pour l'avenir. La cabine ouvrait directement sur le pont. Elle contenait un grand lit, une ample table de toilette, des fauteuils confortables et un éclairage électrique. Il y avait des fleurs sur la coiffeuse, une boîte de chocolats sur la table de chevet et une bouteille de champagne dans un seau à glace sur la table basse. Augusta allait dire au steward d'emporter le champagne, mais elle changea d'avis. Elle commençait une vie nouvelle. Peut-être désormais allait-elle boire constamment du champagne.

Elle était arrivée juste à temps. Au moment où les porteurs déposaient ses bagages dans la cabine, elle entendit le cri traditionnel de : « Les visiteurs, à terre ! » Quand ils furent descendus, elle sortit sur le pont étroit, relevant le col de son manteau pour se protéger de la neige. Elle s'appuya au bastingage et observa en bas. Il y avait un à-pic jusqu'à l'eau où un remorqueur avait déjà pris position pour faire sortir le grand paquebot de la rade et gagner le large. Elle regarda : on remontait l'une après l'autre les passerelles et on larguait les amarres. La corne de brume du navire retentit. Des vivats montèrent de la foule sur le quai. Lentement, d'un mouvement presque imperceptible, l'énorme paquebot s'ébranla.

Augusta regagna sa cabine et ferma la porte. Elle se déshabilla lentement et passa une chemise de nuit de soie avec un peignoir assorti. Puis elle convoqua le steward et lui dit qu'elle n'aurait plus besoin de rien ce soir.

« Faut-il que je vous réveille demain matin, my lady ?

— Non, merci. Je sonnerai.

— Très bien, my lady. »

Augusta ferma la porte à clé derrière lui.

Puis elle ouvrit sa malle et en fit sortir Micky.

Il traversa la cabine en trébuchant et s'écroula sur le lit. « Doux Jésus, j'ai cru que j'allais mourir, gémit-il.

— Mon pauvre chéri, où avez-vous mal ?

— Aux jambes. » Elle lui frictionna les mollets. Des crampes lui nouaient les muscles. Elle le massa du bout des doigts, sentant à travers le tissu de son pantalon la chaleur de sa peau. Cela faisait bien longtemps qu'elle n'avait pas touché un homme ainsi, et elle sentit une bouffée de chaleur lui monter au visage.

Elle avait souvent rêvé de cela : s'enfuir avec Micky Miranda, aussi bien avant que depuis la mort de son mari. Ce qui l'avait toujours arrêtée, c'était la perspective de tout perdre, maisons, domestiques, argent, position sociale et pouvoir familial. Mais la faillite de la banque avait balayé tout cela : elle était libre maintenant de céder à ses désirs.

« De l'eau », demanda Micky d'une voix faible.

Elle emplit un verre à la carafe posée auprès du lit. Il se retourna et s'assit pour le prendre : il le vida d'un trait.

« Encore un peu... Micky ? »

Il secoua la tête.

Elle lui prit le verre des mains.

« Vous avez perdu les tabatières, dit-il. J'ai tout entendu. Cette ordure de Hugh.

— Mais vous avez plein d'argent. » Elle désigna le champagne dans le seau à glace. « Nous devrions le boire. Nous avons quitté l'Angleterre. Vous vous êtes échappé ! »

Il avait le regard fixé sur sa poitrine. Elle se rendit compte que le bout de ses seins était durci d'excitation : il devait les voir pointer à travers la soie de sa chemise de nuit. Elle avait envie de l'encourager à la caresser, mais elle hésita. Ils avaient le temps : toute la nuit. Toute la traversée. Le restant de leurs jours. Mais, soudain, elle ne put plus attendre. Elle se sentait coupable et un peu honteuse, mais elle brûlait d'envie de prendre dans ses bras le corps nu de Micky et le désir était plus fort que la honte. Elle s'assit au bord du lit. Elle lui prit la main, l'attira jusqu'à ses lèvres et y posa un baiser. Puis elle la pressa contre son corsage.

Un instant, il la regarda d'un air curieux. Puis il commença à lui caresser la poitrine à travers la soie. Avec douceur. Du bout des doigts, il effleura les mamelons si sensibles et elle poussa un halètement de plaisir. Il lui prit alors le sein dans la paume de sa main, le soulevant et le pressant. Puis il saisit son bouton entre le pouce et l'index et serra un peu. Elle ferma les yeux. Il pinça plus fort, pour lui faire mal. Brusquement, il lui tordit le bout du sein si méchamment qu'elle poussa un cri. Elle s'écarta de lui et se mit debout.

« Pauvre conne, ricana-t-il en se levant du lit.

— Non ! fit-elle. Non !

— Vous avez vraiment cru que j'allais vous épouser !

— Oui...

— Vous n'avez plus d'argent, plus d'influence. La banque a sauté et vous avez même perdu les tabatières. Que voudriez-vous que je fasse de vous ? »

Elle sentit une douleur dans sa poitrine, comme si on lui enfonçait un poignard dans le cœur. « Vous disiez que vous m'aimiez...

— Vous avez cinquante-huit ans, bon sang : l'âge de ma mère ! Vous êtes vieille, fripée, méchante et égoïste, et je ne vous sauterais pas même si vous étiez la dernière femme sur terre ! »

Elle se sentit défaillir. Elle essaya de ne pas pleurer, mais en vain. Les larmes affluaient à ses yeux et bientôt des sanglots de désespoir la secouèrent. Elle était ruinée. Elle n'avait pas de maison, pas d'argent, pas d'amis, et l'homme à qui elle avait fait confiance l'avait trahie. Elle détourna son visage : elle ne voulait pas montrer sa honte et son chagrin. « Arrêtez, je vous en prie, murmura-t-elle.

— Rassurez-vous, lança-t-il. J'ai réservé une cabine sur ce navire et je vais vous laisser.

— Et quand nous arriverons au Cordovay...

— Vous n'allez pas au Cordovay. Vous pourrez débarquer à Lisbonne et rentrer en Angleterre. Je n'ai plus besoin de vous. »

Chaque mot la frappait comme un coup et elle recula, les mains levées devant elle comme pour se protéger de ses imprécations. Elle vint heurter la porte de la cabine. Cherchant désespérément à le fuir, elle l'ouvrit et sortit à reculons. L'air glacial de la nuit lui éclaircit soudain les idées. Elle se comportait comme une jeune fille désemparée, non pas comme une femme mûre et résolue. Elle avait un instant perdu le contrôle de sa vie : il était temps de le reprendre.

Un homme en tenue de soirée passa auprès d'elle, fumant un cigare. Il jeta un regard stupéfait à ses vêtements de nuit mais ne lui adressa pas la parole.

Une idée soudain vint à Augusta.

Elle retourna dans la cabine et ferma la porte. Micky rajustait sa cravate devant le miroir. « Quelqu'un vient, dit-elle d'un ton pressant. Un policier ! »

En un instant, l'attitude de Micky changea. Le ricanement disparut de son visage pour céder la place à une expression d'affolement. « Oh, mon Dieu ! » s'écria-t-il.

Augusta réfléchissait rapidement. « Nous sommes toujours dans les eaux britanniques, expliqua-t-elle. On peut vous arrêter et vous renvoyer à terre à bord d'un canot des garde-côtes. » Elle ne savait absolument pas si c'était vrai.

« Il va falloir que je me cache. » Il passa une jambe dans la malle. « Fermez le couvercle, vite », ordonna-t-il.

Elle l'enferma dans la malle. Puis elle rabattit le loquet pour la fermer à clé.

« Voilà qui est mieux », déclara-t-elle.

Elle s'assit sur le lit pour contempler la malle. Elle passait et repassait encore dans son esprit leur conversation. Elle s'était placée dans une situation où elle était vulnérable et il l'avait blessée. Elle songeait à la façon dont il l'avait caressée. Seuls deux autres hommes lui avaient touché les seins : Strang et Joseph. Elle se rappelait la façon dont il lui avait pincé le bout du sein avant de la repousser en l'accablant sous les grossièretés. Peu à peu, sa rage se calmait pour céder la place à une sombre et violente envie de vengeance.

La voix étouffée de Micky parvint de l'intérieur de la malle. « Augusta ! Qu'est-ce qui se passe ? »

Elle ne répondit pas.

Il se mit à appeler à l'aide. Pour assourdir le bruit, elle posa sur la malle des couvertures qu'elle prit sur le lit.

Au bout d'un moment, il cessa. L'air songeur, Augusta ôta de la malle les étiquettes de bagages portant son nom. Elle entendit claquer des portes de cabines : des passagers s'acheminaient vers la salle à manger. Le navire tangua légèrement dans la houle de la Manche. La soirée passa rapidement pour Augusta, assise sur le lit à méditer.

Entre minuit et deux heures du matin, des passagers rentrèrent par groupes de deux ou de trois. Après cela, l'orchestre cessa de jouer. Le navire devint silencieux : on ne percevait plus que les rumeurs des machines et de la mer

Obsédée, Augusta contemplait la malle dans laquelle elle avait enfermé Micky. Elle avait des poignées de cuivre sur les côtés, des courroies de cuir sur le dessus et au-dessous. Elle empoigna la courroie du dessus et tira, renversant la malle sur le côté : elle bascula et tomba sur le couvercle, avec un grand fracas. Micky se remit à crier et, une fois de plus, elle jeta les couvertures sur la malle. Elle attendit de voir si personne ne venait s'enquérir de la nature de ce bruit, mais non. Micky cessa de vociférer.

Elle saisit de nouveau la courroie et tira. C'était très lourd, mais chaque fois elle parvenait à la déplacer de quelques centimètres. Après chaque effort, elle reprenait son souffle.

Il lui fallut dix minutes pour traîner le gros coffre jusqu'à la porte de la cabine. Elle enfila alors des bas, des bottes, un manteau de fourrure et elle ouvrit la porte.

Personne dans les parages. Les passagers dormaient et, si un membre de l'équipage patrouillait sur les ponts, elle n'en vit pas trace. Le paquebot était éclairé par de faibles ampoules électriques et il n'y avait pas d'étoiles.

Elle fit passer la malle par la porte de la cabine et s'arrêta pour reprendre des forces.

Après cela, ce fut un peu plus facile, car la neige avait rendu le pont glissant. Dix minutes plus tard, elle était parvenue au bastingage.

L'étape suivante était plus dure : cramponnée à la courroie, elle souleva une extrémité du gros coffre et essaya de le mettre debout. A la première tentative, elle le laissa tomber. Le bruit qu'il fit en heurtant le pont lui parut assourdissant, mais cette fois encore personne ne vint aux nouvelles : on entendait tout le temps à bord du navire des bruits intermittents, tandis que les cheminées crachaient de la fumée et que la coque fendait les vagues.

La seconde fois, Augusta fit un effort plus grand. Prenant appui sur un genou, elle saisit la courroie à deux mains et lentement souleva. Quand la malle se trouva inclinée à quarante-cinq degrés, Micky bougea à l'intérieur, son poids se déplaçant vers le fond : soudain il devint facile de remettre le lourd bagage debout.

Elle le fit de nouveau basculer pour l'appuyer contre la rambarde.

La dernière partie était la plus difficile à exécuter. Elle se pencha et saisit la courroie du bas. Elle prit une profonde inspiration et souleva.

Elle ne supportait pas tout le poids de la malle, car l'autre extrémité était appuyée contre le bastingage, mais il lui fallut quand même toute sa force pour l'élever de quelques centimètres au-dessus du pont. Puis ses doigts froids glissèrent sur le cuir et elle la laissa retomber.

Elle n'allait pas pouvoir y arriver.

Elle reprit son souffle, épuisée et engourdie. Mais elle ne pouvait pas renoncer. Elle s'était donné tant de mal pour pousser la malle jusque-là. Il fallait essayer encore.

Elle se pencha et attrapa de nouveau la courroie.

« Augusta, cria Micky, qu'est-ce que vous faites ? »

Elle répondit d'une voix basse mais claire. « Rappelez-vous comment est mort Peter Middleton. »

Elle se tut. Plus un son ne venait de l'intérieur de la malle.

« Vous allez mourir de la même façon, dit-elle.

— Non, fit-il, je vous en prie, Augusta, mon amour.

— L'eau sera plus froide et elle aura un goût salé tout en vous emplissant les poumons. Mais vous connaîtrez la terreur qu'il a éprouvée au moment où la mort resserre son étreinte sur votre cœur. »

Il se mit à hurler. « Au secours ! Au secours ! Quelqu'un, sauvez-moi ! »

Augusta saisit la courroie et souleva de toutes ses forces. Le fond de la malle s'éleva au-dessus du pont. Micky se rendait compte de ce qui se passait. Ses cris étouffés se faisaient plus forts et plus terrifiés : on les entendait au-dessus du bruit des machines et des vagues. Quelqu'un n'allait pas tarder à venir. Augusta donna une nouvelle poussée. Elle souleva le bas du coffre à la hauteur de la poitrine et s'arrêta, épuisée, avec l'impression qu'elle ne pourrait pas en faire plus. Les bruits d'une agitation frénétique venaient de l'intérieur de la malle : Micky essayait désespérément de sortir. Elle ferma les yeux, serra les dents et poussa. Tous ses muscles tendus, elle sentit quelque chose céder dans son dos, un cri de douleur lui échappa, mais elle continua. Le bas du coffre était maintenant plus haut que le couvercle. La malle glissa en avant de quelques centimètres sur le bastingage. Puis elle s'immobilisa. Augusta avait terriblement mal au dos. A tout moment, les cris de Micky risquaient de tirer un passager d'un sommeil alourdi par l'alcool. Elle savait qu'elle ne pourrait plus le soulever qu'une fois. Il fallait que ce fût la bonne. Elle rassembla ses forces, ferma les yeux, serra les dents pour ne pas crier tant son dos était douloureux et elle poussa.

La malle glissa lentement sur le bastingage, puis tomba dans le vide. Micky fit entendre un long hurlement qui s'éteignit dans le vent.

Augusta était penchée en avant, appuyée contre la rambarde pour soulager la douleur qui lui déchirait le dos. Elle regarda la grosse malle tomber lentement, basculant au milieu des flocons. Elle toucha l'eau avec un énorme floc et coula.

Quelques instants plus tard, elle refit surface. Elle allait flotter quelque temps, se dit Augusta. La douleur dans son dos la torturait et elle mourait d'envie de s'allonger, mais elle resta appuyée à la rambarde, à regarder la malle qui dansait dans la houle. Puis elle disparut.

Elle perçut à son côté une voix d'homme. « J'ai cru que quelqu'un appelait à l'aide », dit l'homme d'un ton inquiet.

Augusta reprit rapidement ses esprits et, en se retournant, vit un aimable jeune homme en peignoir de soie avec une écharpe. « C'était moi, dit-elle en s'obligeant à sourire. J'ai eu un cauchemar et je me suis réveillée en criant. Je suis sortie pour respirer un peu.

— Bon. Vous êtes sûre que ça va ?

— Tout à fait. Vous êtes très aimable.

— Bien. Alors, bonne nuit.

— Bonne nuit. » Il rentra dans sa cabine.

Augusta baissa les yeux vers les vagues. Dans un moment, elle se traînerait jusqu'à son lit, mais elle voulait regarder la mer encore un peu. La malle allait se remplir lentement, se dit-elle, l'eau s'insinuant par les étroites fissures. Le niveau monterait centimètre par centimètre autour du corps de Micky tandis qu'il se débattrait pour soulever le couvercle. Quand elle arriverait au niveau de son nez et de sa bouche, il retiendrait sa respiration aussi longtemps qu'il le pourrait. Mais, à la fin, il aurait un grand sursaut involontaire : l'eau froide et salée envahirait sa bouche, sa gorge, emplirait ses poumons. Il se débattrait encore un peu, torturé de souffrance et de terreur. Puis ses mouvements s'affaibliraient pour s'arrêter enfin. Tout deviendrait noir et il mourrait.

6

Hugh était épuisé quand son train enfin arriva en gare de Chingford. Il descendit sur le quai. Il avait hâte de retrouver son lit, mais il fit halte sur la passerelle qui enjambait la voie, à l'endroit où ce matin Micky avait abattu Tonio. Il se découvrit et resta là une minute, tête nue dans la neige, évoquant le souvenir de son ami adolescent, puis de l'homme qu'il était devenu. Enfin, il continua sa marche. Il se demanda comment tout cela serait pris au Foreign Office et si cela modifierait l'attitude du gouvernement envers le Cordovay. Micky jusque-là avait échappé à la police. Mais qu'on l'arrêtât ou non, Hugh pouvait exploiter le fait qu'il avait été témoin du meurtre. Les journaux se feraient un plaisir de publier son récit minute par minute. Le public serait scandalisé d'apprendre qu'un diplomate étranger avait ainsi commis un meurtre en plein jour, et des membres du Parlement ne manqueraient pas d'exiger des mesures. Que Micky fût le meurtrier pourrait fort bien compromettre les chances qu'avait Papa Miranda de se faire reconnaître par le gouvernement britannique. Le Foreign Office se laisserait peut-être persuader de soutenir la famille Silva, afin de punir les Miranda et d'obtenir une compensation pour les investisseurs britanniques qui avaient mis des capitaux dans la Société du port de Santamaria.

Plus il y pensait, plus il se sentait optimiste.

Il espérait que Nora dormirait quand il rentrerait. Il n'avait pas envie de l'entendre raconter quelle horrible journée elle avait passée, bloquée dans ce village perdu sans personne pour l'aider à s'occuper de trois garnements insupportables. Tout ce qu'il voulait, c'était se glisser entre les draps et fermer les yeux. Demain, il réfléchirait aux événements de la journée et tâcherait de voir où ils en étaient, sa banque et lui.

Il fut déçu, en remontant l'allée du jardin, d'apercevoir une lumière derrière les rideaux. Cela voulait dire qu'elle était encore debout. Il ouvrit la porte et entra.

Il fut surpris de voir les trois garçons, tous en pyjama, assis en rang d'oignons sur le canapé, regardant un album illustré.

Il fut stupéfait en reconnaissant Maisie au milieu d'eux; elle leur faisait la lecture.

Les trois garçons se levèrent d'un bond et se précipitèrent sur lui. Il les serra dans ses bras et les embrassa tour à tour : Sol, le plus jeune. Puis Samuel. Puis l'aîné, Toby. Les deux derniers étaient ravis de le voir, mais le visage de Toby exprimait quelque chose d'autre.

« Qu'est-ce qu'il y a, mon vieux? lui demanda Hugh. Il est arrivé quelque chose? Où est ta maman?

— Elle est allée faire des courses », dit-il, et il éclata en sanglots.

Hugh passa un bras autour des épaules du jeune garçon et regarda Maisie.

« Je suis arrivée ici vers quatre heures, dit-elle. Nora a dû sortir peu après votre départ.

— Elle les a laissés tout seuls ? »

Maisie acquiesça.

Hugh sentit une vague de colère monter en lui. Les enfants étaient restés seuls ici presque toute la journée. Il aurait pu arriver n'importe quoi. « Comment a-t-elle pu agir ainsi ? dit-il d'un ton amer.

— Elle a écrit un mot. » Maisie lui tendit une enveloppe.

Il l'ouvrit et lut le seul mot du message : ADIEU.

« Elle n'était pas cachetée, précisa Maisie. Toby l'a lue et me l'a montrée.

— J'ai du mal à le croire », dit Hugh. A peine avait-il prononcé ces mots qu'il se rendit compte qu'il n'était pas sincère : ce n'était que trop facile à croire. Pour Nora, ses propres désirs passaient toujours avant le reste. Maintenant, elle avait abandonné ses enfants. Hugh supposait qu'elle avait dû se rendre au pub de son père.

Et le mot paraissait sous-entendre qu'elle ne reviendrait pas.

Il ne savait que penser.

Son premier devoir était envers les garçons. Il fallait surtout ne pas les bouleverser davantage. Pour le moment, il mit de côté ses propres sentiments. « Il me semble qu'il est bien tard, leur dit-il. C'est l'heure d'aller au lit. Allons-y ! »

Il les entraîna dans l'escalier. Samuel et Sol partageaient une chambre mais Toby avait la sienne. Hugh borda les petits, puis alla voir l'aîné. Il se pencha sur le lit pour l'embrasser.

« Elle est chouette, Mrs. Greenbourne, dit Toby.

— Je sais, dit Hugh. Elle était mariée à mon meilleur ami, Solly. Et puis il est mort.

— Elle est jolie, aussi.

— Tu trouves ?

— Oui. Est-ce que maman va revenir ? »

C'était la question que Hugh redoutait. « Bien sûr que oui, répondit-il.

— Vraiment ? »

Hugh poussa un soupir. « A te dire vrai, mon vieux, je n'en sais rien.

— Et si elle ne revient pas, est-ce que Mrs. Greenbourne va s'occuper de nous ? »

On pouvait se fier à un enfant pour aller droit au cœur du problème, songea Hugh. Il éluda la question. « Elle dirige un hôpital. Elle a en charge des douzaines de malades. Je ne pense pas qu'elle ait le temps de s'occuper en plus de trois garçons. Maintenant, finies les questions. Bonne nuit. »

Toby n'avait pas l'air convaincu, mais il n'insista pas. « Bonne nuit, père. »

Hugh souffla la chandelle et quitta la chambre en refermant la porte derrière lui.

Maisie avait préparé du chocolat. « Je suis sûre que vous préféreriez un cognac, mais il ne semble pas y en avoir dans la maison. »

Hugh sourit. « Nous autres, petits-bourgeois, nous n'avons pas les moyens d'acheter de l'alcool. Du chocolat, ça ira très bien. »

Il y avait des tasses et un pot disposés sur un plateau, mais aucun d'eux ne s'en approcha. Ils étaient plantés au milieu de la pièce à se regarder. Maisie dit : « J'ai lu un article sur le meurtre dans le journal de ce soir et je suis venue ici pour m'assurer que vous n'aviez rien. J'ai trouvé les enfants tout seuls et je les ai fait dîner. Ensuite nous vous avons attendu. » Elle eut un sourire résigné, qui signifiait que c'était à Hugh de décider ce qui devait se passer ensuite.

Brusquement, il se mit à trembler. Il prit appui sur le dossier d'un fauteuil. « Quelle journée, murmura-t-il d'une voix mal assurée. Je suis tout drôle.

— Vous devriez peut-être vous asseoir. »

Tout d'un coup, il se sentit débordant d'amour pour elle. Au lieu de s'asseoir, il la prit dans ses bras. « Serrez-moi fort », supplia-t-il.

Elle l'attrapa par la taille.

« Je vous aime, Maisie, déclara-t-il. Je vous ai toujours aimée.

— Je sais. »

Il la regarda dans les yeux. Ils étaient pleins de larmes et il en vit une qui coulait sur sa joue. Il l'essuya d'un baiser.

« Après toutes ces années, dit-il. Toutes ces années.

— Hugh, faites-moi l'amour ce soir. »

Il hocha la tête. « Tous les soirs à partir de maintenant. »

Puis il l'embrassa de nouveau.

Épilogue

1892

Extrait du *Times*.

DÉCÈS

On nous prie d'annoncer le décès du comte de Whitehaven, ancien président de la banque Pilaster, survenu le 30 mai après une longue maladie, à sa résidence d'Antibes, en France.

« Edward est mort », annonça Hugh en levant le nez de son journal.

Maisie était assise auprès de lui dans le compartiment, vêtue d'une robe d'été jaune foncé avec des pois rouges et coiffée d'un petit chapeau orné de rubans de taffetas jaune. Ils étaient dans le train qui les emmenait au collège de Windfield pour la distribution des prix.

« C'était un misérable, et sa mère va se trouver bien seule », dit-elle.

Augusta et Edward vivaient ensemble dans le midi de la France depuis dix-huit mois. Malgré tout ce qu'ils avaient fait, le syndicat leur servait la même pension qu'aux autres Pilaster. Ils étaient tous deux invalides : Edward était au stade terminal de la syphilis et Augusta, souffrant d'une hernie discale, passait le plus clair de son temps dans un fauteuil roulant. Hugh avait appris que, malgré sa maladie, elle était devenue la reine sans couronne de la communauté britannique dans cette partie du monde : marieuse, arbitre des querelles, organisatrice de toutes les fêtes et régentant toutes les mondanités.

« Il adorait sa mère », observa Hugh.

Elle le regarda, intriguée. « Pourquoi dites-vous cela ?

— C'est la seule bonne chose que je puisse trouver à dire de lui. » Et elle lui posa un baiser sur le nez.

Le train entra en gare de Windfield et ils descendirent. C'était la fin de la première année de Toby et de la dernière année de Bertie au collège. C'était une chaude journée ensoleillée. Maisie ouvrit son ombrelle — de la même soie à pois que sa robe — et ils se dirigèrent vers le collège.

L'établissement avait beaucoup changé depuis vingt-six ans que Hugh en était parti. Son vieux proviseur, le Dr Poleson, était mort depuis longtemps et on lui avait érigé une statue dans la cour d'entrée. Son successeur avait conservé la célèbre canne qu'on appelait toujours le Zébreur, mais il l'utilisait moins fréquemment. Le dortoir de la quatrième était aujourd'hui encore installé dans l'ancienne laiterie auprès de la chapelle, mais il y avait un nouveau bâtiment avec une grande salle qui pouvait accueillir tous les élèves. L'instruction avait fait des progrès aussi : Toby et Bertie étudiaient les mathématiques et la géographie aussi bien que le latin et le grec.

Ils retrouvèrent Bertie devant la salle. Depuis un an ou deux maintenant, il était plus grand que Hugh. C'était un garçon sérieux, travailleur et bien élevé : il ne s'attirait pas d'ennuis au collège comme l'avait fait Hugh. Il tenait beaucoup des Rabinowicz et rappelait à Hugh le frère de Maisie, Dan.

Il embrassa sa mère et serra la main de Hugh. « Il y a un peu de chahut, annonça-t-il. Nous n'avons pas assez d'exemplaires de la chanson du collège et les petits de sixième recopient le texte avec une lenteur d'escargot. Il faut que j'aille les secouer un peu. Je vous retrouve après les discours. » Il partit rapidement. Hugh le suivit d'un regard attendri, songeant avec nostalgie combien le collège paraissait important jusqu'au jour où on le quittait.

Ils rencontrèrent ensuite Toby. Pour les jeunes garçons, le port du haut-de-forme et de la redingote n'était plus obligatoire : Toby avait un canotier et une veste courte. « Bertie dit que je peux prendre le thé avec vous dans son étude après la distribution des prix, si ça ne vous ennuie pas. Vous êtes d'accord ?

— Bien sûr, fit Hugh en riant.

— Merci, père ! » Et Toby s'éloigna en courant.

Dans la grande salle, ils furent surpris de rencontrer Ben

Greenbourne, qui avait beaucoup vieilli et semblait bien frêle. Maisie, avec sa franchise habituelle, lui dit : « Bonjour, qu'est-ce que vous faites ici ?

— Mon petit-fils est chef de classe, répondit-il d'un ton bourru. Je suis venu entendre son discours. »

Hugh fut abasourdi. Bertie n'était pas le petit-fils de Greenbourne et le vieil homme le savait. Perdait-il un peu la tête sur ses vieux jours ?

« Venez vous installer à côté de moi », ordonna Greenbourne. Hugh regarda Maisie. Elle haussa les épaules, alla s'asseoir et Hugh la suivit. « Il paraît que vous vous êtes mariés tous les deux, dit Greenbourne.

— Le mois dernier, précisa Hugh. Ma première femme ne s'est pas opposée au divorce. » Nora vivait avec un représentant en whisky, et il n'avait pas fallu une semaine au détective engagé par Hugh pour avoir la preuve de son adultère.

« Je n'approuve pas le divorce », reconnut Greenbourne d'un ton pincé. Puis il soupira. « Mais je suis trop vieux pour dire aux gens ce qu'il faut faire. Le siècle touche à sa fin. L'avenir vous appartient. Je vous présente mes meilleurs vœux. »

Hugh prit la main de Maisie et la serra.

Greenbourne s'adressa à Maisie. « Allez-vous envoyer le garçon à l'université ?

— Je n'en ai pas les moyens, répliqua Maisie. Ça a déjà été dur d'assumer les frais de collège.

— Je me ferais un plaisir de payer ses études », dit Greenbourne.

Maisie fut surprise. « C'est bien bon de votre part, dit-elle.

— J'aurais dû mieux me conduire voilà des années, répondit-il. Je vous ai toujours traitée comme une croqueuse de diamants. Ça a été l'une de mes erreurs. Si vous n'en aviez qu'après l'argent, vous n'auriez pas épousé le jeune Pilaster ici présent. Je me suis trompé sur vous.

— Vous ne m'avez fait aucun mal, assura Maisie.

— Tout de même, j'ai été trop dur. Je n'ai pas beaucoup de regrets, mais c'en est un. »

Les élèves commençaient à entrer dans la salle, les plus jeunes s'asseyant à l'avant sur le parquet et les plus âgés sur des chaises.

Maisie confia à Greenbourne : « Hugh a maintenant légalement adopté Bertie. » Le vieil homme tourna vers Hugh son regard aigu. « J'imagine que c'est vous le vrai père », dit-il carrément.

Hugh acquiesça.

« J'aurais dû m'en douter voilà longtemps. Peu importe. Le garçon croit que je suis son grand-père et ça me donne une responsabilité. » Il toussota d'un air gêné et changea de sujet. « Il paraît que le syndicat va verser un dividende.

— C'est exact », dit Hugh. Il avait fini par disposer de tous les actifs de la banque Pilaster et le syndicat qui l'avait sauvée avait fait un petit bénéfice. « Tous les membres vont percevoir environ cinq pour cent de leur investissement.

— Bien joué. Je ne pensais pas que vous y arriveriez.

— C'est grâce au nouveau gouvernement du Cordovay. Il a remis les actifs de la famille Miranda à la Société du port de Santamaria et cela a redonné de la valeur aux bons.

— Qu'est-il arrivé à ce type, Miranda ? Une triste canaille.

— Micky ? On a retrouvé son corps dans une malle-cabine échouée sur une plage de l'île de Wight. Personne n'a jamais compris comment elle était arrivée là ni pourquoi il se trouvait à l'intérieur. » Hugh s'était occupé de faire identifier le corps : il était important d'établir officiellement que Micky était mort pour qu'enfin Rachel pût épouser Dan Robinson.

Un collégien distribuait à tous les parents et membres de la famille des copies manuscrites de la chanson du collège.

« Et vous ? demanda Greenbourne à Hugh. Qu'allez-vous faire quand le syndicat sera dissous ?

— Je comptais justement vous solliciter à ce sujet, dit Hugh. J'aimerais ouvrir une nouvelle banque.

— Comment ?

— Émettre des actions en Bourse. Pilaster Limited. Qu'en pensez-vous ?

— C'est une idée audacieuse, mais il est vrai que vous avez toujours été un original. » Greenbourne parut un moment songeur. « Ce qui est drôle, c'est que la faillite de votre banque a finalement fait beaucoup pour votre réputation, étant donné la façon dont vous avez mené tout cela. Après tout, qui pourrait être plus fiable qu'un banquier qui parvient à désintéresser tous ses créanciers même après avoir fait faillite ?

— Alors... croyez-vous que ça marcherait ?

— J'en suis certain. Il se pourrait même que j'y mette un peu d'argent moi-même. »

Hugh remercia avec reconnaissance. C'était important que Greenbourne aimât l'idée. Tout le monde à la City était suspendu à son point de vue et son approbation valait de l'or. Hugh estimait que son projet devait réussir, mais Greenbourne venait d'autoriser tous ses espoirs.

Tout le monde se leva : le proviseur entrait, suivi des professeurs, de l'invité d'honneur — un libéral, membre du Parlement — et de Bertie, le chef de classe. Ils prirent tous place sur l'estrade, puis Bertie s'approcha du lutrin et déclara d'une voix sonore : « Chantons le chant du collège. »

Hugh surprit le regard de Maisie et elle eut un sourire empreint de fierté. Les notes familières de l'introduction retentirent au piano. Tout le monde se mit à chanter.

Une heure plus tard, Hugh les laissa pour aller prendre le thé dans l'étude de Bertie et traversa le cours de squash pour aller jusqu'à Bishop's Wood.

Il faisait chaud, tout comme ce fameux jour vingt-six ans plus tôt. Le bois, semblait-il, n'avait pas changé : calme et humide à l'ombre des hêtres et des ormes. Il se rappelait le chemin qui menait à la baignade et le retrouva sans difficulté.

Il ne descendit pas jusqu'au bord de la carrière : il n'était plus assez agile pour ça. Il demeura assis en haut et jeta un caillou dans la mare. Cela vint rompre le calme glauque de l'eau en produisant des rides parfaitement concentriques.

Il ne restait plus que lui, à l'exception d'Albert Cammel, là-bas au Cap. Les autres étaient tous morts : Peter Middleton, tué ce jour-là. Tonio, abattu par Micky deux Noëls plus tôt. Micky lui-même, noyé dans une malle-cabine. Et maintenant Edward, mort de syphilis et enterré dans un cimetière en France. C'était un peu comme si une présence maléfique avait jailli des profondeurs de l'eau en ce jour de 1866 pour envahir leurs existences, donnant naissance à toutes les sombres passions qui avaient empoisonné leurs vies : haine, cupidité, égoïsme et cruauté; provoquant fourberies, banqueroutes, maladies et meurtres. Mais c'était fini maintenant. Les dettes étaient réglées. Si esprit maléfique il y avait eu, il avait regagné le fond de l'étang. Et Hugh avait survécu.

Il se releva. Le moment était venu de rejoindre sa famille. Il s'éloigna, puis jeta un dernier regard derrière lui.

Les rides provoquées par le caillou avaient disparu : la surface de l'eau était redevenue parfaitement immobile.

Pour l'aide généreuse qu'ils m'ont apportée pendant que j'écrivais ce livre, je tiens à remercier les amis, parents et collègues suivants

Carole Baron, Joanna Bourke, Ben Braber, George Brennan, Jackie Farber, Barbara Follett, Emanuele Follett, Katya Follett, Michael Haskoll, Pam Mendez, M.J. Orbell, Richard Overy, Dan Starer, Kim Turner, Ann Ward, Jane Wood, Al Zuckerman.

Ken Follett
16 mars 1993

Table des matières

Achevé d'imprimer en mai 1994
sur presse CAMERON
dans les ateliers de B.C.A.
à Saint-Amand Montrond (Cher)

N° d'édition : 35490. N° d'impression : 1142-94/283.
Dépôt légal : mai 1994.

Imprimé en France